HEYNE BÜCHER

Das Buch

Ins tiefste Mittelalter führt das Tagebuch des Roger von Lunel, eines sinnenfrohen provenzalischen Edelmanns, der das größte Abenteuer seines Lebens auf spannende und unterhaltsame Art aufgezeichnet hat.

Er beschreibt darin den Kreuzzug nach Jerusalem, dem er sich angeschlossen hat, um Vergebung für seine Sünden zu finden und sein Gewissen zu erleichtern. Doch der junge Mann muß schon bald erkennen, daß es auf dem Kreuzzug nicht allein um die Verteidigung des Christentums geht. Gefahren drohen auch aus den eigenen Reihen, und das Heer der heiligen Krieger lebt mitnichten nach christlichen Maßstäben. Immer wieder vertraut sich Roger seinem Tagebuch an, das seine Erlebnisse lebensnah und anschaulich wiedergibt.

So erfährt man nicht nur von den Strapazen und Gefahren des mühevollen Weges, sondern auch von den Versuchungen süßer Liebesabenteuer, denen der junge Edelmann widerstehen muß...

Der Autor

Stephan J. Rivelle, 1949 in Philadelphia geboren, studierte Litertur in den USA und Frankreich sowie Regie bei Eric Rohmer. Er schrieb mehrere Drehbücher und arbeitet als Regisseur. Der Autor lebt in Los Angeles.

STEPHEN J. RIVELLE

DER KREUZRITTER

Das Tagebuch des Roger von Lunel

Roman

Aus dem Amerikanischen
von K. Schatzhauser

WILHELM HEYNE VERLAG
MÜNCHEN

HEYNE ALLGEMEINE REIHE
Nr. 01/10548

Titel der Originalausgabe
A BOOK OF DAYS
erschien bei Macmillan, London

Umwelthinweis:
Das Buch wurde auf chlor- und säurefreiem Papier gedruckt.

7. Auflage

Printed in Germany 2001
Umschlagillustration: Archiv für Kunst und Geschichte, Berlin
unter Verwendung einer französischen Buchmalerei aus dem 15. Jahrhundert
Umschlaggestaltung: Atelier Ingrid Schütz, München
Satz: Leingärtner, Nabburg
Druck und Bindung: Elsnerdruck, Berlin

ISBN 3-453-13132-0

Für meinen Sohn Eli Stephenson Bocek-Rivelle,
der mich auf meine
eigene Entdeckungsreise geschickt hat

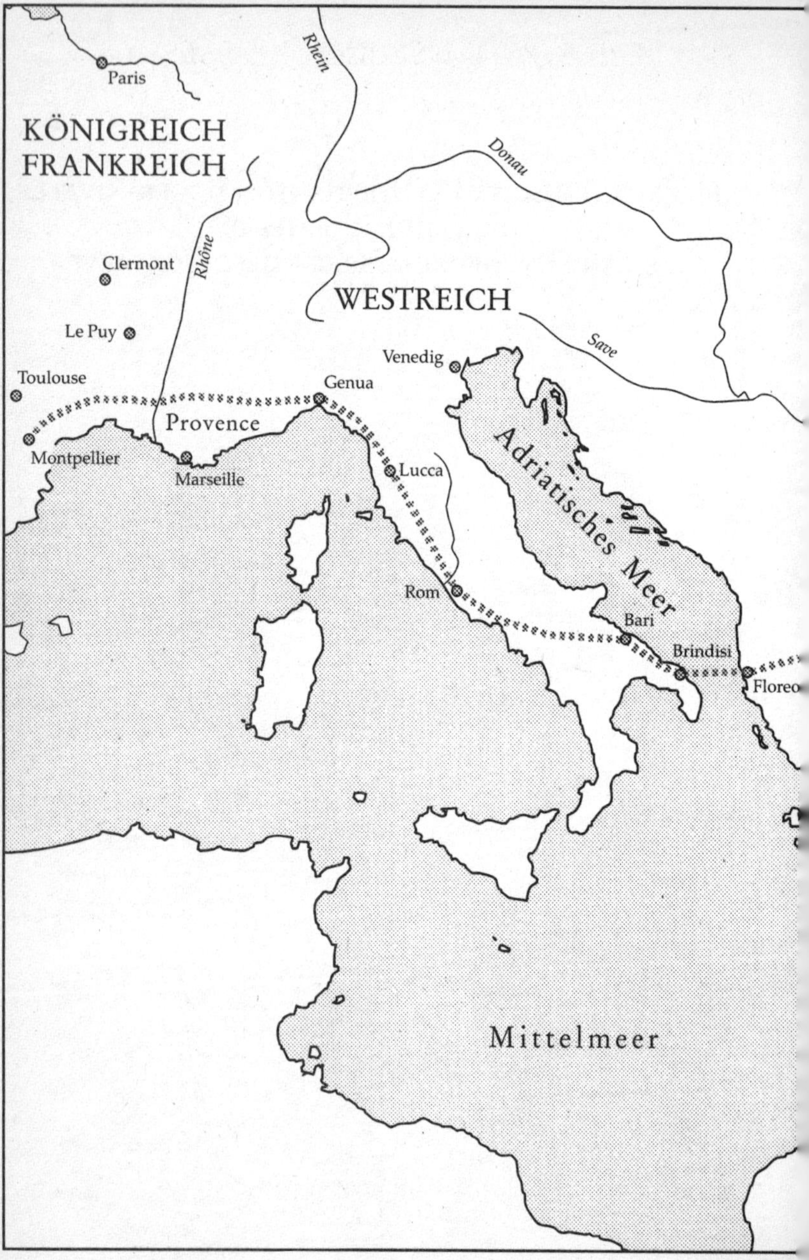

Paris
KÖNIGREICH
FRANKREICH
Rhein
Donau
Rhône
Clermont
WESTREICH
Le Puy
Save
Venedig
Toulouse
Genua
Provence
Montpellier
Marseille
Lucca
Adriatisches Meer
Rom
Bari
Brindisi
Floreo
Mittelmeer

DIE ROUTE DES KREUZZUGES

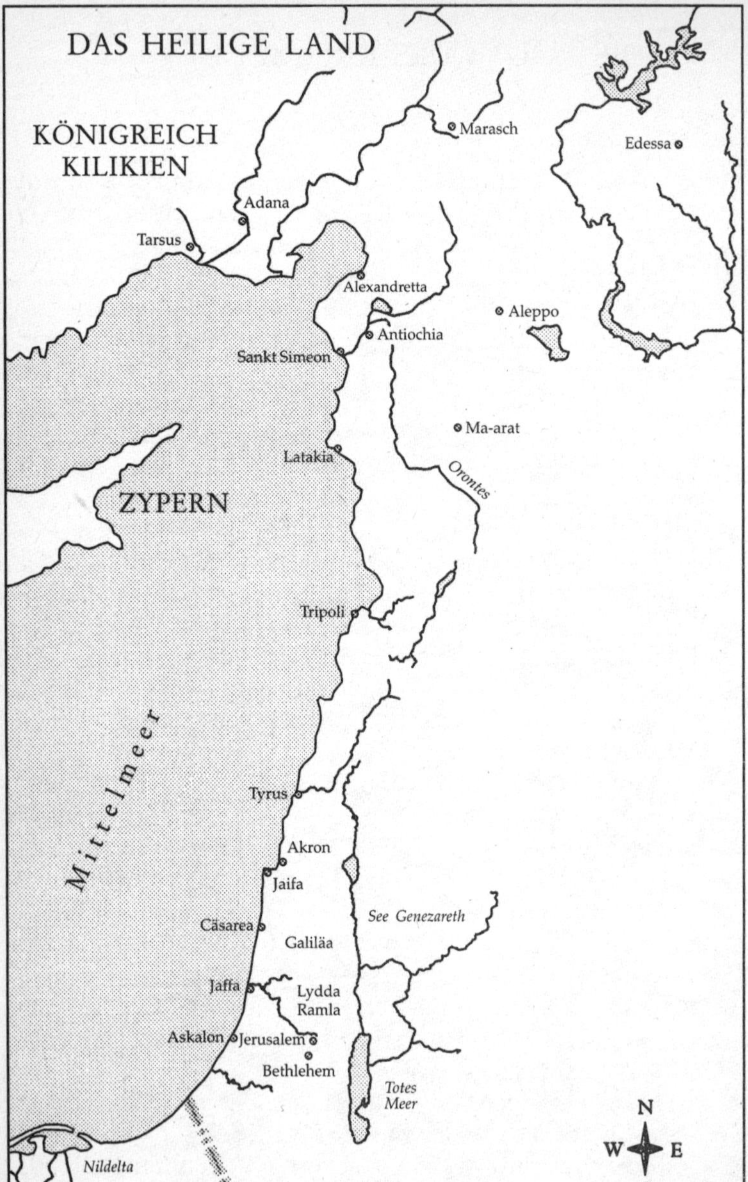
DAS HEILIGE LAND
KÖNIGREICH
KILIKIEN
Marasch
Edessa
Adana
Tarsus
Alexandretta
Aleppo
Antiochia
Sankt Simeon
Ma-arat
Latakia
Orontes
ZYPERN
Tripoli
Mittelmeer
Tyrus
Akron
Jaifa
See Genezareth
Cäsarea
Galiläa
Jaffa
Lydda
Ramla
Askalon
Jerusalem
Bethlehem
Totes
Meer
N
W
E
S
Nildelta
ÄGYPTEN

Vorbemerkung

Ich bin Amerikaner, stamme von französischen Vorfahren ab und bin von Beruf Schriftsteller. Schon mit etwa sechs Jahren fing ich an, auf eigene Faust Französisch zu lernen. Das fiel mir so leicht, und ich sprach es so natürlich, daß ich nach Überzeugung meiner Tante – sie war Sprachenlehrerin und beschäftigte sich mit Parapsychologie – in einem früheren Leben in Frankreich gelebt haben mußte. Solche Ansichten schienen mir bereits damals unsinnig; ich glaube nicht an Seelenwanderung und denke, daß sämtliche Vorstellungen von einer Rückkehr zu einem früheren Leben grundsätzlich der übersteigerten Phantasie einsamer Menschen entspringen, die sich langweilen.

Mit neunzehn Jahren begann ich mein Studium an der berühmten Universität Aix-en-Provence. Obwohl ich nie zuvor in Südfrankreich gewesen war, kam mir die Gegend von Anfang an ausgesprochen vertraut vor. Mühelos paßte ich mich der in der Provence üblichen Lebensweise an, zu der auch die Siesta und das bedächtige Sprechen gehören. Schon bald hatte ich mir den *accent du Midi* angewöhnt, was meine Mitstudenten aus dem Norden Frankreichs belustigte, weil sie so etwas von einem Amerikaner nicht erwarteten. Mir aber schien der Singsang des Südens viel besser dorthin zu passen als der abgehackte und hektische Sprechrhythmus der Menschen aus Paris.

Im Anschluß an ein Seminar in französischer Geschichte sagte mir eines Tages der Professor, mein Nachname sei sehr alt und stamme seiner Ansicht nach aus der Gegend um Lyon. Ich ging dem Hinweis nicht nach und hatte ihn viele Jahre lang vergessen.

Im Jahre 1990 bekam ich den Auftrag, für die Zeitschrift *National Geographic* einen von Fotos begleiteten Aufsatz über die Klöster Südfrankreichs zu verfassen. (Er diente mir als

Grundlage für ein Buch, das in Frankreich unter dem Titel *Les Monastères du Midi: Le style de la sainteté* veröffentlicht wurde [Favel 1992]). Also flog ich zunächst einmal nach Paris. Dort besuchte ich Freunde aus meiner Studienzeit an der Sorbonne, wo ich meine Abschlußsemester absolviert hatte, und reiste dann nach Nizza, Marseille, Montpellier weiter. Schließlich gelangte ich auch nach Lyon.

Dort entschloß ich mich zu einem Besuch im städtischen Archiv. Ich wollte sehen, ob jener Professor in bezug auf meinen Namen recht gehabt hatte, wollte wissen, woher meine Familie stammt und wann und warum sie nach Amerika ausgewandert war. Ich rechnete nicht damit, viel zu finden: eine Erwähnung in einem Dokument, vielleicht eine Geburtsurkunde oder, wenn es hoch kam, einen Stich oder ein Foto.

Kaum hatte ich der Archivarin, Madame Germaine Bezert, meinen Wunsch genannt, als sich die kleine, schlanke, energische Mittfünfzigerin daran machte, mit staunenswerter Geschwindigkeit vergilbte Karteikarten zu durchblättern und Registerbände aus den Regalen zu ziehen. »Rivelle ... Rivelle ... Der Name sagt mir etwas«, wiederholte sie immer wieder. »Aber er stammt nicht von hier, nicht aus Lyon!«

Obwohl ich sie bat, sich nicht unnötig viel Umstände zu machen, gab sie nicht auf, und nach einer vollen halben Stunde hatte sie das Gesuchte gefunden. »Roger l'Escrivel!« rief sie aus. »Natürlich, Rivelle! Mein Gott! Sind Sie etwa ein Nachfahre des Roger von Lunel?« Sie sah mich aufmerksam an. »Doch, ich würde sagen, man sieht es Ihrem Gesicht an, *monsieur*. Wenn Sie Näheres erfahren wollen, müssen Sie nach Lunel reisen. Wissen Sie, wo das liegt? In den Cevennen, nördlich von Montpellier.«

Ich erklärte ihr, daß meine Zeit knapp und mein Geld noch knapper bemessen sei, doch die Archivarin ließ nicht locker. »Sie müssen unbedingt in Erfahrung bringen, ob Sie von diesem Mann abstammen«, sagte sie, wobei sie mit dem Finger auf mich wies, »und ich wüßte es ebenfalls gern. Ich würde es Ihnen nie verzeihen, *monsieur*, wenn Sie der Sache nicht nachgingen!«

Sie nahm einen Bogen mit dem Briefkopf der Stadt Lyon zur Hand. Darauf vermerkte sie in ihrer eindrucksvollen Handschrift, daß ich möglicherweise ein Nachkomme des Roger von Lunel sei, und bat die Mitarbeiter der Gemeindeverwaltung von Lunel, mich auf jede erdenkliche Weise zu unterstützen.

Das Städtchen Lunel liegt am Fuß der Cevennen, einer der eindrucksvollsten Gebirgslandschaften Frankreichs. Bedenkt man die geringe Entfernung des Ortes zur Mittelmeerküste, hat er sich erstaunlicherweise seine Ursprünglichkeit wie auch den gelassenen Lebensrhythmus der Provence bewahrt. Aufgrund der Erfahrungen aus meinem in Aix verbrachten Jahr war ich überzeugt, man werde mir in Lunel mit typisch mediterraner Lässigkeit begegnen, doch als ich im Rathaus einem älteren Beamten Madame Bezerts Brief vorlegte, rief das eine derart lebhafte Betriebsamkeit hervor, wie ich sie in Südfrankreich bis dahin noch nicht erlebt hatte. Der Mann sah mich über den Rand seiner Brille an und fragte, ob es seine Richtigkeit mit dem habe, was in dem Schreiben stehe. Ich teilte ihm mit, daß ich gekommen sei, um gerade das zu erfahren.

Er bat mich um einen Augenblick Geduld und verschwand in einem Nebenraum. Nach einer Weile kehrte er in Begleitung eines untersetzten Mannes in mittleren Jahren zurück. Voll Hochachtung stellte er ihn als *monsieur le maire* vor.

Der Bürgermeister, dessen rotgeädertes Gesicht und teigige Hände mir auffielen, sah mich einen Augenblick lang an. Dann stieß er mit seinem dicken Zeigefinger, dessen Nagel von der Feldarbeit schwarz gerändert war, auf das Blatt. »Was wissen Sie über Roger l'Escrivel?« fragte er schroff.

»Nichts, *monsieur*«, gab ich zur Antwort. »Vielleicht besitzen Sie die Freundlichkeit, mir etwas über ihn zu sagen, da es aussieht, als sei ich möglicherweise mit ihm verwandt.«

Der Bürgermeister tauschte einen Blick mit dem Beamten und verlangte meinen Reisepaß. »Ist das nötig?« wollte ich wissen.

»Sind Sie bitte so freundlich?«

Ich kniete nieder und öffnete meine Reisetasche, die ich vor dem Tresen abgestellt hatte. Der Beamte und der Bürgermeister beugten sich vor, um mir dabei zuzusehen. Sie wollten wohl sichergehen, daß ich den Paß nicht an Ort und Stelle fälschte. Als ich mich wieder erhob, wären unsere Köpfe um ein Haar zusammengestoßen.

Der Bürgermeister musterte meinen Paß eine geraume Weile. »Sie heißen Rivelle«, erklärte er.

»Ja. Madame Bezert war der Ansicht, daß meine Vorfahren womöglich von hier kommen könnten.«

Er warf mir einen mißtrauischen Blick zu. »Sie sprechen mit einem *accent du Midi*.«

»So ist es.« Sie dachten darüber nach, sagten aber nichts, und so fuhr ich fort: »Soweit ich weiß, nannte man Roger sowohl ›von Lunel‹ als auch ›l'Escrivel‹. Können Sie mir den Grund dafür sagen?«

»Durchaus, *monsieur*«, gab der Bürgermeister zur Antwort. »Bitte haben Sie einen Augenblick Geduld.«

Allmählich wurde ich wirklich ungeduldig, wartete aber wieder, während die beiden hinter der Tür zum Nebenraum verschwanden. Sie kehrten in Begleitung eines hochgewachsenen Polizeibeamten zurück. Auf den Schulterstücken seines khakifarbenen Uniformrocks, der sich über einem beachtlichen Bauch spannte, prangte eine eindrucksvolle Menge von Schnüren.

Mit den Worten »Ich bin *commissaire* Delabert« trat er salutierend vor mich hin. Er hielt meinen Paß in der Hand und wies auf den Namen. »Sie sind Rivelle?«

»Ja«, sagte ich. Ich konnte nicht verbergen, daß mir die Fragerei mehr und mehr auf die Nerven ging.

»Ihre Angehörigen leben in Amerika?«

»Soweit sie noch leben.«

»Ihre Familie ist nicht sehr groß?«

»Nein, obwohl wir katholisch sind.«

Die drei Männer sahen einander an. »*Monsieur*«, gab mir der Polizeibeamte mit kühler Förmlichkeit zu verstehen, »möglicherweise sind Sie tatsächlich ein Nachkomme Rogers von Lunel, wie die gute ...«, er sah auf das Schreiben aus Lyon, »Madame Bezert vermutet. Das festzustellen kann allerdings eine Weile dauern. Unter Umständen mehrere Tage.«

So barsch mir das möglich war, erklärte ich, daß mir in Lunel nur ein einziger Tag zur Verfügung stehe und ich lediglich wissen wolle, ob jener Roger mein Ahnherr sei oder nicht.

»*Monsieur*«, erklärte der Bürgermeister, »es gab eine Zeit, da gehörte Roger l'Escrivel fast aller Grund und Boden, auf dem unsere Stadt steht. Aber schon seit vielen Generationen wohnt keiner seiner Nachkommen mehr hier. Sollten Sie ein Abkömmling Rogers sein, würde das ... Folgen haben.«

»Was für Folgen?« wollte ich wissen.

»Bedeutende«, erklärte der Bürgermeister ausweichend. »Könnten Sie freundlicherweise etwa eine Stunde hier warten, während wir der Sache weiter nachgehen?«

Seufzend gab ich mich geschlagen und nahm meine Reisetasche auf. »Hören Sie«, sagte ich, »ich hatte noch keine Gelegenheit, mir die Stadt anzusehen. Ich werde das also tun, vielleicht eine Kleinigkeit zu Mittag essen und dann wiederkommen. Ist Ihnen das recht?«

Die drei Männer erklärten sich einverstanden und wünschten mir einen angenehmen Nachmittag.

Normalerweise erkunde ich mir unbekannte Orte gern. Doch fiel es mir schwer, mich auf das Städtchen Lunel zu konzentrieren. Gekommen war ich, um nach einem Vorfahren zu suchen, und unversehens hatte ich es mit einem Geheimnis zu tun. Während ich der Pfarrkirche zustrebte, begann ich zu hoffen, daß ich nicht mit jenem Roger verwandt sei.

Vor kurzer Zeit hatte ich das aus dem 12. Jahrhundert stammende Kloster von Le Thornay mit der kleinen glokkenförmigen Kapelle fotografiert, die man unter die akustischen Wunder Europas zählt. Die Kirche von Lunel schien mir aus der gleichen Zeit zu stammen wie jenes Kloster. Die Eingangstür stand nicht offen, was ich an einem so heißen Tag merkwürdig fand, und als ich sie öffnen wollte, stellte ich zu meiner Verblüffung fest, daß sie verschlossen war. Das hatte ich in Frankreich noch nie erlebt.

Ich suchte ein Restaurant auf, aß etwas und kehrte dann ins Rathaus zurück. Da ich am Tresen niemanden sah, ging ich nochmals zur Eingangstür, öffnete sie erneut und ließ sie vernehmlich ins Schloß fallen. Aus dem Nebenraum kamen der Beamte, der Bürgermeister, der Polizeikommissar und ein hochgewachsener, schlanker Mann von Mitte Sechzig, den der Bürgermeister als den Gemeindepriester, *le père Charles*, vorstellte. Ich schüttelte ihm die Hand.

»Dürfte ich wohl Ihren Paß sehen?« wollte er wissen. Nur weil der Priester das in so freundlichem Ton sagte, kramte ich das Dokument abermals hervor. Er setzte die Brille auf und studierte es eingehend. »Hat man in Ihrer Familie den Nachnamen immer so geschrieben?« fragte er mit liebenswürdigem Lächeln.

»Nein«, gab ich zur Antwort. »Soweit ich weiß, hat mein Urgroßvater das ›le‹ am Schluß angefügt, damit Amerikaner den Namen leichter aussprechen können.«

Der Priester nickte bedeutungsvoll und gab mir den Paß zurück. »*Monsieur*, wir stehen Ihnen überaus gern zu Diensten, sofern wir das vermögen. Was möchten Sie wissen?«

Ich wiederholte, daß mir lediglich daran liege herauszubekommen, ob ich ein Nachfahre Rogers von Lunel – oder l'Escrivel, wie man ihn zu nennen schien – sei.

Der Priester nahm die Brille ab. »Ja, *monsieur*, man nannte ihn l'Escrivel, und das kann der Ursprung Ihres Namens sein. Darf ich nach Ihrem Beruf fragen?«

»Ich bin Schriftsteller.«

Die drei anderen Männer zeigten sich verblüfft. Aufs neue nickte der Priester. »Ungewöhnlich«, sagte er. »Man könnte es ein Wunder nennen.«

So gelassen ich konnte, fragte ich: »*Mon père,* würde es Ihnen etwas ausmachen, mir zu erklären, was das alles zu bedeuten hat?«

Der Priester wies mit einem Arm zur Tür. »Wollen Sie mir die Ehre erweisen, mit mir zur Kirche zu kommen?«

»Sie ist verschlossen«, kommentierte ich trocken.

»Nun«, sagte er mit einem Lächeln, »ich habe den Schlüssel. Den Schlüssel zu allem.«

Ich versage mir nähere Einzelheiten über die drei Stunden, die ich im Studierzimmer des Priesters verbrachte, denn das Nachstehende wird die Dinge deutlicher erklären, als ich es je könnte. Es mag genügen, daß ich in der kleinen alten Kirche von Lunel weit mehr über die Vergangenheit meiner Familie und vielleicht auch über mich selbst erfuhr, als ich bei meinem Gespräch mit Madame Bezert in Lyon vermutet hatte.

Tatsächlich gab es Unterlagen. Sie befanden sich allerdings nicht in Lyon, sondern waren seit nahezu neun Jahrhunderten in einem Kasten unter dem Altar der Pfarrkirche von Lunel eingeschlossen. Darin geht es um die Suche eines Mannes nach seinem Glauben, dem Urgrund des Glaubens – und um seine leidenschaftliche Entschlossenheit, die Früchte dieser Suche für die Nachwelt zu bewahren.

Selbstverständlich konnte ich nicht ahnen, daß ich als Empfänger seiner Weisheit ausersehen war. Doch daß ich sie kenne, hat mir ein Bewußtsein meiner selbst vermittelt, das ich sonst womöglich nie erlangt hätte. Indem mir Rogers Schrift zeigte, woher ich stamme und von wem, hat sie mich zugleich demütig und stolz gemacht und mir ein klares Gespür für die Geschichte und die Gegenwart vermittelt, dazu beigetragen, daß ich verstehe, wer ich bin.

Sie hat ein Licht auf meine Vergangenheit geworfen, von dem ich fest überzeugt bin, daß es mir hilft, meine Zukunft zu erkennen.

All das teile ich jetzt meinen Lesern mit, in der Hoffnung, es möge ihnen ebensosehr zum Verständnis verhelfen, wie es mir dazu verholfen hat.

Anmerkungen zum Text

Was mir der Priester *Charles* zeigte, war ein Manuskript aus der Zeit der Wende vom 11. zum 12. Jahrhundert, ein Tagebuch, das mein Vorfahr Roger von Lunel, einer der Heerführer des Ersten Kreuzzugs (1096-1099), verfaßt hatte. Der Überlieferung nach, die sich auf die einleitenden Bemerkungen des Tagebuchs stützt, sollte der jeweilige Priester der Kirche von Saint Gilles in Lunel dies Buch aufbewahren, bis sich ein Nachfahre Rogers melden würde.

Es wurde fast wie eine Reliquie gehütet und durfte nicht aus der Kirche entfernt werden. Allerdings erlaubte man mir, es Seite für Seite zu fotografieren. Das tat ich, während der Priester die Pergamentblätter sorgfältig aufschlug und festhielt. Offen gestanden, ist sein Daumen auf vielen Aufnahmen deutlich zu erkennen.

Das Buch ist in sehr feines Leder gebunden und hat die Jahrhunderte in bemerkenswert gutem Zustand überdauert. Das mag zum Teil darauf zurückgehen, daß es nach Beendigung der Eintragungen in einer Art Klimaschrank geruht hat – einem so gut wie luftdichten Eichenholzkasten, der mit Silber beschlagen und mit Zedernholz ausgekleidet ist. Zu meiner Verblüffung stieg mir Zederduft in die Nase, als ich den Kasten öffnete.

Neben dem Tagebuch enthielt er noch ein kleines emailliertes Kruzifix, eine Jadestatuette in Gestalt einer katzenköpfigen Frau und eine Perle.

Es dürfte nach meinem Dafürhalten nicht übertrieben sein zu sagen, daß es sich hier um ein heiliges Buch handelt. Über die Hälfte des Zeitraums hinweg, den die Geschichte unserer Kultur umfaßt, hat es unversehrt seine Geheimnisse vom großen Zug nach Jerusalem und von Rogers herzinnersten Gedanken, Empfindungen, Zweifeln und Enthüllungen bewahrt. Offensichtlich wollte Roger bei der Abfassung seines Berichts über das große Abenteuer von Krieg und Glauben weder seinen unbekannten Lesern noch sich selbst etwas ersparen.

Dies Tagebuch ist ein in vielerlei Hinsicht einzigartiges Dokument. Zum einen ist es möglicherweise der am vollständigsten erhaltene Augenzeugenbericht über den Ersten Kreuzzug[1] und zum anderen der einzige, der auf altprovenzalisch verfaßt ist – alle anderen sind in lateinischer Sprache geschrieben. Vor allem aber ist von Bedeutung, daß Rogers Tagebuch nicht nur Erlebnisse und Begebenheiten beschreibt, sondern auch die Auswirkungen, welche diese auf die seelische und moralische Entwicklung meines Urahnen hatten. Seine Gewissenserforschung ist an einigen Stellen durchaus schmerzlich und bei anderen Gelegenheiten von fast unerträglicher Offenheit.

Bevor ich mich daranmachte, das Tagebuch meines Ahnherrn zu übersetzen, hatte ich nur sehr verschwommene Vorstellungen vom Provenzalischen, auf das die heute in Südfrankreich weithin gesprochene *langue d'oc* zurückgeht. Um so mehr danke ich Professor Ronald Akehurst von der Universität Minnesota dafür, daß er mich in diese wunderbare Sprache eingeführt hat, die dem heutigen Portugiesisch ähnlicher ist als dem Neufranzösischen. Außerdem hat er mir unschätzbaren Beistand geleistet, als es darum ging, das Manuskript so zu übertragen, daß der Geist des Originals erhalten blieb.

Rogers Tagebuch so zu übersetzen, daß ich annehmen durfte, ihm gerecht geworden zu sein, hat nahezu fünf Jahre in Anspruch genommen. Dabei ist mir aufgegangen, daß sich das Übersetzen günstigstenfalls als ungenaue Wissenschaft bezeichnen läßt. Gelegentlich bin ich auf Stellen gestoßen, bei denen eine andere Auslegung der Worte den Sinn eines Abschnitts verändern kann, und auf andere, bei denen ich mir über die Aussageabsicht nicht wirklich im klaren bin. In solchen Fällen mag der Leser gern selbst entscheiden, was gemeint war.

Das Tagebuch enthält viele altertümliche militärische Begriffe und Verweise auf zu jener Zeit gebräuchliche Alltagsgegenstände wie Kleidungsstücke, Waffen und Ausrüstungsteile von Pferden. Bei ihrer richtigen Zuordnung hat mir Dr. Danielle Coppola, Professorin für Mediävistik an der Claremont Graduate School in Pomona, Kalifornien, sehr geholfen.

Da Roger in einer von der Lehre der römischen Kirche beherrschten Welt lebte, enthält sein Tagebuch zahlreiche nicht näher erläuterte Hinweise auf deren Glaubensgrundsätze und Praktiken. Ich habe solche theologischen Begriffe in Fußnoten kurz zu erläutern versucht. Wer mehr wissen möchte, sei auf das ausgezeichnete Werk *Faith and the Sword: The Religion of the Crusades* von C. G. Wilkinson (Temple University Press, 1983) verwiesen.

Voll Dankbarkeit erkenne ich auch die Hilfe von Ms. Christine Bocek von der Stadtbibliothek Los Angeles an, die mich bei der Suche nach Quellenmaterial unterstützt hat, sowie die von Ms. Mei-ling Tien, die nicht nur die Endfassung der Übersetzung niedergeschrieben, sondern mich auch auf Stellen verwiesen hat, an denen Verbesserung oder Verdeutlichung erforderlich war.

*Das Tagebuch Rogers,
Baron auf Lunel und Diener Gottes*

*Begonnen im Jahre 1096 nach
der Fleischwerdung unseres Erlösers*

Den zweiten August[2]

Ich habe keinen Leibeserben. Das ist für mich eine Quelle großer Betrübnis, denn ein Mann lebt im Alter und nach dem Tode in seinen Kindern fort. Ich stehe im neunundzwanzigsten Lebensjahr und werde wohl ohne Nachfahren bleiben, sofern es Gott nicht anders gefällt, denn der Schoß meiner Ehefrau Jehanne ist verdorrt, seit sie bei der Geburt ihres vierten Kindes eine Blutung erlitt. Es war eine Tochter, die sie ihrem früheren Eheherrn schenkte.

Mithin verfasse ich dies Tagebuch für den Fall, daß je ein Nachkomme meiner Linie etwas über mich wissen will, seien es die Kinder meiner Schwester Gauburge oder die Abkömmlinge meines beklagenswerten Stiefbruders Michael.

Mit meinen Aufzeichnungen beginne ich, weil ich kürzlich das Kreuz genommen habe und schon bald im Dienst meines Lehnsherrn, Raimund von Saint-Gilles, Graf von Toulouse, zur großen Pilgerfahrt nach Jerusalem aufbrechen werde. Da es allein in Gottes Hand steht, ob ich zurückkehren werde oder nicht, will ich alles derart getreulich berichten, wie ich das vermag, und nichts verheimlichen, ganz so, als spräche ich zu meinem liebsten Freund. Wie unser Herr und Heiland gesagt hat: Ihr werdet die Wahrheit erkennen, und die Wahrheit wird euch frei machen.

Als erstes will ich über mich selbst berichten.

Ich bin Roger, Baron auf Lunel, Sohn Richards von Burgund, Gefolgsmann des Grafen Raimund von Saint-Gilles. Zur Welt gekommen bin ich im Jahre 1066, da Wilhelm der

Normanne Britannien eroberte. Meinen Vater raffte der Fluß[3] in seinem einundzwanzigsten Lebensjahr dahin. Zu jener Zeit war ich erst drei Jahre alt und kannte ihn daher kaum, doch habe ich sein Andenken stets in Ehren gehalten. Gleich nach seinem Tod hat Gaspard, der Bischof von Mâcon, die Ländereien meines Vaters an sich gebracht. Zu dieser Untat bediente er sich eines juristischen Winkelzuges: Er behauptete, meiner Eltern Ehe sei ungültig, da sie Vetter und Base zweiten Grades gewesen seien. Solch üble Verleumdungen hatte er in Umlauf gesetzt, daß sich meine Mutter gezwungen sah, mit meiner Schwester und mir zu ihren Vettern in die Provence zu fliehen. Dort hat sie sich meinem Stiefvater Gilles von Lunel vermählt.

Dieser wiederum hatte zwei Söhne, Reynald und Michael. Als die Mauren Spaniens Pilgerstätte am Grab des heiligen Jakobus bedrohten, schloß sich Gilles zum Kampf gegen sie Robert Guiscard an und nahm seinen älteren Sohn Reynald mit.[4] Diesen zog beim Überqueren des Flusses Arga das Gewicht seiner Ausrüstung unter Wasser, so daß er ertrank; sein grüblerisch veranlagter Vater kam nicht darüber hinweg und nahm sich das Leben.

Michael war zu jener Zeit erst zwölf Jahre alt. Da seine Tante Drucille nicht wollte, daß der Nachlaß auf meine Familie überginge, machte sie ihren Einfluß auf ihren Vetter, den Bischof Benoît von Montpellier, mit dem Ziel geltend, die Ehe meiner Mutter für ungültig erklären zu lassen und den Nachlaß ausschließlich Michael zuzusprechen. So waren meine Mutter, meine Schwester und ich mit einemmal aufs neue besitzlos und lebten als Gäste im eigenen Hause.

Michael heiratete in seinem sechzehnten Jahr Guy Saint-Rocs rothaarige Tochter Elisabeth, die im vierten Monat der Ehe ein Mädchen zur Welt brachte. Es bekam den Namen Magdalena. Elisabeth, die zur Hysterie neigte, wurde bald darauf in ein Kloster in Montélimar verbannt, die Ehe annulliert. Michael, der im Wahnsinn seiner Gattin Gottes Strafe für seine Unkeuschheit sah, verzichtete auf sein Erbe und trat in den Cluniazenserorden ein.

Nun gelangte der Besitz Lunel endlich in die Hände unserer Familie. Hatte zuvor zwischen ihr und Gilles' Familie Zwist geherrscht, so brach jetzt der offene Krieg aus. Drucille schreckte in ihrer Feindseligkeit vor nichts zurück und ging sogar so weit, Männer zu bezahlen, damit sie die Hütten unserer Bauern niederbrannten und Äcker und Scheunen plünderten. Da ich noch zu jung war, den Besitz zu verteidigen, wandte sich meine Mutter mit der Bitte um Schutz an die Kirche und meinen Lehnsherrn.

Wie allgemein bekannt ist, kann gegenwärtig keine Frau unbelästigt allein leben noch sich auf ihrem eigenen Besitz bewegen, und so sorgte Graf Raimund dafür, daß meine Mutter eine neue Verbindung einging, obwohl sie schon dreiunddreißig Jahre zählte und bereits zwei Ehen hinter sich hatte. Guy Dru, der dazu Ausersehene, war zu jener Zeit siebenundvierzig Jahre alt und von angegriffener Gesundheit, was bei seinem fortgeschrittenen Alter nicht weiter verwunderlich ist. Er hatte sich in Spanien in den Feldzügen gegen die Heiden ausgezeichnet, und von ihm lernte ich als Junge das Kriegshandwerk. Nicht nur brachte er mir den Umgang mit Schwert und Lanze bei, er zeigte mir auch, wie man vom Pferd herab kämpft.

Unter der Aufsicht meines Stiefvaters begann ich, die Bauern von Lunel zu bewaffnen und zum Kampf auszubilden, damit sie künftig den Besitz schützen konnten. Es gelang meiner Mutter obendrein, den Bischof dazu zu bewegen, daß er über unsere und Gilles' Familie den Gottesfrieden aussprach, und so blieben wir eine gewisse Zeit hindurch unbehelligt.[5]

Während dieser Ruhepausen war ich darauf bedacht, die Arbeit auf den Ländereien von Lunel wieder in Gang zu bringen. Viele Bauern hatten den Besitz verlassen, und wer geblieben war, muß noch heute große Schwierigkeiten gewärtigen, seinen Lebensunterhalt zu bestreiten. Von Haus aus bin ich weder Bauer noch Viehzüchter. Mir fehlen sowohl die Geduld als auch die Liebe zum Boden, die dem Bauern im Blut liegt. Meiner Mutter zuliebe, die so lange und standhaft gekämpft hatte, uns das väterliche Erbe zu erhalten, unterzog ich mich der Aufgabe. Dabei machten mir die Rückständigkeit der Bauern und die Langsamkeit zu schaffen, mit der die Erde unsere Mühe lohnt. Bei diesem Tun machte ich im Laufe der Zeit die Bekanntschaft der in der Umgegend ansässigen Angehörigen des Landadels. Nicht nur lernte ich von diesen Männern, was ein Grundbesitzer wissen muß, einem von ihnen verdanke ich auch meine höchsten Wonnen und meinen tiefsten Gram.

Den achten August

Eine Woche dauert es noch bis zu dem Tag, den Unser Heiliger Vater Urban für den Aufbruch zur bewaffneten Pilgerfahrt festgesetzt hat.[6] Ich habe damit begonnen, die Bauern auszurüsten, die mich als Fußkämpfer begleiten werden; es sind insgesamt vierzehn. Mich selbst bereite ich militärisch wie geistlich auf die Unternehmung vor. Meine Gemahlin Jehanne weint des Nachts.

Wenn ich meinen – ohnehin noch sehr kurzen – Bericht erneut lese, frage ich mich, ob ich den Mut haben werde, ihn wahrheitsgemäß weiterzuführen, denn wenn er nicht der *Wahrheit* entspricht, hätte ich gar nicht erst damit anzufangen brauchen. Also werde ich meine Erzählung dort wieder aufnehmen, wo ich sie unterbrochen habe.

Ich sagte, daß ich mit dem Landadel der Umgegend bekannt wurde. Einer dieser Männer, Eustache de Valdevert, bemühte sich in besonderer Weise, mir beizustehen. Ob er es tat, weil ich aus Burgund stamme und er seine vorurteilsfreie Haltung Fremden gegenüber beweisen wollte oder ob er sich einen Vorteil davon versprach, vermag ich nicht zu sagen. Jedenfalls kam er häufig in Begleitung seiner Gemahlin zu mir herüber und lud mich ein, ihn zu besuchen, so oft ich nur Lust dazu hätte.

Er war nicht besonders groß und bot mit seinem sauber gestutzten Bart eine elegante Erscheinung. Er war umgänglich und zeigte stets ein freundliches Lächeln. Mit seinen Worten allerdings war er zu offen, vor allem, wenn er dem Wein zugesprochen hatte. Ich konnte mich des Eindrucks nicht erwehren, daß er einsam und unausgefüllt war, obwohl er ein Weib und vier Kinder sein eigen nannte. Es kam öfter vor, daß er die zehn Meilen von seinem Besitz herüberritt, nur um in meiner Gesellschaft zu sein.

Seine dunkelhaarige Gemahlin Jehanne war hübsch, auch wenn ihre Nase ein wenig lang geraten war. Ihre Haut war von zauberhafter Blässe, und ihre Augen waren schwarz wie die Sünde. Oft sah sie verstohlen zu mir her. Während sich Eustache über Gerste, Fuhrwerke oder andere Alltagsdinge ausließ, wobei er mir zuzwinkerte, aus seinem Becher einen kräftigen Schluck Wein nahm und meine Mutter und Schwester zum Lachen zu bringen versuchte, hielten Jehanne und ich stumme Zwiesprache. Dabei rief das Feuer ihrer kohlschwarzen Augen in mir zugleich Hitze und Beklemmung hervor.

Mit meinen zweiundzwanzig Jahren barst ich vor praller Lebenslust. Das mußte ihr klar sein. Sie war älter als ich, hatte schweißbedeckt auf Betten gelegen und Kinder geboren. Der Geruch ihres Leibes lockte mich.

Sooft ich konnte, ritt ich zu Eustaches Besitz hinüber. Anfangs nahm ich meinen Diener Thomas mit und gebot ihm, sich stets in meiner Nähe zu halten, später aber ritt ich allein. Es war am Vorabend von Michaeli, als mich Jehanne zum ersten Mal berührte. Eustache hatte zum Namenstag seines ältesten Sohnes eine Feier ausrichten lassen. Der Abend war kühl, und während einige Gäste draußen tanzten, zogen sich andere ins Haus zurück. Eustache hatte zuviel getrunken und schien nicht zu merken, daß seine Gemahlin fortgegangen war. Mir aber fiel es auf, und ich machte mich auf die Suche nach ihr.

Sie stand in der Küche nahe der offenen Tür zur Vorratskammer. Als sie mich sah, wandte sie sich um und verschwand hinter der Tür. Ich kam mir töricht vor und wußte nicht recht, was ich tun sollte, ging aber zu der Tür hinüber und blieb davor stehen, obwohl ich befürchten mußte, dort entdeckt zu werden. Nach einer Weile öffnete sich die Tür, ich wurde mit festem Griff gepackt und in das Nebengelaß gezogen.

Jehanne schloß die Tür hinter mir. Es war dunkel und roch nach Äpfeln und Knoblauch. Bevor ich ein Wort sagen konnte, steckte sie mir ein Stück Zitrone in den Mund. »Aus meinem eigenen Garten«, hörte ich ihre Stimme sagen. Dann lagen ihre Hände auf meinen Hüften. Sie zog mich in der aromatischen Dunkelheit an sich und ließ ihre Zunge über meinen Nacken gleiten. Das war alles. Darauf verschwand sie. Ich blieb noch eine ganze Zeit lang, nachdem sie die Tür geschlossen hatte, im Dunkeln stehen, während mir der Saft ihrer Zitrone über das Kinn lief.

Seither trieb mich der bloße Geruch von Zitronen zum Wahnsinn. Ich war wie im Fieber und dachte beständig an Jehanne. Gott steh mir bei, ich überlegte, auf welche Weise ich ihren Gatten aus dem Weg räumen konnte, und beim Gottesdienst betete ich glühend um seinen Tod. Stöhnend warf ich mich nachts auf dem Lager herum – jedenfalls sagte Gauburge das, die mich aus ihrer Kammer hören konnte. Unaufhörlich lag Jehannes Name auf meinen Lippen. Ich vergoß Tränen um sie, und die Sehnsucht nach ihr verzehrte mich. Beständig spürte ich ihren Duft in der Nase, und nachts griff ich, Herr Jesus, nach mir selbst, und in meinem Gebet verschmolzen ihr Name und meine Sünde.

Als ich sie an Martini vor dem Portal des Doms von Montpellier das nächste Mal sah, hob sie den Blick nicht zu mir auf. Ich hingegen starrte während der Morgenmesse so auffällig über den Gang zu ihr hin, daß ich sicher war, Seine Exzellenz der Bischof müsse es merken. Noch nie hatte ich bei einem Weibe gelegen, und Jehanne bedeutete mir alle Weiber. Vergib mir, mein Erlöser, aber ihr Leib war der einzige Tempel, in dem es mich drängte, inbrünstig zu beten.

Zu solchen Exzessen treibt die Leidenschaft einen Mann. Niemandem konnte ich mich freilich anvertrauen, nicht einmal dem guten Mönch René, meinem Beichtvater. Lediglich unerlaubte Gelüste gestand ich ihm, für die er mich mit Geißelung Buße tun hieß. So zog ich Abend für Abend das Hemd aus, nahm die Birkenruten zur Hand, peitschte mich aus und gedachte Jehannes unter Tränen. Die Schmerzen waren meine Hingabe an sie, die Striemen der Beweis meiner Liebe, und das Blut, das mir über den Rücken rann, mein Same, der nicht in ihren Leib drang.

Es war eine gottlose Zeit. Erst im Frühjahr sah ich sie wieder, als ich mit meinem Aufseher zu Eustache ritt, um bei der Aussaat zuzusehen. Eustache besaß Kenntnisse der Landwirtschaft, die er auf einer Pilgerfahrt nach Antiochia erworben hatte, und er hatte versprochen, mich in die Geheimnisse des Ostens einzuweihen. Er war ein gottesfürchtiger Mann und ein großzügiger Nachbar, und ich schüttelte seine schmale Hand im Bewußtsein, daß ich sein nichtsahnendes Vertrauen in meinem Herzen bereits mißbraucht hatte.

Jehanne stand mit gerafften Röcken im Küchengarten und beugte sich über ihre Sämlinge. Die feuchte Erde an ihren Fesseln war der lustvollste Anblick, den ich je wahrgenommen hatte. Nichts hatte mich bislang so erregt wie das Bild ihrer mit Erde bedeckten bloßen Füße – weder die ungelenken Kritzeleien der unreifen Knaben im Flecken noch das verbotene Buch, das ich einmal eine ganze Woche für mich hatte, als es unter den Jünglingen der ganzen Gegend die Runde machte. Als ich mit ihrem Gemahl vorüberkam, wandte sie sich um. Unter ihrem Kopftuch wurde dabei die geschwungene Linie ihres Nackens sichtbar. Sie hielt eine Weile in ihrem Tun inne und sah mich an, dann bückte sie sich wieder über ihre Beete.

Es war genug. Fast hätte ich Eustache an Ort und Stelle umgebracht und sie genommen. Doch eben in jenem Augenblick wandte er sich mir zu und fragte: »Habt Ihr meine Stute gesehen? Sie ist wieder trächtig.«

Die Frage brachte mich zur Besinnung. Seine Stute! *Sie* war seine Stute, die er nach Belieben ritt. Hundertmal hatte sie seinen kräftigen Leib getragen und war von ihm trächtig gewesen. Wortlos stierte ich ihn an, bis er stehenblieb, mich bei der Hand nahm und fragte, ob mir nicht wohl sei. Er hieß mich niedersitzen, strich mir über die Stirn und sagte, sie fühle sich heiß an. Er schlug mir vor, mich hinzulegen, und bot mir dazu sein eigenes Bett an. Rasch dankte ich ihm und verabschiedete mich.

Während ich an jenem Abend in der Dunkelheit zwischen den Hecken am Wegesrand zurückritt, verfluchte ich mich voll Zorn. Meine Stute strauchelte, blieb stehen, wandte den Kopf nach mir um und setzte sich wieder in Gang, als ich ihr heftig in die Weichen trat.

Es war Herbst, als es geschah. Diesmal war die Ernte zufriedenstellend gewesen, und der Bischof hatte zum ersten Mal seit vielen Jahren eine Erntedankfeier angeordnet. Jeder im Umkreis nahm daran teil. Die Menschen wollten Gott Dank sagen, aber es sich auch wohl sein lassen. Ich ging nur deshalb hin, weil meine Schwester zu jener Zeit einem Edelmann aus Sète versprochen war und nicht unbegleitet in seiner Gesellschaft gesehen werden durfte.

Eustache kam am zweiten Tag des Festes. Ich erblickte Jehanne, bevor ich ihn sah. Sie trug ein unterhalb des Busens geschnürtes smaragdgrünes Kleid, und ein Schleier wehte vor ihrem Gesicht. Ich hielt mitten im Gespräch mit meinem Diener Thomas inne, sah sie unverwandt an und spürte, wie mir die Seele im Leibe schmolz. Ungeachtet dessen, daß sie am Arm ihres Gatten ging, sah sie eindringlich zu mir her. Ihr Blick war kalt, hart und herausfordernd. Fast hätte ich aufgeschrien.

Den ganzen Tag versuchte ich, ihren Blick auf mich zu ziehen. Um sie auf mich aufmerksam zu machen, beteiligte ich mich an jedem Schaukampf und trat in Wettstreit mit der Stadtjugend, als es galt, volle Säcke zu heben, mit Holzschwertern zu kämpfen und auf einem Bein stehend einen Spieß im Gleichgewicht zu halten. Jeder Blick, den sie mir zuwarf, machte mich kühner.

An jenem Abend betrank sich Eustache besinnungslos. Ich wartete, bis man ihn in ein Gasthaus geschafft hatte, und ging dann zu ihr. Kein Wort wurde gesprochen. Auf dem

Friedhof hinter der Kirche nahm ich die anderen Paare in der Dunkelheit um uns herum kaum wahr. Ich zog Jehanne auf einen neu angelegten Grabhügel, ihre Hände fuhren unter meine Kleider, mein Atem ging heiß, ihre Lippen brannten. Sie nahm mich in ihre Hände, barg mich in ihrer feuchten Tiefe, und ich überschüttete sie mit meiner Schuld.

Fünfmal war ich bei jenem Fest mit ihr vertraut, und jedes Mal war inbrünstiger und wagemutiger als das vorige. Zwischen den Pferden im Stall des Bischofs hob ich ihre Röcke und nahm sie wie ein Tier, während sie sich an mich drängte und keuchend meinen Namen hervorstieß.

O Gott, wo war deine Strenge, die man mich als Kind lehrte und die ich fürchtete, wie ich meinen eigenen Vater hätte fürchten sollen? Wo war die Furcht? Alles dahin, besiegt von der Wollust, ausgelöscht von einer Begierde, die mich davontrug wie Teufel, die auf dem Weg zur Hölle gellend kreischen.

Am letzten Abend des Festes kam sie in meine Kammer, die im oberen Stockwerk des Gasthauses lag. Ich hatte dafür gesorgt, daß Thomas betrunken war. Da er gleichwohl den Platz vor meiner Tür nicht räumen wollte[7], drosch ich mit dem Gürtel auf den armen Burschen ein, bis er sich maulend trollte.

Da ich seit vier Tagen und Nächten nicht gebadet hatte, parfümierte ich mich. Es gab kein Licht außer dem von den Fackeln der Feiernden, und ihre Lieder dröhnten zu mir hoch, als wollten sie das Hämmern meines Herzens verhöhnen. Es war mir einerlei. So tief steckte ich in der Sünde, daß sie ein unüberwindbares Bollwerk gegen meine Seele bildete. Nie war ich zufriedener mit mir gewesen, und nie hatte ich in größerer Gefahr geschwebt. So verhält es sich stets, wenn man seiner Begierde nachgibt.

Die Tür öffnete und schloß sich ebenso rasch wieder. Wortlos lag Jehanne nackt in meinen Armen. Ihr Körper war überall zugleich, ihr Mund kam wie eine Flut aus Fleisch über mich. Das Leben sprang mir in die Lenden. Sie saß auf mir. Ich empfand keine Scham – und doch war sie die Gemahlin eines anderen, meines Freundes und Nachbarn. Ich schwelgte in dieser Vorstellung und in der Herrschaft, die ich über Jehanne ausübte. Sie biß mich in die Lippen, ihre Nägel fuhren mir in die Seite, sie wogte auf mir wie ein Meer, in dem ich versank, mitgerissen von der Leidenschaft.

Dann stand mit einem Mal *er* in der Tür: Eustache. Er war barfuß, sein Wams stand offen, und sein Blick war starr vor Entsetzen. Ich nahm ihn über ihre Schulter hinweg wahr, und es dauerte eine ganze Weile, bis sie von mir abließ, mich ansah und sich endlich umwandte.

»Schlampe!« sagte er. »Du hast ihn mir genommen.«

Dann drehte er sich um und ging. Da ich den Sinn seiner Worte nicht verstand, suchte ich ihn in ihren Augen. Sie aber begann zu lachen. Sie lachte!

DEN ZWÖLFTEN AUGUST

Wie qualvoll es für mich war, all das niederzuschreiben. Ich habe beschlossen, das Buch in meiner Gewandtruhe zu verschließen, damit niemand es findet. Vor wem ich Furcht habe, vermag ich freilich nicht zu sagen, da die Frauen und Dienstboten im Hause nicht lesen können. Vielleicht fürchte ich mich vor mir selbst. Denn, Gott verzeih mir, nach wie vor erregen mich die gottlosen Vorfälle, die ich hier berichtet habe.

Mit einer bösen Vorahnung im Herzen verließ ich das Fest. Nicht nur Schuld empfand ich, sondern auch Beklemmung: Eustache konnte vor mich hintreten und Genugtuung fordern. Das Duell selbst scheute ich nicht, war mir doch klar, daß ich ihn leicht kampfunfähig machen und sogar töten könnte, sofern er sich mir entgegenstellte. Doch bedrückte mich die Vorstellung, daß ein so hochherziger Nachbar *sein* Leben um *meiner* Sünde willen verlieren sollte. Wie wir doch durch böse Taten Unheil über uns bringen! Und wie sehr genießen wir diese Taten, während wir sie begehen!

Jedesmal, wenn es an der Tür klopfte, beschlich mich die Angst: nicht etwa Angst vor dem Tode, wohl aber die, töten zu müssen. Meine Triebhaftigkeit würde mich zum Mörder machen, und mit Eustache würde gleichzeitig auch meine Seele sterben. Beide würden zur Hölle fahren. Und warum? Um einer Metze willen, einer gewöhnlichen Ehebrecherin!

Meine Schwester Gauburge überbrachte mir die Nachricht. Sie ist gewiß nicht besonders ansehnlich. Ihr langes Gesicht ist reizlos, und sie macht keinen besonders klugen Eindruck. Ihre Augen stehen dicht beieinander, ihre Haut ist fleckig, ihr Haar alles andere als glatt und üppig wallend wie das von Jehanne. Doch als sie in mein Gemach trat, lag auf ihrem Gesicht ein solcher Ausdruck von Schmerz und Gram, daß sie mir für einen kurzen Augenblick schön erschien.

»Was ist denn passiert?« fragte ich.

»Eustache de Valdevert ist ertrunken«, flüsterte sie.

Ich fuhr hoch. Damit hatte ich nicht gerechnet. Daß er wutschnaubend zu mir hereinstürmen oder mich mit kalter Rachsucht aufsuchen würde, hatte ich mir hundertmal ausgemalt. Aber sich das Leben zu nehmen ...

Später erfuhr ich vom Mönch René nähere Einzelheiten. Nach dem Fest war Jehanne allein nach Valdevert zurückgekehrt, da sich ihr Gemahl beharrlich geweigert hatte, sie zu begleiten. Als er schließlich heimkam, schloß er sich ein und ließ niemanden zu sich. Am siebten Tag fand man seine Gemächer offen, von ihm selbst aber war nichts zu sehen. Am Abend sah Eustaches Diener den Umhang seines Herrn auf dem Fluß treiben. Nahebei am Ufer lagen seine Stiefel und der lederne Almosenbeutel, den er am Gürtel zu tragen pflegte. Er enthielt eine Mitteilung von seiner Hand an Jehanne. Sie lautete: »Ich trete meine letzte Pilgerschaft an.«

Zwar hat man seinen Leichnam nie gefunden, doch hat der Bischof seinen Selbstmord bescheinigt. Nach der kürzestmöglichen Frist, die der Anstand zuließ, heiratete ich Jehanne.

Es ist Abend. Thomas hat mich in meinem Schreiben unterbrochen, um mir mitzuteilen, daß mein Kettenhemd[8] noch nicht bereit sei. Das ist sehr ärgerlich, da wir in drei Tagen aufbrechen wollen. Dreißig Tagwerk Land mußte ich dem Bischof verkaufen, um das Geld für meine Ausrüstung und die meiner Bauern aufzubringen, und ich hatte den Schmied ausdrücklich angewiesen, mein Kettenhemd rechtzeitig fertigzustellen. Jetzt fordert er mehr Geld, weil ihn die Arbeit, wie er sagt, am Hufbeschlagen gehindert hat und er den Sohn des Aufsehers hat einstellen müssen, um auf dem Dorn[9] zu schmieden. Was sich manche Handwerker in den letzten Jahren doch herausnehmen!

Ich hatte über Jehanne de Valdevert geschrieben, die ich in meinem vierundzwanzigsten Jahr geheiratet habe. Wie das Gesetz es vorsieht, habe ich ihre vier Kinder wie meine leiblichen angenommen, ohne sie allerdings in meinem Testament zu bedenken, denn sie sind mir zuwider, Gott möge mir verzeihen. Nicht nur sind sie anmaßend, widersetzlich, störrisch und unausstehlich, sie machen auch kein Hehl aus der Geringschätzung, die sie mir entgegenbringen. Sie scheinen zu wissen, daß ich die Schuld am Tod ihres Vaters trage, und reizen mich immer wieder durch ihr Äußeres und ihre beständige Mißachtung meiner Person. Auf mich wirken sie schmutzig, übellaunig und alles andere als liebenswürdig, und ich werde sie von dem Grundbesitz fernzuhalten wissen, dessen Erwerb meine Mutter so teuer zu stehen gekommen ist.

Von ihr habe ich bisher nur wenig gesprochen. Sie ist gottesfürchtig, führt ein genügsames und rechtschaffenes Leben und spricht über niemanden Böses. Sie weiß in vielen Dingen Rat und teilt ihn freigebig mit. Jehanne geht ihr aus dem Wege. Sie behauptet, meine Mutter mische sich in alles ein und urteile leichtfertig über ihre Mitmenschen. Sie ist nicht einmal bereit, mit ihr zusammen zu essen. Mein Haus ist, Gott sei es geklagt, kein Hort des Glücks.

Ich bin jetzt müde und werde mich zur Ruhe begeben. Jehanne wird mitten in der Nacht zu mir kommen, und wir werden miteinander sündigen. Denn unser Tun ist Sünde, und das Bild des im Wasser treibenden Leichnams ihres Gemahls wirft seinen Schatten darüber.

Den fünfzehnten August

Am Fest der Himmelfahrt Unserer Lieben Frau

Heute breche ich auf, um für die große bewaffnete Pilgerfahrt nach Jerusalem zu meinem Lehnsherrn zu stoßen. Jerusalem, die heilige Stadt der Christenheit, die Stadt Gottes. Schon der Name klingt wie Trompetenschall! Jerusalem! Er ruft meine Seele zur Erlösung.

Vergangene Nacht lag ich bei Jehanne, wie ich es vorausgesagt hatte. Wie gut ich sie kenne! Mit aufgestecktem Haar kam sie zu mir herein, das Nachtgewand umfloß ihren Körper wie Rauch. Noch bevor ich wach war, umfingen mich ihre weichen Arme und Schenkel. Ihr Atem lag auf meinem Gesicht. Sie weinte.

Sie bat mich, sie auf die verbotene Weise zu nehmen, und sagte: »Gott weiß, ob du je wiederkehrst. Womit aber soll ich mich dann trösten?« So war ich ihr in der Art der Sodomiter gefällig, doch unter Tränen, denn am Kamin hing mein Umhang mit dem Kreuz auf der Schulter zum Trocknen. Während sie unter meinem Andringen vor Lust aufstöhnte, sah ich den Umhang an und dachte an den Sündenablaß[10], der jenen winkt, die im Kampfe fallen.

Am Morgen traten meine Männer vor das Haus. Sie machten einen teilnahmslosen und unvorbereiteten Eindruck. Ihre Kleidung war beileibe nicht so leuchtend bunt, wie ich es mir vorgestellt hatte, und ihre Miene eher trübselig als begeistert. O Jerusalem, werden wir deiner wert sein? Wird unser Glaube stark genug sein, um dich zu befreien?

Später am selben Tag.

Inzwischen befinden wir uns in Montpellier im Schloß des Grafen Raimund, wo Fürsten und Ritter mitsamt Gefolge zur großen Pilgerfahrt zusammenströmen. Morgen früh will uns mein Lehnsherr nicht nur wissen lassen, welchen Weg wir nehmen werden, sondern uns auch mit den Anordnungen des Heiligen Vaters bekannt machen, die ihm dessen Legat, Adhémar von Monteil, Bischof von Le Puy, mitgeteilt hat. Ich muß mich jetzt in die Halle begeben, wo ich mit meinem Lehnsherrn und den anderen wohledlen Herren, die bereits eingetroffen sind, das Nachtmahl einzunehmen gedenke.

Später

Es ist tief in der Nacht. Da ich den größten Teil des Tages unterwegs war und beim Essen zuviel getrunken habe, bin ich müde. Bevor ich mich schlafen lege, will ich aber noch meinen Aufbruch von Lunel beschreiben.

Meine Mutter hat mich in ihren Gemächern verabschiedet; sie wollte es nicht vor Jehannes Augen tun. Erst als ich sie küßte, fiel mir auf, wie alt sie geworden ist. Ihr Gesicht ist trocken und faltig, und man kann die Geschichte ihres Leidens darin lesen. Sie hatte wahrlich kein leichtes Leben, denn Verleumdungen und Streit waren ihre Wegbegleiter. Selbst ich habe ihr mit meinem ausschweifenden Verhalten Kummer bereitet, und ich hoffe, sie kann es mir vergeben.

»Du mußt jetzt gehen«, sagte sie. »Kämpfe für Gott, um deine Seele zu retten.«

Damit hatte sie natürlich recht. So manche Missetat habe ich zu tilgen, und ich gehe in der Hoffnung, daß Gott mein Opfer als Sühne annimmt. Meiner Mutter habe ich gesagt, daß ich wohl keine Möglichkeit haben werde, ihr zu schreiben, es aber versuchen will. Lange hat sie mich angesehen, dann hat sie genickt und gesagt: »Mein Sohn Roger, ich werde dich nie wiedersehen.«

Ich wollte sie beruhigen, aber sie ließ sich nicht davon abbringen. Sie hat mich in den Armen gehalten und mich dann niederknien geheißen, während sie Gottes Segen auf mich herabflehte. Draußen warteten Gauburge und Jehanne auf mich. Meine Schwester war sehr tapfer. Bisher habe ich zuwenig über sie geschrieben. Sie hatte mir Küchlein gebacken und sie in ein mit den Anfangsbuchstaben ihres Namens besticktes Tuch gewickelt. Auch hat sie mir das Kruzifix geschenkt, das sie seit ihrer ersten Kommunion um den Hals trug.

Jehanne war einem hysterischen Anfall nahe. Unter Jammern und Stöhnen riß sie sich den Schleier aus dem Haar und schleuderte ihn vor die Räder des Bagagewagens. Sie drohte, sich in den Fluß zu stürzen. Als sie freilich merkte, daß sie damit auf das Schicksal ihres ersten Gatten anspielte, fiel sie auf die Knie und schlug mit den Fäusten auf den Boden.

Ich hob sie auf und versuchte sie zu beruhigen. Nicht nur machte sie die Pferde scheu, die Bauern lachten auch über sie. Ihr tränennasses und von Erde verschmiertes Gesicht war verzerrt und gequält und wirkte so abstoßend, wie ich es nie zuvor gesehen hatte. Gewiß hätte sie mir den Waffenrock zerrissen, wenn ich ihr nicht die Arme festgehalten hätte wie die Beine eines um sich tretenden Schafbocks. Als ich sie Gauburges Fürsorge anbefahl, spie sie aus und sagte: »Sie mag mich nicht. Am liebsten sähe sie es, wenn ich tot wäre. Jeder von euch sähe mich am liebsten tot.«

Kaum konnte ich mein Pferd besteigen, so verzweifelt zerrte sie mich an Gürtel und Beinen. Zum Schluß habe ich mich zu ihr hinabgebeugt, sie an den Haaren gepackt, ihr den Kopf nach hinten gebogen und sie auf den Mund geküßt. Daraufhin wurde sie etwas ruhiger. Sie begann mir Knie und Knöchel zu küssen und wie ein verlassenes Kind zu jammern. Ich sprengte davon, bevor sie sich wieder vergaß.

Während des ereignislosen langen Ritts nach Montpellier dachte ich an das Heim, das ich zurückließ. Vielleicht weiß ich nicht, wie man sein Haus zu führen hat, weil ich vaterlos aufgewachsen bin. Zu lange habe ich unter dem Joch von Weibern und meiner Sünden gelebt und nicht meinem Ich gemäß gehandelt. Wie aber sieht dies Ich aus? Vielleicht wird diese Pilgerfahrt es mich erkennen lehren.

Den neunzehnten August

Schon vier Tage habe ich meinem Buch nichts anvertraut. Viel ist seither geschehen. Meine Gemahlin Jehanne ist vor dem Schloß erschienen; sie war am Tag nach meiner Abreise die ganze Nacht hindurch geritten. Die Situation war demütigend für mich, und die anderen ließen ihrer Spottsucht freien Lauf. Ohne auf Jehannes Tränen zu achten, fuhr ich sie hart an und befahl ihr heimzukehren. Da sie mir nicht gehorchte und auf dem Flur vor meiner Tür zu schlafen versuchte, habe ich sie an Händen und Füßen binden lassen und mit einem Fuhrwerk zurückgeschickt. Den ganzen nächsten Tag konnte ich mich nicht zeigen. Letzten Endes aber hat mich der gute Mönch René, der uns als geistlicher Beistand begleitet, überzeugt, daß alles in Ordnung sei.

Fürwahr, es ist eine reine Freude, mit Männern zusammenzusein. Wir scherzen und spielen und können uns ohne den zersetzenden Einfluß der Geschlechtlichkeit am Umgang mit dem anderen erfreuen. Während ich diesen guten, gesunden und mannhaften Kriegern zusehe, denke ich, daß alles Leid meines Lebens auf Weiber und meine Beziehungen zu ihnen zurückgeht. Wie herrlich, endlich von ihnen frei zu sein! Mir kommt zudem in den Sinn, daß Gott die Gestalt eines Mannes angenommen hat, als er Fleisch wurde.

Heute morgen habe ich der Messe im hohen Dom beigewohnt. Bischof Adhémar selbst zelebrierte sie und rief in seiner Predigt mit glühenden Worten zur Pilgerfahrt auf. Der ungläubige Türke habe den Christen dort das Heilige Land entrissen, und diese riefen ihre Brüder aus dem Westen zu Hilfe. Es war ein eindrucksvolles Bild, wie Seine Exzellenz sprach, angetan mit dem goldenen Meßgewand, die mit Edelsteinen besetzte Mitra auf dem Haupt und den Kreuzstab wie eine Gotteslanze in der Hand haltend. Die Edlen zeigten sich in all ihrer Farbenpracht. Einer von ihnen war ich, in Blau und Gold mit den drei Sternen derer von Lunel auf der Brust. Ich barst schier vor Stolz im Bewußtsein, daß ich soviel gelte wie jeder andere, und pries Gott für das Kreuz, das ich auf der Schulter trage.

Später umdrängten wir den Bischof, um seinen Worten zu lauschen. Er blickte uns, einem nach dem anderen, in die Augen und sagte: »Das Grab, darin Unser Erlöser lag, befindet sich in den Händen Ungläubiger. Gebt Euren Besitz, gebt Euer Blut, gebt Euer Leben, wenn es denn sein muß, aber rettet Eure Seele. Rettet die Christenheit!«

Wie aus einem Munde riefen wir alle: »Gott will es!« Lebaud von Balbec, ein rauher, bärtiger Normannenkrieger, der eine Kette aus Fingernägeln um den Hals trägt, riß seinen Umhang in Stücke und schwor, er wolle auf der Stelle tot umfallen, wenn er nicht an jener heiligen Stätte beten werde.

Bischof Adhémar ist ein edler Mann von fast fünfzig Jahren. Er mißt an die sechs Schuh, und der Blick der dunklen Augen über seiner Adlernase dringt bis in die Seele der Menschen. Ein heiliger Mann, dachte ich, während ich seiner weithin hallenden Stimme lauschte. Ein Mann Gottes, dem man bis an die Pforten der Hölle folgen kann. Nicht umsonst hat ihn der Heilige Vater zum Heerführer unserer Pilgerschar ausersehen.

Einmal warf ich während der Ansprache Adhémars einen Blick zu meinem Lehnsherrn hinüber und sah überrascht, daß er den Bischof fuchsteufelswild anstarrte. Es kam mir ganz so vor, als unterdrückte er mit Mühe einen Zornesausbruch. Ich beschloß, mit ihm darüber zu reden, schien es mir doch, als erfüllte ihn nicht heiliger Eifer, sondern Mißgunst.

Wir bereiten uns im Schloßhof auf den Kampf vor. Graf Raimund führt uns an und achtet darauf, daß nicht jeder für sich kämpft, sondern alle gemeinsam. Wir üben die Umschließung des Feindes, das erneute Vorgehen nach dem Zurückweichen und den Scheinangriff der Reiterei über die Flanke. Manche Ritter äußerten ihren Unmut gegen diese Übungen, doch mein Lehnsherr, der sich im Kampf gegen die Ungläubigen mit Ruhm bedeckt hat und einen schlohweißen Bart sein eigen nennt, genießt die Achtung aller.

Jetzt muß ich eine Weile von ihm sprechen.

Trotz seiner fünfundfünfzig Jahre wirkt Graf Raimund von Saint-Gilles ebenso jugendlich und entschlossen wie irgendein Schildknappe. Er hat lange im Orient gelebt und hält seinen Körper nicht nur mit Salben und Einreibungen beweglich, sondern unterzieht sich auch allerlei geistlichen Übungen. Niemand kommt ihm an Energie und rascher Auffassungsgabe gleich. Sogar sein Gebiß ist noch erstaunlich kräftig: So sah ich gestern abend, wie er einem gebratenen Spanferkel, das er mit beiden Händen hielt, das Rückgrat in einem Stück herausriß. Während ihm der Saft über das Gesicht troff, nahm er mit breitem Grinsen unseren Beifall entgegen. Ich bin überzeugt, daß er mit diesen gelben Zähnen einen Mann töten könnte.

Seine Frömmigkeit ist weithin bekannt. Er war schon vor dem Türkeneinfall nach Jerusalem gepilgert und hat in Spanien, Sizilien und auf Malta gegen die Ungläubigen gekämpft. Ich hatte angenommen, der Heilige Vater werde ihm den Befehl über den Zug nach Jerusalem übertragen. Vielleicht liegt der Grund für sein sonderbares Verhalten gegenüber Bischof Adhémar darin, daß er es nicht getan hat.

Den zwanzigsten August

Heute morgen wurde ich ganz unverhofft Zeuge einer erschreckenden Szene. Gerade wollte ich das Schloß verlassen, um nach meinem Pferd zu sehen, als ich aufgebrachte Stimmen hörte. Da ich die meines Lehnsherrn zu erkennen glaubte, blieb ich eine Weile im Vorraum stehen, obwohl sich das nicht gehört.

»Zum Teufel mit dem Heiligen Vater«, rief er. »Der Gegenpapst wäre mir gerade recht!«[11]

»Hütet Eure Zunge«, gab der andere zurück. »Man kann Euch ebenso leicht aus der Gemeinschaft der Gläubigen ausschließen wie jeden beliebigen Bauern.« Es war Bischof Adhémar!

Ich hörte meinen Lehnsherrn lachen. »Droht mir nicht mit der Hölle, Heuchler«, sagte er. »Ich weiß, wie reich Euch dies Unternehmen gemacht hat. Die Hälfte der Männer hier haben Euch Land verkauft, um ihre Waffen bezahlen zu können.«

»Das Geld gehört Gott«, fauchte Bischof Adhémar.

»Gewiß, aber ausgeben werdet Ihr es«, erwiderte Graf Raimund. »Ihr und Euer Heiliger Vater. Ihr wollt die Ritter aus dem Lande haben, damit sie Eure Kirchen nicht mehr überfallen. Und damit sie für dies Vorrecht auch noch zahlen, habt Ihr Euch einen klugen Plan ausgedacht. Vollständiger Ablaß! Der Erlaß der Sündenstrafen wird sie teuer zu stehen kommen.«

Was ich da hörte, entsetzte mich. Nie hätte ich gedacht, daß Graf Raimund so hitzköpfig zu Seiner Exzellenz sprechen könnte. Ich wollte gerade weitergehen, um nicht zum Lauscher zu werden, als sich Schritte näherten. Da mir klar war, daß man mich im nächsten Augenblick entdecken würde, verbarg ich mich.

Mein Lehnsherr trat in den Vorraum. »Ihr versteht nichts von Kriegführung«, warf er knurrend über die Schulter. »Von mir aus leitet die Unternehmung mit Gebeten – aber nicht im Kampf.«

Durch die offenstehende Tür konnte ich Bischof Adhémar sehen. Er sagte: »Unsere Kämpfe werden Gebete sein. Da ich im Gebet führe, werde ich auch im Kampf führen.«

»Eure flinke Zunge müßte einem Türken köstlich munden«, gab mein Lehnsherr zur Antwort. »Kommt mir nicht in die Quere, sonst sorge ich dafür, daß er sie bekommt.« Mit diesen Worten schritt er in den Hof hinaus. Ich kroch aus meinem Versteck und spähte in den Nebenraum. Dort kniete

Bischof Adhémar mit entblößtem Haupt. Ich nahm an, er bete, doch sah ich gleich darauf, daß er sich an die Brust griff und nach Atem rang.

Jerusalem, mir scheint, daß du weiter entfernt bist, als wir wissen.

Den einunddreissigsten August

Lange habe ich nichts mehr geschrieben. Wir sind aus den Ländern der Franken in die der Italiener gezogen.[12] Bisher ist unser Marsch angenehm verlaufen. Meist ging es an der Küste entlang, durch Dörfer und Städte, in denen man uns als Krieger Christi willkommen geheißen hat. Trotz dieses herzlichen Empfangs gibt es Ritter, die plündern und sich sogar Übergriffe gegen Menschen erlauben, die uns ihre Häuser öffnen und uns zuvorkommend versorgen. Mein Lehnsherr ist darüber zutiefst bestürzt, und er gibt sich die größte Mühe, solchem Treiben Einhalt zu gebieten.

Vor allem die normannischen Ritter kennen keinen Ehrenkodex. Man sieht es ihnen an den Gesichtern und der Kleidung an, daß sie in Wahrheit Wikinger sind. Trotz der Wärme und Schwüle tragen sie Felle. Am ganzen Leibe sind sie mit vulgären Tätowierungen bedeckt. Auch tragen sie gern Schmuck der abscheulichsten Art: Knochen, Zähne und dergleichen. Ihr Anführer, Fulk Rechin von Anjou, hat sich paarweise schwarze und verschrumpelte Hoden auf den Waffenrock nähen lassen. Voll Stolz behauptet er, sie stammten von Priestern. Es sieht widerlich aus, wie sie pechschwarz und schrumplig wie Johannisbrotschoten herabhängen. Lehnsherr der Normannen ist Robert, Graf der Normandie, der Sohn des englischen Königs Wilhelm. Allerdings sieht man ihn nicht oft – angeblich ist er auf der Suche nach Ländereien, für die er viel Geld ausgibt.

Auch die Sprechweise der Normannen ist primitiv. Es ist eine häßliche Mischung aus der *langue d'oïl*[13] und dem kehligen Gegrunz ihrer Wikingervorfahren. Die meisten von ihnen sind hünenhaft und blond, unvorstellbar schmutzig, haben verfilzte Bärte und scharfe Zähne. Sie lassen sich von niemandem befehlen. Nachts sammeln sie sich um ihre Lagerfeuer und singen denkbar unanständige Lieder, wobei sie an ihrem eigenen Gelächter fast ersticken, obwohl sie die Weisen bestimmt schon hundertmal gehört haben. Die Vorstellung ist ernüchternd, daß auch Wilhelm, der die britischen Inseln erobert hat, eins dieser Geschöpfe war, halb Mensch, halb Tier.

Als wir gestern durch San Remo kamen, die erste Stadt Italiens, haben die Normannen Kinder, die mit Gebäck und Blumen zu unserer Begrüßung aus den Häusern getreten waren, herzlos und unter Verwünschungen grob beiseite geschoben. Nachdem wir unser Lager aufgeschlagen hatten, sind sie nach Einbruch der Dunkelheit in den Ort gezogen. Unter lautem Fluchen haben sie mit dem Schwert in der Faust die Männer aus den Häusern getrieben und sich dann über die Weiber hergemacht.

Denen von uns, die heute morgen in den Ort zurückgekehrt sind, um am Brunnen Wasser zu holen, bot sich ein schauerlicher Anblick. Einige Männer lagen mit durchschnittener Kehle auf offener Straße. Noch bedauernswerter aber waren die Frauen, die mit blutleeren Gesichtern oder schluchzend durch die Straßen irrten. Vor allem ein Mädchen von höchstens dreizehn Jahren erregte mein Mitleid. Ihre Röcke waren blutig, und sie saß wie gelähmt in der Tür ihres Hauses. Als ich näher kam, kreischte sie beim Anblick des Kreuzes auf meinem Umhang auf und kroch auf allen vieren ins Haus. Sie hatte offenbar nicht die Kraft aufzustehen.

Ich habe am Abend mit den anderen Männern meinen Lehnsherrn aufgesucht. Ihm berichteten wir, was wir gesehen hatten. Sein Gesicht verfinsterte sich, während er uns anhörte. »Wir sind doch keine Heiden«, entfuhr es ihm, »sondern wollen gegen die Heiden kämpfen. Wo ist der Vertreter unseres obersten Herrn? Wo ist Adhémar?« Man rief ihn herbei, und wir wiederholten unseren Bericht vor seinen Ohren. »Das ist Euer Heer Christi!« schrie Graf Raimund. »Glaubt Ihr wirklich, es mit Gebeten in Zucht halten zu können?«

Angewidert kehrte der Bischof dem Zelt Raimunds den Rücken. »Tut, was Ihr für richtig haltet«, sagte er.

»Jetzt wird er weich«, spottete Graf Raimund. »Aber dazu mußten erst die Frauen einer ganzen Stadt zugrunde gerichtet werden.« Er rief die normannischen Ritter am nächsten Morgen zusammen. Die Schuldigen wurden ohne ihre Ausrüstung als ehrlose Gesellen nach Hause zurückgeschickt und die übrigen darauf hingewiesen, daß auf jeden Übergriff gegen Wehrlose der Tod steht. Bischof Adhémar fügte hinzu, daß mit dem Todesurteil der Kirchenbann verknüpft ist. Damit wäre der Bestimmungsort jener Männer die Hölle und nicht die Heilige Stadt.

Während ich das heute abend niederschreibe, sind die Normannen schon wieder betrunken und besingen prahlerisch ihre Erfolge. Sie haben sich ein neues Lied ausgedacht, das den Titel »Süßes San Remo« trägt. Darin preisen sie den Zauber der Italienerinnen in den unflätigsten Ausdrücken.

Den zweiten September

Ich muß etwas über die Reinlichkeit sagen. Da ich nie zuvor in unmittelbarer Nähe von Bauern gelebt habe, merke ich erst jetzt, wie schmutzig sie sind. Nie baden sie, und sie kümmern sich weder um ihre Zähne noch um ihre Kleidung oder ihre Ausscheidungen. Ihr Wasser lassen sie, wo sie gehen und stehen, ohne auch nur die Beinlinge zu lösen. Um ihre Notdurft zu verrichten, scheren sie weder mit Rücksicht auf andere aus der Marschsäule aus, noch säubern sie sich anschließend. So verwundert es nicht, daß man sie schon aus einer halben Meile Entfernung riechen kann und der Gestank sich mit der Hitze immer noch verstärkt. Es ist mir peinlich, an ihrer Spitze in eine Ortschaft oder gar eine Stadt einzuziehen.

Heute morgen war ich von ihnen so angewidert, daß ich sie wie Kinder beiseite nahm und mit gesenkter Stimme, um sie nicht bloßzustellen, darauf hinwies, wie unerläßlich Reinlichkeit ist. Ich habe ihnen erklärt, wie man eine Latrinengrube anlegt und sich im Anschluß an sein Geschäft mit Blättern säubert. Unter Androhung der Entlassung aus meinen Diensten habe ich jedem befohlen, mindestens einmal im Monat zu baden und sich selbst und seine Kleidung gründlich zu reinigen, wann immer wir in der Nähe eines Wasserlaufs lagern.

Das hat großen Unmut unter ihnen hervorgerufen, aber ich bin sicher, daß sie auf die Dauer gesehen zufriedener und gesünder sein werden.

Den siebten September

Wir ziehen am Meeresufer entlang durch das Königreich Ligurien. Welch herrliche Landschaft! Die niedrigen Berge erinnern mich an die Cevennen, an ihren Hängen gedeihen Wein und allerlei Obst. Die Männer pflücken es im Vorübergehen und winden sich Weinlaub um den Kopf. Mit ihren schmutzbefleckten Gesichtern und Laubkronen sehen sie aus wie Bacchus selber.

Auf dem Marsch gibt es viel Zeit nachzudenken, und ich hänge immer mehr meinen Gedanken nach. Der kühle Seewind, die von Düften schwere warme Luft, das gleichförmige Geräusch und die gleichmäßigen Bewegungen unseres Zuges lullen den Geist ein. Ich denke an mein Zuhause, das ich so schmerzlich vermisse, wie ich das nie für möglich gehalten hätte. Landry Gros, ein normannischer Ritter, der bisweilen neben mir reitet und im Unterschied zu seinen Landsleuten gebildet ist, hat neulich zu mir gesagt: »Ihr habt Heimweh.« Damit hat er den Nagel auf den Kopf getroffen. Ich sehne mich nach dem Vertrauten.

So kam es, daß in meinem Kopf ein Gedicht über Jehanne entstand, während meine Stute im Schritt vor meinem Trupp

Fußvolk dahintrottete. Es hat mich beschäftigt, und ich habe ihm viel Zeit und Nachdenken gewidmet. Ein solches Gedicht zu verfertigen – es ist mein erstes –, scheint mir ein angenehmer und zugleich anspruchsvoller Zeitvertreib zu sein. Als wir Rast machten, beschloß ich, die Worte aufzuschreiben – nicht, weil ich der Ansicht wäre, daß es sich dabei um etwas Besonderes handelt, sondern einfach, um sie nicht zu vergessen.

Drei Wochen sah ich Dich nicht mehr,
Stumm ist Deine Zunge.
Ich wanke umher wie Jona
In der Schwärze des Walleibs.

Ich weiß, wie sich Bettler fühlen,
Die im Wind schlafen.
Erschauernd taste ich
Nach deiner Hand,
Deiner Wärme unter dem Laken.

Jetzt sehe ich, was der Tod ist.
Nicht Verlust, sondern Sehnen.
Nicht das Fortsein, sondern der Wunsch,
Noch einmal festzuhalten.
Der Tod ist kein Schlaf, er ist Traum.[14]

Wie sonderbar, daß ich mich in so fortgeschrittenem Alter mit Dichtung beschäftige. Aber ich habe mich auf ein Abenteuer eingelassen und muß mich Neuem öffnen. Es wäre töricht, wollte man eine Reise nur deshalb unternehmen, um die eigenen Gesichtszüge zu suchen. Sonderbar ist auch, daß mir meine Gemahlin so sehr fehlt, war doch sie der Grund für meinen Fortgang. Das sollte ich wohl erklären, denn es ist nicht zu früh, mich dem zu stellen.

Ohne Eustache hätte ich mich nie auf die Pilgerfahrt begeben. Ich hatte seine Gemahlin begehrt und damit gegen

Gottes Gebot verstoßen. Meine Begierde war die Ursache seines Todes. Dann habe ich Jehanne im Anschluß an die Sünde zum Eheweib genommen. Es war eine Verbindung, die nur im Schatten Bestand haben konnte. Es ist kein Wunder, daß sie unfruchtbar ist – es war nicht anders zu erwarten.

Nicht an ihrer Blutung lag es, wie ich vorher geschrieben habe, auch wenn sie tatsächlich eine hatte. Es war die Sünde – erst die Sünde, die ich mit ihr begangen habe, dann die von Eustaches Tod. Doch obwohl wir schon seit fünf Jahren verheiratet sind, gelüstet es mich nach wie vor nach ihr, Herr Jesu, vergib mir. Dabei müßte das Blut eigentlich abgekühlt sein, ich mich um mein Seelenheil statt um meine Begierde kümmern und meine Gedanken Gott und dem Tode zugewandt haben. Doch noch während ich diese Worte niederschreibe, meine ich ihr Fleisch zu riechen, ihre Wärme zu spüren, sehne ich mich nach ihr. Der Schmerz wühlt in mir und läßt sich, wie ich fürchte, nie mehr vertreiben. Wahrscheinlich ist mein Blut verflucht, daß es trotz des Schauers, der mich im Bewußtsein meiner Schuld überläuft, so heiß bleibt.

Doch daß die Wollust, die ich bei ihr empfinde, die Krone der Ehe sein sollte, hat mit unserer Fleischlichkeit zu tun. Ein Leichnam teilt das Lager mit uns, ein bleicher, aufgedunsener Leichnam, Gott im Himmel! Dies Wissen steigert meine Begierde noch, stachelt mich noch mehr an, wenn mein Weib bei mir liegt. Es ist eine verbotene Frucht, nach deren vergiftetem Saft es uns um so mehr gelüstet. Wohl wird mein Fleisch in der Hölle brennen, doch gewiß nicht so heiß wie in Jehannes Alabasterarmen.

Daher habe ich mich auf diese heilige Pilgerfahrt begeben. Ich will Ablaß für die Sünde erlangen, wie er jedem versprochen wurde, der in Christi Namen kämpft. Es ist meine einzige Hoffnung, da ich zu alt bin, mir selbst Einhalt zu gebieten, und weder genug Mut noch Grausamkeit besitze, meine Gemahlin zu verstoßen.

Wir schlafen nicht im selben Raum. Sie hat ihre Gemächer im gegenüberliegenden Flügel des Herrenhauses.[15] Doch

Nacht für Nacht kommt sie zu mir herüber, und ich gestehe, ich liege wach und warte auf sie, wobei mir das Herz vernehmlich in den Ohren pocht. Es ist ein sonderbares Spiel von Liebe und Ferne, das wir spielen.[16] Ich verberge mich dort vor ihr, wo sie mich finden wird. Sie ertastet ihren Weg im Dunkeln, vollführt allnächtlich eine Pilgerreise, um dem einzigen Gott zu dienen, den sie kennt. Weh uns beiden!

Ich darf nicht bei solchen Gedanken verweilen, muß mich um Gottes Angelegenheiten kümmern, damit meine Sünden getilgt werden und meine Seele aufs neue himmelwärts blicken kann. Darin liegt meine Aufgabe – mit Blut muß ich meine Seele reinwaschen, dem der Ungläubigen oder meinem eigenen.

Den achten September

Gestern abend habe ich mich gehenlassen. Mit Entsetzen habe ich heute morgen die Eintragung gelesen. Und die Verse erst! Was um des Himmels willen war da bloß in mich gefahren? Ich bin zum Mönch René gegangen und habe ihn um eine Buße zur Kasteiung meines Fleisches gebeten. Er hat mir auferlegt, heute während des Marsches hinter meinem Pferd zu gehen, ohne dem auszuweichen, was es fallen läßt. Statt dessen soll ich mit Lust hineintreten und bei jedem Schritt sagen »das bin ich« und »so ist Roger beschaffen, der hochmütige Herr auf Lunel«.

Ich habe getan, was er mich geheißen hat, und bin jetzt ruhiger. Außerdem mußte ich mir bei einem Kaufmann in Savona neues Schuhwerk kaufen.

Den dreiundzwanzigsten September

Wir haben Genua erreicht. Welch wunderbare Stadt! Das Wasser des Hafens ist tief und klar, darüber schweben tausend Segel, und alle Häuser und Geschäfte stehen uns offen.

Graf Raimund hat ein wachsames Auge auf die Normannen, denn die Weiber hier sind von großer Schönheit, und die Stadt ist wohlhabend. Bisher haben sie sich einwandfrei geführt, wenn man davon absieht, daß sich alle miteinander splitterfasernackt ausgezogen haben und ins Meer gestürmt sind. Auf jeden Fall dürften sie jetzt sauber sein.

Heute morgen nahm ich mit meinem Lehnsherrn, Bischof Adhémar und einigen anderen Edlen von Rang an einem Empfang des Magistrats der Stadt teil. Er fand in einem herrlichen Palast statt, von dem aus der Blick über den Hafen schweift. Der Magistrat hat beschlossen, daß uns die Genueser Kaufleute für die Dauer unseres Feldzugs im Osten versorgen sollen, so daß es unserem Heer an nichts fehlen wird.

Als man nach der genauen Zahl unserer Krieger fragte, hörte ich voll Staunen, daß mein Lehnsherr vierzig Edle, achthundert Ritter und viertausend Mann Fußvolk nannte. Außerdem begleiten uns noch an die tausendzweihundert unbewaffnete Pilger, Männer, Frauen und Kinder. Großzügigerweise hat sich der Magistrat der Stadt erbötig gemacht, sie gleichfalls zu versorgen.

Diese Pilger habe ich schon häufig gesehen, wenn wir lagerten. Es ist ein ziemlich bunter Haufen, und ich denke, daß mehr als nur eine Handvoll unter ihnen Gesetzesbrecher sind. Manche machen sich als Marketender nützlich und verkaufen unseren Männern Proviant und andere Dinge, deren sie täglich bedürfen. Man hat mir erklärt, daß sie sich durch Diebstahl in den Besitz dieser Waren setzen. In Ligurien habe ich mit angesehen, wie zwei von ihnen gehenkt wurden. Angeblich hatten sie einen Bauern und seine Angehörigen getötet. Ob das auf Wahrheit beruht, weiß ich nicht, halte es aber für glaubwürdig.

Ursprünglich hatte es geheißen, daß wir unmittelbar entlang der Küste nach Pisa und von dort nach Rom ziehen würden, doch hat Bischof Adhémar einen Brief vom Heiligen Vater erhalten, der sich zur Zeit in Lucca aufhält und uns zu sehen wünscht. Da jene Stadt im Südosten liegt, werden wir nach unserer Ruhepause in Genua ins Binnenland ziehen, um nach Lucca zu gelangen.

Ich verbringe viel Zeit in der Gesellschaft des Landry Gros. Dieser nennt mich seit einer Weile »l'Escrivel«[17], da er mich oft in mein Buch hat schreiben sehen. Er ist angenehm im Umgang und weit kultivierter als seine normannischen Landsleute, auch wenn er eigentümlicherweise manche ihrer Stammesbräuche beibehalten hat. Sein Wortschatz ist mit Wikingerausdrücken durchsetzt; die meisten von ihnen sind äußerst derb. So heißt bei ihnen, wie er sagte, das Schwert »Eingeweideschraube«, und Weiber sind »Schwanzliesen«. Dennoch fühle ich mich in seiner Gesellschaft wohl, und er steckt voll lustiger Geschichten, die mich auf dem Marsch und während der langen Nächte im Lager unterhalten.

Sein Pferd, eine kräftige Fuchsstute, heißt Gundestrak. Der Name gefällt mir. Als ich Landry gegenüber erwähnte, er klinge mir wie »Donnerschlag«, gab er zur Antwort, daß er »Brechanfall« bedeute. Er merkte mein Erstaunen und versicherte mir, daß alle Normannen ihren Schlachtrössern solche Namen geben, sei es »Gedärm«, »Nachttopf« oder »Zum Henker«. Offenbar ist das bei ihnen so Brauch.

Die Normannen sind sehr stolz auf ihre Pferde, und Landry ließ mir die Ehre widerfahren zu sagen, daß mehrere normannische Ritter ein Auge auf meine schiefergraue Stute, deren Fell ins Weiße spielt, geworfen hätten. Sie war noch nie beim Hengst, ist stark und schnell, hat glänzende Augen und weiß sich in der Schlacht geschickt zu bewegen. Ich selbst habe sie in dieser Fertigkeit ausgebildet. Sie ist mutig und unerschütterlich, mir gegenüber aber voll Sanftmut. Ich würde sie nie verkaufen, und sie scheint das zu wissen. Wenn ich an den anderen Edlen vorüberreite, hebt sie den Kopf, als wollte sie sagen: »Ich bin die Sklavin meines Herrn, aber besser als ihr alle.« Ich nenne sie Fatana.[18]

Landry hat mich ins Lager der Normannen eingeladen, wo ich auch die Nacht verbringen soll. Noch zögere ich, aus Furcht, in irgendeine ihrer Übeltaten hineingezogen zu werden und mein Ansehen bei Bischof Adhémar zu beflecken. Doch da wir unser Ehrenwort gegeben haben, die Stadt nach Einbruch der Dunkelheit nicht zu betreten, und weil es nachts bei uns im Lager so trübselig ist, bin ich versucht, zu den Normannen zu gehen, und sei es nur, um zu sehen, wie sie leben.

Den dreissigsten September

Morgen werden wir über die Hügel nach Lucca einziehen und dem Heiligen Vater begegnen. Es war ein heißer und ermüdender Marsch, und manche der Männer verlassen bereits die Reihen der Krieger. Vermutlich wollen sie in die Provence zurückkehren. Mein Lehnsherr ist über sie ergrimmt, aber ich habe ihm gesagt, daß sie für uns keinen Verlust bedeuten. Ich hätte im Gefecht nicht gern Männer hinter mir, die nicht wissen, was sie wollen.

Ich muß über meine im Normannenlager verbrachte Nacht schreiben. Es war die letzte vor unserem Aufbruch aus Genua. Landry Gros, mein Gastgeber, scheint bei seinen Landsleuten große Hochachtung zu genießen. Sie leben einfacher als wir, erst recht auf dem Marsch. Ihre kleinen Zelte lassen sich leicht auf- und abbauen, und sie reisen mit spärlicher Ausrüstung. Ihre Tiere allerdings, um die sie sich sorgfältig kümmern, sind von auserlesener Qualität.

Man stellte mich Fulk Rechin vor, den ich bis dahin nur aus der Ferne gesehen hatte. Er ist klein und untersetzt, hat kräftige krumme Beine und blitzende blaue Augen, spricht mit dröhnender Stimme und lacht schallend. Er hieß mich im Lager willkommen, und bevor ich ihm noch danken konnte, hielt ich schon einen Becher Glühwein in den Händen. Als ich ihm sagte, daß man in den anderen Lagern viel über seine Halskette spreche, verriet er mir unter dem Siegel der Verschwiegenheit, es handele sich nicht um die Hoden von Priestern, sondern um solche von Bauern. »Schließlich bin ich kein Barbar«, erklärte er dazu.

Im Lager der Normannen geht es deutlich lebhafter zu als bei uns. Mir fiel auf, daß auch Weiber da waren, Pilgerinnen aus dem Trupp, der hinter uns herzieht. Im Tausch gegen Proviant kochen sie, tragen Speisen auf und verrichten andere Tätigkeiten, ähnlich wie von Zeit zu Zeit auch bei uns im Lager. Doch anders als hier verließen sie es bei Einbruch der Dunkelheit nicht, wie es der Bischof verlangt.

Es gab Fleisch von einem Schwein und einem Kalb, welche sich die Normannen auf einem der Bauernhöfe in der Nähe »geborgt« hatten, wie sie erklärten. »Wir geben es ihnen ganz bestimmt morgen zurück«, sagte Landry, »und zwar auf den Feldern. Um so besser wird ihre Ernte im nächsten Jahr sein.« Sie scherzen ziemlich viel. Dabei fiel mir auf, wie grämlich und verdrossen ich in letzter Zeit gewesen war. Nach dem Essen sangen sie, wobei jeder eine Strophe erfand. Natürlich ging es in dem Lied um Weiber. Zwar habe ich nicht alles verstanden, aber den Refrain habe ich mitbekommen. Er lautet:

Ist es denn zu glauben:
Man kann doch den Saft von Trauben
Nicht vergleichen mit Aprikosenpampe.
Und die nicht mit dem Saft einer Normannenschlampe.
Steht das Vordertor offen,
Trink davon, bis du besoffen.
Doch ist es mal zu,
Nimm sie von hinten im Nu.

Am Abend spielten sie *sersten slaek* oder *slaeg*.[19] Das bedeutet in etwa »sechs Bälle«. Zu dieser sonderbaren Kurzweil, die sie von ihren Wikingervorfahren haben, dienen ihnen sechs harte kopfgroße Lederbälle. Zwei Gruppen stellen sich abwechselnd so im Kreis auf, daß jeder zwischen zwei Gegenspieler zu stehen kommt. Man wirft die Bälle aufs Geratewohl durch den Kreis, wobei es gilt, einen mit den Händen und einen anderen zwischen den Beinen zu fangen. Für seine Mannschaft gewonnen hat der, dem das als erstem gelingt.

Man zielt mit großer Wucht auf Kopf und Lendengegend, und der Aufprall der Bälle kann sehr schmerzhaft sein, wie ich rasch merkte. Vor Schmerz aufzuschreien ist wider die Regel. Wer es dennoch tut, wird aus dem Kreis gewiesen, wodurch die Zahl der Spieler immer mehr abnimmt. Sobald nur noch drei oder vier Männer übrig sind, wird das Spiel überaus schnell und erregend. Sie bekommen blutige Köpfe und brechen sich die Rippen, und kaum eine Lende bleibt ungetroffen. Wer sich gut auf dies Spiel versteht, genießt unter den Normannen hohes Ansehen.

Nach dem Nachtmahl wurde noch einmal gesungen. Dann kamen Glücksspiele an die Reihe. Dabei dienen ihnen verschiedene Gegenstände, unter anderem Knochen, Spielkarten, Würfel und *praesteren*.[20] Es ist bekannt, daß die Normannen bei diesen Spielen, denen sie sich mit großer Leidenschaft hingeben, sehr geschickt sind. Daher habe ich mich nicht daran beteiligt, besonders da ich nur wenig einzusetzen hatte und es mich nicht danach verlangte, das Wenige zu verlieren. Von Landry erfuhr ich überdies, daß ihre Spiele unter dem Einfluß des Weines sehr gefährlich werden können und bisweilen tödlich enden.

Alle wetteiferten darum, mich über Nacht in ihrem Zelt zu beherbergen, aber als Landrys Gast teilte ich seines mit ihm. Ich war so beschwingt wie nur je seit dem Aufbruch zu dieser Pilgerreise. Ich hatte einen vollen Magen, ich hatte gesungen, gespielt, geredet und gelacht. Dennoch nagte etwas an mir, und als ich mich auf den mit aromatisch duftendem Laub gefüllten Bettsack legte, merkte ich prompt, was mir fehlte. Ich betete um Trost, aber er kam nicht, und lange fand ich keinen Schlaf. Gerade als ich einzudämmern begann, wurde der Zelteingang zurückgeschlagen, und zwei Weiber traten ein. Es war das Werk Landrys und seiner Freunde. Ich war viel zu schwach, als daß ich Widerstand hätte leisten können. Nicht einmal den Namen des Weibes weiß ich, das mir seine Aufmerksamkeit schenkte, auch habe ich kaum ihr Gesicht gesehen. Ich wüßte ohnehin nicht, ob ich sie am Vormittag schon gesehen hatte. Aber ihr Körper war schwellend und jung, und ihr Mund war groß. Es war wie das Eintauchen in ein lange entbehrtes Bad oder wie wenn nach langer Betäubung der Sinne endlich die Tränen fließen.

Noch vor der Messe werde ich den Mönch René aufsuchen und mir meine Buße auferlegen lassen. Auch werde ich ihm die Frage stellen, die mich nicht losläßt, seit ich so schwer gesündigt habe: Gilt der vom Heiligen Vater gewährte Ablaß auch schon für unsere Zeit auf Erden oder erst nach unserem Dahinscheiden? Sofern er aber bereits hienieden gilt: bevor wir Jerusalem erreichen oder erst danach?

Den dritten Oktober

Wir nähern uns Lucca und unserer Begegnung mit dem Heiligen Vater. Über den Ablaß habe ich René befragt, aber er ist eben doch nur ein kleiner Mönch vom Lande ohne großes Wissen. Er hat mir geraten, mit Bischof Adhémar zu sprechen, und das will ich tun, sobald wir die Stadt erreichen.

In der vorigen Nacht hat mich ein Traum sehr beunruhigt, und so will ich ihn hier niederschreiben. Es heißt, daß Gott in unseren Träumen leise zu uns spricht und unsere Seele seine Worte versteht, auch wenn unserem Geist deren Sinn verborgen bleibt.

Mir träumte, daß ich an einem Bächlein in der Provence fischte. Meine Angelschnur bestand aus langem Menschenhaar, und mein Blick ruhte auf dem Wasser. Mit einem Mal zeigte sich ein Gesicht. Es war Eustache, der aus seinem namenlosen Grab zurückgekehrt war. Er stieg ans Ufer und kniete sich neben mich. Dann griff er in meine Gürteltasche und nahm einen aus Elfenbein geschnitzten Schwertknauf heraus. Finster sah er ihn an und weinte, dann verschlang er ihn und glitt zurück ins Wasser.

Ich erwachte voll Angst, denn der Traum hatte mich so verstört, daß ich nicht mehr schlafen konnte. Noch immer verfolgt mich Eustache, er sucht mich sogar auf dem Weg zur Heiligen Stadt unseres Erlösers heim. Ich wollte mit René darüber sprechen, aber dann hätte ich ihm das Geheimnis meines Herzens bloßgelegt, und das bringe ich nicht über mich. Ich trage es mit mir, als wäre es ein Bukkel, und in den Tiefen meiner Seele sehe ich mich häßlich und entstellt, unfähig, aufrecht vor Gottes Angesicht zu treten.

Den neunten Oktober

Lucca

So vieles und mancherlei Wunderbares ist geschehen. Vor zwei Tagen sind wir in Lucca eingetroffen. Die Stadt ist nicht so schön wie Genua, aber sie hat hübsch anzusehende Häuser. Ihre Straßen sind sauber und werden regelmäßig gekehrt. Ob das mit der Anwesenheit des Papstes zusammenhängt, weiß ich nicht.

Unserer Gewohnheit entsprechend lagerten wir vor der Stadt, denn obwohl wir das Heer Christi sind, lassen uns die Magistrate aller Städte höchstens zu zweit oder dritt ein. Bischof Adhémar kam, um diejenigen unter uns im richtigen Verhalten zu unterweisen, die dem Heiligen Vater vorgestellt werden sollen. Der Papst will uns in unserer Kampfausrüstung sehen, und unseren Pferden sollen wir Schabracken anlegen, ganz als ginge es zur Schlacht. Also galt es die Bagagewagen abzuladen, denn seit dem Aufbruch aus der Provence hat keiner von uns sein Kettenhemd getragen oder seinem Schlachtroß zum Gefecht Sattel und Schabracke aufgelegt.

Ich bat um ein Gespräch mit dem Bischof, und er erklärte sich bereit, mich nach dem Vespergebet zu empfangen. Etwa um die siebte Stunde des Abends ging ich zu seinem Zelt. Nicht nur ist es prunkvoll und größer als das meines Lehnsherrn, es steht auch eine weit größere Wache davor als vor seinem. Die Bewaffneten behandelten mich in kränkender Weise, und da sie fast noch Knaben waren, sagte ich ihnen gehörig die Meinung. Ein provenzalischer Edelmann hat es nicht nötig, sich von den Söldnern eines Bischofs herumkommandieren zu lassen, die so jung sind, daß sie sich noch nicht einmal rasieren müssen.

Bischof Adhémar empfing mich mit bloßen Füßen in Wollhemd und Reithosen. Auf Händen und Gesicht lag noch der Schmutz des Marsches. Nie zuvor hatte ich ihn ohne Mitra oder Kettenhaube gesehen und merkte überrascht, daß er sein Haar so kurz trägt wie ein kleiner Junge.

»Ich habe nur wenig Zeit für Fragen der Gottesgelehrtheit«, sagte er mir.

»Ich möchte lediglich wissen, wie der uns als Belohnung für die Pilgerfahrt zugesagte Ablaß beschaffen ist, und wann er gilt«, sagte ich ihm.

Finster sah er mich eine Weile an, bevor er sprach. »Geht es dir um irdische Schätze oder um den Herrn?« wollte er wissen.

»Um den Herrn«, gab ich zurück, ohne groß nachzudenken.

»Dann wird dein Schatz sein, wo dein Herz ist«, sagte er. Damit beugte er sich über ein Wasserbecken und begann, sich das Gesicht zu waschen.

Diese Antwort nützte mir nichts, aber es war klar, daß er nichts weiter zu sagen gedachte. Also wandte ich mich zum Gehen. Seine Stimme ließ mich kehrtmachen. »Roger von Lunel«, sagte er, ohne den Blick zu heben, »so du deine Seele bewahren möchtest, meide die Gesellschaft der normannischen Ritter. Ihr Lager bedeutet Verderben.«

Ich liege wach – es ist nach Mitternacht – und überdenke die Angelegenheit. Man munkelt, daß der Bischof in jedem Lager Zuträger hat, und ich zweifle nicht mehr daran. Ich muß darauf achten, nicht sein Mißfallen zu erregen, denn auf unserem Zug verkörpert er Augen und Ohren des Papstes. In der Frage des Ablasses sind meine Zweifel ungelöst. Ein Priester reitet bisweilen an Bischof Adhémars Seite; er heißt Raimund von Agiles oder Aguilers. Er gilt als gebildet und soll überdies ein Dichter und Gelehrter sein. Wenn er das nächste Mal in unserer Nähe auftaucht, werde ich mich an ihn wenden.

Was ich zuvor über den Grund für meine Beteiligung an diesem Zug gesagt habe, entspricht nicht ganz der Wahrheit. Ich bin gekommen, weil ich Christ bin, ein Sohn der heiligen Mutter Kirche. Ich kann nicht tatenlos mit ansehen, wie die Ungläubigen die uns heiligen Stätten besetzen und die Pilger unseres Glaubens mißhandeln und töten. Auch wenn es keinen Sündenablaß dafür gäbe, würde ich mich an dem Zug beteiligen, denn Jerusalem ist die Heimstatt jeder christlichen Seele. So kämpfe ich im Grunde für meine Heimat, geradeso als bedrohte der Türke Lunel.

In zehn Tagen werde ich das Alter erreichen, das Christus zu Beginn seines Leidenswegs hatte. Gott gebe, daß ich würdig bin, in Seinen Fußstapfen zu wandeln und in Seinem heiligen Namen zu kämpfen.

Den zehnten Oktober

Heute morgen gab es großen Verdruß. Mein Kettenhemd, das ich für die Audienz beim Heiligen Vater zum ersten Mal angelegt hatte, löst sich unter den Achseln und am unteren Saum auf. Ich habe Thomas dafür bestraft. Zwar ist es nicht seine Schuld, aber ich hatte erwartet, daß er die Arbeit überwacht. Wegen seiner Nachlässigkeit muß ich es nun in Lucca zum dreifachen Preis dessen instand setzen lassen, was ich zu Hause gezahlt hätte. Auch die Umwicklung meines Schwertknaufs hat sich gelöst. Das ist allerdings nicht besonders überraschend, da es sich um das alte Schwert meines beklagenswerten Stiefvaters Guy handelt. Ich habe es gleichfalls einem Handwerker am Ort gegeben, damit er es richtet. Bestimmt werde ich teuer dafür zahlen müssen.

Am vorigen Sonntag haben wir an der Messe in der Basilika teilgenommen. Ich hatte gehofft, der Heilige Vater werde sie feiern, aber Bischof Adhémar und der Erzbischof von

Lucca teilten sich die Aufgabe. Letzterer, ein dunkler Mann mit Adlernase, setzte den Kelch an den Mund, als handele es sich um ein Vogelbad, und er grunzte sein Latein wie ein brünftiger Eber. Unser Bischof nahm so gut wie keine Kenntnis von ihm.

Der Chorgesang klang überirdisch. Ich war tief beeindruckt. Bisher habe noch nicht gesagt, wie sehr ich die Musik liebe. Uns zu Ehren sangen die Mönche und Meßdiener im neuen Limousiner Stil, bei dem die Stimmen über der Grundmelodie improvisieren.[21] Wohl pflegen die Mönche bei uns in der Provence den mehrstimmigen Gesang, doch dergleichen hatte ich noch nie gehört.

Im Anschluß an den Grundgesang steigen die Stimmen empor und spinnen Silber und Gold auf Silben, die Takt nach Takt durchgehalten werden. Sie erheben und verflechten sich, fliegen wie Eichelhäher hierhin und dorthin, lassen sich fallen und steigen jubelnd wieder in die Höhe. So sehr hat mich die Schönheit dieses Gesanges begeistert, daß ich den Tränen nahe war. Sofern sich die schlafende Seele überhaupt erwecken läßt, dann durch Musik, die Gottes Pulsschlag und Atem ist.

Nach der Messe empfing Seine Heiligkeit in einer Kapelle unsere Abordnung. Ihr gehörten mein Lehnsherr, ferner Graf Stephan von Blois, ein hochedler Mann mit blondem Haar, und Graf Robert von der Normandie an, den ich dort zum ersten Mal sah. Er ähnelt in keiner Weise seinen normannischen Rittern, sondern wirkt eher wie ein Pariser Höfling. Sein Haar ist lang und weich, sein Bart gelockt, er hat feine Gesichtszüge und war so elegant gekleidet, daß sich jeder nach ihm umwandte. Man sieht ihm an, daß er der Sohn eines Königs ist, wenn es auch der von Britannien ist, und er strahlt die Gelassenheit und Macht aus, die mit großem Reichtum einhergehen. Doch als er beim Betreten der Kapelle die Hand hob, um seine Kettenhaube abzunehmen, sah ich auf seinem Unterarm eine ovale Narbe. Offenbar war dort eine Tätowierung entfernt worden. Ich erkannte den Umriß, weil ich diese Tätowierung bei normannischen Rittern mehrfach gesehen hatte. Sie ist unter ihnen weit verbreitet und zeigt eine junge Frau, die von einem Geißbock bestiegen wird.

Auf die Audienz beim Heiligen Vater hatte ich mich außerordentlich gefreut. Papst Urban stammt aus der Auvergne, und alle, die in Clermont dabei waren, haben mir versichert, sein Aufruf zur Pilgerfahrt habe die Versammlung derart befeuert, daß Ritter und Edelleute weinend auf die Knie gestürzt seien, um den Eid zu leisten.

Obwohl nicht besonders groß, ist er eine eindrucksvolle Persönlichkeit von königlicher Haltung, makellos in Weiß und Gold gekleidet. Seinen mit Edelsteinen geschmückten Hirtenstab hält er fest in der Hand, die ein perlenbesetzter Atlashandschuh umschließt. Seine Mitra ist reicher mit Gold und Juwelen besetzt als die der Bischöfe und überragt sie. Vor allem fielen mir seine scharlachroten und mit Goldfäden durchwirkten Pantoffeln auf. Als er seinem Thron entgegenschritt, wobei ihm sechs Novizen die Schleppe trugen, sah man unter seinem Meßgewand die winzigen Füße wie Blutstropfen unseres Heilandes. Er geht, dachte ich, tatsächlich in den Fußstapfen Christi, dessen Wege in Jerusalem zu befreien unsere Aufgabe ist.

Papst Urban nahm Platz auf seinem auf der obersten Altarstufe stehenden Thron, und die jungen Priester ordneten seine Gewänder. Er neigte den Hirtenstab über uns, und wir knieten nieder. Alle Edelleute hielten den Atem an. Das war der Mann, der unseren Weg auf Erden wie in der Ewigkeit bestimmt, die Seele, die unsere Seelen in Bann hält. Ebenso gespannt wie alle anderen wartete ich auf seine Worte, auf den dröhnenden Klang der Stimme, die in Clermont tausend Männer begeistert hatte.

»Ihr Krieger Jesu!« hatte er wohl beginnen wollen, doch schon im zweiten Wort blieb er stecken. Er brachte lediglich »Kr-Kr-Kr-Kr« heraus. Es schien eine Ewigkeit zu dauern, bis er das Wort mit einem heftigen Rucken des Kopfes vollendet hatte. Es gelang mir, an mich zu halten, doch sah ich wohl, welche Belustigung in den Blicken einiger lag.

Nach einer Stunde hatte ich mich an sein Stottern gewöhnt, und nach zwei Stunden gefiel mir der damit einhergehende stockende Rhythmus sogar. Seine Heiligkeit mahnte uns an unsere Pflicht, den Christen im Osten zu helfen, die der Türke so unsäglich behandelt hat. Ausführlich berichtete er von den Schrecken – die Ungläubigen haben Frauen Gewalt angetan, Jünglinge entmannt und Greise zur Arbeit im Bergwerk gezwungen. Er sprach von Pilgern, die man gefangengenommen und in die Sklaverei verschleppt hatte. Jedem, der nicht bereit war, seinem Glauben abzuschwören, hatte man die Zunge herausgeschnitten oder die Sehnen in den Kniekehlen durchtrennt, sie geblendet oder gar getötet. Seine Worte bestärkten uns in unserer Entschlossenheit, und erneut legten wir den Eid ab, erst heimzukehren, wenn wir am Heiligen Grab gebetet hatten.

»D-d-der Herr s-s-segne Euch und b-b-behüte Euch auf Eurem W-w-weg«, brachte der Papst endlich heraus. Darauf erhob er sich und spendete uns allen seinen Segen.

Ich war zutiefst bewegt. Die normannischen Ritter aber spotteten über Urbans Sprechweise, als wir den Dom verließen, und ich erkannte, wie recht Bischof Adhémar hatte: Nichts Gutes konnte aus meinem Umgang mit ihresgleichen erwachsen.

An jenem Abend beehrte mich Graf Raimund mit einem Besuch in meinem Zelt. Mir ging es nicht gut. Ich fieberte und litt an einer Reizung meines Gliedes, als müßte ich ständig Wasser lassen. Ich beherrschte mich, während mich Graf Raimund wissen ließ, der Papst habe ihn und die anderen vornehmen Edelleute gebeten, aus einem bestimmten Grund unseren Weg über Rom zu nehmen. Es sieht so aus, als hätten die Söldlinge des Gegenpapstes Guibert den Vatikan besetzt und leisteten allen Versuchen Widerstand, sie von dort zu vertreiben. Da sich unser Heer in Italien befindet, soll es nach dem Willen des Heiligen Vaters Abhilfe schaffen.

Das Brennen in meinen Lenden drängte mich, das Gespräch so schnell wie möglich zu beenden. Doch mein Lehnsherr war in nachdenklicher Stimmung, sprach lange und in feierlichen Worten über unseren Zug und fragte sich laut, ob sich die Kirche nicht unserer nur als Werkzeug bediene und uns an der Nase herumführte, um die Kastanien für sie aus dem Feuer zu holen. Seine Stimme klang schwermütig.

Endlich stand er seufzend auf und wünschte mir eine gute Nacht. Kaum war er gegangen, als ich nach draußen stürzte und mich in das Gebüsch schlug. Aber kein Harn kam, lediglich ein gelber Ausfluß, der aussah wie Quark. Ich machte mir große Sorgen und bangte um mein Leben und verfluchte die Normannen um so mehr.

So verging der Tag der Audienz bei unserem Heiligen Vater Urban.

Den siebzehnten Oktober

Auf dem Marsch nach Rom. Nie hatte ich geglaubt, daß ich die Ewige Stadt sehen würde, wo Sankt Peter gewirkt und man den Apostel Paulus enthauptet hat. Das ist wirklich ein Abenteuer, nach dem sich jeder Mann sehnt. Ich sehe die Welt und sammle Erinnerungen, die ich den Meinen berichten kann, sofern ich überlebe.

Darüber habe ich viel nachgedacht, zumal meine Unpäßlichkeit die Todesfurcht in mir verstärkt hat. Ich trinke ein Gebräu aus Beerenwein und Rinde, das mir der gute Mönch René zubereitet hat, und gottlob hat der Ausfluß aufgehört. Wahrlich, er ist ein heiliger Mann, und ich merke jetzt, daß ich ihn daheim nie nach seinem wahren Wert eingeschätzt habe.

Ob ich damit rechne, sterben zu müssen? Bestimmt. Ob ich sterben möchte? Wenn es Gottes Wille ist. Denn ich weiß, daß ich für meine Sünden sterben muß, sie mir aber vergeben werden. Und trotz meines gottlosen Lebenswandels werde ich dort im Himmel mit meinem Vater[22] vereinigt sein.

Woher ich das weiß? Erst gestern abend habe ich mit dem Priester Raimund von Agiles gesprochen. Er ist ein bemerkenswerter heiliger Mann, umgänglich, gebildet, besonnen und fromm. Bedenkenlos würde ich an seiner Seite kämpfen oder unter seinen geweihten Händen beten.

Unser Gespräch verlief wie folgt: Ich wollte wissen, wie schon zuvor von Bischof Adhémar, mit welcher Art von Ablaß wir rechnen dürfen. Freundlich lächelnd sagte er: »Mit dem Segen Gottes auf Eurer Seele.« Ich fragte ihn, wie das zu verstehen sei. »Als Befreiung«, gab er zur Antwort. »So, wie wir Jerusalem befreien sollen, wird unsere Seele von der ewigen Verdammnis befreit.«

Der Blick seiner saphirblauen Augen war so unergründlich, daß ich ihn nicht zu durchdringen vermochte. Welche Frömmigkeit darinnen lag! »Und soll uns diese gebenedeite Erlösung im Leben zuteil werden oder erst im Tode?« fuhr ich fort, von seiner Mannhaftigkeit erkühnt.

»Gibt es denn einen Unterschied?« fragte er zurück.

Darauf wußte ich keine Antwort. Nie hatte ich mir diese Frage gestellt. Während ich sie erwog, legte mir der Priester seinen Finger auf die Lippen. »Überlege doch, Bruder«, sagte er. »Wachst du oder schläfst du jetzt? Wenn du wachst, ist der Tod ein Schlaf. Wie aber willst du deinen Lohn erlangen, wenn du schläfst? Sofern du jetzt schläfst, in einer Art Traum des Lebens, erwachst du nach dem Tode, um deinen Lohn zu empfangen. Deine Seele muß nicht nur von der Verdammnis befreit werden, sondern auch vom Leben.

Nun überlege weiter, mein Freund: Wenn dein Leben der Himmel wäre, was hättest du dann jenseits des Grabes zu erwarten? Ist aber das Leben die Hölle, wie glücklich wirst du sein, aus ihm zum ewigen Leben zu erwachen! Sei also dankbar für alles, was dich zurückwirft, frohlocke, wenn dich Sorgen heimsuchen, heiße sie inmitten aller Verzweiflung willkommen, denn sie sind der Spiegel des Himmels, in dem sich alles umgekehrt zeigt. Wende dich von ihnen ab, sieh in dich und erkenne dein wahres Gesicht, wie man es sehen sollte, so wie Gott es sieht.«

Fast hätte ich geweint. Noch nie hatte ich in mein Inneres geblickt, sondern mich durch die Falschheit der Welt ablenken lassen. Ich nehme an diesem Zug teil, um mich selbst zu finden, und der Priester Raimund hat den Puls meines Verlangens getroffen. Vielleicht werde auch ich dort am Heiligen Grabe im Angesicht von Christi Begräbnisstätte meinen Leib verlassen und erneut zum Leben erstehen.

Den dreiundzwanzigsten Oktober

Im Lager redet man viel über die Türken. Wir hören Ungeheuerliches. Ein großer Teil davon dürfte eine Ausgeburt der Phantasie sein – beispielsweise, daß sie unter ihren Helmen Hörner tragen oder sich nachts im Wald mit Wölfinnen paaren. Ich glaube nichts von alldem. Das ist reiner Aberglaube, denke ich.

Keiner meiner Gefährten hat je einen Türken gesehen, dennoch sagen viele, sie äßen Menschenfleisch. Daran mag etwas sein, denn sie sind überaus unzivilisiert und kennen Gott nicht. Manche sagen, sie beten den Teufel an, und vor allem dessen Weib. Zwar war ich nie auf den Gedanken gekommen, daß der Teufel beweibt sein könnte, doch leuchtet es sofort ein. Ein gar großer Teil allen Übels auf dieser Welt kommt von den Weibern, und so ist es wahrscheinlich, daß er ein Weib hat und sie die Patronin böser Weiber ist. Sofern es stimmt, daß die Türken sie verehren, ist gewiß, daß sie dem Unheil ergeben sind.

Was den bösen Blick betrifft, von dem es heißt, sie könnten damit ein ganzes Heer verzaubern, bin ich unsicher. Viel habe ich darüber gehört, aber das war Altweibergewäsch im Flecken Lunel. Es heißt auch, daß die Türken in Höhlen wohnen und nicht Wasser lassen wie wir, weil bei ihnen der Harn durch die Poren der Haut austritt. Das soll auch die Erklärung für ihre dunkle Hautfarbe sein. Alle aber stimmen darin überein, daß sie äußerst tapfer und verbissen kämpfen.

Da es Heiden sind, die weder Christus noch seine Sakramente kennen, sind sie alle miteinander zur Hölle verdammt. Vielleicht wissen sie das und spotten deshalb über unseren Glauben. Die Priester sagen, daß sie die heiligen Stätten Jerusalems zu Hurenhäusern gemacht haben, die Hostien des heiligen Sakraments auf dem Boden verstreuen und auf ihnen tanzen. Dann bluten die Hostien, wie es heißt.

Bischof Adhémar hat uns in seiner Predigt während der Sonntagsmesse an die Worte des seligen Ambrosius erinnert: »Ich bin ein Krieger Christi – es ist mir verboten zu kämpfen.« Er erläuterte, daß Ambrosius damit meint, kein Krieger dürfe das Blut Christi vergießen, was hier gleichbedeutend mit dem Blut anderer Christen sei. Kein Türke hingegen habe auch nur einen Tropfen Blut Christi in sich, es sei das Blut des Satans. Es zu vergießen sei keine Sünde, sondern erlöse die Welt von ihr. Seine Worte leuchteten mir durchaus ein.

Jetzt aber frage ich mich, wie das sein kann. Gott hat auch die Türken geschaffen, und Gott ist Christus. Daher müssen sie gleichfalls am Blut Christi teilhaben, ob sie ihn in Ehren halten oder nicht. Wenn, Gott behüte, die junge Frau, die im normannischen Lager bei mir lag, schwanger würde, trüge das Kind mein Blut in sich, ob es mich kennen würde oder nicht. Und wäre sie Türkin oder gar Jüdin, hätte das Kind gleichfalls Christenblut in den Adern. Ja, wenn Gott die Türken erschaffen hat und Christus Gott ist, dann besitzen sie Christi Blut. Christi Krieger aber dürfen es nicht vergießen – wieso darf ich also in Seinem Namen einen Türken töten?

Den fünfundzwanzigsten Oktober

Zwei Tage und Nächte habe ich mich mit den Gedanken beschäftigt, die ich zuletzt niedergeschrieben habe. Ich habe mit ihnen gerungen, sie hin und her gewendet, werde ihrer aber nicht Herr. Ich bin reizbar und aufbrausend. Ich habe Thomas beschimpft und heute morgen lästerlich geflucht, als sich mein Sattelgurt gelockert hatte und ich um ein Haar vom Pferd gefallen wäre.

Ich darf mich nicht vergessen, schon gar nicht vor den Männern. Je näher wir dem Heiligen Land kommen, desto frömmer müssen unsere Gedanken sein. Dennoch beunruhigt mich die Frage, die ich mir selbst vorgelegt habe. Sobald Raimund von Agiles wieder zu unserer Marschsäule stößt, muß ich mit ihm sprechen.

Den neunundzwanzigsten Oktober

Wir lagern vor Rom. Morgen soll ein sorgsam ausgewählter Trupp von Rittern und Kriegern in die Stadt einziehen und der Messe in der Peters-Basilika beiwohnen. Wie das vor sich gehen soll, weiß ich nicht, sagt doch mein Lehnsherr, Guiberts Kämpfer hielten den Vatikan nach wie vor besetzt. Bei Morgengrauen werden wir zur Messe aufbrechen, müssen uns aber unter Umständen auf einen Kampf einstellen.

Heute habe ich nach dem Nachtmahl beim Priester Raimund von Agiles gebeichtet. Dabei äußerte ich meine Zweifel an der Rechtmäßigkeit, Türken zu töten. Er erteilte mir die Absolution, erlegte mir eine Buße auf und bat mich, ihn in seinem Zelt aufzusuchen. Das tat ich gern.

Mehrere Stunden sprachen wir miteinander und wendeten die Frage hin und her, denn er forderte mich auf, offen zu sein und den Anwalt des Teufels zu spielen. Zum Schluß nahm er mich bei den Händen, legte die Stirn in Falten und blickte mir forschend in die Augen. »Bruder«, sagte er, »läge Christus in seinem Grabe und würde jemanden auffordern, den Stein hinwegzuwälzen, würdest du es nicht tun?«

Inzwischen hatte ich mich in meine Rolle eingelebt und gab zurück: »Aus dem Evangelium geht deutlich hervor, daß er dazu niemandes Hilfe bedurfte.«

»Ja, aber wenn er auf seine Macht *verzichtete*, dich aus den Tiefen riefe, und es für dich die einzige Möglichkeit wäre, Sein Angesicht zu sehen, was würdest du tun?«

»Ich würde den Stein beiseite wälzen«, sagte ich.

Der Priester lehnte sich gegen den Sattel zurück, der ihm als Schreibunterlage diente. »Das denke ich auch. Vergiß nicht, wenn Unser Erlöser das wollte, könnte er den Türken durch Wind, Feuer oder die Pest aus Seinem Heiligen Lande verjagen. Aber Er will es nicht auf diese Weise tun. Er ruft uns, Gottes unwürdige Knechte, den Stein von Seinem Heiligen Grab zu wälzen. Und das zu tun stehen wir im Begriff. Wir ziehen nicht dorthin, um zu töten, sondern um zu öffnen; nicht um zu zerstören, sondern um zu befreien. Wir werden den Stein beiseite wälzen. Und, Roger«, schloß er, wobei große Ruhe auf seinem Gesicht lag, »ich glaube, wenn wir das tun, wird ein Licht leuchten, heller als die Sonne, ein Licht, das die ganze Welt erfüllt.«

In seinen blauen Augen lag solche Zufriedenheit, daß ich nicht länger dagegen aufbegehren konnte. Nicht töten, sondern öffnen werde ich. Wir sind Christi Krieger und fechten den Kampf aus, den Er für uns vorgesehen hat. Die Türken stehen in Seiner Hand wie wir selbst, und Er wird über uns alle nach Seinem Willen befinden. Es ist, wie es der Heilige Vater sagte: Gott will es.

Raimund von Agiles zu Ehren habe ich ein Lied verfaßt:

O edle Seele,
Dein heiliger Blick sieht
Meine Erbärmlichkeit.
Ich bitte Dich, bete für mich,
Wenn Du einst vor unserem Herrgott kniest,

Denn mich hat die Zeit
Halb verschlungen,
Und in den Raum gespien
Wie einen Blutfleck
Auf des Metzgers Brust.
Ich sah mein Inneres gespalten,
In meinem Herzen war
Liebe von Liebe geschieden.

Mein Hirn war aufgeschnitten,
Mein verworrenes Denken
Zur Schau gestellt,
Blutlos und bleich.

O edle Seele,
Willst Du nicht
Eine Nacht mit mir wachen?
Diese lidlosen Nächte,
In denen mich
Nach dem Morgengrauen hungerte,
Gierig wie der Wurm im Grab.
Nachdem ich die ganze Würze des Meeres
Geschmeckt habe und in mir aufnahm,
Bis ich in meinen Träumen ertrank?

Daß ich geweint und gefastet,
Geweint und gebetet habe,
Verdanke ich Dir.
Ich will nicht den Abgrund in meinem Herzen verbergen,
Nicht den Höllenkessel in meiner Seele,
In dem die Furcht Blasen wirft,
Und um den das Feuer wütet.

Wohledle Seele,
Bete für mich,
Denn ich bin eine Waise,
Unrat, anderen zur Last,
Du siehst mein Gebein ringsum verstreut,
Knochen, die keinen Laut von sich geben,
Sondern in der Luft umherirren;
In der Luft, die nicht schweigt,
Sondern meiner spottet.
Luft, die nicht nur trocken,
Sondern die Staub ist.

Und so bitte ich dich,
Bete für mich,
Damit ich aus diesen Tiefen erlöst werde,
In die mich mein Geist gezerrt hat,
Von mir selbst befreit werde
Und von meinen Gedanken.
Bete du
Um Frieden für mich,
Geliebte Seele,
Damit ich eins sei
Mit dem Frieden,
Auf deinem Gebet
Emporschwebe zu den Strahlen des Lichts
Und in dieser Verbindung
Von Himmel und Erde
Meine Ruhe finde, Ruhe
In der holden Rundung
Von Gottes glückseligem Lächeln.

Heute nacht habe ich beschlossen, dem Wappen meiner Familie den Wahlspruch »Den Stein beiseite wälzen«[23] hinzuzufügen. Ich werde die Worte vor mir hertragen, als Führer zum Heiligen Grab und als Künder der Wahrheit, die ich darin zu finden hoffe.

Den einunddreissigsten Oktober

Morgen ist Allerseelen, der Tag, an dem sich nach der Überzeugung der Christen die Gräber öffnen und die Toten auf die Erde zurückkehren. Auch ich glaube das, denn ich meine, einige von ihnen gesehen zu haben.

In der vorigen Nacht hat es angefangen zu regnen und seither nicht wieder aufgehört. Wir haben uns vor dem Morgengrauen bewaffnet (die Sonne hat sich kein einziges Mal gezeigt) und sind nach Rom hineingeritten. Statt des Willkommens, das ich mir von der Ewigen Stadt erhofft hatte, begrüßte uns eine träge Grämlichkeit, die so recht zum grau verhangenen Himmel paßte.

Rom ist keine prächtige Stadt. Zu viele Menschen leben dort, und zu viele von ihnen sind arm. Es gibt zu viele Fuhrwerke, zu viele zerbrochene Läden an den Häusern, zuviel herabgefallenen Putz, zu viele schmutzverkrustete nackte Standbilder, zu viele Nachtlampen, die bleich wie Leichname an ihren Ketten baumeln.

Durch Nebenstraßen zogen wir unserem Ziel entgegen, und die Menschen glotzten uns aus den Fenstern an wie Sträflinge aus ihren Zellen. Wo ist der Glanz Petri? fragte ich mich, und wo des Paulus Furchtlosigkeit? Hatten die Menschen Angst vor dem Regen? Oder fürchteten sie unsere Anwesenheit? Rom scheint mir nicht nur steinalt, sondern auch ängstlich zu sein.

Der Platz vor dem Vatikan war leer, und der Regen hatte den Schmutz, der ihn bedeckte, in Schlamm verwandelt. Der Wolkenbruch nahm an Heftigkeit noch zu, als wir absaßen, schon naß bis auf die Haut. Von unseren Kettenhemden rann das Wasser wie von den Dächern der Häuser. Obwohl ich es kaum erwarten konnte, in die Bischofskirche zu gelangen, blieb ich neben Fatana stehen, während Bischof Adhémar ein Gebet für uns sprach und uns im Namen seines Herrn, des Papstes, in Rom willkommen hieß.

Dem Brauch folgend wollten wir unseren Schildknappen die Waffen übergeben, doch forderte uns Bischof Adhémar auf, sie mit hineinzunehmen. Bewaffnet ein Gotteshaus betreten! Noch dazu die Basilika des Apostels Petrus! Es war, wie ich befürchtet hatte.

Ein Chor von einem Dutzend Mönchen sang bei unserem Eintritt. Schon bald begriff ich, warum sie sich die Kapuzen ihrer schwarzen Kutten über die Köpfe gezogen hatten.

Von den Dachbalken hagelte Unrat auf uns herab. Die Werfer waren offenbar die Söldlinge des Gegenpapstes, dem Klang ihrer Stimmen nach Deutsche. Sie fluchten, schrien und erleichterten sich sogar auf unsere Köpfe, während wir unter ihnen hindurchschritten. Andere stürmten auf den Altar zu, rissen Leuchter und Altardecken herunter, hielten sie hoch und verspotteten uns als »Urbans Hunde«.[24]

Bischof Adhémar bestand darauf, daß wir uns auf den mit Unrat bedeckten Boden warfen, während er vorbetete. Aus dem Augenwinkel konnte ich Raimund von Agiles sehen, der allem Anschein nach ungerührt mit volltönender, fester Stimme die Responsorien aufsagte. Auf der anderen Seite lag mein Lehnsherr neben mir im Schmutz. Er preßte die Lippen aufeinander und hämmerte mit geballten Fäusten auf die Steinplatten, als schlüge er den Takt zu einer für die anderen unhörbaren Musik.

Die Söldlinge auf dem Altar begannen, in die Hände zu klatschen und uns im Chor zu verfluchen. Die Männer auf den Deckenbalken nahmen ihre Worte auf, und schon bald hallte die ganze Basilika von ihren gotteslästerlichen Worten wider. Das war für meinen Lehnsherrn zuviel. Er erhob sich und schritt zur Altarschranke. Dort kniete er einen Augenblick nieder, um sich zu bekreuzigen. Als er sich erhob, schwiegen alle. Vom Mittelschiff aus sahen wir erwartungsvoll zu ihm hin.

Graf Raimund faßte nach dem Waffenrock des ihm zunächst Stehenden, zog ihn allem Anschein nach freundlich zu sich hin und beugte sich über ihn, als wollte er ihm etwas zuflüstern. Im nächsten Augenblick hatte er dem Unglücklichen sein prachtvolles Gebiß in den Hals geschlagen, dann riß er ihm aufbrüllend die Gurgel heraus.

Das war unser Signal. Mit einem Jubelruf sprangen wir auf und stürmten zum Altar. Ich zog mein Schwert, schwang mich über die Schranke, packte einen Mann mit einem flachen stählernen Helm, der mir zahnlos entgegengrinste, und rammte ihm den Knauf ins Gesicht. Blutend fiel er auf die Altarstufen. Inzwischen waren unsere Leute förmlich von Raserei erfaßt. »Nicht töten! Nicht töten!« schrie Bischof Adhémar. »Nicht auf dem Altar!« Es war vergebens.

Wie aufgeschreckte Sperlinge stoben die Mönche auseinander. Männer ließen sich von den Deckenbalken fallen, um in den Kampf einzugreifen. Die Gegner waren uns an Zahl überlegen, aber ihre Schmähungen hatten uns bis zum Wahnsinn aufgestachelt. Ich teilte mit meinem Schwert Hiebe nach links und rechts aus, und bei jedem Streich flohen weitere Söldlinge. Man hätte glauben können, daß sie keine Lust hatten, für Guiberts Geld zu sterben. Mein Lehnsherr drängte einen Mann gegen das Taufbecken und spießte ihn auf. Er fiel hinein, und das Wasser färbte sich von seinem Blut. Ohne jemanden zu töten, begnügte ich mich damit, meinen Gegnern den Schädel blutig zu schlagen und denen, die vor mir flohen, die Sehnen in den Kniekehlen zu durchtrennen. Solche Feiglinge verdienten den Tod auf einem Altar nicht.

Nach kurzer Zeit war die Basilika von dem Gesindel gesäubert. Ich sah mich nach dem Priester Raimund um. In seinem schlichten braunen Gewand stand er mit ausgestreckten Armen mitten im Kirchenschiff, die Augen himmelwärts gewandt. Später erfuhr ich, daß er dort gebetet hatte, während um ihn herum der Kampf tobte. Manche sagen, seine Gebete hätten uns den Sieg gebracht.

Jetzt ist es Nacht. Es regnet. Ich sitze in meinem Zelt und kann weder essen noch schlafen. Vier der Söldlinge sind tot, viele andere verwundet. Keiner der unseren wurde verletzt. Einen sonderbaren Sieg hatten wir da errungen, einen Sieg nicht über Türken, sondern über Christen, und nicht im Osten, sondern im heiligen Herzen der Stadt Rom. Ich merke, daß mich Wut erfüllt, ich bringe es nicht fertig, mich zu sammeln. Welcher Art von Dummheit sind wir da erlegen? Haben wir Heim und Herd verlassen, um gegen den Antichrist oder gegen den Antipapst zu kämpfen? Hat man uns etwa nur benutzt, damit Urban unbehelligt in seinen Palast zurückkehren kann? Für die Sache des Erlösers bin ich bereit, mein Leben zu lassen, aber nicht für die des Stotterers.

Gern würde ich beim Priester Raimund beichten, aber er scheint heute in der Kirche eine Erscheinung gehabt zu haben und ist entrückt. Auch ich hatte eine Erscheinung – ich sah mich, wie ich einem zahnlosen Mann mit einem flachen Helm den Schädel einschlug und wie ein anderer die

Taufe mit seinem eigenen Blut empfing. Ja, das Töten von Türken habe ich in meinem Herzen gebilligt. Aber das? Würde ich doch ebenfalls entrückt! Ich werde dafür sorgen. Gott steh mir bei, ich werde mich betrinken. Oder Schlimmeres tun.

Den siebzehnten November

Seit mehr als zwei Wochen habe ich nichts geschrieben. In jener Zeit habe ich mich Ausschweifungen hingegeben, meine Nächte zumeist im Lager der Normannen verbracht, mit allem, was dazugehört. Heute morgen hat mir Bischof Adhémar gedroht, mich von unserer Unternehmung auszuschließen. Ich werde mich wohl ab jetzt zusammennehmen müssen.

Ich werde kurz berichten, was seit der Schlacht im Vatikan geschehen ist.

Die normannischen Ritter, denen man den Zutritt nach Rom verwehrt hatte, bestürmten mich, ihnen Einzelheiten über unseren Kampf zu berichten. Das tat ich mit aller Bitternis, die ich empfand, und lachte und johlte mit ihnen, während ich alles immer wieder schilderte. In Wahrheit hasse ich die Geschichte, dennoch habe ich sie wie eine Ziege geritten, im Versuch, ihr den Rücken zu brechen.[25] Den Normannen allerdings hat sie höchlich gefallen. Fulk Rechin hat mich auf etwas hingewiesen, was mir gar nicht aufgefallen war, nämlich daß uns Graf Robert, der Lehnsherr der Normannen, zwar nach Rom hinein begleitet hatte, nicht aber mit in die Basilika gegangen war. Es sieht ganz so aus, als hätte er sich davongestohlen und eine Villa am Tiber gekauft. Dieser Zug erweist sich für ihn als ausgesprochen gewinnbringend.

Von Rom aus durchquerten wir das Land südostwärts in Richtung auf Bari. Dort wurde unser Heer geteilt: Graf Robert von der Normandie wollte von Bari aus mit seinen Rittern auf Schiffen das Adriatische Meer überqueren. Wir anderen zogen nach Brindisi weiter. Von dort werden wir nach Floreo[26] im Königreich der Bulgaren übersetzen, um durch Makedonien und Griechenland weiter nach Konstantinopel zu marschieren. Inzwischen befinden wir uns nahe der Stadt Ostuni, einen Tagesmarsch von Brindisi entfernt.

In Bari hörten wir erstmals vom »Zug der Pilger«[27]. Was man über sie erfährt, klingt nicht gut. Allem Anschein nach haben sie auf ihrem Marsch sehr gelitten, denn niemand versorgte sie, und sie sind durch eine Gebirgsgegend gezogen, in der es von Banditen nur so wimmelt. Man hatte ihnen empfohlen, auf uns zu warten. Vielleicht tun sie das in Konstantinopel.

Drei Monate liegt mein Aufbruch aus der Provence jetzt zurück. Ich bin ermattet und habe oft an Heimkehr gedacht, wage aber meinen Gott geleisteten Eid nicht zu brechen. Andere aus unseren Reihen haben in dieser Hinsicht keinerlei Bedenken. Nur neun von den vierzehn Männern, die ich von zu Hause mitgebracht habe, sind mir geblieben. Zwei sind unterwegs Krankheiten erlegen, die anderen sind einfach verschwunden. Vermutlich haben sie sich auf den Heimweg gemacht.

Wenigstens tröstet mich der Gedanke, daß sie meinen Angehörigen Nachrichten über mich bringen werden. An die Meinen denke ich oft und hoffe, daß meine Mutter nach wie vor bei guter Gesundheit ist. Gauburge dürfte unterdessen vermählt sein. Es ist eigenartig, sie sich mit einem Eheherrn vorzustellen. Sie ist erwachsen und nicht mehr das langgesichtige Kind, mit dem ich früher gespielt habe.

An Jehanne denke ich meist bei Nacht. Je größer die Entfernung zwischen uns wird, desto stärker spüre ich, wie sehr sie mir fehlt. Solange ich mich im normannischen Lager aufhielt, habe ich keine einzige Nacht allein verbracht. Ich trug auch kein Verlangen danach, denn ich wollte durch Trunk und Fleischeslust den Zorn aus meiner Seele vertreiben. Doch ich mochte mich noch so sehr an die Weiber klammern und auf ihnen stöhnen – in sie ergießen konnte ich mich erst, wenn ich mir Jehanne vorstellte. Ich habe mich bemüht, an nichts zu denken als an den Leib unter mir. Aber erst, wenn mir *ihr* Leib vor das innere Auge trat, ich *ihr* Gesicht sah und *ihren* Namen nannte, vermochte ich mich hinzugeben. Christi Sklave müßte ich sein, statt dessen bin ich nach wie vor der ihre.

Ich habe das Adriatische Meer zum ersten Mal gesehen. Es hat keinerlei Ähnlichkeit mit dem unseren. Sein Wasser ist so grün, daß man glauben könnte, ein Smaragdschiff sei darin versunken. Das Land ist zerklüftet, felsig und karg. Vermutlich öffnet es sich nur widerstrebend dem Pflug. Ölbäume und dürre Sträucher mit langen Dornen gedeihen hier. Die Landschaft ist öde, und die Bewohner des Landes sind hart und nüchtern. Sie heißen uns willkommen, weil sie zahlende Gäste in uns sehen; ihnen geht es wie Wirtsleuten ausschließlich um das Geschäft, das wir ihnen bringen. Unter ihnen befinden sich viele Griechen.

Wenn schon diese Gegend so abweisend ist, frage ich mich, wie Syrien sein wird. Immerhin befinden wir uns hier noch in Europa.

Den zweiundzwanzigsten November

Nach wie vor warten wir in Brindisi auf das Schiff. Es ist keine liebenswerte Stadt. Dreist bestehlen uns die Griechen, sowohl in ihren Geschäften, wo sie unverschämte Preise für ihre Waren verlangen, als auch in unserem Lager, wo sie sich bei Nacht in unsere Zelte schleichen und uns ausrauben. Einen von ihnen haben wir ergriffen und durchgewalkt. Unaufhörlich schrie er in einem Gemisch aus fränkischen und italienischen Brocken: »Habt im Namen Gottes Mitleid mit mir. Es hieß, Ihr besitzt einen großen Schatz. Wer könnte da widerstehen?« Für diese Unverfrorenheit haben wir ihn noch mehr durchgeprügelt. Wir Krieger Christi sind arme Pilger, deren ganzer Reichtum in ihren Waffen und ihrem Glauben besteht.

Man könnte meinen, alle Weiber Brindisis seien Huren. Mit gelöstem Haar und bis über die Knie geschürzten Rökken kommen sie ins Lager. Auch solche, die nach außen züchtig scheinen, sind bereit, sich zu verkaufen, und ihre Männer prügeln sie durch, wenn sie ihnen die damit verdienten Münzen vorenthalten.

Ein Wort über das Geld. Wie in Bari kann man hier in Brindisi mit jeder Art Münzgeld bezahlen, ob Denar, Besant oder Perper. Allein ausschlaggebend ist das Gewicht der Münzen. Ihren Gebrauch mußten wir erst lernen, und man hat uns dabei mächtig geprellt. Für ein einziges Schaf, das kaum seine sechs Männer ernährt, hat man uns sieben Denar abgenommen – das sind volle sechs Unzen Silber. Ein Weib hingegen bekommt man schon für deren drei!

Nur selten gehe ich in die Stadt, obwohl ich zu meinem Verdruß kürzlich erfahren habe, daß sich mein Schildknappe Thomas nahezu allnächtlich dorthin schleicht, während ich schlafe. Gemerkt habe ich das, als er eines Tages nicht da war und ich mir mein Morgenmahl selbst zubereiten mußte. Ich hatte schon angenommen, er habe mich im Stich gelassen, als er mit einem Mal sturzbetrunken und mit offenem Wams an meinem Zelt vorübertaumelte. Ich habe das Geständnis aus ihm herausgeprügelt, daß er wie ein gewöhnlicher Narr am Hafen zu seiner Lust gehurt, getanzt und gesungen hat. Daraufhin habe ich ihn zum Mönch René geschickt, der ihm meiner Anweisung gemäß eine schwere Buße auferlegt hat. Ab sofort muß er einen an die Hoden gebundenen Wetzstein mit sich herumtragen.

Den achten Dezember

Am Fest der Unbefleckten Empfängnis

Das Klima hier ist mild, und daher kann uns der Winter nicht viel anhaben. Die Stadtältesten von Brindisi haben uns wissen lassen, daß es angesichts der Größe unserer Streitmacht

– an die vierhundert Ritter und zweitausend Mann Fußvolk – eine Weile dauern könne, bis genug Schiffe beisammen sind, um uns überzusetzen. Unterdessen haben die rund sechshundert Pilger Vorkehrungen für ihre Überfahrt in zwei Schiffen getroffen. Sie hoffen mit Graf Roberts normannischer Streitmacht zusammenzutreffen, die schon von Bari aus übergesetzt hat, wie wir hören. Ich jedenfalls werde ihnen nicht nachtrauern. Sie haben uns das Vorankommen und die Versorgung des Heeres erschwert, und ihre Weiber hatten einen schlechten Einfluß auf uns, wie ich nur allzu gut weiß.

Heute morgen habe ich in der Stadtkirche von Brindisi die Messe besucht. Von diesem äußerlich schlichten Bau aus, dessen Inneres mit Schmiedearbeiten und einem bemalten Lettner ausgeschmückt ist, hat man einen Blick auf den Hafen. Voller Überraschung sah ich auf dem Altar mehrere Skulpturen, die unbekleidete Menschen zeigen. Die Italiener scheinen sich in außerordentlichem Maße für die Nacktheit des menschlichen Körpers zu begeistern. Vielleicht liegt darin der Grund für die Verworfenheit ihrer Weiber.

Ich erinnere mich gut, wie sehr ich als Junge darauf erpicht war, den weiblichen Körper zu erkunden. Einmal hatte ich meine Schwester flüchtig im Bad gesehen und sie so verblüfft angegafft, daß sie schreiend alles nach mir warf, was ihr in die Finger fiel. Die Vorsprünge und weichen Rundungen ihres Leibes hatten mich verwirrt, und ich war entschlossen, mehr darüber in Erfahrung zu bringen. Mit dreizehn Jahren gab ich einer drallen Bauerndirne auf unserem Besitz süße Brötchen, damit sie mir ihre Brüste entblößte. Während ich sie anstarrte, lächelte die Dirne, nicht etwa spöttisch, sondern stolz, und forderte mich auf, sie zu berühren. Ich fuhr mit den Fingern über die Brustwarzen und weiß noch heute, was ich dabei empfand: Nie zuvor hatte ich eine so köstliche, reife und lebenspralle Frucht gespürt. Als sie die Bluse wieder hinabzog, muß ich sie voll Verlangen angesehen haben, denn sie sagte: »Für einen Kuchen bekommst du mehr.«

Wie sehr ich meine Mutter an jenem Abend bat zu backen! Es dauerte Tage, bis sie nachgab und einen Apfelkuchen buk. Am nächsten Morgen entwendete ich ihn in aller Frühe aus dem Gitterschrank und brachte ihn der Dirne. Sie war gerade beim Melken. Im nächsten Augenblick war ihr Gesicht mit Krümeln und Sirup verschmiert. »Und jetzt?« fragte ich.

Lächelnd hob sie ihre Röcke und lehnte sich gegen die Futterraufe. Ich war verblüfft und so wißbegierig wie ein Gelehrter. Man sah nichts als eine glatte Spalte, die mit Moos bewachsen war – so wie dort, wo im Keller eines Hauses der Salpeter durch die Fugen zwischen den Steinen hervordringt. Staunend sah ich zu, wie sie die Spalte mit den Fingern öffnete, erkannte die tiefen Falten, die dunkle Feuchte. Zum ersten Mal erregte mich die Gegenwart einer Frau.

Sie hieß Josiane und dürfte um die sechzehn Jahre alt gewesen sein. Mit ihr begann meine Mannheit. Auf meine Frage, ob ich hinfassen dürfe, schlug sie mir auf die Hand. »Nur gegen Sahneklümpchen«, sagte sie. Damit meinte sie die Süßigkeiten, die meine Mutter zu kirchlichen Feiertagen bisweilen machte. Ich wandte mich zum Gehen und stieß dabei unachtsam den Melkeimer um. Die verspritzte Milch tränkte die Vorderseite meiner Beinlinge.

»Da«, lachte sie fröhlich, »jetzt hast du es zum ersten Mal mit einem Mädchen gemacht!«

Das war im Mai. Der nächste hohe kirchliche Feiertag folgte im August. Ich konnte es nicht abwarten. Wie oft hatte ich die trüben Feiertage verflucht, die ich in der Kirche hatte verbringen müssen! Jetzt sehnte ich mich nach einem. Inzwischen dachte ich an Josiane, träumte von ihr, machte ihren nackten Leib zu meiner Religion und hielt mit meiner Erinnerung und meinen Händen Gottesdienst darin: drei-, sechs, zehnmal am Tag. Ich war wie vom Fieber ergriffen, ging ihr aber aus dem Wege, weil ich wußte, daß mir ihr Anblick große Qual verursachen würde.

Zum Fest von Mariä Himmelfahrt bat ich um Sahneklümpchen. Meine Mutter machte sie, und ich ließ eine

Handvoll davon unter meinem Wams verschwinden. Am nächsten Tag ging ich damit zu dem Häuschen, in dem Josiane bei ihren Eltern wohnte. Ihr Bruder, ein Dickwanst und Dummkopf, mit dem ich sonst kaum je ein Wort wechselte, hackte im Garten. Mit geheucheltem Gleichmut fragte ich nach Josiane.

»Die ist tot«, sagte er, ohne den Blick zu heben.

Ich war wie vom Donner gerührt und brachte kein Wort heraus. Offenbar war sie drei Wochen zuvor beim Baden im Fluß mit dem Kopf an etwas Hartes gestoßen und ertrunken. Ich ließ mir von ihm die Stelle nennen. Ich kannte sie gut – wir schwammen sommers oft dort. Ich ging hin und blieb eine ganze Weile am Ufer stehen. Dann fielen mir die Sahneklümpchen ein. Ich nahm sie aus dem Wams und warf sie ins Wasser.

Ich kann nicht sagen, warum ich das hier niederschreibe. Vielleicht hat mir heute morgen eine der Heiligenfiguren in der Kirche die Geschichte in Erinnerung gerufen, denn das dargestellte Weib war drall und lächelte. Außerdem tanzte das Licht, das vom Hafen herauf spiegelte, auf ihr, während ich betete.

Den neunten Dezember

Hier ist alles in hellem Aufruhr. Heute morgen hat mein Lehnsherr uns Edelleute zusammengerufen, um uns mitzuteilen, daß wir das Meer vor dem Fest der Geburt unseres Erlösers nicht werden überqueren können. Von einem Tag auf den anderen ist das Wetter umgeschlagen, und die Seeleute wagen sich für keinen Betrag, den man ihnen bietet, hinaus. Graf Raimund hat Befehl gegeben, das Lager von der Küste an eine Stelle zu verlegen, wo sich jeder eine Art festes Obdach bauen kann. Daraus ersehe ich, daß es bis zu unserem Aufbruch noch lange dauern mag.

Den zweiundzwanzigsten Dezember

Wir haben unser Lager auf die Hügel oberhalb des Hafens verlegt. Meine Gefolgsleute haben mir eine Art Hütte aus Flechtwerk errichtet und auch für sich selbst ein Wetterdach hergestellt. Wie ich schon befürchtet hatte, sieht es jetzt ganz so aus, als könnten wir erst im neuen Jahr aufbrechen. Die Stimmung im Lager ist trübe. Die Männer haben nichts zu tun. Viele von ihnen sind auf und davon gegangen. Von den vierzehn, die mit mir aufgebrochen sind, habe ich noch sieben. Zwei junge Burschen, Brüder aus dem Flecken Lunel, haben sich vorige Nacht davongemacht. Ich kann sie nicht besonders dafür tadeln. Möge der Herr sie sicher heimkehren lassen.

Heute morgen war ein Pilger aus der Schar des Peter von Amiens hier. Seinem Aussehen nach zu urteilen, muß er schrecklich gelitten haben. Er berichtete, man habe in der Nähe von Nikäa die meisten der Pilger und auch Walter Habenichts abgeschlachtet, unter ihnen auch seine eigene Gemahlin und Kinder. Voll Wut äußerte er sich über die Türken, die er Dämonen und Tiere nannte. Als einer von uns fragte, ob sie wirklich Hörner trügen, gab er zur Antwort: »O ja, sie haben Hörner, aber keine Seele. Wenn ihr sie tötet, denkt an mich.«

Er bat uns um etwas zu essen und zog dann weiter. Er stammte aus Caen, und ich habe seine nordfranzösische Sprechweise nur mit Mühe verstanden.

Den fünfundzwanzigsten Dezember

Am Fest der Geburt unseres Erlösers

Wie sehr ich heute an zu Hause denke! Die Entfernung verklärt vieles, und die Zeit heilt die Wunden in erstaunlicher Weise. Im Flecken Lunel zur Messe zu gehen, mit den Meinen am Gottesdienst teilzunehmen, am heimeligen Feuer zu sitzen – solch schlichte Freuden erscheinen mir heute als große Geschenke. Selbst an meinen Stiefkindern würde ich wohl meine Freude haben, fern von diesen abweisenden Hügeln und diesem nutzlosen wogenden Meer.

Heute morgen habe ich beim Priester René gebeichtet und das Sakrament empfangen. Bischof Adhémar, der ein Haus in Brindisi gefunden hat, wo ihm Dienstboten aufwarten, predigte über die Geduld im Dienste Unseres Herrn. Freilich fällt sie jemandem leicht, der unter Federbetten schläft und dem junge Italienerinnen das Morgenmahl auftischen.

Ich sollte es ihm nicht neiden. Sicherlich trägt uns jeder Tag, den wir hier in Nässe und Kälte leiden, von Langeweile gequält, einen Tag Ablaß im nächsten Leben ein. Da ich für mich selbst einen Sündenablaß erlangt habe, werde ich meinem Vater den Lohn für das widmen, was mir an Entbehrungen hier beschieden ist, denn wie ich fürchte, hat er vor seinem Tode keine Buße getan und befindet sich daher womöglich im Fegefeuer. All das leide ich für dich, lieber Vater! Den Regen, der mir auf den Kopf fällt, das Bibbern vor Kälte, das verdorbene Fleisch. Mögest du durch mein Elend der ewigen Seligkeit teilhaftig werden!

Den zweiten Januar

Im Jahr der Fleischwerdung unseres Erlösers 1097

Heute nachmittag ist es zu einer unerwarteten und fürchterlichen Tragödie gekommen. Noch während ich dies schreibe, zittere ich, so lebhaft steht mir die Szene vor Augen.

Das Wetter, seit Wochen stürmisch und widrig, hat sich zum Besseren gewendet. Die Pilger sahen darin ein Zeichen Gottes und drängten in die Stadt, um die Überfahrt zu verlangen, die sie vereinbart hatten. Die Stadtältesten wollten sie nur allzu gern loswerden und zwangen die Mannschaft zweier ziemlich alter Schiffe, die Aufgabe zu übernehmen. In das kleinere davon zwängten sich zweihundert Pilger, das größere nahm die übrigen vierhundert auf. Von zwei großen Ruderbooten aus dem Hafen geschleppt, brach es als erstes auf.

Im selben Augenblick erhob sich eine Brise. Uns, die wir vom Hügel zusahen, schien es, als sei Gott dem Vorhaben der Pilger günstig gesonnen. Doch im nächsten Augenblick zerbrach das größere Schiff zu unserem Schrecken, öffnete sich wie eine überreife Frucht, und alle an Bord stürzten ins Meer.[28] Sogleich rief mein Lehnsherr aus: »Herr im Himmel! Wir müssen hinab!«

Am Hafen bemühten sich die Stadtältesten, zur Rettung der Pilger alle Wasserfahrzeuge aufzutreiben, deren sie habhaft werden konnten, ob groß oder klein. Ich sprang in ein Boot, kaum größer als ein Badezuber, das zwei Burschen in wattierten Jacken ruderten. Während wir uns der Hafenausfahrt näherten, konnten wir die Schreie der Ertrinkenden hören.

Schon bald waren wir von Wrackteilen, Frauen mit Kleinkindern, Gepäck und Leichen umgeben. Als ich eine junge Frau sah, deren Gesicht gerade eben noch über die Wasserfläche hinausragte, hieß ich die beiden zu ihr rudern. Bei ihr angekommen, wollte ich sie am Arm ins Boot ziehen, doch ihr wollenes Obergewand und ihre Röcke hatten sich so mit Wasser vollgesogen, daß ich sie kaum zu heben vermochte. Ihr Gesicht war bläulich angelaufen, und ihre Augen standen weit offen und waren blicklos. Als ich sie am Kragen packte und ins Boot ziehen wollte, schien sie plötzlich zu sich zu kommen und sah mich voll Entsetzen an.

»Was tut Ihr, Herr?« rief sie.

»Hier, nimm meine Arme«, gebot ich ihr. Wie in Panik strebte sie fort.

»Guter Herr, laßt mich ertrinken!« sagte sie.

Einer der Burschen kam mir zu Hilfe, während der andere das Boot im Gleichgewicht hielt. »Komm, faß ihren Arm!« rief ich ihm zu.

Die Frau stemmte sich gegen uns und wand sich unter meinem Griff. »Mein Leben lang habe ich gesündigt«, sagte sie. »Wenn ich jetzt sterbe, gewinne ich den Himmel. Ich bitte Euch, Herr, mißgönnt mir nicht meine Erlösung!«

Sie leistete mir heftigen Widerstand. »Denk an deine Angehörigen«, sagte ich.

Der Blick ihrer Augen blieb gelassen. »Ich habe niemanden auf der Welt, doch noch heute werde ich zu meinem Herrn eingehen.«

Mit diesen Worten stieß sie sich vom Bootsrand ab und entglitt meinem Griff. Einen Augenblick lang sah ich ihr unnatürlich gefaßtes Gesicht bleich wie eine welke Blume auf dem Wasser treiben. Dann verschwand sie in den Wellen, von ihrer vollgesogenen Kleidung in die Tiefe gezogen.

Drei Leute haben wir mit unserer Nußschale geborgen, zwei Kinder und einen alten Mann. Wir haben sie ans Ufer gerudert und sind zurückgekehrt. Inzwischen trieben zahlreiche Tote im Wasser. Über dreihundert Menschen ertranken an diesem Tag. Manche lächelten und sangen bis zum letzten Augenblick fromme Lieder; andere, vor allem die Kinder, schrien und jammerten zum Steinerweichen.

Es war der entsetzlichste Anblick, dessen ich je Zeuge geworden bin. Auf unserem Weg ans Ufer stießen die Leichen mit einem dumpfen Patschen an den Bug unseres Nachens. Es klang, als ließe man Steine in Schlamm plumpsen. Ich fürchte, ich werde es noch lange vor meinem inneren Ohr hören.

Den achtzehnten Januar

Mittlerweile sind wir schon einen vollen Monat in Brindisi. Täglich machen sich mehr Krieger auf und davon, und selbst einzelne Ritter sind schon umgekehrt. Unsere Lage ist schwierig. Die Männer verkaufen all ihre Habe, um mit dem Erlös Lebensmittel zu erwerben, und die Griechen nutzen ihren Vorteil in geradezu ruchloser Weise aus. Ein Bad zu nehmen ist im Lager unmöglich. Die Brunnen sind zugefroren und die Quellen eiskalt. Die Männer haben aufgehört, sich zu rasieren und lassen sich in jeder Hinsicht gehen. Wir leben wie die Bettler, während Christenmenschen, um deren Seelenheils willen wir gekommen sind, uns ausbeuten.

Fünf Männer habe ich noch. Diese aber scheinen entschlossen zu sein. Es sind Uc und Dagobert, Brüder aus dem Flecken Lunel, Bartolomé, der Sohn des Schneiders, ein überaus munterer junger Bursche mit leuchtenden Augen, der uns mit seinen Liedern unterhält, Gérard, ein Mann meines Alters, der sich auf den Ländereien in Lunel um meine Brunnen und Zisternen gekümmert hat, sowie Bernard. Letzterer junger Kerl ist sehr kräftig, aber von schlichtem Gemüt.

Auch Thomas ist mir treu geblieben, trotz meiner Härte. Ich muß mein Verhalten ihm gegenüber ändern. Als er vor einigen Tagen in mein Zelt kam und mir seine Hoden zeigte, habe ich ihm die Buße mit dem Wetzstein erlassen. Sie befanden sich in beklagenswertem Zustand; sie waren angeschwollen und rot wie unreife Pflaumen. Ich ließ ihn gehen, warnte ihn aber vor den Weibern in der Stadt. »Ich kann mir nicht vorstellen, daß sie noch etwas von mir wissen wollen«, sagte er, und es kam mir vor, als hätte ich ihn beim Hinausgehen weinen gehört.

Ich habe beschlossen, auch Bartolomé zu meinem Schildknappen zu machen. Das hat Thomas' Mißgunst erregt. Er scheint zu glauben, daß ich nichts davon weiß, und behandelt Bartolomé abscheulich. Er versetzt ihm sogar Tritte, kaum daß ich den Rücken kehre. Doch Bartolomé grollt ihm nicht und nimmt die Züchtigung unerschütterlich als Bestandteil seiner Lehrzeit hin.

Dann ist da noch der Mönch René. Dieser brave, langmütige und fromme Mann ist uns allen ein großer Trost. Oft sehe ich ihn an. Auf seinem Gesicht liegt Entschlossenheit, obwohl seine Füße, die in mit Bindfaden geflickten Sandalen stecken, so schwarz und voller Blasen sind wie die eines Landstreichers. Dann sage ich mir, wenn er das zu ertragen vermag, kann ich es auch. Sie alle sind wackere Männer. Diese Pilgerfahrt hat uns bis ins Mark erschöpft, um uns desto besser auf unsere geheiligte Aufgabe vorzubereiten.

Gott gebe, daß wir bald mit ihr beginnen können.

Den neunzehnten Januar

Ich mußte viel an die ertrunkene Frau denken und habe ein Gedicht über sie verfaßt.

Ich sah dich gleiten in einen Traum,
Die Nacht schloß sich über dir,
Wie Atemhauch auf Glas.

Einen kurzen Augenblick
Warst du in meinen Armen geborgen
Wie Vogeleier im Nest,
wie Tau im Innern eines Blattes.

Warst du nicht meine Geliebte,
Die sich in meinen Armen wand
Und meiner Wachheit
Den Entschluß zu schlafen verkündete?

»Guter Herr, laßt mich ertrinken«,
Sagtest du.
Ich fand keine Worte.
Doch was ist der Tod,
Wenn nicht das Verlangen,
Von der Stille umarmt zu werden?

Und so ließ ich dich
In die Ewigkeit gleiten,
Auf deinem Gesicht in den Wellen,
Stumm vor Erwartung und schon

Dem Himmel zugewandt,
Schimmerte bedingungslose Liebe.
So entschwandest du,
Friedlich wie ein Gebet,
Bleich wie die Täler des Mondes.

Natürlich weiß ich weder ihren Namen noch sonst etwas über sie. Dennoch spüre ich den Druck ihrer Hände in den meinen und höre bisweilen nachts ihre Stimme.

Den sechsundzwanzigsten Januar

Es ist eine schreckliche Zeit. Vor drei Tagen begann es abends zu frieren, so daß wir in unseren Hütten und unter unseren Wetterdächern Zuflucht suchten und uns in alle Kleidungsstücke hüllten, die wir besitzen. Nach einer Stunde hatten die scharfen Winde, die vom Adriatischen Meer herüberpfeifen, den Schnee durch alle Fugen und Ritzen geweht. Unten in der Stadt saßen die Menschen hinter ihren abgedichteten Läden geborgen, während wir auf unserem Hügel fast erfroren wären.

Der Schneesturm nahm an Heftigkeit zu und tobte einen Tag um den anderen. Niemand durfte sich hinauswagen, und in der zweiten Nacht erloschen unsere Feuer, weil unser Brennmaterial zur Neige gegangen war. Es wurde so schlimm, daß Thomas um die elfte Stunde der dritten Nacht an die Tür meiner Hütte pochte und darum bat, die Nacht darin verbringen zu dürfen. Er sah so erbärmlich aus, daß ich ihn nicht gut abweisen konnte. Sein Backenbart starrte vor Frost, und er zitterte am ganzen Leibe. Also ließ ich ihn ein und fragte ihn, wie es den anderen ergehe.

»Gott ist mein Zeuge«, sagte er, »nicht besser, sondern eher noch schlechter.«

Ich hieß ihn sich auf den Boden legen, deckte meinen Umhang und einige Kleidungsstücke aus meiner Truhe über ihn und ging, die anderen zu holen. Sie boten einen elenden Anblick. Uc und Dagobert drängten sich eng aneinander, um sich gegenseitig zu wärmen. Sie hatten sich in all ihre Lumpen gehüllt und zitterten dennoch unter einem Haufen Reisig und Erdklumpen, der ihr Wetterdach bildete. Dem armen Bartolomé waren Zehen und Finger erfroren, sie waren weiß wie Elfenbein. Gérard und Bernard ging es besser; sie hatten ihr Wetterdach im Schutz eines großen Felsens errichtet.

Am elendesten von allen aber erging es dem Mönch René. Seit zwei Tagen hatte er weder Feuer noch eine Mahlzeit gehabt und betete unaufhörlich. Als Gérard und ich ihn entdeckten, war er fast auf seinen Knien am Boden festgefroren. Die Kälte hatte seine Hände förmlich ineinandergeschmiedet, und die Tränen hingen ihm wie Kristalle von den Wangen.

Wir hoben ihn auf und trugen ihn zu meiner Hütte. Wir drängten uns aneinander, so gut es nur irgend gehen mochte, und durch die Wärme, die dabei entstand, kamen wir wieder zu Kräften. Als ich am Morgen erwachte, lagen wir aneinandergekuschelt wie Kinder, die im selben Bett schlafen. Ich weckte die Männer, wir rieben einander die Füße. Dann verteilte ich Kleidungsstücke aus meiner Truhe.

Mir war nicht klar gewesen, wie wenig Vorräte wir hatten. Diese Männer zeichnet wahrlich Langmut und Leidensfähigkeit aus. Ich besaß noch einige Münzen und ging damit in die Stadt, wo ich an die Ladentür eines alten Juden klopfte, den ich kennengelernt hatte. Er spricht unsere Sprache und hatte für mich ab und zu Unterhaltungen mit Stadtbewohnern gedolmetscht. Sein Geschäft war geschlossen. Noch während ich klopfte, fiel mir ein, daß Sabbat war, ihr Feiertag, den sie heiligen. Doch ich wollte mich nicht abweisen lassen, und er hieß mich zu guter Letzt eintreten.

Ich muß schrecklich ausgesehen haben, denn er empfand Mitleid mit mir und rief seine Tochter, auf daß sie mir Suppe und Wein brächte. Eine ganze Weile saß ich am Tisch und zitterte so stark, daß mir die Suppe vom Löffel rann. Endlich nahm die junge Frau ihn mir aus der Hand und fütterte mich wie ein Kind.

Als ich mich ein bißchen gewärmt hatte, erklärte ich dem Juden unsere Lage. Ich gab ihm die wenigen Münzen und bat um Lebensmittel. Ein Blick genügte, und wortlos ging seine Tochter in den Laden. Nach einer Weile kehrte sie mit einem Korb zurück, dessen Inhalt ein Tuch verhüllte. Ich nahm ihn voll Dankbarkeit.

In meiner Hütte hatten die Männer ein Feuer entzündet. Ich verteilte die Lebensmittel, die mir der Jude verkauft hatte, unter sie – Pökelfleisch, Brot und Wein –, und sie bereiteten eine Mahlzeit zu. Dann sah ich, daß die Münzen auf dem Boden des Korbs lagen.

Ich war außer mir. Einem Menschen Erbarmen zu zeigen, ist gut und schön, aber ich lasse mich von keinem Juden als Bittsteller behandeln. Ich rechnete den Wert der Lebensmittel zusammen, nahm die Münzen sowie einige Gegenstände aus meinem Besitz, die mit ihnen zusammen den Wert der Ware ausmachten – einen mit Perlmutt eingelegten Dolch, kalbslederne Stiefel, die ich mitgenommen hatte, um sie in der Messe am Heiligen Grab zu tragen, einen Schwertgurt aus feinstem Leder und einen Band mit Schriften des Apostels Thomas –, und kehrte in die Stadt zurück.

Die Tochter des Juden öffnete mir. Ich verlangte ihren Vater zu sehen. Als der Alte herauskam, hatte er sich einen schwarzweißen Schal um den wallenden Bart geschlungen. Deutlich erkannte ich seine langen Schläfenlocken.

»Mein Herr«, sagte ich mit aller Würde, die ich aufbringen konnte, denn meine Kleidung war schmutzig und mein Gesicht unrasiert, »es handelt sich offenkundig um ein Mißverständnis. Das hier habe ich im Korb gefunden.« Damit legte ich die Münzen auf die Theke.

Er sah sie an und nickte. »Nun gut«, sagte er.

»Es ist keineswegs gut«, wandte ich ein. »Die Lebensmittel, die Ihr mir gabt, sind weit mehr wert als diese Münzen. Gewiß werdet Ihr mir die Gefälligkeit erweisen, das hier an Zahlungs Statt entgegenzunehmen.«

Er blickte auf meine Habe, dann auf mich. »Das wird nicht nötig sein …«, begann er, aber ich fiel ihm ins Wort.

»Ich bin Roger, Baron auf Lunel, Sohn Richards von Burgund. Sofern Ihr mir einen Gefallen zu tun wünscht, solltet Ihr gütigst daran denken.«

Seine Tochter sah aus einer Ecke des Ladens zu und ließ ihre großen schwarzen Augen zwischen ihm und mir hin und her wandern. Der alte Jude wandte sich zu ihr. »Sieh nach, was das hier wert ist«, sagte er. »Rechne es sorgfältig zusammen, und gib dem Herrn eine Quittung.«

»Die brauche ich nicht«, sagte ich. Ich wandte mich um, doch diesmal fiel er mir ins Wort.

»Und ich brauche das hier nicht.« Mit diesen Worten hielt er mir den Band mit den Schriften des Apostels Thomas hin. Ich nahm ihn. »Aber zu essen werdet Ihr brauchen«, fuhr er fort. »Und zwar für sieben Männer.«

»So ist es«, sagte ich. »Woher wißt Ihr das?«

»Meine Kunden sind mein Geschäft«, entgegnete er mit dem Anflug eines Lächelns. In seinen Augen blitzte etwas wie Freundlichkeit auf. »Vielleicht könnten wir eine Abmachung treffen.«

»Wie soll die aussehen?« In der Provence gelten die Juden als verschlagen, und so nahm ich an, daß die in Italien keinen Deut besser waren. Ich machte mich auf wucherische Bedingungen gefaßt.

Der alte Jude wies auf meine Besitztümer. »Wenn Ihr so weitermacht, guter Herr, werdet Ihr keinen Faden mehr am Leib haben, bevor das Frühjahr kommt«, sagte er. Seine Äußerung erschien mir nicht besonders passend, und das teilte ich ihm mit. »Dann möchte ich Euch sagen, daß Ihr keine Waffen haben werdet, um gegen den Türken zu kämpfen. Aber Eure Männer müssen essen, und ich muß meinen Unterhalt verdienen.« Er ließ eine Pause eintreten, strich sich den Bart und betrachtete mich aufmerksam. »Ich brauche einen … Gehilfen«, sagte er schließlich.

»Ich werde Euch meinen Schildknappen schicken«, gab ich zur Antwort.

»Kann der lesen und schreiben?« wollte er wissen. Ich verneinte. »Dann nützt er mir nichts. Ich brauche jemanden, der mir die Bücher führt und Briefe schreibt. Manche müssen in Eurer Sprache sein und andere auf lateinisch.«

Ich zögerte lange. Der Blick seiner Tochter lag ebenso auf mir wie der seine. Nach einer Weile sagte ich: »Das kann nur ich.«

»Dann würde ich Euch gern im Tausch gegen die Waren beschäftigen«, gab er zur Antwort.

»Ich soll für Euch arbeiten?«

»Besser als zu verhungern, *mon seigneur*«, sagte er, »und mit anzusehen, wie Eure Männer ebenfalls verhungern.«

Es war mir unmöglich einzuwilligen; mein Stolz ließ es nicht zu. Entrüstet dankte ich ihm und ging.

Während in jener Nacht der Sturm mit größerer Wut denn zuvor tobte, kauerten wir uns in meiner Hütte aneinander. Der Schneidersohn weinte, denn seine Hände und Füße bluteten, und ich hörte die Brüder klagen: »Gott, was sollen wir tun? Was sollen wir bloß tun?« Es war die bisher längste Nacht meiner Pilgerschaft.

Beim ersten Tagesschimmer ging ich nach Brindisi hinab. Ich suchte den Juden auf und besiegelte die Vereinbarung mit ihm. Ihm schien es zu gefallen, doch mir bricht es das Herz.

Den vierten Februar

Das Wetter ist schlimmer geworden, doch uns geht es besser. Immerhin haben wir jetzt etwas zu essen und können uns Feuer machen. Es ist auch nicht mehr ganz so beengt in meiner Hütte, da Gérard und Bernard unter ihr Wetterdach zurückgekehrt sind. Sie haben es mit dem Material verstärkt, das ich in der Stadt gekauft habe.

Nach wie vor helfe ich dem Juden, dessen Name Mordechai ist. Ich erledige meine Aufgaben nicht im Laden, sondern in einem kleinen Nebengelaß, das durch einen Vorhang davon abgetrennt ist. Ich komme im Morgendämmer und gehe wieder, so unauffällig ich kann. Eines Nachmittags begegnete mir Bischof Adhémar und wollte wissen, warum ich mich so oft bei dem Juden aufhielt. Errötend sagte ich, daß ich hoffte, ihn mitsamt seiner Tochter zu unserem Glauben bekehren zu können. Er forderte mich auf, beide zu ihm zu bringen, sobald sie für eine ordnungsgemäße Unterweisung in der Lehre der Kirche bereit seien. Ich habe einen Bischof belogen. Daran erkennt man das Ausmaß meiner Schande.

Ich verbringe meine Tage über den Büchern, führe Bestandslisten, prüfe die Rechnungen und erledige den umfangreichen Schriftverkehr, den der Jude mit Kaufleuten entlang der ganzen Küste führt. Er scheint nicht nur einen lebhaften Handel mit Lebensmitteln zu unterhalten, sondern auch mit Webwaren, Schmuck, Pfeffer, Email, Elfenbein und sogar Arzneien. Außerdem handelt er mit Geld, wovon ich noch nie etwas gehört hatte: Er tauscht Münzen eines Landes gegen die eines anderen ein und zieht daraus auf irgendeine Weise Gewinn. Obwohl er reich sein muß, lebt er einfach und bescheiden.

Seine Tochter sieht mit ihren haselnußbraunen Augen und trotz ihres scharfgeschnittenen Gesichts für eine Levantinerin ziemlich hübsch aus. In ihren Vater ist sie geradezu vernarrt. Oft sehe ich sie seine Hand halten oder ihn auf die Stirn küssen. Sie heißt Ruth und ist höchstens fünfzehn Jahre alt.

Bisweilen habe ich ihn beten sehen. Dabei bedeckt er den Kopf mit einem Wollschal, hat einen kleinen Gegenstand mit einem Riemen an seinem Arm befestigt und eine Art Lappen auf der Stirn und schaukelt, während er seinen Singsang anstimmt, mit dem Oberkörper hin und her. Das Ganze wirkt auf mich sehr geheimnisvoll, und ich sehe immer beiseite, weil ich fürchte, er könnte mich behexen. Dabei ist er freundlich und freigebig, und ich sehe an seinen Rechnungen, daß er redlich ist und diejenigen, die nicht zahlen können, nicht drangsaliert. Bis ich herkam, wußte ich wenig über die Juden, und jetzt verstehe ich noch weniger.

Heute abend hat uns mein Lehnsherr in seinem großen Zelt zusammengerufen und uns zu unserer grenzenlosen Enttäuschung mitgeteilt, daß unser Aufbruch möglicherweise bis Ostern hinausgeschoben werden muß. Er hat jedem freigestellt, nach Hause zurückzukehren, der ihm schwört, später wieder zum Heer zu stoßen. Hugo von Béziers und Josseran von Carcassonne sind gegangen. Die anderen bleiben. Anschließend hat mich Graf Raimund beiseite genommen. Nachdem er mich feierlich auf Geheimhaltung verpflichtet hatte, öffnete er eine Truhe, die er stets verborgen hält. In ihr befindet sich ein Vermögen in Goldstücken. Ich war sprachlos. Das also war der Schatz, von dem der Grieche gesprochen hatte, als wir ihn durchprügelten!

»Ich habe das für unsere Überfahrt aufgehoben«, sagte er. »Eigentlich sollte es für Lösegelder oder nötige Bestechung sowie zur Versorgung unserer Krieger in den heidnischen Reichen dienen. Aber ich weiß, daß Eure Männer leiden, und Ihr wart treu.« Er gab mir sechs Gold-Besant und sagte, ich könne in der Stadt kaufen, was ich brauche.

Ich dankte ihm, wies aber die Münzen zurück, ohne freilich den Juden zu erwähnen. Mein Lehnsherr hat in seiner Weisheit Vorkehrungen für unseren Aufenthalt im Osten getroffen, und ich danke Gott, daß ich den Unterhalt für meine Männer verdienen kann, ohne das Gold anzurühren, das wir möglicherweise eines Tages brauchen, um ihre Freiheit oder ihr Leben zu erkaufen.

Den zwölften Februar

Ich schreibe diese Zeilen im Laden des Juden. Es ist Abend, und ich habe mich bereit erklärt, hier zu warten, bis er von einer Unterredung mit dem Magistrat zurückkehrt. Allem Anschein nach wollen die Stadtältesten eine Art Vereinigung zum Schutz gegen den Verlust ihrer Schiffe[29] gründen, und man hat den Juden ersucht, sie zu beraten, denn er kennt sich in Gelddingen aus.

Da kein Kunde kam, gerieten wir heute morgen miteinander ins Gespräch. Mordechai stellte mir viele eindringliche Fragen nach meinem Glauben und dem Zweck unseres Zuges. Anfangs zögerte ich, ihm zu antworten, doch bald war das Eis gebrochen, und wir sprachen ungehemmt miteinander. Er ist gebildet, seinen Worten nach ein Rabbi, was unter ihnen, wenn ich ihn richtig verstanden habe, so etwas wie ein Priester ist. Er spricht unsere Sprache, kann sie allerdings nicht schreiben, vermag sich aber auch auf italienisch, makedonisch und griechisch verständlich zu machen. Offenbar hat er eine Weile einen Geldwechsel im Hafen Marseille betrieben, bis man die Juden aus jener Stadt wies.[30]

»Ich liebe die Christen nicht besonders«, sagte er. »Sie sind keine größeren oder kleineren Heuchler als andere Menschen, haben aber einen starken Hang zur Gewalttätigkeit. Woran das liegt, weiß ich nicht.« Ich gab zur Antwort, daß wir unseren Glauben verteidigen. »Verteidigen ist gut und schön«, sagte er, »aber Ihr greift auch an. Ich habe Christen – unter ihnen Priester und Bischöfe – in Gettos eindringen und Wehrlose abschlachten sehen, wobei sie den Namen des Friedenskönigs im Munde führten.« Ich erklärte, daß ich das nicht glauben könne. »Ihr dürft es ruhig glauben«, sagte er. »Ich habe es mit eigenen Augen gesehen.«

»Aber bestimmt nicht Frauen und Kinder«, sagte ich.

Er nickte bedächtig. »Auch Frauen und Kinder, ich versichere es Euch«, gab er zurück. Aus einem Schrank nahm er einen Mantel und ein leinenes Kinderhemd. Beides legte er auf den Tisch und glättete es, indem er mit den Händen darüberstrich. »Das gehörte meiner Frau«, sagte er, »und meinem Söhnchen.«

In seiner Stimme lag kein Zorn, lediglich Trauer. Dennoch hätte er jeden Grund gehabt, mich, einen Krieger im Dienste Christi, zu verachten. Ich sagte nichts. Nach langem Schweigen sah er mich an. »Werdet Ihr daran denken, daß nicht mein Volk Euer Feind ist, wenn Ihr ins Heilige Land zieht?« sagte er.

Ich versprach es ihm.

Den fünfundzwanzigsten Februar

Ich habe mir das Datum für Ostern ausgerechnet: der fünfte April. Noch über einen Monat müssen wir hier ausharren. Wäre nicht Ruth, die Tochter des Juden, meine Kleider würden in Fetzen an mir herabhängen. Sie flickt und stopft und nimmt nichts dafür als meinen Dank. »Es ist mir eine Ehre, dem Herrn von Lunel aufzuwarten«, sagte sie. Sie ist ein reizendes junges Mädchen.

Am vorigen Dienstag hat sie mir die Haare geschnitten. Sie waren sehr lang und fielen mir oft beim Schreiben ins Gesicht. Bei diesem Anblick mußte sie lachen, und als ich den Blick hob, schlug sie rasch die Hand vor den Mund. Ungehalten verwies ich ihr das Lachen, worauf sie errötete.

»Bitte, mein Herr«, sagte sie noch kichernd, »Euer Haar, es ist natürlich sehr schön, aber es ist fast so lang wie meins.« Sie nahm eine Schere aus ihrem Nähzeug, und da sie so freundlich sprach und so natürlich war, berührte es mich nicht peinlich, daß sie mir die Haare schnitt. Bis dahin hatte das niemand als meine Mutter oder meine Gemahlin getan. Es war eine wahre Wonne, von den Händen einer Frau verwöhnt zu werden, und das sagte ich ihr. Aufs neue errötend hielt sie in ihrem Tun inne.

»Ihr seht mich als Frau?« fragte sie.

»Selbstverständlich«, gab ich zur Antwort.

Ihre dunklen Augen blitzten. »Mein Vater sagt, ich bin noch ein Mädchen.«

»Du bist eine ebenso schöne und gutaussehende Frau wie jede Dame von Stand in der Provence«, versicherte ich ihr.

Darauf fuhr sie lächelnd fort, mir die Haare zu schneiden und berichtete mir dabei, daß ihr Vater durch ihre Vermittlung von mir erfahren habe. Aufgefallen seien ihr meine edle Haltung und mein würdevolles Auftreten. Jetzt war die Reihe zu erröten an mir, denn mich überfiel eine ebenso schändliche wie plötzliche Begierde. Die feilen Weiber im Normannenlager sind eine Sache, aber Ruth ist eine Jungfrau und Jüdin.

Knapp dankte ich ihr für ihre Gefälligkeit und wandte mich wieder meiner Aufgabe zu. Ich fürchte, mein Ton hat sie verletzt, obwohl das nicht in meiner Absicht lag. Es scheint, daß wir den Frauen selbst dann noch Schmerzen zufügen, wenn wir ihnen Gutes angedeihen lassen wollen.

Den vierten März

Die Zeit vergeht jetzt rascher. An den langen kalten Vormittagen, an denen kein Käufer kommt, spreche ich oft mit Mordechai. Er bereitet mir in einer großen silbernen Kanne Tee, den er mit Zitronenschale und Nelken würzt. Beides bewahrt er so sorgfältig auf wie eine Herzogin ihre Perlen. Im Laden mit der niedrigen Decke aus mächtigen Balken, auf dessen Boden Teppiche aus dem Osten liegen, ist es warm und riecht nach Spezereien. Nie hatte ich es an einem frostigen Wintermorgen auf Lunel behaglicher gehabt.

Wir sprechen über alles mögliche, und ich muß sagen, daß ich mehr von ihm lerne als er von mir. Er ist viel auf dem weiten Meer gereist, von Syrien bis Makedonien, war im Reich der Franken und in Spanien. Auch das Heilige Land hat er schon bereist. Ich fragte ihn nach Jerusalem aus: Ob es wahr sei, daß die Straßen der Stadt mit Gold gepflastert und die Kirchen über und über mit kostbaren Edelsteinen geschmückt seien? Mit einem Lächeln gab er zur Antwort, daß es dort herrlich sei und Palmen, Obsthaine und alte Mauern gebe.

Heute morgen hat er etwas so Sonderbares gesagt, daß ich immer daran denken muß und es aufschreiben werde, um weiter darüber nachzudenken.

Wie so oft sprachen wir über den Glauben. Ich habe viel über den seinen gelernt und muß jetzt erröten, wenn ich daran denke, daß ich ihn für Hexenwerk hielt. Es ist ein tiefer und nützlicher Glaube, zu dem sich Unser Herr selbst bekannt hat, als er sich von Johannes im Jordan taufen ließ. Ich bin sogar überzeugt, daß sich jeder Christ mit dem Bekenntnis der Juden beschäftigen sollte, weil uns sonst ein großer Teil unseres eigenen Glaubens verlorenginge.

Aber zu der bewußten Frage.

»Habt Ihr nicht in Eurem Glauben«, begann Mordechai, »etwas, das Ihr die Beichte nennt?« Das bestätigte ich. »Und wenn Ihr beichtet – ich möchte nicht neugierig sein, denn ich weiß, daß das ein großes Geheimnis ist –, aber wenn Ihr, Roger von Lunel, die Beichte ablegt, was sagt Ihr dann dem Priester?«

»Meine Sünden«, sagte ich.

Er sah mich von der Seite an. »Welche Art Sünden?«

Ich senkte die Stimme. »Ist Eure Tochter fort?« fragte ich. Er nickte.

»Dann will ich es Euch sagen«, sagte ich. »Fleischliche Sünden.«

»Sünden der Wollust?« wollte er wissen. »Aber Glaubenssünden beichtet Ihr nicht?«

»Glaubenssünden?« fragte ich.

»Die Sünde des Zweifels. Habt Ihr keine Zweifel?«

»Freilich«, sagte ich.

»Die aber beichtet Ihr nicht?«

»Nein«, sagte ich. »Ich spreche mit dem Priester darüber, beichte sie aber nicht als Sünde.«

»Muß Eure Beichte nicht wahrheitsgemäß sein?« fragte er.

»Ganz und gar.«

Er lehnte sich auf seinem Sofa zurück und strich sich mit den langen Fingernägeln durch den Bart, während er über meine Antwort nachdachte. Schließlich sagte er: »Meiner Ansicht nach könnt Ihr überhaupt keine aufrichtig gemeinte Beichte ablegen, wenn Ihr nicht versteht, daß Euer Zweifel seine Wurzel in den Sünden des Fleisches hat.«

Dieser Gedanke war mir so fremd, daß ich sogleich über ihn nachzudenken begann. Seither denke ich unablässig darüber nach. Ich habe mit dem Mönch René darüber gesprochen, doch er ist ebenso ratlos wie ich. Er hat mir empfohlen, der Sache keine Bedeutung beizumessen, da der Gedanke von einem Juden stamme. Doch ich werde den Satz weiter in meinem Herzen bewegen.

Den fünfzehnten März

Die schlimmste Kälte ist vorüber, Gott sei gepriesen, und die Männer zeigen sich wieder im Lager. Wir haben überlebt und sind Brüder geworden, denn so nahe sind wir einander in den Wochen des gemeinsamen Leidens gekommen. Ich bin wieder allein in meiner Hütte und muß gestehen, daß mir die Gesellschaft der Männer fehlt. Wir haben uns in den Winternächten viele Geschichten erzählt und oft miteinander gelacht.

Während wir uns eines Abends um das Feuer drängten und draußen der Schneesturm tobte, wandte sich das Gespräch den Gründen für unsere Pilgerschaft zu. So sonderbar es scheint, ich hatte noch nie mit den Männern darüber gesprochen und war äußerst neugierig, ihre Gedanken zu erkunden. Es ist kennzeichnend, daß Thomas als erster sprach. »Ich bin Euretwegen mitgekommen«, sagte er. »Was hätte ich zu Hause ohne einen Herrn tun sollen?«

»Und der Glaube?«

Achselzuckend gab er zur Antwort: »Mein Glaube ist Dienen.« Die anderen lachten, woraufhin er schmollte. »Lehren die Priester etwa nicht, daß der Glaube alles im Leben ist? Nun, ich bin zum Dienen geboren, und also ist das Dienen mein Glaube.«

René schnalzte tadelnd mit der Zunge. »Glaube ist die Pflicht, die wir Gott schulden«, sagte er. »Wenn Dienen dein Glaube ist, machst du damit deinen Herrn Roger zu deinem Gott.«

»Das ist er auch«, gab Thomas zur Antwort. Ich hieß ihn schweigen, er aber fuhr fort: »Ihr seid mein Herr und habt Macht über mein Leben und meinen Tod. Ihr dürft mir sagen, wann und wen ich heiraten, wo ich leben und welche Arbeit ich tun soll. Ihr könnt mich nach Eurem Belieben davonschicken oder mich reich machen. Was mehr kann Gott mir tun?«

»Deine Seele zur Hölle verdammen«, gab der Mönch René schroff zur Antwort.

Thomas drohte ihm mit dem Finger. »Nein, das kann Er nicht«, erklärte er. »Seit ich diese Pilgerschaft angetreten habe, besitze ich das Versprechen des Ablasses.«

Darüber lachten wir alle herzlich. Als nächstes fragte ich Gérard, warum er mitgekommen sei. Er sagte nur ein Wort: »Sünde.« Diese Antwort erstaunte mich, und ich forderte ihn auf, sie näher zu erläutern.

»Ich bin nicht schlimmer als andere«, begann er bedächtig, »aber ich weiß, wozu ich imstande bin. Sicher, ich habe Weib und Kinder, das setzt einem Mann Grenzen. Es ändert aber nicht das Wesen, mit dem er auf die Welt gekommen ist.« Er hielt einen Augenblick inne und wägte seine Worte ab. »Ich kann mir gut vorstellen, daß ich eines Tages falle, wirklich tief falle, und dann brauche ich den Ablaß. Ich bin also nicht wegen etwas gekommen, was ich getan habe, sondern wegen etwas, das ich tun könnte.«

Alle dachten wir einen Augenblick lang schweigend darüber nach. Mich beeindruckte die Tiefe seiner Überzeugung und die Offenheit, mit der er sie aussprach. »Aber könnte nicht auch der Ablaß dazu beitragen, daß du fällst?« wandte ich ein.

»Möglich«, gab Gérard zu. »Dann aber wäre es Gottes Wille.« Der Mönch René verwies ihm das. »Willst du damit sagen, daß dich Gott zur Sünde verleiten könnte?«

Gérard betrachtete ihn gelassen. »Gott hat uns hierher geführt, damit wir töten. Ist Töten etwa nicht Sünde?«

»Nicht, wenn Gott es will«, antwortete René.

»Dann ist auch das, was ich tue, keine Sünde«, sagte Gérard. »Ich stelle mir den Ablaß so vor: Er macht uns nicht besser, er nimmt einfach die Sünde von dem, was wir in unserem Leben ohnehin getan hätten.«

»Da hat er recht«, stimmte der junge Bernard zu. »Jeder von uns hier ist ein Sünder. Ich kann mir vorstellen, daß unser Heer so ungefähr der sündigste Haufen ist, den es je gegeben hat.« Abermals lachten wir alle. »Nein, ehrlich«, fuhr er fort, »Gott hat uns gerufen, weil wir alle schreckliche Sünder sind. Vor uns liegt so viel Töten und Zerstören – ein frommer Mensch würde das nicht tun. Deswegen haben uns die Bischöfe den Ablaß gepredigt. Ein guter Christ würde ihn nicht brauchen. Doch welche Hoffnung bliebe uns ohne ihn?«

»Das heißt, daß auch du wegen des Ablasses gekommen bist?« fragte ich ihn.

»Ja, und wegen meiner Freunde«, sagte er mit einem jungenhaften Lächeln.

Wir wandten uns an Bartolomé, der verträumt dasaß, die Arme dicht um den Körper geschlungen. »Ich war einfach neugierig«, sagte er. Ich fragte ihn, was er damit meine. »Überlegt doch, Herr: Welche Gelegenheit hat einer wie ich, die weite Welt zu sehen? Ich habe Lunel nie zuvor verlassen, ebensowenig wie meine Eltern oder deren Eltern je von dort fortgegangen sind. Und was habe ich nicht alles gesehen: das große Meer, Genua und Rom! Und, durch Gottes große Güte, den Papst.«

»Den Papst hast du nicht gesehen«, knurrte Thomas.

»Aber die Stelle, wo er gestanden hat, und ich habe sie mit meiner Hand berührt. Wie viele Schneidersöhne können das von sich sagen? Und Bischof Adhémar sehe ich fast jeden Tag, und all die Ritter und hohen Adligen.« Mit einem Mal senkte er die Stimme, seine Augen wurden groß, und er sah ins Feuer. »Und ich werde Jerusalem sehen, so Gott will. Vielleicht gehe ich dort, wo Jesus ging, knie an seinem Grab und bete. Dann weiß ich, daß der Herr selbst mein Gebet hören wird. Dort zählt all meine Unwissenheit nicht mehr, und auch die Flüche und Püffe, mit denen man mich mein Lebtag lang bedacht hat, sind ohne Belang.«

Wieder schwiegen wir alle. Dann fragte der Mönch René: »Und keiner von euch ist wegen Gott gekommen?«

»Ach«, gab Bartolomé ernsthaft zur Antwort. »Gewiß sind Euer Gnaden deshalb gekommen.« Daraufhin fragte mich René, ob ich ihnen meine Gründe darlegen wolle. Fast war ich von ihren Antworten so sehr bewegt, daß ich nicht für mich selbst sprechen konnte. Am Ende sagte ich: »Ich bin gekommen, um euch zu führen. Und ich bin stolz, das getan zu haben.«

Um das Feuer herum erhob sich ein Gemurmel, das Dank und Zufriedenheit ausdrückte, und damit endete unser Gespräch.

Für mich aber ist es nicht vorüber. Ich schreibe jetzt im Schein einer Kerze in meiner Hütte. Zitternd tanzen die Schatten auf den Wänden aus Flechtwerk, und auch meine Hand zittert, während ich den wahren Grund meiner Pilgerschaft aufzuzeichnen versuche. Vielleicht liegt es daran, daß ich nach so langer Gemeinsamkeit mit meinen Gefährten wieder allein bin, vielleicht auch daran, daß ich heute die ersten Frühlingsboten sah, Krokusse und Hyazinthen. Sie erfüllen mich mit solcher Hoffnung und der Aussicht auf neues Leben, daß ich die Kälte des Schweigens zu beenden trachte. Nicht einmal meinem Beichtvater habe ich anvertraut, was ich jetzt sagen werde. Nur du wirst es erfahren, mein Buch, mein schweigsamer Freund.

Ich habe von der Beziehung zu meiner Gemahlin aus der Zeit gesprochen, bevor ich sie zu meiner Ehefrau machte, als Eustache noch lebte. Auch den Ausruf habe ich berichtet, den er tat, als er uns beim schändlichen Ehebruch überraschte: »Du hast ihn mir genommen!«

Jehanne hatte damals gelacht, ich aber war verwirrt gewesen. Erst nach unserer Eheschließung hatte ich nach dem Sinn seiner Worte zu fragen gewagt.

»Er hatte es mit Männern«, hatte sie so beiläufig geantwortet, als spreche sie vom Waschtag oder einem Reitpferd. Schweigend stand ich vor ihr. Sie lag entkleidet auf dem Lager und erwartete mich. Im Schein der Öllampe sah sie mich an, und ihre grauen Augen zogen sich zusammen. »Du weißt es nicht«, sagte sie schließlich. »Du verstehst nicht, was das bedeutet.«

Ich schüttelte den Kopf und kam mir wie ein unwissender Knabe vor. Sie streckte mir ihre schwellenden Arme entgegen. »Komm, mein Junge«, sagte sie mit geheimnisvollem Lächeln. »Ich werde es dir erklären.«

Ich drängte mich an sie, sog den Duft ihres Leibes ein, benommen von ihrem Schweiß und dem aufregenden Schwung ihrer Hüften. Während sie mich in sich holte, mich packte und ihrem Höhepunkt entgegenstürmte, flüsterte sie mir mit heißem Atem heiße Worte ins Ohr.

»An Frauen lag ihm nichts«, sagte sie. »Männer waren seine ganze Wonne, nur sie begehrte er. Er liebkoste sie und streichelte sie wie Mädchen, so daß er groß wurde und stöhnte.«

Während ich ihr zuhörte, war es so still, daß es mir vorkam, als wären meine Ohren verstopft oder wie die eines Hundes auf den schrillen Ton der Pfeife gestimmt.

»Ich mußte mich hinter den Vorhang stellen und zusehen«, sagte sie. »Ob es ein Diener des Hauses, ein Stallknecht oder ein Ackerknecht war, er steckte ihnen die Zunge in den Mund und entkleidete sie. Seine Hände tasteten nach den dunklen, unerlaubten Geheimnissen und liebkosten sie, im vollen Bewußtsein, daß ich dabei zusah.«

»Und du?« fragte ich mit erwartungsvoller Stimme. Meine Kehle war so trocken, daß ich die Worte kaum herausbrachte. Ihr leises Lachen drang in mein begierig lauschendes Ohr.

»Natürlich habe ich mich selbst berührt, während er seine Kurzweil mit den jungen Männern trieb.«

Ich brannte darauf, mehr zu hören und bewegte mich langsamer in ihr, um es in die Länge zu ziehen. »Weiter«, flüsterte ich.

»Danach hat er den Jüngling auf das Bett gelegt und ihn mit Händen, Zunge und seinem Glied geliebt. Sie waren zusammen wie Mann und Frau, haben miteinander geschwitzt und gestöhnt. Ich mußte mir auf die Lippen beißen, um nicht gleichfalls zu stöhnen. Dort im Licht auf dem Laken loderten zwei Männer vor Leidenschaft, waren im Fleisch verbundene Liebende, ihr Fleisch war eins – und ich stand hinter dem Vorhang, erregt wie eine läufige Hündin.«

Ich konnte es nicht mehr halten. Ich ließ die Zügel schießen und verlor mich so tief in ihr, daß ich nie wieder ans Licht zu kommen glaubte.

Jetzt ist es heraus. Die Schande. Sie bestand nicht darin, daß ich es nicht gewußt hatte. Nicht darin, daß er mich begehrte, wohl aber darin, daß ich mich daran weidete, von seiner bösen Lust zu hören, und Jehanne veranlaßte, immer wieder zu berichten, welchen Genuß sie bei seiner unnatürlichen Ausschweifung empfand. Über Monate hinweg ließ ich sie es jedesmal wiederholen, wenn wir beisammen waren, und ich genoß es mit einer Art Verzweiflung. Zu guter Letzt führte sie mich, wohl von meiner Neugier dazu verlockt, dem Beispiel ihres ertrunkenen und zur Hölle verdammten Gefährten folgend, mit ihren unnachgiebigen Händen in eben jene verbotene Lust ein, die er bei Männern genossen hatte und auf die sie, wie es schien, erpicht war.

So erstand er aus der Hölle und dem Fluß auf, um meine Seele von mir zu fordern. Noch aus dem Grabe heraus hat er sich in meinem Bett an mir gerächt, dem Ort, wo ich am sichersten und reinsten hätte sein müssen. So kam Jehanne zu mir, während ich schwitzend dalag, obwohl ich sie ans andere Ende des Herrenhauses verbannt hatte. Daher bin ich gekommen, um den Winter auf diesem Hügel zu verbringen, mich mit einem Juden einzulassen und mich um Erlösung von meiner Sünde zu bemühen, indem ich, das Schwert in der Hand, dies heilige Kreuz auf mich nehme.

Gott, bewahre mich vor mir selbst. Ich bin die fleischgewordene Sünde! Ich bin verloren, wenn ich in mir bleibe. Nimm mich von mir, und birg mich an Deiner sanften Brust, damit ich jenseits des qualvollen Lebens bei Dir ruhe, nach dessen leuchtenden Augen und unbefleckten Händen es meine zerrissene Seele verlangt.

Den neunzehnten März

Heute ist das Fest des heiligen Joseph, Vater Unseres Herrn und Heilands. Am Vormittag bin ich zur Messe gegangen – es war die erste, die wir seit dem Winter gemeinsam in der Kirche gefeiert haben – und habe das Sakrament empfangen. Aber die Hostie hat mich nicht getröstet, und meine Dankgebete waren meiner Seele fern. Ich mußte an mein Buch denken und an das, was ich darin aufgeschrieben habe.

Bei meiner Rückkehr holte ich es hervor, las darin und empfand Ekel. Vor mir selbst, vor ihm, vor ihr. Lange hielt ich das Buch in den Händen, sah auf das Feuer und wollte es hineinwerfen. Aber ich werde meinen Seelenfrieden nicht erlangen, indem ich meine Aufzeichnungen verbrenne.[31]

Vermag diese Pilgerschaft wahrhaft meine Sünden zu lösen? Kann ich durch das Schwert Wiedergutmachung erlangen? Kann eine Schlacht die Ewigkeit erkaufen? Ich weiß es nicht, muß es aber hoffen und glauben, sonst könnte auch dieser Zug zur Sünde werden – zur bitteren Sünde, mehr zu hoffen und zu erwarten, als ich darf.

Den dreiundzwanzigsten März

Heute morgen kam Ruth, die Tochter des Juden, in unser Lager. Sie brachte Narzissen aus ihrem Garten, um die Männer aufzumuntern. »Manche nennen sie Rose von Scharon«, sagte sie. »Ihr werdet sie im Heiligen Land finden.«

Die Männer umdrängten Ruth. Zuerst fürchtete ich für sie, da ich annahm, der unerwartete Anblick eines jungen Mädchens nach so langer Zeit habe in ihnen die Begierde angestachelt. Aber es waren die Blumen. Andächtig wie Kinder betrachteten sie sie, und manchem traten sogar Tränen in die Augen. Diese Narzissen, die Ruth gebracht hatte, waren ein Wunder, sie belebten den Geist der Männer, die schlagartig wieder Jungen vom Lande waren. Mit einer Verbeugung dankten sie ihr. Der stets fröhliche Bartolomé schenkte ihr das Kreuz zum Andenken, das er um den Hals trug. Errötend sagte sie, daß sie als Jüdin es nicht tragen könne.

»Ihr seid jetzt Ehrenpilgerin«, erwiderte er mit breitem Lächeln, »und könnt es als Kriegerin tragen.«

Lächelnd dankte sie ihm und hängte es sich um. Die Männer klatschten Beifall.

Anschließend kam Ruth zu meiner Hütte. Es war mir peinlich, denn sie steht schon eine Weile, und das konnte man, wie ich fürchte, auch sehen und riechen. Es schien Ruth nicht zu stören. Sie war, wie es schien, von meiner Kampfausrüstung gefesselt und bat mich, das Schwert in die Hand nehmen zu dürfen. Sie hielt den Atem an, als ich es aus der Scheide zog.

»Wie kann etwas so Herrliches solches Leid hervorrufen?« fragte sie. Sie faßte das Schwert mit beiden Händen. Es war sonderbar zu sehen, wie ihre kleinen, zierlichen Finger den Knauf umschlossen. Sie schwang es hoch in die Luft, wobei es ihr fast aus den Händen gefallen wäre. »Es ist viel zu groß für mich«, sagte sie lachend.

Ich zeigte ihr Kettenhemd und Kettenhaube, und sie fuhr mit den Fingerspitzen über die rauhe Oberfläche des Metalls. Dann verfinsterte sich ihr Gesicht, und sie fragte: »Werdet Ihr sterben?«

»Das liegt in Gottes Hand«, gab ich zur Antwort. »Falls ja, wird es eine Erlösung sein, und ich werde meinen Vater im Himmel sehen.«

»Meint Ihr damit Gott oder Euren leiblichen Vater?« wollte sie wissen.

Diese Worte holten mich in die Wirklichkeit zurück. »Beide, glaube ich.«

Mit einem Mal wollte sie meine Krone sehen. »Man sagt, die Kronen der Franken seien besonders schön. Sie sollen aus Gold und reich mit Juwelen besetzt sein. Ihr seid ein so hoher Herr – die Eure muß wunderbar sein.«

Ich nahm den Reif aus der Truhe. Ich hatte nicht gedacht, daß ich ihn vor unserem Eintreffen in Jerusalem hervorholen würde, aber Ruth wirkte mit ihrer mädchenhaften Bitte so sehr wie ein eigenes Kind von mir, daß sie mich tief anrührte. Nur selten habe ich diese Krone getragen – ausschließlich an hohen kirchlichen Festen und um bedeutende Gäste zu begrüßen –, denn ich fühle mich mit ihr offen gestanden unbehaglich. Öffentliche Zurschaustellung ist mir wesensfremd, und ich trage die Krone lediglich, um meine Standespflicht zu erfüllen. In Wahrheit ist es ein schlichter Silberreif, auf dem in Gold die drei Sterne meines Familienwappens angebracht sind. Ich reichte ihr die Krone.

»Ja, sie ist schön«, sagte sie mit feierlichem Blick. »Ich hatte im stillen gehofft, sie würde nicht übermäßig prunkvoll sein. So paßt sie besser zu Euch, denn auch Ihr seid schlicht und stark.« Sie warf mir einen bittenden Blick zu. »Setzt sie bitte auf«, sagte sie.

Zwar wollte sie eigentlich die Krone auf meinem Haupt sehen, doch setzte ich sie ihr aufs Haar. Als hätte ein Schauer sie erfaßt, erstarrte sie und senkte dann den Blick. »Ich bin ihrer nicht würdig«, sagte sie, wagte aber nicht, sie zu berühren. »Nehmt sie mir bitte ab.«

Ich trat einen Schritt zurück und betrachtete sie. »Du könntest eine Dame von Stand sein«, sagte ich ihr mit gespielter Ernsthaftigkeit. Zu meiner Überraschung merkte ich dabei, daß ich glücklich war. »Auf dich dürfte jeder Edelmann stolz sein.«

Mit einem Lächeln hob sie den Blick zu mir. Er war so rein und unschuldig, so voll Güte und Einfachheit, daß ich unwillkürlich die Brauen runzelte. »Seid Ihr ärgerlich?« fragte sie mit einem Mal.

Im gleichen Augenblick hörte ich, wie eine innere Stimme sagte: »Nein, verliebt.« Und ich war entsetzt. »Selbstverständlich nicht, Ruth«, sagte ich und nahm ihr die Krone vom Kopf.

»Ihr habt zum ersten Mal meinen Namen gesagt«, sagte sie und strich sich die Haare glatt.

»Gewiß«, gab ich zur Antwort. »Sag bitte deinem Vater, daß ich mit ihm sprechen muß. Wir bereiten uns zum Aufbruch vor.«

Der Blick, der in ihre Augen trat, bezwang mich. Ich seufzte, und sie fragte: »Seid Ihr denn nicht glücklich darüber?« Im Klang ihrer Stimme schien Hoffnung mitzuschwingen.

»Es ist stets betrüblich, einen Ort zu verlassen, den man kennt«, gab ich zur Antwort.

»Und Menschen, die man kennt«, fügte sie hinzu. »Wann werdet Ihr aufbrechen?«

»Zu Ostern, am Tag der Auferstehung unseres Herrn.« Dann fuhr ich mit einer Tapferkeit fort, die ich nicht empfand: »Wir verlassen unser elendes Grab, um Sein geheiligtes aufzusuchen.«

»Euer elendes Grab?« wiederholte sie. An ihrem Blick sah ich, daß sie verletzt war, und im nächsten Augenblick war sie davongeeilt. Ich wollte ihr nachrufen, mich entschuldigen und ihr sagen ... Was hätte ich ihr sagen wollen?

Roger von Lunel, du bist ein Narr, der unaufhaltsam in die Jahre kommt, und ein solcher Narr ist schlimmer als jeder andere.

Den zweiten April

Am Donnerstag der Karwoche

Wir bereiten unseren Aufbruch vor. Meine Hütte habe ich abreißen lassen und meine Habe in die Truhen gepackt; Thomas und Bartolomé haben sie zum Hafen geschafft. Wie von meinem Lehnsherrn vorausgesagt, werden wir am Ostertag übersetzen.

Heute morgen war ich in der Stadt, um dem Juden Mordechai und seiner Tochter Ruth Lebewohl zu sagen. Nach all unseren Gesprächen und aller Güte, die er mir erwiesen hatte – doch weiß Gott, dieser Einsatz war meine Mühe wert –, wußte ich nicht, was ich sagen sollte. Ich dankte ihm, und er mir. Ruth sah aus einer Ecke zu uns herüber. Als ich mich zu ihr wandte, um mich von ihr zu verabschieden, kämpfte sie mit den Tränen.

Mordechai begleitete mich ein Stück Wegs zum Lager. »Meine Tochter hat mich gebeten, das Kreuz tragen zu dürfen, das Euer Schildknappe ihr geschenkt hat«, sagte er mit leisem Lachen. »Sie mag es als Andenken in der Tasche am Gürtel tragen. Man muß lernen, bei seinen Kindern einen Mittelweg zu finden, wenn man ihn schon nicht im Glauben findet.«

»Sie ist ein braves Mädchen«, sagte ich.

»Sie hat sich in Euch verliebt«, sagte er, »wie das Mädchen tun, wenn ein Mann aus der Fremde kommt.«

Ich wollte ihm widersprechen, doch er hob abwehrend die Hand. »Wie alle jungen Mädchen träumt sie davon, eine Prinzessin oder eine edle Dame in der Provence zu sein. Doch das ist ihr leider nicht möglich. Sie ist Jüdin und wird daher einen Genueser Kaufmann oder einen Geldverleiher aus Pisa heiraten, Kinder bekommen und alt werden. Aber ich denke, daß sie Euch nicht vergessen wird. Das ist gut so.«

Er schüttelte mir die Hand und sagte mir Lebewohl.

»Sofern es Gottes Wille ist, werde ich Euch auf meinem Rückweg sehen«, sagte ich.

»Darum will ich beten«, sagte er und lächelte mir zu. »Auf diese Weise werdet Ihr doppelt sicher sein. Der Gott unseres Bundes und Euer Gott werden Euch schützen.«

Die heutige Nacht wird eine meiner letzten im Lager sein. Die Männer wirken wie befreit; sie können es nicht erwarten, von hier fortzukommen. Dennoch haben sie sich die Mühe gemacht und unser Lager mit Wiesenblumen geschmückt. Sie sagen, es sei zu Ehren der jungen Jüdin geschehen. Jetzt ist das ganze trübselige Winterlager unserer Krieger ein Blütenmeer. Wohin mein Auge fällt, denke ich an sie und meine plötzliche stille Liebe.

Ich lächle. Es liegt keine Bitterkeit darin, wie früher so oft. Eine solche Liebe mit Blüten und Erröten erlebt ein Mann meines Alters selten. Ich bin ihr dankbar, hat sie mich doch daran erinnert, wie es ist zu lieben, Sehnsucht zu empfinden und doch Schweigen darüber zu bewahren. Bisweilen denke ich, daß Schweigen die einzige wahre Sprache der Liebe ist.

Den dritten April

Am Karfreitag

Von allen hohen Feiertagen der Kirche ist mir dieser der liebste. Die strenge Heiligkeit des Vorgangs, dessen wir gedenken, hat nicht ihresgleichen. Nie höre ich das Schuldgebet, ohne zu erbleichen. Als Junge hat es mich bis in die Tiefen meiner Seele erschüttert, so daß ich weinen mußte. Es bewegt mich immer noch. »O mein Volk, was habe ich Euch getan, womit habe ich Euch gekränkt?« Es fährt mir wie ein Dolch ins Herz; Christus am Kreuz, der von uns Rechenschaft verlangt. »Ich habe Euch die Frucht jedes Baumes gegeben, und Ihr habt mich an einen Baum gehängt.« Seine Bitterkeit im Blick auf die Zeitalter, seine Enttäuschung. Ich werde in Seinen Fußstapfen wandeln. Möge ich dessen würdig sein.

Am Samstag sollen wir an der Mitternachtsmette teilnehmen und am Sonntag bei Tagesanbruch abreisen. Für uns wird es ein neues Leben sein, und vielen wird es den Tod bringen.

Den siebten April

An Bord

Ich werde schreiben, soviel ich nur kann, so mühsam das ist. Von allen Seiten bedrängen mich Männer, denn wir sind auf dies Schiff gepackt wie Heu auf den Wagen.

Mit der Flut sind wir am Sonntag morgen ausgelaufen. Wir sangen fromme Lieder und verfluchten die Griechen, die bis zum letzten Augenblick versucht hatten, uns zu übervorteilen. Sie johlten und pfiffen uns nach, während die Flut unser Schiff aus dem Hafen trug. Wie froh ich war, Brindisi und den Hügel hinter mir zu sehen, auf dem wir einen solchen entsetzlichen Winter durchlitten haben. Endlich waren wir wieder unterwegs. Die Brise trug uns dem Heiligen Land entgegen, das unser harrt. Doch kaum war das Festland außer Sicht, gerieten wir in eine Flaute.

Seit vier Tagen und Nächten liegen wir nun hier. Tagsüber schmort uns die Sonne, und nachts frieren wir. Fünfhundert Männer sind an Bord, unten im Laderaum stehen die Pferde, die Truhen mit unserer Ausrüstung sind über das Deck verstreut wie Särge. Wir können uns kaum rühren; in der stillstehenden Luft ist der Gestank der Tiere und der Menschenleiber unerträglich. Stunde um Stunde pfeifen die Seeleute, damit sich ein Wind erhebe. Es ist ein schwaches, klagendes Geräusch, das ruhelos macht und endlich einlullt.

Die Bewohner der Stadt haben von unserer üblen Lage erfahren, und Griechen sind zu uns herausgerudert gekommen, um uns Speise und Trank zu verkaufen. Die Männer haben sie in ihrer Wut vertrieben und zwei ihrer Boote zum Kentern gebracht. Mögen sie doch ertrinken! Mir ist es jedenfalls gleich. Wie ich mich nach der Provence sehne, wie gern ich wieder über die Dielen meines Hauses schreiten, einen Apfel aus meinem Garten essen würde!

Den achten April

Nach wie vor herrscht Windstille. Manche sagen schon, unser Zug sei verflucht, aber Bischof Adhémar, der mit auf dem Schiff ist, verweist ihnen solche gotteslästerlichen Reden. Meine Lippen sind derart ausgedörrt, daß sie bluten, und ich kann kaum sprechen. Meine Haut ist braun und faltig wie eine Walnuß. Ich mache mir Sorgen um Fatana.

Vergangene Nacht bin ich über die Leiber schlafender Männer gestiegen, und es ist mir gelungen, bis zum Laderaum vorzudringen. Der Gestank war entsetzlich. Zwei Pferde sind in der erstickenden Enge verendet. Ihr Fleisch verwest. Würmer und die Ratten, die furchtlos über die unteren Decks laufen, machen sich darüber her.

Ich fand Fatana am Boden angebunden, ihre Augen so stumpf wie Blei. Ich gab ihr getrocknete Feigen, die ich vom Juden habe. Sie wurde etwas munterer und stieß mich mit dem Maul an. Eine Weile sang ich ihr leise etwas vor. Dann kehrte ich an meinen Platz auf dem Oberdeck zurück. Wenn das noch lange so weitergeht, fürchte ich, verliert meine Stute noch allen Lebensmut.

Als heute nachmittag die Sonne im Zenit stand, dachte ich in meinen Tagträumen an Ruth. Wie Wolken zogen meine Gedanken zu ihr, umhüllten sie und hielten sie mit ihren Schwaden fest, als wären es Arme. Ich stellte sie mir mit einer Krone auf dem Kopf vor. Das lange, dunkle Haar umfloß sie, ihre zarten Finger flickten meinen Umhang, und ihr Vater lächelte billigend zu unserer Liebe. Ich streckte die Hand aus, um ihre Wange zu berühren. Es war Thomas, und er grunzte mir entgegen wie ein Schwein.

Mein Atem stinkt. Ich bin mir selbst widerwärtig. Die Männer lassen ihr Wasser, wo sie liegen, und inzwischen tue auch ich es. Einer von ihnen hat heute nachmittag den Verstand verloren und ist über Bord gesprungen. Einige sind an die Reling getreten und haben zugesehen, wie er ertrank. Es berührt mich nicht weiter.

Den neunten April

Heute morgen kam uns Gott zu Hilfe. Beim Morgengrauen erhob sich der Wind und füllte bald unsere Segel. Die Männer sprangen auf und boten ihm lachend und jubelnd die bloße Brust. Es war, als stünden die Toten aus den Gräbern auf.

Den vierzehnten April

Lange habe ich nichts geschrieben, dabei ist viel geschehen. In Floreo, wo wir uns ausgeschifft haben, empfing uns Fürst Johannes Komnenos. Er ist der Bruder des byzantinischen

Kaisers[32], den sie den »Basileus« nennen. Bischof Adhémar hatte gewußt, daß der Fürst uns entgegenkommen würde, und uns daher aufgefordert, dafür zu sorgen, daß unser Heer einen ordentlichen Anblick bot. Als wir unseren Rittern und Mannen dies Anliegen mitteilten, erhob sich ein Murren, wie ich es nicht einmal an den finstersten Wintertagen vernommen hatte. Fluchend spien etliche von ihnen aus und erklärten, sie würden sich erst waschen und sauber kleiden, wenn man ihnen etwas Ordentliches zu essen gegeben und ihnen etwas Ruhe gegönnt habe. Bischof Adhémar schmeichelte ihnen, beschwor den Namen Gottes. Als alles nichts fruchtete, drohte er ihnen mit der ewigen Verdammnis. »Das geht nicht, wir haben uns den Himmel schon verdient«, ertönte eine Stimme über das Deck. Bei diesen Worten erhob sich höhnisches Gelächter.

Am Ende lief die Sache darauf hinaus, daß wir Edelleute uns sorgfältig herausputzten und die anderen ein finsteres Gesicht zogen. Als die Schiffe schließlich anlegten, führten wir unsere Pferde an Land und ritten wie zur Parade in die Stadt, gefolgt vom verdrecktesten und zerlumptesten Kriegerhaufen, den die Welt je gesehen hat.

Was für eine Heerschar hieß der Fürst des byzantinischen Reiches da willkommen! Die Männer sahen schlimmer aus als Bettler, waren schmutzbedeckt, stanken und murmelten Flüche. Vom Hafen marschierten sie stracks ins Lager, errichteten Wetterdächer und machten sich daran, ihre Fleischration zuzubereiten. Währenddessen stießen wir zum Fürsten und seinem Gefolge.

»Ausgezeichnet«, sagte er ohne Begeisterung. »Ein glänzendes Heer. Es ist genau so, wie es Alexios erwartet hat.«

Ich fühlte mich gedemütigt, doch mein Lehnsherr saß so aufrecht zu Pferde, als führte er die päpstliche Garde an. Er nahm die Einladung des Fürsten zum Mittagsmahl an, und wir ritten zu einem herrlichen Prunkzelt, das auf einer Anhöhe hinter der Stadt stand. Ich folgte dicht hinter dem Fürsten und konnte ihn daher beobachten. Es war unsere erste Berührung mit dem byzantinischen Reich.

Ich hatte einen Orientalen erwartet, dunkelhäutig und in Felle gewandet; doch ist er in jeder Hinsicht ein Herr. Er ist schlank und macht einen jugendlichen und energischen Eindruck. Er spricht mit hoher Singsangstimme und lacht oft. Beim Reiten stützt er die zügelfreie Hand in die Hüfte. Sein Pferd ist ein wunderbar gebauter weißer Hengst, kleiner als unsere Schlachtrösser, aber offensichtlich auf Schnelligkeit und Schönheit gezüchtet. Der Fürst trägt weiße und purpurfarbene Seidengewänder und ist mit Schmuck förmlich behangen: Ringe, Halsketten und Ketten auf dem Waffenrock. Sogar sein Roß ist geschmückt. Hosen, wie er sie trägt, habe ich noch nie an einem Mann gesehen; sie liegen eng an den Beinen an, und in der Leibesmitte faßt ein Gürtel sie zusammen. Seine Stiefel aus weichem Leder sind sehr schön. Nicht nur laufen sie vorn spitz zu, sie sind auch der neuen Mode entsprechend an den Zehen leicht aufwärts gebogen. Mit großer Anmut bewegt er seine gänzlich weißen Hände, die in keiner Weise von der Sonne verbrannt sind, wie ich es angenommen hatte. Kurz, er ist jeder Zoll ein Fürst und läßt sich das durchaus anmerken.

In jenem Zelt herrschte verschwenderische Fülle. Es roch darin nach Weihrauch, und der Boden war mit auserlesenen Teppichen und Kissen bedeckt. Auf niederen Tischen standen Wein und Früchte bereit, gekochter Fisch, allerlei Fleisch und Fingerschalen, in denen Zitronenscheiben schwammen. Ich muß gestehen, der Vergleich mit unserem Lager in Brindisi machte mich sprachlos. Wird für die Heere des Ostens so überreich gesorgt? Sind wir gekommen, diese Menschen vom Türken oder vom Wohlleben zu befreien?

Unser Gespräch blieb freundlich, aber unverbindlich. Fürst Johannes sagte uns die väterliche Liebe seines Bruders, des Basileus, zu und versicherte uns mit vielerlei blumigen Ausdrücken, daß wir sowohl seines Schutzes als auch seiner Freigebigkeit teilhaftig würden. Der Beweis dafür stand vor uns. Es bedeutete – jedenfalls für mich – eine große Versuchung, sich sogleich auf das Bankett zu stürzen, doch mit finsteren Blicken hielt uns Bischof Adhémar, dessen Ring zu küssen der Fürst sorgfältig vermieden hatte, davon ab. Er fragte den Fürsten nach Neuigkeiten von den anderen Heeresteilen.

»Die gibt es aus jeder Richtung«, gab dieser zur Antwort. »Robert, Graf der Normandie, der Euch voraufzog, befindet sich in Konstantinopel. Wie man mir berichtet hat, nähern sich Herzog Gottfried von Bouillon, Graf Robert von Flandern und Graf Hugo von Vermandois, der Bruder König Philipps von Frankreich, wie ich höre, unserer Hauptstadt. Ihr müßt Euch also eilen, so sehr Ihr könnt, meine Freunde, so Ihr zu ihnen stoßen wollt.«

»Welche Art von Geleit können wir dorthin erwarten?« erkundigte sich der Bischof.

»Seid unbesorgt«, antwortete Fürst Johannes. »Die Reiterei des erhabenen Kaisers Alexios wird Euch keinen Augenblick aus den Augen lassen. Sie wird sich in gewisser Entfernung von Euch halten, da sie für Euch kundschaften soll. Auf jeden Fall dürft Ihr Euch darauf verlassen, daß sie Euch gegen die Banditen verteidigt.«

»Was für Banditen sind das?« fragte mein Lehnsherr.

Fürst Johannes schnippte mit den Fingerspitzen, als verscheuche er Fliegen. »Unbedeutendes Pack. Raufbolde. Kumanen, Uzen, Petscheneger. Sie kämpfen mit der Nagelkeule und mit Pfeil und Bogen. Ihre Schwerter sind ungeheuer primitiv und haben nicht einmal einen richtigen Knauf.«

»Man tötet einen Mann nicht mit dem Knauf«, sagte mein Lehnsherr. »Und was ist mit Bohemund?«

Mit einem roten Tüchlein fächelte sich Fürst Johannes Luft zu. »Der Gebieter Siziliens?« wollte er wissen. »Gott bewahre uns. Er hat sich in Griechenland ausgeschifft und marschiert nordwärts.«

Mein Lehnsherr knurrte befriedigt. Es schien mir allerdings unübersehbar, daß sich Fürst Johannes nicht besonders wohl in seiner Haut zu fühlen schien.

In jener Nacht kam Graf Raimund zu mir ins Zelt. Er wirkte erregt und finster. »Welchen Eindruck habt Ihr von diesem aufgeblasenen Byzantiner?« wollte er wissen. Ich erklärte, daß ich ihn für einen Edelmann hielt. »Ein wunderlicher Edelmann«, spottete er. »Ein Papagei ist er. Er plappert nach, was ihm sein Bruder eingesagt hat. Aber wir müssen uns vor diesen Griechen hüten wie vor einem Habicht über unserem Hühnerhof.«

Ich sah in seine alten weisen Augen und erkannte darin Kraft und Entschlossenheit. Welche Ehre, einem solchen Herrn zu dienen! Aufmunternd schlug er mir auf die Arme, küßte mich auf die Wangen und ging.

Drei Tage und Nächte rastete das Heer bei Floreo und brach dann auf. Jenseits der Stadt kamen wir in eine Landschaft aus Felsen und tiefen Klüften. Dies wilde Land gehört den Makedoniern, dem Volk Alexanders des Großen. Sofern es Banditen gibt, dann hier, denn an jeder Biegung des Weges ist ein Überfall von oben oder aus den tief eingeschnittenen Flußbetten möglich. Zwar hat uns Johannes Komnenos Führer mitgegeben, von seinem Geleitschutz aber haben wir noch nichts gesehen.

Den achtzehnten April

Gestern abend unterbrach mich Thomas beim Schreiben mit der Mitteilung, daß die meisten Männer an Durchfall leiden. Das wundert niemanden, da sie sich, wie es die Art von Kriegern ist, bei der ersten Gelegenheit, die sich bot, vollgeschlagen haben. Wir mußten das Lager verlegen, was die halbe Nacht in Anspruch nahm. Als Ergebnis konnten wir heute morgen erst spät aufbrechen. Zweifellos werden wir nach Sonnenuntergang weitermarschieren müssen, um voranzukommen.

Den zweiundzwanzigsten April

Es ist schon spät, aber ich werde den Bericht von unserer Ankunft und den ersten Marschtagen beenden.

Am vierten Tag unseres Zuges durch das Land der Makedonier ging es zu einem See hinab, nachdem wir einen hohen

Gebirgspaß erklommen hatten. Bei unserem Eintritt in das felsige und tief eingeschnittene Tal gerieten wir in einen Nebel, der so dicht war, daß wir ihn mit den Händen vor uns herschieben konnten. Die Luft war so drückend, so schwer, als hätte man uns einen Teppich um das Gesicht gewickelt. Da der Nebel unsere Ohren förmlich verschlossen hatte, hörten wir die Angreifer erst, als sie sich auf uns stürzten. Auf kleinen Pferden kamen sie laut pfeifend von allen Seiten und zerrissen den Nebel vor sich wie dünne Tücher. Sie waren mit Kurzschwertern bewaffnet und schossen Pfeile in unsere Mitte.

Uns blieb keine Zeit, aufzusitzen, geschweige denn, eine Schlachtreihe zu bilden. Wo immer das möglich war, erwehrten wir uns ihrer im Nahkampf, so gut wir es vermochten, meist aber auf eine gewisse Entfernung durch den Nebel. Keiner meiner Männer kam bei diesem wilden und regellosen Getümmel zu Schaden, bei dem im Nebel kaum etwas zu sehen und zu hören war, wohl aber fielen einige in der Marschsäule oder wurden verwundet. Ich sah nur undeutliche Umrisse, hörte dumpfen Hufschlag, die Pfiffe der Banditen, das Jammern der Verwundeten, dann war Stille. Unsere Männer waren sehr mitgenommen. Sie waren gekommen, um gegen den Türken zu kämpfen, nicht aber, um Wölfen zur Beute zu fallen. Sie verfluchten Fürst Johannes und seinen Bruder, den Basileus. »Wo sind eigentlich unsere Kundschafter?« wollten sie wissen. Auch ich fragte mich das.

Beim Aufstieg vom See wurden wir aufs neue überfallen. Allerdings gelang es uns, einen der Banditen gefangenzunehmen. Bischof Adhémar ließ, in höchstem Grade erbost, den schwarzgesichtigen bärtigen Mann, der silberne Münzen am Gürtel trug, vor sich bringen und schlug ihn mit der Spitze seines Kreuzstabs ins Gesicht. Daraufhin fiel dieser auf die Knie. Anschließend trat ihm Seine Exzellenz in die Weichen, setzte ihm den Fuß in den Nacken und wollte wissen, welchem Volk er angehöre. Der Fremde schwieg.

»Er kann unsere Sprache nicht«, sagte jemand.

Der Bischof sprach ihn auf lateinisch an, bekam aber wieder keine Antwort.

»Versucht es mit Griechisch«, riet ihm mein Lehnsherr. Zwar schoß ihm Bischof Adhémar finstere Blicke zu, befolgte aber den Rat.

»Ich bin ein Krieger des Prinzen Johannes«, gab der Mann zur Antwort.

Wir waren erstaunt. Mein Lehnsherr freilich lächelte lediglich und sagte: »Das habe ich mir gedacht.«

»Warum habt ihr uns überfallen?« fragte Bischof Adhémar.

»Es war der Befehl meines Herrn«, war die Antwort.

Der Bischof gab Befehl, den Mann zu enthaupten und seinen Kopf auf einen Pfahl am Weg zu stecken. Mein Lehnsherr hat recht – die Byzantiner sind Habichte über unserem Hühnerhof.

Den fünfundzwanzigsten April

Wir verdienen uns unser Heil in diesem Land; es ist so wild und so furchteinflößend wie ein Alptraum. Die Bäume sind schwarz und greifen mit langen Fingernägeln nach unseren Umhängen. Es gibt hier Tiere ähnlich wie Schakale, aber weit verschlagener, schwarze Bären und Wölfe, die unsere Maultiere angreifen, Flüsse, die so reißend sind, daß man sie nicht auf Furten überqueren kann, und Banditen, die von den Felsen herab heulen.

Über das Geständnis des Griechen haben wir viel miteinander gesprochen. Wieso schickt uns Kaiser Alexios zur Begrüßung seinen Bruder entgegen und läßt uns seinen Schutz zusagen, wenn uns dessen Männer gleich darauf überfallen? Was steckt hinter dieser Doppelzüngigkeit? Wozu die Lügen? Eben jener Alexios hatte den Papst um Unterstützung gebeten, dieser wiederum hatte die Franken zu Hilfe gerufen. Vor kurzem war ein Brief von Kaiser Alexios gekommen, den uns mein Lehnsherr in seinem Zelt vorgelesen hatte. Darin bot uns der Basileus Freundschaft und ein Bündnis an und versprach, alle Beute mit uns zu teilen, die wir auf unserem Zuge machen würden.

»Teilen«, hatte mein Lehnsherr geschnaubt. »Wir kämpfen, er teilt. Da habt ihr die Griechen! Kein Wunder, daß sie das Heilige Land nicht halten konnten. Wahrscheinlich haben sie den Türken das Angebot gemacht, es mit ihnen zu ›teilen‹.«

Seit wir den Kopf ihres Gefährten an der Straße zurückgelassen haben, hatten wir keine Schwierigkeiten mehr mit den Byzantinern. Bisweilen sehen wir sie oben auf den Felsen, wie sie uns von ihren kleinen Pferden aus beobachten. Der Weg, den wir ziehen, ist schmal, von zahllosen Felszinnen gesäumt, und an vielen Stellen wäre man Angriffen schutzlos preisgegeben. Es ist die Via Egnatia, eine alte römische Militärstraße, deren Steinpflaster zum Teil noch erhalten ist. Die Männer haben sogar verschiedene römische Gegenstände gefunden, Helme und Rüstungsteile. Obwohl sie verrostet sind, sammeln sie sie. Es sind geschätzte Tauschartikel.

Es ist sonderbar, daran zu denken, daß vor elfhundert Jahren auf dieser Straße die Römer nordwärts gezogen sind, Heiden auf dem Weg ins Reich der Franken. Jetzt ziehen wir, fränkische Christen, südwärts den Heiden entgegen.

Den sechsundzwanzigsten April

Heute morgen kamen wir an einen Fluß, dessen Name »Dämon« bedeutet. Er hat ihn wahrlich verdient. Noch nie habe ich ein Gewässer von ähnlicher Wildheit gesehen. Wie ein ungebärdiges wildes Tier jagt er durch sein tief eingeschnittenes Bett und trotzte all unseren Versuchen, ihn zu durchfurten. Meilenweit haben wir stromauf und stromab nach einer geeigneten Stelle gesucht, doch es gab keine. Schließlich befahl Graf Raimund, eine *chevauche*[33] einzurichten, für die ich mich mit anderen freiwillig gemeldet habe. Ich trieb Fatana die Uferböschung hinab; sie scheute vor dem Wildwasser, aber mit beruhigendem Schnalzen und leichtem

Schenkeldruck brachte ich sie hinab. Fast sogleich verlor sie den Boden unter den Füßen, strauchelte und wäre um ein Haar gestürzt, hätte ich nicht mein Körpergewicht mit einem Ruck zur Gegenseite verlagert.

Zu siebt stellten wir uns in das Flußbett. Um uns verständigen zu können, mußten wir einander die Worte zubrüllen. Als wir bereit waren – das schäumende Wasser reichte uns bis über die Knie –, machten wir Graf Raimund ein Zeichen. Er nahm ein Seil und begann den Weg auf die andere Seite, während Männer das Tau vom Ufer aus Stück für Stück durch die Hände laufen ließen. Er bot einen herrlichen Anblick, wie er seine Stute vorantrieb, das Seil zwischen den Zähnen, den Kopf tief über den Nacken des Tieres gebeugt. Mehr als einmal verschwanden Roß und Reiter in den Wellen, und wir machten uns schon zur Rettung bereit, doch im nächsten Augenblick tauchten sie wieder auf. Das weiße Haar hing meinem Lehnsherrn in Strähnen ins Gesicht, seine machtvolle Stimme verfluchte den wilden Fluß und munterte das Pferd auf.

Als er das andere Ufer erreichte, konnten wir unsere Jubelrufe nicht zurückhalten. Er befestigte das Seil, strich sich die nassen Haare aus dem Gesicht und schrie den anderen zu, sie könnten herüberkommen. Es war eine lange und gefährliche Unternehmung; ein Dutzend riß es von den Füßen, und es kostete uns große Mühe, sie zu retten. Einen, er war noch ein halbes Kind, trieb die Strömung auf mich zu. Ich griff hinab, als er an Fatanas Flanke stieß und zog den halb Ertrunkenen, der nach Atem ringend und hustend mit wilden Augen um sich blickte, aus dem Wasser. Es gelang uns, bis auf zwei, die der Fluß mit sich riß, alle zu retten. Vermutlich sind die beiden tot.

Es dauerte mindestens sechs Stunden, bis das Heer am anderen Ufer war. Mittlerweile waren meine Beine von der Kälte und vom Wellenschlag wie abgestorben, mein Rücken schmerzte und meine Arme fühlten sich an, als hätte man sie aus den Gelenken gerissen. Nachdem die letzten Männer das jenseitige Ufer gewonnen hatten, erreichte auch ich es. Dort fiel ich vom Pferd, und es dauerte lange, bis ich wieder zu mir kam.

Mit gerunzelter Stirn beugte sich Bischof Adhémar über mich. »Ihr habt heute das Werk des heiligen Christophorus verrichtet«, sagte er. Ich streckte ihm die Hand hin, weil ich annahm, er wolle mir auf die Beine helfen, doch er wandte sich auf dem Absatz um und ging. Ich weiß nicht, ob er das mit Absicht getan hat, aber ich schickte ihm einen leisen Fluch nach. Gleich anschließend bekreuzigte ich mich und bat Gott um Vergebung. Immerhin ist er der Abgesandte des Papstes. Allerdings kann ich jetzt verstehen, warum ihm mein Lehnsherr so grollt. Er ist anmaßend und herrisch.

Heute abend bin ich erschöpft und sonderbar bedrückt. Im Raum wie in der Zeit bin ich weit von meiner Heimat entfernt. Was wohl aus meinem Besitz geworden sein mag? Gerade erst hatte ich ihn mehr oder weniger in Ordnung gebracht, als der Aufruf zur Pilgerschaft kam. Ich fürchte, der alte Schlendrian ist wieder eingerissen. Oft habe ich mit Mordechai, dem Juden aus Brindisi, darüber gesprochen. »Glaubt Ihr, andere legen müßig die Hände in den Schoß, während Ihr ins Heilige Land reitet?« hatte er meine Bedenken zu zerstreuen versucht. Er wollte wissen, welche Vorkehrungen ich getroffen hatte, um mein Eigentum zu bewahren, und als ich ihm sagte, daß ich meinen Aufseher und meine Gemahlin darüber gesetzt hatte, schüttelte er seufzend den Kopf. »Um Eigentum muß man sich kümmern wie um Kinder«, sagte er, »sonst gerät es genau wie Kinder auf Abwege.«

Ich frage mich, was ich bei meiner Rückkehr auf Lunel vorfinden werde, immer vorausgesetzt, ich kehre zurück.

Den dreissigsten April

Wie sehr mir dies finstere und karge Land doch zuwider ist! Seine Bewohner sind unwissend und abergläubisch. Offensichtlich eilt uns das Gerücht voraus, daß wir Menschen ergreifen und braten, und so fliehen sie aus den Dörfern, die an unserem Wege liegen. Es ist noch keine zwei Tage her, daß ich als Hauptmann unseres Vortrupps im Wald einem Weib begegnete. Ich rief ihr etwas zu. Bei meinem Anblick weiteten sich ihre Augen vor Schreck. Sie ließ den Korb fallen, den sie auf dem Kopf trug, wobei Knollen über den Boden rollten, und verschwand zwischen den Bäumen. Es hat mich unsagbar wütend gemacht.

Doch es gibt Schlimmeres. Da diese Menschen annehmen, daß wir Menschenfleisch essen, töten sie vor ihrer Flucht aus den Dörfern die Alten und Schwachen, die nicht mehr davonlaufen können. Viele Male haben wir eine ihrer elenden kleinen Behausungen betreten und Leichen von Greisen auf dem Boden gesehen, denen man den Hals von einem Ohr bis zum anderen durchgeschnitten hatte. Unsere Führer sagen, das geschehe aus Barmherzigkeit, um ihnen die Folter von unserer Hand zu ersparen. Die meisten sind Bulgaren. Rückständigere und abstoßendere Menschen vermag ich mir einfach nicht vorzustellen.

Man sehe sich nur an, wie sie leben. Ihre Hütten bestehen aus mit Lehm beworfenen Ästen. Ihre Kleider stellen sie aus Rinde und notdürftig gegerbten Fellen her. Hart wie Holz ist deren Leder, und ihre Bewaffnung besteht aus wenig mehr als Steinen und Keulen. Bei den wenigen Gelegenheiten, da sie versucht haben, Handel mit uns zu treiben, habe ich ihre Sprache gehört – sie klingt wie das Lallen Schwachsinniger.

Unserem Lager nähern sie sich in geduckter Haltung, als hätten sie Angst, daß wir sie schlagen. Ihre jämmerlichen Waren halten sie vor sich, in vor Schmutz so schwarzen Händen, daß man glauben sollte, sie trügen Handschuhe. Auch ihre verfilzten Haare starren vor Schmutz, und nie haben ihre Bärte einen Kamm gesehen. Manche gürten sich mit Weinreben, an denen noch das Laub hängt. Sie besitzen weder Sonnenuhren noch Landkarten und haben daher keine Vorstellung, wo sie leben. Sie glauben, ihre Dörfer seien der Mittelpunkt der Erde und wir Besucher aus einer anderen Welt.

Unser Lager haben wir in der Nähe eines Dorfes namens Rasitsch aufgeschlagen, und ich bin mit einem Führer dorthin gegangen, um diese Menschen kennenzulernen. Der Ort bestand aus nichts weiter als einigen Lehmhütten an beiden Seiten eines unbefestigten Weges. Die Menschen spähten mir aus den Fensteröffnungen ihrer Hütten nach, an deren Eckpfosten sie ihre abgemagerten Tiere angebunden hatten. Niemand schien sich um die Feuerstätten zu kümmern, und ich sah auf der ganzen Dorfstraße nicht einen einzigen Menschen. Lediglich nahe der letzten Hütte lag ein alter Mann am Feuer. Ich trat mit dem Führer, der ihre Sprache kennt, auf ihn zu.

»Wünsche ihm einen guten Abend«, sagte ich. Der Führer sprach ihn an. Der Alte gab keine Antwort. »Sag: Ich bin Roger, Baron von Lunel, ein Krieger Christi.«

Der alte Mann stieß eine einzige Silbe hervor. »Er sagt ›Glückwunsch‹«, erklärte der Führer mit breitem Grinsen.

Ich warf ihm einen wütenden Blick zu, weil ich die Antwort für unverschämt hielt. »Frag ihn, wer er ist.«

Die Antwort klang wie eine Art Singsang. »Der Sohn meines Vaters, der Vater meines Sohnes.«

»Wo können meine Krieger etwas zu essen bekommen?« fragte ich.

»Frag euren Gott«, lautete die Antwort.

»Weißt du nicht, daß wir für Gott kämpfen werden?« sagte ich. Allmählich verlor ich die Beherrschung.

»Das muß ein schwacher Gott sein, der nicht für sich selbst kämpfen kann«, gab der Mann zurück. Ich empfand das plötzliche Bedürfnis, ihm einen Tritt zu versetzen. Statt dessen fragte ich ihn, was er dort tue.

»Warten«, kam die Antwort.

»Worauf?«

»Auf den Tod.«

Aus der Hütte hinter ihm kam ein Junge. Er war höchstens dreizehn Jahre alt, und ich hoffe, nie wieder einen Menschen mit einem so törichten Gesichtsausdruck zu sehen. Der Mund stand ihm offen, und seine Augen waren völlig ausdrucksIos. Von den Hüften herab war er nackt, und er kratzte die Wunden an seinen Beinen auf, so daß sie bluteten. Vermutlich war er der Sohn des Alten und würde wohl eines Tages dessen Platz am Feuer einnehmen. Ich wandte mich zum Gehen, aber der Junge rief mir nach: »Wollt Ihr wirklich nach Jerusalem?«

Ich drehte mich zu ihm um. »Ja«, sagte ich.

Er kratzte sich an der Hüfte. »Ein langer Weg, um Fremde umzubringen«, sagte er. »Warum müßt ihr Christen immer in anderen Ländern stehlen und töten? Seit hundert Jahren tut ihr uns das mit euren Pilgerfahrten an. Warum bleibt ihr nicht zu Hause und bringt Leute um, die ihr kennt?«

Gerade als ich antworten wollte, wandte er sich ab, um an den Türpfosten zu urinieren, und ich hielt es für besser, nicht mit ihm zu streiten.

Später dachte ich über die Begegnung nach und überlegte mir, daß wir womöglich für die Lebensumstände dieser Menschen verantwortlich sein könnten, sofern der Junge mit seinen Worten recht hat. Aber wie kann das sein? Sie brauchen doch nur von der Pilgerstraße fortzuziehen und können sich anderswo ein neues Leben schaffen.

Dann überlegte ich: Warum müssen fromme Pilger Menschen in Angst und Schrecken versetzen, sie aus ihrer Heimat vertreiben und sie veranlassen, unter Fremden zu leben? Auch wenn wir kein Menschenfleisch essen, tragen wir vielleicht doch die Schuld an einem Teil ihrer Rückständigkeit und Angst.

Den dritten Mai

Viel Bedeutendes ist an den vergangenen beiden Tagen vorgefallen, und so gibt es mancherlei zu berichten. Einiges davon hat mich bis in die Tiefen meiner Seele erschüttert. Da es schon spät ist und ich äußerst erschöpft bin, bezweifle ich, daß ich heute nacht alles niederschreiben kann. Ich werde morgen beenden, was ich heute nicht vollbringe. Ich muß im Freien schreiben, und da wir uns in einem Landstrich befinden, der von Banditen geradezu wimmelt, lege ich mir den Umhang über den Kopf und halte die Kerze auf dem Schoß.

Vor drei Tagen gelangten wir nach der Überquerung eines rauhen Gebirges mit Namen Bulghar Dagh in hügeliges Gelände. Unsere Führer sagten, es handele sich um das Gebiet der Petscheneger, die sich selbst Kangli oder Kangar nennen, ein wildes und gesetzloses Nomadenvolk. Bei Anbruch der Nacht schlugen wir wie gewöhnlich unser Lager auf, und Bischof Adhémar, der des Schmutzes überdrüssig war und wohl auch den Wunsch verspürte, einen angenehmeren Platz für sein großes Zelt zu haben, ersah sich eine Stelle weiter oben am Hang aus, etwa eine Viertelmeile entfernt. Während seine Männer sich daranmachten, es aufzuschlagen, stürmte ein Trupp von Banditen über den Hügel und bemächtigte sich des Bischofs, dessen Wächter sie rasch überwanden und ihnen mit ihren Kurzschwertern die Kehle durchschnitten. Als sie merkten, daß ihnen ein Mann von hohem Rang in die Hände gefallen war, machten sie ihn mit einem Keulenhieb auf den Kopf bewußtlos und warfen ihn auf ein Pferd. Ich brachte ein halbes Dutzend Ritter zusammen und eilte ihnen nach. Das Lager der Petscheneger, ein wildes Durcheinander aus Zelten und Wetterdächern, lag am anderen Ufer eines Baches. Ich gebot meinen Männern Halt, denn die anderen zählten drei- bis fünfmal so viele. Wir beobachteten sie, wie sie den Bischof vom Pferd zerrten und zu Boden warfen. Einige traten ihn gegen den Kopf und in die Rippen, doch einer, offenbar der Hauptmann, verwies ihnen ihr Treiben. Es war ersichtlich, daß er den Wert des Gefangenen richtig einschätzte und nicht wollte, daß man ihn tötete. Daraufhin brach unter ihnen heftiger Streit aus.

Ich sah meine Gelegenheit gekommen, stellte meine Männer in Schlachtlinie auf und gab den Befehl zum Angriff. Laut pfeifend und brüllend stürzten wir uns in das Gewässer und erklommen das gegenüberliegende Ufer. Die Petscheneger waren völlig überrascht. Einige stürmten zu ihren Zelten, um sich zu wappnen, andere machten wir an Ort und Stelle nieder. Ich fällte einen Mann, der vor Angst erstarrt schien, und fügte einem anderen eine tiefe Schwertwunde auf dem Rücken zu. Bischof Adhémar war bewußtlos. Rasch saß ich ab, legte ihn über mein Pferd und rief meine Männer zurück. Es dauerte nicht lange, bis wir wieder auf unserem Bachufer waren.

Inzwischen war Graf Raimund mit einem Dutzend Ritter gekommen; er griff das Lager an, und bis auf die wenigen, denen es gelang, auf ihren Pferden zu fliehen, machten sie alle nieder. Sie töteten auch die Tiere und verbrannten die Zelte.

Wir trugen Bischof Adhémar in mein Zelt und bereiteten ihm dort ein Lager aus Zweigen. Sein Kopf wies eine klaffende Wunde auf, an deren Rändern das Blut zu gerinnen begann, und auf dem Brustkorb hatte er starke Abschürfungen. Wir verbanden ihn mit in Essig getauchten Leinenlappen und legten ein glühendes Eisen auf, um die Kopfwunde zu schließen. Während wir auf der Hut vor Überfällen wachten, lag er die ganze Nacht bis weit in den Morgen hinein bewußtlos.

Den vierten Mai

Ich setze meinen Bericht fort.

Da Bischof Adhémar seines Zustandes wegen nicht weiterziehen konnte, blieben wir im Lager und hielten aufmerksam Ausschau nach Banditen. Es kamen keine. In der nächsten Nacht wachte ich in meinem Zelt bei ihm, bis er erwachte. Er verlangte nach Wein, und ich schickte Bartolomé darum. Des Bischofs Kopf war schrecklich angeschwollen und verfärbt, und er konnte mit seinen Augen nichts klar erfassen. Ich bat ihn stillzuliegen, aber er bestand darauf, daß ich ihm das Vorgefallene berichtete. Als ich geendet hatte, legte er sich zurück und atmete tief.

»Roger von Lunel«, sagte er, »ich habe Euch nie leiden können.« Seine Worte überraschten mich, und ich wollte ihm das gerade mitteilen, als er fortfuhr: »Ich habe Euch für selbstgerecht und stolz gehalten. Ich kenne alle Eure Sünden, denn der Mönch René berichtet mir regelmäßig, was Ihr ihm beichtet.«

Ich war wie vor den Kopf geschlagen. Das Beichtgeheimnis zu verletzen bedeutet für einen Priester eine Todsünde, und das sagte ich auch. Bischof Adhémar lächelte. »Ein Bischof vermag manches zu tun, woran Ihr Anstoß nehmen würdet. Vor allem, wenn er Stellvertreter des Papstes ist.« Er begann zu lachen, hörte aber wegen seiner Schmerzen gleich wieder auf. Darüber war ich froh.

»Ihr müßt ruhen«, sagte ich zu ihm. Ich stand auf, um zu gehen, aber er packte mich am Ärmel.

»Bleibt«, sagte er. »Ich muß Euch etwas sagen.« Ich setzte mich wieder und sah ihn aufmerksam an. »An jenem Tag am Fluß habe ich Euren Mut und Eure Tapferkeit erkannt. Da habe ich gemerkt, daß Ihr Eures Vaters Sohn seid.«

»Ihr kanntet ihn?« fragte ich.

»Ja.« Er schloß die Augen. »Ich habe Euch in den letzten Monaten aufmerksam beobachtet und wollte mit Euch sprechen. Aber ich brachte es nicht über mich – aus Furcht und aus Stolz. Jetzt habt Ihr mir das Leben gerettet. Daran erkenne ich Gottes Wunsch, daß ich spreche.« Er fuhr sich mit der Zunge über die Lippen und verlangte erneut einen Schluck Wein. Ich willfahrte ihm gern, denn ich wollte seine Zunge lösen.

»Ich war der Grund dafür, daß Euer Vater seinen Besitz verlor«, sagte er schließlich.

Verständnislos sah ich ihn an. »Das hat sein Feind getan, der Bischof von Mâcon«, sagte ich.

»Ja, sein Feind«, gab Bischof Adhémar zurück, »und mein Bruder.« Immer noch verstand ich nicht und sagte ihm das auch. »Als junger Mann habe ich Eurer Mutter den Hof gemacht«, sagte er mit einem Lächeln. »Statt meiner gewann Richard von Burgund ihre Hand. Ich trat in den geistlichen Stand ein, ohne freilich die Zurückweisung zu vergessen. Als

Euer Vater starb, veranlaßte ich meinen Bruder, der Witwe die Rechte an seinem Eigentum zu entziehen. Damit wollte ich sie strafen und zwingen, mich um Hilfe zu bitten. Doch das hat sie nicht getan, sondern ist in die Provence geflohen, aus Stolz. Es ist der gleiche Stolz, den ich in Euch erkenne. Nun habt Ihr mir das Leben gerettet. Ihr seht, wie unerforschlich Gottes Wege sind.«

Abermals erhob ich mich, um zu gehen, aber er faßte mich erneut am Arm.

»Roger von Lunel«, sagte er, »ich, Adhémar, Bischof von Le Puy, Legat Seiner Heiligkeit des Papstes, lege Euch die Beichte ab.«

»Ich werde Euch meinen Priester schicken«, sagte ich ihm. »Vielleicht bewahrt er Eure Geheimnisse besser als meine.«

»Ihr versteht nicht«, sagte er mit Verzweiflung in der Stimme. »Bei meiner Ordination habe ich meinem Oberen, dem Bischof von Dijon, gebeichtet. Als Buße hat er mir auferlegt, Eure Familie um Verzeihung zu bitten. Das aber habe ich nicht über mich gebracht. Seither war jede Messe, die ich gelesen, jedes Meßopfer, das ich gefeiert habe, eine Todsünde. Jetzt hat mich Gott zu Euch geführt. Ich kann nicht im Bewußtsein meiner Sünden sterben. Ich bitte Euch um Vergebung. Ihr müßt sie mir gewähren!«

Ich sah ihn an und schüttelte seine Hand ab. Ich zitterte. »Von mir aus sterbt«, sagte ich. »Dann könnt Ihr Gott selbst um Verzeihung für Eure Missetaten bitten.« Mit diesen Worten ging ich hinaus.

Morgen will ich zu meinem Lehnsherrn gehen und ihn bitten, den Bischof aus meinem Zelt holen zu lassen. Ich werde ihm nicht sagen, warum.

Den sechsten Mai

Die letzten beiden Tage war ich wie betäubt. Bischof Adhémar wird in einer Art Sänfte in der Mitte der Marschsäule transportiert, und daher reite ich zusammen mit meinem

Lehnsherrn an der Spitze. Er sieht mich bisweilen an, als wollte er fragen, was mich beschäftigt, aber gottlob ist er zu weise und zu verständnisvoll, als daß er mich in Verlegenheit brächte.

Ursache des ganzen Jammers unserer Familie, des Leides meiner Mutter und meiner Schwester, der Verbannung, in der wir alle leben, ist der geistliche Herr, in dessen Heer ich diene. Nein, das stimmt nicht – ich diene im Heer Christi, der sicherlich wegen der gegen unsere Familie begangenen Sünden sein Urteil über diesen Mann sprechen wird. Mit diesem Gedanken muß ich mich begnügen, auch wenn ich ihm am liebsten mit der flachen Schwertklinge den Schädel einschlüge.

Heute morgen überraschte mich ein Gedanke so sehr, daß ich fast vom Pferd gefallen wäre: Hätte sich meine Mutter für Adhémar entschieden, wäre er mein Vater. Ein solcher Vater! Ein Mann, der das heilige Siegel der Beichte bricht und eine Frau bestraft, die er einst geliebt hat, indem er sie um ihren Landbesitz bringt. Wie gern ich diesen Zug verlassen würde! Vielleicht stirbt er, und alles wird noch gut. Sofern er aber durchkommt, wie kann ich dann weitermachen? Beim nächsten Lager will ich mit meinem Lehnsherrn darüber sprechen. Seine Weisheit soll mich leiten.

Eins trage ich noch nach.

Heute abend habe ich den Mönch René in mein Zelt gerufen. Im Hereinstolpern wischte er sich die kleinen feisten Hände am Rand seines Skapuliers ab, da er gerade mit dem Essen fertig war. Als er mich nach meinem Begehr fragte, schlug ich ihm einen Handschuh ins Gesicht. Überrascht stürzte er rücklings zu Boden.

»Das ist für das Beichtsiegel«, sagte ich. »Und jetzt verlaßt meinen Dienst.«

Als er klagend wissen wollte, wohin er sich wenden solle, verlor ich die Beherrschung vollends. »Geht zu Adhémar, dessen treuer Hund Ihr bisher wart. Dient dem Mann, dem bereits Eure Seele gehört!«

Mühevoll erhob er sich vom Boden. Sein Gesicht war von Scham entstellt, Tränen standen ihm in den Augen, und ich begann, Mitleid mit ihm zu empfinden. Dann rief ich mir ins Gedächtnis, daß er der Mann war, den ich in Brindisi halb erfroren aufgefunden hatte, dessen Hände und Füße ich gerieben und mit dem ich mein Zelt und meine Lebensmittel geteilt hatte, die Früchte meiner erniedrigenden Arbeit. Während all jener Zeit hatte er seinen Gott geleisteten Eid gebrochen und für den Bischof spioniert.

Er bat mich um Verzeihung und flehte, ich möge ihn in meinen Diensten behalten. Ich forderte ihn auf, mein Zelt zu verlassen, und kehrte ihm den Rücken. Im Hinausgehen hörte ich ihn weinen. Es schmerzte mich in tiefster Seele. Aber der Mann hatte nicht nur mich verraten, sondern auch seinen vor Gottes Angesicht geleisteten Schwur gebrochen. Auf keinen Fall will ich meine Entscheidung bereuen müssen. Ich muß es mir ganz fest vornehmen.

Jetzt bin ich ohne Hausgeistlichen. Künftig werde ich bei Raimund von Agiles beichten, der meinen Lehnsherrn als Kaplan begleitet. Allerdings werde ich dabei meine Zunge hüten, denn ich weiß nicht, welchem Priester in diesem Heer Christi ich noch trauen darf.

Den achten Mai

Gegenwärtig befinden wir uns in der Nähe eines Städtchens namens Russa. Gestern abend habe ich mit meinem Lehnsherrn gesprochen. Hier will ich berichten, was er gesagt hat.

Nach der Komplet suchte ich sein Zelt auf. »Ich glaube nicht, daß ich Bischof Adhémar dienen kann«, begann ich. Er hob eine silbrige Augenbraue und bat mich fortzufahren. »Den Grund dafür kann ich nicht nennen«, sagte ich, »doch steht etwas zwischen uns, das es nicht zuläßt.«

»Nicht zuläßt?« wiederholte er. »Ihr habt einen Eid geschworen.«

Das stimmte, und ich hatte erwartet, daß er das sagen würde, doch wollte ich ihm gern vertrauen. Ich suchte nach Worten, aber er hob die Hand.

»Adhémar von Monteil ist ein Schwein«, sagte er. »Außerdem ist er ein Flegel, ein Ränkeschmied und ein Heimtükker. Diesen Eigenschaften verdankt er seinen Aufstieg in der Kirche. Ihr braucht mir nicht zu sagen, was er Euch oder Eurer Familie angetan hat. Ich kann es mir vorstellen.« Er trat zu mir und legte mir eine Hand auf die Schulter. »Denkt daran, wem wir in Wahrheit dienen«, sagte er und sah mir in die Augen. »Roger, ich kann Euch nicht entbehren. Was wir bisher überstanden haben, war nichts als das Härten des Stahls. Der wahre Kampf liegt noch vor uns. Dabei werden wir vor uns Türken, im Rücken Byzantiner und in unserer Mitte Bischöfe haben. Ich kann Euch nicht entbehren.«

Ich versprach ihm, meine Aufgabe getreulich zu erfüllen. Er dankte mir und wünschte mir eine gute Nacht.

Wie vielschichtig die ganze Angelegenheit mittlerweile ist. Ich hatte geglaubt, klar zu sehen, wofür und wogegen ich kämpfe. Doch mit jeder Wegbiegung trübt sich mein Blick mehr.

Den zwölften Mai

Wir hatten eine Schlacht bei Russa. Die Bürger der Stadt, Gefolgsleute des byzantinischen Kaisers, verweigerten uns Zutritt wie Proviant und schickten uns Schmähbotschaften. Daraufhin verlangten wir, daß sich die Stadt ergebe. Statt unserer Aufforderung zu folgen, schleuderten sie Steine auf uns und beschossen uns mit Pfeilen. Unsere Männer waren durch dies Verhalten so aufgebracht, daß es leichtfiel, sie zu einem Angriff zu bewegen.

Wir bildeten eine Schlachtlinie. Vorauf zogen die Armbrustschützen des Fußvolks, ihnen folgten die Ritter und wir Edelleute. Gedeckt von einem Hagel aus Pfeilen und Steinen stürmten wir gegen die Tore, rissen die Einfriedung nieder und erzwangen uns den Zutritt. Die Menschen flohen angstvoll, aber wir waren so erbost, daß wir erst innehielten, als wir unseren Angriff bis über den Platz in der Stadtmitte vorgetragen hatten. Hinter uns ließen wir Dutzende von Leichen.

Anschließend nahmen wir, was wir brauchten, zerstörten die Stadttore und überließen die Bewohner des Ortes auf Gedeih und Verderb den Petschenegern, die gewiß kurzen Prozeß mit ihnen machen werden. Auch sind wir sicher, daß Kaiser Alexios davon erfahren wird, für dessen Verräterei wir bereits den Beweis in Händen halten. Vielleicht überlegt er es sich künftig, ob er seine käufliche Schergen erneut gegen uns ins Feld schickt.

Den fünfzehnten Mai

Heute marschieren die Männer munterer. Sie tragen die in Russa gemachte Beute mit sich: Hüte, Tücher und sogar Frauenkleider. Sie haben sich den Bauch gefüllt und zuviel getrunken, aber ich gönne es ihnen; es war ein entsetzlicher Marsch durch einen wahrhaft barbarischen Landstrich. Das wenige an Wohlgefühl, das sie auf diese Weise erlangen können, entspricht bei weitem nicht dem, was sie mit ihrer großen Tapferkeit verdient haben.

Heute morgen ritt ich mit meinem Lehnsherrn in der Vorhut, da es mich nicht danach drängte, Bischof Adhémar zu sehen. Sein Zustand hat sich soweit gebessert, daß er reiten kann. Er hatte mit seinen Worten recht – in der Tat sind Gottes Wege unerforschlich. Gerade hatte unser Zug eine Ebene erreicht, als wir Reiter sahen, die sich von Norden her näherten. Wir machten uns zu einem Kampf gegen Banditen bereit, doch bald sahen wir die Banner der Neuankömmlinge. Kreuze leuchteten darauf.

Ich warf einen Blick auf meinen Lehnsherrn, der angestrengt in die Ferne spähte. Mit einem Mal stieß er einen Jubelruf aus und galoppierte davon. Ich folgte dicht hinter ihm. Aus dem Reitertrupp kam uns ein hochgewachsener vierschrötiger Recke entgegen, dessen blonder Bart und langwallendes Haar im Winde wehten. Er und Graf Raimund galoppierten aufeinander zu. Ohne darüber nachzudenken, zückte ich das Schwert, bereit, meinen Lehnsherrn zu schützen, doch im nächsten Augenblick umtänzelten die beiden Edlen einander auf ihren Tieren, streckten die Arme aus und riefen einander Begrüßungsworte zu. Ich kam rechtzeitig, um zu hören, wie Graf Raimund rief: »Na, Gottfried, du alter Bock!«

Es war Herzog Gottfried von Bouillon, der kurz zuvor aus Brabant eingetroffen war. Seine Späher hatten unser Heer entdeckt und ihm Mitteilung davon gemacht. Herzog Gottfried aber war uns entgegengeritten, um seinen alten Freund zu überraschen.

»Roger«, rief mir mein Lehnsherr zu. »Hier seht Ihr einen Mann!«

Ich ritt hin und grüßte achtungsvoll. Herzog Gottfried streckte mir die Hand entgegen. »Welcher Roger seid Ihr?« wollte er wissen.

»Baron von Lunel«, gab ich zur Antwort.

»Sohn Richards von Burgund«, erklärte mein Lehnsherr.

Herzog Gottfried warf mir einen prüfenden Blick zu. »Man sieht die Ähnlichkeit in Eurem Gesicht«, sagte er. »Ich kannte Euren Vater – er war ein vortrefflicher und gottesfürchtiger Mann. Auch hatte er eine ausgepichte Kehle.« Mit verschwörerischem Lächeln fügte er hinzu: »Entsprechendes hoffe ich von Euch.«

Mir gefiel der Mann mit seinen leuchtendblauen Augen und der dröhnenden Stimme sogleich, zumal ihm mein Lehnsherr offenkundig große Wertschätzung entgegenbringt. Er ließ seinen prächtigen grauen Hengst, dessen Farbe ins Bläuliche spielt und der den stolzen Kopf munter erhoben hatte, neben uns in Schritt fallen.

»Berichte uns über deine Reise«, forderte mein Lehnsherr seinen Freund auf.

Herzog Gottfried verzog das Gesicht. »Sie war entsetzlich und widerwärtig«, gab er zur Antwort. »Es ist ein elendes

Land mit noch elenderen Menschen. Wir haben unterwegs zwei- oder dreihundert von ihnen getötet.«

Graf Raimund berichtete ihm über die Schwierigkeiten, die wir hatten, über den Verrat des byzantinischen Kaisers und die noch nicht lange zurückliegende Schlacht von Russa.

»Ihr habt zu lange gewartet«, erklärte ihm Herzog Gottfried. »Wir haben die erste Stadt auf Alexios' Boden geplündert, auf die wir stießen. Sie heißt Selymbria. Dabei sind wir gründlich vorgegangen: Die Mauern sind zerstört, die Geschäfte verbrannt, die jungen Männer aufgeschlitzt und die Weiber entehrt – Gott im Himmel, war *das* ein anstrengender Zeitvertreib! Wir haben den Ort dem Erdboden gleichgemacht, die Köpfe der Stadtältesten zu einem Bündel geschnürt und wie eine Tributlieferung an Seine Hoheit geschickt, mit einem Begleitschreiben auf Pergament und allem, was dazugehört.« Er lachte dröhnend. »Als diese Lieferung bei Alexios eingetroffen war, hatte unser Schiff den rechten Kurs. Er hat uns eine Eskorte geschickt – und zwar nicht etwa seinen Weichling von Bruder, sondern eine Schar von Rittern. Wir haben sie unverzüglich entwaffnet und auf ihren Pferden festgebunden. Von diesem Augenblick an hatten wir nicht nur alles, was wir an Proviant benötigten, wir brauchten uns auch keine Sorgen mehr um Banditen zu machen. Es ist die einzige Sprache, welche die Byzantiner verstehen.«

Graf Raimund hörte ihn ruhig an und nickte dann. Er erklärte, er hätte sich ebenso verhalten, würde nicht der päpstliche Legat in unserem Heere mitreisen.

»Doch nicht etwa Adhémar, der edle Schurke? Kein Wunder, daß Ihr es so schlecht getroffen habt. Ich hätte ihm seinen Kreuzstab hinten reingesteckt und ihn zwischen zwei Maultieren mitschleppen lassen. Mußten Eure Männer hungern? Sie hätten ihn essen sollen.«

Ich erkühnte mich, Herzog Gottfried zu fragen, ob er Bischof Adhémar kenne.

»Ob ich ihn kenne? Nun, einmal hätte ich ihn fast umgebracht. Das war, bevor er sich hinter dem geistlichen Gewand versteckte. Er wollte meine Gemahlin verführen. Ein geiler kleiner Dreckskerl – als ob er nicht bei den Nonnen alles fände, was er braucht. Warum fragt Ihr? Was wißt Ihr von ihm?«

Er war so freimütig und umgänglich, daß ich ihm die Wahrheit nicht vorenthalten konnte. So berichtete ich ihm und meinem Lehnsherrn die Geschichte von Bischof Adhémar und meinem Vater. Beide Männer machten ein bedenkliches Gesicht.

»Das also ist es«, sagte mein Lehnsherr.

Ich nickte.

»Befolgt meinen Rat«, sagte Herzog Gottfried. »Bei der ersten Schlacht im Heiligen Land jagt ihm eine Lanze in den Rücken und sagt, es waren die Türken.«

»Nun«, sagte Graf Raimund, »Roger hat ihm das Leben gerettet.«

Mit großen Augen sah mich Herzog Gottfried einen Augenblick lang an und brach dann in dröhnendes Gelächter aus. »Wie uns das Evangelium lehrt, ist es nie zu spät, eine Sünde wiedergutzumachen!« sagte er. »Zumindest glaube ich, daß es im Evangelium steht …«

Mein Lehnsherr stieß mich in die Rippen und brach in Lachen aus. Ich stimmte mit ein.

Den sechzehnten Mai

Unsere Heere wurden heute abend im Lager vereinigt. Herzog Gottfrieds Krieger – zweihundert Ritter und dreitausend Mann Fußvolk – stammen aus Lothringen und sprechen eine deutsche Mundart. Auch wenn sie keine besonders geschliffenen Umgangsformen haben, sind sie gesellig und freundlich, gutherzig und stets für Späße zu haben. Sie trinken beträchtliche Mengen elsässischen Weines. Kaum hatten wir Herzog Gottfrieds Zelt betreten, als man uns schon in die fröhliche Runde einbezog. Wir stimmten in ihre Lieder mit ein und lachten über jede Albernheit mit.

Herzog Gottfried hat sich bei meinem Lehnsherrn erkundigt, wo sich ihr gemeinsamer Freund Bohemund aufhält. Beide sprechen voll Hochachtung von ihm. Ich freue mich darauf, diesen edlen Herrn kennenzulernen, von dem ich schon viel gehört habe. Sein Vater ist der Normannenherzog Robert Guiscard, er selbst herrscht über das kleine Fürstentum Tarent im Süden Italiens. Soweit ich Herzog Gottfried verstanden habe, fürchtet Kaiser Alexios Bohemund mehr als alle anderen, hatte doch dieser vor fünfzehn Jahren mit seinem berühmten Vater das byzantinische Reich von Süditalien aus überfallen.

»Zur Erinnerung an die alten Zeiten zieht er auf demselben Weg wie damals mit seinem Vater. Wenn wir Glück haben, treffen wir ihn noch vor Konstantinopel«, sagte Herzog Gottfried. In seinem Bart glänzten Weintropfen. »Ich möchte wetten, daß sich Alexios schon jetzt in seine seidene Unterhose scheißt.«

Als nächstes gab mein Lehnsherr die Geschichte von Herzog Gottfried und dem Bären zum besten. Offenbar hatte sich jener als junger Mann – damals war er noch Graf – in Kilikien bei einem Jagdausflug unvermittelt einem Bären gegenübergesehen. Da er waffenlos war, will er mit dem Tier gerungen und es schließlich getötet haben, indem er ihm das Rückgrat brach. Er fügte hinzu, seither sei er mehrfach so verfahren, »um in der Übung zu bleiben«. Als die Männer in der Runde erklärten, sie hielten die Geschichte für unglaubwürdig, sprang er empört auf.

»Der Teufel soll euch holen – ich will es euch zeigen und mir einen Bären suchen«, sagte er. »Hier in der Gegend gibt es genug davon.«

Im nächsten Augenblick war er aus dem Zelt und in die Wälder gestürmt. Der ganze betrunkene Haufen folgte ihm mit Fackeln. Die halbe Nacht hindurch suchte Herzog Gottfried nach einem Bären, während wir ihn neckten und ihn zur Umkehr aufforderten. Er aber wollte nichts davon hören. Zu guter Letzt störte er einen schlafenden Schwarzbären in seiner Höhle nahe dem Absturz in eine tiefe Schlucht auf, sprang ihm auf den Rücken und rief uns zu, während er mit ihm rang: »Seht Ihr, so muß man es machen: immer auf seinem Rücken bleiben, damit er einen nicht mit den Tatzen erwischt.« Tatsächlich drosch das gewaltige Tier, das sichtlich wütend über die Störung war, hilflos in der Luft herum, während Gottfried auf seinem Rücken saß und wir anderen ihn mit gezogenen Schwertern umstanden.

»Jetzt muß man ihm den Arm unter die Schnauze legen, so...«, schrie Herzog Gottfried. »Sodann reißt man ihm den Kopf so kräftig nach hinten, wie man kann ...« Diesen Worten ließ er die Tat folgen, und wir hörten ein Knacken. Einen Augenblick lang durchlief ein Zittern den Körper des Bären, dann fiel er um. Herzog Gottfried löste sich von ihm und trat zu uns, wobei er sich den Waffenrock glattstrich.

»Bei Tag hättet Ihr es besser sehen können«, sagte er mit selbstgefälligem Blick. »So macht man das, wenn ich mich nicht sehr irre.«

Es war eine bemerkenswerte Leistung. Allerdings erinnere ich mich wegen des vielen Weines, den ich getrunken habe, nur undeutlich an die Einzelheiten. Heute morgen bin ich mit fürchterlichen Kopfschmerzen aufgewacht, und es hat mich während des ganzen Tagesrittes große Mühe gekostet, mich nicht zu übergeben. Vor dem elsässischen Wein muß ich mich künftig hüten; er ist süß wie parfümiertes Wasser, aber heimtückisch wie ein Weib, das hinter dem Geld her ist.

Den einundzwanzigsten Mai

Drei Kämpfe haben wir auf unserem Zug schon bestanden und noch nicht einen Türken getötet: erst im Vatikan, dann bei Russa und jetzt nahe der Stadt Rodosto[34]. Ich will erklären, wie es zu diesem Gefecht kam.

Wir gelangten in einer gewissen Entfernung von Russa an die Küste, wo uns die italienische Flotte mit Versorgungsgütern erwartete – Getreide, Früchte und Pökelfleisch. Sogleich schlugen wir unser Lager auf, um den Nachschub zu übernehmen und zu verteilen. Es sah ganz so aus, als stünde der letzte Abschnitt unserer Reise unter einem guten Stern.

Dann kehrten die Abgesandten zurück, die Herzog Gottfried in das nur noch wenige Dutzend Meilen entfernte Konstantinopel geschickt hatte. Beim Anblick ihrer finsteren Mienen unterbrachen wir sogleich unser Festmahl, um uns anzuhören, was sie zu berichten hatten. Die Kunde war gleichfalls finster.

In ihrer Hauptstadt haben die Byzantiner Graf Hugo von Vermandois, den Bruder des Königs von Frankreich, mitsamt einigen seiner adligen Gefährten gefangengesetzt. So sehr hat dies schmähliche Verhalten Herzog Gottfried und meinen Lehnsherrn erbittert, daß sie sogleich das Lager abzubrechen und nach Rodosto zu marschieren befahlen. Als wir mit der Vorhut dort eintrafen, sahen wir, daß die Stadt befestigt war und eine große Zahl von Verteidigern auf ihren Wällen stand.

Herzog Gottfried schickte einen Herold aus, der sie zur Übergabe aufforderte. Daraufhin öffnete sich das Tor, und eine halbe Hundertschaft Ritter griff uns an. Diese Söldner des Basileus durchbrachen unsere vorderste Linie, doch die Lothringer weiter hinten schlossen die Reihen und warfen sie zurück. Darauf griff Herzog Gottfried sie von vorn und wir von hinten an, und dank unserer gemeinsamen Anstrengungen bezwangen wir sie bald.

Nun wollten die Verteidiger der Stadt das Tor schließen, doch Herzog Gottfrieds Bruder Balduin stürmte mit einer Handvoll Ritter vor und machte sie nieder. Herzog Gottfried schrie Graf Raimund zu, er solle die Stadt einnehmen, während er mit seinen Männern den Söldnern den Rest gebe. Wenige Augenblicke später galoppierten wir auf den Marktplatz, rissen und hauten jeden nieder, der nicht fliehen konnte. Trotz der Steine und Pfeile, die von den Wällen auf uns herabhagelten, erklommen unsere Provenzalen die Leitern und eroberten die Stadt schneller, als man es berichten kann.

Den Söldnern des Kaisers gewährten wir keine Gnade. Wir trieben sie im Lagerhaus zusammen, in dem Alexios den Zehnten sammelt, und zündeten es an allen vier Ecken an. Sie schrien verzweifelt, aber wir blieben unerbittlich. Das sollte der letzte Verrat dieses schändlichen Herrschers sein.

Wir ritten davon und gaben unseren Männern freie Hand, die Stadt zu plündern. Nicht nur war uns der Gestank, der von der brennenden Scheuer herüberdrang, unerträglich, wir wollten auch unsere Gefährten befreien. Am Ufer eines Flusses jenseits der Stadt hielten wir unsere Tiere an. Herzog Gottfried ließ sich zu Boden gleiten. Einen Augenblick lang nahm ich an, er sei verwundet. Doch mein Lehnsherr legte mir beruhigend eine Hand auf den Arm und erklärte: »Laßt nur.«

Herzog Gottfried kniete nieder, die Hände auf den Boden gestützt, und schlug mit der Stirn auf den Boden. Glühende lateinische Gebete strömten aus seinem Mund, mit denen er Verzeihung erflehte. Immer wieder kamen die Worte »Mea culpa, mea culpa!« von seinen Lippen, er schlug sich die Brust und weinte. Dann stieß er einen langgezogenen jämmerlichen Klagelaut aus, knurrte wie ein Tier, nahm zwei Hände voll Schlamm auf und warf sie in den Fluß.

Während ich noch fassungslos starrte, stand er wieder auf und strich sich den blutverschmierten Umhang glatt, wobei er darauf achtete, daß das scharlachrote Kreuz auf der Schulter richtig saß, stieg anschließend wieder in den Sattel. »Auf denn«, sagte er und führte uns in die Stadt zurück.

In jener Nacht schickten wir erneut Abgesandte an Kaiser Alexios. Sie sollten ihm das Vorgefallene mitteilen und die Freilassung der Gefangenen verlangen. Am nächsten Morgen kehrten sie zurück, begleitet von Alexios' Neffen, einem pickelgesichtigen Sechzehnjährigen, der unter den Kriegern beträchtliches Aufsehen dadurch erregte, daß er zu einem mit Goldborten besetzten rosafarbenen Umhang einen Federhut und weiche purpurne Schuhe trug. Er stellte alles als

Mißverständnis hin: Man habe den wohledlen Hugo lediglich als Gast im Palast beherbergt, und Kaiser Alexios ersuche uns, von weiteren Verwüstungen abzusehen.

Verstimmt teilte ihm mein Lehnsherr mit, Rodosto habe einen hohen Preis für dies angebliche Mißverständnis zahlen müssen. Tatsächlich zeigte sich des Kaisers Neffe entsetzt vom Zustand der Stadt, in der sich kaum noch Leben zeigte. Tierkadaver und Leichen türmten sich auf dem Marktplatz und lagen in den Häusern verstreut. Manche hingen sogar aus den Fenstern. Frauen und Kinder, die beim Angriff nicht ums Leben gekommen waren, hatten ihre Zuflucht in den Bergen gesucht. Noch während wir mit dem Abgesandten des Basileus sprachen, machten die Krieger Fackeln bereit, um die Stadt in Brand zu stecken.

Der Neffe des Kaisers bat Herzog Gottfried eindringlich, ihnen Einhalt zu gebieten. »Selbstverständlich hören wir auf«, sagte Herzog Gottfried, während er seinen Männern das Zeichen gab, den Feuerbrand an die Gebäude zu legen. »Ebensowenig wie es Eurem Herrn Onkel im Traum einfiele, Christi Kriegern auch nur ein Haar zu krümmen, würden wir nicht im Traum daran denken, Eurer Stadt etwas anzutun.« Er packte ihn bei der Gurgel. »Was wollt Ihr noch, Halunke?« fragte er.

Nach Atem ringend, übermittelte der Jüngling den Wunsch seines Onkels, mein Lehnsherr möge ihn nach Konstantinopel begleiten. Er schwor, ihm werde dort nichts geschehen. Als Graf Raimund das Ansinnen rundheraus zurückwies, erklärte der Neffe des Basileus, auch die Grafen Hugo von Vermandois und Robert von Flandern schlössen sich Kaiser Alexios' Wunsch an.

»Geh nur hin«, sagte Herzog Gottfried. »Falls Robert dort ist, bist du hinlänglich sicher. Ihr aber bleibt als mein Gast hier«, gebot er, den Neffen des Basileus packend, wobei er ihn fast vom Boden hob. »Höre ich bis morgen früh nicht von Graf Raimund, daß es ihm wohl ergeht und unsere Leute frei sind, ziehe ich Euch bei lebendigem Leib das Fell über die Ohren und hänge es mir als Mantel um.«

Heute abend macht sich mein Lehnsherr zum Ritt nach Konstantinopel bereit. Begleiten sollen ihn lediglich sein Hauskaplan, vier Schildknappen und einige Gefolgsleute. Er wird als einziger Waffen tragen.

»Ich begebe mich in die Höhle des Löwen«, hat er vor nicht einmal einer Stunde in meinem Zelt gesagt und dabei ein so finsteres Gesicht gemacht, daß ich bat, ihn begleiten zu dürfen. »Euch brauche ich hier«, sagte er mit einem Lächeln. »Mit Gottfried auf der einen und Bohemund auf der anderen Seite wird mir schon nichts geschehen.« Mit einem Mal verdüsterte sich sein Gesicht erneut. »Sollte mir aber doch etwas zustoßen, Roger, bewahrt das provenzalische Heer, und rettet das Heilige Grab, wenn Ihr könnt.«

Er nahm den Schlüssel zu seiner Schatztruhe vom Hals und hängte ihn mir um. »Die Griechen verstehen die Sprache des Geldes«, fuhr er fort. »Sofern man Euch den Bosporus nicht überqueren lassen will, bestecht sie, gebt ihnen alles, was ich habe. Sollten sie sich dennoch weigern, kehrt nach Brindisi zurück, und mietet dort ein Schiff, das Euch nach Syrien übersetzt.« Bedauernd schüttelte er den Kopf. »Hätten wir das doch gleich getan, statt diesen schrecklichen Marsch zu unternehmen. »Es war der Wunsch Adhémars. Er hat darauf bestanden, daß wir diesen Weg nahmen.«

»Warum?« fragte ich.

Mein Lehnsherr sah mich an wie ein Vater seinen etwas beschränkten Sohn. »Wie leichtgläubig Ihr seid, Roger«, sagte er. »Beneidenswert. Das Leben lehrt uns, wie es zugeht auf der Welt – es ist ein Kessel, in dem alles Schlechte zusammengebraut wird. Gott gebe, daß es Euch nie verdirbt wie mich.« Seufzend fuhr er fort: »Unser Zug dient vielen Zwekken. Gewiß, einer davon ist es, den Türken die heiligen Stätten zu entreißen. Aber überlegt doch nur, was er für den Papst bedeutet! Ein Heer von römischen Rittern und Kriegern im Herzen der byzantinischen Schismas – eine so günstige Gelegenheit kann sich Urban einfach nicht entgehen lassen. Er hofft, Kaiser Alexios mit einer Machtdemonstration in die Herde zurückzuholen. Daher auch der Empfang, den uns dieser bereitet hat: halb Freund, halb Bandit. Ihr werdet das besser verstehen, wenn Ihr erst in der Hauptstadt seid. Dann kommt der Einsatz, und alle müssen tanzen. Nur zu wessen Musik, Roger? Zu unserer oder zu der des byzantinischen Kaisers?«

Er küßte mich auf beide Wangen. »Bisher haben die Männer allen Fährnissen widerstanden«, fuhr er fort. »Sofern es Euch gelingt, ihre Achtung zu gewinnen, werden sie Euch bis ans Heilige Grab folgen. Doch vergeßt nicht – sie sind wie Kinder. Je mehr sie uns am Herzen liegen, desto strenger müssen wir sein.«

Mit aufrichtiger Empfindung sagte ich: »Gott schütze Euch, mein Gebieter.«

Im Zelteingang drehte er sich noch einmal um, der Schein des Feuers hinter ihm spielte in seinem silbrigen Bart und flackerte in seinen mutigen dunklen Augen. »Zieht schon einmal Eure Tanzschuhe an, mein Junge«, sagte er lächelnd. »Ich möchte Euch zwischen dem Löwen und dem Stier sehen.«[35]

Ich mache mir große Sorgen um ihn. Dies Reich der byzantinischen Christen ist feindseliger als alles, was ich von Ländern erwartet hatte, die sich in der Hand des Türken befinden. Mein Lehnsherr, dem ich bis an das Tor zur Hölle folgen würde, macht sich bereit, durch die Tore von Konstantinopel zu ziehen. Gern wüßte ich, welche Schwelle gefährlicher ist.

Den zweiundzwanzigsten Mai

Heute morgen haben wir Konstantinopel zum ersten Mal gesehen. Vor allem fiel uns die Farbe der Mauern auf – ein goldener Schein, der rötlich im Licht der Morgensonne schimmerte. Wir blieben am Ufer stehen, am Fuß des Hanges, der hinauf zur Stadt führt. Herzog Gottfried stieg vom Pferd und kniete nieder, um ein langes Gebet zu verrichten, wie es seine Gewohnheit zu sein scheint. Man hat mir berichtet, daß er sehr viel betet, vor allem, wenn er im Begriff steht, eine ungeheuerliche Tat zu begehen – oder gerade eine solche begangen hat.

Wir warteten, daß er sich erhob. Ich stand mit meinem Pferd neben Graf Balduin, Herzog Gottfrieds jüngerem Bruder. Dieser hochgewachsene, drahtige und noch sehr junge Mann ist schon recht sonderbar. Er sieht aus wie ein Raubtier, hat langes, strähniges schwarzes Haar, eine scharfe Nase und noch schärfere Augen. Stets sieht es so aus, als stehe er im Begriff, auf etwas loszuspringen und es zu beißen. Man sagt, Jungfrauen müßten vor ihm ebenso auf der Hut sein wie Banditen, und beide ließen reichlich Blut.

Er hockte vorgebeugt im Sattel und machte aus seiner Ungeduld gegenüber dem Verhalten seines frommen Bruders kein Hehl. »Jetzt aber vorwärts«, sagte er schließlich in scharfem Ton und mit unangenehm klingender Stimme.

Herzog Gottfried schlug das Kreuz und stand auf. »Bringt die Geisel«, gebot er. Ein Wächter kam mit des Kaisers Neffen. Gottfried gab den Befehl, einen Karren herbeizuschaffen. »So, du Onanierer«, erklärte er mit lauter Stimme, »wir haben von unseren Freunden nichts gehört. Ich hatte gesagt, daß ich dir das Fell über die Ohren ziehe. Das will ich jetzt tun: ein Mann, ein Wort.«

Mit einer Handbewegung gebot er den Männern, den jungen Burschen zu ergreifen. Sogleich begann dieser zu jammern und um Gnade zu flehen. Dann schoben Männer einen Karren mit langen Deichseln ans Ufer und stürzten ihn um. Als sie den Jüngling auszogen, sah man deutlich, daß sie Übung darin haben. Sie banden ihm die Hände und Füße an den Karren, so daß er fast aufrecht stand. Alle lachten, denn sein Glied, das sich vor Todesangst aufgerichtet hatte, war winzig, und er schien ebensoviel Furcht wie Scham zu empfinden.

Herzog Gottfried trat näher, bekreuzigte sich und zog sein Schwert. In schreckvoller Erwartung sah ich zu. Ein Seitenblick auf Balduin zeigte mir, daß dessen Augen glänzten.

Herzog Gottfried reckte sich auf die Zehenspitzen, das Schwert hoch über den Kopf gehoben, um den Jüngling von oben bis unten zu spalten. Dieser stieß einen Jammerlaut aus, schloß die Augen und warf den Kopf beiseite. Im selben Augenblick ertönte Trompetenschall, und Gottfried erstarrte mitten in der Bewegung.

»Herolde, mein Gebieter«, schrien mehrere Männer.

So war es. In scharfem Galopp stürmten drei Kuriere des Kaisers herbei. Ihre Fahnen signalisierten, daß sie zum Verhandeln gekommen waren. Die Reiter brachten eine Botschaft meines Lehnsherrn mit.

Aufseufzend ließ Herzog Gottfried das Schwert sinken. »Du magst leben, um das hier noch zu erproben«, sagte er und gab dem Glied des Jünglings einen Klaps mit dem Panzerhandschuh. Der Ärmste öffnete die Augen, übergab sich und verlor das Bewußtsein.

Herzog Gottfried forderte mich auf, die Botschaft meines Lehnsherrn vorzulesen, da weder sein Bruder noch er selbst, wie er zu meinem Erstaunen angab, imstande sei, Latein zu lesen. Mein Lehnsherr teilte mit, daß es ihm wohl ergehe und man Graf Hugo und die anderen Edelleute freigelassen habe. Ferner ließ er uns wissen, daß man am Goldenen Horn oberhalb der Stadt einen Streifen Land für uns vorbereitet habe, wo bereits die Heere der Grafen Robert von der Normandie, Stephan von Blois, Robert von Flandern und anderer wohledler Herren lagern. Er forderte uns auf, nicht in die Stadt zu kommen, sondern beim außerhalb der Stadtmauern gelegenen Kloster der Heiligen Kosmas und Damian zu ihm stoßen.

Den sechsundzwanzigsten Mai

Konstantinopel

Viel ist geschehen. Wir lagern am Goldenen Horn. Mit seinen über hundert Edelleuten, fünftausend Rittern und mehr als dreißigtausend Mann Fußvolk bietet unser Heer einen prächtigen Anblick. Die Fläche unseres Lagers erstreckt sich halbmondförmig von einem Meeresarm bis vor die Stadtmauern. Die Männer sind größtenteils guten Mutes und erstaunlich munter, was daran liegt, daß sich Kaiser Alexios und die Italiener um unsere Versorgung kümmern. Wir bekommen Lammfleisch, Früchte, Fisch und Schätze des Ostens wie Zimt und Tee. Das Wasser hier ist rein. Man sagt, es werde durch hundert Lagen Seide geseiht.

Am vorigen Montag trafen wir mit meinem Lehnsherrn zusammen, der uns umarmte und mit der Mahnung willkommen hieß, auf keinen Fall zu rasch ein Urteil über das abzugeben, was wir sehen und hören würden. »Der Grieche spielt uns eine Komödie vor und will uns einlullen«, sagte er. »Er setzt seine List gegen unsere Macht. Was er nicht mit der Stärke der Waffen zu gewinnen vermag, hofft er mit der Kraft des Geistes zu erringen.« Dann fügte er mit gesenkter Stimme hinzu: »Unterschreibt nichts.«

Auf meine Frage, was er damit meine, legte er mahnend einen Finger an die Lippen und flüsterte mit bedeutungsvollem Blick: »Spione.«

In jener Nacht ruhten wir aus und machten uns am nächsten Morgen bereit, dem Kaiser zu begegnen. Zum ersten Mal seit der Audienz beim Papst öffneten wir unsere Reisetruhen, zogen unsere Staatsgewänder an, setzten die Kronen auf und legten unseren Pferden ihre Schabracken auf. Dann ritten wir zur Stadt. Unseren Zug führten Graf Raimund und Herzog Gottfried an,

Links und rechts des Weges standen wunderlich gekleidete Wächter mit Krummsäbeln und Lanzen, von denen Felle hingen. Mir fiel auf, daß manche von ihnen pechschwarz waren, und obwohl ich mein Erstaunen zu verbergen suchte, konnte ich den Blick nicht von ihnen wenden. Ihre Haut schimmerte wie Obsidian, sogar das Weiß ihrer Augen war dunkel, und der Gesichtsausdruck aller war von immer gleicher Wildheit. Wie ich später erfuhr, handelt es sich um im Dienste des Basileus stehende Eunuchen, die keinen anderen Wunsch kennen, als ihr Leben für ihn zu geben. Es sind ihrer über zehntausend.

Wir überquerten die Brücke, die in die Stadt führt. Ihre Mauern sind dick und mit über dreihundert Türmen besetzt, von denen jeder eine kampfbereite Besatzung hat. Tatsächlich ist Konstantinopel uneinnehmbar. Die Stadt ist in einem Dreieck errichtet; zwei Mauern ragen gleichsam vom Meere auf, und die dritte, die mit einem dreifachen Wassergraben gesichert ist, liegt einer großen offenen Ebene gegenüber. Von welcher Seite auch immer ein Angriff erfolgte, er wäre zum Scheitern verurteilt.

Bei unserem Einreiten in die Stadt hatte ich aus irgendeinem Grund Jubelrufe erwartet. Statt dessen begrüßte uns eine Mischung aus neugierigen Blicken und Gleichgültigkeit. Konstantinopel hat viele Besucher gesehen, und die meisten sind fremdländischer als wir. Hier herrscht ein Gewirr aus vielen Sprachen, sieht man Gesichter in mancherlei Farben, auch die Vielfalt der Kleidung ist so groß wie in einem Basar. Heilige und profane Düfte vermischen sich: Es riecht nach Weihrauch, Jasmin, Parfüm, Leder, Garküchen und den Essen von hundert Schmieden. Die Stadt ist überaus geschäftig und hat keine Zeit, fränkische Ritter zur Kenntnis zu nehmen, von denen sie in den jüngsten Monaten zweifellos mehr als genug gesehen hat.

In der Stadt gibt es bestimmt mehr als tausend Kirchen. Alle haben mit Kupfer gedeckte Kuppeln, spitze Türmchen und mit Keramikkacheln besetzte Bögen. Aromatischer Rauch hängt in ihnen, und Glockentöne huldigen einem Dutzend verschiedener Gottheiten. Nie habe ich so ordentliche Straßen gesehen. Mein erster Gedanke war: Wohin schaffen die Menschen ihren Abfall? Man hat mir berichtet, daß man ihn eigens in zu diesem Zweck aufgestellten großen Tonnen sammelt, diese einen um den anderen Tag vor die Stadt bringt und ihren Inhalt dort verbrennt. Unrat auf die Straße zu werfen verstößt gegen das Gesetz des Landes! Wir könnten viel von diesen Byzantinern lernen.

Wir kamen an Geschäften mit Glasscheiben in den Fenstern vorüber und an Brunnen, aus denen sauberes Trinkwasser lief, das nach Zitronen roch. Männer, die einen Schurz vor dem Leib trugen, kehrten die öffentlichen Wege mit langen Besen. Keine Tiere durchstreiften die Straßen, und was unsere Pferde fallen ließen, wurde sogleich aufgesammelt und fortgeschafft. Mir kamen die Worte meines Lehnsherrn in den Sinn, daß alles nur Theater sei, um uns zu beeindrucken. Es fiel mir schwer, das zu glauben, denn die Bürger schienen alles natürlich zu finden. Doch andererseits: Wie ließe sich ein solches Leben auf Dauer durchhalten?

Wir folgten einer breiten Prunkstraße bis zur Spitze der Halbinsel, auf der alle Straßen und Wege münden. Schon bald sahen wir, warum. Wir gelangten auf einen riesigen freien Platz, den die Bewohner das Augusteum nennen. Auf der einen Seite liegt eine herrliche Basilika – sie ist der Heiligen Weisheit gewidmet. Ihre Kuppeln steigen höher in den Himmel als die aller anderen Gotteshäuser, die wir bisher gesehen haben. Sie sind nicht mit Kupfer gedeckt, sondern mit Gold, und die Wände glitzern von Mosaiken aus Silber und Aquamarin. Wir sahen Szenen aus dem Leben der Heiligen und ein Bild der Jungfrau, in deren Gewänder und Krone blitzende Edelsteine eingearbeitet sind. Unter ihr schweben Wolken von solcher Leichtigkeit, daß ich glaubte, sie müßten aus Flockseide sein, doch im Vorüberziehen sah ich, daß sie aus Alabaster und Perlmutt bestehen.

Gegenüber dem Dom erhebt sich der große Kaiserpalast vor einer Pferderennbahn, die so gewaltig ist, daß angeblich hunderttausend Zuschauer darin Platz haben. Seine Mauern sind viele hundert Schritt lang und mit unvorstellbar kunstvollen Mosaiken geschmückt. Diese zeigen die Gründer von Byzanz, strenge, bärtige Männer, deren Siege über allerlei Feinde sowie bildliche Darstellungen der vielen Zweige des Handels, welche die Stadt ernähren. Man sieht neben Schiffen aus Türkis und in Filigranarbeit abgebildeten Kornähren auch Karren, die mit allerlei Waren beladen sind. All das war mittels glänzender Steinchen dargestellt, in denen sich das Licht der Morgensonne brach, so daß die Szenen vor Leben zu pulsen schienen.

Vor einem der Palasttore stiegen wir ab. Pferdeknechte in Turbanen und wallenden Pumphosen nahmen uns die Tiere ab. Von seinem Bruder Balduin, dem Grafen Raimund, mir und den anderen Edlen gefolgt, schritt uns Herzog Gottfried vorauf. Während wir durch das Tor eintraten, konnte ich mir einen Blick nach oben nicht verkneifen, überragten uns doch die mit Silbernägeln besetzten schimmernden Flügel aus ausgesuchten Hölzern mit ihren Bronze-Intarsien wie die Pforten zum Paradies.

Eine bewaffnete Eskorte aus Schwarzen, die mit Gold besetzte Obergewänder und smaragdgrüne Turbane trugen, geleitete uns in den Innenhof. Dort warfen sich die Wächter mit einem Mal zu Boden. Eine gewaltige Trommel begann zu dröhnen; ihr Schall drang mir bis in die Eingeweide. Vor uns schwangen, von unsichtbarer Hand bewegt, langsam und trotz ihres enormen Gewichts geräuschlos, zwei große Torflügel auf. Ein Duft von Hibiskus drang zu uns herüber; er war so überwältigend, daß das Aroma mir die Sinne verwirrte. Dann legte sich wie auf ein Zeichen hin Stille über den Platz. Eine Weile standen wir in diesem Duft, der den Atem stocken ließ, während die laue Meeresbrise uns einhüllte wie ein Mantel. Ich sah zu meinen Gefährten hin. Mein Lehnsherr gab sich betont gleichgültig, und Herzog Gottfried wirkte geradezu verärgert. Ich nahm mich zusammen und wartete mit gerunzelter Stirn.

Aus den inneren Gemächern trat ein kleiner, älterer Mann mit einem wallenden Gewand – wie das eines Zauberers – auf uns zu. In der einen Hand trug er einen Stab, der mit Kordeln gesponnenen Goldes umwickelt war. Einen Augenblick lang hielt er oben auf der Treppe inne und musterte uns abschätzend, verbeugte sich dann tief und sagte auf lateinisch: »Mein Gebieter, Alexios Komnenos, Autokrator im Namen Christi, heißt Euch eintreten.«

Herzog Gottfried rülpste laut hallend, schwang sein am Gürtel hängendes Schwert zur Seite und stürmte, immer zwei Stufen auf einmal nehmend, die Treppe empor. Wir folgten ihm.

Es ging durch eine Vorhalle, die so breit war wie eine Zehentscheune. Sich in irrwitzigen Winkeln kreuzende Bögen, die mit Einlegearbeiten aus Onyx und Jade geschmückt waren, überwölbten sie. Keine Kerze oder Fackel erhellte den Raum, und die Pfeiler bildeten einen so dichten und verwirrenden Wald, daß wir uns ohne unseren Führer darin wohl verloren hätten. Auf der anderen Seite schimmerte ein Lichtgeviert. Als wir näher traten, sah ich, in die Dunkelheit spähend, daß die Lichtquelle hinter einem kleinen Durchgang lag. Nachdem unser Führer diesen erreicht hatte, blieb er stehen, verneigte sich vor uns, als bitte er uns um Vergebung, wandte sich dann wieder der Pforte zu und flüsterte etwas.

Mit einem Mal öffnete sie sich von innen, und unseren Weg erhellte der bernsteinfarbene Schein von tausend Kerzen. Unser Führer trat beiseite, verneigte sich noch einmal und bedeutete uns mit einer Handbewegung einzutreten.

Herzog Gottfried schritt vorauf in einen Raum mit niedriger Decke, wobei er den Mann beinahe umgestoßen hätte. Es war, als beträte man einen Tabernakel. Die Kerzen an den Wänden staken in goldenen Haltern, der Boden des Raumes bestand aus einer riesigen Türkisplatte, und es roch darin so stark nach Sandelholz, daß mir das Atmen schwerfiel. Am anderen Ende des Raumes erkannte man eine einzelne Gestalt.

Der Kaiser saß auf einem einfachen Holzthron. Sein schlichtes Gewand aus blauer und grüner Seide mit hohem Kragen fiel bis auf die unterste Stufe vor ihm hinab. Eine Krone wie die seine hatte ich nie zuvor gesehen. Vorn schwang sie sich doppelt so hoch wie das Haupt des Kaisers empor, und auf ihr thronte ein goldenes Kreuz, von dem ihm Perlenschnüre bis zu den Schultern hinabflossen. Der Basileus mochte an die vierzig Jahre alt sein. Sein Gesicht war schmal, nicht besonders eindrucksvoll und wirkte traurig. Während wir uns ihm näherten, setzte er ein höfliches Lächeln auf und streckte uns die kleinen und sehr weißen Hände entgegen. Als er uns anredete, sprudelten seine Worte wie eine muntere Quelle.

»Meine Freunde«, sagte er, ohne sich vom Thron zu erheben. Seine Zähne waren sehr gelb.

Als erster ergriff Herzog Gottfried das Wort. »Ihr habt meine Botschaft bekommen«, sagte er.

Der Kaiser lächelte schwach. »Welche?« erkundigte er sich. »Selymbria, Rodosto oder die von meinem geliebten Neffen, dessen Haut Ihr Euch umzuhängen gedachtet?«

Herzog Gottfried brummte verstimmt.

»Wir grüßen Eure erhabene Majestät«, sagte mein Lehnsherr.

Kaiser Alexios warf ihm einen raschen Blick zu. »Ihr seid Graf Raimund?« erkundigte er sich.

»Durch die Gnade Gottes«, gab der Angesprochene zurück.

Zum ersten Mal schien Alexios erfreut. »Von Euch habe ich schon viel gehört«, sagte er. »Ich freue mich, daß Ihr zugegen seid.«

Ich hatte erwartet, mein Lehnsherr werde ihn wegen der Hindernisse zur Rede stellen, die uns die Banditen in den Weg gelegt hatten, doch er verneigte sich lediglich. Als er begann, die übrigen Mitglieder unserer Gruppe vorzustellen, hob der Kaiser einen Finger, an dem ein einzelner Diamant glänzte, um ihm Einhalt zu gebieten. »Ich weiß, wer sie sind«, sagte er.

Widerstrebend dankte Herzog Gottfried dem Basileus für die Versorgung des Heeres. Dann kam er gleich zur Sache und fragte: »Wann können wir übersetzen?«

Mit verbindlichem Lächeln erklärte Alexios: »Sobald Ihr unterschrieben habt.«

»Was sollen wir unterschreiben?« wollte Herzog Gottfried wissen.

»Es ist eine reine Formalität«, erläuterte der Kaiser. »Ihr erklärt Euch durch Eure Unterschrift unter ein Dokument zu meinen Vasallen und verpflichtet Euch eidlich, alle einst in meinem Besitz befindlichen Gebiete, die Ihr erobert, an mich zurückzugeben. Als Gegenleistung stelle ich Euch Schiffe, Ausrüstung und Nachschub zur Verfügung und werde alle

Fürstentümer anerkennen, die Ihr im Heiligen Land zu gründen gedenkt.«

Es sah ganz so aus, als hätte Herzog Gottfried mit derlei gerechnet. Er schob sein Schwert beiseite, setzte einen Fuß auf die unterste Thronstufe und stützte beide Hände auf ein Knie. »Ich lege ebensoviel Wert auf Förmlichkeiten wie jeder andere«, sagte er, »aber wir betreiben hier die Sache unseres Erlösers. Daher mache ich nicht viele Worte. Mein Bruder und ich sind Gefolgsleute Seiner Majestät Heinrichs des Deutschen, und mein Freund Graf Raimund hier mit seinen Männern ist Vasall des französischen Königs, dessen Bruder einzukerkern Ihr die Güte hattet. Überdies hat jeder von uns Seiner Heiligkeit, Papst Urban, einen Eid geleistet. Es gibt also nichts mehr über irgendwelche Dokumente zu reden, die zu unterzeichnen wären.«

Er richtete sich wieder auf und verschränkte schweigend die Arme vor der Brust.

Der Basileus ließ seinen Blick langsam über uns gleiten. Endlich erhob er sich, ordnete die Perlenschnüre und strich die Vorderseite seines Gewandes glatt. Nachdem er uns lange finster angesehen hatte, rief er aus: »Ihr unterzeichnet, oder Ihr bleibt hier!«

Seine Stimme hallte im Raum nach. Sogar die Kerzenflammen flackerten unruhig. Der plötzliche und schrille Ausbruch erstaunte mich. Herzog Gottfried ließ sich nicht beeindrucken.

»Ich schwöre keinem Griechen«, sagte er. »Wenn es nicht anders geht, setze ich auch ohne Eure Hilfe nach Syrien über.«

»Nichts dergleichen werdet Ihr tun!« brüllte der Basileus. »Kein Schiff wird euch an Bord nehmen, kein Mann eine Hand für euch rühren. Mit Schande bedeckt werdet ihr in die Heimat zurückkehren und euren Bischöfen und Angehörigen erklären müssen, warum ihr zugelassen habt, daß euer Erlöser in einem türkischen Kerker schmachten muß!«

»Das wagt Ihr mir zu sagen …«, setzte Herzog Gottfried an, doch mein Lehnsherr legte ihm eine Hand auf den Arm.

Alexios wandte sich ihm zu und übersah Herzog Gottfried geflissentlich. »Was sagt Ihr, Graf Raimund?«

»Herzog Gottfried spricht die Wahrheit«, gab dieser zur Antwort. »Wir sind bereits durch unsere Treuegelöbnisse und Eide gebunden. Allerdings kann ich Euch ein Angebot machen: bei uns in der Provence gibt es eine Art nachgeordneten Eid, mit dem wir schwören, Leben und Besitz fremder Gebieter zu achten und nichts zu tun, das ihnen zum Schaden gereicht.«

Der Basileus schien einen Augenblick lang darüber nachzudenken und nahm wieder auf seinem Thron Platz. »Wir wollen später noch einmal darüber reden«, sagte er, faltete die Hände und senkte den Kopf im Gebet, zum Zeichen, daß wir uns entfernen sollten.

Herzog Gottfried schäumte, als er den Palast verließ. »Von mir aus kannst du deinen provenzalischen Eid leisten«, fuhr er meinen Lehnsherrn an. »Bei uns im Norden ist es für Tändeleien mit Fremdlingen zu kalt.«

Mein Lehnsherr riet ihm, sich zu gedulden und Bohemunds Ankunft abzuwarten.

»Der Normanne kann ja nicht mal lesen«, knurrte Herzog Gottfried, während er den Zügel seines Hengstes ergriff. Er schwang sich in den Sattel und schob den Pferdeknecht mit dem Absatz beiseite. »Eher unterwerfe ich diese Stadt voll verweichlichter Memmen, als daß ich dem Griechenschwein einen Eid leiste!« Damit galoppierte er zum Stadttor zurück, wobei er um ein Haar die Bürger niedergeritten hätte, die seinen Weg kreuzten.

In der vergangenen Nacht hat Bischof Adhémar, der sich weigert, mit Kaiser Alexios zusammenzutreffen, mit den führenden Edelleuten in der Frage des Eides Rat gepflogen. Schließlich verkündete er, die Hände zum Himmel erhoben, in feierlichem Sprechgesang, wer immer den Eid leiste, um unseren Zug nicht zu gefährden, sei sogleich danach von der eingegangenen Verpflichtung entbunden. Für seine Antwort auf meines Lehnsherrn Frage, wie das möglich sei, bot der Bischof seinen gesamten theologischen Scharfsinn auf.

»Ihr habt bereits Seiner Heiligkeit geschworen«, erklärte er. »Dieser Schwur bindet Euch: Leib, Geist und Seele. Daraus folgt, daß jeder neue Eid zwangsläufig wirkungslos ist, da niemand aus mehr besteht als Leib, Geist und Seele. Ein Alexios geleisteter Eid wäre nichts als leere Worte; Worte freilich sind weiter nichts als Luft, und Luft kann niemanden binden. Also würde Euch dieser Eid nicht binden, denn es gibt weder etwas, das Euch binden könnte, noch etwas, das sich binden ließe. Ein solcher Eid wäre null und nichtig.«

Da meldete sich Graf Robert von der Normandie zu Wort, bekanntlich ein kluger Geschäftsmann, der sorgfältig auf seinen Vorteil achtet. »Mit allem Respekt, Eure Exzellenz«, sagte er, »darf ich fragen, wie die Sache aussieht, sofern Ihr irrt und dieser zweite Eid im Widerspruch zum ersten steht? Anfangs habt Ihr die Ansicht vertreten, ihn zu leisten bedeute eine Todsünde und wir alle müßten zur Hölle fahren.«

Finster sah ihn Bischof Adhémar an, wie einen Seminaristen, der auf einen kitzligen Punkt zu sprechen kommt. »Für Eure Seele habt Ihr nichts zu fürchten«, sagte er, »da Euch für den Zug bereits ein vollständiger Sündenablaß gewährt ist. Beichtet mir Eure Sünde, und Ihr werdet sogleich Vergebung erlangen. Eure Seele ist so sicher, Graf Robert, wie es die Liegenschaften sind, die Ihr auf diesem Zug erworben habt«, fügte er hinzu.

Inzwischen ist gewiß, daß alle Edelleute den Eid unterschreiben werden, außer Herzog Gottfried und meinem Lehnsherrn. Ihn kann Bischof Adhémar mit seinen Sophistereien nicht hinters Licht führen, und Herzog Gottfried wiederum ist vom Basileus nicht beeindruckt. Ich selbst werde meinem Lehnsherrn wie meinem Gewissen folgen und daher nicht unterzeichnen.

Den achtundzwanzigsten Mai

Man munkelt, Bohemund von Tarent nähere sich der Stadt. Die Wirkung dieser Nachricht auf die Bürger ist unverkennbar. Viele haben ihre Läden zugenagelt, andere haben ihre Kinder, Frauen und mannbaren Töchter fortgeschickt. Die Krieger des Basileus haben ihre Prunkkleidung abgelegt und sich zum Kampf gerüstet. Die Stadtmauern sind nunmehr vollständig bemannt und starren förmlich von Spießen und Bogenschützen, die Stadttore sind verschlossen und werden allmorgend- und allabendlich nur eine oder zwei Stunden lang geöffnet. Es sieht so aus, als rechne man damit, daß eine Flutwelle über die Stadt hereinbricht.

Unterdessen geht die Auseinandersetzung über den Schwur weiter. Bisher haben die Grafen Robert von der Normandie, Robert von Flandern, Hugo von Vermandois, Stephan von Blois sowie der Deutsche Emicho[36] mitsamt ihren Gefolgsleuten unterschrieben. Die übrigen sind unentschlossen.

Einige Worte muß ich über die deutschen Edlen und Ritter sagen. Mit ihnen komme ich nur wenig in Berührung, denn sie halten sich betont beiseite und beäugen uns voll Mißtrauen. Wenn sie allerdings betrunken sind, was häufig vorkommt, drängen sie sich uns auf, als wären wir Angehörige ihrer Sippe, die sie lange nicht gesehen haben.

Sie sind sonderbar und neigen, wie es scheint, zur Übertreibung. Nicht damit zufrieden, wie wir alle auf ihrem Umhang ein Kreuz aus Stoff zu tragen, haben sie sich ein Kreuz ins Fleisch ihrer Schulter brennen lassen. Nie zögern sie, es zu zeigen. Sie halten sogar ihnen völlig Unbekannte im Lager an und ziehen das Gewand von der Schulter, um das Brandmal zu präsentieren. Gegen jeden, der sie daraufhin nicht staunend bewundert, ziehen sie beleidigt blank.

Ihr Haupthaar rasieren sie bis hinab zu den Schläfen, tragen aber lange Bärte, in die sie bunte Bänder mit den Namen von Männern flechten, die sie getötet zu haben behaupten. Daher gilt ein Krieger als um so schrecklicher, je länger sein

Bart und je bunter dieser geziert ist. Ihre Sprache klingt, als kratze man mit einem Stock über Pflastersteine. Sie ist voller Speien und Knurren, und noch ihre Gebete, die sie mit kriegerischem Drill hersagen, klingen wie gemurmelte Drohungen.

Sie prahlen gern, selbst mit den entsetzlichsten Verbrechen. Die Pilgerfahrt scheinen sie offenbar dazu genutzt zu haben, ihre Städte von den Juden zu befreien. Dies Gemetzel hat die deutschen Bischöfe erkennbar entsetzt, und sie haben es zu verhindern versucht, indem sie den Juden ihren persönlichen Schutz anboten. Doch vergebens – Emicho und seine Ritter haben nicht nur jene erschlagen, sondern die Bischöfe gleich mit. Jetzt tragen sie deren Namen in ihre Bärte geflochten mit sich herum, zusammen mit Sternen für viele namenlose Juden.

Die Ausrüstung dieser Krieger ist erlesen; ihre doppelten Kettenhemden sind undurchdringlich und ihre Schwerter von ausgezeichneter Arbeit. Sie tragen den neuartigen Helm mit dem Nasenschutz, der sich im Heer allmählich verbreitet. Beim nächsten Besuch in der Stadt werde ich ebenfalls zusehen, daß man mir den meinen ändert. Manche tragen auch den Aventail[37], den ich mir wohl gleichfalls anfertigen lassen werde.

Alles in allem mag ich diese Deutschen nicht, und angesichts meiner Beziehungen zum Juden von Brindisi und seiner Tochter ist mir zuwider, was ich über ihre Verfolgung der Juden höre. Auf der anderen Seite muß man sagen, daß sie sich beständig in kriegerischen Fertigkeiten üben und in bester Kampfesverfassung zu sein scheinen; vielleicht werde ich eines Tages noch froh sein, sie in meiner Nähe zu wissen.

In unserem Lager finden sich auch Krieger aus anderer Herren Ländern. Es ist eigentlich wie eine kleine Stadt, eine Nachbildung Konstantinopels in kleinem Maßstab, mit vielen verschiedenen Sprachen und Bräuchen. Unter uns gibt es Dänen und Schweden, viele Spanier und einige Männer aus Britannien. Letztere sind ein sonderbarer Haufen. Sie sind äußerst ungenügend ausgerüstet und noch schlechter ausgebildet. Beständig streiten sie miteinander, und zumindest einen Mord hat es unter ihnen schon gegeben – wegen eines Paars griechischer Lederstiefel, wie ich höre. Dergleichen hatten die Soldaten noch nie gesehen. Man hat den Mörder zwischen zwei Bäume gebunden und den Bogenschützen als Übungsziel überlassen. Er hängt immer noch da, allerdings ist ihm ein Bein abgefallen.

Einige der Britannier kommen aus dem Norden des Landes und heißen Schotten. Es sind wahre Barbaren, sie tragen Röcke aus Fellen und mit Sehnen zusammengebundene dicke wollene Beinlinge. Zur Nahrung dient ihnen ausschließlich knochentrocken gegrilltes Fleisch, und sie rühren weder das Obst noch die Gewürze an, welche die Kaufleute feilbieten, die jeden Morgen zu uns kommen. Die Schotten sind unsagbar schmutzig und weigern sich beständig zu baden, weil der Schmutz ihrer Überzeugung nach die Seele umschließt und vor Schaden bewahrt.

Obwohl reichlich Baumaterial zur Verfügung steht – Steine, behauene Balken und was sonst noch gebraucht wird –, schlafen sie lieber in Erdlöchern, die sie mit Ranken bedecken. Sie glauben, das mache sie unsichtbar für die Dämonen, die nachts den Himmel bevölkern und sonst im Schlaf über sie kämen, um sie ihrer inneren Organe zu berauben. Niemand vermag den Schotten diesen Unsinn auszureden. Jedem Vernunftargument halten sie in ihrem derb-holprigen Dialekt entrüstet entgegen: »Wenn ihr morgens aufwacht, und euch fehlt eine Niere, ist das eure Sache.«

Am verschrobensten von allen aber sind die Männer aus Wales. Sie sind klein, dunkel und behaart, und verglichen mit ihrer Sprache klingt sogar die der Deutschen, als sprächen Engel. Ihre Gesichter haben sie mit äußerst kriegerischen Mustern aufs entsetzlichste tätowiert. Vermutlich wollen sie damit Tiere erschrecken, oder aber Feinde, die ebenso primitiv sind wie sie selbst. Sie sind beständig von Hunden umgeben, deren Harn sie angeblich trinken, und sie verzehren ausschließlich rohes Fleisch. Ihre Kopfbedeckung ziert ein Gemüse, ich glaube, eine Lauchstange, von der manche sagen, daß sie sie anbeten. Es sind wirklich sonderbare Christen.

Obwohl ich wie mein Lehnsherr im Kloster untergebracht bin, bewege ich mich häufig im Lager, denn es macht mir Spaß, die vielen unterschiedlichen Sprachen zu hören und fremde Bräuche kennenzulernen. Nach langem Feilschen habe ich neben einem wunderschön gearbeiteten deutschen Dolch auch ein außerordentlich nützliches Schreibtischchen aus Spanien erworben, das man sich über die Knie klappen kann und an dem zwei Kerzenhalter befestigt sind. Darauf notiere ich auch jetzt meine Aufzeichnungen.

Das Leben im Kloster ist eine Wonne, verglichen mit dem im Zelt. Ich habe nachts ein Dach über dem Kopf und schlafe in einem Bett – auch wenn es lediglich die harte Holzpritsche eines Mönches ist –, verfüge ferner über Waschschüssel und Wasserkanne, über einen Schrank und, das Wundersamste, einen »Bequemlichkeitsstuhl«. Dieser besteht aus einem kupfernen Behältnis, über dem ein Brett befestigt ist, auf das man sich setzen kann. Aus diesem Behältnis gelangen die Exkremente durch Rohre in eine Sammelgrube unter der Erde. Den »Bequemlichkeitsstuhl« leeren die Mönche nicht nur täglich, sie putzen ihn überdies auch jeden Morgen und Abend mit Wasser, dem sie Zitronensaft beigegeben haben.

Auch gibt es Brausebäder, von denen ich zwar schon gelesen, dergleichen ich aber nie gesehen habe. In ihnen steht man unter einem Wasserstrahl, den man über einen Hebel vermehrt oder vermindert. Rasch haben wir das Gefühl überwunden, es handele sich dabei um etwas Unsittliches. Oftmals stellen wir Edelleute uns gemeinsam darunter und bespritzen einander mit Wasser wie Dorfjungen. Die Griechen haben eine Masse, die sie *sapouni*[38] nennen. Sie besteht aus dem Fett von Tieren, und ihre Fähigkeit, den Schmutz von der Haut zu lösen, grenzt an Zauberei. Sofern mir Gott die Heimkehr vergönnt, werde ich gewiß etwas davon mit nach Lunel nehmen und mir dort ebenfalls ein solches Brausebad einrichten lassen.

Während ich hier sitze, überkommt mich das Heimweh, wenn auch nicht mehr so machtvoll wie zuvor. Inzwischen ist es eher eine Art dumpfer Schmerz als das mächtige Sehnen, das ich anfänglich empfunden hatte. Mein Verlangen nach Jehanne meldet sich nicht mehr mit der früheren Nachdrücklichkeit, sondern ist nur noch eine ferne Erinnerung. Das ist gut, denn ich möchte nicht mit der Lust nach ihr in meinem Fleisch ins Heilige Land einziehen.

Vermutlich ist das ja der Sinn einer Pilgerfahrt. Sie soll unsere Sünden nicht austilgen, sondern sie in unserem Inneren begraben.

Mein Verlangen nach Jehanne wird stets ein Teil meiner sein. Aber vielleicht kann ich es, so Gott will, überwinden, um dann frei entweder in meinen Tod im Osten zu gehen oder zu Hause ein neues Leben zu beginnen.

Den ersten Juni

Die Vorfälle der letzten Zeit waren recht erwähnenswert. Alle Edelleute bis auf Graf Raimund und Herzog Gottfried haben unterzeichnet und damit den vom byzantinischen Kaiser verlangten Eid geleistet. Nach langem Hin und Her hat sich Kaiser Alexios endlich bereit erklärt, den eingeschränkten Eid zu akzeptieren, den mein Lehnsherr, ich und die anderen Edlen aus der Provence unterzeichnet haben.

Die feierliche Bekräftigung fand in der Basilika statt und war wie alles in Byzanz wahrhaft prunkvoll. Der Basileus empfing uns in aller Pracht. Für den Akt der feierlichen Unterzeichnung des langen und äußerst eindrucksvollen Pergaments gab man uns Straußenfedern mit vergoldeten Spitzen in die Hand. Anschließend erhob sich der Basileus mit tränennassen Wangen und umarmte uns einen nach dem anderen. Er nannte uns »meine Söhne« und gelobte unserer Sache unverbrüchliche Treue. Mit emporgereckten Armen und so laut, daß jeder es hören konnte, schwor er, uns werde es an nichts mangeln. Nachdem er jeden von uns mehrfach geküßt hatte, wurde eine feierliche Erklärung des Basileus verlesen, mit der er alle Bewohner seines Reiches anweist, unsere Person und unser Eigentum zu achten wie seine Person und sein Eigentum. Dann wurden wir mit Edelsteinen und Seide beschenkt und entlassen.

Als all das hinter uns lag, verlegten wir zur Vorbereitung unserer Überquerung des Bosporus unser Heer mit Ausnahme von Herzog Gottfrieds Truppen an eine Stelle, die den Namen »Sankt-Georgs-Arm« trägt. Herzog Gottfried blieb am Goldenen Horn zurück, da er weder bereit war zu schwören, noch sein Heer zu verlegen. Kaiser Alexios hat ihm den Nachschub abgeschnitten, in der Hoffnung, ihn damit zum Einlenken zu bewegen, doch statt dessen hat Gottfried Konstantinopel angegriffen.

Wir verfolgten sein Vorgehen mit zunehmender Beunruhigung und Bestürzung. Es war klar, daß er lediglich den Basileus soweit einschüchtern wollte, daß dieser von seiner Forderung abrückte, denn kein Heer der Welt hätte jene Wälle zu bezwingen vermocht. Doch der Basileus gab nicht nach. Weder wich er, noch rückte er vor, um dem Angriff zu begegnen. Er verschanzte sich in der Stadt und widersetzte sich allen Bemühungen Herzog Gottfrieds, wobei er offenkundig bestrebt war, möglichst wenige von dessen Leuten zu töten.

Dann traf der lange erwartete und von vielen gefürchtete Bohemund von Tarent an der Spitze der sizilianischen Normannen ein und überraschte alle durch sein Verhalten. Statt Herzog Gottfried zu Hilfe zu eilen und mit ihm gemeinsam die Stadt zu stürmen, führte er seine Streitkräfte unverzüglich ins Lager und erbrachte dem Basileus Freundschaftserweise, die man nicht anders als unterwürfig nennen kann. Daraufhin hob Herzog Gottfried, der sich von den Sizilianern Unterstützung erwartet hatte, die Belagerung auf und trat – gemeinsam mit Bohemund – erneut vor den Herrscher.

Dieser lud uns ein, den Verhandlungen zu folgen, denn er achtet meinen Lehnsherrn sehr. So kam es, daß ich im Mittelschiff der Basilika zur Heiligen Weisheit den berühmten Bohemund von Tarent kennenlernte. Ihn hatte ich mir anders vorgestellt. Er ist klein, breitschultrig und geschäftig, er redet viel und steht nie still. Gleich seinen Händen und Augen ist auch sein Geist in unausgesetzter Bewegung. Immer wieder klatscht er seine Lederhandschuhe in die offene Handfläche und reißt sie mit einem Ruck wieder heraus, daß es ein schnalzendes Geräusch gibt. Dann wieder wendet er sich an einen Schildknappen, dem er einen kurzen Befehl zuruft, oder er erzählt eine Zote, über die er selbst schallender lacht als seine Zuhörer.

Er ist kaum fünfunddreißig Jahre alt, hat feine Gesichtszüge, eine spitze Nase, weit auseinanderliegende Augen, eine niedrige Stirn und äußerst ungebärdiges rotes Haar. Seine Herkunft spiegelt sich in eigentümlicher Weise in seiner Kleidung. Wie seine Wikingervorfahren trägt er Felle und Silberschmuck, hat ihnen aber Merkmale seines sizilianisch-normannischen Königreichs hinzugefügt. So hängt ihm eine Lederschnur mit Knoblauchzehen um den Hals, sein Schwertgürtel ist mit Muschelschalen verziert, und an den Füßen trägt er bis zu den Knien geschnürte weiche Stiefel von Kalbsleder. An seinem Äußeren ist nichts Königliches, er wirkt eher wie ein kluger Kaufmann, der in der Fremde ein großes Vermögen erworben hat.

Man muß Bohemund einfach mögen, und er läßt auch gar nicht zu, daß jemand an ihm keinen Gefallen findet. Er tritt an die Menschen heran und sieht sie so lange unverwandt an, bis er sie zum Lachen gebracht oder etwas gefunden hat, das ihre Aufmerksamkeit weckt. Dann wendet er sich rasch der nächsten Frage oder der nächsten Person zu. Schon nach kurzer Zeit kannte er alle Angehörigen unserer Gruppe beim Namen und hatte sich – das jedenfalls war mein Eindruck – ein Urteil über jeden von uns gebildet.

Der Fehlschlag seiner Belagerung hat Herzog Gottfried mit tiefem Ärger und Verdruß erfüllt. Bohemund aber hat ihm versichert, die ganze verfahrene Situation lasse sich in kürzester Zeit wieder ins reine bringen. Er hat ihm sein Mitgefühl ausgedrückt, ihn bestärkt, ihm gut zugeredet und ihn zu guter Letzt zum Lachen gebracht. Wir alle mußten über Bohemunds gute Laune lachen und merkten erst nach einer ganzen Weile, daß uns der Basileus vom Hochaltar her finstere Blicke zuwarf.

Ohne zu zögern trat Bohemund auf ihn zu. »Was hat es mit dem Eid auf sich?« fragte er mit so lauter Stimme, daß sie durch den ganzen Dom hallte. Kaum hatte Kaiser Alexios indigniert begonnen, ihm zu antworten, als Bohemund ungerührt fortfuhr: »Wo ist der Wisch? Legt ihn mir vor. Was steht darin? Jemand soll es mir vorlesen. Ach was, ich unterzeichne einfach.«

Auf eine Kopfbewegung des Basileus hin eilte ein byzantinischer Bischof mit dem Pergament herbei. Wie mir schien, zwinkerte Bohemund Herzog Gottfried zu, legte die Handschuhe beiseite, nahm die Feder und machte ein großes X. »Gibt es noch mehr davon? Ich unterschreibe, was auch kommt. Bringt es nur her. Wir erledigen alles gleich an Ort und Stelle.«

Das Vasallengelöbnis wurde gebracht, und noch einmal machte Bohemund sein Zeichen. Dann wandte er sich Herzog Gottfried zu. »Seht Ihr, es ist ganz einfach. Weder schadet es Euch, noch trägt es Euch Gottes Zorn ein. Für ein kleines X oder was auch immer Ihr zustande bringt, bekommt Ihr Schiffe, reichlich Verpflegung für Eure Leute, eine sichere Überfahrt und, wer weiß, vielleicht sogar noch ein paar Weiber.«

Mit dröhnendem Lachen wandte er sich an den Basileus. Dieser mißbilligte erkennbar den ganzen Auftritt, doch das schien Bohemund nicht zu merken. Er hielt Herzog Gottfried die Straußenfeder unter die Nase. »Nur zu, Bouillon! Könnt Ihr Euch einen besseren Gebieter denken als Kaiser Alexios hier?« Er beugte sich näher zu ihm, stieß ihn mit dem Ellbogen in die Rippen und fügte verschwörerisch tuschelnd hinzu: »Was ist schon ein Dokument im Vergleich zu dem, was Ihr in Jerusalem besitzen werdet?«

Entrüstet sah Herzog Gottfried erst uns und dann den Kaiser an, der erwartungsvoll den Blick auf ihn gerichtet hielt. Dann nahm er die Feder, trat vor und unterschrieb. Erleichtert seufzte der Basileus auf. Er erhob sich, kam vom Altar herab und umarmte nacheinander Herzog Gottfried und Bohemund.

»Ja, ja, ich liebe Euch gleichfalls«, sagte Bohemund, als ihn der Basileus küßte. »Gott ist mein Zeuge, ich liebe alle Griechen. Dazu die Syrer, Juden, Mohren und Türken. Jetzt gebt meinen Männern zu essen, gebt uns frische Pferde und ein paar gute Schiffe, und wir lassen Euch in Frieden. Was sagt Ihr dazu, Alexios?«

»Du bist mein Sohn«, gab der so Angesprochene in seinem Singsang zur Antwort, wobei ihm erneut Tränen über das Gesicht liefen.

»Ich bin meines Vaters Sohn«, erwiderte Bohemund, »und er hätte Euch die Eingeweide herausgerissen, wenn er eine Möglichkeit dazu gehabt hätte. Aber das ist vorbei und vergessen, was? Jetzt sind wir alle Freunde und kümmern uns um die Sache Gottes.« Er hob den Blick und machte das Zeichen des Kreuzes. Dann brach er in solch unbändiges Lachen aus, daß wir alle mit einstimmen mußten.

Als wir im Lager abgesessen waren, machte Herzog Gottfried, der während der ganzen Zeit trübsinnig und mißgelaunt gewesen war, Bohemund Vorwürfe, weil ihn dieser nicht bei seiner Belagerung unterstützt hatte.

»Mein Vater, der selige Robert Guiscard, der dies gottverdammte Reich überfallen hat«, antwortete Bohemund und legte Herzog Gottfried eine Hand auf die Schulter, hat einmal zu mir gesagt: ›Wenn Konstantinopel eines Tages fällt, wird auch die Erde selbst fallen.‹ Das weiß Alexios so gut wie jeder von uns. Dieser Federstrich hat tausend von Euren Männern das Leben gerettet.«

»Und was ist mit dem Eid?« fragte Herzog Gottfried.

»Mit dem Eid?« gab Bohemund lachend zurück und hielt die mit einem goldenen Band umwickelte Pergamentrolle hoch. Er befahl einem in der Nähe stehenden Krieger, ein

Maultier zu bringen. Als es da war, küßte Bohemund das Dokument und sagte mit salbungsvoller Stimme: »Meinen feierlichen Eid Seiner Majestät, dem Autokrator Christi, Alexios Komnenos.« Darauf hob er den Schwanz des Tieres und schob ihm das Dokument bedächtig in den Anus. »Da ist er jetzt, und da soll er auch bleiben«, sagte er und lachte noch herzlicher als zuvor.

Morgen sollen wir auf des Kaisers Schiffen den Bosporus überqueren und in Kleinasien in einem Ort namens Pelekanum unser Lager aufschlagen. Nunmehr hat unsere Pilgerschaft wahrhaft begonnen, denn erstmals werden wir unseren Schritt dem Heiligen Land entgegenlenken. Unsere Aufgabe heißt Befreiung; unser Ziel ist Christi Grab.

Den dritten Juni

Ich bin krank. Schon den zweiten Tag hat mich ein Fieber auf das Lager geworfen. Vermutlich kommt es vom Wasser, das man erst trinken kann, wenn man den grünen Schleim abgeseiht hat. Wie ich mich nach Konstantinopels sauberen Brunnen sehne!

Ungewaschen und vom Durchfall heimgesucht, komme ich mit niemandem zusammen. Angstvoll untersuche ich meinen Stuhl täglich auf Blut, fürchte ich doch, auf die gleiche Weise umzukommen wie mein Vater. Ach, Vater, jetzt weiß ich, was du gelitten hast. Sicherlich bist du schnurstracks ins Paradies eingegangen, denn es ist die Hölle, nicht Herr über seine Eingeweide zu sein und in Schmutz und Schande zu leben! Auch wir stolzen und edlen Franken unterscheiden uns in vielem nicht von gewöhnlichen Menschen und sind in manchem nicht einmal besser als die Tiere.

Seit unserem Aufbruch von der Küste haben wir ein Land durchquert, so unfruchtbar, daß es darin nichts als Steine und niedrige felsige Hügel gibt. Kaum etwas kann hier gedeihen, und die Hitze ist mörderisch. Seine Bewohner nennen es Rum, was angeblich »Rom« bedeutet; doch kenne ich den Grund dafür nicht.[39] Der Sultan des Landes heißt Kilidsch Arschlon; allerdings weiß ich nicht, ob ich den Namen richtig schreibe.[40] Krieger des Basileus ziehen mit uns. Die meisten gehören dem Trupp der Kriegsbaumeister an. Sie transportieren die zerlegten Belagerungsmaschinen, die wir zweifellos vor Nikäa brauchen werden. Ihr General, Butumites, ist ein älterer Mann, der sich Schädel und Augenbrauen rasiert, aber einen langen Schnurrbart trägt. Graf Raimund traut ihm nicht. Er sagt, Butumites' Aufgabe sei es ebensosehr, für den Basileus zu spionieren, wie uns zu helfen.

Bedenkt man, welche Hitze hierzulande herrscht, sind meine Männer in erträglicher Verfassung. Gérard und Bernard sind seit Brindisi unzertrennlich. Uc und Dagobert hat der Marsch zäh und kräftig gemacht; sie werden gute Krieger abgeben. Thomas und Bartolomé haben eine Art Frieden miteinander geschlossen, wozu vor allem Bartolomés beständige gute Laune beigetragen haben dürfte. Allerdings ist Thomas noch weit trübsinniger und schwermütiger als zuvor.

Der Grund dafür mag in dem bedrückenden Anblick zu suchen sein, der sich uns bot, als wir auf dem Weg nach Nikäa die Paßhöhe erklommen, auf der des Sultans Männer die Pilgerschar Peters und Walters hingemetzelt hatten. Die Leichen lagen, wo sie gefallen waren – Männer, Frauen und Kinder, manche von ihnen Säuglinge in den Armen ihrer Mütter. Die meisten von ihnen waren wohl den kurzen, leichten Pfeilen zum Opfer gefallen, die der Türke dem Vernehmen nach verwendet. An einigen der Tausenden von weißen Gerippen, die ausnahmslos Spuren von den Zähnen wilder Tiere trugen, hingen hier und da noch einige wenige Lumpen, die offenbar den Witterungsunbilden des seither vergangenen Jahres getrotzt haben, doch an keinem war noch das kleinste Stückchen Fleisch zu sehen.

Offensichtlich waren die Pilger in einen Hinterhalt geraten, und da sie zwischen den Hügelkuppen auf beiden Seiten eingeschlossen waren, war an ein Entkommen nicht zu denken gewesen. Man kann es sich leicht vorstellen: Eine Horde johlender Türken schlägt über dem Zug der Pilger zusammen wie einst die Wogen des Roten Meeres über der Reiterei des Pharao, die den Kindern Israels nachsetzte. Schweigend marschierten unsere Männer durch diesen grauenerregenden Friedhof. Viele murmelten Gebete; andere fluchten. Nikäa wird dafür büßen müssen, soviel steht fest.

Bei Pelekanum traf ich meinen alten Gefährten Landry Gros wieder. Gern würde ich mich derzeit von seiner Gesellschaft aufmuntern lassen, doch bilden die Normannen unsere Nachhut und folgen uns mit mehreren Meilen Abstand, während wir Provenzalen unmittelbar hinter den Truppen des Herzogs Gottfried marschieren, mit dem sich mein Lehnsherr die Führung des Zuges teilt.

Von Bischof Adhémar habe ich nichts zu berichten. Er meidet mich, vermutlich aus Scham. Als er von meiner Krankheit erfuhr, wollte er wissen, ob ich im Sterben liege, da er mich in dem Fall aufsuchen müsse. Man teilte ihm mit, soweit sei es noch nicht, und er verschanzte sich erneut hinter seiner überheblichen Teilnahmslosigkeit. Mir ist klar, daß er meine Vergebung wünscht, ist er doch überzeugt, ohne sie nicht ins Himmelreich gelangen zu können. Gern enthalte ich sie ihm daher vor. Ob ich das auch dann noch täte, wenn mein letztes Stündlein gekommen wäre, ist eine Frage, die ich mir schon oft gestellt habe. Den Tod kann ich dem Mann wünschen – aber darf ich seine Seele zur ewigen Verdammnis verurteilen? Das vermag ich nicht zu sagen.

Jetzt fühle ich mich so matt und kraftlos, daß ich mich schlafen legen werde, obwohl der Tag gerade erst zur Neige geht.

Den sechsten Juni

Nikäa

Gleich nach unserer Ankunft haben wir gestern abend mit der Belagerung dieser Festung begonnen, welche die Seldschuken den Byzantinern entrissen haben. Obwohl mich das Fieber so sehr geschwächt hat, daß mir sogar das Schreiben große Mühe bereitet, will ich versuchen, alles zu berichten. Wenn wir diese Stadt nicht erobern, können wir weder unsere Nachhut schützen, noch unsere Nachschublinie offenhalten. Gegenwärtig versorgen uns Griechen und Italiener von der Küste her. Sobald wir jedoch weiter ins Landesinnere vordringen, wird das nicht mehr so einfach sein.

Unser Belagerungsplan sieht wie folgt aus: Herzog Gottfried und sein Bruder Balduin sollen mit ihren Leuten die Mauer im Norden berennen, Bohemund mit seinem Neffen Tankred die im Osten und mein Lehnsherr die im Süden. Da die Mauer im Westen an den großen Askania-See stößt, haben wir Nikäa nur an drei Seiten umschlossen. Unsere Kundschafter berichten, daß die Türken weiterhin Nachschub auf dem Wasserweg heranschaffen. Damit wir das künftig verhindern können, haben wir den Kaiser um Schiffe gebeten, die mit Hilfe von Ochsengespannen über die Berge vom Meer herbeigeschafft werden sollen. Bis sie hier sind, wird sich Nikäa bestimmt halten können.

Die ersten Tage haben wir damit zugebracht, außerhalb der Reichweite der Steine und Pfeile der Türken unser Lager zu errichten. Wir wollen es näher an die Stadt verlegen, sobald die Belagerungsmaschinen aufgebaut und die fahrbaren Schutzdächer errichtet sind. Graf Raimund hat bereits Vorkehrungen getroffen, den Turm der Umfassungsmauer am Seeufer zu untergraben, weil ihm der Boden dort weicher erscheint als an anderen Stellen. Zu dieser Arbeit werden schon bald einige unserer Männer zusammen mit den byzantinischen Kriegsbaumeistern ausrücken.

Meine Erschöpfung hindert mich, weiterzuschreiben. Hoffentlich geht es mir morgen besser, damit ich fortfahren kann.

Den zehnten Juni

Mindestens drei Tage habe ich im Fieberwahn gelegen. Die Krankheit hat mich immer mehr geschwächt, und obwohl ich gelegentlich aufstehen konnte und mich beinahe wieder gesund fühlte, warf mich ein Rückschlag sogleich erneut aufs Lager. Ausschlag bedeckt meinen Körper, und der Schmerz, der in meinem Bauch wütet, ist mehr, als ich zu ertragen vermag.[41]

Der Wundarzt meines Lehnsherrn hat mich am Unterleib zur Ader gelassen. Das Blut, das herauskam, war dick und schwarz. Es hat mir ein wenig Erleichterung verschafft, und ich wollte aufstehen, bin aber sogleich zurückgefallen und mit dem Kopf hart aufgeschlagen. Eine Weile lag ich bewußtlos – ich weiß nicht, wie lange. Als ich wieder zu mir kam, beugte sich Bischof Adhémar soeben über mich. Nur undeutlich nahm ich ihn wie durch einen Schleier wahr. Mir eine Kerze dicht vor das Gesicht haltend, sah er mich aufmerksam an.

»Roger, du liegst im Sterben«, sagte er. Ich versuchte mich aufzusetzen, was mir aber nicht gelang. »Der Wundarzt hat mir gesagt, daß du die Nacht nicht überleben wirst. Ich bin gekommen, dir die Letzte Ölung zu erteilen.«

Er küßte die purpurfarbene Stola und legte sie sich um. Ich fuhr mir mit der Zunge über die Lippen, um etwas zu sagen, doch er begann mit der Sakramentsformel und legte mir die Finger auf Mund, Augen, Ohren und Stirn. Ich wollte mich seiner Berührung entziehen, war aber zu kraftlos. Schließlich saß er wieder neben mir und erklärte: »Beichte deine Sünden, und ich werde dich lossprechen.«

Er neigte den Kopf dicht über mich, aber ich war nicht einmal imstande zu flüstern. »Nun denn«, sagte Bischof Adhémar. »Dann sage ich die Worte für dich. Mir ist bekannt, daß du im Lager der Normannen mit Weibern gesündigt hast. Ebenso ist mir bekannt, daß du dich oft eigenhändig mißbraucht und dabei Begierde nach deiner Gemahlin empfunden hast. Auch hast du gegen mich gesprochen, den Abgesandten Seiner Heiligkeit, und insgeheim gezweifelt, ob diese Pilgerschaft auf Gottes Willen oder aber auf den Stolz der Menschen zurückgeht. Mir ist gleichfalls bekannt, daß du mit Ruth, der Tochter des Juden von Brindisi, die dir die Haare geschnitten und dir Wiesenblumen ins Zelt gebracht hat, in schwerwiegender Weise gesündigt hast. Selbst wenn ich deine anderen Sünden unberücksichtigt ließe, würde dich allein schon dieser gottlose Umgang mit einer Jüdin, einer Christusmörderin, zur Hölle verdammen.«

Seine Worte erbosten mich, und ich zwang mich zu sprechen. »Ihr lügt«, brachte ich heraus.

Stirnrunzelnd sah er mich an. »Nun schön«, fuhr er fort und beugte sich tiefer über mich. »Ich weiß, daß du Eustache ermordet hast, den bedauernswerten Gatten deiner Gemahlin. Zwar hast du es nicht mit eigener Hand getan, wohl aber ihn durch deinen Ehebruch zum Selbstmord getrieben. Damit bist du sein Mörder.« Da ich ihn entsetzt ansah, ließ er eine Pause eintreten, um die Wirkung seiner Worte zu steigern.

»Du mußt wissen, mein Sohn«, sagte er und legte mir die Hand auf die schweißnasse Stirn, »daß ich in den vergangenen Tagen und Nächten bei dir gewacht habe und du mir im Fiebertraum deine Beichte abgelegt hast. Ich verstehe dich jetzt, und du verstehst mich.«

»Was wollt Ihr?« krächzte ich.

»Das weißt du. Du kennst auch meine Bedingungen. Roger von Lunel, du wirst heute nacht sterben und vor deinen Richter treten. Dabei wird dich deine schwere Sündenlast gewißlich in die Hölle hinabziehen. Es sei denn ...«

Er hob die Hand, wie um mich zu segnen, hielt dann allerdings mitten in der Bewegung inne.

»... es sei denn, ich spreche dich mit dieser meiner Hand los. Zusammen mit dem für die Pilgerfahrt gewährten Ablaß öffnet dir die Absolution die Tore zum Paradies. Heute nacht wirst du zu deinem himmlischen Vater eingehen oder aber dem Satan überantwortet. Entweder wirst du Gott schauen, oder deine Seele wird ihren endlosen Weg durch das Feuer antreten.«

Er hielt mir die Hand hin. »Reich mir deine Hand zum Zeichen der Vergebung«, sagte er.

Mein Atem ging schwer. Er konnte den Haß in meinen Augen sehen. »Nein«, erwiderte ich trotzig.

»Halsstarrig bist du«, sagte Bischof Adhémar, »ganz der Sohn deines Vaters.« Dann schien ihm ein Gedanke zu kommen, und er lächelte. »Als er starb«, sagte er gedehnt, so, als koste er jedes seiner Worte aus, »hat ihm mein Bruder Gaspard, der Bischof von Mâcon, die Beichte abgenommen. Wohl hat er deinem Vater die Absolution für seine zahlreichen Sünden erteilt, jedoch ...« Er ließ eine Pause eintreten und fuhr dann fort, eine Braue hebend: »... ist dieser nicht wie du in den Genuß des Ablasses gekommen. Daher leidet er im Fegefeuer alle Qualen der Hölle. Angesichts seiner Sünden, über die mir mein Bruder berichtet hat, wird er dort wohl einige zehntausend Jahre zubringen müssen.«

Adhémar richtete sich auf und strich sich die Kleider glatt. »Mir ist die Macht gegeben, ihn von dieser Qual zu erlösen. Erfülle meinen Wunsch, und ich werde nicht nur dich lossprechen, sondern auch deinen Vater aus dem Fegefeuer erlösen, so daß ihr beide noch heute nacht miteinander vor Gott treten könnt.«

Unverwandt sah er mich an. Offenbar wartete er auf meine Antwort. Ich brachte jedoch kein Wort heraus. Zum Schluß fragte er: »Nun, Roger? Willst du noch ein paar Stunden Rache an mir üben oder für dich und deinen Vater die ewige Glückseligkeit erlangen? Entscheide dich, denn ich gedenke nicht, die ganze Nacht bei dir zu sitzen.«

Unfähig, ihn länger anzusehen, senkte ich den Blick. Mir war klar, daß er den Sieg davongetragen hatte, und auch er wußte das. »Gebt mir Wasser«, bat ich ihn.

Das tat er und hielt mir den Kopf, während ich trank. Ich legte mich wieder hin. »Bischof Adhémar von Monteil ...«, begann ich, aber er unterbrach mich.

»Deine Hand«, gebot er.

Ich hielt sie ihm hin, und er nahm sie. »Ich vergebe dir, was du an meinem Vater gesündigt hast«, sagte ich.

Der Bischof holte tief Luft. »Oh«, flüsterte er, »ich höre schon, wie sich die Tore des Paradieses öffnen.« Dann schlug er rasch das Zeichen des Kreuzes und sprach die Worte der Absolution. Danach beugte er sich über mich und küßte mich auf die Stirn, wobei mir seine Purpurstola über das Gesicht streifte. »Ich befehle deine Seele in Gottes Hände, Roger«, sagte er. »Leg ein gutes Wort für mich ein.« Dann war er fort; die Kerze nahm er mit.

Allein in der Dunkelheit meines Zeltes, schloß ich die Augen und weinte lange.

In jener Nacht ging das Fieber zurück. Ich schlief einige Stunden und war am nächsten Morgen soweit gestärkt, daß ich eine Kleinigkeit zu mir nehmen konnte. Thomas sagte, es sei ein Wunder, denn der Bischof habe mich bei der Morgenmesse bereits als einen der Verstorbenen genannt.

Auf Thomas und Bartolomé gestützt, habe ich vorhin zum ersten Mal seit einer Woche mein Zelt verlassen. Krieger sind herbeigekommen, um mich mit einem Lächeln und einem Händedruck zu begrüßen. Man hat meinen Lehnsherrn gerufen, und auch er hat mir die Hand gereicht. Ich erkundigte mich nach dem Bischof.

»Der beschäftigt sich gerade mit Eurer Grabrede«, sagte er. »Soweit ich weiß, wird sie sehr eindringlich sein.« Er lächelte. »Nun, es sieht ganz so aus, als müßte er seinen Text ändern.«

Ein Gedicht war mir in den Sinn gekommen, während ich auf meinem Lager lag. Ich werde soviel davon niederschreiben, wie ich noch weiß.

Die Nacht will bald vergehen,
Unter ihren Röcken sehe ich
Die dunkle Erde,
Den Boden des Schlummers,
Wo das Saatkorn schläft
Und Wurzeln sich
Zu heimlichem Tun
Zusammenfinden,

Wo Insekten wimmeln wie Wasser
Und nacktes Gewürm sich windet,
Von Vögeln träumt,
Dort, wo ich liegen werde,
Nach diesem Fieber,
Fernab vom abgehärmten Herzen –
Dieser Nacht bin ich bestimmt,
Nach ihr sehne ich mich.

Es gab noch mehr, irgend etwas über Feuer und die Seele, aber ich kann mich nicht darauf besinnen. Tatsächlich waren die Träume wie Gewürm und Insekten über mich hingeschwärmt, und es überrascht mich daher auch nicht, daß das Gedicht von ihnen spricht. Inzwischen geht es mir besser, und ich kann wieder allein umhergehen. Doch der Fieberwahn steckt noch in mir wie der Geschmack verdorbener Nahrung oder so, wie uns die Erinnerung an eine Sünde noch Jahre, nachdem wir sie gebeichtet haben, peinigt.

Den vierzehnten Juni

Heute morgen kam es zu einem Gefecht mit den Türken. Es war das erste unserer Pilgerschaft. Ein vom Sultan nach Nikäa in Marsch gesetztes Entsatzheer griff unsere Streitmacht an der Südmauer an. Wir aber waren bereit und schlugen es ohne große Mühe zurück. Unsere Männer jubelten laut, als es abzog und Dutzende von Toten und Verwundeten zurückließ.

Von den Gefangenen erfuhren wir, daß Kilidsch Arschlon erst Kenntnis von unserem Zug erlangte, als wir Pelekanum verlassen hatten. Da er uns nicht besonders fürchtete, hatte er nur eine kleine Streitmacht leicht gerüsteter Krieger in Marsch gesetzt, die unseren Belagerungsring durchbrechen sollten. Der Sieg hat unseren Männern Mut gemacht und uns einen Vorgeschmack auf die Kampfweise der Türken gegeben, die sich von der unsrigen unterscheidet.

Sie sammeln sich nicht wie wir zum Angriff, sondern senden statt dessen Trupps berittener Bogenschützen nach vorn. Diese schießen ihre Pfeile ab und ziehen sich sogleich wieder zurück, woraufhin andere Trupps an ihre Stelle treten. Mit dieser Taktik hoffen sie den Feind aus den Stellungen zu locken. Als ihnen das bei uns nicht gelang, bildeten sie eine Schlachtlinie und griffen an. Das besiegelte ihre Niederlage.

Wir schickten unsere Bogenschützen nach vorn. Kaum hatten diese mit einem Pfeilregen Verwirrung in die vorderen Reihen des Feindes gebracht, als unsere Ritter angriffen. Ich ritt neben meinem Lehnsherrn. Kaum hatten wir den Feind erreicht, als sich seine Reihen auflösten und alles in haltloser Flucht davonstob. Wir folgten ihnen etwa zwei Meilen weit, bis wir unseres Erfolges sicher sein durften. Unsere Verluste waren unbedeutend, und wir dankten Gott für den Sieg. Wir müssen uns aber vor allzu großer Zuversicht hüten, denn dies Treffen wird dem Sultan zur Warnung dienen und ihn veranlassen, beim nächsten Mal mit einer größeren Zahl anzugreifen.

Ich hatte Gelegenheit, mir die türkischen Gefangenen näher anzusehen. Sie sind dunkelhäutig, klein, zäh und gut ausgerüstet. Hörner haben sie nicht. Ihre eher auf Wendigkeit als Stärke gezüchteten kleinen Pferde sind vorzüglich. Natürlich ist ihre Sprache ein Kauderwelsch, aber manche sprechen Griechisch, so daß wir uns verständigen konnten. Von ihrem Sultan sprechen sie voll Ehrfurcht, fast als wäre er ein Gott. Unsere Männer behandeln die Gefangenen schlecht, die Griechen hingegen, die seit vielen Jahren in der Nähe der Türken leben, bringen ihnen mehr Mitgefühl entgegen.

Von Anbeginn ihrer Gefangenschaft an haben die Türken getreulich ihre Gebete verrichtet, wobei sie sich zu Boden werfen. Um rechtzeitig mit dem Beten zu beginnen, stehen sie täglich zur Stunde der Morgendämmerung auf. Auch waschen sie sich gründlich und kümmern sich mit großer Fürsorge um ihre Tiere. Wir geben ihnen zu essen, was im Lager übrigbleibt. Diese Reste sichten sie gründlich und entfernen alles daraus, was zu verzehren ihr Glaube ihnen verbietet. Das übrige befreien sie sorgfältig von Schmutz und bereiten es zu. In dieser Hinsicht sind sie wie die Juden, die ebenfalls gewissenhaft auf ihre Nahrung achten. Es stimmt mich nachdenklich, wenn ich bedenke, daß wir Christen alles in jedem Zustand verzehren, unabhängig davon, welche Wirkung es auf Leib und Seele hat.

Aber vermag sich die Nahrung überhaupt auf die Seele auszuwirken? Und könnte das der Grund dafür sein, daß Türken wie Juden sorgsam auswählen, was sie essen? Falls sich das so verhält: Was sagt das über uns, die Kinder Gottes, die wir jedes Geschöpf verzehren, ob roh oder gekocht, rein oder unrein? Unter Umständen ist genau darin die Ursache meines Fiebers zu suchen. Möglicherweise sollte ich von diesen Ungläubigen lernen und sorgsam auf das achten, was ich esse.

Da Bischof Adhémar den rechten Flügel unseres Heeres befehligt, habe ich ihn bisher nicht zu Gesicht bekommen. Man sagt, er habe sich geändert und sei nicht mehr der überhebliche Intrigant wie einst, sondern umgänglich, offen und tapfer. Das wäre in der Tat ein grundlegender Wandel. Wo er zuvor während der Schlacht in seinem Zelt blieb, heißt es, ziehe er jetzt den Truppen in eigener Person voran, und wer ihn früher gefürchtet und verachtet habe, könne jetzt nicht umhin, ihn zu bewundern.

Sofern das den Tatsachen entspricht, kenne nur ich die Ursache dieser Verwandlung. Es ist die Vergebung, die er sich von mir erschlichen hat. Er lebt nicht mehr im Schatten einer schrecklichen geheimen Sünde, sondern ist ein ehrlicher Mann, der sich Hoffnung auf das Paradies machen darf. Um den Preis meines Stolzes habe ich sie ihm erkauft. Möglicherweise sehnt er sogar seinen Tod herbei, da er nunmehr dank seiner Ränke Aussicht auf die ewige Seligkeit hat. So ist der Glaube beschaffen, in dem wir leben – kaufen und verkaufen, Gefeilsche und Gewinn, der Ruin oder das Paradies.

Den sechzehnten Juni

Mittlerweile haben wir unseren Belagerungsring so sehr verengt, daß er fast bis an die Mauern der Stadt reicht. Unaufhörlich werfen die Türken Steine herab und beschießen uns mit Pfeilen, womit sie viele verwunden. Ein Stein hat Uc aus dem Flecken Lunel am Fuß getroffen; er kann nicht mehr gehen. Ich habe um einen Wundarzt geschickt, doch kann es Tage dauern, bis er Zeit für Uc hat.

Die griechischen Kriegsbaumeister haben ihre Katapulte bis auf wenige hundert Schritt an die Mauern herangeschoben und schleudern gewaltige Felsbrocken in die Stadt. Die Maschinen bieten einen eindrucksvollen Anblick. Dicke Seile werden so lange verdreht, bis ihre Spannung den Rahmen zu sprengen droht. Darauf wird ein Hebel gelöst, der die Seile hält, und das Geschoß saust mit einem Geräusch durch die Luft, als zerrisse man Stoff. Trifft der Fels einen Turm, folgt ein Geröllhagel, andernfalls fliegt er bis weit in die Stadt, von wo man nach einer Weile den Aufschlag hört. Bei Nacht ist Nikäa erfüllt vom Stöhnen und Schreien Getroffener. Darunter hört man auch Frauenstimmen, doch weiß ich nicht, ob sie vor Schmerzen oder vor Trauer klagen.

Riesige Armbrustkatapulte schießen gewaltige Bolzen ab. Manche sind mit Stahlspitzen versehen, andere tragen brennende Fackeln. Der Schaden, den sie anrichten, muß entsetzlich sein. Auf diese Weise haben die Griechen in der Stadt bereits mehrfach Brände gelegt, und von unserer Stellung aus können wir sehen, wie die Türken Eimer in den See hinablassen, um Wasser heraufzuholen. Unsere Männer machen sich ein Vergnügen daraus, dabei mit Pfeilen auf sie zu schießen. Sie zählen die Opfer und schließen Wetten ab, wer die meisten »erlegt«. Bisweilen kommt es zu wilden Auseinandersetzungen, wenn ein Türke nicht in den See fällt, sondern zurück in die Stadt. Um dieser ständigen Streiterei ein Ende zu bereiten, haben sich die Männer darauf geeinigt, daß ein »Stadttürke« nur halb soviel zählt wie ein »Seetürke«.

Heute morgen sind die ersten Gespanne mit Schiffen eingetroffen. Sie herbeizuschaffen hat gewaltiger Mühe bedurft. Jedem mußten Dutzende von Ochsen vorgespannt werden, um es die zwölf Meilen von der Küste hierherzubringen. Es heißt, daß bei der Überquerung des Gebirges über hundert der Tiere umgekommen sind und sich der Transport seinen Weg durch dichtes Dornengestrüpp bahnen mußte. Die Männer, die ihn begleitet haben – in erster Linie in den Dienst des Basileus gepreßte Türken –, sind nahezu nackt und völlig erschöpft. Auf manchem Rücken lassen sich die Narben von Peitschenhieben erkennen.

Am vorigen Dienstag war die Mauer unter dem Südturm vollständig untergraben. Über eine Woche lang hatten die griechischen Kriegsbaumeister und unsere Provenzalen unausgesetzt einen tiefen Graben ausgehoben und die Steine der Grundmauer durch kräftige Stützbalken ersetzt. Als das Werk vollendet war, gab mein Lehnsherr den Befehl, Feuer zu legen. Erst als sich die Flammen durch die Schutzdächer gefressen hatten und an den Mauern des Turms emporzuzüngeln begannen, witterten die türkischen Verteidiger Unheil.

Nach wenigen Augenblicken war der gesamte Turm von Flammen eingehüllt, die bis zu den Turmbekrönungen reichten. Von drinnen konnten wir die Alarmrufe der Türken hören, die sich daranmachten, Wasser an den Mauern hinabzugießen. Aber das Unterfangen war aussichtslos. Brüllend fraßen sich die Flammen weiter, und grauer Rauch hüllte den Turm ein.

Das Feuer brannte den ganzen Nachmittag und bis weit in den Abend hinein. Gerade als die Sonne unterging, erzitterte der Turm mit einem Mal, dann hörte man ein tiefes Stöhnen, und er stürzte ein. Unsere Männer stießen Jubelrufe aus, aber Graf Raimund verwehrte ihnen den Angriff. Es war schon zu dunkel, als daß man sich in das Geröll hätte wagen können. Unsere Leute wären nur verwirrt und zerstreut worden, und die Türken, die drinnen mit Fackeln warteten, hätten uns in Stücke hauen können. Morgen beim ersten Tageslicht wollen wir die Festung im Sturm nehmen.

Den neunzehnten Juni

Inzwischen befinden wir uns in der Stadt Nikäa. Ich will erklären, wie es dazu kam, und meinen Grimm zu bändigen versuchen.

Niemand hatte erwartet, daß die Stadt heute fallen würde. Niemand. Es herrschen Ruhe und Ordnung. Da alles kampflos ablief, sieht man keine Leichen, und es wurden auch keine Gefangenen gemacht. Auch gibt es weder niedergebrannte Gebäude noch Rauch, und man hört auch kein Jammern. Des byzantinischen Kaisers blaugoldene Banner wehen von den Mauern, und ich sitze im Haus eines Küfers, vor mir einen kniehohen Berg aus Goldmünzen. So also führt man im Osten Krieg.

Am Tag nach dem Einsturz des Turmes waren wir alle vor Morgengrauen munter. Mit leiser Stimme sagten wir unsere Gebete unter der Leitung des Priesters Raimund von Agiles und nahmen dann lautlos unsere Stellungen ein, um beim ersten Tagesschein den Geröllhaufen stürmen zu können. Als sich die Sonne in unserem Rücken erhob, wollten wir, den Kriegsschrei »Deus le volt!« auf den Lippen, den Turm stürmen. Dann sahen wir etwas, das uns an unserem Verstand zweifeln ließ.

Irgendwie hatten die Türken es fertiggebracht, über Nacht den Turm neu aufzubauen. Wo zuvor Lücken geklafft hatten, die breit genug waren, zwei oder drei Männern nebeneinander Zutritt zu gewähren, sah man jetzt Mauerwerk – zwar von den Flammen geschwärzt, aber fest. Staunend standen wir mit dem Schwert in der Hand da. Wie die Türken das fertiggebracht hatten, konnten wir uns nicht vorstellen, doch waren sie offensichtlich so wild entschlossen, uns nicht in die Stadt zu lassen, daß sie die ganze Nacht hindurch geräuschlos gearbeitet hatten, um den von uns angerichteten Schaden zu beheben.

Ungläubig starrte mein Lehnsherr den Turm an. »Entweder sind sie selbst Teufel«, sagte er, »oder der Gottseibeiuns steht in ihren Diensten.« Hinter uns warfen sich die türkischen Gefangenen zu Boden – es ist ihre Lieblingsstellung – und dankten ihrem Gott. Nur mit Mühe konnten wir unsere Männer davon abhalten, über sie herzufallen.

Den ganzen Tag waren wir denkbar schlechter Laune. Dann erfuhren wir am Nachmittag, daß eine starke Streitmacht der Türken um den See herum näherrücke. Das konnte niemand anders als Sultan Kilidsch Arschlon sein, der die Stadt entsetzen wollte. Graf Raimund schickte Boten an Herzog Gottfried und Bohemund. Sie sind mit der Antwort zurückgekehrt, daß keiner von beiden seine Stellung an der Nord- bzw. Ostmauer zu verlassen wage. Damit fiel den Provenzalen die Aufgabe zu, den bevorstehenden Angriff abzuwehren.

Wir ließen eine Rumpf-Streitmacht vor der Mauer zurück, die uns den Rücken freihalten sollte, und wandten uns dem Feind entgegen. Wir konnten sehen, wie er seine Truppen auf den Hügeln zusammenzog. Es schienen ihrer viele tausend zu sein. Lange Wimpel flatterten über den Reihen des ausnahmslos berittenen Feindes. Sogleich machten sich unsere Bogenschützen bereit, während wir uns rüsteten und neben unseren Pferden Aufstellung nahmen.

Die Sonne stand schon tief am Himmel, so daß es schwer war, die Türken zu sehen. Mit einem Mal erhob sich auf den Hügeln ein Geschrei, und sie stürmten gegen uns an. Da unsere Bogen länger sind als ihre und weiter reichen, konnten unsere Leute als erste schießen. Zwar rissen sie damit viele Lücken in die Reihen des Feindes, doch stürmte er weiter voran.

Als er nahe genug heran war, töteten seine Bogenschützen viele unserer Männer und Pferde. Noch während die Reihen der zu Fuß Kämpfenden bereits ineinander verbissen waren, setzte der Feind seinen Beschuß mit Pfeilen und Katapulten fort. Die Türken fochten tapfer für ihren Sultan, der ihnen vom Hügel herab zusah. Obwohl ihr Kampfgeschrei unseren Männern das Blut in den Adern erstarren ließ, wichen und wankten sie nicht aus dem Schanzwerk, in dem wir seit Wochen leben.

Schließlich gab mein Lehnsherr das Zeichen, und die Ritter und Edlen saßen auf. Ich hielt Fatana am kurzen Zügel, denn sie wollte unbedingt voranstürmen. Noch waren die Türken fünfhundert Schritt entfernt, als unsere Trompeten zum Angriff bliesen. Die Lanze senkend gab ich Fatana die Sporen. Sie aber bedurfte keiner Ermunterung, war sie doch zu keinem anderen Zweck hergekommen, als gegen die Türken anzustürmen. Nichts vermochte sie aufzuhalten. Mit angelegten Ohren und donnernden Hufen galoppierte sie mitten durch die Reihen der türkischen Bogenschützen voran. Ich konnte sie nicht mehr halten.

Als wir in die Mitte des feindlichen Heeres vorstießen, war das wie der Zusammenprall zweier gewaltiger Wogen. Schwert- und Keulenhiebe austeilend, wirbelten wir inmitten des Feindes herum. Es war mein erstes richtiges Gefecht, und es war wie ein Traum. Rings um mich brüllten und fluchten unsere Männer, die Türken hieben mit ihren kurzen Säbeln nach uns, Pfeile flogen aus beiden Richtungen, und auf allen Seiten gab es Tote.

Ich kämpfte, wie es mich mein Stiefvater gelehrt hatte, hielt die Augen offen, schonte meine Kräfte, schlug nur nach Zielen, die nahe genug waren, und achtete ständig darauf, den Rücken frei zu haben. Einem Türken, der meinem Lehnsherrn in den Zügel fiel, hieb ich den Arm ab. Ich hörte den Aufschrei des Mannes und sah den Arm zu Boden fallen, die Finger noch immer in den Zügel verkrallt. Im nächsten Augenblick fuhr mein Schwert einem untersetzten Türken auf einem Falben in die Seite, der gerade mit dem Säbel zuschlagen wollte. Dann griffen mich zwei von ihnen an, und ich ließ mein Schwert über dem Kopf kreisen – es traf beide an den Ohren.

Es war eine wilde Schlacht, Mann gegen Mann. Gesichter und Pferdeköpfe schienen über einem Blutnebel zu schwimmen. Zeitweilig hörte ich nichts, dann wieder durchdrang ein Schrei die Stille. Ich sah zerhackte Gesichter, gewahrte einen Mann, dem ein Axthieb das Metall des Helms in den Schädel getrieben hatte. Um uns herum wieherten und stürzten Pferde, Krieger fielen zu Boden, wurden durchbohrt, aufgeschlitzt oder niedergetrampelt, bevor sie sich wieder erheben konnten. Ich war mit Schweiß bedeckt und wie benommen, kannte kein anderes Ziel als den jeweils nächsten Mann, der mir vor die Augen kam. Mein Blut war so erhitzt, daß ich es in den Ohren sausen hörte. Mechanisch führte ich mein Schwert, verspürte weder Ermüdung, noch empfand ich zu meiner Verblüffung Furcht.

Einmal kam mir ein Türke so nahe, daß ich ihm in den Rachen sehen konnte, während er schrie. Aus irgendeinem Grund widerte mich der Anblick an, ich ließ das Schwert gegen ihn sausen und riß ihn vom Pferd. Als er sich benommen erhob, drängte ich Fatana voran, damit sie ihn niedertrampelte. Sie riß ihn mit der Schulter um, so daß er abermals zu Boden stürzte. Dann fuhr ihm die Lanze eines Ritters in die Seite. Ich sah, wie die Spitze eindrang, ihm den Waffenrock aufriß und zwischen den Rippen ins Fleisch fuhr. Der Ritter, der seine Lanze nicht wieder zu lösen vermochte, riß und zerrte daran, bis die Rippen nachgaben. Aufschreiend legte der Türke die Hand auf die Stelle, als wollte er seine Rippen festhalten. Dann schlug er vor übergroßem Schmerz seine Zähne in den Boden.

Als der Kampf richtig in Gang gekommen war, stieß auch das Fußvolk zu uns. Unter lautem Kriegsgeschrei stürmte es mit Keulenhieben und Speerstößen gegen die umherwirbelnde Masse aus Berittenen vor. Jeder Türke, der zu Boden sank, wurde zerschmettert und durchbohrt. Bald waren auch die Fußkämpfer mit Blut bedeckt. Sie stießen nach den Pferden der Türken, brachen ihnen die Läufe und durchbohrten ihnen den Hals. In diesem Handgemenge diente alles als Waffe, auch Fäuste, Gürtel und Zähne. Nach einer Weile wandten sich einzelne Türken in den hintersten Reihen zur Flucht. Bei diesem Anblick sank auch ihren Gefährten der Mut.

Nun stiegen Jubelrufe aus den Kehlen unserer Männer. Auch ich schrie, so laut ich konnte, und schwang mein Schwert in der Luft. Blut lief daran herab und mir in die

Augen, so daß ich es abwischen mußte, um wieder sehen zu können. Als die Türken unseren Siegesjubel hörten, wurde ihre Flucht regellos. Wir hatten das Feld behauptet.

Noch einmal spornte ich Fatana und hob mein Schwert gegen jeden Türken, auf den wir stießen. Manche traf ich am Kopf, andere im Rücken. Es war mir einerlei – angesichts ihrer Flucht hatte mich die Raserei übermannt. Jeden, der mir nahe kam, tötete ich. Mein Waffenrock war so von Blut getränkt, daß er am Kettenhemd klebte; Gesicht, Arme und Hände waren über und über mit Blut bedeckt. Alles um mich herum verschwamm, klar sah ich jeweils nur, wen ich vor dem Schwertarm hatte. Alles, was sich im Laufe der Jahre an Üblem in mir angesammelt hatte, drängte jetzt dorthin.

Die Türken verschwanden im Schein der sinkenden Sonne zwischen den Hügeln über dem See. Einzelne unserer Ritter wollten sie verfolgen, waren aber außerstande, sie auf ihren schnellen Pferden einzuholen. Ich sah, wie ein Trupp Berittener, zweifellos die Leibgarde des Sultans, unsere Männer angriff und niedermachte. Ein gut gezielter Pfeilhagel von der Hügelkuppe, wo die Wimpel geweht hatten, hinderte uns an der Verfolgung. Ohnehin war es genug: Immerhin hatten wir die Truppen des Sultans höchstselbst zurückgeschlagen. Jetzt war uns Nikäa auf Gedeih und Verderb ausgeliefert.

Allerdings hatte uns der Sieg entsetzliche Opfer gekostet. Die Hälfte unserer Streitmacht bedeckte tot oder auf den Tod verwundet die Walstatt. Unsere Provenzalen lagen überall, von der Schlachtlinie bis hinauf in die Hügel. Am schlimmsten war es dort, wo unsere Angriffsreihe auf die des Feindes getroffen war. Ungezählte Gefallene und Tierkadaver lagen durcheinander, an manchen Stellen zu zweit und dritt aufeinandergeschichtet. Unter den Leichnamen zuckten die Glieder noch Lebender, die so schwer verwundet waren, daß sie sich nicht selbst zu befreien vermochten. Bisweilen wurden tote Türken in Stücke gehauen, um unsere Verwundeten zu retten. Das verstärkte noch die Ströme von Blut, die sich dort gebildet hatten, und an manchen Stellen wateten unsere

Männer auf der Suche nach Verwundeten knöcheltief im Blut.

Ich war erschöpft wie noch nie zuvor. Nicht nur mein Körper, auch mein Geist und meine Seele waren am Ende. Wie betäubt ritt ich zur Stadt zurück. Thomas stand neben meinem Zelt, das Gesicht geschwärzt, den Waffenrock von Blut getränkt. »Ach, mein Gebieter«, sagte er, »Dagobert ist tot. Sie haben ihm den Kopf abgehauen.« Nach diesen Worten brach er schluchzend zusammen.

Ich ließ Dagoberts Leichnam in unser Lager bringen, doch vermochte niemand den Kopf zu finden. Wir konnten ihn nur am Wappen der Baronie Lunel erkennen, dessen drei Sterne er mir zu Ehren auf der Brust trug.

Gérard hat eine Wunde im Hinterteil, Bernard hingegen ist wohlauf und pflegt ihn. Mit Rührung sehe ich, wie sich diese einfachen Bauern, Brüdern gleich, umeinander kümmern – fast würde man sagen, wie Mann und Weib. Uc mit seinem brandigen Fuß muß nach wie vor im Lager bleiben. Bartolomé ist noch nicht zurückgekehrt. Der Mönch René soll in der Schlacht umgekommen sein. Es heißt, er habe waffenlos das dickste Getümmel aufgesucht, als suche er den Tod. Ich hoffe sehr, daß der Grund dafür nicht die Entfremdung zwischen ihm und mir war. Ohnehin ist jeder für seine Entscheidungen verantwortlich und folgt seinem eigenen Weg zum Leben oder Tod.

Bischof Adhémar will auf dem Marktplatz der Stadt eine Dankmesse feiern, an der wir alle teilnehmen sollen. Morgen gedenke ich meinen Bericht fortzusetzen.

Den zwanzigsten Juni

Es ist Vormittag. Da wir heute weder marschieren noch kämpfen werden, kann ich mir gestatten, im Haus des Küfers im Bett zu bleiben. Hier habe ich einige merkwürdige Dinge gefunden, und da mit der Rückkehr ihrer Eigentümer kaum zu rechnen ist, werde ich sie behalten. Da ist einmal ein

Fladen Brot mit Körnern, der einfach köstlich schmeckt. Ich esse davon, während ich das hier schreibe. Dazu trinke ich Granatapfelsaft; nie zuvor habe ich ein so süßes Getränk genossen.

Ich schrieb über den Haufen Goldstücke vor mir und will erklären, wie er in meinen Besitz gelangt ist.

Nach der Schlacht kehrten wir an die Südmauer zurück, und Graf Robert von der Normandie bekam den Auftrag, unsere Verluste zu ersetzen. Am nächsten Morgen kontrollierte er mit Fulk Rechin und anderen normannischen Rittern sowie meinem Lehnsherrn unsere Stellung. Voll Mitgefühl schüttelte Graf Robert den Kopf, als ihm Graf Raimund die wilde Schlacht beschrieb und unsere Toten aufzählte. Fulk Rechins Wut steigerte sich zusehends.

Endlich kamen auch die vom Kaiser gesandten Schiffe auf dem See in Sicht. Nikäa war ringsum belagert, aber durchaus nach wie vor zur Verteidigung imstande. Soweit wir wußten, war die Stadt mit Vorräten für eine lange Belagerung versehen.

»Wir müssen damit rechnen, unter Umständen den ganzen Winter hier zuzubringen«, sagte mein Lehnsherr.

»Es sei denn, wir ziehen es vor, einen Sturmangriff zu wagen«, erwiderte Graf Robert von der Normandie.

»Der Befehl dazu ist bereits erteilt«, bemerkte Graf Raimund. »Ein solcher Angriff würde uns aber teuer zu stehen kommen und mehr Männer kosten, als wir entbehren können, denn wir brauchen jeden einzelnen für Jerusalem.«

Daraufhin erkundigte sich Fulk Rechin, ob wir Gefangene gemacht hätten. Graf Raimund führte ihn zum Lager, wo wir die im Verlauf der beiden blutigen Treffen gefangengenommenen Türken bewachten. Es waren an die zweihundert.

Fulk Rechin bat Graf Robert eine Weile beiseite. Wir konnten nicht hören, was sie besprachen, aber ich sah, wie sich Roberts Züge verfinsterten. Nach einer Weile nickte er bedächtig, und zum Schluß hörte ich ihn sagen: »Gewiß, gewiß.« Fulk Rechin kehrte zu uns zurück und fragte Graf

Raimund, ob er bereit sei, einen Plan ins Werk zu setzen, der geeignet sei, uns eine lange Belagerung wie auch einen opferreichen Sturmangriff zu ersparen. Graf Raimund stimmte zu.

In Graf Roberts Gefolge sah ich meinen alten Gefährten Landry Gros und fragte ihn, was Fulk Rechin vorgeschlagen habe. »Wir haben ein Sprichwort, Escrivel«, gab er zur Antwort und fügte etwas hinzu, das wie das Kullern von Kieselsteinen klang. Dann übersetzte er: »Gelegentlich bewirkt eine Warnung mehr als ein Krieg.« Sich bedeutungsvoll an die Stirn tippend, zwinkerte er mir zu.

Bald verstand ich, was er meinte. Als die Normannen unsere Wachen abgelöst hatten, brachten sie ein Dutzend große Weidenkörbe herbei und traten mit gezogenen Schwertern unter die Türken, die sich zum Morgengebet auf den Boden geworfen hatten. Während ihre Stimmen im uns bereits vertrauten rhythmischen Singsang zum Himmel stiegen, machten sich die Normannen daran, einen nach dem anderen zu enthaupten. Keiner der zweihundert Gefangenen blieb am Leben. Anschließend packten die Normannen die Köpfe bei den Haaren und warfen sie in die Körbe, die sie sodann an die Belagerungslinie brachten.

An jenem Tag gab es einen Beschuß, wie wir ihn noch nie gesehen hatten. Mittels der Katapulte schleuderten die Normannen die bluttriefenden Köpfe der Türken über die Mauern. Sofort darauf hörten wir die ersten Ensetzensschreie aus der Stadt. Als alle zweihundert Köpfe ihren Weg dorthin gefunden hatten, herrschte etwa eine Stunde lang Stille. Dann wurde eine Parlamentärfahne auf den Mauern gehißt.

»Das Mittel versagt seine Wirkung nie«, erklärte mir Landry Gros.

Unter Herzog Gottfrieds, Bohemunds, Graf Roberts und meines Lehnsherrn Führung versammelten sich die Edelleute, um die türkischen Unterhändler zu empfangen. Die uns so lange verschlossenen Tore öffneten sich. Wer beschreibt unser Erstaunen, als Butumites herauskam!

Es sieht ganz so aus, als habe er auf Geheiß des byzantinischen Kaisers schon lange hinter unserem Rücken mit den Türken verhandelt. Als die Türken erfuhren, daß ihr Sultan gekommen sei, die Stadt zu entsetzen, hatten sie die Gespräche abgebrochen und sie nach der Schlacht wieder aufgenommen – nur daß wir nach wie vor nichts davon gewußt hatten. Die Türken hofften die Verhandlungen in die Länge ziehen zu können, bis Kilidsch Arschlon erneut angriff, doch hatte ihnen der Sultan eine Botschaft des Inhalts geschickt, daß sie selbst über ihr weiteres Schicksal entscheiden sollten. Nach der ihnen von den Normannen übermittelten Warnung hatten sie sogleich beschlossen, die Stadt zu übergeben – allerdings nicht an uns, sondern an den Basileus.

Zu diesem Zweck hatte sich dieser in aller Heimlichkeit nach Pelekanum begeben, wo ihn Butumites beständig über den Stand der Dinge auf dem laufenden gehalten hatte. Als er von der Entscheidung der Türken erfuhr, die Stadt zu übergeben, ließ er sogleich Befehl ergehen, man möge dem fränkischen Heer unter keinen Umständen den Einzug in die Stadt gestatten. So hatte Butumites mit Hilfe der von Kaiser Alexios zur Verfügung gestellten Schiffe insgeheim Nikäa mit einer Garnison versehen, während wir noch mit der Vorbereitung unseres Sturmangriffs beschäftigt waren.

Es empörte unsere Männer, auf diese Weise hintergangen worden zu sein, hatten sie doch gehofft, sich an den Türken schadlos halten und die Stadt plündern zu dürfen. Um just das zu verhindern, war uns der Basileus zuvorgekommen. Offenkundig wollte er weder eine zerstörte Stadt erobern, noch sie durch unsere Heerführer übernehmen lassen. So endete unsere Belagerung Nikäas nicht mit einem Sieg, sondern mit einem Verrat.

Zu unserer Entschädigung hat uns der Basileus Proviant und Geld geschickt: Jeder Krieger im Heer hat eine Handvoll Kupfermünzen bekommen, jeder Ritter Edelsteine, und jeder von uns Edelleuten ein Drittel seines Körpergewichts in Gold. So kommt es, daß ich jetzt vor einem Haufen Goldstücke sitze.

Offen gestanden will ich sie nicht haben, zumal ich nichts damit anfangen könnte. Ich will sie unter meine Männer verteilen, die sie behalten oder verschleudern mögen, wie es ihnen beliebt. Sie lagern vor den Haupttoren, und ich suche sie jeden Morgen und Abend auf.

Der Wundarzt hat mir gesagt, daß man Uc den Fuß abnehmen muß. Noch habe ich ihm das nicht mitgeteilt, will es aber heute abend nach dem Festmahl tun, zu dem der Kaiser eingeladen hat und an dem auch Uc seine Freude haben soll. Dagobert hat seine letzte Ruhe auf dem Friedhof gefunden, den wir vor Nikäas Südmauer für die gefallenen Franken angelegt haben. Thomas geht es gut, auch wenn er nach wie vor trübsinnig ist.

Bartolomé, der in der Schlacht von uns getrennt worden war, hatte ein einzigartiges Erlebnis. Nachdem er, von einem Keulenhieb am Kopf getroffen, zwei Tage auf dem Schlachtfeld gelegen hatte, entdeckten ihn die Leichensucher und warfen ihn ins Massengrab. Gerade als sie Erde auf ihn zu schaufeln begannen, kam er zu sich. Sein Wesen hat sich sehr geändert. Er ist nicht mehr so gesellig wie früher, sondern sitzt stundenlang stumm und geistesabwesend da.

Gérard ist nicht schwer verwundet, aber ich habe erfahren, daß er widernatürliche Beziehungen zu Bernard pflegt. Als ich diesen darauf ansprach, brach er weinend zusammen und erklärte, er habe noch nie ein Weib besessen und rechne auch nicht damit, je eines zu besitzen. Ich gebot ihm und Gérard, ihre Beziehung dem Priester Raimund von Agiles zu beichten und künftig die Finger voneinander zu lassen. Dennoch ertappe ich Bernard immer wieder dabei, wie er sehnsüchtig Gérard anschaut, der in trübsinniger Stimmung durchs Lager streicht wie eine verschmähte Ehefrau. Ich würde sie am liebsten beide heimschicken, doch dann hätte ich keine eigenen Krieger mehr.

Mein Schildknappe Thomas befindet sich bei mir im Haus des Küfers. Er ist nach wie vor niedergeschlagen und betrübt. Er ist mir nicht viel nütze, aber ich habe nicht das Herz, ihn von mir zu weisen. Sonderbarerweise hat mich kürzlich ein Geschöpf gebeten, in meine Dienste treten zu dürfen. Ich sage bewußt »Geschöpf«, denn es läßt sich unmöglich sagen, wer oder was das erschreckend dürre Männchen von etwa vierzig Jahren ist. Er ist so dunkel wie ein Neger, und die unter der Sonne verbrachten Jahre haben ihm die Haut gegerbt. Er geht gebeugt, doch seine Beine sind kräftig, und er schwört, er wolle hart arbeiten und mir treu sein. Er heißt Mansur, spricht unsere Sprache recht ordentlich und behauptet, Christ zu sein. Wahrscheinlich gehört er dem Volk der aus dem Norden stammenden Tscherkessen an, von denen sich viele in Nikäa aufhalten. Er ist fast zahnlos, und an der linken Hand fehlen ihm zwei Finger. Er behauptet, die Türken hätten sie ihm wegen eines Diebstahls abgehackt. Er scheint von rascher Auffassungsgabe zu sein, und da ich Hilfe brauche, werde ich ihn auf Probe in meinen Dienst nehmen – zumindest, solange wir hier sind.

Den sechsundzwanzigsten Juni

Nikäa ist eine eigentümliche Stadt. Die Mehrzahl ihrer Bewohner sind griechische Christen, doch leben hier auch viele Juden, Armenier und Syrer. Die allerwenigsten sind Türken; sie aber genießen jetzt den Schutz des byzantinischen Herrschers. Heute vormittag wurde Kilidsch Arschlons Gemahlin mit allem Pomp aus der Stadt geleitet. Sie war kürzlich niedergekommen und soll mit dem Säugling und ihren beiden älteren Kindern nach Konstantinopel gebracht werden, wo sie des Kaisers Gastfreundschaft genießen wird, bis sie zu ihrem Gatten zurückkehren kann.

Als wir das erfuhren, herrschte unter unseren Leuten große Entrüstung, denn einige unserer Heerführer vertraten die Ansicht, man müsse sie gegen die Zusage sicheren Geleits für uns nach Jerusalem als Geisel nehmen. Davon aber wollte der Kaiser nichts wissen – seine Ehre, erklärte er, erfordere die Rückkehr dieser Türkin. Ihre Bequemlichkeit scheint ihm mehr am Herzen zu liegen als das Leben Tausender christlicher Kämpfer. So ist das Ehrgefühl des Griechen beschaffen.

Ich habe die Zeit genutzt, um mich auszuruhen und nachzudenken. Viel ist geschehen, seit ich vor fast einem Jahr von Lunel aufgebrochen bin. An vier Gefechten habe ich inzwischen teilgenommen, zwei gegen Christen, und zwei gegen Türken. Sie sind unbestreitbar die besseren Kämpfer, doch können sie trotz all ihrer Tapferkeit und Wildheit einem Angriff gepanzerter Ritter zu Pferde nicht widerstehen. Daran muß sich unsere Taktik ausrichten. Auf keinen Fall dürfen wir sie einzeln angreifen – wir müssen warten, bis sie sich formiert haben, und dann zuschlagen.

Ich merke, daß ich mich ziemlich geändert habe. Zu Hause, das erkenne ich jetzt, hatte ich kein festes Ziel vor Augen, habe mich treiben und von meinen Begierden leiten lassen. Diese Pilgerfahrt nach Jerusalem mit all ihren Unbilden und sonderbaren Begegnungen hilft mir, mich auf das Wesentliche zu konzentrieren. Ein Mann braucht ein Ziel, etwas, nach dem er strebt und woran er seine Entwicklung mißt. Das ist für mich Jerusalem, nicht nur als Endzweck, sondern auch als Ziel meiner Sehnsucht, denn dabei handelt es sich ebensosehr um die Reise einer Seele wie um die eines Kriegers. Es zieht meine Seele ans Heilige Grab. Nur sie allein kann wissen, was ich dort finden werde. Nur sie wird es erkennen, wenn der Augenblick gekommen ist.

Mein neuer Diener Mansur hat Wort gehalten. Er arbeitet hart, ist geschickt und läßt sich mein Wohlergehen angelegen sein. Obwohl er einem fremden Volk angehört, versteht er die Aufgaben eines Schildknappen besser, als Thomas das je getan hat. Bartolomé ist mittlerweile so gut wie nutzlos. Er behauptet, Erscheinungen zu haben und Stimmen zu hören. Häufig verbringt er den Tag damit, verzückt gen Himmel zu starren. Manche der unwissenden Krieger sehen in ihm einen Mystiker, doch ich denke, daß es einen Unterschied zwischen Heiligkeit und einem Schlag auf den Kopf gibt, so geringfügig er auch sein mag.

Gestern hat der Wundarzt Uc den brandigen Fuß amputiert. Vier von uns hielten ihn fest, während sich der Wundarzt mit Messer und Säge ans Werk machte. Der arme Kerl hat geschrien und uns unter Tränen angefleht, ihn fortzubringen und zu töten. Ich glaube nicht, daß ich je das Geräusch vergessen werde, mit dem die Säge durch den Knochen schnitt. So sehr hat es mich an das erinnert, was ich beim Schlachten auf Lunel gehört habe, daß es mich schauderte. Mit einem Mal begriff ich, wie ähnlich wir den Tieren sind.

Am Ende verschloß der Wundarzt den Stumpf mit siedendem Teer, was Uc erneut losschreien ließ. Dann wurde der Stumpf mit Leinenstreifen umwickelt und Uc ins Heiligtum der Türken gelegt, das sie eine Moschee nennen. Dort haben wir unsere Verwundeten untergebracht. Von meinem Lehnsherrn habe ich erfahren, daß wir Nikäa in zwei Tagen verlassen sollen. Uc wird wohl hierbleiben müssen und, sofern er überlebt, irgendwie nach Lunel zurückgeschickt. Für diesen Fall habe ich ihm Briefe an meine Gemahlin, meine Mutter und Schwester mitgegeben, damit sie wissen, daß ich noch lebe.

Ein Wort zu Bischof Adhémar. Nach der Schlacht, bei der er unseren rechten Flügel befehligte, hörte man viel Lobendes über seine Tapferkeit. Es heißt allgemein, daß ihm seine Männer jetzt treu ergeben sind.

Ich habe lange über unsere Beziehung nachgedacht. Als er selbst im Sterben zu liegen glaubte, hat er mich um Vergebung gebeten; als er annahm, ich läge im Sterben, hat er sie von mir erpreßt. Es ist durchaus möglich, daß sich ein Mann über Nacht wandelt, aber ich zweifle daran. Sollte das bei ihm der Fall sein, war es gewiß gut, daß ich ihm verziehen habe, denn dann habe ich, auch wenn ich kein Priester bin, möglicherweise seine Seele gerettet. Sollte das aber lediglich wieder einer seiner üblen Winkelzüge sein, hoffe ich, daß es ihm vergönnt sein wird, im Dienst des Erlösers zu sterben. Ich überlasse ihn getrost seinem Gott.

Morgen beginnt der lange Weg nach Antiochia.

Den achtundzwanzigsten Juni

Wir sind den ganzen Tag marschiert und haben ein Dorf namens Leukä erreicht. Es ist ein ödes Nest, kaum mehr als einige Hütten an der Straße. Ein gottverlassenes Land, arm und unfruchtbar. Aber wenigstens rennen nicht alle Leute aus Angst vor uns davon. Wie es scheint, haben sie Kunde von unserem Verhalten in Nikäa bekommen und bleiben in ihren Häusern, um Handel mit uns zu treiben.

Heute abend sind unsere Heerführer zusammengetroffen, um über die Zukunft unseres Zuges zu beraten. Sie wollen das Heer aufteilen. Eine Hälfte soll morgen aufbrechen und die andere einen Tagesmarsch Abstand halten. Bohemund wird die erste Gruppe führen. Ihr gehören die Normannen und Flamen sowie die Männer Graf Stephans von Blois und die uns von Kaiser Alexios beigegebenen Griechen an. An der Spitze der byzantinischen Truppen steht anstelle des Verräters Butumites, den wir in unserem Heer nicht länger dulden wollten, General Tatikios, ein Mann mit glühenden Augen und langer Nase. Man munkelt, er sei türkischer Abstammung, und er genießt einen glänzenden Ruf als Reiterführer. Ob er allerdings vertrauenswürdiger ist als sein Vorgänger, muß sich noch herausstellen.

An der Spitze unserer Abteilung werden mein Lehnsherr und Herzog Gottfried reiten. Zu ihr gehören außer den Truppen beider die Franken des Grafen Hugo von Vermandois. Auch wenn er der Bruder des Königs von Frankreich ist, kann ich für diesen kleinen, aufgequollenen Kahlkopf nicht viel Achtung aufbringen. Er ist kein Krieger und bringt den größten Teil seiner Zeit damit zu, sich zu überlegen, was er anziehen soll. Bei unserer Schlacht gegen die Türken hat er sich beiseite gehalten, sein Banner geschwungen und Schmähungen gegen den Feind ausgestoßen, ohne ansonsten irgendwie in das Geschehen einzugreifen. Seine Krieger sind die bestgekleideten im ganzen Heer, aber was sie als Kämpfer taugen, bleibt abzuwarten. Da wir sie weder mit der Vorhut noch mit der Nachhut betrauen mögen, haben wir ihnen den Platz in der Mitte der Marschsäule zwischen unseren Provenzalen und Herzog Gottfrieds Lothringern angewiesen.

Nach den Wochen der Belagerung und den Tagen in Nikäa hause ich wieder in meinem Zelt. Mansur hat es wunderbar behaglich eingerichtet, doch es riecht muffig und wimmelt von den hier allgegenwärtigen Käfern mit ihren harten Panzern. Ständig ist Mansur in Bewegung, streicht hier etwas glatt, säubert dort etwas, legt Kissen zurecht, die er aus Nikäa mitgebracht hat, und kümmert sich um meine Mahlzeiten und mein Bettzeug. Ich habe ihn mit einem Teil des Goldes belohnt, das uns der Basileus gegeben hat. Zuerst wollte er nichts davon nehmen, doch als ich es ihm aufdrängte, sah er beiseite, und Tränen stiegen ihm in die Augen. Er hat es äußerst demütig entgegengenommen und sich auf seinen Platz vor dem Eingang zu meinem Zelt zurückgezogen, den er jetzt an Thomas' Statt einnimmt. Zwar murrt dieser wider Mansur, fürchtet sich aber vor ihm.

Den dreissigsten Juni

Wir lagern an einem Paß im Hochgebirge. Die erste Gruppe unseres Heeres hat bereits die Ebene erreicht. Vor uns liegt die Stadt Doryläon. Dort verzweigt sich die Straße nach Osten und Süden, und so müssen wir uns entscheiden, in welcher Richtung wir den Weg ins Heilige Land fortsetzen wollen.

Zum ersten Mal denke ich ernstlich an jenen Ort, der einst so fern schien, jetzt aber am Ende des Weges vor uns liegt. Ich danke Gott, daß Er mich bisher beschützt hat. Wenn ich von unserer Höhe hinabblicke, sehe ich in der Ferne Feuerschein und stelle mir vor, er könnte von Antiochia kommen, Sitz des Apostels Petrus und erste Hauptstadt unserer Religion. Allmählich beginnt mir die Sache wirklich zu erscheinen und Leben anzunehmen.

Die Luft hier ist kühler als im Flachland mit seinem endlosen Dornendickicht, und Blumen blühen, die ich nie zuvor gesehen habe. Manche haben herzförmige Knospen, die in allen Farben gesprenkelt sind, andere tiefe Kelche voller Nektar, und wieder andere winzige lila Blüten mit goldener Mitte. Ich sitze auf einem Felsbrocken, halte eine von ihnen in der Hand und blicke hinauf zu den Sternen, das Schwert über die Knie gelegt. Mein alter Waffenrock wallt hinab bis auf den Boden, und das Kreuz leuchtet auf meiner Schulter. Es ist still und friedlich, und ich meine, im leisen Windhauch die Stimmen der Heiligen zu hören, die mich in ihrem Reich willkommen heißen.

Eine Sternschnuppe fällt zur Erde, und ich wünsche mir, daß es mir vergönnt sein möge, meine Heimat wiederzusehen. Sofern mir das aber nicht beschieden sein soll, wie herrlich wäre es dann, das Leben für einen Traum des Glaubens zu geben, unter solchen Sternen und in Anwesenheit der stillen Majestät, nicht der Fürsten der Erde, sondern dieser lilafarbenen Blume, die mir Gott gab.

Das Innere dieser Blüte
Enthüllt die Ewigkeit.
Gottes Wille zeigt sich
In ihren Goldtupfen.

Was habe ich getan,
So viel zu begehren?
Welche Schuld habe ich beglichen
Für so vollständige Vergebung?

Hier in dieser Nacht,
Von Feuern belebt,
Von Engelsflügeln durchweht,
Bestimmt nicht mein Denken mich,
Sondern mein Fühlen. Es sagt,

Was der Geist erriet,
Wußte die Seele längst:
Lichtschein mag sich verdunkeln,
Die Tür aber schließt sich nie.

Den zweiten Juli

Gestern morgen sind wir frühzeitig zu unserem Marsch aufgebrochen. Wir waren noch nicht weit gekommen, als ein atemloser Bote im Galopp heranjagte. Erregt teilte er uns mit, ein übermächtiges türkisches Heer habe unseren Voraustrupp angegriffen, der sich hinhaltend verteidigen wolle, bis wir zu ihm aufgeschlossen haben.

Wir vergeudeten keine Zeit. Die Berittenen stürmten voran, und das Fußvolk bekam Befehl, so rasch wie möglich zu folgen. Wegen der Hitze hatten wir unsere Kettenhemden nicht angelegt, und so brachte man eilends die Bagagewagen heran. Während wir uns wappneten, warfen wir von der Paßhöhe hinab einen Blick auf die Schlacht, die in der Ebene tobte.[42]

Die türkische Streitmacht bestand aus Tausenden von Reitern, die Welle auf Welle rasche Scheinangriffe und ernsthafte Vorstöße gegen die Linie der unseren führten. Die Pfeile ihrer Reiterei und unserer Krieger, die abgesessen waren, um einen Kreis zu bilden, und sich in alle Richtungen verteidigten, verdunkelten den Himmel. Offenkundig waren die Türken überzeugt, unsere gesamte Streitmacht umzingelt zu haben.

»Jetzt packen wir sie!« rief mein Lehnsherr aus. Herzog Gottfried wollte, daß wir unsere Abteilung aufteilten und von zwei Seiten angriffen, aber Graf Raimund setzte sich mit seiner Forderung nach einem massierten Angriff durch. Unterdessen kam unsere Nachhut heran, verschwand aber dann zu unserer Verwunderung südwärts über die Hügel. Uns blieb keine Zeit, darüber nachzugrübeln, wir saßen so rasch wie möglich auf, bildeten eine Kampflinie und stürmten in die Ebene hinab.

Die Geschwindigkeit, die unsere Pferde bergab gewannen, verlieh unserem Angriff eine Wucht, der nichts hätte widerstehen können. Unten angekommen, schwärmten fünfhundert Ritter im gestreckten Galopp zu einer Schlachtreihe von einer halben Meile Länge aus. Ein Teil der Türken wandte sich uns zu, um uns am Durchbrechen zu hindern, aber wir hauten sie in Stücke. Sobald wir die Verbindung zu unserem Voraustrupp hergestellt hatten, gaben dessen Führer den Befehl zum Gegenangriff, und mit Trompetenschall und lauten Anrufungen Gottes kehrten wir uns um und trieben die Türken von allen Seiten zu Paaren.

Im selben Augenblick brandete mit lautem Geschrei eine gewaltige Welle Berittener aus den Hügeln im Westen gegen uns an. Sie waren in schwarze und goldene Seide gekleidet, und von ihren Helmen wehten lange Tücher. Es war ein Bild eindrucksvoller Wildheit. Das waren keine Krieger des Sultans.[43] Wie Tiger griffen sie uns an, lange Krummsäbel und goldene Schilde schwingend. Unser Fußvolk wich vor ihrem Ansturm zurück, doch Bohemund sammelte seine Normannen und stellte sich ihnen.

Es hallte weithin über die Ebene, als die Gegner aufeinanderstießen. Fleisch prallte auf Fleisch, Metall auf Metall. Man hörte Schreie und Waffengeklirr. Obwohl auch wir uns inmitten des Getümmels befanden, fesselte uns dieses Schauspiel, und eine ganze Weile schien der Ausgang unentschieden zu sein. Die Normannen waren in ihrem Element. Diese Art Kampf Mann gegen Mann mit einem barbarischen Feind hatten schon ihre Vorfahren geführt. Trotz der gewaltigen Kraft des Gegners und seiner atemberaubenden Geschicklichkeit im Umgang mit den Waffen wichen und wankten die Männer mit den Helmschleiern nicht.

Jetzt tobte die Schlacht an zwei Fronten – wir gegen die Männer des Sultans, und die Normannen gegen die Neuankömmlinge. Schon bald waren beide Heere ineinander verkeilt, und Schritt für Schritt wurden wir gegen die Hügel zurückgedrängt. Eine Trompete erscholl, und wir lösten uns lange genug vom Feind, um unseren Bogenschützen das Abschießen einer breiten Salve zu ermöglichen. Die Türken verharrten kurz, drängten dann aber weiter gegen uns an. Die Kampflinie schob sich im Tal hierhin und dorthin, und bei jeder ihrer Bewegungen blieben mehr Tote liegen. Keine Seite gab nach, und es sah ganz so aus, als würden wir einander in Stücke hauen, als aus den Hügeln im Süden ein Trompetensignal ertönte.

Unsere Nachhut, die so unerwartet verschwunden war, kam in die Ebene herabgestoben. Bischof Adhémar hatte, vielleicht von Gott gelenkt, diesen Umweg gemacht, um den Türken in die Flanke zu fallen. Das Manöver zeigte die erwünschte Wirkung. Die Türken, die mit einem Angriff von jener Seite nicht gerechnet hatten, wichen und wandten sich zur Flucht. Alle Versuche ihrer Hauptleute, die Reihen zum Stehen zu bringen, scheiterten. Während Bischof Adhémars Männer ihnen von hinten den Fluchtweg abschnitten, sammelten wir uns vorn zum Gegenangriff. Jetzt sahen sich die Türken eingeschlossen und gerieten nahezu sogleich in helle Panik.

Was zuvor ein Handgemenge gewesen war, wurde ein Abschlachten. Den Türken war der Rückzug in alle Richtungen versperrt. Es war entsetzlich zu sehen, wie sie sich den Weg freizukämpfen versuchten, nur um von hinten niedergemacht zu werden. Am Ende stellten sich uns die Ritter mit den Schleiern in der Ebene zum Kampf. Todesmutig opferten sie sich, um ihren Glaubensgenossen die Flucht zu ermöglichen.

Es war eine gewaltige Schlacht, sie hatte volle sechs Stunden lang hin und her gewogt. Als wir uns vor der Stadt aufs neue sammelten, war es später Nachmittag. Beide Seiten hatten schwere Verluste erlitten, doch waren unsere nicht annähernd so hoch wie die des Feindes. Zu unserer Beute gehörte Sultan Kilidsch Arschlons Prunkzelt mit seinen seidenen Behängen und den mit edlen Steinen besetzten Verzierungen. Letztere haben unsere Männer nach manch handfester Auseinandersetzung unter sich aufgeteilt.

Ich bin am Unterarm verwundet, ohne daß ich wüßte, wie und wann es geschah, und Fatana hat zwei Stichwunden in der Brust. Dennoch hat das tapfere Tier nicht den kürzesten Augenblick gezaudert. Der Türke ist geschlagen, vermutlich entscheidend. Gott gebe, daß uns dieser Sieg den Weg nach Antiochia freimacht.

Den neunten Juli

Unterwegs nach Antiochia

Seit fünf Tagen sind wir jetzt auf dem Marsch. Noch nie habe ich ein so gottverlassenes Land wie dies hier gesehen. Ich bin sehr geschwächt, und immer wieder lassen mich meine Kräfte im Stich. Nicht einmal zum Schreiben habe ich mich bisher aufraffen können.

Nach der Schlacht in der Ebene berieten unsere Heerführer über den einzuschlagenden Weg. Drei Straßen führen von Doryläon in Richtung Osten. Auf der am weitesten nördlich verlaufenden wären wir in Gebiete gelangt, die der Türke besetzt hält. Die mittlere Straße, über die es auf dem kürzesten Weg genau ostwärts nach Antiochia geht, durchquert eine wasserlose Salzwüste, in der es, wie uns Tatikios sagte, weder ein Dorf noch eine Stelle zum Rasten gibt. Die dritte Straße führt südwärts. Zwar erreicht man Antiochia auf ihr erst nach einem langen Umweg, doch findet man an ihr Futter für die Tiere und umgeht obendrein die große Salzwüste, so Tatikios' Auskunft.

Es gab also kaum etwas zu entscheiden: Wir folgen der Straße nach Süden. Es ist die Hölle. Da hierzulande nichts außer Dornen und Unkraut wächst, gibt es auch keinen Schatten. Erbarmungslos sengt die Sonne, und die kalkige Erde zerbröselt uns in den Fingern. Unser Heer, das nur quälend langsam vorankommt, bietet einen trostlosen Anblick. Wir alle sind über und über mit weißem Staub bedeckt und sehen aus wie Gespenster. Die Pferde wanken keuchend und taumelnd voran, und den Männern setzen Hitze und Durst aufs ärgste zu. Die Türken waren vor uns hier und haben alles am Wege zerstört, was uns nützen könnte: Sie haben alle Bauernhöfe und Dörfer niedergebrannt, alle Brunnen mit Felsbrocken verschlossen, alle Felder verwüstet und jeden Wasserlauf mit Tierkadavern verseucht.

Obwohl unser Weg nach Süden führt, sind wir immer noch zu weit von der Küste entfernt, als daß uns die Schiffe der Griechen versorgen könnten, die der Kaiser ausgesandt hat, um die Küstenstädte zu besetzen. So macht er sich unseren Marsch zunutze, um seine eigene Stellung zu festigen und seine verlorengegangenen Häfen zurückzuerobern. Ohne Hoffnung auf Nachschub oder Rettung zieht unser von jedem Stützpunkt abgeschnittenes Heer durch feindliches Gebiet.

Mir ist unbegreiflich, wie die Männer das aushalten. Es ist bewundernswert. Sie marschieren in Zweierreihen, folgen dem Rücken des Vordermanns und achten auf nichts als das Stück Weg unmittelbar vor ihren Füßen. Kaum wird Rast befohlen, lassen sie sich an Ort und Stelle zu Boden sinken. Einige machen Feuer, um das wenige Fleisch zu braten, das sie noch haben. Andere schlafen sofort ein und erwachen erst wieder, wenn die Trompete zum Aufbruch ruft.

Bei jeder Rast herrscht eine Stille, wie ich sie nie zuvor im Heer vernommen habe. Man hört nicht einmal unzufriedenes Murren; niemand spricht, die einzigen Lebenszeichen sind der heiße Wind aus den Hügeln und das gedämpfte Schnauben der Tiere. Oft denke ich an unsere Aufgabe: für die Sache des Glaubens Mitmenschen zu töten. Ich sinne darüber nach, welche Tapferkeit unserer Pilgerschaft zu eigen ist, wie edel die Haltung der Männer trotz ihrer Lumpen, und wie eindrucksvoll ihre seelische Kraft. Wenn man je Krieger ausgeschickt hat, um eines Ideals willen zu töten, sind sie es, und wenn je Männer Vergebung für dies Töten verdient haben, dann sie.

Diese einfachen Bauern mit dem Kreuz auf der Schulter erleiden alles für ihren Glauben. Worauf richtet sich der Glaube? Wer weiß das schon? Die Antwort auf die Frage nach dem Grund ihres Hierseins ließe sich ausschließlich im

Herzen jedes einzelnen finden. Ich selbst weiß, daß ich wegen meiner Sünden aufgebrochen bin. Jetzt bleibe ich wegen dieser braven Männer, die jeden glühenden Tag vor mir weiterstapfen und in jeder windlosen Nacht um mich herum schlafen, ohne ein Wort der Klage. Dabei war noch keiner von ihnen je so fern der Heimat.

Bischof Adhémar ist der Held des Heeres. Zweifellos war sein Angriff ein Meisterstreich, und die Männer preisen seinen Heldenmut über alle Maßen. Dieser schreckliche Sünder, der Tod und Hölle verdient hat, ist durch seine Buße eine Art Heiliger geworden. Er hält sich aufrecht, seine Überheblichkeit ist einer edlen Haltung gewichen. Man könnte sagen, daß in seinen Augen der Blick des Himmels liegt. Er hat sich wahrlich geändert. Schon jetzt ist seine Pilgerschaft ein Erfolg. Ich wünsche ihm alles Gute, denn ich allein weiß, wie es wirklich um ihn steht.

Den neunzehnten Juli

Unsere Kräfte schwinden. Viele Männer sind neben der Straße liegengeblieben, weil sie zum Weiterziehen zu schwach oder zu krank waren. Wir lassen junge Burschen zurück, die sich um sie kümmern, und hoffen nur, daß die Türken sie nicht überfallen. Ein Drittel unserer Tiere ist tot, und jedes Pferd oder Maultier, das zusammenbricht, wird geschlachtet. Die Männer sind so verrückt vor Durst, daß sie das Blut der gestürzten Tiere und sogar den Harn aus deren Blase trinken.

Ich möchte Fatana unbedingt am Leben erhalten. Es quält mich zu sehen, wie dürr sie ist. Der Blick ihrer Augen ist trüb, und ihre Flanken sind eingefallen, aber unverdrossen zieht sie neben mir her. Ich habe ihr den Sattel, ein Geschenk meines Stiefvaters, abgenommen und an der Straße liegengelassen. Eine geraume Weile habe ich mich immer wieder nach ihm umgesehen, während wir weiterzogen, ein armseliges Häufchen im Staub. Unser Troß ist zurückgeblieben, denn die Maultiere können nicht einmal mehr mit unserem schleppenden Vorankommen Schritt halten. Ich trage ein langes Wams und habe Fatana ein weiteres auf den Rücken gelegt. Den Waffenrock habe ich mir wie einen Turban um den Kopf gewickelt, doch ich fürchte, daß ich fast nackt sein werde, bis wir diesen Abschnitt unseres Weges hinter uns haben. Wir ziehen durch ein Land, das offensichtlich von Gott verflucht ist. Anfangs war es eine Salzwüste, jetzt ist es ein Salzsumpf. An manchen Stellen waten wir bis zu den Hüften durch grauen Schleim. Das Wasser ist untrinkbar und lindert die Hitze in keiner Weise.

Herzog Gottfried hat sich vor einigen Tagen betrunken und nachts auf der Suche nach einem Bären in die Hügel aufgemacht. Zwar hat er einen gefunden, doch sein gewöhnliches Glück hat ihn im Stich gelassen. Das Tier hat ihm die Brust aufgerissen, und so wird er jetzt in einer Sänfte befördert. Sein Bruder Balduin befehligt die Streitmacht, und unter seiner Grausamkeit leiden die Männer noch mehr als ohnehin schon. Fluchend treibt er sie mit der flachen Klinge vor sich her, als wären sie für die Ödnis dieses Landes verantwortlich.

Mein Lehnsherr leidet an einem Fieber und muß in einer *portaize* getragen werden.[44] Um ihn kümmern sich sein Wundarzt und der Priester Raimund von Agiles, und wir alle sind sehr besorgt. Sofern Fürbitten nützen, wird er sich gewiß erholen, denn alle Provenzalen beten unablässig für ihn.

Ich mache mir so meine Gedanken über die Wirksamkeit von Gebeten. Hört Gott wirklich meine Stimme? Versteht Er meine Sprache? Kann Er meine Wünsche ermessen, Notwendiges von Unnötigem unterscheiden? Kümmert Er sich wirklich um mich, um Roger von Lunel, dreißig Jahre alt, Sohn Richards und dessen Gemahlin Hélène, der ein verdrecktes Wams trägt und seine Notdurft am Straßenrand verrichtet? Gewiß hat sich der Beherrscher des Universums um Wichtigeres als um mich zu kümmern.

Ich habe erlebt, wie brave Männer mitten im Gebet starben und keinen anderen Wunsch kannten, als noch einmal ihre Angehörigen zu sehen. Auch habe ich miterlebt, wie die gemeinen Gebete von Männern niedriger Gesinnung erhört wurden, denen der Sinn nach nichts anderem stand als nach Reichtum oder dem Untergang ihrer Feinde. Beten nicht auch die Türken? Vier-, fünf- und sechsmal am Tag habe ich sie ihre Gebete verrichten sehen. Hat man ihnen nicht dennoch die Köpfe mitten im Gebet abgeschlagen und über die Stadtmauern geschleudert? Wessen Gebete finden eigentlich Erhörung, wenn die Türken den Sieg über uns herabflehen und wir mit ebenso glühender Inbrunst darum beten, daß sie vernichtet werden mögen? Wer von beiden darf von Gott eine Antwort erwarten?

Der Arm, den ich bei unserer Schlacht vor Nikäa abgeschlagen habe, verfolgt mich. In der Salzwüste sah ich ihn im Sonnenglast vor mir schweben. Der Stumpf war fahl, und die Finger krallten sich meinem Gesicht entgegen. Nachts träume ich von ihm. Er lockt mich quer durch den Salzsumpf und weist mir den Weg nach Antiochia. Soll ich einem abgehackten Arm zu den Toren der Stadt des Apostels Petrus folgen, der beim Abendmahl das Haupt an die heilige Brust legte und den Herrn dann dreimal verleugnete? Soll ich diese körperlose Hand in meine nehmen und mit ihr ins Grab Unseres Herrn eintreten?

Gestern nacht habe ich den Arm in einem entsetzlichen Traum verschlungen. Ich habe ihn aufgefressen wie ein Wilder, die Zähne ins Fleisch des Unterarms geschlagen, bis mir der Saft von den Lippen troff. Ich kaute die Finger und leckte die Hautfalten dazwischen sauber. Als ich alles hinuntergeschlungen hatte, erwachte ich und merkte, daß ich meinen Samen in meine Handfläche ergossen hatte. Was mag das zu sagen haben? Was kann *ich* in einem solchen Zustand besagen?

Den achtundzwanzigsten Juli

Die Salzsümpfe haben wir hinter uns, nicht aber die Salzwüste. Vor uns erhebt sich in der Ferne eine Bergkette. Wie wir sie überwinden sollen, ist mir schleierhaft. Mehr als die Hälfte unserer Tiere ist tot; ihre Knochen bleichen als Wegmarken unseres Zuges durch dies von Gott verlassene Land. Mein ganzer Kampf geht jetzt darum, Fatana am Leben zu erhalten. Ohne Mansurs Hilfe wäre mir das unmöglich.

Weder weiß ich, wie er es anstellt, noch will ich es wissen, doch spät an jedem Abend verschwindet er, und wenn er vor der Morgendämmerung zurückkehrt, bringt er Wasser und Futter für das Tier und etwas zu essen für mich. Er ist anstellig und erledigt seine Aufgaben äußerst geschickt. Er verläßt das Lager mit nichts weiter als einem leeren Sack, den er zusammengefaltet unter der Kleidung verbirgt, und wenn er zurückkehrt, noch bevor das Heer erwacht, ist der Sack voll. Es ist nicht übertrieben, wenn ich sage, daß ich mein Leben diesem sonderbaren Geschöpf verdanke, dessen Rätselhaftigkeit nur noch von seiner Anhänglichkeit übertroffen wird. Gewiß hat ihn Gott mir gesandt.

Gestern sah ich einen jungen Burschen sterben. Er gehörte zu Graf Hugos Männern und stammte aus Paris. Man hatte ihn an der Straße liegenlassen, weil er nicht weiterkonnte, und als ich ihn sah, mußte ich einfach bei ihm stehenbleiben. Sein Gesicht war so jung und jammervoll. Wir haben ihn auf meinen Bagagewagen gelegt, denn ich brachte es nicht über mich, ihn zurückzulassen.

Als wir bei Sonnenuntergang das Lager aufschlugen, nahm ich ihn mit in mein Zelt. Wie immer kam Mansur herein, um den weißen Staub aus meinem Wams zu schütteln und mir Hände und Füße zu waschen. Als er ihn sah, blieb er stehen, und Tränen stiegen ihm in die Augen. »Er ist zu jung und zu hübsch, um zu sterben, Effendi«, sagte er. Er redet mich mit dem türkischen Wort für »Herr« an.

In der Tat sah der junge Bursche wie ein Engel aus. Diesen Eindruck unterstrichen sein kreidebleiches Gesicht und die spindeldürren Konturen seiner abgemagerten Glieder noch. Von Kopf bis Fuß war er mit dem weißen Salzpulver bedeckt, und sogleich machte sich Mansur daran, ihn zu waschen. Wie behutsam er das tat! Zärtlich wie eine Mutter ging er mit dem kraftlosen Körper des Jungen um und behandelte ihn so liebevoll, daß der Arme dankbar lächelte. Er hob die Hand zu Mansurs sonnenverbranntem Gesicht, schluckte lange und mühselig und sagte: »Gott schütze Euch, welche Art von Mensch Ihr auch immer seid.« Dann legte er den Kopf zurück und verschied.

Mansur schloß ihm die blauen Augen und kreuzte ihm die Hände auf der schmalen nackten Brust. Dann neigte er seinen Kopf mit dem Turban darauf und sagte die von seinem Bekenntnis vorgeschriebenen Gebete. Ich war sehr bewegt. Nie hatte ein junger Mann einen friedlicheren Tod, nie wurde einer fern der Heimat fürsorglicher bestattet.

Dieser entsetzliche Marsch läßt unser Heer zur Ader. Jeder weitere Tag auf unserem Weg unter der weißglühenden Sonne durch die weiße Ebene schwächt uns ein bißchen mehr. Ich weiß nicht, woher wir die Kraft nehmen sollen zu kämpfen, falls die Türken auftauchen. Es fällt nicht leicht, sich einen Ort wie diesen vorzustellen: ein Meer aus weißem Staub, der bei jedem Schritt in Wolken aufwirbelt wie ein spottender Geist. Die Männer atmen den Staub ein, würgen und husten, bis Blut kommt. Er bedeckt die Augenlider und legt sich uns auf Haupt- und Barthaar, bis wir aussehen wie ein Heer von Greisen, das durch einen bösen Traum stolpert. Um nicht zu ersticken, tauchen wir Tücher in das brackige Wasser, das wir finden, und schlingen sie um Mund und Nase.

Man kann die Sonne fast hören. Sie summt in der Hitze, verbrennt uns morgens das Gesicht und nachmittags den Rücken. Wäre nicht der weiße Staub, wir alle wären so schwarz wie Mansur. Es bricht mir das Herz zu sehen, wie Männer, die von so weit hergekommen sind, in dieser Wüste umfallen, um nie wieder aufzustehen. Wir können sie über Meilen hinweg sehen, während wir weiterziehen, regungslose Haufen in der weißen Ebene. Längst haben wir aufgehört, sie zu beerdigen. Das Kreuz auf ihrer Schulter wird ihre letzte Ruhestätte kennzeichnen.

Ritter, deren Pferde eingegangen sind, müssen zu Fuß gehen oder, sofern sie es mit ihrer Würde vereinbaren können, auf Maultieren oder gar Ochsen reiten. Ich sah den weithin für seine edle Haltung berühmten Gaston von Béarn, einen jungen Edelmann aus der Provence, auf einem Ochsen. Sein Gesicht wirkte völlig teilnahmslos, und die Hände umkrallten ein dem Tier um den Hals geschlungenes Seil. Unter gewöhnlichen Umständen hätte ein solcher Anblick spöttisches Gelächter hervorgerufen. Hier achtet niemand darauf, man zieht einfach weiter.

Inzwischen marschieren wir nahezu nackt. Alles außer meinem Wams und dem Schwert habe ich abgelegt. Waffenrock, Kettenhemd und Krone reisen auf dem Bagagewagen. Ich habe Befehl gegeben, alles Entbehrliche abzuladen, damit wir so viele geschwächte Männer wie möglich transportieren können. So säumen die Überreste des Heeres unseren Weg, und die Fahne manch eines edlen Franken liegt achtlos beiseite geworfen im Staub.

Ich schreibe jetzt im Mondschein vor meinem Zelt, das einer Schneewehe gleicht, so dick liegt der Staub darauf. Man sieht keinen Zollbreit seiner blauen und goldenen Streifen mehr. Mansur liegt mir zu Füßen und ruht einige Stunden aus, bevor er zu seinem Beutezug aufbricht. Das Heer ist still. Die Wüste ist im Mondschein fast schön, weiß auf weiß. Doch ein Ende ist nicht abzusehen; es kommt erst mit den Bergen. Sie aber können unseren Tod bedeuten.

Den dritten August

Meine letzte Eintragung liegt eine Woche zurück. Es war die schlimmste Woche meines Lebens. Jenseits der Salzwüste sind wir in ein Land der Dornen gelangt. So weit das Auge reichte, wuchsen die niedrigen Büsche, zerrten an unseren Kleidern und rissen uns die Haut so blutig, daß man glauben könnte, wir kämen aus einer Schlacht. Einige der Griechen kauten an Zweigen dieser Büsche – einerseits wegen der Feuchtigkeit, die sie enthalten, aber auch vor Hunger. Schon bald tat es ihnen jeder nach, obwohl uns die Dornen den Mund blutig rissen. Die Äste enthalten herzlich wenig Wasser, aber wir waren so verzweifelt, daß wir gierig daran sogen.

Das Holz war bitter und trocken. Es schmeckte wie Leder, war aber durchaus eßbar. Rasch lernten wir die Dornen mit den Zähnen abzureißen, um an die kostbare Flüssigkeit zu gelangen. Dann schälten wir die braune Rinde ab und kauten die Zweige. Ein wenig später kamen wir an Feldern vorüber, auf denen ein süß schmeckendes Rohr wild wächst. Die Griechen, die es kannten, nennen es »Zuckerrohr«. Es ist ein wahres Gottesgeschenk. Obwohl die Stengel zäh und fest zusammengerollt sind wie ein Pergamentdokument, haben wir voll Gier darauf herumgekaut. Sie sind voller Feuchtigkeit und schmecken wahrhaft erfrischend. Insbesondere Fatana war ganz versessen darauf, und ich weinte fast vor Freude, als ich sah, wie sie verschlang, was ich ihr brachte. Zusammen mit dem Fleisch der verendeten Tiere hat es uns dies Zuckerrohr ermöglicht, das Martyrium zu überstehen.

Vor drei Tagen haben wir die Bergkette erreicht und uns bis zum ersten Gebirgskamm emporgekämpft. Wie erwartet ging das über die Kräfte vieler der Männer. Oben angekommen, fanden wir eine spärlich fließende Quelle, und jeder, ob hoher Herr, Ritter oder Bauer, dankte Gott und stürzte sich darauf. Es war ein erheiterndes Bild, wie sich Hunderte halbtoter Männer die Lippen nach etwas leckten, das kaum mehr war als ein über den Fels tröpfelndes Rinnsal. Abwechselnd lachend und weinend besprengten wir einander mit Wasser, rissen uns die Gewänder vom Leibe und wälzten uns in dem kläglichen Wasserlauf. Danach blieben wir außer Atem und erschöpft liegen. Gleich darauf kam der Regen.

Er überfiel uns mit Donnergrollen und wild zuckenden Blitzen. Er war so kalt, wie es ein Winterregen in Frankreich nur sein kann, und es fror uns bis ins Mark. Keine halbe Stunde lag zwischen der mörderischen Hitze und dem alles durchdringenden eiskalten Regen. Seit drei Tagen regnet es jetzt schon ohne Unterlaß. Wir marschieren im Regen, beten im Regen und schlafen im Regen. Weit davon entfernt, uns neue Kräfte zu geben, hat er unseren Mut nahezu gebrochen. Männer weinen vor aller Augen; sie fluchen dem Himmel und sogar Gott. Manche haben, so unglaublich es klingt, kehrtgemacht, in kleinen Gruppen die Marschsäule hinter sich gelassen und sind wieder der Wüste entgegengezogen.

Den sechsten August

Heute abend hat der Priester meinem Lehnsherrn die Letzte Ölung erteilt. Man rechnet mit seinem Ableben. Er hat mich in sein Zelt gerufen, um mir Weisungen zu geben. Sein Anblick hat mich zutiefst erschreckt. Er ist so stark abgemagert, daß seine Schulterknochen spitz hervorstehen, und das eingefallene Gesicht sieht beinahe aus wie ein Totenschädel. Alle Haare sind ihm ausgefallen, und seine Kopfhaut ist fleckig und voller kleiner Einbuchtungen. Erst als er lächelte, habe ich ihn wiedererkannt. Im Lächeln entblößte er sein prachtvolles Gebiß, das so kräftig schien wie immer.

»Roger!« sagte er. Ich rückte näher an ihn heran, denn das Prasseln des Regens übertönte seine Worte. »Die Priester haben mir das Sterbesakrament gegeben, aber ich denke nicht daran, ihnen den Gefallen zu tun und zu sterben.« Ich sagte ihm, daß es mich freue, das zu hören. »Sie halten das Ganze hier für ihre Unternehmung«, fuhr er fort. Es schien mir, als spreche er in einer Art Fieber. »Das aber ist es nicht. Es ist ein geistliches Streben. Die Priester wissen alles über die Religion, aber nichts über das Geistliche.«

Mit einem Mal packte er meinen Arm, daß es schmerzte. »Wir aber, Ihr und ich, wir besitzen dieses Wissen«, fuhr er fort. »Wir haben gespürt, wie es sich in uns regt, gleich einem Kinde im Mutterleib ...«

Er schloß die Augen und ließ erschöpft den Kopf auf das schweißdurchnäßte Kissen sinken. Ich sah ihm ins Gesicht und staunte über die sonderbaren Worte, die er da gesagt hatte. Nach einer Weile schlug er die Augen wieder auf. In seinem Blick lag grimme Gelassenheit, eine Art Entschlossenheit, mit Bestürzung gepaart. Nie zuvor hatte ich ihn so gesehen. Mit heftigem Nicken fuhr er fort: »Wir nehmen Gottes Zeugungsglied in uns auf und versuchen, es in uns zu halten. Aber er stößt und drängt, bis er endlich Seinen Samen in unsere Seele schwappen läßt. Er geht in uns auf, und nach schmerzlichen Wehen gebären wir … etwas wie das hier … diese Pilgerfahrt. Weiber … Weiber wissen davon nichts. Wie es ist, wenn Gott einem Menschen Gewalt antut …« Einen Augenblick lang wurde seine Stimme leiser, dann aber brüllte er mit einem Mal: »Die Weiber sind die Huren von Männern, doch die Männer sind Gottes Huren!«

Überzeugt, er spreche im Fieberwahn, wollte ich den Wundarzt rufen. Er aber packte mich erneut. »Sie haben es zwischen den Beinen«, fuhr er fort. »Sie nehmen unser kleines und klägliches Glied in sich auf und sehen das als große Leistung an. Als Akt der Liebe. Aber wir …« Mit beiden Händen griff er sich meinen Ärmel. »Der ganze Leib eines Mannes ist Gottes Schoß. Er senkt seinen Samen in uns, und wir müssen gebären – oder sterben. Dazu sind wir hergekommen … um Gottes Frucht hervorzubringen. Wir sind seine Bäume, Büsche, seine Getreidefelder.«

Ich bat ihn, sich hinzulegen und zu ruhen, aber davon wollte er nichts wissen. Er war von einem Gedanken besessen, der Gestalt gewinnen mußte. »Wir – Ihr und ich, Roger – wir sind die Zuchtstuten Gottes. Wir müssen trächtig werden. Trächtig mit … nichts. All dies Leiden, all diese Schlachten, sie sollen alles aus uns herausholen. Seht Ihr, mein Freund? Mit nichts schwanger werden, um Gott zu gebären.« Ruhelos und verzweifelt wanderten seine Augen in der Dunkelheit des Zeltes umher. »Die Priester haben davon keine Ahnung. Sie gießen Gott in Formeln, handeln und schachern mit ihm – kaufen und verkaufen ihn. Aber sie sind unfruchtbar. So unfruchtbar wie die Wüste, die wir durchquert haben, und so aalglatt wie die Schlammhänge dieses Gebirges.«

Erneut packte er mich am Arm und näherte sein Gesicht dem meinen. Sein übelriechender Atem ging stoßweise. »Achtet darauf, daß Ihr diese Pilgerfahrt vor den Priestern bewahrt«, sagte er. »Wenn eine Seele, nur eine einzige Seele, das Heilige Grab erreicht und das Mysterium erfaßt, das darinnen liegt, war unserem Zug Erfolg beschieden. Andernfalls aber …« Er legte sich wieder hin. In seinen Augen lag Entsetzen. »Andernfalls werden uns in alle Ewigkeit die Seelen all jener verfolgen, die wir getötet haben, wie auch die all derer, die wir in den Tod geführt haben.«

Ich sagte ihm, daß ich verstünde, obwohl das überhaupt nicht der Fall war. Er wußte, daß ich es nicht verstand, und tätschelte mir den Arm. »Ich verlasse mich auf Euch, Roger. Falls ich dahinscheide, bevor wir die Heilige Stadt erreichen, müßt Ihr dafür sorgen, daß diese Pilgerfahrt nicht vergebens war – bürgt mir dafür, daß sie nicht die Lüge wird, welche die Priester sicherlich daraus zu machen versuchen. Zumindest in Eurem Herzen … in *Eurem* Herzen muß sie wahr sein.«

Ich versprach ihm, getreu seinem Auftrag zu handeln. Fest ergriff er meine Hand. »Jetzt kennt Ihr mein Vermächtnis«, sagte er. »Sollte ich sterben, müßt Ihr es für mich vollstrecken.«

Tränen liefen mir über die Wangen, als ich aus seinem Zelt in den Regen hinaustrat, und ich wischte mir die Augen. Mit einem Mal stand Bischof Adhémar vor mir, den ich seit Wochen nicht gesehen hatte. »Ist er tot?« wollte er wissen. In seiner Stimme lag keinerlei Boshaftigkeit, was mich überraschte.

»Nein«, sagte ich. »Allerdings bezweifle ich, daß er durchkommt.«

»Er haßt mich«, sagte er. »Er wollte nicht, daß ich ihm das Sakrament gebe.«

»Nein, er haßt Euch nicht. Ihr tut ihm leid«, sagte ich. »Mir übrigens auch.« Ich ging an ihm vorbei, aber er rief mir nach.

»Roger, ich bin ein anderer geworden«, sagte er.

Noch einmal drehte ich mich zu ihm um. Der Regen lief uns beiden über das Gesicht, aber weder er noch ich zuckten mit der Wimper. »Ich weiß«, sagte ich. »Der, der Ihr wart, hätte unser Mitleid nicht verdient.«

Denselben Tag, später

Die ganze Nacht habe ich wach gelegen, auf den Regen gelauscht und über die Worte meines Lehnsherrn nachgedacht. Sie klingen sehr vertraut und hallen tief in meiner Seele nach, doch bin ich zu müde oder zu dumm, ihren Sinn zu erfassen. Das Heilige Grab ruft mich, ganz offensichtlich auch ihn. Doch was ist dieses Grab? Eine Beisetzungsstätte, ein Ort, da Gottes Sohn drei kurze Tage hindurch lag und auf die Wiedergeburt der Welt wartete.

Mansur ist hereingekommen, um mich zu baden. Er wäscht mir Gesicht, Beine und Füße mit der Zärtlichkeit einer Frau, und ich schlafe prompt ein, wenn er fertig ist. Nie sieht er mir dabei in die Augen, er kümmert sich ausschließlich um das, was er tut. Was er wohl über mich denkt, diesen fränkischen Edelmann, der in seine Welt gekommen ist, um einem Traum von Erlösung nachzujagen? So häufig hat er meine Angebote, ihn zu entlohnen, erzürnt zurückgewiesen, daß mir klar ist: Er dient mir nicht um des Geldes willen. Warum dann? frage ich mich, bringe es aber nicht über mich, ihm die Frage zu stellen. Vielleicht fürchte ich mich wie mein Schildknappe Thomas vor diesem Mann mit den raschen, gewissenhaften Bewegungen und der tiefen Konzentration, mit der er seiner selbstgewählten Aufgabe nachgeht. Doch warum sollte ich mich vor ihm fürchten?

Vielleicht fürchte ich mich vor mir selbst und vor der Veränderung, die mit mir vorgegangen ist. Ich begreife sie nur unvollkommen, aber gewiß zeigt sie sich an meinen Gliedmaßen, die sonderbar geschrumpft und dürr sind und auf denen sich die Haut spannt wie die eines gekochten Huhnes. Als mir Mansur heute abend die Beinlinge abnahm, um mich zu waschen, hätte ich fast aufgelacht. Das soll Baron Roger von Lunel sein, der Sohn Richards von Burgund?

Nein, das ist ein alter Mann mit aschfahlen Hühnerbeinen, die so dünn sind wie spanisches Rohr. Der Tod nähert sich uns nicht von außen; er wächst in unserem Inneren und wird immer mehr das, was wir sind, bis wir uns selbst nicht wiedererkennen. Ich werde mir selbst fremd und zum Spiegelbild des Todes. Ich verwandle mich in Tod, der nicht schwarz und bedrohend ist, sondern fahl, vertraut, gebrechlich und mit verdorrter Haut bedeckt.

Dennoch wäscht mich Mansur so sorgsam, als wäre ich ein junger Fürst aus seiner Heimat, fährt mir mit den Händen über den Nacken und dringt mit den Fingerspitzen in meine Gelenke, als wären sie die wertvollsten Teile des Mechanismus. Und sind wir das nicht auch – die wertvollsten Teile des von Gott geschaffenen Mechanismus, den Er in die Welt gesetzt hat, damit er Gottes Gebot gehorcht und dem Tod entgegeneilt?

Wie sehr ich hoffe, daß mein Lehnsherr durchkommt. Mit wem sollte ich sprechen, wenn er stürbe? Und nach wem sollte ich mich richten? Bitte, Gott, sofern es Dich gibt und Dir unser Vorhaben am Herzen liegt, laß ihn genesen! Wenn nicht um meinetwillen, dann um unseres Unternehmens willen. Denn dieses ist letztlich nichts anderes als Dein Unternehmen, das Du uns anvertraut hast.

Den neunten August

Wir haben das Gebirge hinter uns gelassen und nähern uns der Stadt Ikonion. Sie liegt am Eingang einer von Wasserläufen durchzogenen fruchtbaren Ebene mit Feldern und schattigen Bäumen. Wir waren derart verblüfft, als wir die letzte Anhöhe erstiegen hatten und diesen Anblick wahrnahmen, daß keiner etwas sagte. Dann fiel einer der Ritter auf die Knie und begann ein frommes Lied zu singen, und schon bald stimmten andere ein. Viele weinten, ohne sich ihrer Tränen zu schämen. Einer sagte: »Der Garten Eden.«

Für die Dauer der Krankheit Graf Raimunds und Herzog Gottfrieds hat Balduin den Befehl übernommen. Er kam auf der Anhöhe, von der aus man die Ebene überblickte, auf mich zugeritten, verzog das kleine, dunkle, verkniffene Gesicht und sagte, er sei überzeugt, daß uns die Türken einen Hinterhalt gelegt hätten. Daher dürfe niemand hinab, ehe nicht Späher die Stadt und ihre Umgebung erkundet hätten. Da von den Edelleuten der Vorhut kaum noch jemand ein Pferd besitzt, das zum Reiten taugt, machte ich mich erbötig, allein zu dieser Unternehmung aufzubrechen.

Balduin warf mir einen schiefen Blick zu. »Nehmt Euren Schildknappen mit«, sagte er, »oder wenigstens Euren kleinen Heiden. Dann könnt Ihr jemand mit der Lösegeldforderung zurückschicken, falls man Euch gefangensetzt.« Mit kaltem Lächeln fügte er hinzu: »Außerdem solltet Ihr mir in dem Fall vorsichtshalber sagen, wo Graf Raimund sein Gold aufbewahrt.«

Ich dankte ihm für seine Fürsorge und wiederholte, daß ich am nächsten Morgen allein aufbrechen würde.

Den zehnten August

Vor Tagesanbruch rüstete ich mich und ritt von der Höhe hinab in die Ebene, um Ausschau nach Türken zu halten. Neben der Straße standen Bäume, die kühlenden Schatten spendeten. Ich hielt mich zwischen den Bäumen, und nach einer Stunde erreichte ich die Stadt. Eine mit einer hölzernen Brustwehr bekrönte niedrige Steinmauer umgibt sie. Weit standen die Tore offen, und Bauern kamen zur Feldarbeit heraus. Als ich mich einer Gruppe von ihnen zeigte, blieben sie stehen und starrten mich erstaunt an.

Nach einer Weile kam ein älterer Mann mit einer langstieligen Hacke auf mich zu. Er plapperte etwas auf griechisch, und wiederholte es auf lateinisch, als ich nicht gleich antwortete. »Seid Ihr die Franken, die aus dem Westen gekommen sind?« wollte er wissen.

Ich erwiderte, daß ich zu ihnen gehöre. Gerade wollte ich fragen, ob es in der Stadt Türken gebe, als er mit einem lauten Ausruf auf die Knie stürzte, so daß Fatana scheute. Er hob die Arme und begann mir zu meiner Verblüffung die Steigbügel zu küssen. Im nächsten Augenblick war ich von Bauern umringt, die meinen Zügel nahmen und mich in die Stadt führten. Dort empfing man mich wie einen Helden.

Die meisten Stadtbewohner sind Armenier aus dem Norden, die hier Zuflucht gesucht haben, weil sie von den Türken schlecht behandelt werden. Sie haben uns ihre Stadt geöffnet und sorgen für uns, als wären wir ihre Brüder. Wir haben unser Lager unmittelbar an der Stadtmauer aufgeschlagen und werden unsere erste Mahlzeit und angenehme Rast genießen, seit wir Nikäa verlassen haben.

Meinem Lehnsherrn geht es gottlob besser, und Herzog Gottfried hat sich zum ersten Mal seit seiner Verwundung durch den Bären auf unsicheren Beinen im Lager gezeigt, Wams und Hemd ausgezogen und uns die vier roten Narben gezeigt, die ihm schräg über die Brust laufen. Je eine weitere Narbe ziert ihm Hals und Rücken. Seine Männer wollen diese eindrucksvollen Male als Wappen übernehmen. Sie haben sie nicht nur auf ihre Schilde gemalt, sondern auch den Bären zum Wappentier erhoben. Die ganze Angelegenheit scheint Herzog Gottfried recht peinlich zu sein.

Jeden Morgen und Abend kommen junge Armenierinnen zu uns ins Lager. Mit ihrer fettigen Haut, den krummen Nasen und schlechten Zähnen sind sie nicht besonders verlokkend, aber sie kichern und nehmen aufreizende Stellungen ein, und viele der Männer sind ganz wild auf sie. Thomas schaut trübselig zu ihnen hin. Vermutlich fürchtet er, daß ich ihn schlagen würde, wenn er sich gehenließe.

Obwohl es eine große Verlockung bedeutet, wieder einmal bei einem Weib zu liegen, die pulsierende Wärme zu spüren und sich in einer Umarmung zu verlieren, widerstehe ich. Mein letztes Beisammensein mit einem Weib ist so lange her, daß jedes Gefühl dafür aus mir entschwunden ist. Die Vorstellung, ich könnte je einem anderen Menschen so nahe gewesen sein, erscheint mir jetzt sonderbar, ja nahezu unmöglich. Ich fühle mich unbehaglich, wenn ich die jungen Frauen der Stadt ansehe, und ich senke den Blick, als wäre ich wieder ein unreifer Knabe. Die Wahrheit dürfte sein, daß ich Angst vor der Fleischeslust habe oder vielleicht davor, der inneren Ruhe und Gelassenheit verlustig zu gehen, die mir meine lange Enthaltsamkeit eingetragen hat.

Wie merkwürdig das ist. Inzwischen habe ich getötet, einem Mann den Arm abgeschlagen und zugesehen, wie einem anderen die Rippen aus dem Leib gerissen wurden. Ich habe im Blut Fremder gebadet, und dennoch glaube ich meine Seele zu bewahren, solange es mir gelingt, mich von den geschlechtlichen Freuden fernzuhalten. Dabei sind sie angenehm und menschlich, Töten hingegen ist viehisch und kaltblütig. Woher diese sonderbare Auffassung nur stammen mag? Aus der Religion? Vermutlich, denn das Töten dient den Zielen der Kirche, die Wollust hingegen nicht.

Während ich in dieser idyllischen Ebene, von den Geräuschen des Lagers umgeben, auf dem Rücken liege und den blauen Himmel betrachte, den kein Wölkchen trübt, denke ich über die Äußerung meines Lehnsherrn nach, ein Mann sei Gottes Hure. Möglicherweise bin ich das tatsächlich, denn ich stehe in Seinen Diensten und folge Seinem Gebot sogar so weit, daß ich dabei gegen mich selbst handele. Was aber hat es mit dem Samen auf sich, von dem er sprach, und was meinte er damit, daß man mit nichts schwanger werden müsse, um Gott gebären zu können? Worauf wollte Mordechai, der Jude von Brindisi, hinaus, als er sagte, mein Glaube könne nicht aufrichtig sein, solange ich nicht Geschlecht und Zweifel als eines sähe? Und was meinte ich, als ich in meiner Todesnot schrieb, ich würde zu Gott beten, *so-*

fern Er existiert und *sofern* Ihm unsere Angelegenheiten am Herzen liegen?

Dies ist eine sonderbare Pilgerschaft, falls sie mich von Gott entfernt, statt mich zu Ihm zu führen.

Den sechzehnten August

Ein Jahr ist es jetzt her, daß ich meine Heimat verlassen habe. Viel ist geschehen; das Wichtigste aber bleibt unerledigt. Wir haben drei Tage bei Ikonion gerastet. Sogar die normannischen Ritter sind den Menschen dort mit Achtung begegnet, haben nur wenige junge Frauen geschändet und niemanden getötet. Jetzt ziehen wir auf der Straße nach Herakleia, der letzten Stadt vor Antiochia. Sofern es uns gelingt, beide einzunehmen, liegt der Weg nach Jerusalem wahrhaft offen vor uns. Doch gewiß werden die Türken alles tun, was in ihren Kräften steht, uns daran zu hindern.

Die Bewohner Ikonions haben die Pferde und Fuhrwerke, die wir auf dem Zug verloren haben, durch ihre eigenen und die der umliegenden Dörfer ersetzt. Auch haben sie uns reichlich mit Proviant für den Marsch versehen und uns gezeigt, wie man aus Ziegenblasen Vorratsschläuche herstellt, die das Wasser für mehrere Tage aufnehmen können. Sie trocknen sie in der Sonne und reiben sie dann mit Öl ein, um sie geschmeidig und fest zu machen. Inzwischen gibt es niemanden in unserem Heer, der keinen solchen Wasserschlauch besitzt. Auch haben sie uns Führer mitgegeben. Sie sollen uns die Hirtenbrunnen zeigen, die den Türken nicht bekannt und daher auch nicht vergiftet sind. Gott segne die Armenier, die in diesem Lande leben!

Wie es mich freut, sagen zu können, daß sich mein Lehnsherr auf dem Weg der Genesung befindet! Heute morgen haben wir Ikonion verlassen; zum ersten Mal seit Wochen sitzt er zu Pferd. Es hat ihn sehr betrübt, daß sein Tier auf dem Marsch eingegangen und geschlachtet worden ist. Als er erfuhr, daß er unwissentlich von dessen Fleisch gegessen hatte, hat er sich erbrochen.

Vor uns liegt das Gebirge, das die Armenier den Taurus nennen. Unsere Führer sagen, es sei steil und zerklüftet, und manche Wege seien kaum mehr als Fußpfade, die an Abgründen entlangführen. Während wir miteinander ritten, habe ich mit meinem Lehnsherrn darüber gesprochen, um ihn aus seiner Trübsal zu reißen. Er unterbrach mich mit der Frage: »Habt Ihr mich für verrückt gehalten?«

Ich erklärte ihm, daß mir ein Fieberwahn nicht unbekannt sei. Er schüttelte den Kopf. »Das war es nicht – es war eine Offenbarung. Das Fieber hat alles hinweggebrannt, was mir den Blick trübte, und ich sah deutlich. Keiner Seele dürft Ihr mitteilen, was ich Euch gesagt habe, sonst bekommen die Priester Wind davon und klagen mich der Gotteslästerung an. Aber Ihr werdet an meine Worte denken, Roger.« Ich bekräftigte das und erklärte, daß ich bereits viel darüber nachgedacht hätte. »Und was sagt Ihr dazu?« wollte er wissen.

»Ich warte, bis wir das Heilige Grab erreicht haben«, antwortete ich.

Lächelnd tätschelte er meinen Arm. »Mehr vermag keiner von uns zu tun«, sagte er.

Den einundzwanzigsten August

Herakleia

Von unseren Kundschaftern haben wir erfahren, daß sich in der Stadt eine gut versorgte, starke Garnison von Türken befindet, die deren Bewohner, lauter Armenier, schrecklich drangsaliert. Sie haben von enthaupteten Männern berichtet sowie von Frauen, die man an ihren Brüsten aufgehängt hatte. Sogar Kindern, heißt es, seien für Diebstähle aus dem türkischen Arsenal Hände und Füße abgehackt worden. Dieselbe Strafe galt dem Versuch, Tiere der Armee zu stehlen.

Nach dem großzügigen Empfang in Ikonion brannten unsere Männer darauf, Herakleia zu stürmen. So stellten wir uns in der Ebene vor der Stadt zur Schlacht auf, wobei Graf Raimund und Herzog Gottfried gemeinsam mit den wohledlen Herren Bohemund und Robert die Führung übernahmen. Wir konnten sehen, daß uns die Türken von der Brustwehr herab beäugten. Als wir vorrückten, voran die Ritter, von Bogenschützen und Fußvolk in geordneter Linie gefolgt, verschwanden sie. Wir nahmen an, daß sie ihre Katapulte mit Feuerbränden bereitmachten, doch zu unserer Überraschung öffneten sich die Tore der Stadt, als wir uns bis auf wenige hundert Schritt genähert hatten. Jubelnd stürzten uns die Menschen entgegen und riefen aus: »Sie sind geflohen! Sie sind geflohen!«

Die Armenier haben uns als Befreier willkommen geheißen und uns ihre Häuser und Vorratslager geöffnet. Zum ersten Mal sah es so aus, als könne unser Unternehmen tatsächlich erfolgreich sein. Dann begann der Streit über die Frage, welchen Weg wir nach Antiochia nehmen sollen. Genauer gesagt ging es um die Kilikische Pforte.

Die Heerführer beratschlagten in Bischof Adhémars Zelt. Auch der byzantinische General Tatikios war anwesend, zusammen mit den Ältesten der Stadt, einem armenischen Fürsten namens Rupen und mehreren Kaufleuten. Vor uns breiteten sie große Karten der Gegend aus, auf denen die Wege nach Antiochia eingezeichnet waren. Der kürzeste führt südwärts durch das hohe Gebirge, dessen Pässe als Kilikische Pforte bekannt sind. Ein zweiter schwingt sich in weitem Bogen nordostwärts und folgt der alten byzantinischen Heerstraße durch Cäsarea Mazaka weiter über den als »Pforte des Amanus« bekannten Paß nach Marasch und von dort nach Antiochia.

Als erster ergriff Bohemunds Neffe Tankred das Wort. »Es versteht sich ja wohl von selbst«, sagte er, mit dem Finger auf die Karte stoßend, »daß wir den südlichen Weg nehmen.«

Herzog Gottfrieds Bruder Balduin pflichtete ihm bei. »Ich

kenne die Gegend, denn ich war schon einmal dort. Zwar ist der Paß gefährlich, aber so weit nach Norden zu gehen, wäre töricht. Außerdem führt uns der südliche Weg durch Tarsus, die Stadt des Apostels Paulus. Ist das nicht ein lohnendes Ziel für einen Christenmenschen?«

»Für dich«, konterte Herzog Gottfried verächtlich. Er wies auf die Karte. »Wer die Kilikische Pforte hinter sich hat, muß auch noch die Syrische Pforte überwinden. Sie aber befindet sich in der Hand der Türken. Die Pässe sind steil und eng. Eine Handvoll Männer kann einem ganzen Heer den Weg verlegen, indem sie einige Felsbrocken von den Hängen hinabrollen.«

»Ich nehme Tarsus und vertreibe die Türken«, sagte Balduin.

»Du nimmst Tarsus und behältst es für dich«, gab Herzog Gottfried zurück.

»Und wenn schon!« trumpfte Balduin auf.

Bischof Adhémar meldete sich mit vorwurfsvollem Ton zu Wort. »Wir sind in Gottes Auftrag hier.«

»Das gilt für Euch«, gab Balduin zurück, »ich aber bin hier, weil jeder Fußbreit Land in Lothringen meinem verdammten Bruder gehört.«

Herzog Gottfried sprang schäumend auf. »Du miese Ratte!«

Ohne auf ihn zu achten, wandte sich Balduin an Bischof Adhémar. »Ich möchte ein eigenes Königreich«, sagte er dreist. »Und Ihr werdet eines in Syrien brauchen, um Eure Pilgerwege zu schützen. Euer Anliegen deckt sich mit dem meinen.«

»Unser aller Anliegen sollte es sein, das Heer zusammenzuhalten«, mahnte mein Lehnsherr.

Balduin nahm seine Handschuhe auf. »Ich ziehe durch die Kilikische Pforte«, sagte er. »Wer kommt mit?«

Tankred erklärte sich dazu bereit. Daraufhin packte Bohemund seinen Neffen am Kragen und versetzte ihm einen Fausthieb auf den Mund. »Emporkömmling«, knurrte er. »Willst du das Heer im Angesicht der Türken spalten?«

Tankred wischte sich das Blut von den Lippen. »Du hast schon ein Königreich«, sagte er. »Das hier ist meine Gelegenheit, König zu werden.«

»Du und König?« lachte Bohemund. »Deine Mutter war eine Hure und hat dich in einer dreckigen Gasse von Messina zur Welt gebracht.«

»Du mußt es ja wissen«, gab Tankred zurück. »Schließlich ist sie deine Schwester.«

Erneut schlug Bohemund so heftig auf ihn ein, daß wir uns zwischen die beiden werfen mußten. Mit lauter Stimme übertönte Bischof Adhémar den allgemeinen Aufruhr. »Das Heer nimmt den nördlichen Weg. Wir können nicht unsere gesamte Streitmacht im Gebirge aufs Spiel setzen.« Balduin wollte Einspruch erheben, doch Bischof Adhémar hob abwehrend die Hand. »Wenn diese beiden jungen Leute allerdings unbedingt Tarsus besetzen wollen«, fuhr er entschlossen fort, »so mögen sie das tun.«

Jetzt erhoben die anderen Heerführer Einwände, doch Bischof Adhémar brachte auch sie zum Schweigen. »Sie haben meine Einwilligung aufzubrechen«, erklärte er. Dann wandte er sich an Balduin und Tankred. »Aber denkt daran ..., was immer ihr an Städten besetzt, muß den Zielen der Kirche dienen.«

»Und sie sind Eigentum unseres Kaisers«, fügte Tatikios hinzu.

Spöttisch grinste ihn Balduin an. »Darüber reden wir, wenn Alexios kommt«, sagte er.

Jetzt meldete sich Fürst Rupen zu Wort, ein schwarz gewandeter Herr mit breiten Hüften, langer Nase, dunklen Ringen unter den Augen und einem lang herabhängenden Schnurrbart. »Die Städte, von denen Ihr sprecht, gehören weder der Kirche noch Alexios«, sagte er in seiner schwerfälligen Sprechweise, »und sie werden auch nicht diesen jungen Fürsten gehören. Es sind armenische Städte, und sie gehören unserem Volk.«

»Euer Volk ist christlichen Glaubens«, sagte Balduin. »Es müßte uns als seine Könige willkommen heißen.«

Fürst Rupen sah ihn lange an. »Was ist mit der Person Christi? Wie viele Naturen enthält sie?« wollte er wissen.

Unsicher sah ihn Balduin an. »Der Teufel soll mich holen, wenn ich das weiß.«

Fürst Rupen wandte sich an Tankred. »Wie viele?« wiederholte er.

Der Angesprochene zuckte die Schultern. »Drei«, sagte er. »Vater, Sohn und Heiliger Geist.«

Bischof Adhémar tadelte ihn wie einen unreifen Knaben. »Es geht nicht um die Frage, wie viele Personen, Dummkopf«, sagte er. »Sie lautet: wie viele Naturen?« An Fürst Rupen gewandt nickte er bedächtig und sagte: »Ihr seid Monophysit, nicht wahr? Ein Ketzer.«

»Unser Herr Jesus Christus hat nur eine Natur«, gab der Fürst zur Antwort. »Er ist halb Mensch, halb Gott.«

»Zwei«, sagte Bischof Adhémar. »Ganz Mensch und ganz Gott, unvermischt und ungetrennt.«

»Unsinn«, widersprach Fürst Rupen mit Nachdruck.

»Die Wahrheit«, setzte Bischof Adhémar dawider.

»Zwei, drei, zwanzig«, mischte sich Balduin ein, »was für einen Unterschied macht das?«

Fürst Rupen sah ihm so unverwandt in die Augen, daß Balduin zu blinzeln begann. »Der Unterschied besteht darin, daß unsere Leute euch die Kehle durchschneiden werden, wenn ihr ihnen euren Glauben aufzuzwingen versucht«, sagte er. »Als Befreier seid ihr willkommen, nicht aber als Herrscher. Ich rate euch, zieht mit euren Freunden nordwärts.«

»Hört auf ihn«, sagte Bohemund.

Tankred und Balduin sahen uns finster an. »Wir haben hier keine Freunde«, erklärte Tankred nach einer Weile, und beide verließen das Zelt.

Sie haben ihre Streitkräfte inzwischen auf die andere Seite der Stadt verlegt. Tankred hat hundert Ritter und dreihundert Mann Fußvolk mitgenommen, und Balduin fünfhundert Ritter und über zweitausend Mann Fußvolk. Herzog Gottfried hat sich damit abgefunden, daß sein Bruder von unserer Sache abgefallen ist, Bohemund aber schäumt vor Wut. Er hat jedem Angehörigen des Heeres streng untersagt, sich mit seinem Neffen und dessen Männern abzugeben, und von Drohungen begleitete strikte Anweisung gegeben, daß niemand aus der Stadt sie versorgen darf. Daher rechnen wir nicht damit, daß sie noch viel länger hier bleiben.

Den achtundzwanzigsten August

Heute abend bin ich auf meinen Schildknappen Thomas gestoßen, der an die hundert Schritt von unserem Lager entfernt allein unter einem Zitronenbaum saß und bitterlich weinte. Zuerst wollte ich ihn in Frieden lassen, aber er schluchzte so herzzerreißend, daß ich zu ihm trat. Als ich ihn zu trösten versuchte, wandte er sich zu meiner Überraschung gegen mich. »Was glaubt Ihr eigentlich, wer Ihr seid?« fragte er mit verzerrtem und tränenüberströmtem Gesicht.

Erstaunt wich ich zurück. »Du vergißt dich«, mahnte ich ihn.

»Das stimmt«, sagte er. »Ich vergesse, daß ich je ein Mann war.« Er nahm zwei Hände voll Erde auf und warf sie beiseite.

»Du hast getrunken«, sagte ich.

»Nein!« knurrte er. »Nichts, was einem Mann Freude bereiten könnte, habe ich getan!« Abermals brach er so heftig in Tränen aus, daß ich das Gefühl hatte, ihn nicht allein lassen zu dürfen.

»Du bist ein Pilger«, sagte ich und setzte mich neben ihn. »Diese Wut ist vor Gott und deinem Herrn gleichermaßen unziemlich.«

Er sah mich mit so traurigem Blick an, daß ich verstummte. »Ihr und Gott seid die Ursache meines Leides«, sagte er. Er zog sich das Wams hoch und begann die Beinlinge zu lösen. Dabei sagte er: »Heute abend ist eine der jungen Frauen aus der Stadt zu mir gekommen. Sie ist hübsch und hatte sich viele Perlen ins Haar geflochten. Sie sagte, sie wolle mit mir zusammensein – Ihr wißt schon, wie Frau und Mann beisammen sind.« Inzwischen hatte er sich aufgeschnürt und zog seine Beinlinge hinunter. »Hier hinein hat sie gegriffen ...«, fuhr er fort, und seine Stimme wurde wieder bitter, »... und das hat sie gefunden.«

Er zeigte sich mir. Der Anblick war entsetzlich. Seine Hoden waren verschrumpelt und schwarz wie verfaulte Feigen. Er lachte verächtlich auf. »Verspottet hat sie mich und lachend ›Dörrobst!‹ gerufen. ›Dörrobst!‹ Dann ist sie fortgelaufen, um es den anderen Mädchen zu berichten. Keine will mehr etwas mit mir zu tun haben. Sie alle verhöhnen mich und wollen mein ›Dörrobst‹ sehen. Sie haben mir sogar Münzen angeboten, damit ich es ihnen zeige. Bin ich ein Mann?« Er legte sich die eingeschrumpften Hoden auf die Handfläche. »Ihr mit Eurer Buße habt mir das angetan. Ich möchte sterben«, sagte er und begann erneut zu weinen. »Ich möchte meinem Leben ein Ende bereiten, denn so kann ich nicht weiterleben.«

Dann warf er sich mir über die Knie und schluchzte wie von Sinnen. Dabei bebte sein magerer Leib, als wolle er gleich bersten.

Ein Weilchen strich ich ihm über den Kopf, bevor ich aufstand. Was ich ihm angetan habe, einem Mann, der mir nie geschadet und mir in meinen Sünden wie auch bei dieser Pilgerfahrt zur Seite gestanden hat, ist in der Tat schrecklich. Wie kann ich das je wiedergutmachen? Wie kann ich ihm den Verlust ersetzen, den ich ihm in meiner Selbstgerechtigkeit verursacht habe?

Anschließend bin ich in mein Zelt zurückgekehrt, wo mir Mansur schon das Bad bereitet hatte. Er merkte, daß ich nachdenklich war, und fragte mich nach einiger Zeit kühn nach der Ursache.

»Sag mir«, begann ich, »vermag ein Mann ohne ... Hoden ... Vergnügen bei einem Weib zu finden?«

Er warf einen Blick in die Wanne und bat mich, die Frage zu wiederholen. Ich lachte. »Ich frage für einen anderen«, sagte ich.

Nickend fuhr er fort, mir den Rücken zu waschen. »Gewiß, Effendi«, gab er zur Antwort. »Es gibt Eunuchen im Harem, die ihren Herrinnen geschickt zu Diensten sind, obwohl man sie kastriert hat. Es gibt ... mancherlei Wonnen, die ein solcher Mann genießen kann.«

»Weißt du etwas über die Harems?« fragte ich.

»Effendi, ich habe in manchem von ihnen gedient. Ich war der vertraute Mann mehr als eines Emirs.«

»Der vertraute Mann?« fragte ich.

»Nun, das ist einer, bei dem ein Emir sicher sein darf, daß er seinen Damen dient, ohne ihnen zu Gefallen zu sein.«

»Und sag mir ..., wie sieht es in einem solchen Harem aus?«

Während Mansur eine Pause eintreten ließ, konnte ich sein Lächeln beinahe körperlich spüren. »Es ist dort beileibe nicht wie im Paradies«, begann er. »Nicht alle Weiber bieten einen wohlgefälligen Anblick. Manchem Emir ist ihre Anzahl wichtiger als ihre Beschaffenheit. Dennoch ...« Er verstummte, während er meine Arme hob, um mir die Achselhöhlen zu waschen.

»Weiter«, forderte ich ihn auf.

Er lächelte ein wenig. »Dennoch gibt es dort wunderschöne Frauen. Nachts duftet ihr Schweiß wie ein Acker nach dem Regen, und ihre im Schlaf ineinander verschlungenen Gliedmaßen sind wie die Wurzeln junger Bäume am Ufer eines Sees.«

»Du bist ein Dichter, Mansur«, sagte ich. Dankend verneigte er sich. »Und wie steht es mit ihrer Lust?« fragte ich und spürte, daß ich mich immer mehr entspannte, während er mich wusch.

»Ah, es sind eigens für ihre Aufgabe ausgewählte sinnenfrohe Frauen voll Inbrunst. Da ihnen aber nur sehr selten jemand zu Gefallen ist, stöhnen sie in ihren Träumen und lernen sich gegenseitig zu lieben.«

Ich runzelte die Stirn. »Das ist wider die Natur.«

»Für eine Frau ist es nicht wider die Natur, nach Liebe zu streben«, gab er zur Antwort. »Auch schadet es nicht, solange sie unter ihresgleichen bleiben. In den Jahren der Vernachlässigung durch ihre Gebieter erlangen ihre Finger und Zungen große Geschicklichkeit. Sie sind sehr zärtlich und leidenschaftlich, und manch einer sind nach einer Weile die Aufmerksamkeiten des eigenen Geschlechts lieber als die von Männern.«

Ich fragte ihn, ob er derlei selbst gesehen habe. »Oft, Effendi. Und viele Male hat mein Herr gemeinsam mit mir durch das Guckloch gespäht und auch zahlreiche Gäste aufgefordert, mit ihm zuzusehen. Es gilt als großes Geschenk, Frauen zu besitzen, die in dieser Kunst erfahren sind. Es ist eine Auszeichnung – und«, fügte er hinzu, »es sorgt für Frieden im Hause.«

»Und was ist mit dem Hausherrn?« fragte ich.

»Auf den Frieden im Hause gründet sich der Frieden des Herrn«, versetzte er. »Friede im Haus aber kann es nur geben, wenn alle Begierden im Gleichgewicht sind. Wer den Frieden der Seele erlangen will, muß Frieden im Leibe haben. Der aber stellt sich nur ein, wenn die Bedürfnisse des Leibes befriedigt werden.«

Ich lachte. »Du bist ein Hedoniker«, teilte ich ihm mit.

Beflissen neigte er den Kopf. »Das Wort, Effendi …«, sagte er in fragendem Ton.

»Du sprichst dich für die Wonnen des Leibes aus«, erläuterte ich.

»In aller Demut, Effendi, ich spreche für die Wonnen der Seele, ohne welche die des Leibes bedeutungslos sind. Doch da die Seele ihre Wohnung im Leib hat, muß dieser sozusagen beruhigt werden.«

»Auf welche Weise?« wollte ich wissen.

»Indem man um der Seele willen seinen Wünschen nachgibt«, sagte er. »Wenn der Leib wie ein wildes Tier tobt, vermag niemand die Stimme der Seele zu hören. Bringt man ihn aber durch die Wonnen zur Ruhe, kann die Seele ungehindert sprechen. So halten wir es hier im Osten.«

»Sehr sonderbar«, sagte ich.

»Es gibt an den Orten, die dem Glauben heilig sind, eigenartigere Dinge«, antwortete er. Ich erklärte, das erscheine mir noch sonderbarer. »Möglich«, räumte er ein und ließ meinen Arm wieder ins Wasser gleiten. »Vielleicht aber gehört es sich auch so. Ich habe derlei nicht nur in Nikäa und Antiochia gesehen, sondern auch in Jerusalem.«

Ich wandte mich zu ihm um. Sogleich senkte er den Blick. »Du warst in Jerusalem?« fragte ich.

»Schon mehrere Male«, gab er zur Antwort.

»Wie sieht die Stadt aus?«

»Sie ist die Wohnung des göttlichen Friedens – Jeru-schalajim. Als solche ist sie der Ort des größten Begehrens, des befremdlichsten und des leidenschaftlichsten. Sie gewährt aber zugleich auch die größte Befriedigung.«

»Ich meinte, wie sieht die Stadt aus?« fragte ich, denn ich wollte nicht, daß man von ihr als einem Ort der fleischlichen Begierde spreche.

Bereitwillig nickte Mansur. »Sie ist herrlich«, antwortete er. »Die Straßen sind beschattet, die Moscheen golden und die Synagogen so kühl und wohlriechend wie Pinienhaine.«

»Und die christlichen Kirchen?«

»Sie sind ordinär«, gab er zur Antwort. »Es sind schwerfällige, finstere Bauwerke der Griechen, die wie Grüfte aussehen. Sie lassen die Lebenden in Gräbern wohnen, die Toten in Palästen und Gott selbst in großen steinernen Kästen.«

Ich lachte, und er stimmte ein. Es war das erste Mal, daß ich ihn lachen hörte. Es klang sehr freundlich und war mir vertraut.

»Ihr macht Euch Sorgen um den Schildknappen Thomas«, sagte er. Das bestätigte ich. »Mit Eurer Erlaubnis werde ich ihn gern morgen abend mit in die Stadt nehmen und dort … unterhalten, Effendi.«

Wieder warf ich ihm einen Blick zu, aber wie stets waren seine Augen abgewandt. »Gibt es etwas, das du tun kannst?« fragte ich.

Er verneigte sich. »In aller Demut sage ich Euch, Effendi, daß sich auf diesem Gebiet immer etwas tun läßt.«

Ich erteilte ihm die Erlaubnis, denn ich kann mir nicht vorstellen, daß Gott einem einsamen Jüngling wegen solcher Wonnen zürnt.

Den sechsten September

Bis zu unserem Aufbruch nach Antiochia werden wir noch einige Tage hierbleiben. Balduins und Tankreds Lager ist eine Zuflucht für Unzufriedene geworden. Rainald von Toul und Peter von Stenay sind ebenso zu ihnen gestoßen wie Gaston von Béarn, einer der Gefolgsmänner meines Lehnsherrn. Jeder hofft, durch seine Eroberungen unter den Armeniern reich zu werden. Vor seinem Weggang kam Gaston zu mir und wollte mich verlocken, mich ihm anzuschließen. Ich habe ihm alles Gute gewünscht und ihm den Rücken gekehrt. Die bloße Vermutung, ich könnte Graf Raimund verlassen, erscheint mir kränkend.

Seit einigen Tagen sieht Thomas sehr viel munterer aus als zuvor. Er geht nahezu jeden Abend in die Stadt, vermutlich, um zu zechen. Anfänglich hat ihn Mansur begleitet, inzwischen aber geht er allein. Ich habe nicht das Herz, ihn wegen des Rückfalls in seine schlechten Gewohnheiten zu tadeln. Was er tut, ist sicherlich besser, als trübsinnig durchs Lager zu streifen und mir finstere Blicke zuzuwerfen.

Unterdessen ist Bartolomé ganz wunderlich geworden. Seit Nikäa lebt er in seiner eigenen Welt, spricht mit den Tieren und verbringt Stunden im Gebet. Es heißt, daß ihm Blut auf die Stirn tritt, wenn er betet. Gesehen allerdings habe ich das bisher nicht. Auch heißt es, daß er in Zungen spricht. Für meine Ohren brabbelt er einfach unverständliches Zeug, aber einfältige Gemüter erkennen eine Art heiliger Beschwörung darin. Man sagt, er könne frei in der Luft schweben und die Krieger benutzten ihn dazu, Früchte von den höhergelegenen Ästen zu pflücken. Das erinnert mich an ein provenzalisches Sprichwort. Es lautet: »Jede Fähigkeit ist zu etwas gut.« Allerdings glaube ich nichts von alldem und nehme an, daß er den Verstand verloren hat, weil man ihn nach der Schlacht vor Nikäa um ein Haar lebendig begraben hätte.

Ich lebe so gut wie allein und genieße das. Mein Tagesablauf ist streng geregelt: Aufstehen zum Prim-Gebet, Üben der Kampftechniken, Morgenmahl, Ausbilden der Männer (mein Lehnsherr hat mir zehn junge Krieger aus Marseille überlassen, damit ich wieder ein eigenes Gefolge habe), Beten zur Terz, Üben der Kampftechniken mit den Rittern, Beten zur Sext, Frühstück in der Stadt, Reiten und Erkunden der Gegend am Nachmittag, Beten zur Non, Schwerttechnik oder körperliche Übung, Vespergebet, Abendmahlzeit mit meinem Lehnsherrn und den anderen Heerführern, abendliche Truppenschau und dann in mein Zelt. Nach dem allgemeinen Gebet zur Komplet schreibe ich in mein Buch und lege mich anschließend schlafen.

Es sind ausgefüllte Tage. Doch obwohl mich mein Tageslauf befriedigt, merke ich, daß ich darauf brenne, den Marsch fortzusetzen. Ganz offen gesagt bin ich einsam. Es ist eine bittere Einsamkeit, die dem auf den Fersen folgt, was einst so leidenschaftlich und intensiv war. Ein volles Jahr lang habe ich keine Frau berührt, und andere Menschen höchstens, um sie zu töten. Wohl gab es da die jungen Weiber im normannischen Lager, aber das war bloße Wollust und hatte mehr mit fleischlicher Begierde zu tun als mit wahrer Leidenschaft, entbehrte noch des geringsten Anflugs von Liebe. Zwar war es angenehm, doch ging es dabei um jene namenlose Angenehmheit, die so kennzeichnend für wahllose geschlechtliche Kontakte ist: das plötzliche Entdecken des anderen, die von den unvertrauten Gliedmaßen bewirkte Wonne, die Gerüche, die Wärme. Die Begierde, sich mit einer Frau zu vereinigen, ist so heftig, so von Stille umgeben, so gewiß, daß sie im Morgen, im Licht des Tages, bloße Erinnerung wird und sonst nichts mehr von ihr bleibt.

Liebe hingegen ... Sie ist soviel mehr als Geschlechtlichkeit. Sag das einem jungen Mann! Es ist Einssein, ist überhaupt Sein, nicht bloßes Existieren. Man tritt aus dem eigenen Ich heraus, ein Schritt, der bei rein geschlechtlichen Beziehungen lediglich als Schattenspiel erfolgt. Die Liebe kennt ein wahres Wohnen in der Frau, der die Liebe gilt, in ihren Gedanken, ihren Augen, ihren Gemütsbewegungen. Lieben ist das größte Opfer, Liebe zu empfangen das größte Geschenk.

Oft, beinahe allnächtlich, frage ich mich, ob Jehanne noch an mich denkt. In den Gedanken anderer zu existieren bedeutet eine Art Leben, selbst wenn wir tot sind. Hier in Syrien sind wir für alle Welt tot. Nur wir wissen, daß es nicht so ist. Doch andere haben die Macht, die Toten durch ihr liebendes Gedenken lebendig zu erhalten. Leben ist in Wahrheit nichts als fleischliche Liebe, und so liegt die reinste Liebe in den Gedanken, gewinnt sie ihre edelste Gestalt in Abwesenheit des geliebten Menschen. Mithin frage ich mich, ob mich meine Gemahlin in ihren Gedanken am Leben erhält.

Allerdings fürchte ich, daß es sich nicht so verhält. Noch mehr fürchte ich, daß sie an einen anderen denkt und in ihrem Herzen wie in ihrem Schoß ein anderer meinen Platz eingenommen hat. Ja, mein Buch, ich sage dir, seit Monaten fürchte ich, daß Jehanne bei einem anderen liegt. Ich kenne sie und ihr heißblütiges Wesen, ihre Unfähigkeit, allein zu leben, allein zu schlafen. Sie muß einen Mann haben, der sie daran erinnert, daß sie lebt. Meine Abwesenheit würde sie nicht daran erinnern, sondern ihr Angst machen. Für sie sind Gedanken ohne Fleisch bedeutungslos. Ich bin gewiß, daß sie mir untreu ist. Dennoch hoffe ich, daß sie mich nach wie vor liebt.

Ich sollte schlafen gehen und nicht mehr darüber nachdenken, denn es macht mich nur ärgerlich, und wenn mein Ärger vorüber ist, muß ich weinen.

Den vierzehnten September

Gestern ist Tankred mit seiner Streitmacht davongezogen, und Balduin will uns heute verlassen. Tankreds Aufbruch war von viel Groll und Haß begleitet. Bohemund hat dem Pferd seines Neffen die Sehnen durchschnitten. Als das Tier niederstürzte, schlug und trat Bohemund nach dem jungen Grafen. Der Onkel stieß mit Schaum vor dem Mund lästerliche Flüche aus und schwor, er wolle nie wieder etwas mit seinem Neffen zu tun haben, werde ihn enterben. Dann ließ er einen Magier aus Sizilien auftreten, ein verhutzeltes Männchen mit blau bemaltem Gesicht, der einen schlimmen Zauber über das Heer des Neffen sprechen sollte. Der Alte biß einem Huhn den Kopf ab und verspritzte dessen Blut auf Tankreds Gesicht. Dann schlug Bohemund das Wasser auf seinen bewußtlosen Neffen ab, zog das Messer und schnitt ihm das Haupthaar vollständig ab.

Herzog Gottfried hingegen nahm vom Treiben seines Bruders Balduin keine Notiz.

Morgen werden auch wir von hinnen ziehen.

Den neunzehnten September

Wir befinden uns in der Stadt Augustopolis, deren Garnison türkischer Soldaten vor uns geflohen ist. Heute ist Markttag, und die Stadt quillt über von Lebensmitteln. Unterdessen sind unsere Männer wieder so gut zu Kräften gekommen, daß sie geradezu gestählt sind. Das ganze Heer kann in einer halben Stunde marschfertig sein, doch ist ein so rascher Aufbruch nur selten nötig.

Unterwegs kam es heute zu einem sonderbaren Zwischenfall.

Wir kamen durch viele Weiler, deren Bewohner aus ihren Häusern traten, um uns zu begrüßen und uns Speise und Trank anzubieten. Es ist schon so oft geschehen, daß wir kaum noch darauf achten. Meist sind es armenische Christen, bisweilen aber auch Türken. Letztere sind scheu. Am liebsten beobachten sie uns aus dem Schutz ihrer Läden oder Schleier.

Als wir uns Augustopolis näherten, kam eine ältere Frau auf mich zu. Dem Schleier und den Ohrringen nach zu urteilen war sie eine Türkin. In der Annahme, sie wolle mir ein Brot oder eine Trinkflasche reichen, hielt ich ihr die Hand hin. Doch sie biß hinein. Ich war erstaunt und ratlos. Landry Gros, der neben mir ritt, schlug mit der flachen Klinge nach ihr. Sie stürzte zu Boden. Zwei Normannen eilten auf sie zu und hätten ihr den Leib aufgeschlitzt, wenn ich ihnen nicht Einhalt geboten hätte.

Ich saß ab und ging dorthin, wo die Frau lag. In ihren Augen war keine Furcht zu erkennen, obwohl ihr Kiefer gebrochen zu sein schien und die beiden Ritter mit gezogenen Schwertern über ihr standen. Sie spie einige Zähne aus und murmelte etwas in ihrer Sprache. Ihr Mund war ganz voll Blut.

Inzwischen war Mansur nach vorn gekommen und zeigte sich um mich besorgt. Ich forderte ihn auf, die Frau zu fragen, was sie gesagt habe.

»Ihr sollt ihre Zähne ruhig an Euch nehmen«, teilte er mir mit. »Sie sagt, sie hätte Eure Finger verschluckt, wenn es ihr gelungen wäre, sie Euch abzubeißen. Da Ihr statt dessen ihr die Zähne ausgeschlagen habt, gehören sie Euch.«

»Warum hat sie mich gebissen?« fragte ich.

Erneut sagte er etwas und übersetzte ihre Antwort. »Weil Ihr Gottes Feinde seid, ihr Volk ermordet und sie keine Waffen hat.«

Ich sagte, sie möge ihre Zähne selbst behalten. Sie aber legte sich einfach den Schleier wieder vor das Gesicht und ging davon. Landry Gros sprang vom Pferd. Mit den Worten »Wenn Ihr sie nicht haben wollt, Escrivel, nehme ich sie«, steckte er die Zähne ein. Erklärend fügte er hinzu: »Daraus lasse ich meiner Tochter einen Ring machen.«

Der Zwischenfall hat mich aufgewühlt, wie so vieles andere bei unserer Unternehmung. Ich bin ein Krieger meines und ein Feind ihres Gottes. Doch falls es sich dabei um ein und denselben Gott handelt – wer von uns leistet ihm dann den besseren Dienst: ich, der für Ihn tötet, oder sie, die mich beißt, weil ich töte?

Den fünfundzwanzigsten September

Cäsarea Mazaka ist eine elende Handels- und Marktstadt. Schon aus einer halben Meile Entfernung konnten wir sie riechen. In ihren Läden und Gasthäusern hört man das Sprachengewirr von hundert Reichen. Menschen aus aller Herren Ländern kommen hierher, bleiben eine Weile und ziehen wieder davon. Das gibt dem Ganzen den Anstrich des Vorläufigen.

Heute habe ich Männer gesehen, die schwarz wie Teer waren und ebenso kräftig rochen. Ihre langen, kahlgeschorenen Schädel waren mit einem wunderlichen Kopfputz geziert, und ihre weißen Zähne standen vor wie die Hauer von Wildschweinen. Sie verkauften Kräuter und Teile von Tieren, von denen sie schworen, es gebe auf der Welt kein stärkeres Liebesmittel. Unsere Männer haben sie ihnen aus den Händen gerissen und sich sogleich auf die Suche nach den Huren gemacht. Überhaupt kaufen sie diesen Händlern aus dem Osten allen nur erdenklichen nutzlosen Tand ab und sind folglich auf allen Märkten willkommen, die an unserem Wege liegen.

Einem Kaufmann aus dem Lande Kathay, einem Mann mit Pergamenthaut, dessen Augen so eng zusammengezogen sind, daß er beständig zu zwinkern scheint, habe ich eine Schnitzerei in Gestalt einer Frau mit einem Katzenkopf abgekauft. Sie ist aus einem Stein gemacht, den er Jade nannte. Es klingt lächerlich, aber die Schnitzerei wirkte auf mich so anmutig, weiblich und zierlich, daß ich ihm sogleich einen Gold-Besant dafür anbot. Er schien beglückt. Ich muß gestehen, ich bin es auch. Jetzt steht das Bildwerk im Schein der

Kerze auf dem Schreibtischchen vor mir. Der schlanke, geschwungene Leib der Frau ist in ein äußerst elegantes Gewand gekleidet. Ihre Hände sind vor der Brust verschränkt, die Füße nackt, und ihr Gesicht spiegelt alles, was an einer Perserkatze geheimnisvoll und erhaben ist. Ich kann nicht genau sagen, *warum* ich sie gekauft habe, aber ich bin froh, *daß* ich es getan habe.

Neulich ist mir aufgefallen, daß ich nunmehr seit einem Jahr keusch lebe. Noch nie, seit ich zum ersten Mal eine Frau berührt hatte, war ich so lange allein. Es erstaunt mich, daß mir nach so langer Enthaltsamkeit schon die bloße Vorstellung widerwärtig ist, es mit einer Frau zu tun zu haben. Wenn sich die Weiber der Stadt nur nähern, weiche ich zurück. Vermutlich geschieht das ungewollt, denn schon der Gedanke an das, was sie wollen, ist mir nahezu entsetzlich.

Vielleicht habe ich mich, ohne es zu wollen, zu einem guten Menschen gewandelt. Möglicherweise bin ich sogar heilig, denn ich schätze das Kreuz, das ich auf meiner Schulter und um den Hals trage, um so höher. Meine Schwester Gauburge ist mittlerweile verheiratet. Es ist sonderbar, sich vorzustellen, daß sie, mit der ich als Kind gespielt habe, bei einem Mann liegt, unter ihm schwitzt und stöhnt und seinen Samen in sich aufnimmt. Aus dieser Entfernung betrachtet, kommt es mir geradezu ordinär vor. Doch wie sehr habe ich mich bei meiner Gemahlin danach gesehnt, und wie habe ich mir sogar in der Kirche eingeredet, welch heilige Pflicht wir erfüllten.

Stets hatte ich geglaubt, was die Dichter sagen: daß die fleischliche Liebe die Erfüllung eines gesegneten Wunsches sei, die höchste und köstlichste Existenz des Menschen, der reinste Ausdruck von Liebe. Sogar die Kirche lehrt, daß sich in der Liebe eines Mannes zu seiner Frau jene spiegele, die Gott dem Menschen entgegenbringt. Welcher Unsinn! Dabei handelt es sich nicht etwa um die Überhöhung der fleischlichen, sondern im Gegenteil um die Erniedrigung der göttlichen Liebe. Wie sie liegt auch die Liebe der Seele außerhalb des Leibes. Es sind zwei voneinander getrennte Ebenen. Auf Vergleiche wie den oben angeführten kann nur ein Priester verfallen, der nie auf einer Frau gestöhnt und nie ihr Begehren nach immer mehr gehört, sich nie in sie ergossen und sich daraufhin zurückgelehnt und das entsetzliche Gefühl des Verlustes und der Leere erlebt hat.

Wenn wir Gott lieben, liegt das daran, daß wir gar keine andere Wahl haben. Wir sind nicht, was Gott ist. Es geht nicht um ein Tun, sondern um ein Sein. Gottes Liebe ist nach wie vor stumm und auf uns selbst gerichtet – auf den Gott in uns. Frauen lieben wir, weil wir einsam und von allem losgelöst sind. Die Sünde und unser Ich haben uns verwundet, und wir sehnen uns nach Heilung. Die Liebe zu einer Frau ist ein Akt der Verzweiflung, in dem sich alle Übel spiegeln, die wir empfinden, jegliche Gewalttat und Trennung. Gottes Liebe ist ein Zustand der Ruhe, aus dem zurückstrahlt, was wir wahrhaft sind: die reine Substanz unseres Ichs, die Einheit, die unser Wesen ausmacht. Nein – Geschlechtlichkeit und Geist sind unterschiedliche und voneinander getrennte Dinge und liegen sogar im Widerstreit miteinander. Mansur hat unrecht: nicht dadurch gewinnt man Gott, daß man seine Begierde befriedigt, sondern indem man entsagt.

Mir scheint, ich bin ein Philosoph geworden. Ich stehe unter einem Zauber – dem der Keuschheit. Vielleicht haben Geistliche diese Empfindungen; vielleicht sind Heilige so beschaffen. Ein wie weiter Weg ist es von dem Bett, das ich mit Jehanne teilte, zu diesen erhabenen Gedanken! Womöglich war stets das meine Berufung; vielleicht hat Gott mich deshalb auf diese Pilgerfahrt geschickt. Wie auch immer sich die Dinge verhalten mögen, es ist verblüffend, wie klar der Kopf wird und wie frei sich der Geist entfalten kann, sobald keine Frauen in der Nähe sind.

Den sechsundzwanzigsten September

Mein Schildknappe Thomas ist tot. Man hat ihn mir mit gebrochenem Genick aus der Stadt gebracht. Angeblich ist er gestern abend aus dem oberen Stockwerk des Hauses gefallen, das er um seiner Vergnügungen willen aufgesucht hatte. Das glaube ich nicht. Ich habe mir das Haus angesehen und bin überzeugt, daß man ihn aus dem Fenster gestoßen hat. Daher habe ich bei den Stadtältesten Klage erhoben und in aller Form meinen Verdacht vorgetragen, daß man ihn ermordet habe. Daraufhin brannte man das Haus nieder und warf seine Bewohner ins Gefängnis. Es scheinen lauter junge Männer zu sein.

Als man ihn mir brachte, habe ich gleich mit meinem ersten Gedanken Schuld auf mich geladen: Der Kopf hing ihm in einem so merkwürdigen Winkel herab, daß ich den Drang hatte, ihn zu bestrafen. Dann aber kam mir meine wahre Schuld zu Bewußtsein, denn immerhin war ich es gewesen, der sein Streben nach Lust gebilligt hatte. Ich mußte mich von seinem bläulich angelaufenen Gesicht und seiner geschwollenen Zunge abwenden, die mich anklagten.

Beim Anblick des Leichnams brach Bartolomé in Tränen aus. Morgen wollen wir den armen Kerl zur letzten Ruhe betten. Mansur ist sehr betrübt und macht sich Vorwürfe, aber ich habe ihm versichert, daß ihn keinerlei Schuld trifft. Was kann ein wenig Vergnügen denn schon schaden, hatte ich mich gefragt. Doch der Lohn der Sünde ist – zwangsläufig – der Tod. Wie meine erhabenen Gedanken von gestern zu nichts zerronnen sind! Ich und ein Heiliger! Niemand, der Herr über einen anderen ist, kann ein Heiliger sein. Der Tod erinnert uns daran, daß wir nichts sind.

Der Priester Raimund von Agiles ist überzeugt, daß Thomas trotz seiner Sünden in den Genuß des Ablasses kommen wird. Die Gesetze der Kirche sind erstaunlich – vom Freudenhaus stracks in den Himmel. Thomas' wenige Habseligkeiten habe ich zusammengetragen; ich will sie für seine Angehörigen aufheben. Ich bin nicht sicher, glaube aber, daß er einundzwanzig Jahre alt war. Das Kirchenbuch des Fleckens Lunel verzeichnet die Geburten von Bauernkindern in aller Regel nicht.

Ich freue mich darauf, diesen Ort verlassen zu können.

Den zweiten Oktober

Viel ist geschehen, und noch mehr steht uns bevor, daher will ich rasch berichten. Morgen soll ich beim ersten Tageslicht an der Spitze von vierhundert Rittern nach Antiochia aufbrechen. So könnte ich der erste sein, der die Stadt erreicht und sie für uns beansprucht. Wie ich zu dieser Ehre kam, sei kurz geschildert.

Nach unserem Aufbruch aus der elenden Stadt Cäsarea nahmen wir die alte byzantinische Straße nach Süden, in Richtung auf Comana. Als wir einen halben Tagesmarsch von dort entfernt waren, kehrten unsere Kundschafter zurück, um uns mitzuteilen, daß die Stadt von den Türken mit den goldenen Helmtüchern belagert werde, die wir damals in der Ebene verjagt hatten. Bohemund gab seinen Truppen den Befehl, dem übrigen Heer vorauszueilen. Bei seiner Annäherung hoben die Türken ihre Belagerung auf und flohen. Erneut hießen uns die Armenier als Helden willkommen.

Von ihnen erfuhren wir, daß Tankred und Balduin Tarsus wie auch andere Städte entlang der Küste erobert haben und Balduin im Begriff stehe, auf Edessa vorzurücken. Mithin steckte hinter der Belagerung Comanas durch die Türken der verzweifelte Versuch, ihn von seinem Marschziel abzulenken. Wir haben also unwissentlich Balduins Ehrgeiz, König zu werden, Vorschub geleistet.

Ohne uns lange aufzuhalten, sind wir eilends weiter nach Coxon marschiert, zur letzten größeren Ansiedlung vor dem Taurus-Gebirge. Unterdessen machte sich Bohemund mit zweihundert Rittern daran, die fliehenden Türken zu verfolgen. Er hofft, sie in der Ebene in eine Falle locken zu können. Seither haben wir nichts von ihm gehört.

Inzwischen befinden wir uns in Coxon. Die Garnison der Stadt ist geflohen, und die Ältesten behaupten steif und fest, die Türken hätten Antiochia aufgegeben! Sogleich beauftragte mich mein Lehnsherr, mit vier Hundertschaften Rittern, die fast alle aus der Provence stammen, in Eilmärschen dorthin aufzubrechen und die Stadt zu besetzen. Die Aufgabe erfüllte mich mit großem Stolz.

»Roger«, sagte er, »falls die Botschaft zutrifft, ist Jerusalem unser. Aber Ihr müßt rasch handeln. Einstweilen haben wir es mit drei Feinden zu tun – der Türke kann zurückkehren, Balduin wird die Stadt wohl für sich selbst beanspruchen wollen, und die Flotte der Byzantiner unternimmt möglicherweise einen Landeversuch. Wir müssen Antiochia im Interesse unseres Zuges einnehmen. Reitet notfalls Eure Pferde zuschanden, und schont auch die Männer nicht. Sofern die Stadt offensteht, müßt Ihr sie besetzen.«

Der Schlüssel zu Jerusalem ist in Reichweite. Gott gebe mir die Kraft, ihn in meine Hand zu bringen.

Den sechsten Oktober

Wir befinden uns jetzt im Taurus-Gebirge. Die Griechen führen uns. Die Männer, die es nach uns durchqueren müssen, tun mir leid. Auf der ganzen Welt habe ich noch keine wildere und abweisendere Gegend mit derart steilen Abstürzen gesehen. Die Pfade sind schmal und geben unter dem Fuß nach. Wir haben bereits ein knappes Dutzend Ritter verloren und dreimal so viele Tiere. Entweder sind sie zu Tode gestürzt, oder mächtige Gebirgsflüsse haben sie mitgerissen. Deren Gefährlichkeit steigert der Regen noch, der in letzter Zeit nahezu unaufhörlich fällt. Man sieht ein Rinnsal in einer tiefen Schlucht, und im nächsten Augenblick ist es ein brausender Sturzbach, der über die Ufer drängt und alles mit sich reißt, was ihm nahe kommt.

Wir haben aufgehört, die Saumtiere mit Seilen aneinanderzubinden, denn beim Fehltritt eines von ihnen würden die anderen mit in den Abgrund stürzen. Von einer Felsnase oberhalb eines Gebirgsflusses, der so laut tobte, daß wir uns nur brüllend verständigen konnten, sind vier Maultiere in die Tiefe gestürzt; sie haben sich gegenseitig in den Tod gerissen. Beim Versuch, Boden unter die Füße zu bekommen, schrien sie steinerweichend, und wir hätten noch vier weitere verloren, wäre es mir nicht gelungen, mit dem Schwert das Seil zu durchtrennen, das sie miteinander verband.

Schrecklicher als alles andere war der Tod Peters von Castillon, eines wahrhaft edlen Jünglings. Seine Eltern waren des öfteren zu Gast in meinem Hause gewesen. An einer Wegbiegung neben einem schrecklichen Felsgrat, wo der Pfad steil aufwärts führt, hatten sich die Griechen geweigert weiterzugehen. Peter arbeitete sich nach vorn und erklärte, er wolle ihnen zeigen, wie einfach der Weg zu bewältigen sei. Noch jetzt sehe ich ihn vor mir, mit seinen schwarzen Locken, den tiefgründigen blauen Augen und dem zuversichtlichen Lächeln.

Mit Händen und Füßen tastend schob er sich, seitwärts an die Felswand gedrückt, über den Grat. Als er die andere Seite erreicht hatte, rief er, man möge ihm seine Stute bringen, denn wenn sie den Weg bewältigen könne, seien auch die anderen dazu imstande. Das Tier aber scheute und wollte keinen Schritt tun. Peter redete ihm zu und lockte es mit besänftigendem Schnalzen. So freundlich war seine Stimme, und so beruhigend sein Lächeln, daß sich das Pferd ein Herz faßte und sich ihm näherte, bis er den Zaum ergreifen konnte.

Doch gerade, als alles gut zu sein schien, verlor das Tier den Boden unter den Hufen und begann rücklings dem Abgrund entgegenzugleiten. Statt auf seine eigene Rettung bedacht zu sein, wickelte sich Peter den Zügel um den Arm und wurde im nächsten Augenblick von seinem Pferd in die Tiefe gezogen. Es war ein schrecklicher Anblick, wie Mensch und

Tier aneinandergebunden dem Fluß entgegenstürzten. Dieser schäumte und tobte so tief unten, daß kein Laut zu uns heraufdrang.

So sehr erschütterte uns der Anblick, daß wir uns zurückzogen und einen anderen Weg suchten. Schließlich fanden wir weiter unten eine sichere Möglichkeit zur Überquerung des Gebirges und zogen weiter. Jetzt haben wir unser Lager an eben jenem Fluß aufgeschlagen, in den Peter gestürzt ist. So erschöpft bin ich, daß ich mich, den Waffenrock über den Kopf gezogen, unter einen Baum gelegt habe, ohne mir ein Wetterdach zu errichten. Es tut mir in der Seele weh, daß es für den edlen Jüngling weder ein Grab noch eine Trauerfeier geben soll. Wir würden aber den Großteil unserer Zeit mit solchem Tun vergeuden, wenn wir bei jedem Toten dazu verweilten.

Den neunten Oktober

Gestern haben wir das Gebirge hinter uns gelassen und sind zwei Tage lang scharf geritten. Wir sind an der Stadt Marasch vorübergezogen und haben uns in ihren Außenbezirken nur so lange aufgehalten, wie es nötig war, um uns mit Proviant zu versorgen. Die Überquerung des Gebirges hat uns dreißig Männer gekostet, und viele weitere sind seither auf der Strecke geblieben, weil entweder ihre Tiere zusammengebrochen sind oder die Kräfte sie verlassen haben.

Eine große Streitmacht zu befehligen ist für mich äußerst lehrreich. Man muß ebensosehr durch das Beispiel wie mit Worten führen. Oft spreche ich mit den Männern, ermutige oder tadele sie, sporne sie an. Doch ist vor allem wichtig, daß ich mich an ihrer Spitze halte und darauf achte, nie zu klagen oder mich unentschlossen zu zeigen. Die Willensstarken, habe ich erkannt, folgen meinem Beispiel aus Stolz, und die Schwächeren, weil es sie beschämt. Alle anderen verdienen es nicht, mit uns zu ziehen. Als Ergebnis sind mir von den über vierhundert Rittern, mit denen ich Coxon verlassen habe, weniger als dreihundert geblieben.

An der Straße von Marasch nach Ravendan, wo wir die Nacht verbringen, sind wir auf viele tote Pferde und Maultiere gestoßen. Die Wappen auf den Decken der Pferde zeigten uns, daß sie zu Balduins Streitmacht gehörten. Es heißt, daß er die Stadt Edessa eingenommen und sich zu ihrem Herrscher aufgeschwungen hat,[45] womit er das Ziel seines Ehrgeizes erreicht hätte. Über Antiochia aber haben wir nichts Neues erfahren.

Sofern die Stadt nicht verteidigt wird, kann ich sie ohne weiteres einnehmen. Was aber ist mit Jerusalem? Über diese Frage habe ich an den beiden letzten Tagen lange nachgedacht. Von meinem Lehnsherrn habe ich die Heilige Stadt betreffend keine Befehle. Doch was soll ich tun, falls ich Antiochia einnehme? Soll ich dort warten, bis unser Heer eingetroffen ist, oder weiter nach Jerusalem vorrücken?

Es ist eine schwierige Entscheidung. Ich könnte die Hälfte meiner Streitmacht – oder noch weniger – als Besatzung in Antiochia zurücklassen und mit den übrigen nach Jerusalem weiterziehen. Sofern jene Stadt keine Garnison hat, könnte ich sie einnehmen und halten, bis das Heer eintrifft. Doch angenommen, dort befinden sich viele Türken. In dem Fall würde ich mich nach Antiochia zurückziehen. Wenn aber die Türken Antiochia in meiner Abwesenheit belagerten? Die Garnison wäre nicht stark genug, die Stadt zu halten, und meine Streitmacht wäre zu schwach, die Belagerung aufzuheben. Dann wäre alles verloren und das mir von meinem Lehnsherrn anvertraute Unternehmen gescheitert.

Doch sofern Antiochia unser und Jerusalem unverteidigt oder nur schwach besetzt ist, ohne daß ich die Stadt im Handstreich nehme, trage dann nicht ich die Schuld, wenn uns Jerusalem verlorengeht – oder an den Opfern, die uns eine spätere Belagerung kostet? Auf jeden Fall ist es mein Ziel, das Leben von Christen zu schonen und unserer Sache zum Sieg zu verhelfen. Was aber ist der sicherste Weg dorthin?

Voll Stolz bürden wir uns eine hohe Verantwortung auf, ohne darüber nachzudenken, daß sie auch große Gefahren nach sich zieht. Für meine Entscheidung bin ich nicht nur meinem Lehnsherrn Rechenschaft schuldig, sondern auch Gott.

Den zehnten Oktober

Wir rasten in der Nähe eines aus Lehm und Balkenwerk gebauten Kastells. Es ist die sonderbarste »Festung«, die ich je gesehen habe. Sie scheint noch im Bau zu sein, und die Baumeister sind offenbar in Eile, denn es sieht ganz so aus, als errichtete man die Mauern aufs Geratewohl. Die Türme schwanken auf dürren Pfosten, und es gibt weder Fenster noch Tore – lediglich einen schmalen, mit Flechtwerk zugestopften Eingang. Ich habe zwei Ritter ausgeschickt, die sich erkundigen sollen, wie die Menschen beschaffen sind, die sich in dieser Befestigungsanlage aufhalten.

Inzwischen habe ich meine Entscheidung hinsichtlich Jerusalems getroffen. Mein Gedankengang sieht wie folgt aus: Sofern Antiochia nicht verteidigt wird, besetze ich die Stadt mit zweihundert Rittern und ziehe mit den übrigen vor Jerusalem. Sollte sich herausstellen, daß auch diese Stadt nicht verteidigt wird, mache ich mich dorthin auf. Sofern sie offen ist, nehme ich sie ein und werde sofort darum bitten, mir Verstärkung aus dem Heer zu schicken. Ist die Stadt aber besetzt, werde ich danach trachten festzustellen, wie stark die Garnison ist. Sofern sie nicht besonders stark ist oder sich uns außerhalb der Mauern zum Kampf stellt, werde ich angreifen. Wird die Stadt aber stark verteidigt, kehre ich sogleich nach Antiochia zurück, um dort das Eintreffen des Heeres abzuwarten.

Dieser Plan scheint mir vernünftig zu sein, und die Gefahren, die er mit sich bringt, dürften den Einsatz lohnen. Maßgeblich für meinen Entschluß war der Gedanke, daß ich es mir nie verzeihen würde, wenn ich in Antiochia bliebe und später erführe, daß Jerusalem nicht verteidigt wurde. Wenn ich umgekehrt die besten Männer um mich sammle und mit einem Drittel meiner Streitmacht vorrücke, laufe ich äußerstenfalls Gefahr, daß wir unser Leben verlieren, ohne Antiochia ernstlich zu gefährden. Zweihundert Ritter, die das Gebirge durchquert und diesen Höllenmarsch hinter sich gebracht haben, müßten wohl imstande sein, die Stadt zu halten, bis mein Lehnsherr und die anderen eintreffen.

Später

Die von mir zu der sonderbaren Festung ausgeschickten Kundschafter haben mich im Schreiben unterbrochen. Sie schienen recht verwirrt zu sein, was mich ein wenig belustigte, und sie baten mich, ich möge selbst nachsehen. Das werde ich tun, auch wenn ich ihnen deutlich gemacht habe, wie sehr mich ihr Bericht verärgert hat.

Den elften Oktober

Was soll ich über die letzten beiden Tage sagen? Es waren die seltsamsten und enttäuschendsten unserer ganzen Unternehmung. Unter einem Wetterdach aus Fellen sitze ich in den Ausläufern der Syrischen Pforte unmittelbar am Rande der Ebene, die sich vor Antiochia erstreckt. Ich bin sicher, daß wir den schwierigsten Marsch hinter uns haben, den je Ritter aus der Provence unternahmen. Morgen früh wollen wir gegen die Stadt ziehen. Offen gestanden habe ich keine Vorstellung von dem, was uns dort erwartet.

Mir schwirrt der Kopf, und ich muß danach trachten, meine Gedanken zu ordnen. Ich bin müde und verärgert, habe ich doch die vergangene Woche kaum geruht. Vor Erschöpfung würde ich am liebsten weinen, wenn ich es ohne Zeugen tun könnte. Doch die Männer drängen sich in einem engen Hohlweg um mich, wo wir unser Lager aufgeschlagen haben, um vor Spionen sicher zu sein.

Gestern nachmittag habe ich meine beiden Kundschafter zu dem Kastell aus Lehm und Balken begleitet. Was ich dort vorfand, spottet jeder Beschreibung. Dort lebt eine Gruppe von Ketzern, die sich als Jünger des Apostels Paulus bezeichnen. Ihren Worten nach verehren sie ihn, als wäre er Christus. Wenigstens behaupten sie das. Einen Grund dafür vermag ich mir nicht vorzustellen.

Was hat das zu bedeuten? Ich bin mir nicht sicher. Bei Tag gehen sie mit verbundenen Augen umher, um die zeitweilige Blindheit nachzuahmen, mit der Saulus geschlagen wurde, bevor er sich zum Paulus wandelte. Als ich dort eintraf, trug der größte Teil der gut ein halbes Hundert Menschen in der Festung schmutzige Lumpen um den Kopf gewickelt. Sie waren nicht bereit, sie abzunehmen, und alle ihre Anführer wollten mein Gesicht betasten, um sich zu vergewissern, daß ich kein Türke sei. Wenn sie ständig mit verbundenen Augen herumlaufen, braucht man sich nicht zu wundern, daß ihre Festung so merkwürdig aussieht.

Ich fahre mit meinem Bericht über sie fort. Ihre Riten sind äußerst abstoßend. Sie schätzen alles Weibliche gering, weil der Apostel Paulus gottesfürchtigen Männern in seinen Briefen empfiehlt, die Gesellschaft des Weibes zu meiden. So dulden sie innerhalb ihres Kastells kein weibliches Lebewesen und lassen weder Ziege noch Hündin oder Kuh zum Tor hinein. Nicht einmal brütende Vogel sind vor ihnen sicher, und selbst Käfer werden genauestens untersucht und weibliche Tiere getötet. Erleichterung verschaffen sie sich – wage ich es niederzuschreiben? – mit Hilfe gemeinsamer ritueller Masturbation, wobei sie eine Art Sprechgesang leiern. Anschließend geißeln sie sich zur Strafe gegenseitig. Sie bieten dabei ein ausgesprochen widerliches Schauspiel, und ich mußte es mit ansehen, da ich zur Gebetsstunde eingetroffen war.

Nach Abschluß ihrer gemeinsamen Andachtsübung erkundigte ich mich bei ihnen nach Antiochia. Ihr Hauptmann, der eine mit Perlen besetzte Augenklappe trug, ein syrischer Christ von gemischter Abkunft namens Kalasch, versicherte mir, daß Antiochia stark befestigt sei und sich gut verteidigen könne. Ihr Emir, den er Dschagaschan nannte[46], habe die geistlichen Oberhäupter der Stadt eingekerkert, verfolge die Christen und habe die Kirchen entweiht, indem er sie als Stallungen nutze. Er habe nicht nur Kenntnis von unserer bevorstehenden Ankunft, sondern auch alle Emire der Umgebung um Verstärkung gebeten.

Das waren äußerst schlechte Nachrichten. Da sie aber von einem Mann kamen, der eine Binde vor den Augen trug und sich gerade in aller Öffentlichkeit mißbraucht und gegeißelt hatte, nahm ich sie nicht ernst. Nachdem wir uns mit Proviant versehen hatten, eilten wir weiter, der Syrischen Pforte entgegen. Diese ist ein niedriger Paß in der letzten Gebirgskette, die uns noch von unserem Bestimmungsort trennt.

Wir waren den ganzen Tag unterwegs. Die Berge überquerten wir in der Abenddämmerung bis in die Dunkelheit hinein. Es war unheimlich und gefährlich. Jeder der Männer hielt eine Fackel aus einem Stück in Öl getränktem Tuch, das um einen Ast gewickelt war, in der Hand. Unser Zug erstreckte sich über eine Meile, weit auseinandergezogen, und als ich mich vom höchsten Punkt aus umsah, bot er einen eindrucksvollen Anblick. Soweit das Auge reichte, zog sich lautlos ein Feuerband durch die Dunkelheit und näherte sich mir, wie es schien, zögernd und von einer unsichtbaren Hand geführt.

Lange konnte ich den Blick nicht von diesem Bild lösen. Wie zerbrechlich das Ganze wirkte und wieviel Mut sich dahinter verbarg! Mir drängte sich der Gedanke auf: Sieht nicht Gott unsere Welt ebenso? Seelen, die als winzige Feuerpünktchen in der ewigen Finsternis stumm und stockend Ihm entgegenstreben, wobei die einen straucheln, andere fallen. Alle ertasten sich mit Hilfe des Glaubens den Weg Seiner herrlichen Stadt entgegen durch ein befremdendes und unwirtliches Land.

Diese Vorstellung war furchteinflößend und mahnte zugleich zur Demut. Erschauernd wandte ich mich ab, denn nicht einmal in Gedanken wage ich mich an Gottes Stelle zu setzen.

Die ganze Nacht hat man uns ausgespäht. Zu zweit und dritt tauchten an den gegenüberliegenden Hängen unvermittelt Berittene, vermutlich Türken, auf, die im Mondlicht als Umrisse sichtbar wurden. Auch wenn ich nicht glaube, daß sie die genaue Zahl meiner Streitmacht ermitteln konnten, habe ich, um eine weitere Beobachtung zu unterbinden, den Männern geboten, sich in den letzten Schluchten oberhalb des Flachlandes zu lagern. Sie murren, denn dort gibt es kaum ebenes Gelände, und der ganze Untergrund ist felsig. Einige Hirten, die ihre Tiere in den Hügeln weiden, haben uns ihre Schutzhütten angeboten, und so werde ich heute nacht unter angenehm duftenden Schaffellen schlafen.

Ich fragte sie nach Neuigkeiten über Antiochia, und obwohl sie keiner Sprache mächtig sind, die wir verstehen, haben sie mit Gesten und Zeichnungen erläutert, daß die Stadt befestigt ist. Ihr Zeichen für den Türken, das sie mit ihren Hirtenstäben in den Boden ritzen, ist bemerkenswerterweise ein Wolf. Es waren viele Wölfe, und ich bete, daß sich die Hirten irren mögen.

Den zwölften Oktober

Antiochia ist befestigt. Ich habe es mit eigenen Augen gesehen. Wir sind vor der Morgendämmerung aufgebrochen und haben die Ebene überquert, so weit wir es wagten. Dann bin ich mit sechs Rittern ausgezogen, um die Stadt auszukundschaften. Kaum waren wir ihrer ansichtig geworden, als man auf uns schoß: Der Emir, der zweifellos von unserer Ankunft wußte, hatte in den Dörfern entlang der Straße Vorposten aufgestellt. Rasch umgingen wir die Dörfer und eilten auf die Stadt zu. Sie ist uneinnehmbar, denn ihre massigen Mauern starren buchstäblich von Hunderten von Türmen, deren jeder stark bemannt ist. Wir sind ihr so nahe gekommen, daß man von der Mauer herab mit Katapulten Steine und Metallstücke auf uns schoß.

Nach einem großen Umweg sind wir in unser Lager zurückgekehrt. Dort sprang ich aus dem Sattel, warf mein Schwert zu Boden und trampelte voll Wut darauf herum. Mein Grimm hat sich noch nicht abgekühlt. Die anderen verstanden augenblicklich und machten ihrem Ärger ebenfalls ohne Umschweife Luft.

»Laßt uns diese Onanierer umbringen«, sagte einer, und dieser und jener trat zu seinem Pferd. Es dauerte eine Weile, bis ich begriff, daß sie die Paulus-Verehrer in der Lehmfestung meinten. Ich rief die Männer zurück und teilte ihnen mit, daß ich zum Hauptheer zurückkehren und meinem Lehnsherrn Bericht erstatten würde.

Meine Truppe unterstellte ich dem Befehl des Peter von Roaix und wies ihn an, so viele Ortschaften der Umgebung wie möglich einzunehmen. Auf diese Weise wird das Hauptheer die jetzt unausweichliche Belagerung aufnehmen können, sobald es eintrifft.

Es wird kaum so kommen, wie ich es mir erhofft hatte, sondern so, wie ich es befürchtet hatte. Antiochia wird sich erst nach langer und opferreicher Belagerung einnehmen lassen. Doch habe wohl nicht ich versagt, denn die Stadt scheint nie unverteidigt gewesen zu sein. Gleichwohl kommen mir jetzt meine Pläne zur Einnahme Jerusalems äußerst töricht vor. Ich schäme mich – nicht weil ich es auf einen Versuch ankommen lassen wollte, sondern wegen meiner Überheblichkeit. Auch bedaure ich den Verlust so vieler tapferer Männer, vor allem den Peters von Castillon. Ich hatte gehofft, seinen Eltern eines Tages mitteilen zu können, daß er sein Leben für die Eroberung Antiochias gegeben hat. Jetzt ist das Äußerste, was ich meinen Freunden sagen kann, daß ihr Sohn für einen Traum von Antiochia gefallen ist.

Den neunzehnten Oktober

Antiochia

Schon eine Woche habe ich nicht mehr geschrieben. Heute werde ich einunddreißig Jahre alt. Am Vormittag habe ich der Messe in dem Kirchlein beigewohnt, das wir in dem der Stadt zunächst gelegenen Dorf errichtet haben. Es war ein trübseliger Gottesdienst, denn der Bau eines solchen Kirchleins weist stets auf eine lange Belagerung hin. Meinen Lehnsherrn habe ich gebeten, zu Ehren unseres Gefährten das Dorf statt mit seinem heidnischen Namen »Castillon« zu nennen.

Ich will die Ereignisse der vergangenen Woche zusammenfassen.

Nachdem ich das Lager in der Schlucht verlassen hatte, machte ich mich auf den Weg zurück in die Berge und stieß bei Marasch auf unser Heer. Es befand sich in einem erbärmlichen Zustand. Die Männer waren ausgelaugt, ihr ganzer Schwung dahin. Vierhundert unserer dreitausend Ritter waren der Überquerung des Taurus-Gebirges zum Opfer gefallen, und vom Fußvolk nahezu doppelt so viele. Einen so hohen Preis hatten uns weder Nikäa noch die Salzwüste oder die Schlacht in der Ebene abverlangt. Kaum brachte ich es übers Herz, den Männern meine Nachricht vorzutragen.

In seinem Zelt schüttelte mein Lehnsherr den Kopf. Noch nie hatte er so alt ausgesehen. »Ihr habt Euer Bestes getan«, sagte er, »mehr ließ sich offensichtlich nicht erreichen.«

Am gleichen Abend kehrte Bohemund von seiner Unternehmung zurück. Er war auf keine Türken gestoßen und brauchte sich nicht zur Schlacht zu stellen. Er zeigte sich empört, weil wir nach Antiochia gezogen waren, ohne uns mit ihm beraten zu haben. Er patschte sich, wie es seine Gewohnheit ist, mit den Handschuhen in die Fläche der einen Hand, packte sie und zerrte sie wieder heraus. »Ihr wolltet die Stadt für Euch selbst einnehmen«, knurrte er.

Graf Raimund richtete sich auf. Mit wildem Glitzern in den Augen sagte er: »Ihr kränkt meine Ehre.«

»Ihr habt die meine verraten«, gab Bohemund zurück.

»Eure Ehre?« lachte mein Lehnsherr auf. »Die Ehre eines Mannes, der seinen Eid einem Maultier hinten hineinsteckt!«

Herzog Gottfried trat zwischen die Streithähne. »Graf Raimund war bei der Vorhut«, erklärte er. »Er mußte eine Entscheidung treffen. Ihr an seiner Stelle hättet nicht anders gehandelt als er.«

»Aber ja!« rief Bohemund. »Er und der Bischof wollen das Heer für ihren eigenen Vorteil einsetzen.«

Graf Raimund hätte ihn geschlagen, wäre ihm nicht Herzog Gottfried in den Arm gefallen. »Wir sind alle Christen«, sagte er.

»Während Eurer Türkenhatz haben wir uns durch das Gebirge gequält«, gab mein Lehnsherr verärgert zu bedenken. »Es ist ein Wunder, daß wir überhaupt noch ein Heer haben.«

Bohemund schnaubte verächtlich. »Die Mühe hättet Ihr Euch sparen können. Weiter im Norden habe ich einen Weg um das Gebirge herum gefunden. Euer kluger Plan, mich kaltzustellen, hat Euch tausend Männer gekostet – für nichts. Da habt Ihr Gottes Stimme; er hat Eure Absichten durchschaut.«

»Was wißt Ihr schon von Gott?« schäumte Graf Raimund. »Ihr seid ebenso heidnisch wie der Türke.«

Bohemund wies mit dem Finger auf das Kreuz, das die Schulter seines Umhangs zierte. »Und das hier?« schnaubte er mit Nachdruck. »Mein Leben würde ich dafür geben!«

»Aber nur, wenn Ihr sicher wäret, daß es Euch ein Königreich eintrüge«, gab Graf Raimund zurück.

»Ihr hingegen seid vermutlich wegen der Heiligen, der Jungfrau Maria und den verdammten zwei Naturen Christi hier«, erwiderte Bohemund.

Jetzt verlor Herzog Gottfried die Geduld. »Jeder von uns hat seine eigenen Gründe«, sagte er. »Das aber gibt uns nicht das Recht, einander zu bekämpfen. Gott liefert Männern Gründe dafür, daß sie Seine Ziele verwirklichen. Was auch immer uns hierher geführt hat, dient Ihm, aber nur, wenn wir zusammenbleiben und gemeinsam kämpfen.«

Diese Worte verblüfften uns alle, denn für gewöhnlich ist Herzog Gottfried nicht so beredt. Vermutlich war er selbst überrascht, denn er fragte: »Das klingt doch vernünftig, oder?« Wir stimmten ihm zu.

»Schön«, fuhr er fort. »Dann Schluß mit dem Streiten. Morgen vormittag ziehen wir nach Antiochia, beginnen mit der Belagerung, und sobald wir die Stadt bezwungen haben, töten wir alles Leben darin, wie es Gottes Wille ist.«

Das ist vier Tage her. Inzwischen haben wir das Heer bis an die Mauern der Stadt vorrücken lassen, da Peter von Roaix bereits alle Dörfer in der Umgebung fast bis Aleppo eingenommen hatte. Bei der Überquerung des Orontes kam es zu einer wütenden Schlacht, in deren Verlauf die Truppen des Bischofs Adhémar die Türken in die Flucht geschlagen haben. Dabei sind ihm viele zur Versorgung der Stadt bestimmte Schafe und Rinder in die Hände gefallen. So haben wir jetzt auf jeden Fall für einige Monate genug zu essen.

Ich sollte noch anfügen, daß wir auf dem Marsch hierher die Lehmfestung zerstört und die Paulus-Verehrer in alle Winde zerstreut haben. Nach einer Besichtigung des Kastells befanden Bohemund und Herzog Gottfried seine Bewohner für verrückt und fürchteten, sie könnten unserer Nachhut gefährlich werden. Einigen von ihnen hat man gestattet, unser Heer als Diener zu begleiten, vorausgesetzt, sie tragen keine Augenbinden und verrichten ihre Andachtsübungen in ihren Zelten.

Den ersten November

Allerheiligen

Heute morgen war ich in der Messe und habe anschließend an einer Lagebesprechung der Edelleute teilgenommen. Dabei ging es hoch her, wie es in letzter Zeit üblich ist.

Bei unserer Ankunft hier hatte sich mein Lehnsherr dafür ausgesprochen, die Stadt sofort im Sturm zu nehmen.[47] Herzog Gottfried und Bischof Adhémar widersetzten sich diesem Vorhaben, und Bohemund spottete sogar über den Vorschlag. Sie alle rieten zur Vorsicht und waren äußerstenfalls zu Scheinangriffen bereit, um die Stärke der Befestigungsanlagen zu erkunden. Nicht nur gaben sie damit die Möglichkeit eines Überraschungsangriffs auf, sie verloren dabei auch fünf bis sechs Dutzend Männer. Diese Scheinangriffe haben uns lediglich bestätigt, was wir ohnehin wußten – daß eine große Zahl von Türken die Stadt besetzt hält und deren Mauern uneinnehmbar sind.

Antiochia ist eine eindrucksvolle Festung. Hinter ihr erhebt sich ein steiler Berg, und eine ihrer massigen Mauern zieht sich über einen sumpfigen Abschnitt des Orontes hin, während zwei weitere zu den Hängen aufsteigen und damit eine alles überragende Zitadelle bilden. Die Mauern an den anderen Seiten sind dick und hoch und werden von vierhundert Türmen gekrönt, von denen aus die Verteidiger jeden Fußbreit Boden unterhalb beherrschen. Diese Mauern hat einst Kaiser Justinian mit aller den Römern zu Gebote stehenden Kunstfertigkeit errichten lassen, und byzantinische Kriegsbaumeister haben sie seither verbessert.

Innerhalb der Mauern befinden sich ein Basar, Märkte, Paläste und sogar Weiden für das Vieh. Die Stadt kann ohne weiteres einer Belagerung von zwei Jahren oder länger standhalten, denn nicht nur verfügt sie über reichlich fließende Brunnen, sie wird sogar von einem Fluß mit starker Strömung durchzogen. Dort, wo er nach Antiochia hinein- und wieder hinausfließt, bilden die Mauern luftige Bögen. Auf welche Weise wir, geschwächt und zermürbt, wie wir sind, die Stadt nehmen sollen, vermag ich nicht zu sagen. Aber nehmen müssen wir sie, denn sie beherrscht den Weg nach Jerusalem.

Für eine vollständige Umschließung ist die Zahl unserer Krieger zu gering, denn dafür wäre ein zehnfach größeres Heer erforderlich. So haben unsere Leute an strategisch wichtigen Punkten Aufstellung genommen – Bohemund gegenüber dem Sankt-Pauls-Tor, das den Zugang zur Hauptstraße und zur Brücke beherrscht, mein Lehnsherr rechts von ihm am Hundstor, Gottfried von Bouillon zu unserer Rechten am Herzogstor. Alle anderen – überwiegend Deutsche und Flamen – halten wir in Reserve. Da immer noch zwei Tore – das Brückentor und das Sankt-Georgs-Tor – ungedeckt bleiben, beherrschen die Türken die Straße, die zu Antiochias Hafen Sankt Simeon führt.

Letzteres ist ein ganz wichtiger Punkt. Wären wir imstande, jene kleine Stadt zu besetzen, könnten uns des Basileus Schiffe vom Meer aus versorgen. Die Türken wissen das und haben sich all unseren Versuchen, die zum Hafen hinüberführende Brücke über den Fluß in unsere Gewalt zu bringen, heftig widersetzt. Wir haben die in der Umgegend wohnenden Christen um Boote gebeten. Damit könnten wir eine Schiffsbrücke bauen, mit ihrer Hilfe die türkische Garnison umgehen und ihr in den Rücken fallen.

Während wir mit der Belagerung begannen, haben sich die Griechen daran gemacht, ihre Maschinen zusammenzusetzen. Die Schutzdächer entstehen aufs neue, ohne daß man den Männern groß den Auftrag dazu erteilen müßte. Der Winter steht bevor, und sofern wir die Stadt nicht durch einen plötzlichen Überfall oder mit Hilfe von Verrat einnehmen können, werden wir vor ihren Mauern ebenso leiden müssen wie dahinter die Türken und ihre Gefangenen.

Diese Frage stand bei unserem heutigen Kriegsrat im Vordergrund. Bohemund ließ sich nicht von seiner Vorstellung abbringen, in der Stadt müßten sich Spione und Verräter finden lassen, die bereit seien, für uns zu arbeiten. Er erklärte, viele der Armenier seien unserer Sache günstig gesonnen, und die syrischen Christen in der Stadt würden sich auf ein Zeichen hin gegen die Türken erheben.

Der Griechengeneral Tatikios antwortete ihm mit seinem nicht zu überhörenden fremden Akzent: »Zwar stimmt es, daß die Syrer den Türken nicht besonders gewogen sind, aber von uns wollen sie noch weniger wissen.«

»Dann müssen wir ihnen klarmachen, daß es ein lateinischer Fürst ist, der die Stadt einnehmen will«, gab Bohemund zur Antwort.

»Sie erkennen Euren Papst nicht an«, sagte Tatikios.

»Zum Teufel, ich habe nicht vom Papst gesprochen, sondern von einem Fürsten«, gab Bohemund zurück. »Ihn könnten sie als ihren Beschützer ansehen.«

Bischof Adhémar ergriff das Wort. »Nicht Ihr werdet Antiochia beherrschen«, sagte er. »Die Stadt gehört Christus.«

»Sie gehört unserem Autokrator, dem Kaiser Alexios«, sagte Tatikios.

»Dem gehört sie, der als erster den Fuß hineinsetzt«, knurrte Bohemund. Er sah uns unverwandt an. »Und wenn ich das bin und jemand sie mir nehmen will, möge er sich in acht nehmen«, fügte er hinzu. Mit diesen Worten stapfte er hinaus.

Ich fürchte, wir werden hier lange zubringen müssen.

Den zwölften November

Die Belagerung erweist sich als außerordentlich tückisch und gefährlich. Dort, wo der Fluß die Stadt durchquert, schleichen sich Nacht für Nacht Türken hinaus und überfallen unsere Männer, die an den Hängen nach Viehfutter suchen. Dutzende sind ihnen auf diese Weise schon zum Opfer gefallen. Wenn wir uns vormittags auf die Suche nach den nicht ins Lager Zurückgekehrten machen, finden wir sie mit abgetrennten Köpfen und verstümmelten Leibern. Die Türken schlitzen ihnen den Bauch auf, so daß die Vögel ihre Eingeweide fressen können. Oft trennen sie den Männern auch die Zeugungsorgane ab und stecken sie ihnen in die durchgeschnittene Kehle. Das wirkt sich auf den Kampfgeist der übrigen so abschreckend aus, daß einige von ihnen abtrünnig geworden sind und sich davongemacht haben – es sind die ersten seit unserer Durchquerung der Salzwüste.

Inzwischen beherrschen wir die Straße, die zum Hafen führt. An die fünfzig Ritter haben die Schiffsbrücke überschritten und die türkische Garnison am Nordufer überfallen. Jeden Türken, den sie fanden, haben sie abgeschlachtet, obwohl viele um ihr Leben flehten. Ich kann nicht sagen, daß ich unseren Männern das verarge. Das Aufeinandertreffen vor Antiochia ist auf beiden Seiten von einer Barbarei und unverhohlenen Grausamkeit gekennzeichnet, die ihresgleichen suchen.

In unserem Lager habe ich mich so gut wie möglich eingerichtet. Lange Erfahrung hat mich gelehrt, wie ich mir das Leben einigermaßen erträglich machen kann. Im Augenblick gibt es genug zu essen, und wir haben eine Art Dach über dem Kopf. Seit Bartolomés Verwundung mitsamt darauffolgender Absonderlichwerdung und dem Tod meines Schildknappen Thomas verlasse ich mich nur noch auf Mansur. Seine Treue ist rührend, und er ist fürsorglicher, als ich es von einem bezahlten Diener erwarten könnte. Zur Belohnung habe ich ihm erlaubt, die Farben meiner Familie auf seiner Kleidung zu tragen. Anfangs wollte er nichts davon wissen und beharrte darauf, er sei dessen nicht würdig. Doch als ich ihm klarmachte, daß er ebenso zu meinem Haushalt gehört wie jeder Bediente auf Lunel, willigte er schließlich ein und dankte mir.

Er ist wirklich ein sonderbares Geschöpf. Noch nie habe ich ihn baden oder seine Kleidung waschen sehen, dennoch ist er heikler als manche Hausfrau und so umsichtig wie der Verwalter eines großen Gutes. Er hat sich neben meinem Zelt ein Wetterdach errichtet, das ich mit Ästen und Flechtwerk aus Binsen gegen die Unbilden des Winters verstärkt habe. Sie verfügt sogar über eine Feuerstelle mit einem Rauchfang aus Lehm. Es wird mir bessergehen als vor Nikäa und unvergleichlich viel besser als bei Brindisi. Das verdanke ich zum großen Teil Mansur.

Ungewollt kommt mir beim Namen Brindisi die Frage in den Sinn, was aus Ruth geworden sein mag, zu der mich eine so plötzliche und unerwartete Zuneigung erfaßt hatte. Es ist sieben Monate her, daß ich sie zuletzt sah, als sie mit Blumen aus dem Garten ihres Vaters in unser Lager kam. Wie schön es wäre, ihr Gesicht zu sehen, ach, das Gesicht irgendeiner Frau. So lange pflege ich jetzt bereits ausschließlich Umgang mit Männern, ihrem ungehobelten Wesen und ihrer Ungeschliffenheit, daß ich glaube, es würde mich unermeßlich trösten, das Antlitz einer jungen Frau auch nur zu sehen.

Vergangene Nacht hatte ich einen Samenerguß, den ersten in vielen Monaten. Das liegt daran, daß ich sogar aufgehört habe, mich selbst zu mißbrauchen. Ich erinnere mich an viele Träume, in denen alles mögliche durcheinanderwirbelte. Da waren unter anderem Bilder von Jehanne, die Weiber aus dem Lager der Normannen, Ruth und die jungen Armenierinnen aus Ikonion, und sogar Mansur. Als ich erwachte und merkte, was geschehen war, lachte ich in mich hinein und dachte: »Roger, du bist wieder ein Junge geworden. Die Reinheit eines Knaben hat sich auf deinen Unterleib ergossen.«

Es ist ein angenehmer Gedanke, und ich kasteie mich deswegen nicht. Als Mann in fortgeschrittenen Jahren bin ich endlich von der Unruhe befreit, die Frauen mit sich bringen, und träume die unschuldigen hitzigen Träume eines Knaben. Ich bin in die Vergangenheit zurückgekehrt, während wir mit unserem Unternehmen vorrücken. Ich weiß nicht, warum das so ist, aber ich kann nichts Schlimmes daran finden.

Meine Beichten werden immer kürzer, und es fällt mir schwer zu überlegen, worin ich eigentlich gesündigt habe, mit Ausnahme des Tötens. Das freilich ist letzten Endes der Zweck unseres Hierseins.

Den achtzehnten November

Seit unserer Ankunft haben die Türken von ihrer nahe Aleppo gelegenen Festung Harenc aus unausgesetzt Störangriffe in unserem Rücken geführt. Ihre Ausfälle gegen Bohemunds Heer hatten so große Verluste zur Folge, daß die Normannen sie nicht mehr hinnehmen mochten. Vor zwei Tagen hat Bohemund hundert Bogenschützen gegen die Festung ausgeschickt. Bei ihrem Anblick kamen die Türken heraus, um sie anzugreifen, weil sie mit einem leichten Sieg rechneten. Darauf hatte Bohemund gehofft. Sogleich griff er mit zweihundert Rittern an, die er in den Hügeln versteckt gehalten hatte.

Die Türken waren völlig überrumpelt. Als sie sahen, daß sie nicht rechtzeitig in ihre Festung würden zurückkehren können, legten sie die Waffen nieder und ergaben sich. Daraufhin gab Bohemund eben den Bogenschützen, welche sich die Türken als die Opfer ihres Angriffs ausersehen hatten, den Befehl, auf sie zu schießen. Sie töteten alle bis auf eine Handvoll, die Bohemund als Geiseln genommen hat.

Die Festung Harenc schützt jetzt sein Heer im Rücken und dient ihm zugleich als Vorposten, von wo aus er Aleppo beobachtet. Dort liegt schon seit unserer Ankunft eine bedeutende türkische Streitmacht und rührt sich nicht. Soweit uns die Gefangenen berichten, hat sich Ridwan, der Emir von Aleppo, geweigert, Dschagaschan zu Hilfe zu kommen, weil zwischen beiden eine alte Fehde schwelt.[48]

Unterdessen also haben wir jede Ortschaft in Antiochias näherer Umgebung erobert und den Hafen von Sankt Simeon eingeschlossen. Jetzt halten unsere Männer eifrig Ausschau nach der Flotte des Basileus und den Schiffen des Seeräubers Guynemer, der dem Vernehmen nach Balduins und Tankreds Heere versorgt hat.[49]

Von diesen beiden haben wir Neuigkeiten erfahren. Balduin macht Edessa zu seiner Hauptstadt, während Tankred Adana eingenommen hat und nach dem nördlich von uns gelegenen Mamistra weitergezogen ist. Beiden haben wir Boten mit der Bitte um Verstärkung für die Belagerung geschickt. Unterdessen hört man, Peter von Amiens, der vor uns im Osten eingetroffen war, habe ein neues Heer aufgestellt und versuche, über das Meer nach Antiochia zu gelangen. Er wäre vielen willkommen, denn sie sehen ihn als Heiligen an, und sein Name ist Legende geworden. Träte er unter uns auf, könnte sich das nur günstig auf den Kampfgeist unserer Männer auswirken.

Seit Beginn der Belagerung sind Krieger, wie wir sie nie zuvor gesehen haben, zu uns gestoßen. Man nennt sie Tafuren, sie leben in den Bergen oberhalb der Stadt, und niemand scheint zu wissen, wer sie sind, noch wem sie dienen.

Allesamt haben sie struppige Bärte, tragen lose Turbane auf ihrem lang wallenden Haar und kleiden sich in die übelsten Lumpen. Keiner von ihnen hat auch nur eine einzige ordentliche Waffe. Das Leben, das sie führen, ist von äußerster Armut, Enthaltsamkeit und von Gehorsam gegenüber ihrem Herrscher gekennzeichnet, der Wlast heißt und dessen Wort den Männern ehernes Gesetz ist. Er ist sehr groß und drahtig und trägt eine mit den Hauern wilder Eber besetzte Keule. Man könnte sich kein wilderes Geschöpf vorstellen als ihn.

Ihr einziger Lebenszweck scheint das Töten zu sein, je wilder und grausamer, desto besser. Sie haben uns ihre Dienste angeboten, und jeder der Edelleute außer Bohemund hat sie zurückgewiesen. Folglich lagern sie jetzt nahe den sizilianischen Normannen, von denen sie sich aber fernhalten und weder Bezahlung noch Proviant annehmen, denn kein Tafur darf Geld oder Wertgegenstände welcher Art auch immer besitzen. Wird dennoch einer damit angetroffen, verbannt man ihn in die Berge oder zu unserem Heer. Es läßt sich unmöglich sagen, welche Religion sie ausüben, doch haben sie sich unseren Rittern gegenüber gerühmt, die alleinigen Nachfolger Christi zu sein. Ich halte sie eher für Mörder oder gar Schlimmeres.

Ich habe noch nicht von den Muezzins gesprochen. Es sind die Priester der Türken, die sechsmal am Tag Gebetsrufe von den Türmen Antiochias über die Stadt hin erschallen lassen. Es ist ein vielfach verschlungener Singsang, einmal laut und leidenschaftlich, dann wieder leise und traurig. Gern wüßte ich mehr darüber – was sie sagen, und ob es niedergeschrieben ist. Ich habe gemerkt, daß ihre Worte nicht auf die Eingebungen des Augenblicks zurückgehen, denn mittlerweile sind wir lange genug hier, daß ich Muster erkennen kann, die sich wiederholen. Zuerst erschien mir ihr Singsang nicht so schön wie unsere lateinischen Kirchenlieder. Jetzt aber, da ich damit vertrauter bin, fällt mir auf, daß ich mich darauf freue. Bisweilen ertappe ich mich dabei, wie ich tagsüber

Bruchstücke daraus vor mich hinsumme. So ist es mit anderen Religionen immer. Wir halten sie für barbarisch und roh, bis wir zuhören. Dann erkennen wir, daß sie die gleichen Harmonien singen, die tief in unserer eigenen Seele liegen, ganz gleich, in welche Worte sie gefaßt sind.

Den neunundzwanzigsten November

Es ist sehr kalt. Ich habe nur wenig von Bedeutung zu berichten.

Vor einer Woche lief eine Flotte aus Genua im Hafen von Sankt Simeon ein. Kaum lag sie vor Anker, als die Deutschen, welche die Vorposten am Fluß besetzt hielten, gegen das Städtchen stürmten. Unterstützt wurden sie von den Katapulten der Genueser Schiffe, die großen Schaden anrichteten. Obwohl sich die Türken nahezu sogleich ergaben – allem Anschein nach waren sie ausgehungert und hatten nur auf einen Vorwand gewartet –, ließen die Deutschen keinen von ihnen am Leben.

Wir beherrschen jetzt nicht nur den Hafen, auch die von den Schiffen herangeschafften Versorgungsgüter befinden sich in unserer Hand. Das ist gut so, denn unsere Vorräte gehen zur Neige. Zwar haben wir Pökelfleisch und Mehl, aber weder Gemüse noch Obst. Die Italiener, die von Papst Urban *vor nahezu zwei Jahren* den Auftrag erhielten, uns zu versorgen, scheinen die Zwischenzeit für gewinnträchtige Fahrten durch das ganze Mittelmeer genutzt zu haben.

An Proviant bleibt uns lediglich das, was sie nicht verkauft haben und was nicht verdorben ist. Von Emicho, dem Oberbefehlshaber der Deutschen, darauf angesprochen, gab der Kapitän der Genueser Flotte lachend zur Antwort, er habe uns eben alle für tot gehalten. Daraufhin hieb ihm Emicho den linken Arm am Ellbogen ab. Die Deutschen haben nicht die geringste Spur von Humor.

Mit dem Eintreffen der Flotte ist beträchtliche Unruhe bei uns eingekehrt. Das hat verschiedene Gründe. Erstens ist Peter von Amiens hier, zusammen mit rund sechs Dutzend Rittern und anderen Kriegern, die er im Norden für seine Sache gewonnen hat. Ich habe ihren Einzug in unser Lager mit angesehen und hoffe, daß mir nie wieder eine so räuberische Ansammlung elenden Abschaums unter die Augen kommt. Man könnte meinen, daß sie für ihre Ausrüstung Gräber geplündert haben, und ihre Reittiere sind heruntergekommene elende Klepper, auf denen sie sitzen wie die Lumpensammler.

Das Fußvolk ist ein mit Keulen, Peitschen und verrosteten Schwertern bewaffneter Pöbelhaufen. Statt der Farben eines adligen Herrn tragen die Männer Lumpen von Dieben und Bettlern. Auch sind sie unrasiert und riechen, als ob sie sich lange nicht gewaschen hätten. Ihre Blicke sind schamlos und gemein, und sie haben sich sogleich darangemacht, das Lager nach Brauchbarem zu durchstöbern. Ich habe Bartolomé und Mansur geboten, alles zu verbergen, was diese Räuber verlocken könnte, und sie beauftragt, jedem eins auf den Schädel zu geben, der sich unserer Unterkunft nähert.

Was den »Einsiedler« Peter angeht, hatte ich das Vergnügen, ihn kennenzulernen. Bei seinem Eintreffen war er betrunken und roch stark nach Knoblauch. Ein dünner Speichelfaden lief ihm beständig aus den Mundwinkeln. Sein pikardischer Zungenschlag klingt barbarisch. Immer hörte man von ihm, er gehe barfuß und reite auf einem Esel. Tatsächlich ähnelt er mit seinem langen, dunklen Gesicht voller Bartstoppeln selbst einem Esel, und was seine Füße betrifft …, ich sage einfach, daß sie geradezu nach Heiligkeit stinken.

Graf Raimund hat ihn zusammen mit seiner *militia Christi* als Posten vor das Brückentor gestellt, das sich am leichtesten verteidigen läßt und am weitesten von unseren Linien entfernt liegt. So fragwürdig ihre Bewaffnung ist – mit Wein sind sie jedenfalls, wie es aussieht, reichlich versorgt.

Zwei weitere Ereignisse gingen mit der Ankunft der Flotte einher. Niemand wußte es, aber Balduin hat seine Gemahlin Godvere mit ihren drei kleinen Kindern aufgefordert, nachzukommen, nachdem er sein Königreich im Osten errichtet hatte. Unverzüglich hatte sie sich mit all ihrer Habe auf die lange Seereise begeben. Schon in Bari erkrankte sie am Fieber, reiste aber dennoch weiter, um dem Wunsch ihres Gemahls zu willfahren und seinen neu erworbenen Ruhm mit ihm zu teilen. Die Ägypter, deren Schiff sie bestieg, haben ihr alles gestohlen, was sie mit sich führte, und sie mitsamt ihren Kindern auf Zypern ausgesetzt. Dort fanden die Genueser sie mittellos und krank und brachten sie hierher. Sie hat ihnen zugesichert, Herzog Gottfried, ihr Schwager, werde es ihnen lohnen.

Unterwegs verschlimmerte sich Godveres Zustand. Darauf erkrankte das jüngste Kind am Fieber und starb, und die beiden älteren Geschwister, ein Junge von neun oder zehn und ein Mädchen von höchstens sechs Jahren, erkrankten ebenfalls. So trafen die drei Jammergestalten in unserem Lager ein und hofften auf die Hilfe ihres Verwandten. Wie sehr hat es Godvere betrübt zu erfahren, daß Herzog Gottfried ebenfalls am Fieber darniederliegt und sich selbst ebensowenig helfen kann wie ihr und den Kindern.

Ich habe die drei vom Schiff in Herzog Gottfrieds Lager geleitet. Es war ein trauriger Weg an den Leichnamen der abgeschlachteten Türken vorüber am Fluß entlang, den unsere Truppen so sehr verunreinigt haben, daß sich sein Wasser nicht trinken läßt – ja, man kann es nicht einmal zum Baden verwenden.

Ich ritt neben dem Wagen, in welchem Godvere so würdevoll thronte, wie ihr das möglich war. Die Kinder hatten ihr den Kopf auf den Schoß gelegt, und gedankenverloren strich sie mit ihren kleinen und zarten Händen beiden über das Haar, während ihr Blick über unser Lager mit seinen armseligen Wetterdächern und den endlosen Schlammflächen schweifte, über denen der fettige Rauch der Kochfeuer aufsteigt. Ich konnte sehen, mit welchem Entsetzen sie das Bild in sich aufnahm. Ihre Augen waren schon von Wochen des Fiebers und von Angst um ihre leidenden Kinder tränenleer. Diese Frau, die Königin werden wollte, hat statt der Krone einzig und allein Elend, Krankheit und die Blicke griesgrämiger Krieger vorgefunden.

Sie weinte nicht, und dafür habe ich sie bewundert. Offen gestanden konnte ich den Blick nicht von ihr lösen. Sie ist klein und zierlich, ihre Haut ist kalkweiß, sie hat schmale Lippen und sehr große dunkle Augen, dazu wunderbar grazile Hände. Während ich ihr zusah, wie sie ihre Kinder liebkoste, merkte ich, daß sie trotz aller Heimsuchung ihre Fingernägel nicht vernachlässigt hat. Schon allein das erscheint mir so bewundernswert, daß ich tiefes Mitleid mit ihr empfinde. Ich würde ihr helfen, sofern ich das vermöchte, aber ihre tiefliegenden Augen mit den dunklen Ringen haben mir gezeigt, daß sie dem Untergang geweiht ist. Hoffentlich überleben wenigstens die Kinder.

Beim nochmaligen Lesen merke ich, daß ich mich in eine Leidenschaft hineingesteigert habe. Ich war voller Kälte, als ich diese Eintragung begann. Der Grund dafür lag nicht nur darin, daß ich fror, ich empfand auch eine innere Kälte. Hier will ich berichten, worauf sie zurückging.

Das dritte Ereignis im Zusammenhang mit der Flotte, das für helle Aufruhr im Lager gesorgt hat, war die Ankunft von Briefen aus der Provence. Offenkundig haben viele der Angehörigen ihren Lieben in unserem Heer geschrieben, als sie erfuhren, daß der Papst eine Flotte aussenden würde. Obwohl der Kapitän seinen Arm auf so unglückliche Weise einbüßte, hat er uns die Briefe getreulich ausgeliefert, und viele der Empfänger befinden sich in einer Art Wahn. Wer lesen kann, liest seinen Brief immer wieder und schwingt ihn wie eine kostbare Siegesbeute. Andere bezahlen sogar etwas dafür, daß man ihnen aus den Briefen vorliest.

Es ist erhebend zu sehen, wie günstig eine Handvoll solcher Blätter mit zarten Schriftzeichen darauf den Kampfgeist des Heeres zu beeinflussen vermag. Jedes Wort ist ein Schatz, jedem Satz wird auf eine verborgene Bedeutung hin nachgelauscht. Ich habe so manchen Mann über seinem Brief weinen sehen, ohne daß er sich seiner Tränen schämte, und miterlebt, wie ihre Kampfgefährten, von jeder nur denkbaren

Entbehrung gestählte Männer, sie gebeten haben, das Blatt berühren zu dürfen. Es sind Reliquien aus einer fernen Welt, lebende Bindeglieder zur Heimat – jene Menschen haben sie in Händen gehalten, die in Friedenszeiten auch unsere Hände hielten. Keiner der Männer, der einen Brief bekommen hat, würde ihn für tausend Edelsteine eintauschen, und jeder, der keinen hat, würde tausend Edelsteine geben, um einen zu besitzen.

Für mich war keiner dabei.

Den ersten Dezember

Balduins Söhnchen ist tot. Ich war nicht zugegen, aber es heißt, er sei still und friedlich gestorben. Der Tod eines Kindes scheint uns unvorstellbar. Er ist wie der Schatten einer Wolke, die sich unversehens vor die Sonne schiebt. Überrascht fragen wir uns, woher sie kommt, was sie zu bedeuten hat und warum unser bis dahin sonniges Dasein mit einem Mal so finster ist. Ich nehme an, daß ich mir das Leben nehmen würde, wenn ich einen Sohn hätte und ihn verlöre. Dann wieder denke ich, das wäre unmännlich. Bei solchen Vorstellungen merke ich, daß ich von Vaterschaft keinen rechten Begriff habe.

Balduin ist nicht gekommen, obwohl man mehrfach nach ihm geschickt hat. Während hier vor Antiochia alle jene sterben, für die er ganze Gebiete unterworfen hat, unternimmt er weitere Eroberungszüge. Ich habe ihn nie ausstehen können. Jetzt, da ich die Menschen sehe, die ihn lieben, werde ich ein wenig milder in meinem Urteil. Auch die unangenehmsten Menschen können von jemandem geliebt werden. Allein das genügt vielleicht schon, um unsere Seele zu retten. Ich habe an anderer Stelle in diesem Tagebuch darüber nachgedacht, daß es minder schrecklich ist, nicht zu lieben, als nicht geliebt zu werden. Wie ich sehe, gibt es Menschen, die Balduin lieben.

Denselben Tag, später

Ein Schildknappe, den mein Lehnsherr nach mir ausgeschickt hatte, hat mich bei meiner Niederschrift unterbrochen. In seinem Zelt gab mir Graf Raimund ein Schreiben, das ein für ihn bestimmter Packen enthalten hatte. Anfänglich begriff ich nicht, was das Ganze zu bedeuten hatte. »Ein Brief«, sagte er lächelnd. »Ein Brief für Euch, von zu Hause.« Und so war es.

Während ich zu meinem Zelt zurückeilte, umklammerte ich den Brief wie ein Bettler sein karges Mahl. Ohne auf Bartolomé zu achten, der wohl gekommen war, weil er mit mir sprechen wollte, beeilte ich mich, die Kerze anzuzünden. Mit zitternden Händen öffnete ich den Brief. »Mein Gemahl«, begann er. »Deinen Tieren geht es gut.«

Das hatte Jehanne zwei Monate nach meinem Aufbruch geschrieben. Ich will den Inhalt des Schreibens hier nicht berichten, sondern füge es dem Buch bei.[50] Sie hatte auf ihre übliche unregelmäßige Weise geschrieben, die Buchstaben zu unterschiedlich groß, als daß sich gleichförmige Zeilen ergeben hätten. Obzwar sie ausschließlich auf häusliche Angelegenheiten einging, las ich ihre Worte immer wieder. Mein Atem ging rasch, und kaum vermochten meine Augen das Geschriebene zu erfassen. Da standen Worte von ihrer Hand; ich hielt ein Blatt in Händen, das sie berührt hatte. Fast hätte ich geweint.

Es gab Nachrichten von meinen Gütern – die Ernte war reichlich ausgefallen, der Verwalter trank nicht, und den Tieren ging es gut. Wie mir dieser Satz gefiel, wie er mein Herz wärmte und mich lächeln ließ. »Deinen Tieren geht es gut.« Sie hatte es eigens für mich geschrieben, weil sie wußte, wie sehr sie mir am Herzen liegen. Kein Wort über sich selbst, aber an meine Tiere hatte sie gedacht. Mit einem Mal liebe ich sie wieder. Die Hitze, die ich früher für sie empfand, ist wiedergekehrt, ihr Geruch und Geschmack sind mir erneut gegenwärtig. Dieser Brief mit seiner sonderbaren Vertrautheit hat sie mir im Nu zurückgebracht. Jehanne! Jehanne! Wie leer ich innerlich geworden bin! All deine süßen Lebenssäfte, die mein Fleisch beschwingt haben, waren aus mir entschwunden. Ich hatte vergessen, was es bedeutet, in deinen Armen ein Mann zu sein!

Noch später

Ich habe das beigefügte Blatt von der Hand meiner Mutter gelesen. Es fiel fast zufällig heraus, als ich den Brief umwandte. Ich sah darauf, legte es beiseite und las begierig Jehannes Brief. Erst viel später, als ich mir die Tränen aus den Augen wischte, nahm ich es auf. Sogleich erkannte ich die kleinen, eng beieinanderstehenden und wie Klöppelspitze gewundenen Buchstaben meiner Mutter. »Mein Sohn«, schrieb sie. »Deine Schwester ist kein junges Mädchen mehr, sondern eine Frau. Heute morgen hat sie in der Kirche Saint Gilles den Baron von Sète geheiratet. Jetzt bin ich allein, denn Jehanne hat alle Hände voll mit den Gütern zu tun, die sie der Fürsorge Abélards unterstellt hat. Er ist der älteste Sohn des Barons von Arles. Gott befohlen. *Maman.*«

Mehr nicht, aber es sagte alles. Vor Jahren hatte ich Abélard von Arles in Eustaches Haus kennengelernt. Er hatte Jehanne mit den Augen förmlich verschlungen, und ich hatte ihn sogleich gehaßt. Seit unserer Hochzeit hatte sie seinen Namen nicht mehr in den Mund genommen. Und jetzt hatte sie ihn mit der Aufsicht über meine Güter betraut!

Voll Wut warf ich den Brief zu Boden. All jene Nächte kamen mir ins Bewußtsein, in denen ich wach gelegen und mich gefragt habe, ob sie allein schlafe, wohl wissend, daß sie es nicht tat. Abélard! Das dürre, affige Männchen mit dem eckig gestutzten Bart und dem gezierten Gehabe, den eng anliegenden Beinlingen, den geweißten Zähnen und dem prahlerisch vorgewölbten Hosenlatz. Sein meckerndes Gelächter und die verständnisinnigen Blicke, die er Jehanne zuzuwerfen pflegte. Der Feigling, der es verstanden hatte, nicht zu Hause zu sein, als Papst Urbans Abgesandter kam, um Männer für unsere Unternehmung anzuwerben!

Ich schmiß den Brief zu Boden, stürmte aus dem Zelt und hätte dabei fast Bartolomé umgerissen. »Euer Gnaden«, sagte er. »Ich habe eine Eiterbeule am Fuß, kann ich wohl – «

Ich brüllte, er solle sich zum Teufel scheren.

Jetzt bin ich die ganze Nacht geritten, habe Fatana die Sporen gegeben, bis ihr das Blut über die Weichen lief, und um die Stadt herum Ausschau nach Türken gehalten, ohne welche zu finden. Wohl aber habe ich alle Wachen unseres Heeres aufgeschreckt und einige Pfeile von den Mauern herab auf mich gelenkt. Türken wie Christen müssen mich für verrückt gehalten haben. Nun, ich war verrückt vor Wut und bin es jetzt noch mehr, da ich über die Sache nachgedacht habe.

Es ist mir unmöglich stillzusitzen. Ich will zum Hafen hinabreiten und die Nacht dort verbringen. Ich bin bereit, alles zu tun, um diesem verdammten Lager mit seinem ewigen Todesgeruch zu entrinnen.

Den achten Dezember

Am Fest der Unbefleckten Empfängnis

Ich bin betrunken, wie jeden Abend seit einer Woche. Gott ist mein Zeuge, ich werde mich fortan jeden Abend betrinken, soweit das möglich ist.

Ich bin jetzt in Sankt Simeon als Gast meiner Freunde, der Deutschen, der Engländer, der Schotten und der Männer aus Wales. Wir verbringen unsere Abende in den Kellerlokalen. Vorige Nacht habe ich sogar in einem davon geschlafen und wurde davon wach, daß man das Tor zum Fluß öffnete, um Wasser über den Fußboden laufen zu lassen und ihn auf diese Weise zu säubern.

Auf irgendeine Weise, ich weiß nicht wie, habe ich meinen deutschen Dolch verloren. Vielleicht beim Kartenspiel, denn die Deutschen sind große Kartenspieler vor dem Herrn. Außerdem habe ich eine schlimme Wunde über einem Auge; sie ist stark vereitert.

Emicho von Leisingen und ich haben uns miteinander angefreundet. Wir haben geschworen, uns gegenseitig in guten und in bösen Tagen zu verteidigen. Er trägt schreckliche Narben von Schlägereien im Gesicht. Einen Engländer, der mit dem Messer auf ihn losgegangen ist, habe ich durchbohrt, ihn buchstäblich aufgespießt. Ich hatte ein schlechtes Gewissen, aber des Engländers Gefährten haben mir versichert, daß er ein Bösewicht war und es verdient hatte. Jetzt sind Emicho und ich unzertrennlich, denn wer einem Deutschen das Leben rettet, ist zeitlebens sein Freund. Das ist einer ihrer Grundsätze.

Seit ich hier bin, hatte ich sechs Weiber. An ihnen herrscht kein Mangel. Die italienischen Seeleute kennen alle Häuser, in denen die Unzucht blüht, und wir flößen ihnen Wein ein, und sie nehmen uns mit dorthin. Wenn ich Jehanne mitzähle, hatte ich über ein Dutzend Frauen. Dabei habe ich Josiane nicht gerechnet, das junge Mädchen, das ertrunken ist, denn in sie bin ich nie eingedrungen.

Sie war ein liebes Geschöpf, vielleicht ein bißchen mollig, aber das sind die Mädchen auch, die ihren Lebensunterhalt am Hafen verdienen. An ihnen bewundere ich, daß sie sich nicht anders geben, als sie sind. Sie heißen jeden Besucher willkommen, sind ihm zu Gefallen, nehmen sein Geld und sagen Gott befohlen. Es geht nicht um Grundbesitz, Gelöbnisse oder Liebesschwüre. Sie verrichten ihre schmutzige Arbeit, und man trennt sich auf immer. So ist es richtig. So müßte es sein.

Was ist eine Gemahlin? Eine Metze, die gekauft und bezahlt wird wie jede Hure im Hafen von Sankt Simeon. Nur gibt man ihr statt Geld seinen Namen, seine Ehre, sein Glück. Sie wird gut bezahlt. Man vertraut ihr sein Glied und obendrein noch die eigene Seele an. Sie bringt dich dazu, daß du ihr aus vollem Herzen deine Liebe gestehst – worauf sie dich auswringt wie einen Scheuerlumpen, so daß deine Seele über den Boden fließt wie Schmutzwasser. Diese Seemannshuren sind mir lieber als eine Gemahlin. Zwar verlasse ich ihre Arme mit leerem Beutel, bleibe aber dafür Herr meiner Seele. Ich gebe ihnen Geld und behalte mich selbst.

Die erste bereitete meinem Gelübde, keusch zu leben, ein rasches Ende und zerstörte die Heiligkeit, die ich auf mir wachsen fühlte wie das Laub wilden Weins auf der Mauer. Sie nahm mich zwischen ihre dicken weißen Hände mit den schmutzigen Fingernägeln und ließ mich anschwellen, bis ich barst. Das Wohlgefühl, das ich dabei empfand, entsprach dem Ausmaß der Sünde, die ich damit beging. Ich genoß das Weib wie einen Braten, war auf ihr wie ein Blitz, drang mit der Schnelligkeit eines Gedankens in sie ein. So lange stieß und bedrängte ich sie, bis sie mich lachend zu einer langsameren Gangart aufforderte. Dann sah ich ihr ins Gesicht und erkannte, daß ich eine Fremde anstarrte. Trotz ihrer schlechten Zähne hatte ich einen Augenblick lang Jehannes Gesicht zu sehen geglaubt; ich verlor mich in ihr und weinte.

Sie strich mir über den Kopf, als wäre ich ein Kind. Ich stand auf, warf die Kupfermünzen aufs Bett und ging fort, um allein zu sein. Eine Stunde lang schlenderte ich in Gedanken verloren am Meer entlang. Am Strand fand ich eine Muschel, nahm sie auf und öffnete sie mit den Fingernägeln. Sie enthielt keine Perle, nur das weiße nasse Fleisch mit klebrigen Fäden zwischen den Schalen. Es roch nach Salz. Aus irgendeinem Grund entsetzte mich das, und ich schleuderte die Muschel aufs Meer hinaus, so weit ich konnte. Dann kehrte ich in die Stadt zurück, um mich vollends zu betrinken.

Ich habe es mir zum Ziel gesetzt, mit jedem Weib am Hafen zu huren und so lange betrunken zu bleiben, wie ich hier bin.

Den achtzehnten Dezember

Zehn Tage lang waren meine Aufzeichnungen verloren, dann aber fand ich sie zwischen den Vorratssäcken im Laden des Schiffsausrüsters wieder, in dem ich die letzte Zeit über schlief. Ich habe mir große Sorgen über das Schicksal meines Buches gemacht, was mir jetzt sonderbar scheint, denn ich hatte gar nicht gewußt, wieviel es mir bedeutet. Es zurückzubekommen war schwierig, da mir der Schiffsausrüster nach meinem Streit mit dem Schotten verboten hatte, noch einmal einen Fuß in seinen Laden zu setzen.

Es war eine dumme Geschichte. Beide waren wir betrunken. Er war ein bärtiger Mann aus einer Stadt, deren Name klang, als ob sich jemand räuspert. Wir waren in den Laden zurückgekehrt, nachdem das Kellerlokal geschlossen hatte, um mit Emicho und einigen Deutschen weiterzuzechen. Es war schon fast heller Morgen, und man hörte die ersten Vögel zwitschern. Der Schotte sagte, die Vögel seiner Heimat sängen am lieblichsten von allen auf der Welt. Emicho, der die Sprache der Schotten spricht, übersetzte das, und ich antwortete hitzig, daß sich nichts mit dem Gesang der Vögel der Provence vergleichen lasse.

Damit fing es an.

Wir begannen, uns über Vögel zu streiten und ihren Gesang nachzuahmen. Der Schotte sagte, mein Vogelgesang klinge wie die Winde, die einer alten Frau entfahren. Ich ohrfeigte ihn, er schlug zurück, und im nächsten Augenblick wälzten wir uns auf dem schmutzigen Boden. Ich biß ihm ein Stück der Ohrmuschel ab und spie es aus, und er begann zu brüllen wie am Spieß. Johlend feuerten mich die Umstehenden an. Ich war außer mir. Mit Sägespänen bedeckt lag der Schotte stöhnend da. Zwischen den Fingern der Hand, die er sich ans Ohr hielt, drang Blut hervor. Sein wollener Rock war hochgerutscht, so daß man seine feisten weißen Oberschenkel und behaarten Hoden sah.

Dieser Anblick ekelte mich, und ich begann den Mann mit einem Holzhammer zu bearbeiten, der in der Nähe lag. Je mehr sich sein Gesicht mit Blut bedeckte, desto mehr steigerte ich mich in meine Wut und das Entsetzen hinein, das ich vor mir selbst empfand. Hätte nicht der Schiffsausrüster einige Seeleute herbeigerufen, die mich von dem Ärmsten wegrissen, ich hätte ihn gewiß totgeschlagen. Ich spürte, wie man mich fortzog, den Hammer noch in der Hand. Mein Herz raste, und mein Atem kam in Stößen wie bei einem Tier. Sie schlugen mich so lange auf den Kopf, bis ich umfiel, dann schleppten sie mich hinaus und warfen mich von der Mole ins Wasser.

Irgend jemand muß mich herausgefischt haben – ich weiß nicht, wer. Meine nächste Erinnerung zeigt mich in der Bilge eines Bootes liegend, das auf dem Wasser des Hafens tanzte. Die Sonne stach mir in die Augen, und es dauerte eine ganze Weile, bis ich das Gesicht über mir erkennen konnte. Es gehörte einem jungen Mädchen mit honigfarbenem Haar und blauen Augen, die mich teilnahmslos ansahen. Ihre Haut war so hell wie die junger Mädchen in der Provence. In den Händen hielt sie einen Klumpen Tang, aus dem sie eine Muschel herauszog.

Ich hob den Kopf und sah mich um. Das Boot war kaum groß genug für uns beide. Warum sie allein im Hafen herumfuhr, konnte ich mir nicht vorstellen. Als ich mich im Bilgewasser aufrichtete, begann das Boot entsetzlich zu schaukeln. Unvermittelt spürte ich den machtvollen Drang, mich zu übergeben, und ich beugte mich über die Seite. Es kam in dickem Schwall, mein Magen krampfte sich zusammen, und mir traten die Tränen in die Augen.

Dann packte eine Hand die Seite des Bootes, und ein Junge von vierzehn oder fünfzehn Jahren zog sich hoch. Er schüttelte sich das nasse Haar aus den Augen. Er war wohl ihr Bruder, denn nicht nur war sein Gesicht hell, auch seine Haare waren honigfarben wie die des Mädchens. Mit breitem Grinsen warf er eine Handvoll Tang auf den Boden des Bootes. Dann holte er tief Luft und verschwand wieder im Wasser.

Mit einem Gefühl der Leere und Benommenheit legte ich mich zurück auf den Boden des Bootes und sah dem Mädchen zu, wie sie mit der Spitze eines rostigen Nagels eine Muschel öffnete, mit ihren zierlichen Fingern hineingriff, etwas herauszog und die Schalen fortwarf. Es war eine große schleimbedeckte Perle. Sie steckte sie in den Mund, wälzte sie einen Augenblick lang darin herum, nahm sie heraus und spie aus. Mit kundigem Blick hielt sie die Perle gegen die Sonne, um sie genauer zu untersuchen. Gerade als das Mädchen sie in einen Beutel stecken wollte, den es um den Hals trug, sah es zu mir herüber. Mit gerunzelten Brauen hielt es mir die Perle hin, wobei es etwas in einer Sprache sagte, die ich noch nie gehört hatte. Als ich nicht reagierte, schüttelte sie die Hand mit der Perle darin. Offenbar drängte sie mich, sie zu nehmen. Als ich mich setzte, merkte ich, wie schwach ich war, und ich nahm die Perle. Das Mädchen sagte nichts mehr, sah mich aber sehr ernsthaft an. Ich dankte ihr, und sogleich machte sie sich wieder an die Arbeit, suchte im Tang nach weiteren Muscheln.

Ich blieb bei ihr im Boot, bis ihr Bruder – wer sonst sollte er sein – zum letzten Mal auftauchte. Nie werde ich verstehen, wie er die Kälte des Wassers ertrug (er war vollständig nackt) und so lange unter Wasser bleiben konnte. Ich wollte ihm Platz machen, doch er schwang sich mit einer abwehrenden Handbewegung mühelos ins Boot und stellte sich hinter seine Schwester auf die Ruderbank. Dabei geriet das Boot nicht den kleinsten Augenblick aus dem Gleichgewicht.

Sie gab ihm einen Umhang, mit dem er sich abtrocknete. Selten habe ich einen hübscheren Burschen gesehen. Er hatte schwarzblaue Augen und einen ungewöhnlich athletischen Körper, der in der Sonne leuchtete und Lebenskraft und Jugend ausstrahlte. Bei seinem Anblick krampfte sich mein Inneres zusammen, denn ich fühlte mich besudelt und alt und schämte mich meines Zustandes. Während er das Boot ans Ufer zurückruderte, schloß ich die Augen. Heftig empfand ich den Schmerz über meine verlorene Jugend und das drückende Gewicht meiner Sünden.

Ich kann mir nichts Schlimmeres mehr antun. Ich bin allein wie noch nie zuvor und komme mir selbst fremd vor, während ich durch die Stadt ziehe. Ich, Baron Roger von Lunel, bin jetzt ein Bettler, ein Trunkenbold, ein alter Mann mit Lumpen am Leibe, der von einer Finsternis zur nächsten taumelt. Meine Seele ist mir verborgen.

All das geht darauf zurück, daß ich meine Frau geliebt, ihren einstigen Gemahl gehaßt und getötet und sie mit ihrer

Begierde allein gelassen habe. Es ist alles meine Schuld. Ich bin die Ursache meines Elends. Die Schuld trifft niemanden als mich allein.

Den vierundzwanzigsten Dezember

Ich bin eine weitere Woche in der kleinen Hafenstadt geblieben. Die Deutschen haben für Getränke und Ärger gesorgt. Da man mich in keinem Haus und Laden mehr duldet, habe ich am Ende der Mole geschlafen. Nachts war es dort bitter kalt, und so habe ich mich mit Säcken zugedeckt. Manchmal habe ich mich in den Schlaf geweint, häufiger aber habe ich laut geflucht und gewütet. Meine Haut war schrundig, mein Bart verfilzt, und mich fror sogar, wenn die Sonne schien.

Gestern dann weckte mich eine sanfte Berührung. Es war Mansur. »Effendi«, sagte er, »Euer Pferd braucht Zuwendung.«

Er half mir auf die Füße, und ich folgte ihm dorthin, wo Fatana nahe dem Haus des Hafenmeisters in einem kleinen Hof angepflockt war. Ich saß auf, und Mansur führte mich langsamen Schrittes zum Lager zurück.

Jetzt bin ich wieder in meinem Zelt und habe lange und tief geschlafen. Mansur hat mich gebadet und rasiert. Er hat die Wunde über meinem Auge gereinigt und mit Katzendarm zusammengenäht. Ich habe gebeichtet und die Messe besucht. Es war eine finstere Zeit der Heimsuchung. Jetzt bin ich geläutert. Zwar schmerzen die seelischen Wunden noch, doch werden sie mit Gottes Hilfe heilen.

Den achtundzwanzigsten Dezember

Am Fest der Unschuldigen Kindlein

Bei einem Kriegsrat am Tag nach dem Christfest wurde der Beschluß gefaßt, daß Graf Robert von Flandern mit fünftausend Männern und Bohemund mit deren zehntausend auf der Suche nach Proviant für das Heer den Orontes flußaufwärts ziehen sollen. Ich nehme an, daß Bohemund Gründe hatte, auf einer so hohen Zahl von Leuten zu bestehen: Erstens haben ihm die Zuträger, die er in Antiochia hat, berichtet, Dschagaschan habe den Emir von Damaskus um Entsatz gebeten; mithin könnte Bohemund auf seinem Marsch einer türkischen Streitmacht begegnen. Zweitens – er hat das nicht gesagt, aber ich denke, es ist der wahre Grund – möchte er nicht, daß mein Lehnsherr genug Leute behält, um in seiner Abwesenheit Antiochia einzunehmen und zu besetzen. Bohemunds Mißtrauen meinem Lehnsherrn gegenüber ist inzwischen geradezu krankhaft. Da ihn nichts davon überzeugen kann, daß wir das Heer hier brauchen, will er über die Hälfte davon mitnehmen. Es ist eine unerhörte Vorgehensweise.

Herzog Gottfried hat nicht an der Beratung teilgenommen, denn das Fieber hat ihn aufs Lager geworfen. Nach wie vor kann er sein Zelt nicht verlassen. Unterdessen ist seine Schwägerin Godvere dahingeschieden. Von Balduins Familie lebt jetzt nur noch das kleine Mädchen. Ich habe sie bisweilen im Lager gesehen. Sie ist der Liebling der Männer, und irgendwie gelingt es ihnen, Leckereien für sie aufzutreiben. Niemand darf fluchen oder sich ungebührlich verhalten, wenn sie zugegen ist. Sie braucht nur mit ihren Locken und ihrem makellos sauberen Kleidchen aufzutauchen, und die rauhen Krieger sind wie verwandelt. Ihre Stimmen werden leise, sie lächeln und streicheln die Kleine. Sie ist wie ein Lichtschimmer in dieser ruppigen und trüben Welt. Nähmen die Türken sie bei einem ihrer nächtlichen Überfälle gefangen oder töteten sie gar – was Gott verhüten möge –, ich bin sicher, unsere Männer würden Antiochia augenblicklich im Sturm nehmen.

Jetzt heißt es, auch sie sei krank und liege im Sterben. Stumm wallfahrten die Männer zu dem Zelt, in dem sie liegt. Viele lassen Blumen oder Spielzeug dort, das sie für sie angefertigt haben. Auch wenn sie eine Waise ist, so hat sie doch fünfzehntausend Onkel.

Gestern hat irgendein Dummkopf, es war einer der Flamen, erklärt, sein Besuch in ihrem Zelt habe ihn von der Ruhr geheilt. Jetzt gilt die Kleine im ganzen Lager als Heilige, und alle behaupten, sie könne Wunder wirken. Die Männer strömen mit jeder Art von Leiden herbei, ob es um abgehackte Gliedmaßen oder um Schanker handelt. So zahlreich kommen sie, daß Herzog Gottfrieds Wachen sie zurückweisen müssen. Da sie nicht selbst zu ihr dürfen, senden sie Gegenstände – Schwerter, Sturmhauben und Kleidungsstücke – ins Zelt, damit die Kleine diese segnet. Es ist bis zum Bersten damit angefüllt. Doch das Mädchen ist bewußtlos. Priester kümmern sich um sie.

Die winterlichen Regenfälle haben begonnen, und bald wird die Flußebene überschwemmt sein, in der sich das Lager unseres Fußvolks befindet. Folglich hat mein Lehnsherr den Männern befohlen, es auf höheres Gelände gegenüber dem Hundstor zu verlegen. Das tun sie gerade unter großem Murren. Meinem Zelt allerdings droht keine Gefahr.

Bisher habe ich über mich selbst nichts gesagt. In meiner letzten Eintragung habe ich geschrieben, daß ich vor Raimund von Agiles gebeichtet und das Sakrament empfangen habe. Ihn aufzuspüren ist schwer, denn meist zieht der Priester in einer Art Ekstase im Land umher. Man sagt, von der Nähe der Stadt des Apostels Petrus beflügelt, verzehre er Erde und trinke nichts als Wasser aus dem Orontes. Seiner festen Überzeugung nach ist Petrus auf diesem Boden gewandelt und hat gleichfalls dies Wasser getrunken.

Als ich ihm beichtete, saß er schweigend und mit entrücktem Lächeln auf einer Rolle Tauwerk. Da er nichts sagte, weckte ich ihn mit lautem Räuspern aus seiner Versunkenheit, damit er mir die Absolution erteilte. Als Buße gebot er mir, im Orontes zu baden.

Am liebsten hätte ich mich dagegen aufgelehnt, denn der Abfall des Lagers hat den Fluß so verschmutzt, daß er einer Kloake ähnelt, habe es mir aber anders überlegt. Es war in der Tat eine schwere Buße. Am nächsten Morgen entkleidete ich mich, watete in den flüssigen Schmutz und benetzte meinen Leib. Die Krieger, die sich in der Nähe aufhielten, müssen mich für verrückt gehalten haben, aber das nahm ich schweigend als Teil der Buße in Kauf. Als ich wieder herauskam, war ich so verdreckt, daß ich mich nicht anziehen konnte, sondern mich in eine Pferdedecke wickelte und auf kürzestem Wege mein Zelt aufsuchte. Dort hat mir Mansur die Buße abgewaschen.

Mit keinem Wort hat er meine im Hafen verbrachten Wochen erwähnt, wofür ich ihm dankbar bin. Wir sprechen mit der distanzierten Förmlichkeit von Menschen, die eine gemeinsame geheime Schande tragen. Ich denke, so sollte es zwischen Herr und Diener sein, da diejenigen, die uns aufwarten, gar nicht umhin können zu sehen, wie wir sind. Darum geht es bei der Dienertreue: Sie vertritt bei jenen, mit denen wir das Leben aus Notwendigkeit und nicht aus Zuneigung teilen, die Stelle der Liebe. Dennoch beschloß ich, Mansur mein Verhalten verständlich zu machen – nicht um seine Vergebung zu erlangen, sondern damit er begriff, was mich zu solchen Ausschweifungen getrieben hatte.

Als er mich für die Nacht verlassen wollte, bat ich ihn, eine Weile sitzen zu bleiben, damit wir miteinander reden könnten. Es schien ihn zu verwirren, und er suchte Ausflüchte. Da ich aber nicht nachgab, fügte er sich und verzog sich in eine Ecke, wohin der Lichtschein der Öllampe nicht reichte.

»Erstens möchte ich dir für deine Dienste danken«, sagte ich. Ich konnte sehen, wie er das Haupt neigte, wobei der Turban kurz im Lichtschimmer zu sehen war. »Als du mich an der Mole fandest, ging es mir nicht gut …«

»Effendi, bitte«, sagte er, aber ich gebot ihm mit einer Handbewegung Schweigen.

»Ich hatte eine entsetzliche Nachricht erhalten«, fuhr ich fort. »Ich bin verheiratet und hatte in einem Brief Kenntnis davon erhalten, daß … in meinem Hause nicht alles zum besten steht.«

Lange verharrte er schweigend. Schließlich fragte er mit so leiser Stimme, daß ich seine Worte kaum hören konnte: »Ist Eure Frau krank?«

»Das ist es nicht«, gab ich zur Antwort. »Ich glaube, sie hat sich unklug verhalten.«

»Ich verstehe, Effendi.«

»Bist du verheiratet?« fragte ich ihn.

»Ich war es einmal.«

»Dann kannst du vielleicht nachempfinden, daß eine Nachricht, wie ich sie bekommen hatte, einen Menschen aus der gewohnten Bahn werfen kann, vor allem, wenn er so weit von zu Hause fort ist.«

Lange sagte er nichts. Dann gab er zur Antwort: »Von Angesicht zu Angesicht wäre es möglicherweise noch schlimmer.«

Jetzt war es an mir, mich um Verständnis zu bemühen. »Hast du das selbst erlebt?« fragte ich.

»Ich habe darüber nachgedacht. Gestattet mir, Effendi ... Wenn ein Mann eine solche Nachricht aus der Ferne bekommt, verspürt er wohl den Wunsch, sich zu betrinken. Das verstehe ich gut. Aber ich denke – vergebt mir, Effendi –, wenn er es selbst mit ansehen muß, wünscht er womöglich Schlimmeres. Vielleicht möchte er sterben. Ihr hattet großes Glück, und darüber bin ich froh.«

Ich erkannte die Weisheit seiner Worte und dankte ihm dafür.

Mansur erhob sich. »Der König von Sizilien bricht morgen auf«, sagte er. »Werdet Ihr ihn nicht begleiten?« Ich teilte ihm mit, daß ich bei meinem edlen Herrn, dem Grafen Raimund, zu bleiben gedächte. »Dann werde ich Euer Morgenmahl zur gewohnten Stunde bereiten. Ihr sollt frisches Brot haben, denn ich habe von einem griechischen Kaufmann vorzügliches Roggenmehl bekommen.« Ich konnte nicht anders und sagte: »Mansur, du bist wahrhaft wie von Gott gesandt.«

Er verneigte sich. »Jeden von uns hat Gott gesandt«, gab er zur Antwort, »zu diesem oder zu jenem Zweck.« Und damit ging er wie immer geräuschlos davon.

Ich fühlte mich sehr viel besser – besser als nach meiner Beichte vor den Ohren des Priesters. Es hat vermutlich damit zu tun, daß Männer einander ohne viele Worte verstehen, etwas mitteilen können und der eine sich in die Erlebnisse des anderen hineinversetzen kann. Daß es sich zwischen Mansur und mir genauso verhält, die wir so andersartigen Kulturen und Schichten, so unterschiedlichen Welten entstammen, freut mich desto mehr.

Den neunundzwanzigsten Dezember

Es hat eine Schlacht gegeben. Kaum war Bohemund mit seiner Streitmacht abgezogen, als die Türken unsere Linien angriffen. Noch vor Morgengrauen senkten sich lärmend die Zugbrücken der Stadt, und zu Hunderten schwärmten die Türken aus, um unsere Stellungen zu überrennen. Unsere Männer waren kaum wach, die meisten nicht angekleidet und nur wenige bewaffnet. Wir wurden völlig überrumpelt.

Mansur kam herbeigerannt, um mich zu holen, aber der Lärm hatte mich bereits geweckt. Es gelang mir, mein Kettenhemd anzulegen. Gerade als ich mein Schwert umgürtete, erschien ein Türke im Eingang meines Zeltes. Er schien ebenso verblüfft wie ich und stieß einen Laut der Überraschung aus. Auch Mansur schrie auf. Ich zog das Schwert und traf den Türken mit dem Knauf am Kinn. Er stürzte zu Boden, ich setzte den Fuß auf ihn und schlitzte ihm die Kehle auf. Als Mansur von einem Schwall Blut getroffen wurde, schrie er erneut auf.

Draußen herrschte ein wildes Durcheinander. In der Dunkelheit rangen Männer miteinander und hieben wutschnaubend aufeinander ein. Die Schreie von Dutzenden Verwundeter kamen aus allen Richtungen. Sogleich hielt ich Ausschau nach meinem Lehnsherrn. Ich sah, wie er auf seinem Schlachtroß die Ritter um sich sammelte. Fatana war in größerer Entfernung an einen Baum gebunden, und da mein Schildknappe Bartolomé nicht auf meinen Ruf hörte und auch nirgendwo zu sehen war, machte ich mich schnurstracks zu ihr auf. Zwei kämpfende Männer kamen auf mich zu. Der eine stieß mich mit dem Ellbogen an und bekam dann einen Schlag auf den Kopf. Es war so dunkel, daß ich nicht sagen konnte, welcher der Türke und welcher der Christ war. Der Verwundete stürzte mir vor die Füße, und ich konnte den mit Fell bezogenen Helm eines Türken erkennen. Der andere hob die Keule zum Schlag gegen mich, aber ich packte ihn am Arm und rief ihm etwas auf provenzalisch zu. Mit einem Fluch spaltete er dem Türken den Schädel und verschwand in der Dunkelheit.

Ich sattelte Fatana und saß auf, so rasch ich konnte. Unterdessen hatte der Kampf auf das ganze Lager übergegriffen. Ich ritt zwischen die Kämpfenden und versuchte zu meinem Lehnsherrn vorzudringen, der etwa dreißig Ritter um sich versammelt hatte. Offenkundig bereitete er einen Gegenangriff vor. Ich rief ihm etwas zu, und er winkte mich zu sich. Als ich ihn erreicht hatte, gab er das Zeichen. Wir ritten auf die Stadttore zu.

Die Wirkung einer Attacke von Berittenen auf Fußvolk ist immer bemerkenswert, doch in der Dunkelheit war sie geradezu verblüffend. Alle wichen vor uns zurück, und binnen weniger Augenblicke waren wir bei der Brücke angelangt, die über den Wassergraben führt. Auf dem schmalen Geländestreifen zwischen unserem Lager und der Brücke stellten sich die Türken zum Kampf. Da sich das Geschehen auf engem Raum abspielte, kam es zu einem erbitterten Handgemenge. Die Tore standen noch immer offen, und deutlich konnte ich die Lichter in den Häusern der Stadt und sogar einige Frauen sehen, die über den Platz eilten.

»Hinein nach Antiochia!« rief mein Lehnsherr. »Hinein!«

Wir spornten unsere Tiere und kämpften uns zur Brücke durch. Weitere Türken kamen aus der Stadt, manche stießen unseren Pferden Speere in die Brust. Doch augenblicklich bekamen wir Verstärkung: Über den Köpfen der Krieger wehte Bischof Adhémars Banner. Im nächsten Augenblick aber war es verschwunden; ein Keulenhieb hatte den Bannerträger von seinem Pferd geholt.

Eine Weile wogte der Nahkampf. Männer faßten nach meinen Beinen, und ich versuchte sie mir mit Tritten vom Leibe zu halten. Allmählich kamen wir dem Tor näher, ritten die Türken nieder oder trieben sie in den Wassergraben. »Wir sind in der Stadt«, rief Graf Raimund. »Bei Gott, wir sind in der Stadt!« Mit einem Mal ertönte ein Ruf hinter uns, ich wandte mich um und sah ein Bild, das mich erstarren ließ.

In einem lang wallenden Gewand kam der Priester Raimund von Agiles mit ausgestreckten Armen über den Köpfen der Männer auf uns zu. »Ein Wunder, ein Wunder!« riefen unsere Krieger aus. Tatsächlich hatte es den Anschein, als schwebe er wie eine Seele, die dem Leib entflohen ist, mit seligem Lächeln den Toren zu.

Der Anblick spornte unser Fußvolk an, das sich auf der Brücke drängte, bis sie unter der Menschenmasse nachzugeben drohte. Ich war eingezwängt und konnte weder vorwärtsreiten noch umkehren. Dann stieß einer, der den nach wie vor über uns schwebenden Priester Raimund zu berühren versuchte, Fatana mit seinem Schwert an. Sie keilte aus und begann sich im Kreis zu drehen. Weitere Pferde schlugen aus, und im nächsten Augenblick herrschte auf der Brücke ein wildes Durcheinander. Männer versuchten, koste es, was es wolle, das Weite zu gewinnen, sprangen in den Wassergraben oder schlugen auf andere ein, um dem Tohuwabohu zu entkommen.

Inzwischen bemühten sich mein Lehnsherr und einige Ritter, die mit ihm die Tore erreicht hatten, den Hebemechanismus unwirksam zu machen. Die Türken erkannten die Gefahr und begannen sich in der Stadt zu sammeln. Ich sah, wie sich eine Linie von Bogenschützen bildete, und rief meinem Lehnsherrn eine Warnung zu. Sie kam zu spät. Schon knieten die Schützen nieder, und ein Schwarm Pfeile fuhr in die sich auf der Brücke drängende Menschenmenge.

Daraufhin wurde das Chaos noch schlimmer. Während sich die Männer vor dem Stadttor mit allen Kräften bemühten, dem Gedränge zu entkommen, kämpften die auf der Brücke unerbittlich gegen sie. Manch einer wurde zertrampelt, und Leichen wurden in den Wassergraben gestoßen. Einen Augenblick lang fürchtete ich, auch Fatana werde von der Brücke stürzen. Machtvoll gab ich ihr die Sporen, und so gelang es mir, sie durch die Masse von Leibern zurück in Richtung auf das Lager zu lenken. Damit öffnete sich eine Gasse zwischen den ineinander verkeilten Kriegern, und unsere Männer begannen sich von der Brücke zurückzuziehen.

Unverzüglich folgten die Türken. Einer ihrer Anführer, ein tapferer Mann, stürmte allein auf die Brücke und schwang seinen Krummsäbel zum Zeichen, daß ihm die anderen folgen sollten. Ich sah den Grafen Raimund im Galopp zwischen den Zelten umhersprengen, um unsere Männer wieder zu sammeln, und stieß zu ihm. Ununterbrochen schrie ich unseren Kriegern zu, sie sollten stehenbleiben und sich zum Kampf stellen. Etliche taten das, und schon bald hatten wir eine Verteidigungslinie, die den Türken die Stirn bot. Ihre Bogenschützen feuerten eine neue Pfeilsalve auf uns ab, die allerdings über uns hinwegschwirrte – im nächsten Moment griffen wir an. Es genügte. Die Türken, die keinen rechten Überblick mehr zu haben schienen, wichen und rannten der Brücke zu, so schnell sie konnten.

Einen Augenblick lang dachte ich, mein Lehnsherr trachte erneut danach, die Stadt zu gewinnen, doch kurz vor den Mauern gebot er unseren Männern Halt. Abermals sammelten wir uns, bereit, uns dem nächsten Angriff zu stellen. Dieser aber erfolgte nicht mehr, Antiochias Tore schlossen sich.

»Wo steckt der Priester, der gottverdammte Narr?« brüllte mein Lehnsherr wutschnaubend und außer sich. Ich hatte noch keine Zeit gehabt, über Raimund von Giles nachzudenken und fragte mich, was da wohl geschehen sein mochte.

Dann stand der Priester Raimund in seinem Nachtgewand vor uns, die Hände weinend vor das Gesicht geschlagen.

»Was zum Teufel habt Ihr Euch bloß dabei gedacht?« fragte ihn mein Lehnsherr.

»Wir waren in Antiochia«, erwiderte der Priester und stöhnte verzückt. »Ich habe die heilige Stadt mit eigenen Augen gesehen.«

»Ihr seid über die Schultern der Männer gelaufen! Ihr habt eine allgemeine Panik hervorgerufen!«

»Der Apostel Petrus hat mich gerufen«, gab der Sünder zur Antwort.

»Nun, probiert das noch einmal, und Ihr werdet früher bei ihm sein, als Euch das lieb ist«, knurrte mein Lehnsherr, gab seinem Pferd die Sporen und ritt davon.

Im fahlen Licht der Morgendämmerung bot die Brücke ein bedrückendes Bild. Dutzende unserer Männer lagen tot auf den Planken, und weitere Dutzende trieben im Wasser des Grabens. Das ganze Lager war von der Stadtmauer bis hin zur Schiffsbrücke mit Leichen bedeckt. Unsere Männer töteten die verwundeten Türken, wo sie lagen, und verbrannten die Leichname am selben Nachmittag. Der Wind trieb den Rauch der Scheiterhaufen, der sich Hunderte von Fuß über das Lager hob, zur Stadt hinüber. Als er sich hinter deren Mauern senkte, konnten wir das Wehklagen von Frauen hören, die ihre Toten betrauerten. Unsere Gefallenen bestatten wir auf dem Gottesacker, den wir an den Hängen nördlich des Flusses angelegt haben.

Nach der Schlacht machte ich mich auf die Suche nach Bartolomé. Ich war wütend auf ihn, weil er versäumt hatte, mein Roß kampfbereit zu machen. Als ich einen Lichtschimmer in seinem Zelt sah, nahm ich an, er habe sich während des Kampfes dort verborgen gehalten. Ich ging hin und schlug die Plane zurück. Nicht nur wegen seiner Feigheit wollte ich ihn zur Rede stellen, sondern auch, weil er in den letzten Monaten zu rein gar nichts nütze gewesen war. Doch als ich den Knappen erblickte, blieben mir die Worte des Zorns im Halse stecken.

Die Augen zum Himmel erhoben, kniete er in seinem Zelt. Als er mich sah, richtete er einen Blick von so überirdischer Beseligtheit auf mich, wie ich ihn noch nie auf dem Angesicht eines Menschen gesehen hatte.

Eben in jenem Moment fiel mir auf, daß die Öllampe umgestürzt in einer Ecke lag. Sie war erloschen. Der Lichtschein, den ich gewahrt hatte, stammte – wie soll ich es sagen? – vom Gesicht des Bauernjungen.

Den einunddreissigsten Dezember

Zwei beunruhigende Vorfälle gilt es zu berichten. Am Tag nach der Schlacht um die Brücke weckte mich ein dumpfes Grollen, auf das eine heftige Erschütterung des Erdbodens folgte. Ich suchte Halt am Gestell meines Feldbetts, fürchtete ich doch, hinausgeschleudert zu werden. Längere Zeit schwankte das ganze Zelt hin und her, dann war alles ruhig. Vom Schrecken gepackt lag ich mit jagendem Puls da. Dann erschien Mansur im Eingang, um sich zu erkundigen, ob mir nichts fehle. Kaum vermochte ich zu antworten.

»Ihr müßt ins Freie kommen«, sagte er.

Kaum hatte ich mich erhoben, als die sonderbare Bewegung erneut einsetzte. Die Zeltstangen schwankten wie Äste im Winde, das Tuch flappte hin und her, als würde es im nächsten Augenblick in Stücke gerissen. Mansur hielt mir die Hand hin, um mich zu stützen. Alle im Lager wimmelten durcheinander. Mit weit aufgerissenen Augen und gespreizten Beinen, als befänden sie sich auf den Planken eines vom Sturm hierhin und dorthin geschleuderten Schiffs, standen die Männer da. Wetterdächer stürzten in sich zusammen, und die Pferde zerrten wie wild an ihren Zäumen.

»Das ist ein Erdbeben«, rief mir Mansur zu.

Niemand kam ums Leben, doch hatten die Wetterdächer Dutzende von Männern unter sich begraben, und viele Tiere waren weggerannt. Den ganzen Tag gab es neue Erschütterungen, und jedesmal stürzten fast alle angstvoll aus den Unterkünften. Ich gestehe, daß auch ich zu ihnen gehörte. Noch nie im Leben war ich mir so hilflos vorgekommen.

In jener Nacht erhellte ein Vorhang schimmernden Lichts den Himmel.[51] Es war der erstaunlichste Anblick, dessen ich je teilhaftig geworden war – breiter und dichter als ein Regenbogen stieg der Lichtschimmer bis zu den Sternen empor. Ich vermag nicht zu sagen, was es gewesen sein könnte, doch sind die Männer überzeugt, daß das Erdbeben die Seelen der Toten befreit hat und diese zum Himmel aufgestiegen sind. Das mag sich so verhalten. Es ist aber sonderbar, sich unsere armen, einfachen Bauern inmitten der Sterne vorzustellen. Ich frage mich, ob sich auch die Seelen der Türken dort oben befinden mögen.

Den dritten Januar

Im Jahre 1098 nach der Fleischwerdung unseres Erlösers

Wie ist es möglich, daß ein weiteres Jahr begonnen hat? Als man unsere Pilgerschaft ausrief, schrieben wir das Jahr 1095. Als ich die Heimat verließ, war 1096 schon zu einem Gutteil vergangen, den Osten erreichten wir 1097, und jetzt ...

Ich muß berichten, daß Balduin eingetroffen ist. Er kam unter großem Pomp mit einem Gefolge aus Schwarzen und Angehörigen von Turkvölkern auf einem Araberpferd mit goldbestickter Schabracke ins Lager geritten. Dabei hat er alle Reichtümer zur Schau gestellt, die es in seiner Grafschaft gibt. Seine Leute verkündeten sein Erscheinen mit Trompetenschall, und als er, die lange Nase hoch in die Luft gereckt, durch die Lagergasse ritt, würdigte er unsere zerlumpten Männer kaum eines Blickes. Den seidenen Zügel hielt er lässig in seinen von funkelnden Edelsteinen blitzenden Handschuhen.

Vor Herzog Gottfrieds Zelt saß er ab. Als man ihm mitteilte, sein Bruder sei zu krank, um ihn zu empfangen, verlangte er Frau und Kinder zu sehen. Schweigend führte ihn Bischof Adhémar zum Gottesacker oberhalb des Flusses. Dort fand Balduin drei Kreuze, denn sein Töchterchen war am Vortag ebenfalls verschieden.

Schweigend nahm ich den Anblick in mich auf. Balduin hob den Arm, als wollte er den Bischof züchtigen. Zu dessen Ehre muß ich sagen, daß er nicht mit der Wimper zuckte. Mit den Worten: »Ihr seid Herrscher über gar nichts«, überließ ihn Adhémar seinem Gram.

Drei Nächte hat Balduin zwischen den Gräbern geschlafen und ist nicht einen einzigen Augenblick von der Stelle gewichen, nicht einmal, um zu essen. Nach längerem geduldigem Warten kehrte sein Gefolge ins Lager zurück, wo die Männer prompt verprügelt und ausgeraubt wurden. Als ich an unserem Gottesacker vorüberkam, hörte ich Balduin Zwiesprache mit seiner Gemahlin halten, und bei Nacht sang er seinen Kindern Lieder. Mir scheint es ein allzu hoher Preis für seine Fürstenwürde. Ohne mit einem von uns auch nur ein Wort zu wechseln, ist er heute vormittag allein nach Edessa zurückgekehrt.

Inzwischen haben wir auch Nachricht von Bohemund erhalten. Er ist auf die aus Damaskus anmarschierten Türken getroffen. Zwar hat er sie besiegt, doch gab es schwere Verluste auf beiden Seiten. Wir hoffen, daß die Männer bald mit Proviant für uns zurückkehren. Es wäre keinen Tag zu früh, denn beim Angriff auf das Lager haben die Türken unsere ohnehin dürftigen Vorräte in Brand gesetzt. Späher müssen ihnen die genaue Lage der Vorratshütten beschrieben haben, denn sie suchten sie auf kürzestem Wege auf. Auf beiden Seiten tummeln sich viele Zuträger, und manche dienen beiden Parteien; es heißt, daß sie guten Lohn dafür empfangen.

Bischof Adhémar ist mit sich selbst über die Vorfälle der letzten Tage zu Rate gegangen und hat verkündet, Gott sei mit uns unzufrieden. Uns diese Überzeugung nahezubringen, kostete ihn nicht besonders viel Mühe. Er hat für das ganze Heer ein dreitägiges Fasten angeordnet, außerdem soll jeder einzelne von uns Gott um Verzeihung bitten. Das Fasten jedenfalls wird uns nicht schwerfallen, bleibt uns doch ohnehin kaum noch etwas zu beißen.

Den dreizehnten Januar

Vieles ist geschehen. Vergangenen Sonntag kehrte Bohemund mit seinen Truppen zurück, just zu der Stunde, als Bischof Adhémar im strömenden Regen unter freiem Himmel Gottesdienst hielt. In seiner Predigt flehte Adhémar abwechselnd Gott um Gnade an und tobte wegen unseres Verhaltens. Wäre er kein Geistlicher, er hätte vermutlich Gott und die Menschen verflucht. Als die am Rand der Versammlung stehenden Männer den heranreitenden Bohemund erkannten, stiegen Jubelrufe zum Himmel.

»Seht, ihr Elenden!« rief Bischof Adhémar aus. »Gott hat meine Gebete erhört.« Als Bohemund herankam, ergriff Bischof Adhémar die Zügel des Pferdes. »Gott hat Euch geschickt!« rief er durch den prasselnden Regen.

»Dann soll er mich auch ernähren«, gab Bohemund zur Antwort und ließ sich ohne ein weiteres Wort aus dem durchweichten Sattel gleiten.

Verständnislos sah ihn Bischof Adhémar an und eilte dann auf der Suche nach neuen Vorräten von einem Karren zum nächsten. Auf ihnen lagen ausschließlich Verwundete. Keiner enthielt Proviant. Mit jeder Plane, die er zurückschlug, sanken unsere Herzen tiefer. Verdrießlich betrachteten uns Bohemunds Männer. Sie waren abgerissen und ebenso abgemagert wie wir selbst, schienen erschöpft und ganz allgemein in einem beklagenswerten Zustand zu sein. In noch schlimmerem Zustand waren die Männer Graf Roberts von Flandern. Er selbst lag auf einem der Karren, halb tot von der Schlacht und den Strapazen des Rückwegs. Ein türkischer Pfeil hatte ihm ein Auge durchbohrt, und er konnte nicht gehen, weil eins seiner Beine so stark geschwollen war, daß es den Beinling zerrissen hatte.

»Wo ist der Proviant?« fragte der Bischof. »Was habt Ihr während all dieser Zeit getan?«

Bohemund wandte sich ihm zu, ein böses Funkeln in den zu schmalen Schlitzen zusammengezogenen Augen. »Türken getötet«, sagte er. »Dazu sind wir schließlich hergekommen.«

»Wir sind gekommen, um Gottes Land zu befreien!« erwiderte Bischof Adhémar. Triefnaß hingen ihm die Meßgewänder von den Schultern, und der Regen peitschte ihm ins Gesicht.

»Das habt Ihr ja auch getan, wie ich höre«, knurrte Bohemund. »Oder jedenfalls fast. In meiner Abwesenheit habt Ihr mir Antiochia fortzunehmen versucht.«

»Euch?« schrie der Bischof.

Furchtlos trat Bohemund auf ihn zu. »Die Stadt gehört mir!« erklärte er. »Und kaum habe ich den Rücken gekehrt, greift Ihr an.«

»Man hat uns überfallen«, erklärte Bischof Adhémar.

Bohemund spie ihm vor die Füße. »Wie günstig für Euch, daß die Türken ihre Tore öffnen, kaum daß ich den Rücken gekehrt habe.«

Der Bischof wollte etwas darauf erwidern, doch in dem Augenblick trat Graf Raimund hinzu. »Unsere Männer hungern«, sagte er. »Euer Auftrag war es, Proviant herbeizuschaffen. Ihr habt uns im Stich gelassen.«

Voll Verachtung musterte ihn Bohemund. »Von Provenzalen lasse ich mich nicht herumkommandieren«, sagte er. »Und auch nicht von ihren Bischöfen. Kümmert Euch um Euch selbst, Raimund von Saint-Gilles, und auch Ihr, Bischof von Le Puy. Ich will die Stadt haben, und ich werde sie auch bekommen.«

Damit schritt er in den Regen davon. Bischof Adhémar sah ihm nach und wandte sich dann an uns. »Nun«, sagte er, »worauf wartet ihr? Zum Teufel, kommt her zur Kommunion!«

Seit einigen Tagen herrscht im Lager eine Spannung wie nie zuvor. Die Männer sprechen kaum miteinander, und die Heerführer überhaupt nicht mehr. Unsere Lage ist wahrhaft verzweifelt. Wir haben weder etwas zu essen noch sonstige Vorräte, Unzufriedenheit macht sich im Heer breit, und jeden Tag verschwinden Männer im niederprasselnden Regen. Zuerst machten sie sich zu zweit und zu dritt davon, später in größeren Gruppen. Inzwischen verlassen sie uns scharenweise. Tiere fallen tot um und werden sofort um des wenigen Fleisches wegen zerlegt. Manche werden auch geschlachtet, und ich mußte eine Wache einsetzen, damit man mir Fatana nicht stiehlt und umbringt. Angeblich besitzt unser ganzes Heer keine tausend Pferde mehr.

Unterdessen sind einige Kaufleute aus den armenischen Dörfern mit Getreide und Dörrobst gekommen, die sie uns schenken wollten, und die Krieger haben sie fast in Stücke zerrissen. Jetzt kommen die Händler bewaffnet und halten sich in sicherer Entfernung, errichten Stände in den umliegenden Dörfern und verkaufen an den Meistbietenden. Eine einzige Eselslast Proviant erzielt sechs, acht oder gar zehn Goldbesant.

Jetzt kommt es uns zugute, daß unser Lehnsherr sein Gold aufgespart hat. Er gibt es haushälterisch aus, um für unsere Männer Proviant zu kaufen. Daher gehören wir zu den wenigen, die ihren Leuten wenigstens eine Mahlzeit täglich geben können. Die Leute aus dem Norden – Engländer, Schotten und Waliser – leiden entsetzlich, denn sie besitzen weder Gold noch Tauschwaren. Die Waliser haben all ihre Hunde aufgezehrt, und die anderen graben nach Wurzeln. Es bietet einen kläglichen Anblick, wie sie in der Erde kratzen, kleine Stückchen hervorziehen und in den Mund stecken. Bei Beginn dieser Pilgerfahrt gehörten sie einer primitiven Völkerschaft an; jetzt sind sie nur noch Tiere. Und doch gibt es offenbar noch eine Stufe darunter, wie ich erfahren habe, als ich am Lager der Tafuren vorüberkam.

Sie haben bei Bohemunds Heer getreulich ausgeharrt und an jedem unserer Kämpfe teilgenommen. Dabei haben sie sich den Ruf der Wildheit und der Heimtücke erworben. Keiner hat sie je ausziehen sehen, um Proviant zu beschaffen, sie verlangen nichts von unseren Kriegern, und doch scheint es ihnen nie an Nahrung zu fehlen. Ich wollte unbedingt in Erfahrung bringen, auf welche Weise sie überleben.

Daher näherte ich mich ihrem Quartier so weit, wie ich es nur wagte. Fatana führte ich am Zügel, denn sie war unruhig und scheute. Im Lager der Tafuren herrschen Schmutz und Unordnung; ihre Wetterdächer sind nichts als Felle, die sie zwischen Pfosten ausgespannt haben, bisweilen auch nur zusammengebundene Reisigbündel. In dichten Gruppen von sechs oder acht Mann hockten sie um ein rauchiges Feuer beieinander. Die Männer einer Gruppe, in deren Nähe ich vorüberkam, hatten sich wie die Wilden auf ein großes Stück dunkles Fleisch gestürzt, aus dem der Knochen hervorsah. Jeder riß sich etwas davon ab und steckte es gierig in den Mund. Zuerst hielt ich es für eine Hammelkeule, doch dann erkannte ich, daß das Stück Fleisch nicht in einem Huf endete, sondern in einem Fuß, dessen Zehennägel schwarz im Feuerschein glänzten.

Im nächsten Augenblick bedachte mich einer ihrer Wächter mit einem Fluch und drohte mir mit einer Art Sense, die ihm als Waffe diente. Ich ließ mich nicht zweimal nötigen, denn der Anblick hatte mich bis ins Mark entsetzt. Was wollen wir mit solchen Wesen in unserem Heer christlicher Krieger? Ist es denkbar, daß auch sie Werkzeuge Gottes sind?

Den neunzehnten Januar

Der Türke setzt seine Überfälle durch das Eiserne Tor oberhalb des Flusses wie auch durch das Brückentor fort, das die Leute Peters von Amiens in so unzulänglicher Weise bewachen. Dessen Soldaten haben nichts mehr und erbetteln sich im Lager, was sie an Resten finden können. Peter selbst hat wochenlang recht gut davon gelebt, daß er Kleidungsstücke aus seinem Besitz und Locken von seinem Haupt an die Leichtgläubigeren unter den Kriegern als Reliquien verkaufte. Jetzt ist er nichts weiter als ein Bettler, doch hat das an seiner hochmütigen Haltung nichts geändert. Er verlangt im Namen Gottes zu essen und erntet Spott dafür. Viel habe ich von ihm nie gehalten, aber es ist schon bitter, mit ansehen zu müssen, wie tief er gesunken ist, er, der bis vor nicht allzu langer Zeit als Heiliger galt.

Ich esse nicht mehr als meine Männer: Bernard und Gérard, der bemitleidenswerte Bartolomé und die Marseiller, die mir Graf Raimund zur Verfügung gestellt hat. Nach dem Aufstehen verzehren wir ein oder zwei Stück Dörrobst, zu Mittag Weizenfladen und zu Abend Fische aus dem Hafen. Letztere sind inzwischen so teuer, daß nur wenige sie sich leisten können, und so sind immer mehr Männer dazu übergegangen, selbst zu angeln. Man könnte auch durchaus gut vom Ertrag dieses Tuns leben, hätte nicht der Schmutz, der mit dem Fluß in den Hafen gelangt, die Fische getötet oder vertrieben.

Ich vermute, daß auch die Türken leiden. Allerdings bekommen sie nach wie vor durch die von uns nicht gedeckten Tore Nachschub aus dem Binnenland. Zwar fangen wir an Karawanen ab, was wir können, aber es läßt sich nicht vermeiden, daß die eine oder andere durchkommt. Viel können sie trotzdem nicht haben. Wollte Gott, daß sie sich ergeben, vielleicht könnten wir dann alle mit dem Leben davonkommen. Möglicherweise wäre es das klügste, die Belagerung aufzugeben und uns nach Armenien zurückzuziehen. Allerdings wäre dann alles Leiden, das wir auf uns genommen haben, vergebens gewesen, all unsere Toten wären für nichts gestorben, und unser Kampfgeist, der einen Tiefpunkt erreicht hat, würde sich unter Umständen nie wieder erholen. Obwohl wir uns außerhalb von Antiochias Mauern befinden, sitzen wir in der Falle.

Den fünfundzwanzigsten Januar

Zypern

Ich sitze unbekleidet in einem Wasserbecken, und junge Mönche in groben, schwarzen Kutten umsorgen mich. Trotz ihrer Jugend tragen sie alle lange Bärte. Sie geben Öl ins Wasser, das so warm ist, wie es ein Bad nur sein kann, und bringen mir Obst und Schalen voll gesüßter Ziegenmilch mit Rahm. Vom Lager bei Antiochia bin ich denkbar weit entfernt.

Ich will berichten, wie es dazu kam.

Den Tag des griechischen Festes zu Ehren des Apostels Petrus begingen die Türken, indem sie den Patriarchen von Antiochia in einem Eisenkäfig über die Mauer hinabließen. Da hing der arme Mann, gedemütigt und eingezwängt, während die Garnison der Stadt ihn und uns verspottete.

Unsere Männer wollten mit Pfeilen auf die Türken schießen. Die Heeranführer aber hielten sie zurück, weil sie fürchteten, der hohe geistliche Würdenträger könnte womöglich getroffen werden. So sahen wir untätig zu, wie die Türken den Alten mit seinen zerfetzten Gewändern und seinem weißen Bart schmähten.

Mir fiel auf, daß Bischof Adhémar in tiefen Gedanken versunken war, die an Träumerei zu grenzen schienen. Schließlich wandte er dem Schauspiel den Rücken und klatschte zu meiner Überraschung zufrieden in die Hände. Zwar gibt es zwischen der lateinischen und der griechischen Kirche viel Groll, dennoch hielt ich das für übertrieben. Als der Bischof zu seinem Zelt zurückkehrte, machte er tatsächlich einen ausgesprochen fröhlichen Eindruck. An jenem Nachmittag rief er die Edlen zu einer Unterredung zusammen. »Der Ketzer da im Käfig könnte uns aus unserer üblen Lage befreien«, verkündete er und erläuterte uns seinen Plan.

Der Ehrwürdige Simeon, der griechische Patriarch von Jerusalem, ist jener Stadt vor einigen Monaten entkommen und hat auf der Insel Zypern Asyl gefunden. Bischof Adhémar schlug vor, Abgesandte an ihn zu schicken und ihm ein militärisches Bündnis anzubieten. Als Gegenleistung für die Lieferung von Nachschub an unser Heer sollte Simeon seinen Thron in Jerusalem wieder besteigen dürfen, dabei allerdings dem Papst unterstellt sein. »Den letzten Punkt binden wir ihm natürlich nicht auf die Nase«, fügte der Bischof hinzu.

Herzog Gottfried, der es sich ungeachtet seiner Hinfälligkeit nicht hatte nehmen lassen, am Kriegsrat teilzunehmen, erhob den Einwand, der sich im Kopf eines jeden von uns gemeldet hatte: »Simeon ist Verfasser eines Edikts, das unsere Kirche verurteilt, und damit ein geschworener Feind Roms.«

»Er ist ein Hirte ohne Herde, ein Bischof ohne Bistum«, gab Bischof Adhémar zurück. »Aber er hat die Möglichkeit, uns Proviant, Wein und Futter für die Tiere zu liefern. Es ist ein mehr als angemessenes Geschäft – Jerusalem gegen Nachschub. Auch wenn Ihr es möglicherweise nicht glaubt«, fügte er mit einem Blick in die Runde hinzu, »ein Narr wird nicht Bischof. Nicht einmal in Griechenland.«

Am nächsten Morgen bestiegen wir ein Schiff und nahmen Kurs auf Zypern. Das Wetter war schlecht, und die See ging hoch. Ich kümmerte mich um meinen Lehnsherrn, der Bischof Adhémar zusammen mit Herzog Gottfried und den Grafen Robert von der Normandie und Hugo von Vermandois begleitete. Wir haben auch Graf Robert von Flandern auf einer Trage mitgebracht, in der Hoffnung, daß ihn die Griechen ärztlich versorgen können. Bohemund hat sich in seinem Lager verkrochen und spricht mit niemandem. Spione umgeben ihn, und es heißt, daß er nach Mitteln und Wegen trachtet, sich in den Besitz Antiochias zu bringen.

Bei unserer Ankunft führte man uns sogleich zum Palast des Patriarchen, der unmittelbar an den Dom stößt. Zypern ist eine herrliche Insel, auf deren weißen Klippen Ölbäume und Salbeibüsche gedeihen. Die Bäume sehen aus wie Edelsteine, die auf einer Rüstung glänzen. Nach den Monaten des nassen Winters und Schlamms vor Antiochia waren mir die linde Luft und der Sonnenschein hoch willkommen. Ich spürte, wie die Unbeweglichkeit meiner Glieder schwand und die dunklen Wolken sich teilten, die meinen Geist umdüstert hatten. Zypern ist wie ein Heilmittel. Ich wünsche, unsere Männer könnten es wenigstens eine Stunde lang ebenfalls genießen.

Der Patriarch Simeon empfing uns freundlich. Er ist ein schon älterer Herr, dessen langen Bart viele weiße Haare durchziehen. Seine Augen von hell leuchtendem wäßrigem Blau schienen beständig zu tränen. Er hatte eigens ein leinenes Tüchlein im Ärmel, mit dem er sie sich wischte. Seinen Worten nach handelt es sich um ein Augenleiden, das er sich in Jerusalem zugezogen hat.

Wir hatten uns für den Besuch so gut wie möglich ausstaffiert, waren trotzdem schmutzig und zerlumpt. Simeon sorgte dafür, daß wir die Möglichkeit zum Baden bekamen, und er schickte den griechischen Nonnen unsere Kleidung, damit diese sie instand setzten. Gesehen haben wir keine von ihnen; auch andere Frauen haben wir seit unserer Ankunft nicht zu Gesicht bekommen – so streng hält man sie abgesondert. Ob das religiöse Gründe hat oder aus Angst vor uns geschieht, kann ich nicht sagen.

Auf jeden Fall lasse ich es mir wohl ergehen und habe dabei kein so schlechtes Gewissen, als daß ich die Atempause nicht genießen könnte. Während ich diese Zeilen schreibe, habe ich bereits mehrere Schalen der süßen Milch getrunken. Nie zuvor habe ich etwas so Köstliches genossen, und ich habe keine Bedenken, den Mönchen meine Schale erneut hinzuhalten, damit sie mir mehr davon bringen. Sie kichern wie junge Mädchen, machen einander Zeichen und holen mir gern, was ich möchte. Diese Milch ist berauschender als Wein, und mein spindeldürrer Leib sehnt sich danach.

Es ist wunderbar, wieder sauber zu sein, was man im Lager nie ist. Der Schlamm findet seinen Weg überallhin, in die Kleider, ins Essen, in jede welke Falte der Haut. Ich bitte die Mönche, mir das Wasser über den Kopf zu gießen. Während sie mir lachend den Wunsch erfüllen, öffne ich den Mund, um das Naß hineinlaufen zu lassen. Welche Wonnen das gewöhnliche Alltagsleben bereithält! Und wie wenig wir das gewöhnlich zu schätzen wissen, bis Pflicht oder Gewalt uns aus ihm entfernen. Nie wieder werde ich ein wohliges Bad, den Geschmack der Milch oder die Gesellschaft wohlmeinender Fremder für selbstverständlich erachten.

Den dreissigsten Januar

Unsere Aufgabe hier ist beendet. Morgen geht es mit dem Schiff zum Festland, wo wir das Ende Antiochias erwarten werden. Die Stadt muß fallen, davon bin ich inzwischen überzeugt. Danach wird es nicht mehr lange dauern, bis wir das herrliche Juwel Jerusalem in Händen halten.

An unserem ersten Abend auf Zypern speisten wir mit dem Patriarchen Simeon, der alle Prunkgewänder seines hohen Amtes angelegt hatte, zur Nacht. Auf seiner mit hauchdünnen Schleiern behängten Mitra, die einer Kaminhaube ähnelt und nahezu ebenso hoch ist, prangten aus Perlen gestickte Sterne. Seine langen Finger schmückten Saphir- und Rubinringe, und seine Gewänder waren mit Silber- und Goldstickerei bedeckt. Kaum vermochte Bischof Adhémar mitzuhalten, obwohl die griechischen Nonnen unsere Gewänder nicht nur instand gesetzt, sondern auch in ähnlicher Weise bestickt haben wie die der Byzantiner. Mein armseliges Wams ist jetzt schöner und herrlicher, als es daheim im neuen Zustand war, und ich muß gestehen, daß ich mir ein wenig wie ein orientalischer Potentat vorkam, als ich mich damit im Spiegel betrachtete.

An jenem Abend vermied es Simeon betont, mit uns über unsere Mission zu sprechen. Statt dessen schilderte er den Auszug aus seinem Bistum Jerusalem. Es sieht ganz so aus, als sei er dort sicher gewesen, solange Ortoq über die Stadt herrschte, zwar Vizekönig des blutdürstigen Tutusch, dessen Name sogar im eigenen Volk Angst und Schrecken verbreitet, aber ein Türke mit einer gewissen Bildung. Tutusch war es auch, der seinen eigenen Förderer Aziz ermorden ließ, den Eroberer der Stadt Jerusalem. Bei Ortoqs Tod allerdings fiel die Herrschaft an Tutusch selbst, und von Stund an konnte sich kein Christ, gehöre er nun der römischen oder der griechischen Kirche an, in Jerusalem sicher fühlen.

Simeon beklagte den Verlust seines Thrones, und seine Augen tränten. Ob das an der Krankheit oder an seinem Kummer lag, ließ sich nicht sagen. Bei einem Mann, der beständig weint, ist Kummer nur schwer zu erkennen. Bischof Adhémar beteuerte sogleich, daß unsere Unternehmung dem Patriarchen die beste Hoffnung biete, seinen angestammten Platz wiederzuerlangen. Dieser betupfte sich lediglich die Augen und nickte betrübt.

Am folgenden Tag begannen die Gespräche ernsthaft. Sie verliefen wie folgt: Bischof Adhémar versicherte Simeon, daß ihm Jerusalem erneut gehören werde, sobald unsere Heere die Stadt einnehmen. Simeon verwahrte sich dagegen und wischte sich die Augen. »Zwanzig Jahre lang habe ich einer Stadt vorgestanden, die von Fremden besetzt war«, sagte er. »Es ist keine besonders glückliche Situation.«

»Aber wir sind doch Christen«, erinnerte ihn Bischof Adhémar. »Wir sind Brüder im Geiste.«

»Ihr seid verlorene Söhne, die erst kürzlich heimgekehrt sind«, gab Simeon zur Antwort. »Wie der verlorene Sohn aus der Heiligen Schrift wollt Ihr den Ehrenplatz einnehmen, nicht wahr?«

Bischof Adhémar konnte es sich nicht verkneifen zu kontern: »So hat es Unser Erlöser gewollt.«

Mit feinem Lächeln versetzte darauf Simeon: »Ja, aber diese Entscheidung fiel erst, *nachdem* dem verlorenen Sohn etwas zu essen versprochen wurde. Ihr habt keine solche Zusicherung.«

Gerade das aber war der Grund unseres Besuchs – Bischof Adhémar war dem Griechen in die Falle gegangen. Nach kurzer Überlegung raffte er sich zu einer Antwort auf. »Das stimmt«, sagte er bedächtig. »Wir brauchen etwas zu essen. Und Ihr braucht die Wiedereinsetzung in Euer Amt.«

»Dann ist der Weg klar«, gab der Patriarch zur Antwort. »Ihr werdet essen, und ich werde herrschen.«

Bischof Adhémar nickte. »So soll es sein. Doch wenn wir nicht essen, könnt Ihr nicht herrschen. Mithin hängt Euer Thron von unseren Mägen ab. Der Handel ist auf beiden Seiten gleich.«

Der Patriarch hob einen juwelenbesetzten Finger. »*Vorausgesetzt*, ihr nehmt Jerusalem«, sagte er. »Euch sind nur vierzehntausend der dreißigtausend Männer geblieben, mit denen ihr Konstantinopel verlassen habt. Dreitausend Berittene, elftausend Mann Fußvolk – und ihr habt keinerlei Vorräte, um eurer Belagerung von Antiochia Nachdruck zu verleihen. Auch verfügt ihr nicht über genug Männer, Pferde, Waffen oder Belagerungsmaschinen, um Jerusalem einzunehmen.« Wir alle waren verblüfft von seiner Kenntnis unserer Lage, denn seine Zahlen kamen ziemlich genau an die Wirklichkeit heran. Vom Ausspähen scheinen die Griechen weit mehr zu verstehen als vom Kampf in der offenen Feldschlacht.

Bischof Adhémar, der sich sorgsam zurückgehalten hatte, sprach jetzt mit Nachdruck. »Ihr könnt Euch nicht vorstellen, welche Wunder unsere Männer gewirkt haben …«, begann er.

Erneut hob Simeon die Hand. »Euer Stolz ist gerechtfertigt«, sagte er. »Aber er nützt nichts. Vergeßt nicht, daß ich Statthalter in Gottes eigener Hauptstadt auf Erden bin. Weder der Sündenpfuhl Rom noch die Festung Konstantinopel kann sich mit dem vergleichen, was ich in Händen gehalten habe. Ich bin Bischof von Jerusalem: Es ist der Nabel der Welt, der Schemel, auf dem die Füße des Allmächtigen ruhen, die Heimat der Seelen aller Menschen.«

Bischof Adhémar versuchte dem Patriarchen ins Wort zu fallen, doch richtete sich dieser auf und fuhr mit bebender Stimme fort: »Der Weihrauch, den Ihr in meiner Nähe atmet, ist der Nase Gottes entströmt. Die Edelsteine an meinen Fingern sind der Glanz Seiner Augen. Meine Worte sind der Widerhall Seiner Stimme. Auch wenn sie schwach und leise klingt, ist doch mein ganzer Leib eine Saite, die er mit Seinen Stimmbändern zum Schwingen bringt. Glaubt ihr, ich lasse zu, daß ihr mit euren schmutzigen Füßen auf Gottes Geschick herumtrampelt? Er hat Jerusalem unserer und nicht eurer Kirche anvertraut. Euer Papst, wer auch immer er sein mag, lebt im Exil; euer Heiliger Vater, wer auch immer er sein mag, ist im Heiligen Lande Gottes ein Eindringling.«

Bischof Adhémar konnte nicht länger an sich halten. »Ihr überschreitet Eure Kompetenzen«, sagte er. Erneut schnitt ihm Simeon das Wort ab.

»Nein, ihr die euren«, antwortete er. »Deswegen hungert ihr auch. Deswegen huren, stehlen und bekämpfen eure Männer einander um Fischgräten und Tand. Glaubt ihr, die Kunde von der Schande eurer Heere sei nicht bis in jeden Winkel von Gottes Land gedrungen? Meint ihr, Gottes Bürger zitterten nicht, wenn sie auch nur daran denken, daß sich euer Pöbelhaufen nähert? Die Türken haben wir hingenommen, denn sie sind Heiden. Wie aber sollen Gottes Diener Christen wie euch ertragen?«

Es war kein besonders vielversprechender Beginn unserer Verhandlungen. Auf ein Zeichen Bischof Adhémars gingen wir im Zorn davon. So heftig fegte er seine Gewänder beiseite, daß er fast Simeons Gesicht getroffen hätte. An jenem Abend rief mich mein Lehnsherr in seine Gemächer im Kanzleigebäude und erkundigte sich nach meiner Meinung zum Stand der Dinge.

Ich gab zu bedenken, daß meiner Ansicht nach viel Wahres an Simeons Worten sei, und fügte hinzu, Bischof Adhémar denke ohnehin nicht im Traum daran, seine Zusage zu halten, daß der Patriarch wieder in sein Amt eingesetzt werden sollte.

»Gerade deshalb werden unsere Gespräche Erfolg haben«, erklärte Graf Raimund. »Simeon kennt seinen Wert, und er kennt die Bischöfe der lateinischen Kirche. Alles bis auf diesen einen Punkt war schon entschieden, bevor wir herkamen. Unser Gastgeber hat keineswegs die Absicht, auf einen Thron zurückzukehren, der auf tönernen Füßen ruht.« Ich fragte ihn, ob das bedeute, daß Simeon eine schriftliche Zusicherung verlangen werde. »Nein«, gab mein Lehnsherr zur Antwort. »Er weiß nicht nur, was Bohemund mit seinem Eid getan hat, sondern alles, was wir seit unserer Ankunft im Osten angestellt haben. Er schätzt uns richtig ein und wird mehr verlangen. Etwas, das nicht so ins Auge fällt, aber gewährleistet, daß Adhémar zu seinem Wort steht.«

Auf meine Frage, was das sein könne, schüttelte er das Haupt mit dem silbrigen Haar. »Es ist mir noch nicht ganz klar«, antwortete er, »aber der Schlüssel liegt in seinem Hinweis auf unsere Zahl. Wenn ein Bischof von Kriegern spricht, meint er Seelen. Simeon will die Macht über unsere Seelen. Das ist die Waffe eines Bischofs.«

Mir war klar, daß er damit recht hatte, denn genau diese Waffe hatte Bischof Adhémar mir gegenüber eingesetzt. Ich fürchte, wir werden für unseren Proviant teuer zahlen müssen.

Heute morgen haben wir Simeons Bedingungen erfahren. Er rief uns in seinen Palast und teilte uns mit, ein Schiff, das uns nach Antiochia zurückbringen sollte, werde ausgerüstet. Bischof Adhémar schien überrascht, aber entschlossen, und er fragte rundheraus, wozu sich der Patriarch entschieden habe.

»Ihr habt die Absicht, Rom um Verstärkung zu bitten«, gab Simeon zur Antwort. Bischof Adhémar räumte ein, daß sich das so verhielt. Simeon betupfte sich die Augen. »Die Formulierung dieser Aufforderung macht mir Sorgen, denn sie wird bewirken, daß noch mehr fremde Krieger mein Bistum überschwemmen.«

Wir hielten den Atem an und warteten, daß er fortfahre. Aus den Augenwinkeln konnte ich meinen Lehnsherrn lächeln sehen.

»In wessen Namen wird der Aufruf ergehen?« fragte der Patriarch.

»Im Namen des Bischofs von Rom«, gab Adhémar zur Antwort.

»Das ist kaum möglich«, sagte Simeon. »Ein Aufruf von Fremden an Fremde hätte in unserem Land keine bindende geistliche Kraft. Was ihr an Macht besitzt, leitet sich aus der Bitte unseres Kaisers an euren Papst her. Da der Basileus nicht noch mehr eurer Krieger in seinen Ländern will, folgt daraus, daß der Aufruf nur von mir kommen kann. Eure Krieger werden unter meinem geistlichen Schutz stehen.«

Es war, wie von meinem Lehnsherrn vorhergesagt. Simeon wollte als derjenige anerkannt werden, auf den sich die Legitimität unserer Unternehmung stützt. Damit wäre er statt des Bischofs oder des Papstes der geistliche Führer unserer Pilgerfahrt.

Bischof Adhémar war sprachlos, völlig perplex, und ich muß sagen, daß ich das Schauspiel genoß. Dies eine Mal hatte er auf dem Gebiet der Sophisterei seinen Meister gefunden. Proviant gegen Seelen, so lautete der Handel des Patriarchen. Bischof Adhémar sah ihn eine ganze Weile an. »Wie würde ein solcher Aufruf aussehen?« fragte er schließlich.

Simeon streckte die Hand aus, und ein junger Mönch reichte ihm eine Schriftrolle, die der Patriarch an Bischof Adhémar weitergab. Während dieser las, konnte ich sehen, daß der Text sowohl auf lateinisch als auch auf griechisch abgefaßt war.

»Das ist ein apostolischer Aufruf«, sagte er und hob den Blick. »Er erfolgt ausschließlich in Eurem Namen.«

»Weil ich allein der Apostel Christi in Seiner Stadt bin«, gab Simeon zur Antwort.

»Apostel?« wiederholte Bischof Adhémar fassungslos. »Nicht einmal Seine Heiligkeit der Papst wagt es, sich so zu nennen.«

»Stimmt«, sagte Simeon. »Und er tut gut daran.«

Erst am späten Abend gab Bischof Adhémar den Forderungen Simeons nach. Der Aufruf, der um Verstärkung bittet, soll im Namen des Patriarchen von Jerusalem an alle Welt ergehen. Er allein soll die Macht haben, Teilnehmer an unserer Pilgerfahrt, die ihre Pflichten verletzen oder sich von der Unternehmung abwenden, aus der Gemeinschaft der Gläubigen auszuschließen. Auch soll in Abstimmung mit dem byzantinischen Kaiser niemand als er über unsere Männer und unsere Eroberungen verfügen dürfen. Zudem soll ausschließlich er die geistliche Macht über Jerusalem haben.

Als Gegenleistung bekommen wir alles an Nachschub, was uns die Insel Zypern liefern kann. Ich bin sicher, daß dem Bischof von Le Puy dieser Bissen im Hals steckenbleiben wird.

Den sechsten Februar

Die Woche seit unserer Rückkehr von Zypern war ereignisreich. Doch als erstes muß ich über ein Gespräch berichten, das vor unserer Abreise stattfand.

Man hatte beschlossen, Graf Robert von Flandern bei den griechischen Mönchen zu lassen, bis er sich von seinen Verwundungen erholt hat. Graf Raimund, Herzog Gottfried und ich suchten ihn an seinem Krankenlager auf, um uns von ihm zu verabschieden. Graf Robert schien sich in sein Schicksal ergeben zu haben, wirkte jedoch recht trübsinnig. Der einst gutaussehende, kräftige Mann mit dem breiten Gesicht war nur mehr ein Schatten seiner selbst und so schmal, daß es einem angst machte, ihn anzusehen. Eine Klappe verdeckte eins seiner Augen, und seine Schulter sah schrecklich verrenkt aus.

Wir taten unser Bestes, ihn aufzumuntern, und Herzog Gottfried entblößte sogar seine Brust, um Robert die Narben zu zeigen, die sich entzündet und ihn fast das Leben gekostet hatten. »Gott ist mein Zeuge, es sieht aus wie eine Landkarte des Gebiets der Aude«, sagte er. Wir alle mußten darüber lachen. Gottfried tat so, als sei er gekränkt und wies auf eine der gezackten Narben nach der anderen und erklärte: »Das hier ist die Aude, das die Seine, und der Teufel soll mich holen, wenn das nicht die Yonne ist.« Graf Robert stimmte in unser Lachen mit ein. Herzog Gottfried strich ihm das Haar aus der Stirn und beugte sich über ihn, um ihn zum Abschied zu küssen. Ich sah, wie Gottfried dabei vor Schmerz zusammenzuckte. Mein Lehnsherr und ich folgten seinem Beispiel.

Doch als wir gingen, setzte sich Robert mit großer Anstrengung auf seinem Lager auf und nahm Herzog Gottfrieds Hand. »Bohemund hat uns verraten«, sagte er. Wir blieben stehen und starrten ihn sprachlos an. Es fiel uns schwer zu glauben, was er gesagt hatte, doch er fuhr fort: »Er hat uns benutzt, um die Türken herbeizulocken ..., hat gesagt, er würde angreifen, sobald sie nahe genug seien. Statt dessen hat er gewartet, bis wir umzingelt waren und die Türken auch noch ihre Reserven eingesetzt hatten. Erst dann hat er angegriffen. Inzwischen war die Hälfte meiner Männer tot. Wenn der Kampf auch nur eine Stunde länger gedauert hätte, wären sie alle gefallen. Er hat seinen Sieg auf unsere Kosten erfochten.«

Schweißbedeckt legte er sich zurück. Sein Blick suchte die Zimmerdecke. Sie war voller Spinnweben, die sich bis zu den Bettpfosten zogen. Ich wollte sie wegwischen.

»Laßt«, sagte Graf Robert. »Sie werden mich daran erinnern.«

Keiner von uns sprach über die Sache, bis wir im Hafen von Antiochia einliefen. Grimmig sah Herzog Gottfried auf die massigen grauen Mauern, die scheckig waren vom Rauch unserer Feuer und vom Verbrennen der Leichen. »Bohemund hat Feuer im Arsch«, knurrte er, »und es verbrennt ihn von innen.« Er wandte sich uns zu. »So ein Mann ...«, sagte er, beendete seinen Satz aber nicht. Es war nicht nötig.

Bischof Adhémar verkündete dem Heer den erfolgreichen Ausgang unserer Unternehmung, und die Aussicht, sich satt essen zu können, verbesserte die Gemütsverfassung der Männer ganz erheblich. Bald allerdings geriet Adhémar in Rage, als er erfuhr, daß Peter von Amiens in unserer Abwesenheit mit den meisten seiner Leute desertiert war. Voll Wut schickte Bischof Adhémar sogleich fünfzig deutsche Ritter aus, die den Abtrünnigen ergreifen und ins Lager zurückbringen sollten. Das geschah kampflos, auch wenn sie Peter ziemlich hart anfaßten. Als er vor uns gebracht wurde, war er von der Hüfte abwärts nackt, und seine Oberschenkel und Hinterbacken wiesen dicke Schwellungen auf, die von Schlägen mit der flachen Schwertklinge herrührten.

Bischof Adhémar stellte sich streng vor ihn, die Arme vor der Brust verschränkt. »Es heißt, daß du ein Heiliger bist«, blaffte er barsch.

Peter hob den Blick zu ihm. Das lange Haar fiel ihm wirr in nassen Strähnen über das Gesicht, die Hände waren vor dem Körper gefesselt. Unwillkürlich trat mir das Bild des leidenden Christus vor Augen. Er begann zu schluchzen und dann hysterisch zu weinen. Bischof Adhémar schlug ihn ins Gesicht. Wir alle waren wie betäubt.

»Aufhängen müßte man dich«, sagte er. »Du wolltest den Zug des Heiligen Vaters für deine Zwecke nutzen. Du gedachtest dir einen Namen im Himmel zu machen. Nun, wir haben im Tal von Nikäa die Leichen der Pilger gesehen, die du angeführt hast, ebenso auch die Gebeine der Frauen und Kleinkinder. Und jetzt, nachdem du uns im Stich gelassen hast, stehst du vor uns, weinst und erwartest Vergebung?«

Peter hob die gefesselten Hände und wischte sich mit dem abgewetzten Ärmel seines Wamses die Augen. Er schluckte den Schleim herunter und bemühte sich, aufrecht zu stehen. »Ich erwarte nichts«, sagte er mit kläglicher Piepsstimme, »aber ich verlange, daß man mich nach Hause zurückkehren läßt.«

Daraufhin schlug ihn ein deutscher Ritter auf den Hinterkopf. Peter taumelte, doch gelang es ihm, sich auf den Füßen zu halten.

Mit wildem Blick funkelte ihn Bischof Adhémar an. »Du willst keine Vergebung?« fragte er.

Peter sah ihm in die Augen. »Welche Vergebung brauche ich?« fragte er. »Andere haben mich als Heiligen bezeichnet, nicht ich selbst. Ich habe nur getan, was ein Mann tun kann. Warum sollte man mir das verzeihen?«

Der Bischof schien verwirrt. »Was ist mit Gott?« sagte er.

Peter sah ihn an, als halte er das für eine dumme Frage. »Gott vergibt. Alles andere ist unerheblich. Sofern ich Euch auf die eine oder andere Weise gekränkt habe, werde ich danach trachten, meine Vergebung von Gott, nicht aber von Euch zu erlangen. Meine Seele steht nicht in Eurer Hand, sondern in Seiner.«

Daraufhin sah mich Bischof Adhémar mit einem Ausdruck grimmer Sprachlosigkeit in den Augen an. Die Worte, die zwischen ihm und mir hin und her flogen, gingen nicht über unsere Lippen. Er hatte meine Vergebung erzwungen, aber die Macht, ihn von seiner Schuld zu befreien, war nicht mir gegeben. Diese Erkenntnis schien ihn zu erschüttern, und einen Augenblick lang sah es so aus, als wüßte er nicht, wo er war. Ich mußte unwillkürlich lächeln.

Bischof Adhémar faßte sich, wandte sich erneut an Peter, machte das Zeichen des Kreuzes über ihm und sagte: »Drei Tage und drei Nächte wirst du auf dem Hügel über dem Eisernen Tor stehen. Wenn dich die Türken nicht erschlagen, werde auch ich das nicht tun.« Die deutschen Ritter führten ihn fort.

Als Bischof Adhémar gehen wollte, trat ich ihm in den Weg. »Vergebung ist ein Segen«, sagte ich. »Aber nicht jene, die vom Menschen kommt, sondern die von Gott.«

»Ihr schenkt den Worten des Einsiedlers zuviel Glauben«, sagte er.

Ich antwortete: »Und Ihr den Euren zuwenig. Kann es sein, daß Ihr in all den Jahren, in denen Ihr unter der Schuld littet, die Ihr meiner Familie gegenüber auf Euch geladen habt, nie Euren Frieden bei Gott gesucht habt? Habt Ihr wirklich nur auf mich gewartet?«

Er wollte sich an mir vorüberdrängen, doch ich packte ihn am Arm und hielt ihn fest. »Und habt Ihr in all den Jahren Eure Sünden genossen? Habt Ihr Euch an ihnen etwa geweidet, im beruhigenden Bewußtsein, verdammt zu sein?« Mit durchbohrendem Blick sah er mich an, während ich fortfuhr: »Nun, von mir seid Ihr jetzt frei – Ihr habt keine weiteren Vorwände mehr für Eure Sünden. Und ich bin frei von Euch. Die Sache wird jetzt zwischen Euch und mir und Gott abgemacht. So sollte es bei einer Pilgerfahrt auch sein, nicht wahr?«

Er entzog mir seinen Arm und glättete seinen Chorrock. »Ihr hättet Bischof werden sollen«, gab er zur Antwort.

Seine Worte verblüfften mich, aber während ich jetzt eben die Szene niederschreibe, wird mir klar, daß es das höchste Lob war, das er mir hätte spenden können.

Es ist spät, und ich muß mich um meine Männer kümmern. Die ersten Schiffe aus Zypern sollen morgen eintreffen. Wir wollen das Ende unseres Hungerns feiern, indem wir heute abend alles verzehren, was wir noch haben. Es wird kein besonders üppiges Festmahl sein, aber ein glückliches. Den Bericht werde ich morgen fortsetzen.

Den siebten Februar

Ich beende die Eintragung von gestern nacht.

Am Abend unserer Rückkehr von Zypern verlangte der byzantinische General Tatikios einen Kriegsrat unserer Heerführer, in dessen Verlauf er erklärte, er werde uns verlassen und nach Konstantinopel reisen. Er sagte, er zweifle nicht daran, daß wir mit dem Einsetzen des Frühjahrs einen Sturmangriff unternehmen würden. Daher sei es nötig, für Belagerungsmaschinen zu sorgen. Seine Worte riefen Bestürzung und Mißtrauen hervor. Bohemund, der bei der Unterredung nicht zugegen war, hat im Lager ausstreuen lassen, Tatikios sei von unserer Niederlage überzeugt, und Antiochia lasse sich nicht einnehmen. Als Herzog Gottfried das dem Griechen entgegenhielt, strengte sich dieser nach Kräften an, um die Unterstellung zu bestreiten.

»Bisher wart ihr siegreich«, sagte er. »Ich zweifle nicht an euch, sondern kümmere mich um euren Nachschub.«

Sogleich erklärten wir, daß der byzantinische Kaiser den ganzen Winter hindurch in dieser Hinsicht nichts unternommen hatte. Tatikios entschuldigte sich in dessen Namen; alles werde geregelt, sobald er Konstantinopel erreicht habe. Wir verlangten, daß er seine Landsleute als Geiseln zurückläßt. Zögernd hat er sich dazu bereit erklärt.

Jetzt, da er fort ist, fliegen Gerüchte durchs Lager. Es heißt, der Basileus habe mit den Türken ein Abkommen zu unserer Vernichtung getroffen, und Tatikios werde mit dem byzantinischen Heer zurückkehren. Andere sagen, Tatikios sei zurückgekehrt, um den Kaiser zu warnen, daß wir seine Ermordung planten. Von wieder anderen hört man, weil sich uns ein türkisches Heer von Osten nähere, sei Tatikios aus Furcht geflohen. So hoch schlugen die Wellen, daß ein zweiter Kriegsrat einberufen wurde. Diesmal nahm zu unserer Überraschung Bohemund daran teil.

»Soll ich Euch die Wahrheit sagen?« fragte er. »Die sieht wie folgt aus: Alexios hat uns aufgegeben. Er glaubt, daß wir erledigt sind. Er macht dem Türken Mut, uns anzugreifen. Auf diese Weise hofft er behalten zu können, was er durch uns gewonnen hat, auch wenn das die Aufgabe Antiochias und Jerusalems bedeutet. Uns würde er natürlich gleichfalls aufgeben.«

Herzog Gottfried warf ihm einen scheelen Blick zu.

»Und das glaubt Ihr?« sagte er.

»Ich weiß es«, gab Bohemund zur Antwort und warf seine Handschuhe auf den Tisch. Seine Selbstsicherheit schien an Schadenfreude zu grenzen. »Ich habe Leute in der Stadt. Von ihnen weiß ich, daß die Nachricht bereits eingegangen ist. Wenn die von Damaskus kommende Marschsäule auftaucht, wird man die Stadttore öffnen und uns zwischen beiden Streitkräften zermalmen. Es wird kein Entkommen geben, denn die Griechen beabsichtigen den Hafen von Sankt Simeon zu sperren.«

»Tatikios hat uns sein Wort gegeben«, sagte Herzog Gottfried.

»Er ist ein Grieche«, spie Bohemund verächtlich aus, »und zuvor war er Türke. Überlegt selbst, was das wert ist.«

Herzog Gottfried funkelte ihn grimmig an. »Ebensoviel wie das Versprechen, das Ihr Graf Robert von Flandern gegeben habt?« fragte er.

Schweigen trat ein. Bohemund sah erst Herzog Gottfried und dann meinen Lehnsherrn scharf an. »Ihr wart nicht dabei«, sagte er gedehnt. »Ihr wißt nicht, was zu tun war.«

»Ich weiß, was jetzt zu tun ist«, sagte Graf Raimund. »Wir müssen uns so früh wie möglich auf einen Angriff einstellen.«

Bohemund lachte. »Dann wünsche ich Euch viel Glück. Ich jedenfalls kehre in meine Heimat zurück.«

Seine Worte entsetzten uns. Mehrere Männer ergriffen gleichzeitig das Wort, aber Bohemund brachte sie mit einer Handbewegung zum Schweigen. »Ich bin Herrscher über Sizilien«, sagte er, »und gehe Gefahren ein, wenn ich meinem Lande fernbleibe. Ich bin nicht gebildet, aber ich verstehe genug von der Geschichte und habe genug Schurken kennengelernt, um das zu wissen. Ihr könnt ein Herrenhaus oder eure Besitzungen verlieren, aber ich könnte Sizilien einbüßen, das mir am Herzen liegt, auch wenn es nach Knoblauch und ungewaschenen Weibern stinkt. Seit zwei Jahren bin ich jetzt fort. Gott weiß, was ich bei meiner Rückkehr vorfinden werde.«

Bischof Adhémar rief ihm seinen Eid ins Gedächtnis. »Erinnert Alexios an den seinen«, gab Bohemund zur Antwort. »Was mich betrifft, sind all unsere Eide null und nichtig.«

Erneut erhob sich Unruhe. Mein Lehnsherr ergriff das Wort und sagte: »Bohemund von Tarent, wir sind seit zwanzig Jahren Gefährten. Ich kenne Euch wohl. Ihr habt schlecht an unserem Freund Robert gehandelt, Gerüchte über die Griechen im Lager in Umlauf gesetzt, mit Eurem Fortgang gedroht ...«

»Ich werde auch fortgehen«, unterbrach ihn Bohemund.

»Nicht Bosheit war der Beweggrund dafür«, fuhr mein Lehnsherr fort, »Ihr habt ein Ziel vor Augen. Sagt uns jetzt von Mann zu Mann, worauf Ihr hinauswollt.«

Lange sah uns Bohemund schweigend an. Dann sagte er: »Ich will Antiochia.«

»Gott möge Euch verfluchen«, sagte Bischof Adhémar.

»Gott kann mich am Arsch lecken, Bischof«, gab Bohemund zurück.

Bischof Adhémar griff zum Schwert. Herzog Gottfried legte seine Hand darauf.

»Bohemund hat uns reinen Wein eingeschenkt«, sagte er, »und so wollen wir es mit ihm ebenfalls halten. Sofern wir in die Stadt gelangen, geschieht das mit der Hilfe von Kriegern aus einem Dutzend Ländern. Antiochia gehört keinem einzelnen Mann.«

»Jetzt müßt Ihr nur noch sagen, daß sie Gott gehört«, spottete Bohemund.

»Betet Ihr?« fragte Herzog Gottfried. Die Frage traf Bohemund unerwartet. »Als diese Narben auf meiner Brust wie das Feuer der Hölle brannten«, fuhr Gottfried fort, »habe ich zu Gott gebetet. Ich habe ihm versprochen, daß alles, was ich erringe, Sein ist, wenn er es mir vergönnt, meine Frau und meine Heimat noch einmal zu sehen. Dazu hat Gott ja gesagt.« Er schüttelte den Kopf. »Ich kann Ihm jetzt nicht nein sagen.«

Bohemund musterte den Kreis der Gesichter ringsum, die der Feuerschein erhellte. Wir alle schwiegen. Mit einem

Nicken nahm er seine Handschuhe auf. »Dann gehe ich jetzt«, sage er.

Am nächsten Tag geschah nichts. Wir alle sahen zum Lager des Fürsten hinüber, um Zeichen für den Aufbruch seines Heeres zu erkennen, aber es gab keine. Es war, als wartete er darauf, daß wir es uns anders überlegten. Da wir nichts dergleichen taten, wurden am Morgen des folgenden Tages Bohemunds Wimpel eingeholt, und seine Krieger machten sich daran, ihre Karren zu beladen. Schweigend sahen wir zu, denn jedem war klar: Das bedeutete das Ende unserer Unternehmung.

Dann kam der Bote.

Es wäre schwierig, sich einen Mann vorzustellen, der mehr mit Blut bedeckt gewesen wäre als er. Seine Züge ließen sich nicht erkennen, sein Waffenrock war von oben bis unten blutgetränkt. Sattel und Flanken seines Pferdes waren voll Blut, und als er in unser Lager ritt, preßte er verzweifelt eine Hand an die Stirn.

Wir versuchten ihm vom Pferd zu helfen, doch wollte er nichts davon wissen. Er stieß hervor, daß die Türken mit einer großen Streitmacht nach Harenc, unserem Vorposten an der Straße nach Aleppo, gezogen seien. Die dortige Besatzung habe man abgeschlachtet; nunmehr bereite sich der Türke auf den Marsch nach Antiochia vor. Als er seine Botschaft beendet hatte, nahm er die Hand von der Stirn, und das Fleisch seines Gesichts fiel herab wie ein nasses Tuch. Ein Hieb hatte ihm die Haut von einem Ohr bis zum anderen aufgeschlitzt, und mit einem Mal sahen wir seinen rosa Knochenschädel. Er stürzte uns aus dem Sattel in die Arme. Ich habe nie erfahren, wie er hieß, doch war er so tapfer wie nur irgendeiner in unseren Heeren.

Eilends berief Graf Raimund in Bischof Adhémars Zelt einen Kriegsrat ein. Unsere Sache stand nicht günstig. Von den zweitausend Rittern, die uns geblieben sind, besitzen nur noch fünfhundert ein Pferd, und von unseren siebentausend Mann Fußvolk sind kaum dreitausend kampffähig. Vorschläge flogen hin und her. Die einen sprachen sich für einen sofortigen Sturm auf die Stadt aus, andere wollten unbedingt, daß wir uns über den Fluß nach Armenien zurückziehen. Mein Lehnsherr sprach sich für einen Angriff auf Harenc aus, wobei vor Antiochia eine Besatzung zurückbleiben sollte, um unsere Stellung zu halten.

»Ohne Bohemund haben wir nicht genug Männer«, sagte Bischof Adhémar. »Wir können den Versuch nicht wagen.«

»Ihr habt genug«, ertönte eine Stimme vom Eingang. Wir alle wandten uns um. Hinter uns stand Bohemund, zur Schlacht gerüstet. »Raimund hat recht. Wir ziehen mit den Rittern und allem Fußvolk, das zu einem Gewaltmarsch imstande ist, nach Harenc. Die übrigen bleiben hier – jeder, der auf den Beinen stehen kann, und alle Ritter, die unberitten sind. Wir sperren die Brücke und halten die Türken in der Stadt fest. Unterdessen führen wir einen Überraschungsangriff gegen jene, die jetzt heranmarschieren.«

Kein weiteres Wort fiel. Wir alle kehrten sofort in unsere Zelte zurück. Heute abend brechen wir auf, um morgen früh an Ort und Stelle zu sein.

Den zehnten Februar

Zwei Tage liegt unsere Schlacht jetzt zurück, doch war ich zum Schreiben zu schwach. Ich werde es jetzt versuchen, mich aber kurz fassen.

Mit rund siebenhundert Rittern und tausend der kampffähigsten Männer aus dem Fußvolk haben wir das Lager verlassen und sind im Eilmarsch über die Schiffsbrücke zum Ufer des Sees von Antiochia vorgestoßen. Dort haben wir zwischen dem Fluß und dem See auf die Türken gewartet. Unseren Tieren hatten wir Maulkörbe angelegt und ihnen die Hufe mit Rupfen umwickelt. Die Männer hatten vollständiges Schweigegebot. In drei Reihen standen vorn die Ritter, dahinter unsere schwache Linie des Fußvolks. Die ganze kalte Nacht hindurch harrten wir aus. Schließlich erklang unmittelbar vor Sonnenaufgang Hufschlag.

Wie erwartet kamen die Türken um das Westufer des Sees auf das Eiserne Tor zu, wo sie ungesehen in die Stadt zu gelangen hofften. Dazu mußten sie in unmittelbarer Nähe unserer vorgeschobenen Linie vorüberziehen. Wir warteten, bis ihre Hauptstreitmacht heran war, dann griffen die Normannen und die Deutschen an.

Mit wildem Geschrei stürzten sie sich auf die türkischen Bogenschützen und richteten unter ihnen im Zwielicht große Verwirrung an. Bald aber zogen sie sich, die nur knapp hundert Köpfe zählten, zurück, dicht von der türkischen Reiterei gefolgt. Das war unser Plan. Unsere Männer lockten sie auf die schmale Ebene zwischen dem Fluß und dem See, wo unsere Hauptstreitmacht wartete. Ohne die Möglichkeit, uns an der Flanke zu umgehen, hetzten die Türken gerade auf uns zu. Wir hielten uns zurück, bis alle in der Falle saßen. Dann warfen wir alles nach vorn, was wir hatten.

Sie waren überrumpelt. Mit unserem Angriff drängten wir sie zurück, und das wirkte sich verhängnisvoll auf ihre hinteren Reihen aus. Sie hielten nicht stand und flohen durch die Ebene, wobei sie einander niedertrampelten und ihre Bogenschützen umrannten, die noch keine Gelegenheit gehabt hatten, sich zu formieren. Wir trieben sie vor uns her wie Federvieh. Viele ertranken beim Versuch, über den Fluß und den See zu entkommen.

Graf Hugo von Vermandois, der freiwillig den Befehl über das Fußvolk übernommen hatte, führte es jetzt nach vorn, um die Versprengten niederzumachen. Einer nach dem anderen wurden sie mit dem Schwert getötet. Nach einer Weile aber ritt Graf Raimund zum Fußvolk zurück und verbot jedes weitere Blutvergießen. Er wies Graf Hugo an, die Gefangenen zusammenzutreiben und das Gelände zu sichern. Dieser antwortete, einer Bitte werde er Folge leisten, nicht aber einem Befehl. Mein Lehnsherr, der nicht nur außer Atem, sondern auch von Schmutz und Schweiß bedeckt war, wiederholte seine Aufforderung mit einer kalten Höflichkeit, wie ich sie noch nie an ihm erlebt hatte. Der Bruder des Königs war zufrieden.

Die Front war so schmal, daß ich Schwierigkeiten gehabt hatte, im Gefecht an die Türken heranzukommen. Da ich noch frisch bei Kräften war, machte ich mich erbötig, einen Trupp nach Harenc zu führen und mich der dortigen Besatzung zu bemächtigen. Mein Lehnsherr stimmte zu, ich sammelte die etwa fünfzig mir zunächst befindlichen Ritter und ritt mit ihnen der Hauptstreitmacht voran.

Harenc ist eine von einer Ansammlung primitiver Hütten umgebene steinalte Festung auf einem Hügel. Da ich nicht wollte, daß den Türken genug Zeit blieb, sich auf eine Verteidigung einzustellen, befahl ich einen offenen Angriff. Während wir im Galopp zwischen den Hütten des Dorfes gegen Harenc anrannten, wurden wir getrennt. Gerade, als ich meine Männer neu formieren wollte, spürte ich plötzlich einen Stich im Oberschenkel. Beim Hinsehen erkannte ich den Schaft eines Pfeils, der aus meinem Waffenrock hervorstand. Irgendwie mußte er seinen Weg durch einen Spalt in meinem Kettenhemd gefunden haben; er hatte den Schenkel fast vollständig durchdrungen.

Da ich wider Erwarten keinen Schmerz empfand, forderte ich die anderen durch Zuruf auf, den Hügel hinauf anzugreifen. Die Festung befand sich in schlechtem Zustand. Zwischen den verwitterten Steinen klaffte manche Lücke, und bevor die Türken fliehen konnten, befanden wir uns schon im Inneren. Die Feinde ergaben sich nahezu augenblicklich.

Erst nachdem ich für eine Bewachung der Gefangenen gesorgt hatte, nahm ich mir Zeit für meine Wunde. Beim Sturmangriff hügelan oder im Verlauf des kurzen Handgemenges im Inneren der Festung mußte der Schaft abgebrochen sein, so daß nur noch ein zerfaserter Stumpf hervorstand. Zwei meiner Gefährten halfen mir vom Pferd und begleiteten mich in ein Gebäude neben dem Hof. Es schien eine Art Lagerhaus zu sein, denn überall standen Säcke, auf denen sich allerlei Ungeziefer tummelte, unter anderem riesengroße Kakerlaken.

Ein bärtiger Engländer beugte sich über mich und wies auf meine Beinlinge. In meiner Benommenheit begriff ich erst nach einer Weile, was er meinte, und löste sie vorsichtig. Unwillkürlich mußte ich lachen, als ich die Pfeilspitze in meinem Schenkel sah. Unter dem Druck des Eisens spannte sich dessen Haut unmittelbar unterhalb der Lende.

Ich versuchte den abgebrochenen Schaft mit den Fingerspitzen zu fassen, doch er war zu kurz. Allmählich begannen sich meine Sinne zu verwirren, und ich fürchtete in Ohnmacht zu fallen, hatte sich doch die Euphorie der Schlacht verflüchtigt und die ersten Wellen des Schmerzes machten sich in mir bemerkbar.

Mehrere Engländer standen im Eingang zum Lagerraum. Ich forderte sie auf zu verschwinden, doch sie verstanden kein Wort und blieben mit törichtem Gesichtsausdruck stehen. Ich fragte mich, wie ich mich in einem solchen Augenblick mit Fremden hatte umgeben können.

Der Bärtige rief seinen Gefährten etwas zu, worauf sie mich trotz meines Aufbegehrens bei den Schultern packten und festhielten. Dann kniete er sich neben mich, drückte mit den Daumen das Fleisch zu beiden Seiten des Pfeilschafts nieder, nahm ihn zwischen die Zähne und legte den Kopf in den Nacken. Ich schrie auf. Erneut ruckte er seinen Kopf nach hinten, und ich biß vor Schmerz in den Ärmel meines Waffenrocks. Zwar löste sich der Schaft, doch kam er langsamer heraus, als ich zu ertragen vermochte.

Ich rief dem Mann zu, er solle ihn vollständig herausziehen, und versuchte, meine Arme freizubekommen, um es selbst zu tun. Ich spürte, wie die Pfeilspitze mit ihren Widerhaken durch meinen Schenkel schnitt. Endlich erreichte sie die Haut. Mit einem plötzlichen Ruck zog der Engländer sie heraus und hielt sie triumphierend hoch. Aufmunternd schlugen mir seine Gefährten auf die Schultern, und er verband mich mit einem Stück Leinen. Dann half er mir gemeinsam mit seinen Begleitern ins Freie.

Dort waren die englischen Ritter dabei, die Türken abzuschlachten. Ich gebot ihnen, sofort mit ihrem Tun aufzuhören, doch verstand mich offenbar niemand. Sie fuhren mit ihrem Tun so unbeteiligt und kalt fort, als schuppten sie Fische. Ich wäre ihnen irgendwie in den Arm gefallen, doch in dem Augenblick verlor ich das Bewußtsein.

Als ich wieder zu mir kam, standen die Sterne am Himmel. Ich fieberte, aber die kühle Nachtluft linderte die Hitze meines Leibes. In eine grobe Decke gewickelt, lag ich auf einer Brustwehr der Festung. Mein Bein fühlte sich schwer an und pochte. Auf dem Hof unter mir, der voller Leichen lag, vergewaltigten die Engländer gerade einige Frauen, die mit den Türken nach Harenc gekommen sein mochten. Geduldig wartend standen die Krieger da, bis sie an die Reihe kamen.

Sosehr mich der Anblick quälte, ich konnte nichts tun. Hilflos und erschöpft daliegend, hörte ich die Weiber jämmerlich schreien. Es klang wie der Wind in der Wüste hinter Nikäa, traurig und kummervoll, oder so, als schlachtete man Schafe. Dann trat der bärtige englische Ritter mit entschlossener Miene auf mich zu, ein Stück weißglühendes Eisen in der Hand. Auf eine Bewegung seines Kopfes hin umklammerten seine Gefährten meine Schultern. Er senkte das Eisen und fuhr damit in meine Wunde. Gequält schrie ich auf, doch ungerührt bewegte er das glühende Eisen langsam darin hin und her, bis es auf der Innenseite des Schenkels austrat. Während mir vor Schmerzen die Tränen über das Gesicht liefen, zog er es heraus. Einer seiner Gefährten gab ihm ein weiteres Eisen. Ich sah es mit Entsetzen. Dann fiel ich wieder in Ohnmacht.

Den zwanzigsten Februar

Inzwischen kann ich mit Hilfe einer Krücke, die mir Mansur gemacht hat, einigermaßen humpeln. Sobald ich dazu imstande war, habe ich das Lager der Engländer aufgesucht, um mit ihrem Anführer zu sprechen. Ich kannte seinen Namen nicht und mußte mehrere Männer fragen, bis ich herausfand, daß er Osbert von Ipswich heißt. Ich verlangte, zu ihm geführt zu werden, aber niemand schien zu wissen, wo er sich aufhielt.

Schließlich stieß ich auf einen der Ritter, die dabeigewesen waren, als man mir den Pfeil herauszog. Es war einer von denen, die mich festgehalten hatten, und er erklärte sich bereit, mich zu jenem Osbert zu führen. Zwar ist das Lager der Engländer ordentlich gebaut, da es aber darin viele gewundene Gassen und zahlreiche geschickt angelegte Gruben gibt, in denen sie ihre Vorräte verborgen halten, ist es so unübersichtlich, daß sich ein Fremder ohne Führer dort leicht verirren kann. Vermutlich ist das Absicht, dachte ich, während ich weiterhumpelte.

Mein Begleiter führte mich zu einer arg behelfsmäßig wirkenden großen Schutzhütte. Es war eine Art Unterstand, dessen größter Teil sich unter der Erde befand. Vor dem Eingang bedeutete er mir zu warten. Beim Eintreten mußte er sich tief bücken. Nach längerer Zeit kam er mit einem dürren langgesichtigen Hünen heraus, der seine wenigen Haarsträhnen kunstvoll über den ganzen Schädel verteilt hatte. Es war Osbert, der Anführer der Engländer.

In gebrochener *langue d'oïl* lud er mich in seine Behausung ein, doch ich lehnte freundlich dankend ab, da ich mit meinem Bein zu große Schwierigkeiten gehabt hätte. In möglichst einfachen Worten erklärte ich ihm, daß ich mich gegen das Verhalten seiner Männer bei Harenc verwahrte.

»Ihr sprecht vom Töten der Türken?« sagte er.

»Und von den Vergewaltigungen«, sagte ich.

»Vergewaltigungen?« wiederholte er und schien überrascht. »Haben sich meine Leute etwa nicht an die Vorschriften gehalten und abgewartet, bis sie an der Reihe waren?« Ich versicherte ihm, daß das durchaus der Fall gewesen sei, es aber weder für mich noch für die Weiber einen Unterschied mache. »Aber ja doch«, erwiderte er von oben herab, »das ist der alles entscheidende Unterschied, auf den es ankommt. Immerhin sind wir Männer aus Britannien keine Tiere. Wir wahren die Form.«

Viel zu schwach, dagegen aufzubegehren, verlangte ich, daß er seine Leute anweisen solle, mir künftig zu gehorchen, wenn ich den Befehl hätte. Ziemlich aufgebracht versicherte er mir, daß sie das gewiß täten, sofern sie meine Anweisungen verstehen könnten. Ich dankte ihm und ging.

Die Engländer sind in der Tat ein sonderbares Volk. Mit uns haben sie nicht mehr gemeinsam als die Tiere, die im Wasser leben. Gott sei dafür gedankt, daß das Meer unsere Völker voneinander trennt.

Den vierten März

Unsere Lage bessert sich ebenso wie das Wetter. Die Vernichtung der türkischen Entsatztruppen hat die Stimmung unserer Männer gehoben, und in regelmäßiger Folge legen Versorgungsschiffe aus Zypern an. Auch hat eine englische Flotte die von Tatikios versprochenen Belagerungsmaschinen aus Konstantinopel gebracht. Es sieht ganz so aus, als hätten wir diesen Griechen falsch eingeschätzt. Zwar ist unser Proviant nicht überreichlich, aber wir leiden keinen Hunger mehr. Mein Bein ist nach wie vor geschwollen und schmerzt ziemlich stark. Mansur badet und massiert es mit seiner üblichen Fürsorge. Abend für Abend holt er eine große Menge Eiter heraus.

Ich habe keine Gedichte geschrieben. Es ist seltsam: Beim Zurückblättern sehe ich, daß ich über Liebe, Verlust und die erhabenen Empfindungen geschrieben habe, die ich vor der Petrushöhle oberhalb Nikäas hatte. Davon ist hier nichts geblieben. Eine Belagerung ist wie ein in die Länge gezogenes Sterben, so langweilig und mechanisch, daß man alles tut, was nötig ist, um das eigene Leben zu erhalten und den Feind zu töten, ohne groß darüber nachzudenken.

Jeden Morgen beginnen diejenigen unserer Männer, welche die Belagerungsmaschinen bedienen, mit einer öden Eintönigkeit, die den ganzen Tag fortdauert, Gesteinsbrocken und griechisches Feuer in die Stadt zu schleudern. Sie haben den sich ständig wiederholenden Tageslauf ihres Dorflebens auf die Belagerung übertragen, nur daß es hier nicht um die Verrichtungen geht, die das Leben erhalten, sondern um solche, die den Tod bringen. Bisweilen gibt es Alarm, beispielsweise wenn die Türken unsere Fahrzeuge mit Nachschub auf dem Weg vom Hafen hierher überfallen oder durch das Eiserne Tor Ausfälle gegen unsere Vorposten unternehmen. Dann treiben unsere Leute sie zurück, und jedes Mal bleiben eine Handvoll Tote zurück und ein Dutzend Verwundete dazu, deren jämmerliche Schreie man ohnehin zu allen Zeiten im Lager hört.

Hier vor Antiochias braunen Mauern sind wir wie Kriegerameisen. Wie ich diese Mauern hasse! Einige von uns sind zu den Maschinen eingeteilt, andere zur Wache, wieder andere zum Transport von Nachschub oder zur Instandhaltung von Waffen und Gerät. Unaufhörlich, sogar in der Nacht, ziehen verdreckte und völlig ausgelaugte Krieger hin und her. Inmitten all dessen befolgen wir die bei uns üblichen Bräuche: Wir gehen zur Messe, beichten, halten Morgengebet, Mittagsgebet, Abendgebet, Feiertage und Gedenktage der Heiligen ein. Zwar hat uns diese Belagerung auf den Zustand der bloßen Existenz herabgedrückt, doch zeigt sich hie und da ein Lichtstrahl – einer der Männer hat ein Gärtchen angelegt, ein Ritter mißt sich mit einem anderen im Schwertkampf. Es wird sogar musiziert.

Einige der Krieger aus der Auvergne haben mit geschickten Händen Musikinstrumente aus unbrauchbaren Ausrüstungsteilen hergestellt: Stockfideln und Violen, Sackpfeifen und kleine Mandolinen. Sie haben sich zusammengetan und sorgen für unsere Unterhaltung. Jetzt, da der Regen aufgehört hat und die Abende erträglich warm sind, spielen sie für uns, und ich muß sagen, sie machen ihre Sache ziemlich gut.

Die *estampie real*[52] spielen sie so gekonnt, wie ich es nur je daheim gehört habe. Besonders zu loben ist der Kontratenor, ein hochgewachsener bärtiger Bursche. Gestern abend sang er das Lied *Parti de Mal* so rührend schön, daß vielen von uns die Tränen in die Augen traten, vor allem bei den Worten:

»Ich habe das Böse hinter mir gelassen und mich einem guten Leben zugewendet. Gott hat uns in Seiner Not gerufen, und kein braver Mann darf sich Ihm versagen. Wem Gott die Heimkehr erlaubt, dem werden hohe Ehren zuteil. Wer getreulich geliebt hat, muß die Erinnerung an seine Liebe lebendig erhalten, wo immer er sich auch befindet.«

Solche Augenblicke erinnern uns, mehr noch als die Predigten der Priester, an den Sinn unserer Unternehmung. So lange schon sind wir damit beschäftigt, und so vieles haben wir ertragen, daß wir neue Männer geworden sind, vielleicht nicht besser als bei unserem Aufbruch, aber gewiß anders. Ich denke, bevor wir heimgekehrt sind, wird keiner von uns genau wissen, worin dies Anderssein besteht.

Gegenwärtig denke ich überhaupt nicht an mein Zuhause. Ich hätte auch nicht davon gesprochen, wenn mich nicht Mansur, der gekommen ist, sich um mein Bein zu kümmern, gefragt hätte, ob ich darüber schreibe. Ich sagte ihm, das sei nicht der Fall.

»Schreibt Ihr nie an Eure Gemahlin, Effendi?« fragte er, als er den Verband abnahm. »Die englischen Seeleute könnten Euren Brief mitnehmen.«

Die Frage schmerzte mich. Zwei Jahre lang habe ich ihr nicht geschrieben, obwohl es anderen Männern gelungen ist, Mitteilungen nach Hause zu schicken. Der einzige Brief, den ich von ihr bekommen habe, hat mich in Verzweiflung gestürzt.

»Vielleicht sollte ich das tun«, sagte ich.

»Ihr zürnt ihr?« Die Wunde war mit Schorf bedeckt, sonst aber in gutem Zustand. »Schmerzt das, Effendi?« fragte Mansur, während er das Fleisch um sie herum knetete.

»Weniger als zuvor«, gab ich zur Antwort. »Ja, ich habe ihr gezürnt, tue es jetzt aber nicht mehr.«

»Das ist gut«, sagte er. »Es kommt kein Eiter mehr, nur ein wenig klare Flüssigkeit, wie Tränen. Ein gutes Zeichen.« Ich dankte ihm für seine Fürsorge. Während er meinen Oberschenkel mit einem weichen Schwamm wusch, dachte ich zum ersten Mal nach Wochen ganz bewußt an Jehanne. »Ihr gestattet?« fragte Mansur. Ich schrak aus meiner Träumerei hoch und sah hin.

»Selbstverständlich«, gab ich zur Antwort. Ich zog den Waffenrock zurück, und er wusch meine Lende oberhalb der Wunde. Seit den Tagen meiner Trinkexzesse im Hafen hatte ich keine Erektion mehr gehabt, von nächtlichen Ergüssen abgesehen. Während Mansur den Schwamm vorsichtig über meine Haut gleiten ließ, spürte ich, wie sich undeutlich etwas regte. Mir ging auf, daß ich seit über zwei Jahren keine zärtliche Berührung mehr empfunden hatte. Länger als ich mich erinnern kann, habe ich keine sanften Finger gespürt, bin nicht geliebkost, nicht gestreichelt worden wie ein Mann, der geliebt wird.

Unwillkürlich seufzte ich auf und legte den Kopf nach hinten. Ohne darauf zu achten, fuhr Mansur fort. Was kann ein solches Geschöpf von erhabener Liebe wissen? Und was kann er von der Schuld der Liebe wissen, die sie zur Erde hinabzieht und dort mit Leidenschaft verkettet? Was weiß ich von der Liebe, der ich sie nie gespürt habe, außer in meinen Lenden?

Ja, ich habe Gott geliebt. Doch er ist ein Traum, ein Wunsch, eine Überhöhung. Man kann Gott mit der Seele lieben, aber der Geist bleibt Gefangener des Körpers, und der Körper Sklave der Fleischeslust. Zwar ist die Seele Gott, auch kommt die Liebe von Gott, doch der Mensch selbst bleibt davon ausgenommen, ein Fremdling, allein zwischen Himmel und Erde.

Solche Gedanken riefen Mansurs Verrichtungen in mir wach. Kann ein Mensch wahrhaft im Fleisch lieben? Kann die Seele Fleisch werden? Kann man seine Seele ganz und gar mit der eines anderen verschmelzen? Oder sind wir dazu verdammt, im Gefängnis unseres Leibes zu schmachten und derweil an den Wänden zu kratzen, um Licht hereinzulassen, den Liedern von draußen zu lauschen, deren Sänger wir nicht sehen?

»Ihr seid traurig, Effendi«, sagte Mansur.

Ich sah auf sein faltiges Gesicht unter dem Turban. »Ich bin einsam«, gab ich zur Antwort.

Er blickte kurz zu mir hoch. Nur selten sieht er mir in die Augen. Mit einem nochmaligen »Ihr gestattet« zog er mir den Waffenrock vorsichtig wieder hinab. Er erhob sich, um zu gehen.

»Mansur«, sagte ich. Er wandte sich mir zu. »Ich will meiner Gemahlin schreiben. Du wirst dem englischen Kapitän den Brief bringen.«

Er verneigte sich. »Sehr wohl, Effendi«, sagte er und ging hinaus.

Den sechsten März

Mein Lehnsherr hat uns zusammengerufen, um uns zu sagen, daß die Angriffe der Türken auf unsere Nachschubtransporte inzwischen jedes erträgliche Maß übersteigen. Sie lassen sich keine Gelegenheit entgehen, Versorgungstrupps abzufangen, die vom Hafen kommen. Sie schneiden den Seeleuten die Kehle durch und machen sich mit der Ladung aus dem Staub. Sie überfallen uns am hellichten Tag und bedienen sich dazu oft einer List. Sie tragen Kleidungsstücke, die sie von uns erbeutet haben, wenn sich sich nicht gar als Mönche verkleiden. All das kann nur bedeuten, daß in der Stadt Hunger herrscht.

Daher hat mein Lehnsherr den Befehl erteilt, am Flußufer einen Turm zu errichten, der die von Sankt Simeon kommende Straße schützen soll. Bis er fertig ist, soll die Bewachung der Transporte verdoppelt werden. Er hat überdies erklärt, er selbst werde sich an die Spitze des Trupps stellen, der den Transport der Belagerungsmaschinen von den englischen Schiffen hierher schützt. Ihr Verlust wäre das Ende unserer Hoffnungen auf den Angriff, der im Frühjahr erfolgen soll.

Den neunten März

Es ist eine Zeit der Unsicherheit. Am Morgen nach meiner letzten Eintragung ist mein Lehnsherr mit vierzig Rittern zum Hafen gezogen, um die Belagerungsmaschinen zu holen. Bohemund bestand darauf, ihn mit zwanzig Rittern zu begleiten. Vermutlich traut er ihm nicht. Bis Mittag war noch nichts von den unsrigen zu sehen. Dann, etwa eine Stunde danach, kam ein Bote herbeigaloppiert und rief, die Belagerungsmaschinen seien einer starken türkischen Streitmacht in die Hände gefallen, die den Transport überfallen habe, und Bohemund wie auch Graf Raimund seien tot.

Bei diesen Worten wurde mir kalt ums Herz. Mein Lehnsherr tot, und Bohemund ebenfalls? Ich befahl Mansur, Fatana zu satteln, und ohrfeigte ihn, als er zögerte zu tun, was ich ihn geheißen hatte. Er schlich davon und kehrte mit dem Pferd zurück, doch empfand ich kein Mitleid mit ihm; all meine Gedanken waren bei meinem Lehnsherrn. Mansur half mir in den Sattel. Ich nahm mir nicht einmal die Zeit, Kettenhemd oder Kettenhaube anzulegen, ergriff Schwert und Schild, riß eine der Lanzen aus dem Ständer und stieß zu den anderen Männern, die gerade zum Hafen aufbrachen.

Uns bot sich ein fürchterliches Bild. Zu Dutzenden lagen Ritter tot oder verwundet neben der Straße. Ohne den Schritt unserer Tiere zu verlangsamen, setzten wir den Türken nach, die im Begriff standen, die Belagerungsmaschinen zum Sankt-Georgs-Tor zu schleppen. Von den Wällen deckte man uns mit Pfeilen ein, doch waren wir außer Schußweite, und so gingen diese unter ihren eigenen Leuten nieder, was deren Vorankommen weiter verlangsamte.

Wie von Sinnen vor Wut und wie betäubt galoppierte ich den anderen Berittenen voraus auf die Türken zu. Als sie uns kommen sahen, stellten sie sich zum Kampf. Einige waren mit Lanzen bewaffnet, die meisten aber mit Kurzschwertern. Ich senkte meine Lanze gegen den mir zunächst stehenden Mann und durchbohrte ihn. Sie zersplitterte, als er fiel, und so schmerzhaft preßte sich mir die Griffglocke in die Rippen, daß ich um ein Haar aus dem Sattel gestürzt wäre. Den abgebrochenen Schaft zu Boden werfend, trieb ich mein Pferd zwischen die Türken.

»Die Maschinen!« rief jemand. »Rettet die Maschinen!« Ich achtete nicht darauf. Einem Türken spaltete ich mit dem Schwert die Wange, einen anderen traf ich unter dem Kinn und schlitzte ihm die Kehle auf. Ein Speer glitt von meinem Bein ab. Ich wandte mich um und sah, daß der Mann erneut zum Stoß ansetzte. Ich trat nach ihm und spürte einen fürchterlichen Schmerz im Bein. Er ging zu Boden, und ich ritt ihn nieder.

Inzwischen beteiligten sich mehrere hundert Männer am Kampf, doch nicht nur kamen immer mehr Türken aus der Stadt ihren Gefährten zu Hilfe, inzwischen waren wir auch so nahe herangekommen, daß wir den Bogenschützen auf den Wällen ein Ziel boten. Mittlerweile war Herzog Gottfried ebenfalls eingetroffen und machte sich sogleich daran, die Brücke zum Stadttor zu besetzen, damit niemand mehr herausgelangen konnte. Es war ein heißer, schwerer Kampf. Statt mit kühler Umsicht kämpfte ich voll blinden Eifers, darauf bedacht, so viele Türken wie möglich zu töten. Mich trieb die Wut; mir war, als hätten sie meinen Vater getötet – nun sollten auch sie umkommen.

Als ich erkannte, daß der Feind dem Tor zustrebte, rief ich den anderen zu, ihm den Weg zu verlegen. Wir umritten die Türken und machten ihnen die Rückkehr unmöglich. Gänzlich von uns umschlossen, waren sie nicht nur von jeder Verstärkung abgeschnitten, sie hatten auch die Maschinen im Rücken, deren sie sich hatten bemächtigen wollen, so daß sie nicht ausweichen konnten. Immer enger trieben wir sie in den Kreis hinein. Schon freute ich mich auf das Gemetzel.

Just da vernahm ich einen Ruf hinter mir. Ich wandte mich um und erblickte – ein Wunder! An der Spitze einer Handvoll Ritter sprengte mein Lehnsherr in vollem Galopp herbei, barhäuptig, mit wehendem weißem Haar. Neben ihm ritt Bohemund, der wutschnaubend etwas rief. Sie stießen zu uns, und nach Ablauf einer Stunde lebte keiner der Türken mehr, die sich außerhalb der Stadt gewagt hatten.

Freudestrahlend und zugleich erschöpft ritt ich auf Graf Raimund zu. Mit einem mißbilligenden Blick rief er mir zu: »Ihr solltet nicht im Sattel sitzen, Roger.« Ich gab zur Antwort, daß ich ihn für tot gehalten hatte. »Desto mehr Grund, Euch selbst zu schonen«, entgegnete er.

Gemeinsam kehrten wir ins Lager zurück. Sogleich wurden von dort Männer ausgeschickt, die Maschinen zu holen. Zwar hatten wir über hundert Ritter verloren, doch belief sich die Zahl der gefallenen Türken sowie der Verwundeten, die rasch getötet wurden, auf eintausenddreihundert.

Mein Lehnsherr begleitete mich zu meinem Zelt, wo sich Mansur um mich kümmerte. Meine Wunde war wieder aufgebrochen, und er sorgte sich wie eine liebende Gattin darum. Er behauptete, ich hätte die Früchte all seiner Mühe zunichte gemacht. Es war mir gleich. »Sieh nur, er lebt«, sagte ich, auf meinen Lehnsherrn weisend. »Er ist von den Toten zurückgekehrt. Wir sind nicht verwaist.«

Mansur führte mich in mein Zelt und half mir, mich niederzulegen. Ich war benommen, aber glücklich. Das Blut hatte meine Beinlinge getränkt, und als er sie abzog, löste sich der Wundschorf hörbar. Nichts davon kümmerte mich. Mein Lehnsherr war in Sicherheit, und ich war wohlgemut, obwohl ich ein halbes Dutzend Männer getötet hatte.

In jener Nacht entstand Unruhe im Lager. Ich trat hinaus, um nachzusehen, was es gebe. Überall standen Männer, die durch die Dunkelheit zu der Stelle hinüberspähten, wo die Schlacht stattgefunden hatte. Anfangs glaubte ich Gespenster zu sehen, denn Schatten bewegten sich verstohlen über die Straße zum Sankt-Georgs-Tor. Man hörte keinen Laut. Erst zogen einzelne Schatten zwischen den Toten umher, dann waren es Dutzende, und schließlich wurde ihre Zahl immer größer. »Räuber?« fragte ich einen Mann, der in meiner Nähe stand.

Den Kopf schüttelnd sagte er: »Freunde«.

Es stimmte. Die Türken hatten Leute ausgeschickt, um ihre Toten beizusetzen, und keiner von uns brachte es über sich, ihnen Einhalt zu gebieten. Bis zum Morgengrauen war jeder einzelne der von uns gezählten eintausenddreihundert Toten beerdigt. Die ritterliche Haltung unserer Männer scheint mir bemerkenswert, haben sie doch die Türken, die ohne ein Geräusch ihre Arbeit taten, die ganze Nacht unbehelligt gelassen. Vielleicht entwächst all diesem Kämpfen doch noch etwas Gutes, dachte ich. Möglicherweise haben wir Fremdlinge, die wir so wenig gemeinsam haben, einander zu achten gelernt.

Im Laufe des Tages allerdings machten Gerüchte die Runde, der Türke habe die Gewohnheit, seinen Toten Silber und Gold mit ins Grab zu geben, und so machten sich in der folgenden Nacht Leichenfledderer aus unseren Reihen über die Gräber her. Am nächsten Morgen sah man allenthalben Arme, Beine und Köpfe aus der weichen Erde ragen, und was ich als heilige Stätte angesehen hatte, war mit einem Mal ein Kehrichthaufen von Illusionen.

Den fünfzehnten März

Die Belagerungsmaschinen, die so viele Menschenleben gekostet haben, werden gegenwärtig zusammengefügt. Auch der Belagerungsturm meines Lehnsherrn ist nahezu fertig. Wir errichten ihn auf einem Hügel nahe einer Moschee. Die griechischen Kriegsbaumeister wollten das Gotteshaus der Türken zerstören und die Steine verwerten, aber mein Lehnsherr hat den Befehl erteilt, es nicht anzurühren. Unsere Vorräte nehmen weiterhin zu, und das Wetter bleibt schön. Zum ersten Mal seit fünf Monaten, zum ersten Mal seit unserer Ankunft in Antiochia, habe ich Hoffnung.

Wir hatten Besuch. Vor zwei Tagen kam eine Flotte schlanker Schiffe mit bunten, trapezförmigen Segeln in den Hafen geglitten. Als nächstes sahen wir einen Zug halbnackter Nubier, die in einer Sänfte einen ganz in Weiß gekleideten, sehr edel aussehenden Herrn trugen, auf dessen kahlgeschorenem Schädel eine goldene Kappe thronte. Es war al-Afdal der Prächtige, Ägyptens Großwesir und Abgesandter des Knabenkönigs al-Mustali. Keiner von uns hatte je von ihm gehört. Unsere Heerführer begrüßten ihn mit allem Pomp und großer Ehrerbietung, haben uns doch die Griechen versichert, al-Afdal sei in seiner Heimat von außerordentlicher Bedeutung und genieße unter den Heiden große Verehrung.

Ohne Umschweife erklärte der Großwesir seinen Auftrag. Er schlug uns ein Bündnis vor, bei dem Ägypten für unser Heer aufkommen und die Kräfte der Türken an den Südgrenzen binden würde. Als Gegenleistung sollten wir den unteren Teil Syriens an Ägypten abtreten. Da dazu Jerusalem gehört, lehnten unsere Heerführer das Ansinnen ab. Allerdings haben wir zum ersten Mal den Eindruck gewonnen, daß man mit den Muselmännern vielleicht doch Verträge schließen kann.

Bisher waren sie uns alle als gleich erschienen. Durch diesen Ägypter ist uns klargeworden, daß es auch bei ihnen Unterschiede gibt, ganz wie unter uns Christen. Wir hatten angenommen, alle Moslems würden um des gemeinsamen Glaubens willen die Türken unterstützen; jetzt haben wir Grund zu der Annahme, daß es unter ihnen Rivalitäten gibt, die auszunutzen der Mühe wert sein könnte.

Diese Erkenntnis kommt gerade zur rechten Zeit, denn seit einigen Wochen sind Gerüchte im Umlauf, denen zufolge ein mächtiger Sultan namens Ker-boga im Osten Heere aufstellen soll, um Antiochia zu entsetzen.[53] Ihre Bestätigung erhielten sie zum einen durch Tankred, der wieder zu uns gestoßen ist, aber auch durch Spione, die Bohemund in die Hände gefallen sind. Man munkelt, daß die Welt des Islam einen heiligen Krieg vorbereite, um uns zu vernichten, und dazu Truppen aus so fernen Gegenden wie Persien und Mesopotamien zusammenziehe.

Daher hat Bischof Adhémar eine Abordnung an den Emir in Damaskus und an die Führer der Türken in anderen Städten im Süden geschickt, die sie zu neutralem Verhalten veranlassen soll. Im Gegenzug versprechen wir, ihnen nicht zu schaden und auf ihrem jeweiligen Gebiet ihre Rechte zu achten. Sollte es uns gelingen, einen Keil zwischen diese Heiden zu treiben, würde das unsere Aufgabe gewißlich vereinfachen. Ich bedaure nur, daß wir nicht schon früher darauf verfallen sind.

Ich bin jetzt fast ein Krüppel und an mein Zelt gefesselt. Da Mansur es gesäubert und alles daraus entfernt hat, was den Winter über zum Wärmen diente, ist mir der Aufenthalt darin recht angenehm. Ganze Tage verfolge ich, auf dem Rücken liegend, den Fortgang unserer Vorbereitungen zum Sturmangriff. Während ich auf meine Wiederherstellung warte, merke ich, daß ich im Heer viele Freunde habe. Immer wieder kommen sie herüber, um mit mir zu plaudern. Nicht nur die Deutschen waren bei mir, mit denen ich am Hafen umhergezogen bin – ich gestehe, daß mir ihr Besuch die Schamröte ins Gesicht getrieben hat –, auch Landry Gros und sein Hauptmann Fulk Rechin aus dem Lager der Normannen.

Bernard und Gérard kümmern sich ebenfalls um mich. Sie bringen mir »Aufmerksamkeiten«, wie sie es nennen, allerlei Unsinn von Leckereien bis zu Kinderspielzeug. Sie haben sich grundlegend gebessert und danken es mir, daß ich sie in die Zucht genommen habe. Ich denke nicht mehr an die ganze Sache und habe ihnen das auch gesagt. Bernard hat mir versichert, er wolle heiraten und sich dem Handel zuwenden, sobald wir Jerusalem erreichen. Gérard spricht immer wieder betont von seiner Frau. Es sind brave Männer, und wie alle braven Männer haben sie aus ihrem Fehltritt gelernt. Auch sind sie nicht abtrünnig geworden, wie so viele andere, worin ich ein Zeichen der Achtung mir gegenüber sehe. Vielleicht habe ich auf unserer Pilgerfahrt doch etwas Gutes bewirkt.

Den neunzehnten März

Am Fest des heiligen Joseph

Gestern abend gab es ein Schauspiel, das sich hoffentlich nicht wiederholt. Bohemund führte uns die von ihm gefangenen Spione vor, acht zerlumpte, ängstlich dreinblickende Gesellen, die stark unter Prügeln und Hunger gelitten haben. Die meisten sind Armenier im Dienste der Türken, einer ist Grieche, und die Eltern eines anderen entstammen zwei verschiedenen Völkern. Vermutlich hat Bohemund aus ihnen alles herausgeholt, was sich von ihnen erfahren ließ; sie scheinen Dschagaschan über unsere Zahl, Stellung, Stimmung, Pläne und sogar unsere Namen und Herkunft berichtet zu haben. Diese Angaben, erklärte Bohemund, sind an Kerboga weitergeleitet worden, um diesen bei der Vorbereitung seines Angriffs auf uns zu unterstützen.

Selbstverständlich waren unsere Krieger aufgebracht und verlangten den Tod der Spione. Allerdings war Bohemund ihnen schon zuvorgekommen. Man hat sie zu einer Erdgrube geführt, in der etliche Feuer brannten. Unter dem Jubel unserer Männer wurden sie auf Spieße gesteckt und bei lebendigem Leibe gebraten. Es war ein entsetzlicher Anblick, und ich wandte mich ab, doch dem Geruch konnte ich nicht entfliehen. Er hing geradezu greifbar in der Luft, und ich mußte schnauben, um ihn aus der Nase zu bekommen. Angeblich haben einige unserer Männer vom Fleisch der Unglücklichen gegessen. Bohemund hat mir versichert, künftig werde niemand mehr unser Heer auszuspähen versuchen; ich neige dazu, mich dieser Einschätzung anzuschließen.

An diesem Tag, der dem Gedenken an den Vater Unseres Erlösers gewidmet ist, wenden sich meine Gedanken meinem leiblichen Vater zu. Ich werde zur Messe gehen und beten, er möge Gott, an dessen Thron er steht, darum bitten, daß ich mich seines Andenkens würdig erweise. Ich bemühe mich um Besserung. Ich habe mich nicht mit Weibern abgegeben, halte meine unzüchtigen Gedanken im Zaum und versuche, in meinem durch die Ereignisse ins Wanken geratenen Glauben fest zu werden. Wegen der Männer, die ich getötet habe, erlege ich mir meine eigene Buße auf, da der Priester bei der Beichte nicht bereit ist, ihre Tötung überhaupt als Sünde anzusehen. »Es sind Heiden«, sagte er, »und sie haben keine Seele.« Das ist möglich, aber ich habe eine, und spät in der Nacht schmerzt sie um meiner Taten willen.

Den ersten April

Ich habe Mansur den Auftrag gegeben, sich um mein Pferd zu kümmern, solange ich nicht völlig wiederhergestellt bin. Anfangs wollte er es nicht bewegen, aber ich habe darauf bestanden, daß er es täglich tut. Voll Staunen sehe ich, wie gut er zu Pferde sitzt, geradeso als hätte man ihn von Kind auf dazu erzogen. Ich vermute, daß sein Volk die Reitkunst beherrscht – dabei habe ich nach wie vor keine Vorstellung davon, welchem Volk er angehört. Obwohl mir dieser Mann seit nahezu einem Jahr dient, weiß ich so gut wie nichts über ihn.

Unsere Abgesandten sind zurückgekehrt; was sie zu sagen haben, ist enttäuschend. Auch wenn keiner der Emire besonders darauf erpicht schien, Antiochia zu Hilfe zu eilen, war keiner von ihnen bereit, sich zu neutralem Verhalten zu verpflichten. Bessere Nachrichten hingegen sind aus dem Norden gekommen. Alexios ist mit einem großen Heer hierher unterwegs, um uns zu unterstützen.

Diese Nachricht ist um so willkommener, als die Gerüchte nicht verstummen wollen, Ker-boga ziehe bei Mossul eine große Zahl von Streitern zusammen. Diese Nachrichten wiederholen sich so regelmäßig und sind so glaubwürdig, daß sie sich auf die Männer auszuwirken beginnen. Manche sagen, das Türkenheer umfasse dreißigtausend Köpfe, während unsere eigene Streitmacht in der Zwischenzeit auf rund zweitausend Ritter und achtzehntausend Mann Fußvolk geschrumpft ist. Von den Rittern besitzen keine fünfhundert mehr ein Schlachtroß, und daher haben wir zu Balduin nach Edessa um Pferde schicken lassen und kaufen jedes Reittier in der Umgebung auf.

Ich danke Gott, daß Er Fatana so lange beschützt und bewahrt hat. Jetzt, da es wieder mehr Futter gibt und sie regelmäßig bewegt wird, nähert sie sich wieder ihrem früheren Zustand. Ihre Flanken sind gerundet, ihr Auge blickt klar, ihr Fell glänzt, auch die einstige Lebhaftigkeit und Klugheit sind zurückgekehrt. Noch heute morgen hat sie den Kopf in mein Zelt gesteckt, um mich zu wecken und sich nach meinem Wohlergehen zu erkundigen. Ich beteuerte ihr, daß es mir gutgehe und ich sie bald schon in vollem Galopp in den Hügeln und auf der Ebene vor Antiochia auf die Probe stellen werde. Sie tat diese Herausforderung mit einem kurzen Schnauben ab und machte sich mit Mansur auf den Weg.

Jetzt ist der Frühling wahrhaft gekommen. Feldblumen blühen im Lager, der Blick zum Hafen hinab ist herrlich, und die Männer machen den Eindruck, als sei ein schweres Gewicht von ihnen genommen. Viele sind noch halbe Jungen, und der Frühling lockt in ihrem Blut. Doch der Bischof von Le Puy hat strengen Befehl gegeben, daß keine Frauen ins Lager dürfen. Eine Dirne, die neulich nachts in Ausübung ihres Gewerbes gefaßt wurde, hat man nackt mit dem Kopf nach unten aufgehängt. Jeder ist gekommen, sich das abschrekkende Beispiel anzusehen, auch die Priester.

Den zwölften April

Es hat heftig geregnet, und die Gräben im Lager füllen sich erneut. Das ist stets äußerst unangenehm, denn immer wieder werden Körperteile ins Lager herabgespült, was die Männer in trübe Stimmung versetzt. Als ich heute morgen erwachte, fand ich einen Arm mitsamt der Schulter daran in dem kleinen Wasserlauf vor meinem Zelt. Er lag da, hatte sich mit den Fingern im Schlamm verhakt, und das Schulterblatt, aus dem der abgetrennte Knochen herausragte wie bei einer Tierkeule, schwang in der Strömung hin und her. Einen Augenblick lang überlegte ich, wem er gehören könnte, dann trat ich ihn los und sah ihm nach, wie er dem Fluß entgegentrieb.

Die Regenfälle haben den islamischen Friedhof auf den Höhen oberhalb der Stadt fast vollständig weggewaschen, und dem Hügel sind Skelette entsprossen, deren Knochen täglich bleicher werden. Manche schimmern im Mondlicht wie die auf dem Paß von Nikäa. Es ist ein schreckliches Leuchten, das den Blick auf sich zieht, ganz gleich, wie sehr man sich bemüht, nicht hinzusehen.

Heute nacht bin ich voll Trübsinn und sollte wohl nicht weiterschreiben, weil mich sonst alles zu sehr niederdrücken würde. Lieber möchte ich diese ruhige Nacht genießen, vor allem den Duft, den der Windhauch von dort herüberweht, wo das erste Gras wächst. Er ist so lieblich, daß er den Leichengeruch fast überdeckt.

Es heißt, daß sich Kaiser Alexios in Doryläon aufhält – er kommt nur langsam voran –, und von Ker-boga munkelt man, er ziehe in Richtung Edessa. Wenn Balduin scheitert und die Straße nach Antiochia frei daliegt, stellt sich die Frage, wer zuerst hier sein wird: der Basileus oder der Türke. So oder so, die Entscheidung über unser Geschick rückt näher.

Ostersonntag

Die Predigt des Priesters Raimund von Agiles hat im Lager für Unruhe gesorgt. Er, sonst so sanft und mitunter sogar mystisch, war heute morgen übel gelaunt. In letzter Zeit, erklärte er, habe es zuwenig Wunder gegeben, und das wiederum liege an unserer Kleingläubigkeit. Tatsächlich haben Männer von Wundern berichtet. So hat angeblich unter anderem eine Gans gesprochen, Heiligenfiguren sollen geblutet oder geweint haben und Wunden durch das bloße Auflegen von Reliquien geheilt worden sein. Außerdem haben wir jüngst nach dem Erdbeben den Lichtschein am Himmel gesehen, von dem ich berichtet habe.

Selbst miterlebt habe ich von all diesen Wundern nur das letztgenannte. Ich bin fest überzeugt, daß jener Lichtschein aus den Seelen unserer Toten bestand, die zum Himmel aufstiegen. Was die anderen, meist harmlosen, Wunder betrifft, bin ich sicher, daß sie der Phantasie entsprungen sind. Dennoch halten die Männer große Stücke auf sie.

»Meist harmlos« sage ich, weil ich nicht vergessen kann, wie man Balduins Töchterchen in den Tagen, da sie im Sterben lag, Wunderkräfte zusprach. Die Priester haben sie zu ihren Zwecken ausgenutzt und die Krieger sie keinen Augenblick in Frieden gelassen. Später habe ich erfahren, daß man ihren Leichnam ausgegraben und in Stücke gerissen hat, um an Reliquien zu gelangen. Ein so schwunghafter Handel mit Kinderknochen wurde im Lager getrieben, daß zum Schluß im Umkreis von vielen Meilen kein kleines Kind seines Lebens sicher sein durfte. Selbst Bischof Adhémar war höchst aufgebracht und hat gedroht, jeden Krieger aus der Gemeinschaft der Gläubigen auszuschließen, der mit dem Körperteil eines Kindes angetroffen wird.

Bei seiner Unterredung mit den Edelleuten, die heute morgen nach der Messe stattfand, hat er die Aussage Raimunds von Agiles unterstützt und erklärt, wir müßten mit größerem Nachdruck um Wunder beten, da sie Beweise für Gottes Gunst und geeignet seien, die Stimmung der Männer zu heben. »Ich möchte mehr Wunder!« sagte er. »Es ist mir gleichgültig, welcher Art sie sind oder wie sie zustande kommen.« Wir verließen ihn ziemlich ratlos, denn nichts auf unserem Lebensweg als Edelleute und Krieger hat uns darauf vorbereitet, Wunder zu wirken.

Noch mehr freilich hat mich in der Predigt des Priesters Raimund dessen Mitteilung bestürzt, daß er alle Wunder sorgfältig in seinem Tagebuch verzeichne. Hier erfuhr ich zum ersten Mal, daß außer mir und dem abtrünnigen Priester Fulcher noch jemand ein solches Buch führt. Abtrünnig nenne ich ihn, weil er sich mit Balduin aufgemacht hat und nicht zurückgekehrt ist. Solange er bei uns war, hat er sich herrisch und hochmütig gebärdet und uns sogar mit seinem Buch gedroht. Er hat behauptet, wir würden in alle Ewigkeit als Halunken gelten, wenn er das nur wolle. Mit Ausnahme der Heiligen Schrift weiß ich von keinem Buch, das ewige Gültigkeit hat, und daher nehme ich an, daß sich Fulcher mit deren Verfasser vergleicht.

Ich bin versucht, den Priester Raimund aufzusuchen und ihn zu bitten, daß er mir sein Tagebuch zeigt. Doch ist er sonderbar geworden. So sehr scheint er auf das Jenseits ausgerichtet, daß man kaum noch mit ihm sprechen kann. Er hat kein Wetterdach, sondern sitzt Tag und Nacht, ob es regnet oder nicht, mit untergeschlagenen Beinen und ausgestreckten Armen auf einem Erdhügel. Meist spricht er in Zungen, und er riecht so übel, daß man es nur mit Mühe in seiner Nähe aushält. Niemand beichtet mehr bei ihm, denn man muß sich derart weit entfernt von ihm niederknien, daß man sich ihm nur brüllend verständlich machen kann, und alle Umstehenden hören, welche Sünden man beichtet. Sein Bart ist sehr lang und wimmelt, wie seine Kleidung, von Ungeziefer. Es heißt, er sehne sich nach Christi Wundmalen, und manche schwören, sie hätten sie schon an ihm gesehen. Aber er ist so dürr und gebrechlich, daß er wohl kaum genug Blut im Leibe haben dürfte, um es an Händen, Füßen und der Seite austreten zu lassen.

Es war sehr lehrreich, bei dieser Pilgerfahrt Tag für Tag mit geistlichen Herren zusammenzusein. Zu Hause waren sie uns zwar vertraut, aber von uns geschieden, ein Klasse für sich, beinahe andere Wesen. Als Kind war ich überzeugt, es gebe unter den Menschen vier Geschlechter: Männer, Frauen, Priester und Nonnen. Man lehrt uns ja auch in der Kindheit, sie zu verehren. Das ist ihren Zwecken sehr dienlich, erwerben sie damit doch eine Art von Adel, mögen sie nun in ihn hineingeboren sein oder nicht.

Seit ich jedoch mit ihnen auf dem Marsch und im Lager zusammengelebt habe und in allen Lebenslagen, von der Schlacht bis zur Erledigung täglicher Aufgaben, Zeuge ihres

Verhaltens geworden bin, sehe ich sie anders. In allererster Linie sind sie Menschen wie ich, mit ihren Stärken und Schwächen, die durch ihre erhabene Stellung noch verstärkt werden. Die schlimmsten unter ihnen sind Heuchler, Feiglinge und Schurken. Die besten sind einfach brave Männer, die einem im Kampf zur Seite stehen und sich in christlichem Mitempfinden gemeinsam mit dem Verzweifelten auf die Knie werfen, statt den feinen Mann zu spielen. Für einen solchen braven Mann hatte ich Bischof Adhémar gehalten, bis er die Maske fallenließ, und ebenso dachte ich über Raimund von Agiles, bis er sich zu dem sonderbaren Heiligen gemausert hat, als den wir ihn mittlerweile kennen. Sie haben mich getäuscht.

In jüngster Zeit allerdings habe ich einen Priester gefunden, der wohl wert ist, das geistliche Gewand zu tragen, und so beichte ich seit einiger Zeit bei ihm. Frey Alfonso ist Spanier; er kommt aus dem Kloster von Ripoll. Einst war er Grundherr und Krieger und hat an den Feldzügen gegen die Mauren teilgenommen. Eine purpurrote Narbe im Gesicht und eine fehlende Ohrmuschel werden ihn wohl sein Leben lang daran erinnern. Er gibt sich schlicht und offen, redet wenig, doch was er sagt, hat Hand und Fuß. Kurz, er scheint ein wahrer Gottesmann zu sein.

Frey Alfonso spricht unsere Sprache gut, denn seine Aufgaben hatten ihn oft nach Montpellier geführt. So haben wir abends im Lager viel und lange miteinander geredet. Er ist Kaplan bei Diaz, dem Hauptmann der spanischen Ritter, und in erster Linie für die Frömmigkeit und Rechtschaffenheit zuständig, welche diese während unserer Unternehmung an den Tag gelegt haben. Er dürfte um die vierzig Jahre alt sein, hat eine volltönende Stimme und lang wallendes ungeschorenes Haar. Er trägt einen Waffenrock und unterscheidet sich lediglich durch das schlichte Holzkreuz, das er um den Hals trägt, von einem gewöhnlichen Krieger im Fußvolk.

Bei seinem ersten Besuch in meinem Zelt fragte er mich, nachdem Mansur uns bedient und dann verlassen hatte, nach meinem Diener. Ich sagte ihm, was ich kurz zuvor erfahren hatte: daß Mansur, wie ich schon vermutet hatte, Tscherkesse sei, der lange in Syrien gelebt habe, dort die türkische Lebensweise und einen türkischen Namen angenommen habe, mehrere Sprachen spreche und vielerlei Berufe ausgeübt habe, auch daß er – seine eigenen Worte – keine Angehörigen habe außer mir.

Frey Alfonso nickte und sagte dann: »Seine Augen sind braun.« Ich erklärte, das sei mir nicht als ungewöhnlich aufgefallen. »Gewöhnlich haben Tscherkessen blaue Augen«, fuhr er fort. »Es kann aber sein, daß seine Eltern unterschiedlichen Völkern angehörten. Er spricht ausgezeichnet Provenzalisch. Habt Ihr ihn je seine Muttersprache sprechen hören?« Das mußte ich verneinen. »Sie heißt Adigisch und soll sehr wohlklingend sein. Die Tscherkessen sind für ihre Lieder berühmt. Ihr müßt ihn einmal bitten, Euch etwas vorzusingen.«

Dann führten wir unser Gespräch über meine Gemahlin fort, das wir vor einiger Zeit begonnen hatten. Frey Alfonso schloß sich Mansurs Meinung an, daß ich ihr schreiben müsse, und erklärte: »Sie ist nicht gottlos, wohl aber lasterhaft. Das ist bei den europäischen Frauen nichts Ungewöhnliches, und viele Männer leiden darunter. Wollt Ihr sie verstoßen?«

Ich gab zur Antwort, daß ich mich nicht entscheiden könne.

Nach einigem Nachdenken sagte er: »Euch gereicht es zum Vorteil, daß diese heilige Pilgerschaft Eure Seele läutert. Sie hingegen hat nichts dergleichen. Möglicherweise verharrt sie ohne Eure Anleitung und Vergebung im Irrtum. Ihr Hilfe vorzuenthalten wäre unchristlich. Sollte sie anschließend in der Sünde fortfahren, mögt Ihr sie vor Gott und dem Gesetz verstoßen, so das Euer Wunsch ist. Doch vergeßt nicht«, fügte er hinzu, wobei er mahnend einen Finger hob, »daß Ihr in dem Fall nie wieder ein Weib nehmen dürft, solange sie lebt.«

Ich habe einen Brief an Jehanne geschrieben und Mansur damit zum Kapitän der britischen Flotte geschickt. Es war eine lange und mühselige Aufgabe, und ich habe viele Male neu angefangen und das Geschriebene wieder zerrissen.

Ich habe ihr mitgeteilt, daß mich Zweifel an ihrer Treue quälen, und verlangt, daß sie mir die Wahrheit sagt. Sofern mein Verdacht stimme, sei ich bereit, ihr zu verzeihen, falls sie ihre verbotene Beziehung beendet, sie beichtet und meine Mutter und Schwester um Verzeihung bittet, denn ihnen habe sie damit Schande bereitet. Außerdem habe ich sie angewiesen, täglich mit dem Priester zu sprechen, der sie darin bestärken wird, sich tadelsfrei zu verhalten, bis ich zurückkehre – immer vorausgesetzt, daß Gott mir diese Gnade erweist. Wenn sie all das tue, habe ich weiterhin geschrieben, würde ich in der Angelegenheit kein Wort mehr verlieren und mein gemeinsames Leben mit ihr wieder aufnehmen, freilich ohne geschlechtliche Beziehung zu ihr, versteht sich. So sie sich meinen Wünschen entgegenstelle, schloß ich, würde ich sie ohne Anspruch auf Versorgung verstoßen.

Es ist ein hartes Urteil. Mir ist durchaus klar, was eine Scheidung für sie bedeutet. Ohne eigene Familie und ohne das Recht, erneut zu heiraten, wäre sie zur Mittellosigkeit verdammt, vielleicht sogar zum Tode. Aber in solchen Dingen muß Eindeutigkeit herrschen, sonst wird die Ehe zum Kerker, in dem Mann und Frau stumm, mißtrauisch und voller Groll in engster Nachbarschaft leben müssen.

In Wahrheit möchte ich sie nicht verstoßen, denn ich habe nicht den Wunsch, allein zu leben. Außerdem empfinde ich eine Neigung für sie, die mit der Entfernung und der Zeit zärtlicher und stärker geworden ist. Es ist eine Sehnsucht, die weniger mit Fleischeslust als mit dem Gefühl zu tun hat, das ein Bruder für seine Schwester oder ein Vater für sein Kind empfinden mag. Da die Wollust in mir erstorben ist, begehre ich sie jetzt als Gefährtin, als Menschen, den ich schon lange kenne und der mich schon lange kennt.

Während ich das niederschreibe, frage ich mich: Kann das stimmen? Würde es sich so verhalten, wenn ich sie wiedersähe und sie wieder berührte? Möglich ist es; ich glaube es jedenfalls. Denn ich bin nicht mehr so sehr auf die fleischliche

Wollust erpicht wie einst, als es unmöglich schien, ohne sie zu leben. Im Augenblick genieße ich die Erinnerung daran. Ohnehin werden wir keine gemeinsamen Kinder haben, wozu sich also schwitzend abmühen? Wenn sich andererseits unsere Ehe einzig auf die Begierde gegründet hatte, worauf sollte ich mich dann freuen, wenn nicht darauf? Was werden wir einander bedeuten, wenn wir diesen Punkt außer acht lassen?

Jehanne ist weder klug noch gebildet, ja sie hat kaum etwas gelernt. Worüber sollen wir miteinander reden? Kann ich mit ihr Gespräche führen wie mit einem Beichtvater oder meinen Gefährten, bei denen es um Gott, den Menschen und die Leidenschaften geht? Nein. Weder glaube ich, daß ich je mit ihr über eine wesentliche Frage gesprochen habe, noch daß ich das wünsche. Warum also sollten wir beisammenbleiben? Warum verstoße ich sie nicht einfach?

Hat es mit Eustache zu tun? Ist er das Bindeglied zwischen uns? Ging nicht seinerzeit die Leidenschaft aus dieser Schuld hervor? Ich habe sie gebeichtet und dafür gebüßt – warum also peinigt diese Schuld mich nach wie vor? Mit eigener Hand habe ich Männer getötet und empfinde darüber weniger Gewissensbisse als um jenen, den ich mit meiner Begierde getötet habe. Ist jetzt die Ehe meine Buße? Kann ich Jehanne deswegen nicht freigeben? Ist sie der Schwamm, der meine Sünde in sich aufsaugt, oder, wie Alfonso sagte, mein Kreuz?

Unwillkürlich wandert mein Blick zu meiner Schulter mit dem scharlachroten Kreuz, das sie aufgenäht hat. Inzwischen ist es verblaßt und abgewetzt. Hat sie sich damit selbst in meine Pilgerschaft hineingenäht? Ist meine wahre Pilgerschaft meine Ehe mit ihr, die spärliche Aussicht auf Erlösung? Verdamme ich mich nicht zur Hölle, wenn ich sie auflöse?

Hölle im irdischen Leben mit leiser Hoffnung auf Erlösung, oder Auflösung zu Lebzeiten mit der sicheren Aussicht auf die Hölle. Ist das die Wahl, der ich mich gegenübersehe? Falls ja, was habe ich getan, um dies Schicksal zu verdienen? Gewiß, die Kirche verbietet es, eine Ehe zu scheiden, da uns das zum Tode verdammt, entweder hier oder im nächsten Leben. Am liebsten würde ich Mansur hinterherlaufen und meinen Brief zurückholen. Aber es ist zu spät – er ist abgeschickt. Da es sich so verhält, gebe Gott, daß ich diese Pilgerfahrt nicht überlebe.

Den sechsten Mai

Dem Vernehmen nach hat Ker-boga ein Heer von fünfzigtausend Mann nach Edessa in Marsch gesetzt. Diese Nachricht hat in unserem Lager hellen Aufruhr hervorgerufen. Dem Angriff einer solchen Streitmacht könnten wir unter keinen Umständen standhalten, zumal ein Vorstoß aus der Stadt ihn unterstützen würde. Wir säßen zwischen den Fronten in der Falle und würden zermalmt. Niemand von uns würde am Leben bleiben. Daher haben wir eilends Boten an den Kaiser Alexios geschickt, von dem wir nichts gehört haben, seit er die Ebene hinter Doryläon erreicht hat.

So viele Männer machen sich inzwischen heimlich davon, daß wir sie nicht aufhalten können. Unsere Lage ist so schwierig, daß man eine Beratung einberufen hat, bei der es nicht etwa um die Entscheidung ging, ob wir versuchen wollen zu entkommen, sondern um die Frage, wer bereit wäre, den Befehl bei einem solchen Rückzug zu übernehmen. Keiner der Heerführer meldete sich, weder mein Lehnsherr, noch Herzog Gottfried, Bohemund, Graf Robert von der Normandie oder Graf Robert von Flandern. Lediglich Graf Hugo von Vermandois wäre bereit gewesen, sich bei einem solchen Unternehmen an die Spitze zu stellen, doch hat man ihn als unzuverlässig abgelehnt. Daher wurde für den Fall, daß Edessa verlorengeht, Graf Stephan von Blois als Befehlshaber bei unserem Rückzug bestimmt. Es ist äußerst paradox: Balduin galt als Verräter, dem es ausschließlich um den eigenen Vorteil ging; jetzt ruht auf seinen Schultern die Zukunft unserer ganzen Unternehmung. Haltet stand, Balduin, um unseret- wie um Euretwillen.

Den zehnten Mai

Jetzt geht alles schnell. Dabei ist die Lage denkbar finster. Der Bischof hat jedem, der sich davonmacht, den Kirchenbann und die unaufhebbare ewige Verdammnis angedroht. Zwar verlassen uns seither weniger Männer, aber ganz hat die Absetzbewegung nicht aufgehört. Manch einer fürchtet den Zorn Gottes weniger als den Ker-bogas, von dem es heißt, er habe die in der Nähe Edessas gefangengenommenen Christen entsetzlich verstümmeln lassen. Soweit man erfährt, hat man sie ausgepeitscht, gehäutet, in siedendes Wasser gesteckt oder entmannt. Andere sollen in die Sklaverei verkauft worden sein, wozu man ihnen ein Kreuz auf die Stirn gebrannt habe. Wer ein solches Brandmal trägt, ist Freiwild für jeden, der Hand an ihn legen mag.

Noch nie habe ich unsere Männer so mißmutig gesehen. Wo sie früher nur ein wenig murrten, begehren sie jetzt voll Haß gegen ihre Hauptleute auf. Einzelne sollen sogar schon ihre Befehlshaber angegriffen haben. Ihr Vorwurf lautet, wir hätten sie in eine Falle geführt und einem Traum der Priester aufgeopfert. Die Marseiller, die mir unterstehen, führen sich nicht besser auf. Anfangs habe ich vernünftig mit ihnen zu reden versucht und, als das nichts nützte, ihnen gedroht. Einlenken aber läßt sie ausschließlich die Furcht vor der ewigen Verdammnis. Daher habe ich Frey Alfonso als Krieger und Priester zu ihnen sprechen lassen. Daß sie sich mir nach wie vor fügen, geht zum großen Teil auf seinen Einfluß zurück.

Unterdessen hält sich Edessa zwar, doch gelangen wegen der Belagerung durch die Türken keine Nachrichten von Balduin zu uns. Für heute abend hat Bohemund eine Beratung einberufen. Ich kann mir nicht vorstellen, was er vorschlagen wird, außer daß er die Unternehmung aufzugeben gedenkt. Jetzt sehe ich, daß ich unrecht hatte zu spotten, als der Priester Raimund und Bischof Adhémar Wunder verlangten.

Den elften Mai

Bei der Beratung gestern abend gab es viel Streit. Bohemund erklärte, der byzantinische Kaiser werde keinesfalls weiter vorrücken, sondern abwarten, bis er erfahre, ob wir Antiochia einnehmen oder aber Ker-boga uns vernichtet. Im ersteren Falle werde er im Eilmarsch anrücken, um die Stadt für sich zu beanspruchen; im letzteren hingegen sich zurückziehen und mit dem Türken verhandeln, um die von uns eroberten Besitzungen für sich behalten zu können.

Keiner von uns konnte bestreiten, daß Bohemund damit wohl recht haben dürfte. Er wandte sich an Bischof Adhémar. »Wo sind die Verstärkungstruppen, die uns der griechische Priester versprochen hat? Und was ist mit dem Proviant, den er uns geschickt hat? Für diese magere Kost habt Ihr Eure Befehlsgewalt aufgegeben, Bischof. Jetzt wartet Alexios darauf, uns entweder in die Tasche greifen oder unsere Knochen abnagen zu können.«

Sogar mein Lehnsherr, der seinen dem Kaiser geleisteten Eid keinesfalls brechen will, hat eingeräumt, daß uns die Griechen im Stich gelassen haben dürften.

»Habt Ihr es endlich gemerkt?« sagte Bohemund mit unüberhörbarer Schadenfreude. Graf Raimund fragte ihn, was er vorschlage, und bekam die Antwort: »Ganz einfach: Antiochia einnehmen, bevor der Heide hier ist.«

Angewidert schob Herzog Gottfried seinen Klappstuhl zurück. »Ein glänzender Einfall«, sagte er voll Sarkasmus. »Warum ist uns eigentlich diese Erleuchtung sieben Monate lang nicht gekommen?«

Ohne auf den bitteren Spott einzugehen, fuhr Bohemund fort: »Wenn Ihr mir nicht Antiochia von vornherein versprechen wollt, erklärt Euch wenigstens damit einverstanden, daß derjenige die Stadt besitzen soll, der als sie erster betritt.«

»Und was ist mit dem Eid, den wir dem Basileus geschworen haben?« fragte Graf Raimund. »Nach Euren eigenen Worten wird er gewißlich nicht als erster in der Stadt sein.«

Bohemund nickte bestätigend. Auf diese Frage war er vorbereitet. »So ist es«, sagte er. »Möge also, wer sich nach wie vor an seinen Eid gebunden fühlt, Folgendem zustimmen: Sofern Alexios niemanden schickt, der die Stadt für ihn beansprucht, soll sie dem gehören, der sie als erster betritt.«

Darauf trat Schweigen ein. Herzog Gottfried wechselte einen Blick mit den anderen und sagte dann: »Das scheint mir angemessen. Wenn der Kaiser die verdammte Stadt nicht will, wie soll man dann anders entscheiden als nach dem Grundsatz, daß zuerst mahlt, wer zuerst kommt?« Er wandte sich an Adhémar. »Was sagt der päpstliche Legat dazu?«

Der Bischof antwortete mit einem Seitenblick auf Bohemund: »Man muß die Antwort im Gebet finden.« Dabei blieb es, doch Bohemund lächelte wie jemand, der weiß, daß er das Spiel gewonnen hat.

Auf dem Rückweg zu unserem Lager war mein Lehnsherr tief in Gedanken versunken. Schließlich fragte ich ihn, was ihn bedrücke.

»Bohemund führt mit Sicherheit etwas im Schilde. Nie würde er einen solchen Vorschlag machen, wenn er nicht sicher wäre, auch selbst den Nutzen daraus zu ziehen. Erinnert Ihr Euch an die Kundschafter des Feindes, die er am Spieß hat rösten lassen?« Ich gab zur Antwort, daß ich das nicht so bald vergessen würde. »Wem wollte er damit etwas klarmachen?« fragte Graf Raimund nachdenklich. »Den Türken – oder uns?«

Auf meine Frage, was er damit meine, ging er nicht ein.

Den einundzwanzigsten Mai

Angeblich hat Ker-boga die Belagerung von Edessa abgebrochen und macht sich bereit, gegen Antiochia zu ziehen. Da wir aber nicht wissen, ob wir dieser Nachricht Glauben schenken sollen, haben wir sie einstweilen für uns behalten, denn wir fürchten ihre möglichen Auswirkungen auf die

Männer. Bischof Adhémar hat sich die Mühe gemacht, jeden der Heerführer einzeln mit einem feierlichen Eid auf Geheimhaltung zu verpflichten. Zunächst soll ich mich mit zwei Rittern nach Edessa begeben, um die Lage dort zu erkunden. Ich schreibe das in aller Eile, da ich bei Einbruch der Nacht aufbrechen möchte. Dies Buch werde ich Mansur zu treuen Händen überlassen, mit der Anweisung, daß er es meiner Mutter schickt, falls ich nicht zurückkehren sollte.

Den achtundzwanzigsten Mai

Soeben komme ich aus dem Zelt meines Lehnsherrn, wo ich ihm, Bischof Adhémar und Herzog Gottfried Bericht erstattet habe. Dabei habe ich mehr oder weniger Folgendes gesagt: »Zu meinem Erkundungsunternehmen vor Edessa habe ich zwei Ritter mitgenommen, Peter von Roaix und Marcel Couvreur, beide aus dem Gefolge meines Lehnsherrn. Wir nahmen unsere Pferde so scharf heran, wie wir es wagten, und umritten alle Ansiedlungen, auch die der Christen. Am Abend des dritten Tages kam Edessa in Sicht. Wir blieben auf den Höhen des westlichen Armes des Euphrat. Von dort breitete sich das Lager des türkischen Heeres unter uns aus wie auf einem Gemälde.

Der Eindruck war gewaltig. Hier und da erhoben sich gestreifte Seidenzelte, vor denen lange scharlachrote, goldbestickte Wimpel wehten. Man sah eine große Zahl von Pferden; sie wirkten frisch, und ihre Reiter waren bestens ausgerüstet. Überdies gab es eine Unzahl von Bogenschützen und viele tausend Mann Fußvolk. Sie trugen einen Lederpanzer, wie wir ihn bei den Türken noch nie zuvor gesehen hatten. Ich vermute, daß es sich um Perser handelt, denn ihre Haut ist hell, und ihre Bärte waren kurz gestutzt, wie ich es auf Abbildungen gesehen hatte.

Meine Begleiter stöhnten bei dem Anblick auf, und ich muß gestehen, daß auch mir das Herz sank. Diese mächtigen Heerscharen, an deren Spitze die berühmtesten Emire des

Islam stehen, zählen frisch ausgehobene und gut ausgerüstete Männer, die man zu keinem anderen Zweck unter die Fahnen gerufen hat, als um uns zu vernichten.

Den ganzen folgenden Tag über blieben wir dort, um ihre Zahl zu erkunden und zu beobachten, was sie taten. Kurz vor Anbruch der Nacht war zu erkennen, daß sie im Begriff standen, die Belagerung zu beenden und fortzuziehen. Sie hatten Späher vorausgeschickt und begannen, die kleineren Zelte abzubrechen. Um nicht von den Spähern der Türken entdeckt zu werden, hielten wir uns weiterhin verborgen und warteten darauf, daß es vollständig dunkel würde. Gerade als wir aufbrechen wollten, hörten wir sich nähernden Hufschlag.

Nach einer Weile rief Marcel: »Es sind Christen!« Aber just, als sie auf uns zukamen – es waren zwei Ritter, die sich das Schwert auf den Rücken gebunden hatten, um so schnell wie möglich reiten zu können –, wurden sie von acht oder zehn Türken angegriffen und niedergemacht. So schnell ging alles, daß den Männern nicht einmal Zeit geblieben war, zu den Waffen zu greifen. Zwei Türken sprangen vom Pferd und schnitten ihnen die Kehle durch. Couvreur zog sein Schwert, aber ich packte ihn am Arm und hielt ihn zurück. »Man darf uns hier auf keinen Fall entdecken«, flüsterte ich ihm zu. »Außerdem kämen wir ohnehin zu spät.«

Wir warteten, bis die Türken fort waren, dann näherten wir uns vorsichtig den beiden Rittern. Sie waren tot. Beide Männer trugen Balduins Farben.

»Boten«, sagte Peter von Roaix.

Wir machten uns sogleich auf und wichen dabei weit nach Norden aus, um Sarudsch und die Straße nach Antiochia zu vermeiden. Wir überquerten den westlichen Arm des Euphrats unterhalb von Bira und wandten uns erneut südwärts. Am siebten Tag waren wir wieder im Lager.

»Ker-boga hat also Edessa verlassen«, sagte mein Lehnsherr, als ich den Bericht beendet hatte.

»Aber die Stadt ist nach wie vor in Balduins Hand«, merkte Bischof Adhémar an.

Ich äußerte meine Ansicht, sie sei so übel zugerichtet, daß wir von dort keine Hilfe erwarten dürften. Herzog Gottfried wollte wissen, auf welche Stärke ich das Heer der Türken schätzte. »Es mögen an die dreißig- bis vierzigtausend sein«, gab ich zur Antwort. »Sie sind auf dem Weg hierher. In sieben oder acht Tagen werden sie vor Antiochia eintreffen.«

Ich kann die düstere Verzweiflung nicht beschreiben, die in jenem Zelt herrschte. Übertroffen wird sie nur noch von der Stimmung, die sich seither des Heeres bemächtigt hat. Ungeachtet des Geheimhaltungseides hat irgendwer ausgestreut, daß sich Ker-boga nähert, und die Männer sind von wildem Schrecken erfaßt. In seiner Verzweiflung hat der Bischof um das Lager herum Tafuren aufgeboten, die Fahnenflucht verhindern sollen, und Befehl gegeben, jeden zu töten, der zu entkommen versucht. Das hat sich bewährt, denn unsere Männer fürchten die Tafuren noch mehr als die Türken.

Jetzt muß ich mich zu einer Lagebesprechung der Heerführer ankleiden.

Den einunddreissigsten Mai

Graf Stephan von Blois bereitet den Rückzug vor. Er hat die Zahl unserer Krieger ermittelt, den Transport unserer Vorräte organisiert und plant den Weg, auf dem wir uns absetzen wollen. Eine siebenmonatige Belagerung aufzugeben ist nicht einfach, und er geht mit größter Sorgfalt zu Werke.

Gestern abend fand im Zelt des Bischofs Adhémar eine Lagebesprechung statt, an der ausschließlich die Heerführer teilnahmen: mein Lehnsherr, Herzog Gottfried, Bohemund, die Grafen Robert von Flandern, Robert von der Normandie, Stephan von Blois und Hugo von Vermandois. Man forderte mich auf, meinen Bericht zu wiederholen. Nachdem ich geendet hatte, herrschte drückendes Schweigen.

Dann meldete sich Adhémar zu Wort. »Es sieht so aus, als hätten wir keine Wahl«, sagte er aufseufzend. »Wir werden uns nach Armenien zurückziehen und dort auf Verstärkung warten müssen.«

»Könnten wir nicht Antiochia einnehmen?« ließ sich Bohemund vernehmen.

»Ein Sturmangriff würde uns nur noch mehr schwächen. Auch gibt es keinerlei Gewißheit, daß wir damit Erfolg hätten«, gab der Bischof zur Antwort.

»Ich spreche nicht von einem Sturmangriff«, sagte Bohemund, »sondern von einem sicheren Erfolg.« Herzog Gottfried bat ihn, das näher zu erklären. »Zuerst Eure Antwort auf meinen Vorschlag«, sagte Bohemund. »Ihr sagtet, Ihr wolltet sie im Gebet finden. Was habt Ihr beschlossen?«

Bischof Adhémar erhob sich. Die Erwiderung fiel ihm erkennbar schwer: »Im Namen Seiner Heiligkeit des Papstes erkläre ich mich einverstanden, daß Antiochia dem gehören soll, der die Stadt als erster betritt. Immer vorausgesetzt, der byzantinische Kaiser macht keine Ansprüche geltend.«

Befriedigt nickte Bohemund. »Gottfried?«

Dieser wedelte nachlässig mit der Hand. »Ich habe schon ja gesagt.«

»Raimund?«

Es gab keinen Ausweg. Wenn wir Bohemunds Forderung nicht zustimmten, blieb uns nur der Rückzug, und der war gleichbedeutend mit der Aufgabe des ganzen Unternehmens. »Werdet Ihr jemanden an Kaiser Alexios senden?« fragte mein Lehnsherr.

»Das mögt Ihr selbst tun. Aber erst muß die Stadt fallen.«

Lange sah ihn mein Lehnsherr mit schmerzlich verzogenem Gesicht an. »Von mir aus«, kam es widerwillig aus seinem Mund.

»Gut«, knurrte Bohemund. »Dann ist das also erledigt.«

Herzog Gottfried erkundigte sich nach Bohemunds Plan. Bohemund senkte die Stimme. »Ich stehe in Verbindung mit einem Hauptmann der türkischen Wache, der für die Zwei Schwestern zuständig ist. Ihr wißt schon, die Türme neben dem Sankt-Georgs-Tor und dem Brückentor. Er hat sich bereit erklärt, mir die Stadt zu einem gewissen Preis zu verkaufen.« Bohemund wandte sich an meinen Lehnsherrn. »Ich denke, Ihr habt Gold, Raimund?«

»Es ist für die Wohlfahrt meiner Männer bestimmt«, gab dieser zur Antwort.

»Dann gebt es mir in Gottes Namen jetzt auf der Stelle«, sagte Bohemund.

Auf diese Weise beschlossen wir einen verzweifelten Plan. Anschließend begleitete ich meinen Lehnsherrn zu seinem Zelt, wo er seine Schatztruhe hervorholte. Todunglücklich übergab er sie Bohemund. Zwei Jahre lang hat er durch seinen sparsamen Umgang mit diesem Schatz dafür gesorgt, daß die Provenzalen überlebten, wo andere Hungers starben, daß unsere Ritter uns die Treue hielten, wo andere auf und davon gingen. Jetzt soll sein Schatz dazu dienen, uns Antiochia zu erkaufen.

Den zweiten Juni

Heute oder nie! Aus Furcht vor Spionen hat uns Bohemund untersagt, irgend jemandem etwas von dem Plan zu sagen. Der von ihm gedungene Verräter wartet innerhalb der Mauern und ist zweifellos unruhiger als wir. Dem Heer wurde gesagt, wir würden Ker-boga auf der Straße nach Edessa entgegenziehen, um ihn abzufangen und gegen ihn zu kämpfen. Allen scheint das Vorhaben töricht, und Graf Stephan von Blois, der den Rückzug so emsig vorbereitet hat, hält es für Wahnsinn. Er besteht darauf, daß die ersten Schritte seines Planes durchgeführt werden, der darin besteht, Graf Hugo von Vermandois' fränkische Krieger zurück nach Alexandretta zu verlegen. Keinen von uns hat es überrascht, daß sich Graf Hugo freiwillig zu dem äußerst gefährlichen Unternehmen gemeldet hat, als erster von der Stadt abzurücken.

Mein Lehnsherr hat sich eifrig dafür eingesetzt, daß Graf Stephan den Rückzugsplan aufgibt, doch Bohemund hat sich dem ebenso heftig widersetzt und erklärt, ohne die Franken im Rücken werde es uns bessergehen. Während sich also ein Teil des Heeres zum Rückzug bereit macht, sollen die anderen vorrücken. Sicherlich hat sich noch nie ein Heer so verhalten.

Jeder ist wütend, und manche wissen nicht, was sie denken sollen. Ich mußte meine Männer praktisch zwingen, Aufstellung zu nehmen. Obendrein drohte ich ihnen einerseits mit der ewigen Verdammnis und lockte sie zugleich mit der vagen Aussicht auf einen raschen Sieg. Gewiß halten sie mich für verrückt. Mansur hat mir fragende Blicke zugeworfen, während er wortlos meine Ausrüstung und Fatana bereit machte. Ich habe mir Zurückhaltung auferlegt, denn niemand darf etwas von unserer wahren Absicht ahnen.

Noch vor Sonnenuntergang wollen wir aufbrechen, damit Antiochias Türken Zeugen unseres Abzugs werden. Unser Plan gründet sich auf Täuschung, und alles – unser Heer, unser Leben, unsere heilige Pilgerschaft – hängt von einem namenlosen Türken innerhalb der Mauern jener Stadt ab. Wenn er uns hintergeht, bedeutet das unser aller Untergang. Morgen um diese Zeit wird man mich unter Umständen lebendig häuten oder als Sklaven nach Osten verkaufen. Dennoch treffe ich meine Vorbereitungen so gelassen, als handelte es sich um eine Übung auf den Weideflächen der Provence. Mir ist diese Art von Kriegführung, die sich auf Treubruch gründet, zuwider. Lieber würde ich meinem Feind von Angesicht zu Angesicht gegenübertreten, ihn töten oder von ihm getötet werden. Den Sieg von einer Lüge abhängig zu machen zeugt von Hilflosigkeit.

Denselben Tag, später

Ich schreibe in aller Eile. Wir haben das Ufer des Sees von Antiochia erreicht, wo wir im Februar unsere große Schlacht geschlagen haben. Da man das Heer von den Stadtmauern aus nicht mehr sehen kann und die Nacht angebrochen ist, werden wir kehrtmachen und uns ungesehen nord- und westwärts auf das Brückentor und das Sankt-Georgs-Tor zu voranarbeiten.

Gerade ist mein Lehnsherr mit einem dringenden Auftrag von großer Wichtigkeit gekommen. Gegen Mitternacht soll ein Trupp unserer Männer, von Bohemunds Verräter unterstützt, auf die Mauer der Stadt klettern. Zuerst wollte Bohemund ausschließlich seine sizilianischen Normannen für den Stoßtrupp aufbieten, aber weder Herzog Gottfried noch Bischof Adhémar oder mein Lehnsherr setzen hinreichend großes Vertrauen in ihn. Sie bestehen darauf, daß dem Vortrupp Männer aus allen Teilen des Heeres angehören. Graf Raimund hat mir berichtet, Bohemund habe geschäumt und geflucht, aber letzten Endes zugestimmt. Auch ich soll mich an dem Unternehmen beteiligen und das Aufgebot derer begleiten, die in die Stadt eindringen und unseren Leuten die Tore öffnen werden.

Es ist eine Ehre, wenn sie auch sehr überraschend kommt, und ich bin nicht ganz sicher, was man von mir erwartet. Ich werde jetzt zu Bohemund gehen, um meine Anweisungen zu empfangen.

Den vierten Juni

Ich sollte wohl in Einzelheiten erklären, was geschehen ist, doch steht mir offen gesagt der Sinn nicht besonders danach.

Am Abend vor unserem Angriff begleitete ich meinen Lehnsherrn zu einer Lagebesprechung mit Bohemund und den anderen Heerführern. Bohemund war erregt, spie bei meinem Anblick aus und erklärte, ich ginge ihm auf die Nerven. Wahrscheinlich hätte er mich mit seinen Handschuhen geschlagen, wenn sich nicht Herzog Gottfried ins Zeug gelegt und ihn aufgefordert hätte, seine Anweisungen bekanntzugeben.

Sechzig Ritter und Edelleute hatten sich auf einer Anhöhe oberhalb des Orontes versammelt. Es war beinahe Vollmond, und Bohemund breitete ein Pergament mit einer groben Skizze der Stadtmauern vor uns aus. Während ich auf das hörte, was er zu sagen hatte, sah ich mich unter den für das Unternehmen ausersehenen Männern um. Sie bildeten einen Querschnitt durch das ganze Heer – Normannen, Deutsche, Briten, Spanier und Italiener. Anführen sollte uns ein römischer Ritter, der auch Griechisch spricht. Offenkundig ist er Bischof Adhémars Kreatur.

»Jetzt hört zu, ihr Bastarde«, begann Bohemund. »Unser Mann heißt Firus. Er wird eine Leiter von der Mauer herablassen. Sobald ihr in der Stadt seid, schickt nach mir. Tut nichts, bis ich da bin. Jeden, der auch nur einen Finger krumm macht, ohne daß ich davon weiß, ziehe ich brutal zur Rechenschaft. Ist das verstanden? Jetzt packt euch. Und laßt um Gottes willen eure Schilde hier. Nehmt nichts mit, das Lärm machen könnte.«

Wir saßen auf und ritten der Westmauer entgegen. Die Nachhut des Heeres befand sich noch immer auf der Straße, und während wir an den Reihen der Männer vorüberkamen, hörten wir sie murren, daß sie denselben Weg zurückmarschieren mußten, den sie bei Tage gekommen waren. »Sagt an«, rief mir einer von ihnen zu, »ist das der Weg zur Hölle?«

Zwischen unseren vordersten Reihen und den Zwei Schwestern lagen mehrere hundert Schritt. Die Männer standen so dicht gedrängt, daß sich niemand setzen oder knien konnte. Wir ließen unsere Pferde zurück und machten uns zur vordersten Linie auf. Dabei folgten wir dem Flußufer bis zu den ersten Wetterdächern unseres alten Lagers. Mit einem Handzeichen bedeutete uns der römische Ritter, daß wir ihm folgen sollten.

Geduckt glitten wir zwischen die verlassenen Wetterdächer und schoben uns lautlos wie Schatten von einem Zelt zum anderen. Vor uns ragten Antiochias Mauern auf. Je näher wir kamen, desto höher und abweisender wurden sie. In den sieben Monaten unserer Belagerung hatte ich mich nie so nahe herangewagt. Die Mauerbekrönungen schienen den Himmel zu durchdringen, und von den Türmen herab hörten wir die Schritte und Stimmen der Türken. Die Nacht war beängstigend still, und so kam es uns vor, als verstärkte sie jeden Laut. Das Lager verließen wir auf dem Bauch kriechend.

»Rechts, rechts«, forderte uns der Römer auf und wiederholte seine Anweisung in vier Sprachen. Wir folgten ihm durch einen schmalen Graben. Nach kaum hundert Schritt merkte ich, daß wir uns auf dem Friedhof der Türken befanden. Die Knochen, die ich bei Nacht hatte schimmern sehen, umgaben uns jetzt, und wir mußten uns vorsichtig bewegen, um nicht an sie zu stoßen. Arme, Brustkörbe und Köpfe ragten aus der Erde empor. An vielen von ihnen hingen noch Fleisch- und Kleidungsreste, und die Augen mancher schienen uns nachzustarren, als wir vorüberzogen.

Unser Führer gebot uns zu warten, und ich gab die Weisung flüsternd an meinen Hintermann weiter, damit er sie seinerseits weitersagte.

Wir hatten den Graben am Fuß der Mauer erreicht. Geräuschlos glitt der Römer ins Wasser. Da es zum Waten zu tief war, warf er sich das Schwert auf den Rücken und schwamm ans andere Ufer. Einer nach dem anderen taten wir es ihm nach. Gerade als ich ins Wasser waten wollte, faßte mich ein junger Lothringer am Ärmel. »Herr«, sagte er, »ich kann nicht schwimmen.«

Ich durfte ihn nicht allein zurücklassen und bedeutete ihm mit einer Handbewegung, daß er sich an meinen Schultern festhalten sollte. Gemeinsam ließen wir uns die Böschung hinabgleiten, und ich begann hinüberzuschwimmen. Der junge Bursche klammerte sich an meinen Rücken. Offenbar hatte er mehr Angst vor dem Wasser als vor den Türken. Er war schwer und zog mich nach unten, so daß ich mich auf die Seite legte und machtvoll mit den Füßen ausholte; wir wären sonst untergegangen. So fest legte er mir die Hände um den Hals, daß ich kaum noch Luft bekam. »Ich kehre lieber um, Herr«, keuchte er mir ins Ohr. Ich gebot ihm zu schweigen. Als wir das jenseitige Ufer erreichten, küßte er dankbar den Erdboden.

Es dauerte eine volle Stunde, bis alle sechzig Männer unseres Trupps unten an der Mauer versammelt waren. Die unbezwingbaren Türme, deren Steine sich erstaunlich kühl anfühlten und die im Mondlicht bläulich schimmerten, erhoben sich senkrecht in den Nachthimmel. Der Römer drückte die Stirn gegen den Stein. »*Antioco*!« flüsterte er außer Atem. Jeder bekreuzigte sich.

Wir drängten uns dicht an die Mauer und sahen zu, wie das Sternbild des Jägers[54] seine Bahn zog. Schließlich erhob sich der Römer und zog auf der Suche nach der Leiter an der Mauer entlang. Nach einer Weile hörten wir ihn aus der Dunkelheit wispern, daß wir kommen könnten.

Wir schoben uns am Fuß der Mauer entlang dorthin, wo er nahe einer aus Lederstreifen geflochtenen Leiter wartete, die sich in die Dunkelheit emporwand. Wir alle stierten sie mißtrauisch an. Als erster erstieg sie mein alter Gefährte Landry Gros. Ich folgte ihm auf den Fersen. Die Strickleiter schwankte so sehr, und so stark gaben die Sprossen unter den Füßen nach, daß ich sicher war, sie würde uns nicht tragen. Als ein weiterer Mann hinter mir den Fuß darauf setzen wollte, rief ich trotz der Gefahr, daß man auf uns aufmerksam werden könnte, er solle zurückbleiben. Oben angekommen, winkte ich, damit sich der nächste auf den Weg machte. Unterdessen hockte Landry Gros im Schatten neben einem Mann und versuchte sich gestikulierend und mit geflüsterten Wörtern zu verständigen. »Wo bleibt der verdammte Römer?« fragte er mich nach einer Weile. Die Antwort kam von der Leiter: »Halt dein dreckiges Maul!«

Unser Führer ließ sich über die Mauerbrüstung gleiten und fiel auf die Knie. »Firus!« flüsterte er. Eine Stimme antwortete ihm. Der Verräter kroch an die Brustwehr und äugte hinüber. Heftig atmend und mit verzerrtem Gesicht wandte er sich dem Römer zu. Ich hörte den Namen Bohemund hin und her fliegen. Landry Gros wollte wissen, was gesprochen worden war.

»Er sagt, wir sind nicht genug, und er möchte Bohemund hier haben«, sagte der Römer. Weitere Männer kamen über die Brüstung und hockten sich auf die Mauerkrone.

»Laßt ihn holen«, sagte Landry Gros. Unser Führer beugte sich über die Mauerbrüstung und rief einem Mann in halber Höhe der Leiter etwas zu. Dieser sprang sogleich hinab, und ich sah, wie er in Richtung auf den Wassergraben verschwand.

Besorgt stand Firus da, während weitere Männer zu uns emporkletterten. Er war ziemlich genau so, wie ich ihn mir vorgestellt hatte – klein und dürr. Die gelben Augen über seinem Schnurrbart eilten unruhig hierhin und dorthin, und er rang verzweifelt die Hände. Als unsere Männer endlich vollzählig oben angekommen waren, führte er uns auf die Spitze der Zwei Schwestern, wo sich eine Wache langweilte. Die Waffen lagen vor den Türken auf dem Boden.

Firus flüsterte dem Römer etwas zu, und dieser erklärte: »Die dort drüben müssen wir töten.« Rasch schoben sich Landry Gros und seine Normannen voran. Es dauerte nicht lange, und sie hatten die Wächter lautlos erwürgt. Das Brükkentor war in unserer Hand.

Über den Turm und die Mauerkronen folgten wir Firus zum Sankt-Georgs-Tor. Diesmal gingen die Deutschen vorauf und schnitten den Türken mit ihren Dolchen die Kehle durch. Jetzt befand sich die Westmauer auf der ganzen Länge zwischen den Zwei Schwestern in unserer Hand.

Mit einem Mal rief Firus aus: »Bohemund!« Ich warf einen Blick über die Mauer. Das Schwert auf den Rücken geworfen, erklomm Bohemund die Leiter. Mit Handzeichen bedeuteten wir ihm, daß alles zum besten stehe, und er gab uns zu verstehen, daß wir bleiben sollten, wo wir waren. Im nächsten Augenblick löste sich unter seinen Händen erst eine und dann noch eine Sprosse, bis die ganze Leiter nachgab. Einen schrecklichen Augenblick lang klammerte sich Bohemund daran, dann sauste er mitsamt ihren Bestandteilen zu Boden. Aufstöhnend wandte Firus den Blick gen Himmel.

»Wir müssen nach unten!« teilten wir ihm mit. Aber Firus war außer sich vor Angst. »Er versteht nicht«, sagte der Römer.

»Ich dolmetsche es ihm«, knurrte Landry Gros und schlug ihm die Faust ins Gesicht. Entsetzt sah ihn der Verräter an, dann fuhr er sich mit der Hand an die Nase. Blut drang zwischen seinen Fingern hervor. »Runter«, wiederholte Landry Gros und wies auf den Hof.

Mit dem Ärmel wischte sich Firus das Blut ab und führte uns zu einer Wendeltreppe. Wir gelangten in einen Gang im Inneren des Gebäudes, an dem zahlreiche Türen lagen. Einige von ihnen waren mit Kreidezeichen versehen. Landry Gros wollte wissen, wie wir die Tore öffnen könnten. »Ihr müßt die Bewohner hinter den Türen mit den Kreuzen wecken«, übersetzte der Römer die Antwort, die der Verräter fast schluchzend hervorstieß.

Still zogen wir durch den Gang und klopften an die gekennzeichneten Türen. Aus jeder tauchte ein Bewaffneter auf, das Gesicht mit einem Tuch verhüllt. Wortlos gesellten sie sich zu uns, als wir Firus über den Hof zu den Toren folgten. Während wir Wache standen, betätigten die Männer von Antiochia den Öffnungsmechanismus der Stadttore. Eine ganze Weile verging, ohne daß etwas geschah. Ich sah Gestalten, die sich uns näherten.

»Beeilt euch«, flüsterte Landry Gros. Firus stieß ein Wimmern aus. Vier schwerbewaffnete türkische Wächter eilten über den Hof auf uns zu. Es galt keinen Augenblick zu verlieren. Wenn sie Alarm schlugen, würde die ganze Stadt über uns herfallen. Landry Gros trat vor; der junge lothringische Ritter eilte ihm nach.

Ich hörte ein barsches Kommando von den Türken. Rasch, aber ohne Eile ging ihnen Landry Gros entgegen. Als sie im Mondlicht sein Gesicht sahen, stürmten sie auf ihn zu. Er ging dem vordersten an die Gurgel. Der junge Lothringer warf sich auf den zweiten. Die beiden anderen wandten sich zur Flucht, aber ein halbes Dutzend unserer Männer hatten sie bereits gepackt und zu Boden gerungen. Um sie am Schreien zu hindern, schlitzten sie ihnen die Kehle auf.

Der Türke, mit dem der junge Lothringer kämpfte, stieß einen Warnruf aus, und im nächsten Augenblick sah ich, wie sich unser Mann, einen Dolch in der Brust, zur Seite wälzte. Landry Gros stieß dem Türken das Schwert in die Seite und hieb ihm den Kopf ab. Jetzt sah man in den Fenstern Lichter, und Firus rief den Männern, die sich bemühten, die Tore zu öffnen, etwas zu. Ich befahl unseren Rittern, eine Verteidigungslinie zu bilden. Weitere Türken, die sich noch im Laufen fertig ankleideten, kamen in den Hof gestürmt. Von den Mauern über uns ertönten Stimmen, ein Pfeil zischte an meinem Kopf vorüber.

Neben mir sank Firus auf die Knie und begann zu beten. Ich trat mit dem Absatz nach ihm. Die Türken formierten sich zum Angriff. Um uns herum tauchten Gesichter auf. Weiber und Kinder gafften. Ich rief: »Macht euch bereit!« Mehrere Stimmen nahmen den Befehl auf.

Im selben Augenblick ertönte hinter uns ein lautes Knirschen. Unwillkürlich wandten wir uns um. Das Sankt-Georgs-Tor öffnete sich, und das silberne Licht des Mondes, das sich im Wassergraben spiegelte, drang herein. Im nächsten Augenblick ertönte ein Ruf vom Brückentor herüber, das sich gleichfalls öffnete.

Die Waffen in der Hand, standen die Türken wie erstarrt. Im nächsten Augenblick stießen alle einen Verzweiflungsschrei aus. Unter Jubel stürmten tausend Männer hinter uns über die Brücken in die Stadt. Die Türken liefen davon, Alarmrufe erschollen von den Mauern, in allen Häusern sah man jetzt Licht. Wir standen beiseite, um unsere Männer hereinzulassen. Sie schwangen mit lauten Rufen ihre Waffen und stießen wie die Pranken eines machtvollen wilden Tieres auf die Mitte des Hofes zu. Humpelnd und fluchend kam Bohemund an uns vorübergerannt, ihm folgten die Normannen und die Tafuren. Alle Ritter um uns herum jubelten. Einige tapfere Türken, die sich heranwagten, wurden sogleich niedergehauen. Nach sieben Monaten der Belagerung bezwangen unsere Männer Antiochia. Sie ähnelten mehr einer wilden Meute als einem Heer, eher befreiten Gefangenen, die sich austoben, als redlichen Kriegern.

Den fünften Juni

In der vorigen Nacht hinderten mich Ereignisse, die ich zu gegebener Zeit noch mitteilen werde, daran, mit dem Schreiben fortzufahren. Jetzt führe ich den Bericht dort weiter, wo ich ihn unterbrochen hatte. Allerdings habe ich nicht viel Zeit.

Kaum befanden sich unsere Männer im Inneren der Stadt, als sie sich daranmachten, ihre Bewohner abzuschlachten. Das von Bohemund und seinen Tafuren angeheizte Gemetzel geriet rasch außer Kontrolle. Unter Rufen wie »Bringt das Geschmeiß um!« wurden Männer, Frauen und Kinder aus Häusern und Läden gezerrt oder gleich dort erschlagen, wo sie sich verborgen hielten. Niemand blieb verschont, sei er Grieche, Türke oder Jude, alt oder krank.

Als wir sicher sein durften, daß man uns die Herrschaft über das Tor nicht wieder streitig machen würde, ritt ich in die Stadt, um dem zügellosen Treiben nach Kräften ein Ende zu bereiten. Einige der Adligen befahlen ihren Männern, sich in Reih und Glied aufzustellen, aber nur wenige gehorchten. Ich sah Firus' Leiche auf dem Hof, nicht weit von der Stelle, wo wir uns verteidigt hatten. Sie war entsetzlich verstümmelt und alle Gliedmaßen wiesen klaffende Wunden auf. Aus dem Inneren der Häuser drang das Wehgeschrei von Frauen und das angstvolle Gewimmer von Kindern. Hier und da brachen Feuer aus. Es ist ein Wunder, daß die Stadt nicht niedergebrannt wurde.

Inzwischen hatte die türkische Garnison die Bewohner im Stich gelassen und war in die Zitadelle auf dem Gipfel des Berges geflohen. Viele wurden dabei getötet, aber einige hundert erreichten ihr Ziel. Die spanischen Ritter, die noch ihren Anführern gehorchten, griffen sie an, wurden aber zurückgeschlagen.

Unten herrschte das Chaos. Ich versuchte einigen normannischen Rittern in den Arm zu fallen, die den im Schatten des Palastes gelegenen Stadtteil plünderten. In ihrer Raserei schienen sie mich nicht einmal wahrzunehmen. Schließlich packte ich einen von ihnen und nannte den Namen ihres Anführers, Fulk Rechin. Wie von einem Augenblick auf den anderen ernüchtert, hielt er kurz inne, wandte sich dann mit einem Blick voll Beschämung und Furcht mir zu und stieß mir den Schwertknauf gegen die Brust.

Ich war eher benommen als verletzt und eine kurze Weile unfähig zu reagieren, während er in einem Haus mit einer niedrigen Tür verschwand. Nahezu blind vor Wut folgte ich ihm. Drinnen sah ich, daß er jemanden am Arm zerrte, der sich unter dem Bettzeug versteckt hatte. Ich gebot dem Wüterich Einhalt, und als er sich umwandte, um erneut nach mir zu schlagen, hieb ich mit der flachen Klinge meines Schwertes nach ihm. Ich traf ihn seitlich am Kopf, und er ging bewußtlos zu Boden.

Ich trat ans Bett und zog die Laken zurück. Dort kauerte eine Frau, die von Kopf bis Fuß in wallende Gewänder gehüllt war. Sie war so zierlich wie ein Kind, rief mir etwas auf türkisch zu und hob abwehrend die Hände. Sicherlich bot ich einen schrecklichen Anblick. Schritte näherten sich der Tür. Ich gebot ihr zu schweigen und warf die Laken wieder auf sie. Drei oder vier Krieger stürmten herein, doch befahl ich ihnen zu verschwinden. Diese Aufforderung unterstrich ich mit einer Bewegung meines bloßen Schwertes. Sie gingen, und ich verriegelte die Tür.

Als ich mich wieder umwandte, stieß die Frau, die geduckt hinter mir stand, mit einem Krummdolch nach mir. Ich wich aus, und als sie erneut zustoßen wollte, ergriff ich ihr Handgelenk und entwand ihr die Waffe. Ihre Augen sahen mich über den Schleier hinweg erst voll Entsetzen und dann voll Ergebenheit an. Sie warf sich auf die Knie. »Tötet mich, wenn Ihr das wollt, Faransch«, sagte sie in der *langue d'oïl*, »aber entehrt mich nicht. Ich flehe Euch an.«

Sie sprach mit starkem Akzent, aber ihre Worte waren so gut gewählt, daß sie mir vorkamen wie auswendig gelernt. Ich teilte ihr mit, daß ich ein Edelmann aus der Provence sei und keins von beiden zu tun gedächte.

»Die Stadt wimmelt von Euren Edelleuten«, sagte sie voll Bitterkeit.

Auf meine Frage, ob sich außer ihr noch jemand im Hause befinde, erfuhr ich, daß alle anderen geflohen seien. Ich sagte, ich würde bei ihr bleiben, um sie zu schützen, doch zeigte mir ihr Blick, daß sie mir nicht glaubte. Erneut glitt er zu dem Dolch hin, so daß ich ihn vom Boden aufnahm, ohne sie jedoch aus den Augen zu verlieren. Jetzt schien alle Kraft sie zu verlassen, sie wandte sich ab und begann zu schluchzen.

Ich blieb die ganze Nacht in jenem Haus. Das Schwert auf den Knien saß ich auf dem Fußboden, während draußen Aufruhr und Mord weitergingen. Bei Anbruch der Morgendämmerung schien sich der wilde Haufen einigermaßen ausgetobt zu haben. Die Frau schlief in einer Ecke des Raumes. Ich trat zu ihr und rüttelte sie an der Schulter. Sie fuhr auf, und in ihren Augen erkannte ich Angst. Ich teilte ihr mit, daß ich meinen Lehnsherrn aufsuchen müsse und meinen Diener holen würde. Sie sah mich an, vermutlich konnte sie gar nicht glauben, daß sie noch lebte und ihr nichts geschehen war. Ich gab ihr den Dolch und forderte sie auf, die Tür zu verriegeln und niemanden außer mir einzulassen.

»Ich heiße Roger«, sagte ich.

»Faransch«, sagte sie. »Du bist Faransch?«

Ich begriff, daß sie damit Franke meinte, und wiederholte: »Roger ... Faransch. Ja.«

Die Stadt bot einen entsetzlichen Anblick. In den Nebenstraßen und auf dem Marktplatz türmten sich die Leichen der Niedergestochenen oder Erschlagenen, an denen nicht das ärmlichste Stückchen Schmuck zu sehen war. Manche hatte man verbrannt, viele vollständig entkleidet. Häuser und Geschäfte waren geplündert. Türen standen offen, Fensterläden waren aus den Angeln gerissen, überall lagen Waren verstreut. Ein weißes Banner mit einem roten Kreuz darauf wehte über dem Sankt-Georgs-Tor, und auf den Mauern standen einige Männer Wache. Mit großer Freude sah ich, daß es Provenzalen waren. Unten war nichts als Tod und Zerstörung.

Meinen Lehnsherrn fand ich ganz in der Nähe im Palast des Emirs. Sein Wimpel wehte vor dem schmalen Tor zum Hof, in dem er sein Zelt hat errichten lassen. Gottlob war es ihm gelungen, unsere Männer zu zügeln. Jetzt stehen sie Wache vor dem Gebäude, welches das ganze Stadtviertel beherrscht, in dem ich die Nacht verbracht habe. Ich meldete mich bei Graf Raimund, und er küßte mich auf beide Wangen, wobei er sich schwer auf meine Schultern stützte. Er sah alt und krank aus.

»Ich hatte Euch schon für tot gehalten«, sagte er. In wenigen Worten erklärte ich, was vorgefallen war. »Das dürfte noch nicht das Schlimmste sein«, gab er zur Antwort. »Kerboga hat den See von Antiochia erreicht. Morgen wird er hier eintreffen. Wir müssen unser Heer kampfbereit machen und uns auf eine Schlacht einstellen, wenn nicht gar, Gott bewahre, auf eine Belagerung.«

Jetzt saßen wir in Antiochia in der Falle. Angesichts des Zustandes, in dem sich unsere Männer befanden, würde die Stadt für Ker-boga eine leichte Beute sein. Ich erbot mich, für die Bewachung der Westtore zu sorgen, und mein Lehnsherr teilte mir mit, daß Herzog Gottfried und Graf Robert von Flandern ihre Männer zusammengezogen und die Nord- und Ostmauer abgeriegelt hatten. »Die Türken halten nach wie vor die Südmauer besetzt«, sagte er und wies auf die Zitadelle, über der die Fahne des Emirs wehte. »Wir werden Bohemund hinaufschicken, sobald wir wissen, wo er sich aufhält. Seine Leute sind für das Geschehene verantwortlich. Er ist ein Herrscher über Leichen.«

Um die Tore zu sichern, mußte ich rasch handeln. Ich nahm meine Marseiller und einige der Ritter, teilte sie in Gruppen ein und hieß sie die Wache übernehmen. Buchstäblich im Laufschritt eilten wir von einer Stelle der Mauer zur anderen. Mein Befehl war einfach: Die Tore durften niemandem geöffnet werden außer meinem Lehnsherrn oder mir. Auf meinem Rückweg zum Palast kam mir Mansur entgegengeeilt. »Dem Himmel sei Dank, daß Ihr in Sicherheit seid, Effendi!« rief er aus.

Der Zustand der Stadt schien ihn tief zu erschüttern, und ich sah, daß er geweint hatte. Ich faßte ihn am Ellbogen und eilte mit ihm zu dem Haus mit der niedrigen Tür. Da auf mein Klopfen keine Antwort kam, rief ich, daß ich Roger der Franke sei. Der Riegel wurde zurückgeschoben, und wir traten in die Finsternis. Die Frau stand hinter der Tür und sah uns an.

Für Erklärungen blieb keine Zeit. Rasch wies ich Mansur an, bei ihr zu bleiben und niemanden außer mir einzulassen. Man hörte jetzt auf den Straßen Rufe sowie unsere Trompeten, welche die Männer zusammenriefen. Von einigen Berittenen angeführt, zog das normannische Fußvolk zur Südmauer. Ich sah Bischof Adhémar, der, das Schwert in der Hand, hitzig mit einer Gruppe von Edelleuten stritt. Mein Lehnsherr näherte sich, auf zwei Ritter gestützt. Ich eilte ihm entgegen. Sein Gesicht war vom Fieber gerötet, und sein Atem ging keuchend. »Ker-boga kommt«, sagte er.

Wir erstiegen die Zwei Schwestern auf derselben Treppe, die ich vor einigen Nächten herabgekommen war. Vom höheren der beiden Türme erfaßte der Blick die gesamte Ebene von Antiochia. Dort, im Nordosten, näherte sich die Vorhut des türkischen Heeres auf der Straße, die parallel zum Fluß verläuft. Die Linie der weißgekleideten Berittenen, in der hie und da schwarze Wimpel von den Lanzen wehten, zog sich bis zum Gestade des Sees und verschwand hinter dessen glitzernder Fläche. Wir konnten die Trommeln und Pfeifen hören und die Stimmen islamischer Geistlicher, die ihren Gott anriefen. Ich merkte, wie unseren Männern beim bloßen Anblick des Zuges das Herz sank.

»Großer Gott«, sagte ein junger Krieger neben mir. »Wir waren schon so weit gekommen. Es ist jammerschade.«

Den achten Juni

Ich habe Gérard und Bernard als Posten vor das Haus mit der niedrigen Tür gestellt. Im Augenblick bin ich dort und werde meinen Bericht fortsetzen, so rasch ich kann, denn heute abend muß ich an einer Beratung teilnehmen, die vermutlich lange dauern wird.

Im Augenblick belagern die Normannen die Zitadelle. Bohemund grollt, daß man diese Aufgabe ihm, dem Beherrscher Antiochias, zugewiesen hat. Ker-bogas Heer hat die Stadt nahezu umschlossen und mit den Türken in der Zitadelle Verbindung aufgenommen. Die darin befindlichen Krieger führt der Sohn des Emirs an. Sein Vater ist den Armeniern in die Hände gefallen, als er aus der Stadt flüchten wollte. Sie haben ihm den Kopf vom Rumpf getrennt und uns gebracht; am Brückentor ist er auf einem Speer aufgespießt.

Als die Türken in der Zitadelle merkten, wessen Kopf das war, begann ein Wehklagen, das seit zwei Tagen nicht aufhört. Der Sohn des Emirs, er heißt Samadolo[55], hat eine Abordnung mit der Bitte an uns geschickt, ihr den Kopf des Vaters auszuhändigen, damit man den Leichnam als ganzen bestatten und der Emir ins Paradies eingehen könne. Bischof Adhémar hat darauf geantwortet, dort werde der Emir weder mit noch ohne Kopf willkommen sein, und sich geweigert, den Kopf herauszugeben. So bleibt er auf dem Torturm, wo sich die Aasvögel um ihn balgen.

Während ich das schreibe, sitzt die Frau schweigend dabei und sieht mich unverwandt an. Das ihr angebotene Essen hat sie zurückgewiesen und sich in den sechs Tagen, die ich hier bin, weder gerührt, noch ihr Gesicht gezeigt. In ihren braunen Augen sind grüne Flecke eingesprengt, und Mansur hat mir gesagt, das sei ein Hinweis auf eine Abkunft ihrer Eltern aus unterschiedlichen Völkern. Er hat versucht, sie auf türkisch, armenisch und griechisch anzusprechen, aber sie nimmt keine Kenntnis davon.

Vermutlich betrachtet sie sich als Gefangene im eigenen Hause. Zwar habe ich ihr gesagt, daß es sich nicht so verhält, doch wäre es für sie nach wie vor nicht sicher, das Haus zu verlassen. Nur noch sehr wenige Frauen sind in Antiochia am Leben, und sie befinden sich in beständiger Gefahr. Entsetzlich sind aber auch die Zustände auf den Straßen. Wir haben damit begonnen, die Tausende von Leichen zu verbrennen, die in der Hitze rasch verwesen, so daß ihr Gestank und der von den Feuern ausgehende Qualm den Aufenthalt auf den Straßen gleichermaßen beschwerlich macht. Ohne ein parfümiertes Tuch vor dem Gesicht kann niemand das Haus verlassen, und der Rauch der brennenden Scheiterhaufen beißt in die Augen. Fliegen und Ungeziefer finden sich allerorten, jeder Brunnen ist verseucht, und der Anblick der Toten, insbesondere der Kinder, ist gräßlich.

Hinzu kommt, daß die Türken angefangen haben, Felsbrocken über die Mauern in die Stadt zu katapultieren. Landet einer mitten in den Leichenhaufen, kommt es vor, daß einer der Kadaver hochgeschleudert wird. Ich weiß von mindestens einem Mann, dem ein durch die Luft sausender Leichnam die Wirbelsäule gebrochen hat, was ihn das Leben kostete. Tag und Nacht liegt eine Rauchwolke über der Stadt, und die Asche, die wie schmutziger Schnee herniedersinkt, ist die der verbrannten Leichen.

Ich muß jetzt zur Beratung gehen. Die Entscheidungen, die dort getroffen werden, können über unser Schicksal entscheiden. Aus der Frau werde ich nicht klug. Sie scheint jung und, wie ich den wenigen Worten entnehme, die sie mit mir gewechselt hat, gebildet zu sein. Zumindest ihren Namen wüßte ich gern.

Den neunten Juni

Die Beratung gestern abend verlief voll Groll und Bitterkeit. Bohemund, der als letzter kam, hatte einen aufsehenerregenden Auftritt: Er taumelte herein, die blutigen Hände auf eine Wunde in seiner Seite gepreßt. Im Laufe des Tages hatte er den Versuch unternommen, die Zitadelle zu stürmen. Der Angriff war zurückgeschlagen und Bohemund von einem Pfeil getroffen worden. Er verfluchte uns lästerlich, weil wir ihn nicht unterstützt hatten, dabei war jeder unserer Männer damit beschäftigt, die Verteidigung der Stadt vorzubereiten.

Auf sein Betreiben wurde beschlossen, daß alle Heeresteile abwechselnd vor der Zitadelle Aufstellung nehmen. Die erste Wache fiel meinem Lehnsherrn zu. Er hat sich selbstverständlich geweigert, Bohemund den Palast des Emirs abzutreten und erklärt, diesem komme das Recht zu herrschen nicht zu, solange wir nichts vom byzantinischen Kaiser gehört haben.

Sogleich brach ein Streit über der Frage aus, wen man zu ihm schicken soll, jetzt, da jeder Versuch, die Stadt zu verlassen, in hohem Maße gefährlich ist. Nach langem Hin und Her beschloß man, daß ein Trupp unter dem Befehl des Grafen von Clermont den Versuch wagen soll.[56] Er wird bei Nacht zum Eisernen Tor hinausschlüpfen, wie das die Türken so oft getan haben, und sich zu Graf Stephan von Blois durchzuschlagen versuchen, der sich in Tarsus befinden soll.

Unter normalen Umständen würde Graf Stephan unverzüglich die Türken im Rücken angreifen und sich bemühen, die Belagerung aufzuheben. Aber pikanterweise ist er mit den Männern Graf Hugos von Vermandois abgezogen; sie aber sind am wenigsten geeignet, unsere Rettung in die Wege zu leiten. Mithin muß ein Aufruf an Kaiser Alexios ergehen, daß er sogleich mit dem byzantinischen Heer hermarschiert und die Herrschaft über die Stadt antritt.

Bis dahin sollen wir sämtliche in Antiochia befindlichen Vorräte zusammentragen und unter Bewachung im Hohen Dom anhäufen, der Bischofskirche des Apostels Petrus, die Adhémar nach ihrer Entheiligung durch die Türken erneut geweiht hat. Um die Vorräte zu finden, müssen wir jedes Haus und Geschäft in der Stadt durchsuchen. Obwohl ich nicht den geringsten Zweifel habe, daß die überlebenden Bürger dabei schrecklich leiden werden, läßt sich daran nichts ändern. Das Haus mit der niedrigen Tür habe ich mit dem Siegel meines Lehnsherrn versehen, denn ich habe seiner Bewohnerin Unversehrtheit zugesichert und gedenke mich an meine Zusage zu halten.

Ich habe meinen Aufenthalt im Palast des Emirs genommen, denn mein Lehnsherr hat mir den Auftrag erteilt, diesen um keinen Preis Bohemund in die Hände fallen zu lassen. Ich schreibe im Vorraum eines herrlichen Saales, in dem einst der Emir Würdenträger empfangen haben dürfte. So kunstvoll und herrlich sind die Muster der Teppiche, mit denen Boden und Wände des Raumes bedeckt sind, daß ich den Blick kaum von ihnen zu wenden vermag. Wer solche Schönheit hervorbringen kann, dessen Geist muß gewißlich von Gott erleuchtet sein. Daher scheint es mir falsch, jene Menschen Heiden und Barbaren zu nennen.

Ganz besonders entzückt mich ein bestimmter blau-goldener Teppich. Seinen Rand ziert ein Blumenmuster, und das Motiv in der Mitte ist eine hängende Andachtsleuchte. Das glatte Material glänzt wie ein Katzenfell. Er liegt in der Nähe meiner Lagerstatt, und ich streiche oft mit den Fingern darüber. Wäre ich statt um der Rettung meiner Seele willen hier, um Beute zu machen, bestimmt würde ich den Teppich mit nach Lunel nehmen. Ich muß gestehen, daß die Verlockung groß ist, denn er gehört zu den schönsten von Menschenhand hergestellten Gegenständen, die ich je gesehen habe.

Den zehnten Juni

Heute morgen kam der Bauernjunge Bartolomé sehr früh mit einem sonderbaren Anliegen zu mir. Er wollte unverzüglich mit Graf Raimund sprechen. Ich teilte ihm mit, daß ich für solchen Unsinn keine Zeit hätte, denn ich war gerade dabei, die Gruppen einzuteilen, die nach Eßbarem suchen sollen. Bartolomé zupfte mich am Ärmel. »Bitte, Herr«, sagte er, »ich habe Christus gesehen.« Auf meine Frage, was er damit meine, fügte er hinzu: »Und den heiligen Andreas.«

»Wann?«

»Heute morgen, Herr. Der heilige Andreas hat mir aufgetragen, mit einer Botschaft zu unserem edlen Herrn Raimund zu gehen. Und von ihm zum Bischof von Le Puy.«

Ein solcher Ernst lag in seiner Stimme, daß ich in Erinnerung an die Ekstase, die ich nach der Schlacht auf seinem Gesicht gesehen hatte, ihn zu Ende anzuhören beschloß. »In aller Demut erkläre ich«, fuhr er fort, »daß ich den Auftrag habe, mit niemandem außer dem Grafen Raimund und dem Herrn Bischof zu sprechen.«

Ich sah ihn aufmerksam an. »Bartolomé«, sagte ich, »unser Herr hat sehr viel zu tun. Auf seinen Schultern ruht die Sorge für das ganze Heer. Gewiß verstehst du, daß man ihn nur mit äußerst schwerwiegenden Angelegenheiten stören darf?«

»Ich störe ihn nicht, Herr«, gab er zur Antwort. »Es ist der Auftrag unseres Herrn Jesu.«

Erneut sah ich ihn an. Der Blick seiner Augen schien entrückt, eine Tiefe lag darin, die ich nicht auszuloten vermochte. »Nun schön«, sagte ich. »Ich muß unserem edlen Herrn Raimund ohnehin Bericht erstatten und werde dich mitnehmen. Aber wenn das irgendeine Überspanntheit von dir ist, gerbe ich dir eigenhändig das Fell. Hast du das verstanden?«

Er lächelte mich an, wobei man all seine Zahnlücken sah. »Mit meinem Verstand bin ich am Ende«, sagte er. »Dafür danke ich Gott.«

Ich ließ mir Fatana bringen und ihm ein Maultier holen. Unter dem flatternden Wimpel meines Lehnsherrn machten wir uns durch Antiochias gewundene Straßen auf zur Zitadelle. Krieger waren bereits dabei, die Häuser zu plündern, und die Bürger riefen mir ihre Bitten und Flüche nach, während ich vorüberritt. Schweigend folgte mir Bartolomé. Auf seinem einfältigen Gesicht lag der Ausdruck großer Feierlichkeit. Je näher wir der Belagerungslinie kamen, desto mehr fragte ich mich, warum ich ihn mitgenommen hatte. Gewiß war es Dummheit, doch irgend etwas an ihm gab mir zu denken. Vielleicht war es der Blick seiner Augen.

Hinter der Zitadelle waren unsere Männer auf dem Gipfel des Silpius-Gebirges dabei, eine Mauer zu errichten, damit wir eine Verteidigungsstellung hätten, sofern die Türken, die sich in die Zitadelle zurückgezogen hatten, einen Angriff Ker-bogas gegen die Mauern der Stadt dazu nutzen sollten, gegen uns vorzugehen. Mein Lehnsherr, der sich kaum auf den Beinen halten konnte, leitete die Arbeiten mit seiner üblichen gelassenen Überlegenheit. Er grüßte mich freundlich, als ich auf ihn zugeritten kam. Ich erstattete kurz Bericht über die Lage im Palastviertel und teilte ihm dann unter vielen Entschuldigungen mit, daß ihn mein Schildknappe zu sprechen wünsche.

»Euer Schildknappe will mit mir sprechen?« fragte er verwundert.

Mit wenigen Worten erklärte ich, was es mit Bartolomé auf sich hatte: daß er bei Nikäa lebendig begraben worden sei, seither Gesichte habe und entrückt sei. »Er will ...« Ich zögerte fortzufahren.

»Nun?« sagte mein Lehnsherr.

»Er will Christus gesehen haben«, sagte ich. »Von Ihm bringt er Euch eine Botschaft.«

Graf Raimund sah mich aufmerksam an. Er hätte mich wohl mit einem Fluch davongejagt, wenn wir weniger miteinander durchgemacht hätten. So aber gebot er, man möge den jungen Burschen vor ihn bringen. Ich wies mit einer Hand auf Bartolomé, der sich zu meiner Verblüffung und Bestürzung vor meinem Lehnsherrn zu Boden warf.

»Euer Gnaden«, sagte er atemlos. Krieger, die mit Steinen für den Bau der Mauer vorüberkamen, mußten über ihn hinwegsteigen. Grob hieß ich ihn aufstehen. »Nein, Euer Gnaden«, gab er mit einem sonderbaren Lächeln zur Antwort. »Es ist genau so, wie es mir der heilige Andreas gesagt hat.«

Mein Lehnsherr sagte finster, zu mir gewandt: »Vom heiligen Andreas habt Ihr mir nichts gesagt.«

»Es scheint, als habe er ihn auch gesehen.«

»Was hast du mir zu berichten, Bursche?« fragte Graf Raimund.

»Wundersame Dinge, mein höchster Herr«, begann Bartolomé und stieß dann, ohne Atem zu holen, hervor: »Jesus Christus, unser Erlöser, und Sein Jünger, der heilige Andreas, wollen mir den Ort enthüllen, da die heilige Lanze ruht, sie, die man unserem Erlöser am Kreuz in die Seite stach. Er trägt Euch auf, zu Bischof Adhémar zu gehen und ihm das mitzuteilen, damit wir danach suchen. Sie allein kann uns vor der Gefahr bewahren, die uns droht, und dafür sorgen, daß unser Heer im Triumph in Jerusalem einzieht.«

Mein Lehnsherr hob eine seiner silbrigen Brauen. »Komm doch einmal her, mein Junge.« Schüchtern erhob sich Bartolomé und ging auf ihn zu. Graf Raimund faßte ihn fest beim Kinn. »Woher kommst du?« fragte er.

»Aus Lunel«, gab Bartolomé zur Antwort. »Ich lebe im Marktflecken des edlen Herrn Roger.« Mein Lehnsherr warf mir einen Blick zu. Ich nickte bestätigend. Er fragte ihn, wie viele Gesichte er bereits gehabt habe. »Viermal ist mir Christus erschienen, Herr, und sechsmal der heilige Andreas.«

»Und wie hat er ausgesehen? Ich meine, unser Erlöser?«

»Wie die Standbilder, Herr. Nur sein Haar war weicher.«

»Und der heilige Andreas?«

Zu meiner Überraschung wandte sich Bartolomé um und lächelte mir zu. »Wie mein edler Herr Roger«, sagte er. »Nur ist sein Gesicht nie streng. Außerdem«, fügte er hinzu, »trägt er keinen Schnurrbart.«

»Und Christus hat also mit dir gesprochen?« fragte mein Lehnsherr.

»Der heilige Andreas, Herr«, gab Bartolomé zur Antwort. »Unser Erlöser steht immer im Hintergrund und sagt nie etwas.«

»Und in welcher Sprache hat sich dir der heilige Andreas mitgeteilt?«

»Nicht eigentlich mit Worten«, verbesserte ihn Bartolomé. »Es ist eher wie etwas, das man weiß. Als ob es direkt in meinen Kopf ginge. Es ist wunderbar, Herr, wie wenn man eine Blume anschaut. Man spricht nicht mit ihr und nimmt sie mit einem Mal in sich auf. Er redet nicht – er ist einfach da, und alles teilt sich meinem Geist mit einem Mal mit.«

Mein Lehnsherr ließ ihn los. »Na schön«, sagte er, mehr zu mir als zu ihm. »Wir wollen das dem Bischof mitteilen. Ferne sei es von mir, dem göttlichen Eingreifen im Wege zu stehen, schon gar nicht unter Umständen wie den gegenwärtigen.«

Ich begleitete Bartolomé zum Hohen Dom, wo wir den Bischof damit beschäftigt fanden, die Vorräte einzuteilen. Mit den darin lagernden Getreidesäcken und Heuballen wirkte das Schiff des von den Türken als Stall benutzten und noch nicht vollständig ausgemisteten Gotteshauses wie eine riesige Scheune. Es war alles andere als einfach, die Aufmerksamkeit des Bischofs auf mich zu lenken, und noch schwieriger, meinen Auftrag zu erläutern.

»Die heilige Lanze?« wiederholte Adhémar. »Die, an der Christi Blut klebt?«

»Eben die«, sagte ich. Er beauftragte mich, Bartolomé vor ihn zu bringen.

Nun folgte eine Befragung, die nicht hochnotpeinlicher hätte ausfallen können, wäre Bartolomé eines Verbrechens bezichtigt worden. Adhémar wollte von ihm wissen, wie er, ein ungebildeter Bauernjunge, es wagen könne, eine solche Behauptung in die Welt zu setzen. Bartolomé gab zur Antwort: »Weil Ihr zugelassen habt, daß sich das Heer Christi allerlei Sünden und Ausschweifungen hingibt. Weil Ihr kein Hirte Seiner Herde wart, sondern hingenommen habt, daß sie sich aufführen wie Wölfe, die Unschuldige töten und deren Häuser plündern. Weil Ihr in Eurem Stolz die Demut Christi vergessen habt, der um unseretwillen ein einfacher Alltagsmensch geworden ist.«

Ich sah das Blut in des Bischofs Schläfenadern pochen. Vermutlich hätte er den Burschen am liebten gezüchtigt, wenn ihm nicht der Mut dazu gefehlt hätte. Statt dessen betrachtete er ihn mit kaum gezügelter Wut. »Zeig mir die Lanze«, forderte er ihn auf.

»Sie wird mir in fünf Tagen enthüllt«, gab Bartolomé zur Antwort. »Dann werde ich Euch zu ihr führen, zum Ruhme Gottes und zum Triumph unserer Pilgerfahrt. Bis dahin müssen wir alle fasten.«

Damit hatte es sein Bewenden. Schweigend ritt ich mit Bartolomé zum Palast des Emirs zurück. »Du nimmst da eine schwere Verantwortung auf dich«, sagte ich, als er vom Maultier stieg. »Bist du deiner Sache auch wirklich sicher?«

Wieder lächelte er mir zu. »Es gibt nichts, dessen ich sicher bin, edler Herr«, gab er zur Antwort, »außer daß der heilige Andreas freundlich zu mir spricht und das Gesicht Unseres Heilandes herrlich anzuschauen ist.«

Den dreizehnten Juni

Die Türken haben ihren Belagerungsring verengt und sind nur noch wenige hundert Schritt von den Mauern entfernt. Sie haben unser früheres Lager und auch die Hänge vor dem Brückentor und dem Sankt-Georgs-Tor besetzt. Vom Eisernen Tor abgesehen, durch das unsere Abgesandten entkommen sind, haben sie uns vollständig umschlossen und außerdem die Besatzung der Zitadelle verstärkt. Wir haben gesehen, wie sie bei Nacht heimlich über den Berg dorthin gezogen sind. Bestimmt läßt ihr Sturmangriff nicht mehr lange auf sich warten.

Inzwischen haben wir alles zusammengetragen, was wir an Vorräten auftreiben konnten. Es ist mager genug. Damit dürften wir höchstens einer Belagerung von wenigen Wochen standhalten. Alles hängt jetzt von Kaiser Alexios ab. Heute morgen war kein Schiff mehr im Hafen zu sehen. Das hat die Stimmung unserer Männer stark gedrückt. Es sieht ganz so aus, als lasse uns jeder und alles im Stich.

Unterdessen hat Bischof Adhémar den Heerführern von Bartolomés Vision berichtet. Nach heftiger Debatte haben sich alle darauf geeinigt, daß man die Sache geheimhalten müsse, bis wir irgendeinen Beweis in Händen halten. Heute morgen allerdings hat sich der Priester Raimund von Agiles auf den Marktplatz gestellt und lauthals erklärt, er habe Christus gesehen und erfahren, daß sich die heilige Lanze in der Stadt befinde. Es dauerte keine Stunde, bis sich die Neuigkeit von Bartolomés Gesichten verbreitet hatte, und jetzt verlangt das ganze Heer, daß wir nach der Reliquie suchen.

Eilends wurde heute nachmittag Rat gehalten. Im Verlauf des Kriegsrates beharrte Bischof Adhémar darauf, daß wir auf keinen Fall den Rückschlag riskieren dürften, den ein falsches Wunder zwangsläufig mit sich bringen würde. Sogleich meldete sich Bohemund zu Wort: »Verdammt noch mal«, sagte er, »das Heer braucht was. Wenn der Kerl sagt, wir sollen fasten, dann tun wir das, und wenn er sagt, wir sollen suchen, dann suchen wir. Ich für mein Teil halte seine Gesichte für echt und bin bereit, einen Eid darauf zu leisten.«

Mit diesen Worten stapfte er zum Marktplatz hinab, wo sich die Krieger um den Priester Raimund drängten, und schwor, er werde die Stadt nicht verlassen, bis die Lanze gefunden sei. Wilder Jubel antwortete ihm. Bald darauf tat es ihm jeder der Männer nach und legte seinen Eid ab. So blieb Bischof Adhémar keine Wahl, als das Fasten zu erklären und seinerseits den Eid zu leisten. Alle Edelleute haben sich ihm angeschlossen. Jetzt sind wir also auf die Vision verpflichtet, ganz gleich, was dabei herauskommt.

Zweimal war ich im Haus mit der niedrigen Tür. Inzwischen ißt die Frau, hat aber nach wie vor nicht gesprochen. Mansur sagt mir, sie bete oft wie die Türken, aber schweigend. Er hat ihr Gesicht gesehen und sagt, es sei schön. Wenn ich komme, ist sie allerdings stets verschleiert.

Mir fällt auf, daß meine Gedanken zu ihr wandern, wenn ich Muße habe zu denken. Ich hänge dem nach, was sie zu mir gesagt hat. Die Angst hatte ihr die Worte eingegeben; sie hatte mich gebeten, ihr nichts zu tun. Mit ihrer Aussage »Die Stadt wimmelt von Euren Edelleuten« hatte sie ausdrücken wollen, daß sie keinem von uns trauen könne. Aber gewiß traut sie mir jetzt. Nicht nur habe ich sie errettet, beschützt und für sie gesorgt, sie bekommt auch von meinem eigenen Tisch zu essen. Mehr kann ich gegenwärtig nicht für sie tun. Mansur aber bleibt bei ihr, und jeden Abend frage ich ihn gründlich aus, wenn er kommt, um mir aufzuwarten. Worauf gründet sich meine Neugier mit Bezug auf sie? Es muß das Geheimnis sein, das sie umgibt, und die Art, wie an jenem Tag ihr furchtsamer Blick in mich drang.

Den vierzehnten Juni

Gerade hatte ich die Mauer erstiegen, um die Wachposten zu inspizieren, als ein großes Wunder geschah. Unmittelbar nach Sonnenuntergang zeigte sich ein Komet am Südhimmel,[57] der im Näherkommen immer heller wurde. Mit einem Mal dann schlug er eine andere Richtung ein und stürzte ins Lager der Türken, so daß diese in Verwirrung gerieten und ihre Tiere voll Schrecken auseinanderstoben. Sogleich fielen unsere Männer auf die Knie und dankten Gott für diesen Fingerzeig darauf, daß Er uns zur Seite steht. Auch ich war voller Verblüffung, denn es konnte nichts anderes sein als ein Zeichen Gottes. So kniete ich mit den übrigen nieder, um zu beten. Einer der Priester stimmte ein frommes Lied an, das die Krieger auf der Mauer aufnahmen, und schon bald hallte die ganze Stadt wider von unserem *Aus der Tiefe schreie ich, Herr, zu Dir*.

Kann das auf unser Fasten zurückgehen? Sollte dem Schneidersohn Bartolomé aus dem Flecken Lunel Christus *tatsächlich* erschienen sein? In unserer bedrohlichen Lage kann uns wahrhaftig nur Gottes Eingreifen retten. Immerhin ist es möglich, daß Er Gefallen am Zug unseres Heeres gefunden hat und daß der Sieg der Lohn unserer Leiden sein wird.

Heute nacht haben die Türken, die im Kometen möglicherweise ein ihnen günstiges Zeichen sahen, einen Angriff gegen die Zwei Schwestern unternommen. Wir konnten sie zurückschlagen. Das hat den Glauben unserer Männer an Bartolomés Vision weiter gestärkt, und jetzt wartet jeder auf morgen, den Tag, für den Bartolomé die Enthüllung der Lanze zugesagt ist. Von Kaiser Alexios ist bisher keine Mitteilung gekommen, so daß uns jetzt nur noch Gott retten kann. Ich gebe es zu: Auch ich bin voll Hoffnung, daß Er ein Wunder für uns wirkt.

Aus irgendeinem Grunde habe ich beschlossen, zum Haus mit der niedrigen Tür zu gehen und der Frau dort das Geschehene mitzuteilen. Sie war gerade dabei, ihren aus Gerstenküchlein, Brei und getrockneten Feigen bestehenden Abendimbiß zuzubereiten. Bei meinem Anblick legte sie sogleich den Schleier vor das Gesicht und wandte sich ab. Ich bat Mansur, uns allein zu lassen.

»Ich weiß, daß Ihr mich verstehen könnt«, begann ich. »Ihr seid unserer Sprache kundig. Sofern das Euer Wunsch ist, will ich Euer Schweigen achten, doch muß ich Euch sagen, daß unter Umständen die nächsten Tage über Euer Geschick wie auch das der Stadt entscheiden werden. Gott hat heute ein Zeichen gesendet, das uns günstig zu sein scheint. Für den Fall aber, daß wir irren und die Stadt fällt, sollt Ihr wissen, daß ich alles tun werde, was in meinen Kräften steht, um Euch vor Schaden zu bewahren.«

Sie gab keine Antwort, ja sie wandte mir nicht einmal das Gesicht zu. Ich meinte noch mehr sagen zu müssen und fügte hinzu: »Sofern die Türken siegreich bleiben sollten, denkt bitte nicht schlecht von mir oder meinen Gefährten.«

Sie verharrte einen weiteren Augenblick reglos, nahm dann einen winzig kleinen Becher ohne Henkel und mit Goldrand, wandte sich um und bot ihn mir an. Ich nahm ihn vorsichtig, denn er machte mir einen zerbrechlichen Eindruck.

»Es ist Tee«, sagte sie.

Ich dankte ihr und trank. Dann stellte sie Schalen auf den Tisch und füllte sie mit den von ihr bereiteten Speisen. Mit einer Handbewegung bedeutete sie mir, daß ich mich setzen solle. Das tat ich, und sie bediente mich wortlos. Dann nahm sie mir gegenüber Platz, faltete die Hände im Schoß und neigte den Kopf.

»Eßt Ihr nicht?«

»Wenn Ihr fort seid, Faransch«, kam ihre Antwort. Ihr Schleier zitterte ein wenig, während sie sprach.

Ich sah, daß sie hin und wieder zu mir hersah, während ich aß, doch schlug sie sogleich die Augen nieder, wenn sich unsere Blicke kreuzten. Zum ersten Mal sah ich, daß ihre Augen sonderbar geformt sind, genau wie die der asiatischen Kaufleute, die ich in den Marktstädten gesehen habe.

»Seid Ihr Türkin?« fragte ich sie.

Ohne den Kopf zu heben, gab sie zur Antwort: »Meine Mutter war Türkin.«

»Und Euer Vater?«

»Tatar.«

»Das Volk kenne ich nicht«, sagte ich. Sie gab keine Antwort. Ich fragte, ob sie mir ihren Namen nennen wolle.

Einen Augenblick schwieg sie. Sie überlegte wohl. Endlich sagte sie: »Jasmin.«

»Jasmin«, wiederholte ich. »Wie die Blume, die im Dunkeln blüht?«

»Wenn Ihr so wollt, Faransch«, sagte sie.

Ich bat um mehr Tee, und sie stand auf, ihn zu holen. Trotz ihrer losen Gewänder konnte ich sehen, daß sie schlank ist. Sie ist kleiner als unsere Frauen. Mit anmutiger Bewegung nahm sie den Deckel von einer Schale mit Tee und füllte den Becher, den ich ihr hinhielt. Ihre Hände sind fein und zart und die Nägel kurz geschnitten. Als sie sah, daß mein Blick darauf ruhte, zog sie die Hände fort. Dabei hätte sie fast den Tee verschüttet. Dann begann ihr Körper zu beben.

»Was ist Euch?« fragte ich. Zu meiner Überraschung weinte sie. Ich stand auf, und sie wich zurück.

»Bitte, Faransch«, sagte sie. »Ihr habt mir nichts angetan, und dafür bin ich Euch dankbar. Aber Ihr müßt jetzt gehen. Ich bitte Euch im Namen Gottes darum.« Sie wirkte so angespannt wie die Saiten einer Leier, und sie zitterte am ganzen Leibe. Ich setzte den Becher nieder und ging.

Es war ein langer und sonderbarer Tag, vom Zeichen gestern abend über den nächtlichen Angriff zu meiner Mahlzeit bei Frau Jasmin. Ich habe das Gefühl, daß ich nicht mehr zu ihrem Haus gehen sollte, doch hat mich ihre Nähe mit etwas längst Vergessenem in Berührung gebracht. Es war ein Hauch von Heiligkeit und Wunder, der ebenso fremdartig und unerwartet kam wie der Komet.

Den fünfzehnten Juni

Heute morgen haben auf dem Platz vor dem Hohen Dom mehrere tausend Krieger auf Bartolomé gewartet. Keiner gab einen Laut von sich. Ich stand neben meinem Lehnsherrn, der so krank ist, daß man ihn auf einem Stuhl herbeitragen mußte. Die anderen Heerführer standen mit ihren Kronen und Wappen auf den Stufen des Domes, zuoberst Bischof Adhémar. Ich hatte erwartet, daß er seine Prunkgewänder angelegt hätte, doch er war barhäuptig und trug die schlichte Kutte eines Mönches.

Bartolomé kam aus einer Seitenstraße und ging stumm auf den Bischof zu, ohne sich durch die Anwesenheit der Adligen und der zahlreichen Krieger ablenken zu lassen. Ihm folgte der Priester Raimund von Agiles, der Gebete murmelte und sich wie von Sinnen auf die Brust schlug. Er bot einen sehenswerten Anblick: Seine Augen rollten wild, sein Haar war verfilzt und starrte vor Dreck, und seine Gewänder hingen in Fetzen an ihm herab. Wäre er in diesem Aufzug in einer beliebigen Stadt der Provence erschienen, man hätte ihn in Gewahrsam genommen.

Schnurstracks trat Bartolomé auf den Bischof zu, beugte sich über dessen Hand, um ihm den Ring zu küssen, und erhob sich dann lächelnd wieder. In die verlegene Stille hinein sagte der Bischof: »Nun, mein Sohn, was hast du uns mitzuteilen?«

»Den Ort, da die Lanze liegt«, gab er zur Antwort.

»Ist er dir enthüllt worden?« fragte der Bischof.

»O ja, Euer Exzellenz«, sagte Bartolomé mit verzücktem Lächeln. »Sie liegt drinnen.«

Der Bischof sah sich um. »Im Hohen Dom?«

»Unter dem Fußboden. Wenn Ihr wollt, zeige ich Euch die Stelle.«

Der Bischof trat beiseite und ließ Bartolomé eintreten. Wir alle folgten ihm. Hinter uns wurden die Türen verriegelt. Bartolomé beugte das Knie vor dem Hochaltar. Eine Hand hielt er auf das Herz gepreßt, mit der anderen wies er zu Boden. »Hier«, sagte er.

Bischof Adhémar rief nach Rittern, und ein halbes Dutzend kam herein. Er wies sie an, die Bodenplatten beiseite zu räumen und darunter zu graben.

Wir warfen uns gegenseitig Blicke zu, während sich die Ritter ans Werk machten. Verzückt lächelnd und den Kopf in einer sonderbaren halbbewußten Art hin und her drehend, stand Bartolomé beiseite. Der Priester Raimund drängte sich herein, warf sich in der Nähe der Grabenden auf die Erde, murmelte Gebete und wand sich auf dem schmutzigen Boden.

Bischof Adhémar ließ weitere Männer und Werkzeug kommen. Bald hoben ein Dutzend Ritter in dem steinigen und trockenen Boden einen Graben aus, so lang und annähernd so tief wie ein Grab. In seinen sizilianischen Prunkgewändern stand Bohemund daneben und trieb sie an. »Verdammt noch mal«, knurrte er. »Geht das nicht schneller?« Bischof Adhémar stierte ihn finster an, doch Bohemund sagte mit dreistem Blick: »Wenn es Branntwein wäre – sie würden ihn sofort finden.«

Eine Stunde verging, eine zweite. Der Graben war jetzt mehr als mannstief. Eine Handvoll Erde nach der anderen wurde emporgeworfen. Ich ließ Bartolomé nicht aus den Augen. Ihn schien das Ganze überhaupt nicht zu berühren. Er stand einfach dabei und ließ den Kopf in immer der gleichen rhythmischen Weise kreisen. Der Priester Raimund allerdings wurde immer erregter. Er grunzte wie ein Tier und kreischte so laut, daß ihn Adhémar hinauszuschicken drohte.

Herzog Gottfried beugte sich zu meinem Lehnsherrn hinüber und fragte: »Wißt Ihr, was geschieht, wenn sich das hier als Fehlschlag erweist?« Graf Raimund nickte ernst.

Bis Mittag war der Graben so lang wie der Altar und so tief, daß man die Köpfe der Ritter nicht mehr sehen konnte. Endlich gebot ihnen der Bischof aufzuhören. Sie ließen das Werkzeug sinken und kamen, vor Anstrengung keuchend, heraus, wobei sie sich den Schweiß von den schmutzigen Gesichtern wischten.

»Bartolomé«, sagte Adhémar. »Sie ist nicht hier.«

Der Angesprochene schüttelte sich, als habe man ihn aus einem Traum geweckt. Mit großer Seelenruhe lächelte er uns an. »Nicht durch Graben kommt sie ans Licht«, sagte er. »Nur durch das Gebet.«

Wir blickten einander an und knieten uns dann, dem Beispiel des Bischofs folgend, auf den Boden.

»Vater«, begann dieser, »wir haben den Ruf Deines Sohnes vernommen. Wir haben alles hinter uns gelassen, was wir besitzen, und sind Ihm gefolgt. Wir sind in dies heilige Land gekommen, um Sein Grab vor der Entweihung zu retten, auf Seinen Spuren zu wandeln, den Weg für Seine Diener zu bahnen, die nach uns kommen. Jetzt umringen uns Deine Feinde. Alle von uns, die ihr Blut vergossen haben, aber auch jene, die bereit sind, es zu tun, flehen Dich um Deine Gnade an und bitten Dich, die heilige Lanze Unseres Erlösers aus der Tiefe dieser Grube heraufzuholen, so das Dein Heiliger Wille ist.«

Bei diesen letzten Worten neigte Bartolomé, der sich nicht hingekniet hatte, den Kopf, als kämen sie ihm vertraut vor. »Ja«, sagte er und trat an den Rand des Grabens. »›Aus der Tiefe dieser Grube‹. Seht nur, da ist sie.«

Alle standen auf und drängten sich nahe an den Rand. Wahrhaftig, dort am tiefsten Grunde der Grube lugte eine Metallspitze aus der Erde hervor. Der Priester Raimund von Agiles schob sich vor und sprang aufkreischend hinab, den Kopf voran. Immer wieder schlug er mit der Brust auf den Boden, als wollte er sich auf der Lanzenspitze aufspießen. Dabei kreischte er: »Nimm mich! Nimm mich!«

»Holt ihn da raus«, gebot Bischof Adhémar, und die Ritter beförderten den kreischenden Priester unsanft nach oben. Dann trat Bartolomé vor. »Wenn Ihr gestattet, hole ich sie«, sagte er. Bohemund faßte ihn an den Armen und ließ ihn hinab. Bartolomé kniete nieder, kratzte vorsichtig an der Erde und förderte den Schaft eines römischen *pilum*[58] zutage. Er hielt ihn empor. Bischof Adhémar beugte sich vor, um ihn entgegenzunehmen.

»Die Lanze, die mit Christi Blut bedeckt ist«, sagte er mit großer Feierlichkeit. Wir alle sanken erneut in die Knie. Unten in der Grube stand Bartolomé und lächelte selig.

Die Wirkung auf unser Heer war eindrucksvoll. Jetzt sind alle überzeugt, daß Christus in eigener Person uns anführt und der Sieg uns gehört. Bartolomé hat dem Bischof gesagt, wir müßten weiterfasten, bis unsere Sünden getilgt seien und danach die Türken angreifen, die wir mit Unterstützung der Heiligen und Engel sowie der Seelen unserer gefallenen Gefährten besiegen werden. Unter normalen Umständen wäre es außerordentlich töricht, sich den Türken vor den Mauern zum Kampf zu stellen, aber keiner unserer Männer zweifelt, daß es so sein muß.

Morgen soll die Lanze in feierlicher Prozession durch die Stadt getragen werden. Immer noch läuten die Glocken, obwohl die Nacht schon weit vorangeschritten ist, und die Stadt hallt wider von Lob- und Dankgesängen. Seit dem Tage unseres Aufbruchs hat keine so frohe Stimmung im Heer geherrscht. Es ist ein Wunder. Wir fühlen uns wie neu geboren.

Den dreiundzwanzigsten Juni

Ein Teil der türkischen Streitmacht beginnt sich zurückzuziehen. Wir haben Reiterei- und Fußvolk-Abteilungen gesehen, die das Lager verlassen haben und nach Osten verschwunden sind. Den Grund dafür vermag ich nicht zu nennen, aber es macht unseren Männern Mut.[59]

Unser Fasten ist beendet, aber einen Unterschied merken wir fast gar nicht. In der Stadt gibt es kaum noch Nahrung, und manch einer unter unseren Männern hat überhaupt nichts zu essen. Viele sind dazu übergegangen, rohe Baumrinde zu verzehren oder einen Brei daraus zu kochen. Unsere von der Belagerung stark mitgenommenen Tiere gehen beängstigend schnell ein. Bischof Adhémar hat ermitteln lassen, wie viele Pferde noch als Reittiere taugen, und es hat sich herausgestellt, daß uns kaum noch hundert bleiben. Unter ihnen befindet sich Fatana; sie zu retten, gebe ich mir die größte Mühe. An manchen Tagen habe ich um ihretwillen auf meine Essensration verzichtet. Sie hat mich bis hierher getragen; ich möchte sie nicht umkommen sehen.

Ich bin sehr müde, und meine Beinwunde schmerzt mich erneut. Vielleicht setze ich meine Aufzeichnungen morgen fort.

Den fünfundzwanzigsten Juni

Seit zwei Tagen kann ich nicht mehr ohne Schmerzen gehen. Peter von Roaix hat meine Aufgabe bei der Verteidigung der Mauern übernommen und hält auch Bohemund vom Palast fern. Ich habe schon gesehen, wie dieser mitunter begehrliche Blicke auf den Hof warf, ähnlich einem eifersüchtigen Bewerber um die Hand einer Schönen. Ich nehme an, er würde den Palast sofort besetzen und uns hinauswerfen, wenn er ihn je unbewacht vorfände. Graf Raimund befindet sich noch immer vor der Zitadelle; das Fieber hat ihn so sehr geschwächt, daß er nicht herunterkommen kann.

Aus dem Norden haben uns schlechte Nachrichten erreicht: Kaiser Alexios hat sich mit dem byzantinischen Heer ins Innere Anatoliens zurückgezogen. Hilfe wird uns von dort nicht kommen – allerdings hatten wir auch nie wirklich damit gerechnet. Dennoch trifft uns die Nachricht hart, auch wenn die Männer nach wie vor an die heilige Lanze glauben.

Den sechsundzwanzigsten Juni

Mittlerweile steht Bohemund an der Spitze der Heere. Das hat Bischof Adhémar angesichts von Graf Raimunds verschlimmertem Gesundheitszustand angeordnet. Heute morgen kam Bohemund zum Palast und verlangte, ich solle ihm den Prachtbau als Hauptquartier überlassen. Ich habe mich geweigert. Er hat mir mit der Faust gedroht, mir geflucht und mich seinen Feind genannt. Ich habe ihn wissen lassen, daß ich das zwar bedaure, aber lieber sein Feind sei, als meinen Lehnsherrn zu hintergehen.

»Ihr wißt, daß sich Alexios zurückgezogen hat«, sagte er. »Das bedeutet, er will die Stadt nicht haben. Raimund hat selbst gesagt, daß sie in dem Fall mir gehört.«

»Sobald ich es aus seinem eigenen Munde höre, werde ich sie Euch gern überlassen«, gab ich zur Antwort.

»Er liegt im Sterben«, sagte er.

»Das steht in Gottes Hand«, antwortete ich. »Sofern er aber sterben sollte, ohne mir zu gebieten, daß ich Euch die Stadt übergebe, werde ich hier ausharren, bis ich ihn beim Jüngsten Gericht wiedersehe.«

Bohemund bleckte die Zähne. »Das könnte früher der Fall sein, als Ihr jetzt annehmt«, drohte er.

Der Abzug der Türken dauert an. Man hat beschlossen, ihnen einen Abgesandten zu schicken, der einen Waffenstillstand vorschlagen soll. Wir werden ihnen anbieten, sie nicht anzugreifen, wenn sie die Belagerung aufgeben. Peter von Amiens hat sich freiwillig bereit erklärt, die Botschaft zu überbringen. Das ist heldenhaft von ihm, denn die Türken haben uns kein freies Geleit zugesichert. Vielleicht hofft er, auf diese Weise sein Ansehen beim Heer wieder herzustellen.

Denselben Tag, später

Während ich schrieb, klopfte es an meine Tür. Es war Frau Jasmin, von Kopf bis Fuß in schwarze Gewänder gehüllt. Es erstaunte mich, sie zu sehen. Lange blieb sie schweigend an der Tür stehen. Dann aber fragte sie: »Geht es Euch nicht gut, Faransch?«

Ich hatte drei Tage das Bett gehütet. Da ich mich meines Zustandes schämte, bat ich sie zu gehen, doch sie trat trotzdem ein.

»Ich habe Euch etwas zu essen gebracht«, sagte sie. Unter ihren Gewändern holte sie einen geflochtenen Korb hervor und trat damit an mein Lager. Ich stellte das Schreibtischchen beiseite und versuchte mich aufzurichten, so gut es gehen wollte.

»Laßt Euch nicht stören«, sagte sie, setzte den Korb auf den Teppich neben mir ab und blieb unbeweglich mit gesenktem Kopf am Bett stehen. Lange sah ich sie an, ohne zu wissen, was ich sagen sollte. Das Schweigen schien uns einzuhüllen. Dann raffte sie ihre Gewänder zusammen und wandte sich zum Gehen.

»Ich danke Euch«, sagte ich.

»Ich habe es gern getan«, sagte sie nach kurzer Pause.

Da ich nicht wollte, daß sie schon ging, fuhr ich fort: »Es war gefährlich für Euch herzukommen.«

Erneut wandte sie sich mir zu. Das einzige, was ich von ihr sehen konnte, war der Schimmer des Kerzenlichts in ihren Augen. »Seit dem Auffinden der Reliquie hat sich viel geändert.«

»Ihr wißt davon?«

»Jeder weiß davon, Faransch. Ihr seid ein abergläubischer Menschenschlag.«

»Für uns ist es eine Angelegenheit des Glaubens«, sagte ich.

»Dann werde ich Gott preisen, daß er Euch Euren Glauben geschenkt hat, denn nunmehr kann ich mich ohne Furcht auf den Straßen meiner Stadt bewegen.« Sie schien nicht mehr gehen zu wollen, und so forderte ich sie auf, Platz zu nehmen. Sie lehnte ab.

»Faransch«, begann sie zögernd. »Ihr habt mich beschützt. Dafür muß ich Euch dankbar sein.«

Das klang wie ein widerwilliges Eingeständnis, und so sagte ich: »Ich hätte Euch töten können.«

Sie neigte leicht den Kopf. »Ich habe gehört, Faransch, daß es Eure Pflicht ist, jeden zu töten, der nicht Eurer Ansicht ist.«

Die Antwort belustigte mich; auf jeden Fall war sie kühn. Ich nahm den Korb vom Boden auf. »Wollt Ihr mit mir essen?«

»Das darf ich nicht. Ihr seid ein Ungläubiger. Ich würde mich beflecken«, sagte sie.

Die Antwort kränkte mich. »Unser Herr Jesus Christus hat gesagt, nicht was in den Mund eines Menschen geht, befleckt ihn, sondern was aus seinem Herzen kommt. Habt Ihr nicht Güte aus meinem Herzen empfangen?«

Sie dachte einen Augenblick darüber nach. »Es hat nichts mit Mund oder Herz zu tun, Faransch«, sagte sie, »sondern mit der Seele.«

»Nun gut«, gab ich zur Antwort und begann zu essen. Es war Weizengrieß, den sie zusammen mit Korinthen in Weinblätter gewickelt hatte. Sie sah mir aus den Augenwinkeln zu. »Es mundet köstlich«, sagte ich. Mit einer Verneigung nahm sie die Anerkennung entgegen.

Während ich aß, stand sie schweigend und ohne sich zu rühren da. Es war sicherlich die sonderbarste Abendmahlzeit, die ich je zu mir genommen hatte: im winzigen Gemach des Emirpalastes, umgeben von goldfarbenen Teppichen, unter den Augen einer Verschleierten, deren Gesicht ich nie gesehen hatte.

Als ich fertig war, trat sie ans Bett und kniete davor nieder. Unter ihren Gewändern holte sie ein feuchtes leinenes Tuch hervor, das Wohlgerüche ausströmte. Verständnislos sah ich sie an. Sie nahm meine Hände und begann sie abzuwischen.

Ihre Berührung stimmte mich sogleich milder. Ich spürte, wie mich Wärme durchfloß, und ich atmete den zarten Duft ein, der sie wie ein Geheimnis umgab. Sie war jetzt den Kerzen so nahe, daß ich unter dem Schleier den Umriß ihres Gesichts wahrnehmen konnte. Es wirkte jugendlich und glatt, doch lagen tiefe Schatten darauf. Während sie meine Finger einen nach dem anderen säuberte, schaute ich sie wie gebannt an. Sie stand erneut auf. »Ich werde Euch jetzt verlassen«, sagte sie dann.

»Werdet Ihr wiederkommen?« fragte ich, ohne darüber nachzudenken.

»Nein«, antwortete sie.

»Dann geht nicht fort.« Schweigend stand sie vor meinem Lager, und ich nahm an, daß sie im Dunkel unter ihren Gewändern zitterte. »Was wünscht Ihr von mir, Faransch?« flüsterte sie.

»Ich möchte Euer Gesicht sehen.«

Lange sah sie mich an, dann hob sie die Hand und löste den Schleier. Er fiel, und ich sah zum ersten Mal ihre Züge. Sie waren nicht schön, aber auf ihrem Gesicht lag eine nahezu feierliche Offenheit, die mich beeindruckte. Sie mochte höchstens zwanzig Jahre alt sein, und dennoch wirkte sie älter, wie eine Frau, die über ihre Jahre hinaus gedacht und empfunden hat.

Ihre weit auseinanderstehenden Augen sind unergründlich und sehr dunkel. Die Unterlider sind gerade, die oberen aber ähneln denen der Bewohner Asiens. Sie hat feine, leicht geschwungene Brauen, die kaum mehr scheinen als ein Schatten. Ihr Gesicht ist ein einfaches Oval, ohne feinere Züge oder eine Spur von Sinnlichkeit. Das Kopftuch von fast schwarzem Purpur, das sie immer trägt, rahmte ihre ungewöhnlich hohe Stirn ein. Ihre Lippen sind ziemlich schmal, ihre Mundwinkel nach unten gebogen, die Nase ist klein und ein wenig gekrümmt. Ihre Haut ist nicht dunkel, wie ich es erwartet hatte, es liegt eher ein dunkler Schimmer darauf. Sie hat einen sehr schlanken Hals.

Doch was mich fesselte, waren ihre Augen und der Blick darin. Er war nicht traurig, sondern ernsthaft. Ich hatte den unabweisbaren Eindruck, daß sich dahinter viel und Wichtiges verbarg. Es war, als könnte ich darin die lebende Seele sehen. Das ernüchterte mich.

Ich setzte mich auf, und sie tat einen Schritt zurück. Ich hob die Hand, um das Tuch von ihrem Haar zu nehmen, doch sie sagte: »Ihr dürft mich nicht berühren, Faransch.« Unversehens fielen mir die Worte ein, die Christus nach seiner Auferstehung zu den Frauen gesagt hatte: »Rührt mich nicht an.« Ich ließ die Hand sinken.

Ich dankte ihr, daß sie sich um mich gekümmert hatte.

»Euer Diener sagt, daß es zur Schlacht kommen wird«, sagte sie. Ich bestätigte das. »Dann werde ich für Euch beten.«

»Noch nie hat ein Moslem bei einer Schlacht für mich gebetet«, sagte ich.

»Soll ich es also lieber lassen?« fragte sie und hob ein wenig die Braue. Ich teilte ihr mit, daß ich ihr dankbar wäre. »Ich werde also mit Eurer Erlaubnis für Euch beten.« Sie griff nach ihrem Schleier. »Nunmehr aber verlasse ich Euch«, sagte sie. Sie legte ihn wieder vor das Gesicht, kreuzte die Hände vor der Brust und verneigte sich. Dann war sie fort.

Heute nacht werde ich nicht schlafen.

Den ersten Juli

Was kann ich über die Wunder dieser Tage sagen? Am Sonntag haben wir das Sankt-Georgs-Tor geöffnet und sind gegen die Türken vorgerückt. Da wir nur gut hundert Berittene aufbringen konnten, habe ich mich trotz meiner Beinwunde gewappnet, um den Platz meines Lehnsherrn einzunehmen. Noch vor der Morgendämmerung verließen wir die Stadt; uns vorauf zogen die Priester in ihren Andachtsgewändern zusammen mit Bischof Adhémar, der die heilige Lanze trug.

Während wir die Brücke zum Lager der Türken überquerten, waren wir darauf gefaßt, daß sie uns jeden Augenblick angreifen und in Stücke hauen würden. Doch sie kamen nicht, ganz wie es Bartolomé zugesichert worden war. Es gibt keine Erklärung dafür, außer daß Gott selbst eingegriffen hat, denn sie zählten ihrer vierzigtausend und wir kaum unser zehntausend. Sie hätten uns überwältigen und Mann für Mann niedermetzeln können. Statt dessen konnten wir im ersten Morgenlicht erkennen, wie sie aus ihren Zelten zu uns herübersahen, während wir Aufstellung nahmen.

Bohemunds Plan sah vor, daß jeder Trupp, sobald er die Brücke überquert hatte, seitwärts schwenkte, um für die Nachdrängenden Platz zu schaffen. Das taten wir in vollkommener Ordnung, während die Priester fromme Lieder sangen und die Männer auf den Mauern erstaunt zusahen. Dann geschah das größte Wunder von allen.

Vom Bergesgipfel begann sich ein Nebel auf uns zu senken. »Seht«, flüsterten die Krieger. »Es sind die Engel mit den Heiligen und den Geistern unserer Toten, die gekommen sind, auf unserer Seite zu kämpfen.«

Und wirklich war es ein äußerst bemerkenswerter Anblick, denn der Nebel wallte in Wolken herab, die sich blähten und hin und her wogten. Dahinter schwärmten wir zu einer Linie von kaum mehr als einer halben Meile Länge aus, die sich von den Hängen des Silpius-Gebirges zum Ufer des Orontes hinab erstreckte. Inzwischen hatten sich die Türken zum Angriff gegen uns formiert, doch konnten sie uns durch den Nebel nicht sehen. Bohemund schickte einen Trupp Fußvolk auf die Berghänge, um zu verhindern, daß uns der Feind an der Flanke faßte, dann gab er den Befehl zum Vorrücken.

Unsere Linien rückten in gleichmäßiger Formation vorwärts. Voll Staunen drangen wir in den Nebel ein, und viele sahen die Umrisse längst Verstorbener, seien es Freunde, Verwandte und Bekannte, die sie ansprachen, während sie vorüberzogen. Namen wurden gerufen, Stimmen erklangen auf allen Seiten, manche überrascht, andere voll Freude. Als wir aus dem Nebel hervortraten, waren die Gesichter nahezu aller unserer Krieger tränennaß. Ich sah in ihren Augen einen Ausdruck von Verzückung, wie er nie zuvor auf den Gesichtern von Männern gelegen hat, die dem Tod entgegenzogen. Zum ersten Mal fühlte ich bei einer Schlacht meine Seele erhoben. Gewiß, das war Krieg, aber er war glorreich. An jenem Tag lag die Herrlichkeit Gottes auf uns.

Die Türken standen stocksteif da, während wir vorrückten. Dann aber, Gott sei gepriesen, wandten sie sich zur Flucht. Als unsere Männer das sahen, setzten sie ihnen mit Jubelrufen nach. Viele der Türken machten wir noch inmitten ihrer Wetterdächer nieder, andere beim Versuch, den Orontes zu überqueren. Nach einer Stunde war die Schlacht vorüber, und wir standen am Ufer des Flusses und sahen die Feinde zu Tausenden über die Ebene vor Antiochia dem See entgegen verschwinden. Bischof Adhémar brachte die Lanze herbei, und alle Männer fielen auf die Knie und beteten.

Bartolomés Vision hatte uns untersagt, die Gefangenen zu töten und das Lager des Feindes zu plündern. So ließen wir sie also laufen, nachdem wir sie entwaffnet hatten, und kehrten hinter Antiochias Mauern zurück. Nicht einen einzigen Mann haben wir verloren. Die Stadt ist frei. Der Weg nach Jerusalem liegt offen vor uns.

Die Besatzung der Zitadelle hat sich heute abend ergeben, und in der Stadt wird gefeiert. Während die Krieger ihre Lieder sangen und die Glocken läuteten, machte ich mich zum Haus mit der niedrigen Tür auf. Als ich eintrat, saß Frau Jasmin nahe einer Lampe und ließ Perlen durch ihre Finger gleiten. Sie stand auf, legte aber den Schleier nicht vor ihr Gesicht. Einen Augenblick lang glaubte ich in ihren Augen Erleichterung zu erkennen, aber der Ausdruck war so rasch vorüber, daß ich nicht sicher sein konnte. »Ich danke Gott, daß Ihr wohlauf seid, Faransch«, sagte sie.

»Eure Gebete haben mich beschützt.«

Sie nahm eine Schale mit Wasser und einen mit Spitze besetzten Leinenstreifen zur Hand. »Ich habe Euch ein Mahl bereitet. Doch falls Ihr Blut vergossen habt, müßt Ihr Euch erst reinigen.«

Ich konnte ein Lächeln nicht unterdrücken. »Das habe ich nicht getan«, sagte ich. »Sie sind geflohen.«

Sie senkte den Blick und nickte. Dann wies sie auf den Boden, und ich setzte mich an den niedrigen Tisch. Wieder war es ein einfaches Mahl, und wieder aß sie selbst nicht.

»Antiochia ist jetzt unser«, sagte ich. »Was werdet Ihr tun?«

»Mit Eurer Erlaubnis, Faransch ...«, begann sie. Ich konnte das Unbehagen im Ausdruck ihres Gesichts erkennen. »Ich habe mit Eurem Diener gesprochen. Er sagt, ich dürfe mich um Euch kümmern: Eure Mahlzeiten bereiten, Eure Kleidung waschen und Euer Pferd striegeln.«

»War das Eure Tätigkeit, bevor wir kamen?« fragte ich. »Wart Ihr eine Dienerin?«

Zum ersten Mal sah sie mir in die Augen. »Ich bin Dichterin«, gab sie voll Würde zur Antwort. »Ich habe für meinen Herrn, den Emir, Verse verfaßt – für ihn, dessen Haupt Euch gefallen hat, auf der Mauer zur Schau zu stellen.« Erneut senkte sie den Blick. »Deshalb wohne ich hier am Palasttor.«

»Aha«, sagte ich. »Nun schön. Ihr mögt mir aufwarten. Und auch für mich schreiben.«

Sie zog die Stirn kraus. »Das geht nicht, denn weder in Wort noch Schrift ist mir Eure Sprache hinreichend vertraut.«

»Dann schreibt in der Euren, und lest mir vor. Und ich will dafür sorgen, daß es Euch an nichts mangelt.«

Sie neigte den Kopf und schien nachzudenken. Nach einer Weile sagte sie: »Wie Ihr wünscht, Faransch.« Sie holte mir Tee und zog sich mit der Erklärung, daß sie ihre Nachtgebete verrichten müsse, in den Nebenraum zurück.

Ich beendete meine Mahlzeit und ging dann fort. Auf dem Platz drängten sich feiernde Krieger. Aus dem Schatten neben dem Haus trat Mansur auf mich zu. »Euer Pferd ist gut versorgt«, sagte er. Ich dankte ihm. Nach kurzem Zögern fügte er hinzu. »Sie hat sich heute um Euch Sorgen gemacht.«

Ich antwortete ihm nichts darauf. Aber die Worte bewegten mich tief, und ich spürte, wie sich in meinem Herzen eine Freude regte, die weit größer war als die über unseren Sieg.

Den neunten Juli

Eine Krankheit, die viele befällt, hat die Stadt heimgesucht. Zweifellos hängt sie mit den vielen Toten und den verseuchten Brunnen zusammen.[60] Sie breitet sich im ganzen Heer aus, und Mann auf Mann erkrankt an ihr. Sie hat auch Bischof Adhémar erfaßt. Mir kann sie nichts anhaben, da ich sie auf dem Marsch bereits überstanden habe.

Proviant ist nach wie vor knapp; auf dem Markt läßt sich so gut wie niemand blicken. Fouragetrupps haben alles im Umkreis von Meilen abgesucht und nicht viel Federlesens gemacht, die Marktstädte zu überfallen, mit dem Ergebnis, daß uns jetzt sogar die Armenier voll Furcht meiden. Im Hafen von Sankt Simeon ist ein englisches Schiff mit Nachschub eingetroffen, aber die Garnison hat dessen Besatzung beim

Löschen der Ladung nahezu vollständig abgeschlachtet, und so ist nichts von den Vorräten zu uns gelangt. Jetzt ist kein Kapitän mehr bereit, den Hafen anzulaufen.

Antiochia ist ein trübseliger Ort. Männer fallen auf der Straße um und sterben. An jedem Haus sind die Läden geschlossen. Wo noch kürzlich soviel Zuversicht und Jubel herrschte, findet sich jetzt fiebrige Unzufriedenheit. Manche, vor allem Normannen, lästern über die heilige Lanze. Diesen Zorn schürt Bohemund, den sein Verlangen, über die Stadt zu herrschen, so zerfrißt, daß er in unseren eigenen Reihen die einen gegen die anderen ausspielt. Es hat schon Kämpfe unter den Soldaten der verschiedenen Heere gegeben. Meiner Überzeugung nach trägt Bohemund einen großen Teil der Verantwortung daran.

Mein Lehnsherr ist von der Zitadelle zurückgekehrt. Sie wird inzwischen von den Normannen besetzt gehalten. Insgeheim, aber dabei sehr planvoll, hat sich Bohemund in den Besitz der ganzen Stadt gebracht. Die einzigen Ausnahmen sind das Palastviertel und das Brückentor, das nach wie vor wir halten. Jetzt steht Normanne gegen Provenzale, und die anderen sehen zu und warten auf den Ausgang. Unterdessen liegt Bischof Adhémar, der allein imstande wäre, die Heerführer miteinander auszusöhnen, krank im Hohen Dom.

Gestern trat Fulk Rechin auf der Straße mit Landry Gros und anderen Normannen auf mich zu. Bohemund hat ihre Seele vergiftet, denn sie drohten mir und erklärten, wir müßten den Palast übergeben, oder es werde uns teuer zu stehen kommen. Fest sah ich meinen alten Gefährten Landry Gros an und fragte, ob das auch seine Ansicht sei.

»Du hältst dich besser aus der Sache heraus, Escrivel«, sagte er. Er konnte mir kaum in die Augen sehen.

»Und was ist mit unserem Eid?« fragte ich. »Was ist mit Jerusalem?«

»Wir werden hier ein Königreich errichten«, gab er zur Antwort, »damit andere kommen können. Sie mögen das von uns begonnene Werk vollenden.«

»Nur Feiglinge überlassen ihre Aufgaben anderen«, sagte ich. Ich wandte mich zum Gehen, doch Landry packte mich am Arm.

»Escrivel«, sagte er mit gesenkter Stimme, »wenn der Bischof stirbt, ist unsere Unternehmung am Ende. Dann muß jeder sehen, wo er bleibt. Ich möchte nicht, daß du Schaden nimmst, aber so wird es kommen, wenn du auf deinem Standpunkt beharrst.«

Ich löste seine Hand von meinem Arm und dankte ihm für seine Fürsorge. »Wenn Schaden die Folge dessen ist, daß man seine Pflicht tut«, fügte ich hinzu, »nehme ich ihn gern in Kauf.« Ich hätte lieber sagen sollen, daß ich ihm nicht ausweichen würde, denn gern würde ich nicht gegen die Normannen kämpfen.

Den fünfundzwanzigsten Juli

Heute hat Bischof Adhémar die vornehmsten unter den Heerführern zur Beratung zusammengerufen. Wortlos versammelten wir uns im Hohen Dom. Die Stimmung war frostig. Alle hielten sich voneinander fern. Mein Lehnsherr, der wieder genesen ist, war nicht einmal bereit, Bohemund auch nur anzusehen. Sogar der sonst so ausgelassene Herzog Gottfried, der nie mit seiner Ansicht hinter dem Berg hält, hüllte sich in Schweigen.

Ein Mönch führte uns in des Bischofs Schlafgemach neben der Sakristei. Sein Zustand entsetzte mich; er befindet sich offenkundig in den letzten Stadien der Krankheit. Seine Haut ist fast durchsichtig, man sieht das Blut in den Adern darunter pulsen. Dunkle Ringe lagen um seine Augen.

Obwohl er kaum flüstern konnte, richtete er das Wort an uns. Wir waren so nahe an ihn herangetreten, wie wir es nur wagten, wobei jeder Abstand zum anderen wahrte.

»Krieger Christi«, begann er. »Ich betraue Euch mit der Aufgabe, das Heilige Grab zu befreien. Bis Jerusalem sind es zehn Tagesritte. Ihr müßt aufbrechen.«

Mit lauter Stimme, die uns zusammenfahren ließ, fragte Bohemund: »Adhémar von Monteil, wem von uns soll Antiochia gehören?«

Der Bischof sah zu uns auf. Dann hob er die Hand und wies mit einem Finger auf einen der Edlen nach dem anderen. Zuletzt führte er die Hand wieder zu seiner Brust und legte sie auf den Christus am Kruzifix, das er um den Hals trug. »Ihm allein«, sagte er.

»Verdammt noch mal, Bischof«, knurrte Bohemund, »Ihr müßt entscheiden.«

»Laßt ihn in Ruhe«, zischte mein Lehnsherr.

»Das könnte Euch so passen«, schnaubte Bohemund.

Erneut hob Adhémar die Hand. »Vergebt einander«, sagte er. Dann wies er auf Graf Raimund. »Nehmt die Lanze, und alle werden Euch nach Jerusalem folgen.«

»Das will ich tun«, gab mein Lehnsherr zur Antwort.

»Wieso er?« begehrte Bohemund auf. »Wer war als erster in Antiochia? Wer hat die verdammten Türken vertrieben? Ich habe einen größeren Anspruch auf die Führerschaft unseres Zuges als er.«

Bischof Adhémar sah ihn mit seinen fiebrigen Augen fest an. »Ihr glaubt nicht an die Lanze«, sagte er.

Bohemund sah aus, als hätte ihn jemand geohrfeigt. »Wer? Ich? Habe ich nicht das verdammte Ding vorne aufgepflanzt, als wir Ker-boga angegriffen haben? Wenn es je eine Glaubenshandlung gegeben hat, dann war das eine. Was nützt einem der schönste Glaube, wenn man nicht siegt?«

Bischof Adhémar war zu schwach, um die Unterredung fortzuführen, und die Mönche, die sich um ihn kümmern, baten uns, den Raum zu verlassen. Bohemund wollte weiterreden, aber Herzog Gottfried und Graf Robert von der Normandie führten ihn aus dem Zimmer.

Die heilige Lanze lag auf einem purpurfarbenen Tuch auf dem Hochaltar. Mein Lehnsherr beugte das Knie, schritt die Stufen hinauf und legte die Arme um die Lanze. Als er sich umdrehte, schoß ihm Bohemund finstere Blicke zu. »Glaubt bloß nicht, daß Euch der Plunder da retten wird«, sagte er.

Als ich heute abend zum Essen in Frau Jasmins Haus trat, sah sie sogleich, daß ich verstört war. Wortlos deckte sie den Tisch und stellte lautlos Kupferschalen sowie die goldgeränderten Becher hin. Wie immer blieb sie in der Nähe stehen, während ich aß.

»Bitte«, forderte ich sie auf, »setzt Euch doch.« Zu meiner Überraschung folgte sie meinem Geheiß, wobei sie die Hände faltete und unter ihre Gewänder schob. Es gelang mir nicht, meine Gereiztheit zu verbergen. »Es ist mir lieb, daß Ihr mit mir eßt«, sagte ich.

Sie preßte die Lippen aufeinander und neigte den Kopf. Dann nahm sie mit den Fingern ein wenig Feigenbrei und strich ihn auf ein Stück trockenes Fladenbrot. Ich sah zu, während sie es in den Mund steckte.

»Das hat Euch nicht befleckt, oder?« fragte ich.

Ohne den Blick zu heben, bemerkte sie gelassen: »In Eurem Heer herrscht keine Zucht.« Ich fragte, was sie damit meine. »Euer Imam, Al-hemur, liegt im Sterben. Bald werden Eure Krieger einander an die Gurgel gehen.«

Ich war erstaunt. »Woher wißt Ihr das?« fragte ich.

»Heute morgen auf dem Markt hat mir ein Krieger die Hand ins Gewand gesteckt. Ein Edelmann, der in der Nähe stand, hat untätig zugesehen, wie er mich mit frechem Lachen betastete.« Empört wollte ich wissen, wer diese Männer waren und wessen Farben sie getragen hatten. Sie schüttelte den Kopf. »Es ist unerheblich«, sagte sie. »Eure Leute haben so viele getötet; damit verglichen ist es nichts.«

Ich sagte ihr, daß ab sofort eine Wache sie begleiten würde, wenn sie das Haus verläßt. Dann kam mir ein entsetzlicher Gedanke. »Er hat Euch doch nichts … zuleide getan?« fragte ich.

»Nein, Faransch.« Dann stand sie auf. »Ich wollte Papier auf dem Markt kaufen. Ich habe ein Gedicht für Euch geschrieben.« Sie verschwand im Nebenraum und kehrte mit einem Bogen jenes fasrigen Materials zurück, das man hier statt des Pergaments zum Schreiben benutzt. »Mit Eurer Erlaubnis«, sagte sie und nahm ihren Platz am Tisch wieder ein. Ich nickte.

Der Text war in der Sprache der Türken verfaßt, die ich bis dahin nur von Gefangenen oder von verzweifelten Männern im Gefecht gehört hatte. Sie war mir grob und ungehobelt erschienen, doch als sie ihre Verse las, ging mir auf, wie wohltönend sie sein kann. Sogar die Kehllaute klangen weich und nicht so abgehackt wie sonst. Das Steigen und Fallen der Satzmelodie und die vielen rollenden Ls und Rs klangen wie Musik.

Das Gedicht war nicht lang. Als sie geendet hatte, legte sie das Blatt auf den Schoß und senkte scheu den Blick. Ich dankte ihr. »Was bedeuten die Worte?« fragte ich.

»In einem Gedicht sind Klang und Sinn eins«, gab sie zur Antwort. »Es muß sein wie der Wind oder das Meer.«

Ich ließ nicht locker. »Was bedeuten die Wörter?«

»Es geht um einen Meister, einen religiösen Mann, der einen Diener hat. Dieser aber weiß nicht, womit er seinem Herrn gefallen kann. Dann hört er ihn eines Nachts beten: ›Ich bin so voller Sünden, daß der Tod die einzige Sühne dafür ist.‹ Als der Diener das hört, ist er hoch erfreut und nimmt sich das Leben.«

»Ein trauriges Gedicht«, merkte ich an.

Sie runzelte die Brauen. »Aber nein«, sagte sie. »Es ist ein Freudenlied. Es ist ein Lied Eures Christus.«

»Ich verstehe«, sagte ich. Aber das war nicht der Fall, und ich verstehe es nach wie vor nicht. Sie ist ein sonderbares Geschöpf. Sie hatte recht, mir zu sagen, daß ich sie nicht anrühren soll, und ich habe kein Verlangen danach. Dennoch möchte ich ihr gern zuhören, denn ihr Verstand macht mich neugierig. Noch nie habe ich ihresgleichen kennengelernt, und immer wieder frage ich mich, wer sie wohl ist und welche Hände des Lebens sie geformt haben mögen.[61]

Den ersten August

Adhémar, der Bischof von Le Puy, ist tot. Heute morgen ist er der Krankheit erlegen. Was danach geschah, ist kaum zu glauben.

Bohemunds Normannen griffen sein Gefolge an, dem nicht nur Mönche angehören, sondern auch eine handverlesene Wache aus pikardischen Rittern. Sie kämpften erbittert um den Leichnam, den sie hierhin und dorthin zerrten, während sie mit ihren Dolchen aufeinander losgingen. Zuletzt behielten die Normannen die Überhand und machten sich mit dem Leichnam davon. Sie haben ihn zur Festung Bohemunds im Norden der Stadt gebracht. Es sieht ganz so aus, als sei er entschlossen, Adhémars sterbliche Überreste als eine Art Gegenreliquie in seinen Besitz zu bringen, nachdem er die heilige Lanze an meinen Lehnsherrn verloren hat.

Jetzt liegt der Bischof von Le Puy, Legat des Heiligen Vaters, aufgebahrt in der großen Moschee von Antiochia, die Bohemund als Kirche hat weihen lassen. Man hat uns nicht erlaubt, ihn noch einmal zu sehen, doch habe ich erfahren, daß er in Prachtgewändern unter einem Gewölbe ruht, das mit den Worten des heidnischen Propheten verziert ist und bis vor kurzem von den Gesängen der Türken widerhallte.

Diese Nachricht betrübte meinen Lehnsherr zutiefst, und er rief mich zu sich. »Roger«, sagte er, »nie war unsere Pilgerfahrt in größerer Gefahr als jetzt. Bohemund hat die Heere so sehr gespalten, daß wir nicht nach Jerusalem vorrücken können, und es wird noch schlimmer kommen. Sofern ihm das für seine Ziele dienlich scheint, arbeitet er sogar darauf hin, daß wir uns gegenseitig bekriegen. Er schreckt vor nichts zurück.«

Ich hatte den Eindruck, daß es angebracht sei, meinem Lehnsherrn zu enthüllen, was ich denke. Also sagte ich kühn: »Warum lassen wir ihm nicht Antiochia, einen das Heer erneut und ziehen weiter?«

Ich hatte befürchtet, er werde mir Vorwürfe machen, doch er nickte lediglich matt. »Vielleicht sollte ich das tun«, sagte er. »Womöglich ist es Gottes Wille. Und dennoch ...«

Langsam erhob er sich. Er war im Nachtgewand, und das Kerzenlicht fiel auf seine dünnen weißen Beine. Nie war er mir so alt vorgekommen, ein Mann, den die Sorgen niederdrückten. In jenem Augenblick, da er zu dem Tischchen hinüberging, auf dem ein Krug Wein stand, fühlte ich mich meinem Lehnsherrn so nahe wie nie zuvor. Längst schon bin ich ihm, dem ich Treue schulde, in Freundschaft verbunden, ja, oft war er mir wie ein Vater. In jenem Augenblick sah ich ihn als sehr alten Mann, der den Raum nicht ohne Hilfe durchqueren konnte.

Ich nahm den Krug und goß ihm Wein ein. Er warf mir einen Blick zu. In seinen Augen und auf seinen Lippen lag ein gütiges Lächeln. Dann ließ er sich wieder auf sein Lager sinken. »Nur eines läßt sich all dem entgegensetzen, was wir getan haben«, sagte er, »all dem Töten, all dem Leid, all der Sünde. Das ist unsere Ehre. Wenn wir die aufgäben, wären wir nichts anderes als Straßenräuber mit einem Kreuz auf dem Umhang. Die Ehre unterscheidet das Handeln aus Pflicht vom Handeln aus Notwendigkeit. Die Ehre bewahrt uns im Leben, wie uns die Gnade im Tode bewahrt. Sie macht uns zu Menschen; ohne sie sind wir schlimmer als wilde Tiere. Nur wilde Tiere töten, leiden und fügen den anderen Leid zu, ohne nachzudenken.«

Mit einem Mal hob er einen Finger, und seine Stimme klang sehr bestimmt. »Der Mensch ist das Geschöpf, das sich in seinem Denken und Handeln von der Ehre leiten läßt. Alles andere ist verachtenswert«, erklärte er. Dann senkte er ebenso plötzlich die Stimme wieder. »Ich kann meinen Eid nicht brechen. Bohemund möchte ein Reliquienspiel mit mir spielen. Schön, wir wissen, wo er steht. Wo aber steht Gott? Ich weiß es nicht. Es genügt, daß ich weiß, wo Raimund von Saint-Gilles steht. Mit Gottes Hilfe steht er zu seinem Wort.«

Morgen soll Bischof Adhémar im Hohen Dom beigesetzt werden. Bohemund hat die Bischofskirche bereits befestigt, als handelte es sich um eine Belagerung. Offensichtlich fürchtet er eine Schlacht, doch mein Lehnsherr hat beschlossen, daß die Provenzalen hier im Palastviertel ihren eigenen Gedenkgottesdienst abhalten. Zwar setzt uns das in den Stand, dem Streit aus dem Wege zu gehen, doch wird es unsere Stellung sicherlich schwächen, wenn wir bei der Begräbnisfeier nicht anwesend sind.

Den sechsten August

Niemand hätte beim außerordentlichen Konzil von Clermont, das unsere Pilgerfahrt ins Leben rief, vermuten können, womit sich unsere Krieger in den vergangenen Tagen beschäftigt haben. Bohemund hat in aller Heimlichkeit alle Stadtviertel an sich gebracht, mit Ausnahme dessen, in dem wir uns befinden. Er hat die anderen Edelleute zu kleinen Feldzügen ermuntert, die von ihnen zurückgelassenen Garnisonen abgelöst und jedem den Proviantnachschub gesperrt, der sich seinen Anordnungen widersetzte.

So ist Graf Robert von der Normandie aufgebrochen, um den Engländern beizustehen, die mit ihrer Flotte den Hafen von Lattakieh[62] besetzt haben, Tankred hat sich auf seine Besitzungen in Kilikien zurückgezogen, und Gottfried von Bouillon kam gestern an, um uns seine Entscheidung mitzuteilen, daß er zu seinem Bruder in Edessa aufbrechen wolle.

»Wir müssen mit ansehen, wie sich unsere Unternehmung in Luft auflöst«, klagte mein Lehnsherr.

Herzog Gottfried schien ratlos, was er tun sollte. »Verdammt noch mal, Raimund, die Hälfte meiner Männer hat das Fieber, und die andere Hälfte hungert. Balduin hat genug zu essen für uns alle. Warum kommst du nicht auch mit?«

»Von Edessa nach Jerusalem ist ein weiter Weg«, gab mein Lehnsherr zur Antwort.

»Ins Grab auch. Da aber werden wir alle landen, wenn wir hierbleiben. Überwintere mit uns in Edessa. Wir schließen uns mit Robert zusammen und nehmen Jerusalem ein.«

»Und was wird aus Antiochia?«

Herzog Gottfried senkte die Stimme. »Wir überlassen die Stadt Bohemund«, sagte er. »Sie ist ein Misthaufen. Soll er doch darauf verrotten.«

Mein Lehnsherr schüttelte den Kopf. »Hier tobt eine Schlacht um die Seele unserer Pilgerfahrt. Ich kann mich ihr nicht durch Flucht entziehen.«

Lange sah ihn Herzog Gottfried an. Sein Gesicht war wieder voller geworden, und in seinen blauen Augen lag die freundliche Offenheit, die ich gesehen hatte, als die beiden Freunde einander in Makedonien begegnet waren. »Hör mal, Raimund«, sagte er. »Wir werden beide nicht jünger. Warum sollen wir kämpfen, wenn es nicht unbedingt sein muß? Falls du unsere Unternehmung wirklich retten willst, verlaß mit mir Antiochia. Bohemund läßt nicht mit sich reden. Laß ihn doch seine dreckige Stadt behalten.« Er stieß den Freund mit dem Ellbogen an. »Wir werden über Jerusalem herrschen, er hingegen über Leichen.«

Mit einem Lächeln versprach mein Lehnsherr, daß er darüber nachdenken wolle.

Herzog Gottfried strahlte. »Es heißt, daß die Festung Ma-arat reif zum Fall ist. Geh hin und hol sie dir. Das wird den Normannen schön ärgern, denn sie liegt genau in seiner Flanke. Ich werde unterdessen meinem Bruder Balduin die Beinlinge strammziehen und ihm ordentlich eins hinten drauf geben. Vielleicht nehme ich ihm außerdem noch sein Königreich weg. Weißt du eigentlich, daß er sich zwölf Frauen genommen hat? Ganz schön üppig, wenn man bedenkt, daß er so gut wie keinen Schwanz hat. Wenn du Ma-arat eingenommen hast, komm uns besuchen. Dann machen wir König Balduin ein paar Bastarde.«

Er erhob sich, um zu gehen. Mein Lehnsherr rief ihm nach: »Halt dich von den Bären fern!« Herzog Gottfried quittierte das mit gutmütigem Lachen.

Seit dem Abzug seiner Truppen ist Antiochia zwischen den Normannen und uns aufgeteilt. Bohemund läßt überall verkünden, daß die heilige Lanze ein ausgemachter Schwindel sei und er Bischof Adhémars Leiche als die einzig wahre Reliquie der Pilgerfahrt mit nach Jerusalem nehmen werde. Vorsichtshalber haben wir die Wachen auf der Mauer und rings um den Palast verdoppelt, übrigens auch die am Brückentor, denn es ist unser einziger Fluchtweg für den Fall, daß man uns angreift.

Den fünfzehnten August

Am Fest der Auffahrt Mariä

Zwei Jahre sind vergangen, seit ich die Heimat verlassen habe. Alles steht mir wieder vor Augen: der Ernst meiner Mutter, die Freundlichkeit meiner Schwester und das Schauspiel, das Jehanne bot, als sie mich an den Beinen zerrte. Ich frage mich, was sie wohl heute von mir denken mögen. Da Uc wieder im Flecken Lunel sein dürfte, müßte mein Brief sie erreicht haben. So wissen sie, daß ich noch lebe. Liegt meiner Gemahlin daran? Ich weiß es nicht.

Gestern abend habe ich sie beim Essen gegenüber Frau Jasmin erwähnt. Sie wollte, daß ich ihr Jehanne beschrieb. Es bereitet einem Mann stets Freude, zu Fremden, ganz gleich, wie er zu ihnen steht, über seine Frau zu sprechen. »Sie ist nicht so schlank wie Ihr«, sagte ich. »Ihr Leib ist voller. Zwar ist sie ernst, doch weniger ernst als Ihr. Ihre Augen sind grau, ihre Haut aber ist blaß, wie bei allen Frauen aus der Provence.«

»Und ihr Haar?« fragte sie.

»Es ist sehr lang, seidig und fast schwarz.« Aufmerksam sah sie mich mit ihren dunklen Augen an. Ich fragte: »Von welcher Farbe ist Eures?« Sie sah zu Boden. »Braun«, sagte sie einfach.

»Darf ich es sehen?«

»Das wäre nicht recht«, gab sie zur Antwort. »Nur meinem Gemahl darf ich mein Haar zeigen.«

Die Worte versetzten mir einen Stich. »Seid Ihr verheiratet?« wollte ich wissen.

»Nein«, sagte sie. »Man hatte mich einem Mann versprochen, aber er hat Antiochia verlassen.«

Die ganze Neugier, die ich mit Bezug auf sie stets empfunden hatte, überfiel mich jetzt. Bis zu jenem Augenblick hatte ich nicht einmal gemerkt, wie stark sie war. »Was für eine Sorte Mann war er?« fragte ich.

»Er war der Sohn des Emirs«, gab sie zur Antwort. Das überraschte mich, und ich sagte ihr das auch. »Es war der Wunsch seines Vaters, daß wir heirateten. Auf diese Weise könnte ich dessen Haus, wie er glaubte, besser dienen.«

»Habt Ihr ihn geliebt?« fragte ich.

»Nein«, sagte sie. »Aber Liebe bedeutet uns nicht dasselbe wie Euch. Männer und Frauen müssen heiraten, Kinder müssen geboren werden. So will es Gott. Der Wille des Menschen ist dem untergeordnet – und der Wille einer Frau ist noch unbedeutender.«

Ich suchte in ihren Augen. »Glaubt Ihr all das?« fragte ich.

Sie musterte mich eine Weile. »Bei uns heiratet eine Frau, sobald sie volljährig wird. Ich habe das nicht getan«, sagte sie.

»Wo sind Eure Eltern?«

»Auf dem Friedhof außerhalb der Mauer, den eure Männer zu plündern beliebt haben.« Ich drückte ihr mein Bedauern aus. »Es ist unerheblich«, gab sie zur Antwort. »Sie sind im Paradies. Zumindest meine Mutter. Meinen Vater zog es nicht dorthin.« Ich fragte sie nach dem Grund dafür. »Er hat sich in der Gesellschaft von Heuchlern nie besonders wohl gefühlt«, war ihre Antwort.

Unwillkürlich mußte ich lachen, doch sie verzog keine Miene. »Mein Vater war Tatar. Er stammte aus den Bergen im Norden, jenseits des großen Meeres, die Kaukasus genannt werden. Er war ein Fürst seines Stammes und wild wie der Wind. Er ritt mit einem Krummsäbel zwischen den Zähnen; seine Steigbügel waren aus den Haaren seiner Feinde geflochten. Als Jungen hatte man ihn gelehrt, auf kein anderes Gesetz zu hören als das seines eigenen Herzens, und einen Mann nicht nach dessen Worten zu beurteilen, sondern nach dem, was man in seinen Augen sieht. Oft hat er mir gesagt, daß Worte nichts weiter als Lügen sind.«

»Wie ist er nach Antiochia gekommen?« fragte ich.

»Sein jüngerer Bruder, den er liebte, hat ihn verraten. Sie führten in den Bergen einen langen Krieg miteinander. Zum Schluß nahm mein Vater ihn gefangen, setzte ihm den Dolch an die Kehle und sagte: ›Ich könnte dich töten und selbst König werden. Aber wem darf ich trauen, wenn sogar du, mein Bruder, dich gegen mich gewandt hast?‹ So ließ er ihn herrschen und zog unstet durch die Lande, lebte lieber unter Fremden, denen nichts an ihm lag, als unter seinen Blutsverwandten, die ihn zu lieben vorgaben und dennoch bereit waren, ihn um der Macht willen zu töten.«

»Ihr seid also eine Fürstentochter?« fragte ich.

»Das hat nichts zu bedeuten«, sagte sie schlicht. »Es ist eine Vorstellung, der man am Feuer müßig nachhängen kann. Habt Ihr Kinder, Faransch?« fragte sie unvermittelt.

Ich verneinte, fügte aber hinzu: »Meine Frau hat Kinder.«

Sie zog die Brauen zusammen. »Und Ihr seid nicht deren Vater?«

»Der Vater der Kinder ist tot«, sagte ich.

»Das ist er in der Tat, wenn Ihr es nicht sein wollt«, gab sie zur Antwort. Diesmal runzelte ich die Brauen. Frau Jasmin errötete. »Ich spreche zu offen«, sagte sie. »Diese Schwäche ist Männern vorbehalten. Verzeiht mir, Faransch.«

»Aber nein«, sagte ich. »Ich bewundere Eure Offenheit und weiß sie zu schätzen.«

Dennoch ärgerte ich mich, und ich sagte: »Ich hätte Eure Entschuldigung annehmen sollen.« Wieder senkte sie den Blick.

Seufzend lehnte ich mich an die Wand. An ihr hing ein Teppich ähnlich denen im Palast. Vermutlich war er ein Geschenk des Emirs oder seines Sohnes. »Nein«, erklärte ich, »ich bin mit mir über diese Sache zu Rate gegangen. Ich weiß nicht, warum das so ist, aber ich habe das Gefühl, daß ich mit Euch so frei sprechen kann wie mit mir selbst.« Ihre Augen waren auf mich gerichtet; aufmerksam sah sie mich an, während ich sprach. »Unsere Beziehung ist schwierig. Ich vergötterte meine Frau ... wegen ihres Leibes. In diesem Sinne liebte ich sie. Aber gekannt habe ich sie nie. Versteht Ihr das?«

»Erlaubt Ihr, Faransch?« fragte sie. Ich drängte sie zu sprechen. »Die Seele wohnt nicht im Körper. Man kann sie dort suchen, findet aber nur sich selbst. Die Einsamkeit wohnt dort, aber nicht die Seele. In der Ehe sucht man die Seele.«

»Ihr scheint ja viel darüber zu wissen«, sagte ich mit leisem Spott, »obwohl Ihr nie verheiratet wart.«

»Ihr wart es meiner Ansicht nach ebenfalls nicht«, antwortete sie.

Alles schlief, als ich in den Palast zurückkehrte. Rasch inspizierte ich die Wachen und zog mich dann in mein Gemach zurück. Ich entkleidete mich vollständig, denn die Nächte sind schwül, und obwohl die Insekten sehr lästig sind, kann niemand schlafen, der auch nur ein Nachtgewand trägt.

Ich schlief noch nicht lange, als ich Schritte nahe meinem Bett hörte. Ich war sofort wach und griff nach dem Dolch unter dem Kissen. Durch die runden Fensteröffnungen, die hoch oben in der Wand des Zimmers lagen, fiel ein wenig Mondlicht, und undeutlich nahm ich eine kleine, schmale Gestalt am Fußende meines Bettes wahr.

»Wer da?« sprach ich sie an.

»Adhémar von Monteil«, kam die Antwort. Ich erkannte die Stimme sogleich – es war die des Bischofs von Le Puy. Jäher Schreck durchfuhr mich, mein Herz jagte. Die Gestalt verharrte reglos. Ich setzte mich auf.

»Ihr seid tot«, sagte ich leise.

»Ich brenne in der Hölle«, sagte die Gestalt. Mich überlief es kalt. Es war kein Traum. Die Gestalt kam näher und trat an das Bett heran, wo der bleiche Mondschein auf sie fiel. Es war Bartolomé. Sein Gesicht war unbewegt. Er wirkte wie entrückt. Seine Augen waren geschlossen. »Junge«, sagte ich.

Seine Augen öffneten sich. Es waren die Adhémars. »Roger«, sagte er, »Eure Verzeihung genügt nicht. Ich leide noch immer, wenn auch nicht auf alle Zeiten.« Die Stimme klang betrübt und matt. Ich fragte ihn, was er wolle. »Die Stadt gehört dem, der sie haben will«, kam die Antwort, »solange es nur sein Ziel ist und bleibt, nach Jerusalem zu gelangen. Unsere Krieger müssen Buße tun und sogleich aufbrechen, oder sie werden die heilige Stätte nie erreichen. Laßt meinen Leichnam im Hohen Dom, und zieht nach Jerusalem.«

Die Gestalt wandte sich zum Gehen. Ich war entsetzt, fast schwindlig vor Furcht, dennoch rief ich ihr nach: »Was ist mit meinem Vater?«

Bartolomé blieb stehen, wandte sich um und sah mich mit Adhémars Augen an. Ich hätte diese Augen im Leben wie im Tode erkannt. »Ich habe ihn freigelassen, wie ich es versprochen habe«, kam die Antwort. »Jetzt müßt Ihr für mich beten.«

Die Erscheinung verschwand in der Dunkelheit. Bis ich mich ermannt hatte, ihr zu folgen, war sie fort.

Ich suchte sogleich meinen Lehnsherrn auf, weckte ihn und berichtete ihm den Vorfall. Bis spät in die Nacht sprachen wir miteinander. Endlich sagte er, daß wir zu Bohemund gehen müßten, denn ein solch übernatürliches Ereignis dürfe man ihm nicht vorenthalten.

»Werdet Ihr ihm die Stadt überlassen?« fragte ich.

»Wenn er bereit ist, mit mir nach Jerusalem zu ziehen«, antwortete er. »Andernfalls muß er sich vor Gott dafür verantworten, nicht vor mir.«

Den neunzehnten August

So vieles ist geschehen. Die Unterredung, die auf Bartolomés Erscheinung folgte, verlief überaus hitzig. Bohemund hieß die Billigung seines Anspruchs auf die Stadt willkommen, schäumte und fluchte aber angesichts ihrer Verknüpfung mit seiner Bereitschaft, nach Jerusalem zu ziehen. So unverhüllt warf er meinem Lehnsherrn und mir vor, diesen Teil der Abmachung erdichtet zu haben, daß ich an Ort und Stelle mit einem feierlichen Eid die Wahrheit meiner Worte bekräftigte.

»Eide, Eide, immer neue Eide«, spottete der Herrscher über Sizilien. »Ihr Leute aus dem Süden legt großen Wert darauf.«

»Gott legt Wert darauf«, gab ich zur Antwort.

Daraufhin lästerte Bohemund: »Jerusalem gehört Gott, Antiochia aber gehört mir.«

Man kann mit ihm nicht vernünftig reden. Da er uns von jeglichem Nachschub abgeschnitten hat, blieb meinem Lehnsherrn keine Wahl, als mit etwa der Hälfte unserer Streitmacht zu einem Versorgungszug aufzubrechen. Kaum war er fort, verließ auch Bohemund die Stadt, um seinen Anspruch auf die Städte geltend zu machen, die sein Neffe Tankred besetzt hält. Er scheint sein Reich Antiochia auf dessen Kosten ausdehnen zu wollen.

Mir ist der Schutz der Stadt anvertraut; außerdem habe ich den Auftrag, das Palastviertel um jeden Preis zu halten. So bringe ich meine Tage damit zu, dafür zu sorgen, daß Palast und Brücke verteidigt werden können – nicht etwa gegen die Ungläubigen, sondern gegen unsere eigenen Leute. Inzwischen ist die Genueser Flotte eingelaufen, endlich kommt also Nachschub aus Italien in die Stadt, doch bekommen wir nichts davon ab. Während es sich die Normannen wohl sein lassen, müssen wir darben.

Ich schämte mich, als ich Frau Jasmin die näheren Umstände erklärte. Als ich drängte, sie solle zu ihren Bekannten im Nordteil der Stadt ziehen, erklärte sie, ihr Haus nicht verlassen zu wollen. Sie trotzt aller Unbill und tut im Verein mit Mansur ihr Bestes, um für uns zu sorgen. Jetzt, da alle Heerführer fort sind, bin ich der ranghöchste Edle in Antiochia. Welche Ironie darin liegt: Ich kann nicht einmal meine Männer ernähren und bin ebensosehr ein Gefangener von Christen, wie es die Türken je waren.

Heute wollte ich auf dem Markt etwas zu essen kaufen. Dabei habe ich gesehen, daß der Sklavenhandel erneut blüht. Frauen und Kinder aus den von unseren Kriegern eingenommenen Städten werden zum Verkauf hierhergeschickt. Armenier, Griechen und sogar Moslems aus den neutralen

Städten kommen, um sie zu kaufen. Der Gewinn fließt in Bohemunds Taschen. Wir Christen, die wir gekommen sind, um diese Lande zu befreien, betreiben also Menschenhandel. Bischof Adhémar hat gut daran getan, aus dem Grab zurückzukehren. Wir befinden uns hier gewiß nicht im Zustand der Gnade und sind denkbar weit von Jerusalem entfernt.

Den sechsundzwanzigsten August

Heute ist ein schöner Tag. Vom Meer weht ein kühler Wind herüber, der angenehm frische Luft mit sich bringt. Man könnte meinen, daß man sich nicht in der syrischen Wüste, sondern in der Provence befindet. Was an Ölbäumen nicht zur Gewinnung von Brennholz abgeschlagen wurde, steht in Blüte, und an den Hängen des Silpius-Gebirges werden schon bald die hier im Lande als Rose von Scharon bezeichneten Narzissen, die mir Ruth aus Brindisi einst ins Lager gebracht hatte, aufblühen. Auch die Stadt scheint heute ruhig zu sein.

Ich war lange nicht mehr froh gewesen, da mich die Sorgen und Ereignisse des Krieges niederdrückten. Beständig mache ich ein finsteres Gesicht und komme mir vor wie ein Greis. Diesen Herbst werde ich dreiunddreißig Jahre alt. Unter normalen Umständen dürfte ich wohl noch mit zehn oder zwölf weiteren Lebensjahren rechnen, aber die Aussicht darauf scheint mir jetzt gering. Dennoch war ich heute glücklich, und ich werde sagen, warum.

Nachdem ich am Vormittag nach den Wachen gesehen hatte, bin ich mit einem Fuhrwerk und einem Trupp von Kriegern zum Markt gezogen. In der Stadt gehe ich grundsätzlich bewaffnet umher, und ich nahm außer meinem Schwert auch noch einen geschwungenen Dolch mit, den ich im Palast gefunden hatte. Er ist gut ausgewogen, läßt sich rasch handhaben, und seinen Knochengriff ziert ein Bronzeknauf. Ich werde ihn behalten, solange ich hier bin.

Noch hatte ich kein Dutzend Schritte aus dem Palast getan, als mich eine Stimme anrief. Es war Frau Jasmin. Sie ging von Kopf bis Fuß verschleiert. Ihre Gewänder waren von so dunklem Purpur, daß sie fast schwarz wirkten. Mit raschen Schritten eilte sie mir nach und holte mich ein. »Darf ich Euch begleiten, Faransch?« fragte sie.

In der Stadt mit einer Frau gesehen zu werden ist mir unangenehm. Es gibt nur Gerede, und vor allem die Normannen würden sich ein Vergnügen daraus machen, mich zu verhöhnen. Ihnen zum Trotz sagte ich ja, und sie kam mit.

Nach und nach kehrt das Leben in die Stadt zurück und kommt der Markt wieder richtig in Gang. Außer den Sklavenhändlern bieten mittlerweile auch Bauern aus Armenien und Kaufleute aus den Städten ihre Ware feil; auch kommen Seeleute der Genueser Flotte. In meiner Geldkatze hatte ich ein Dutzend Goldbesant aus dem Schatz meines Lehnsherrn, den er nach dem Tod des Verräters Firus zurückbekommen hat. Damit kann ich genug Proviant für unsere Männer kaufen. Bisher haben sich die Normannen nicht blicken lassen, aber ich denke, es wird bestimmt nicht mehr lange dauern.

Frau Jasmin schien unter den Händlern, mit denen sie feilschte, gute Bekannte zu haben. Ich sah, daß sie einen Reif aus lauterem Gold vom Oberarm nahm und gegen Weintrauben eintauschte. Da sie in ihrem Haus nicht viele Dinge von Wert besitzt, trat ich dazwischen und gab dem alten Marktweib einige Kupfermünzen. Frau Jasmin wandte sich mir zu. »Das dürft Ihr nicht tun«, sagte sie mit fester Stimme.

»Ich muß«, gab ich zurück.

Ärgerlich blitzten ihre Augen. »Dann gehört das hier Euch«, sagte sie und drückte mir den Reif in die Hand.

Als ich meine Einkäufe erledigt hatte und das Fuhrwerk beladen war, hielt ich Ausschau nach ihr. Sie war jedoch im Markttreiben verschwunden. Meinen Männern gebot ich, zum Palast zurückzukehren, dann machte ich mich auf die Suche nach ihr. Alle Weiber Antiochias schienen unterwegs zu sein, und so wimmelte der Markt von verschleierten Gestalten. Schon hatte ich die Hoffnung aufgegeben, Jasmin wiederzufinden, als sich eine Hand auf meinen Arm legte. Ich wandte mich um. Sie war es. »Faransch?« sagte sie.

»Ich dachte schon, ich hätte Euch verloren«, sagte ich ihr.

»Dafür findet man Euch mit Eurem roten Kreuz auf dem Umhang, dem Schwert und dem kastanienbraunen Haar um so leichter«, spöttelte sie. »Es gibt etwas, das Ihr Euch ansehen solltet.« Mehr wollte sie nicht sagen. Sie bedeutete mir, ich solle ihr folgen. Wir stiegen durch die schmalen Straßen eines Viertels bergan, in dem die weißgetünchten stattlichen Häuser reicher Bürger stehen. Jedes von ihnen hat einen von einer Mauer umgebenen Garten. Viele der Mauern sind niedergebrochen, und die Krieger haben die Gärten um der Früchte und des Brennholzes willen geplündert.

Oberhalb jener Häuser windet sich die Straße weiter aufwärts, kleineren Behausungen entgegen. Dort wohnen Bauern und Hirten, die auf den oberen Hängen mit niedrigen Steinmauern Ackerterrassen angelegt haben. Bis hinauf zur Zitadelle ist der Boden steinig, und überall tritt der gezackte weiße Fels zutage, aus dem der Berg besteht.

Außer Atem folgte ich Frau Jasmin den steilen Weg bergauf. Da ich gewöhnlich reite, bin ich derlei nicht gewohnt. Lautlos eilte sie vor mir her, ohne auch nur einmal den Schritt zu verlangsamen. Sie wandte lediglich von Zeit zu Zeit den Kopf, um zu sehen, ob ich ihr noch folgte. Ich lächelte, um meine Ermattung zu verbergen, aber ein- oder zweimal meinte ich in ihren Augen Belustigung aufblitzen zu sehen. Schließlich erreichten wir eine Terrasse, auf der einige der christlichen Bewohner der Stadt im Gebet knieten. Frau Jasmin blieb stehen und wartete, bis ich sie eingeholt hatte.

Wir befanden uns hoch über der Unterstadt, und im Licht des hellen Tages schweifte der Blick meilenweit über die umliegende Landschaft. »Da«, sagte sie und wies mit dem Finger. »Der Hafen von Sankt Simeon und die Genueser Schiffe.«

Von den Mauern ließ ich den Blick erst zu dem Turm hinüber schweifen, den mein Lehnsherr hat errichten lassen, und sah dann zum Hafen hinüber, wo ich so entsetzliche

Tage und Nächte verbracht habe. Die Reste unseres Lagers waren ebenso zu erkennen wie die Friedhöfe unserer Männer und der Türken.

»Dort liegt Harenc«, wies Frau Jasmin, »wo Eure Männer die Besatzung abgeschlachtet und die Frauen vergewaltigt haben. Jene Straße führt nach Ravendan, von wo wir Euer Heer und das der Emire haben herbeiziehen sehen.«

»Ihr kennt das Land gut«, sagte ich.

Sie sah mich an. »Ich bin hier geboren, Faransch. Könntet Ihr nicht von den Zinnen Eures Schlosses aus jede Stadt, jede Straße und jeden Baum benennen?«

»Ich habe kein Schloß«, sagte ich. »Lediglich ein Herrenhaus.«

»Wie bedauerlich, Faransch«, sagte sie mit leichter Verneigung. »Ich hatte Euch für bedeutender gehalten.«

Es war eine Herausforderung – eine der vielen, die sie auf ihre herablassend-zurückhaltende Weise anbrachte. Ich nahm sie an. »Ich bin bedeutend genug, um an der Spitze des Heeres zu stehen, das Eure Stadt eingenommen hat«, gab ich zurück. Einen Augenblick lang sah sie mich an, dann wandte sie sich ab und führte mich zu einer der Terrassenmauern. Darin lag eine Öffnung, die mit Blumen geschmückt war.

»Ihr müßt hineingehen«, sagte Frau Jasmin und wies auf eine Art Gang in Form eines Tonnengewölbes. Dabei glitt der Ärmel ihres Gewandes herab, so daß ich ihren Unterarm bis zum Ellbogen sehen konnte. Rasch senkte sie den Arm wieder. Ich fragte, worum es sich handele.

»Es ist eine eurem Glauben heilige Grotte«, sagte sie. »In ihr hat euer Bischof Petrus in den Tagen der Verfolgung durch die Römer seine Andacht verrichtet. Dort haben sich die frühen Christen versteckt und dort im übrigen erst den Namen ›Christen‹ angenommen.«

»Tatsächlich?« fragte ich.

»Glaubt mir.«

Ich trat ein. Sie folgte mir nicht. »Ich kann Euch hier draußen nicht allein lassen«, sagte ich. »Ihr seid hier nicht sicher.«

»Es ist für mich kein geweihter Ort«, gab sie zur Antwort.

Ich hielt ihr meine Hand hin. »Dann gibt es für Euch keinen Grund, nicht einzutreten«, sagte ich. Nach kurzem Zögern faßte sie meine Fingerspitzen.

Es ging einen langen steilen Gang hinab ins Halbdunkel einer Grotte. Die Decke war trocken und so glatt wie das Innere einer Muschel, und sie neigte sich einem schlichten steinernen Altar entgegen.

»Hier hat Euer Bischof Petrus Gottesdienst gehalten«, flüsterte sie mir zu.

»An jenem Altar?« fragte ich.

Sie schüttelte den Kopf. »Ihn haben Pilger während meiner Kindheit errichtet.«

Ich trat in die Mitte des Raumes und sah mich um. Ich mußte den Kopf einziehen, um nicht an die geneigte Decke zu stoßen. Hier also hatte der von Christus selbst ernannte Statthalter Gottesdienst gehalten, Petrus, der Fels, auf den sich unsere Kirche gründet. Hier hatte er das Brot gebrochen und mit Jüngern geteilt, die zur Zeit Christi gelebt hatten. Unter Umständen hatten sie Ihn ebenso gekannt, wie Petrus Ihn gekannt hatte, hatten sie Seine Stimme gehört, die gleiche Luft geatmet wie Er und in Seine Augen geblickt.

Ich beugte das Knie, nahm mein Schwert heraus, hob den wie ein Kreuz ausgebildeten Knauf an die Lippen und küßte ihn. Ich schloß die Augen, um mir das Bild vorzustellen: Die ersten Christen, von Simon Petrus geführt, die Worte Unseres Erlösers noch in den Ohren, hatten in dieser Höhle das Brot des Lebens miteinander geteilt. Es war die erste heilige Stätte meiner Pilgerfahrt, und ich wollte mich ihr ganz hingeben. Doch aus dem Schatten ertönte Frau Jasmins Stimme: »Es gibt noch mehr, Faransch. Kommt mit.«

Ich erhob mich und folgte ihr in einen weiteren Gang, in dem man sich fast bücken mußte, um voranzukommen. Dahinter lag tief im Inneren des Hügels eine zweite, kleinere Kammer. In ihr war es noch dunkler als in der vorigen, außerdem roch es muffig darin.

»Könnt Ihr sehen?« fragte sie flüsternd. Meine Augen hatten sich noch nicht an die Dunkelheit gewöhnt. »Dort, an den Wänden.«

Nach einigen Augenblicken begann ich, auf aus den Fels gehauenen Vorsprüngen undeutliche Umrisse zu erkennen. Zuerst war mir nicht klar, worum es sich handelte, und ich hielt sie für sorgfältig angeordnete Gegenstände von Menschenhand. Dann dämmerte mir allmählich, daß es Skelette waren, die mit gekreuzten Armen auf dem Rücken lagen. Einige der mir zugewandten Schädel schienen mich anzustarren.

»Während der Christenverfolgungen sind hier viele gestorben«, hauchte mir Frau Jasmin ins Ohr. »Ihre Leichen sind hiergeblieben. Es gibt noch weitere Kammern, da und da.« Sie wies auf Gänge, die zu beiden Seiten abgingen.

Ich trat vor eins der Skelette und sah es aufmerksam an. Dort lag mein geistlicher Vorfahr, klein und zierlich, vielleicht eine Frau, mit schmalen Rippen und dünner Halswirbelsäule. Die leeren Augenhöhlen wirkten gelassen. Wer weiß, vielleicht hatte sie dem Herrn gedient oder Ihn sprechen hören, die Wahrheit in Ihm erkannt und war Ihm nachgefolgt bis zu ihrem Tod in dieser von sonderbaren Gerüchen erfüllten Finsternis. Es war ein feierlicher und zugleich ernüchternder Gedanke – besäße ich den Mut und die Glaubenskraft, einen solchen Tod in Seinem Namen auf mich zu nehmen? Wird in tausend Jahren ein anderer mich betrachten und denken: Dieser hier war ein getreuer Diener des Herrn?

Dann dachte ich: Wohin ist er gegangen – der Mensch, der einst das Leben in diesen Knochen verkörperte, sich in diesem Fleisch bewegte, über diese Steine ging und aus dem Sonnenschein Antiochias herkam, um nie wieder ans Tageslicht zurückzukehren? Wo befindet er sich jetzt? Welche Art von Ruhe oder Leben, welche Art von Stille oder Belohnung, ist ihm zuteil geworden? Er hat gelebt wie ich. Er ist gestorben, wie ich sterben werde. Was ist er jetzt? Ein Engel? Ein Geist? Eine Erinnerung? Ist sein Glaube mit ihm gestorben? Oder hat er ihn in die Ewigkeit emporgetragen?

Darauf dachte ich an meinen Vater und daran, daß Bischof Adhémar durch Bartolomés Mund gesagt hatte, er sei im Paradies. Ich kniete neben den Knochenresten jener Frau nieder und trug ihr auf, sie möge meinem Vater sagen, sofern sie ihm begegne, daß es mir gutgehe und ich so rechtschaffen handele, wie es mir möglich sei, mich bemühe, meiner Abstammung würdig zu sein. Dann sagte ich mit leiser Stimme: »… falls Ihr das aber nicht könnt … falls Ihr das nicht könnt …«

Frau Jasmin legte mir eine Hand auf die Schultern. »Wir sollten jetzt gehen, Faransch.«

Ich stand auf und sah sie an. Im fahlen Licht waren von ihr fast nur die Augen und die kleinen Hände zu sehen; alles andere war wegen ihrer dunklen Gewänder unsichtbar. »Ihr glaubt nicht an die Macht dieses Ortes?« fragte ich.

»Es ist nicht meine Wahrheit«, kam ihre Antwort.

»Warum flüstert Ihr dann? Meint Ihr, sie könnten uns hören?«

Ihr Blick war fest auf mich gerichtet. »Ihr habt gesagt, daß Ihr meinen Glauben achtet«, gab sie zur Antwort. »Ich werde den Euren achten.«

Als wir aus der Petrusgrotte ins Palastviertel zurückgekehrt waren, sprach sie von ihrer in der Stadt verbrachten Mädchenzeit, von den Orten, an denen sie gespielt, und den Menschen, die sie gekannt hatte. Immer wieder wies sie auf dies oder jenes Haus, sagte, wer dort gelebt hatte, und erklärte dann: »Eure Männer haben sie getötet.«

Das erzürnte mich, und so berichtete ich ihr von den Greueltaten der Türken, deren Zeuge ich gewesen war. Männer, die man verstümmelt, entmannt, oder denen man die Eingeweide herausgerissen hatte, die bei Nikäa ermordeten Frauen und Kinder. Sie gab zur Antwort: »Wäre es dahin gekommen, wenn Ihr nicht hier wäret?«

»Es ist eine Sache des Glaubens«, gab ich zurück.

»Der Glaube tötet nicht«, antwortete sie. »Er gibt Mut.«

»Um für das zu kämpfen, was man glaubt.«

»Um für das zu leiden, was man glaubt. Nicht, um dafür zu töten.«

So sprachen wir auf dem ganzen Rückweg miteinander. Als wir das Haus mit der niedrigen Tür erreicht hatten, war ich wütend auf sie und bewunderte sie nur desto mehr. Mir wurde klar, daß ich noch nie ein solches Gespräch mit einer Frau geführt hatte. Sie hatte Grundsätze, Gedanken, Überzeugungen und kämpfte dafür. Auch merkte ich, daß ich stolz auf ihre Gesellschaft war, stolz darauf, mit ihr auf Antiochias Straßen gesehen zu werden, in ihren langen Gewändern und mit dem verschleierten Gesicht, mit ihrer stolzen Haltung, Selbstsicherheit und Unbeugsamkeit. Denn nur Unbeugsamkeit veranlaßt eine Frau, sich mit einem Mann nicht über Gefühle auseinanderzusetzen, sondern über Gedanken; nicht über das, was sie empfindet, sondern über das, was sie für wahr hält. Da zog ich, Baron Roger von Lunel, mit einer Türkin durch die Straßen der Stadt Petri und stritt heftig über Glaubensfragen mit ihr. Es war erfrischend, es war erhebend, und es verschaffte mir ein Glücksgefühl, das ich noch nie in Gegenwart einer Frau empfunden hatte.

»Ihr seid gebildet«, sagte ich, als wir in die Straße vor dem Palasttor einbogen.

»Meine Mutter hat mich unterwiesen«, gab sie zur Antwort. »Mein Vater, der weder lesen noch schreiben konnte, hat darauf bestanden. Abends habe ich ihm gewöhnlich Gedichte vorgelesen. Das war seine große Freude; er hat oft geweint. Nicht wegen der Gedichte, sondern weil er eine Tochter hatte, die imstande war, sie zu lesen. Er pflegte mich auf die Stirn zu küssen. Er schätzte meine geistigen Gaben.«

»Habt Ihr Euren Vater geliebt?«

»Ja, Faransch, sehr.«

»Ich habe den meinen nie gekannt.«

»Das ist bedauerlich. Ein Vater ist der Fels, den man ersteigt, um frei zu sein.«

»Und eine Mutter?«

»Die Stimme, die einem sagt, man dürfe nicht aufgeben.«

Ich betrachtete sie ziemlich lange. Genauer gesagt, sah ich ihr in die Augen. »Ihr seid sehr weise«, sagte ich.

»Ich bin eine Törin«, antwortete sie. »Denn ich bin allein.« Mit diesen Worten wandte sie sich um und trat in ihr Haus.

Hätte ich sie doch vor langer Zeit kennengelernt! Es hat auf dieser Pilgerfahrt Wunder gegeben – wirkliche und vorgetäuschte. Sie könnte das Wunder sein, das mir widerfahren ist. Sie könnte ein Engel sein, den Gott mir gesandt hat, um mich zu lehren. Was? frage ich. Das wüßte ich zu gern.

Den dreissigsten August

Heute abend wurde im Hohen Dom eine Messe gesungen, die mich zutiefst angerührt hat. Es war ein Antiphon, zwei Chöre, die miteinander Zwiesprache über Gott hielten. Aus dem *cantus planus* wurde ein Wechselgesang, der immer feierlichere Gestalt gewann und zum Himmel stieg. Mühelos erhob sich der Kontratenor über den Alt, und die goldenen Töne, die aus seinem Munde drangen, verzauberten meine Seele. Die Hostie nahm ich nicht, denn ich fühlte mich in jenem aufsteigenden Klang mit Gott vereint. Das genügte. Ich war von Ihm verschlungen worden, da war es nicht nötig, Ihn zu verschlingen.

Ich muß Frau Jasmin dorthin mitnehmen, damit sie das hören kann. Ich denke, sie wird es verstehen.

Den vierten September

Meine Mutter ist tot. Heute morgen kam Mansur in großer Erregung zu mir. Ein Schiff aus Pisa ist eingelaufen; es hatte Briefe aus der Provence mit an Bord. Der an mich gerichtete kam von meiner Schwester, der Baronin von Sète. Es scheint, daß Uc aus dem Flecken Lunel die Provence erreicht und dort berichtet hat, ich sei tot. Graf Hugo von Vermandois soll das bekräftigt haben. Angeblich hat er Graf Stephan von Blois versichert, wir in Antiochia seien alle verloren.

Die Nachricht warf meine Mutter aufs Krankenlager, von dem sie sich nicht wieder erholte. Unverzüglich hat meine Gemahlin Jehanne den Bischof gebeten, sie in meine Rechte einzusetzen. Da meine Schwester Gauburge das Gerücht nicht glaubte, hat sie mir geschrieben. Zu jener Zeit hatte der Bischof noch keine Entscheidung gefällt. Nun lese ich die Nachricht von meinem eigenen Tode und erfahre, wie sehr meine Gemahlin darauf erpicht ist, sie als endgültig betrachten zu dürfen.

Es ist schon sonderbar, sich selbst als jemanden vorzustellen, den die Welt als tot ansieht. Jetzt, da meine Mutter dahingegangen ist und meine Gemahlin keinen sehnlicheren Wunsch kennt, als mich zu beerdigen, ist es vielleicht auch gut so. Ich bringe es nicht über mich, darob zu zürnen. Es überrascht mich nicht einmal. Aber ich traure um den Verlust meiner Mutter und werde in Antiochia für sie eine Messe lesen lassen. Vielleicht heißt der Apostel Petrus sie im Paradies willkommen. Womöglich ist sie schon mit meinem Vater vereint, während ich das hier schreibe, denn sie hat keiner Seele jemals ein Leid zugefügt. Mich liebte sie geradezu abgöttisch, obwohl ich ihr vor allem Kummer gemacht habe.

Den fünften September

Nachdem ich gestern abend in meinem Buch geschrieben hatte, ergriff mich eine große Unruhe, und unversehens befand ich mich vor dem Eingang zum Haus mit der niedrigen Tür. Bernard und Gérard, die Posten davor standen, sahen mich aus den Augenwinkeln an, doch ich achtete nicht darauf. Ich wollte einfach nicht allein sein.

Zwar war es spät, doch Frau Jasmin ließ mich ein. Nachdem ich sie begrüßt hatte, setzte ich mich schweigend. Lange sah sie mich an, dann brachte sie Tee und goß ihn ein, ohne den Blick von mir zu nehmen. Dann sagte sie: »Ihr seid verstört, Faransch.« Ich gab keine Antwort. »Soll ich Euch ein wenig vorlesen?« Ich nickte.

Sie nahm ihr Papier, das sie an jenem Tag gekauft hatte, als ihr der Krieger auf dem Markt zu nahe getreten war. Ich muß immer daran denken, wenn sie mir vorliest. Sie löste den Schleier und hielt das Blatt ins Licht der Kerze. Ich hörte sie kaum. Meine Mutter ist seit einem halben Jahr tot, ohne daß ich es wußte. Ursache ihres Todes war meine Abwesenheit, der Gram um den Tod ihres Sohnes. Ich aber lebe noch.

Frau Jasmin las weiter. Ihre Stimme war leise und klang schwermütig. Das paßte zu meiner Stimmung. In ihrem Gedicht schwang ein klagender, sehnsuchtsvoller Ton, der mich ansprach. »Ich werde dich nie wiedersehen«, hatte meine Mutter am Tage meines Aufbruchs gesagt. Ich versuchte, mich möglichst genau zu erinnern – hatte ich den Augenblick ihres Todes überhaupt nicht gespürt? Ist es denkbar, daß jemand, der uns so nahe steht, ohne das leiseste Geräusch dahingeht?

Frau Jasmin legte ihr Blatt beiseite. Sie sah mich im gelben Licht an. In ihren Augen lag ein sonderbarer Ausdruck. Ich wandte mich beiseite.

»Weint Ihr, Faransch?« fragte sie.

Ich wollte ihr antworten, war aber nicht dazu imstande. Ich spürte, wie ihr Blick auf mir ruhte, und wischte mir die Augen. Dann stand sie auf, kam dorthin, wo ich auf dem Boden saß, und kniete sich neben mich.

»Faransch?« sagte sie sacht. Sie streckte die Hand aus und berührte meine Schulter. Im nächsten Augenblick hielt sie mich in den Armen, strich mir über den Kopf und sprach flüsternd zu mir. Ich weinte in ihren Armen wie ein unglückliches Kind, ein Kind, das seine Eltern verloren hat und nicht weiß, wo es sie finden kann.

Den elften September

Mein Lehnsherr ist zurückgekehrt, und mit ihm die anderen Adligen, außer Bohemund. Von ihm heißt es, er liege krank in Kilikien. Mein Lehnsherr hat nur wenig an Proviant mitgebracht. Er sagt, die Kämpfe und der beständige Durchzug von Heeren hätten Syrien ausgeblutet, auch sei die Ernte karg ausgefallen. Seiner Ansicht nach sollten wir uns so rasch wie möglich nach Jerusalem aufmachen, denn nicht nur war – wie es heißt – die Ernte in Palästina gut, man sagt auch, daß uns die Menschen dort gewogen sind.

Herzog Gottfried ist mit großem Tamtam zurückgekehrt. Die Säcke, mit denen seine Maultiere bepackt waren, platzten fast. Beim Auspacken zeigte sich, daß sie die Köpfe Hunderter von Türken enthielten, die er auf seinem Zug getötet hat. Sie rollten über den Marktplatz, worauf sich dieser in wenigen Augenblicken von Menschen leerte. Frauen und Kinder flohen voll Abscheu, und ich muß sagen, daß auch mir nicht wohl war, denn die Köpfe waren stark geschrumpft und teilweise verwest. Wie Kokosnüsse mit langen Fasern drahtigen Haares rollten sie über die Pflastersteine und machten dabei ein hohles Geräusch. Herzog Gottfried lachte, als er die Bürger fliehen sah. Obwohl er mich in die Rippen stieß und auf das Spektakel wies, vermochte ich in sein Lachen nicht einzustimmen.

Sobald Bohemund zurückkehrt, soll eine Zusammenkunft einberufen werden, bei der es in erster Linie um die Fortsetzung unseres Zuges nach Jerusalem geht. Das ist nur recht und billig, denn um jener Stadt willen sind wir letzten Endes gekommen, und Jerusalem ist unser ausschließliches Ziel.

Meinen Lehnsherrn haben die Feldzüge stark mitgenommen. Er steht jetzt im siebenundfünfzigsten Lebensjahr. Unter seinen Augen liegen dicke Tränensäcke, und sein Gesicht ist von braunen Flecken übersät, die von Kummer und Sorge künden. Nach dem Fieber ist sein Haar nicht wieder gewachsen, und er geht beständig mit einer Kappe auf dem Kopf umher, was ihm das Aussehen eines alten Abtes verleiht. Er ist stark abgemagert und geht gebeugt, was er früher nie getan hat. Gott verzeih mir, aber ich hoffe, daß Bohemund dem Fieber erliegt, so daß wir unter der Führung meines Lehnsherrn weiterziehen können. Ihm werden Antiochia und die unaufhörlichen Zusammenstöße mit den Normannen immer unerträglicher.

In seinem Zelt hat er mir in der vorigen Nacht gesagt, daß er Rugia am Südufer des Orontes erobert habe. Damit ist die Festung Ma-arat isoliert, die er als Stützpunkt für seinen Zug nach Palästina einzunehmen gedenkt. Auf seinem Rückweg von Rugia haben Hasch-haschin[63] unser Heer angegriffen. Es sind in der Kunst der lautlosen Kriegführung besonders geschulte Räuber. Sie nähern sich einer Marschsäule von Kriegern im Schutz der Dunkelheit, erwürgen Männer, die sie wahllos herausgreifen, oder schneiden ihnen die Kehle durch. Anschließend ziehen sie sich geräuschlos wieder zurück. Das verfehlt seine Wirkung nicht. Die so Angegriffenen können nicht schlafen und sind weder bereit, Wache zu stehen, noch Späherdienste zu leisten. Mein Lehnsherr sagt, daß wir viel von diesen Hasch-haschin zu fürchten haben werden, wenn wir weiter südwärts ziehen.

Den vierzehnten September

Bohemund ist zurückgekommen, und die Beratung hat stattgefunden. Es bedarf keiner besonderen Erwähnung, daß es dabei hoch herging. Kurz gesagt, hat man gegen den Wunsch meines Lehnsherrn entschieden: Man will zu Papst Urban schicken und ihn auffordern, Antiochia in Besitz zu nehmen. Sofern er das nicht tut, soll die Stadt an Bohemund fallen. Es ist eine List, die jeder von uns durchschaut. Auch wenn einst der Apostel Petrus hier wirkte, dürfte der Heilige Vater seinen Sitz kaum von Rom nach Antiochia verlegen. Mit diesem Beschluß ist Bohemund seinem Ziel ein gutes Stück nähergekommen.

Gleich nach seiner Rückkehr hat er einen weiteren Schritt in dieser Richtung getan. Der von den Türken mißhandelte und gefolterte griechische Patriarch Iannis hatte Bohemunds Abwesenheit genutzt, seinen Anspruch auf die Stadt zu erneuern. Er hatte wohl nicht mit der Entschlossenheit des Normannen gerechnet. Urplötzlich ist der Unglückselige spurlos verschwunden. Es hat nichts genützt, daß wir uns bei Bohemund für ihn verwendet haben. Zweifellos befindet er sich im Normannenviertel in Gewahrsam und ist möglicherweise schon tot. Ich bete, daß es sich nicht so verhält, doch überraschen würde mich mittlerweile nichts mehr.

Mit Bezug auf Jerusalem wurde beschlossen, daß wir so bald wie möglich aufbrechen. Dazu müssen aber erst die Tage der schlimmsten Hitze vorübergehen. Dennoch ist es eine willkommene Nachricht, und ihre Auswirkung auf das Heer läßt sich mit Händen greifen. Weil die Männer in den letzten Wochen keinerlei Anweisungen bekamen, sind sie verdrießlich und lassen jede militärische Zucht vermissen. Sie haben ihre Waffen lange nicht gebraucht und ihre Übungen vernachlässigt. Jetzt ist ihre Zuversicht gestiegen, und sie widmen sich erneut ihren Aufgaben.

Ich selbst habe einen großen Teil des Tages hindurch geübt, mich im Kettenpanzer und mit voller Bewaffnung vom Pferd fallen zu lassen und ohne Hilfe wieder aufzusteigen. Einmal sah ich, wie mich Frau Jasmin dabei beobachtete. Es schien sie zu erheitern. Auch wenn mich das geärgert hat, mußte ich doch unwillkürlich lächeln, denn es war das erste Mal, daß ich sie hatte lachen sehen.

Ich ging auf sie zu, um ihr zu erklären, was ich tat, doch habe ich mit Kettenhemd und Kettenhaube, Schwert und Schild wohl so schreckenerregend auf sie gewirkt, daß sie sich in ihr Haus zurückzog und die Tür verriegelte.

Mein Lehnsherr ist erneut aufgebrochen. Diesmal begleitet ihn Graf Robert von Flandern. Er will Kafar-tab und Serap einnehmen. Bohemund weiß noch nichts davon, und ich fürchte, wenn er es erfährt, wird es Ärger geben, denn mit jenen Städten würden wir die Zugänge nach Palästina beherrschen.

Heute abend bin ich zum Haus mit der niedrigen Tür gegangen. Mir ist klar, daß sich die Krieger über meine Besuche bei der Frau das Maul zerreißen, aber das ist mir gleichgültig. Um nichts in der Welt möchte ich die Gespräche mit ihr missen, denn sie lenken mich ab und erheben mich. Allerdings kommt es auch vor, daß sie mich über jedes Maß hinaus erzürnen.

Jasmin ist belesen, besitzt Bücher in verschiedenen Sprachen und kann aus ihnen zitieren. Ihre Kenntnisse der Mathematik, Astronomie und Naturkunde übertreffen die meinen bei weitem. Was sie von unserer Sprache weiß, hat sie von ihrer Mutter gelernt, die sich um Pilger kümmerte, bevor die Türken Jerusalem abgeriegelt haben. Sie kennt auch die Sprachen der Armenier und Griechen, außerdem kann sie ein wenig Hebräisch. Sie kennt die Bibel im Urtext, und es belustigte sie, als ich ihr sagte, daß ich sie ausschließlich in lateinisch und dann nicht einmal vollständig gelesen habe.

Sie hat mit mir über das Buch ihres Glaubens gesprochen, den Koran. Ich habe entdeckt, daß es darin viele Gemeinsamkeiten mit unserer Heiligen Schrift gibt. Wie es scheint, erkennen die Moslems Jesus an, nur nicht als fleischgewordenen Gott, sondern als Propheten und Heiligen. Das ist mir neu, denn ich hatte nie zuvor mit Menschen über diese Dinge gesprochen, die in Christus nicht Gott sehen. Dennoch hat diese Heidin eine untadelige und hohe Vorstellung von Tugend und Rechtschaffenheit. Das will mir sonderbar erscheinen: War ich doch bisher der Überzeugung, außerhalb des einen wahren Glaubens gebe es nichts als rohe Barbarei. Dabei finde ich in dieser heidnischen Frau eine tiefere Gläubigkeit und vollkommeneren Anstand als bei allen Bischöfen, mit denen ich je zu tun hatte.

Ich muß meinem Buch gestehen: Seit ich meine Mutter verloren habe und für meine Gemahlin tot und begraben bin, bedeutet mir diese Frau aus dem Osten mehr denn jede andere. An diese Beziehung klammere ich mich wie an eine Hand, die mich hält und in deren warmer Berührung ich Trost und Zuspruch finde.

Den zwanzigsten September

Aus Palästina haben wir Nachrichten bekommen, die von großer Bedeutung sein könnten. Der Seeräuber Guynemer ist aus Tripoli zurückgekehrt. Dort hat er erfahren, daß das ägyptische Heer nach Ker-bogas Niederlage in Palästina eingedrungen ist und Jerusalem besetzt hat. Die Heilige Stadt befindet sich demnach nicht mehr in der Hand der Türken. Was das für die Zukunft unserer Pilgerfahrt bedeutet, ist ungewiß, aber manch einer unserer Edlen bedauert inzwischen, daß wir nicht mit dem ägyptischen Abgesandten verhandelt haben, als dieser uns während der Belagerung Antiochias aufsuchte.

Heute habe ich bei Frey Alfonso gebeichtet. Er hat sich nach meiner Beziehung zu Frau Jasmin erkundigt. Ich berichtete ihm ausführlich und begeistert von ihr. Darauf wollte er wissen, ob ich in sie verliebt sei. Die Frage verwunderte mich.

»Wie kommt Ihr darauf?« fragte ich.

»Du sprichst wie ein Liebender von der Geliebten«, gab er zur Antwort. »Voll Glut und Würde. Voll Leidenschaft und Stolz. Du lobst ihren Geist und ihr Wesen. Du schätzest ihre Gesellschaft.«

Auf so etwas wäre ich nie verfallen. Liebende hatte ich mir stets auf der Ebene der Fleischlichkeit vorgestellt. In ihr hatte ich die Bindung gesehen, die zwischen ihnen besteht; sie war für mich das Maß ihrer Liebe. Aber das hier ... Solche Gefühle hatte ich meinem Vater entgegengebracht, meinem Stiefvater Gilles oder meinem Lehnsherrn. Nie hatte ich für eine Frau Ähnliches empfunden. Doch für sie empfinde ich es – für die Türkin, die Ungläubige, die Feindin Gottes.

Diese Pilgerfahrt ist voller unerwarteter Rätsel, und alles Unerwartete strotzt vor Wundern.

Ich habe mit Frau Jasmin viele Gespräche geführt und ihr in ihnen mein Herz geöffnet. Ich habe ihr von meiner Beziehung zu Jehanne berichtet, ohne allerdings Eustache zu erwähnen oder davon zu sprechen, daß meiner Gemahlin Schoß wegen unserer Sünde verdorrt ist. Vom Brief meiner Schwester habe ich gesprochen, von dem Brief, den ich an Jehanne geschrieben hatte, wie auch davon, mit welchem Nachdruck sie erreichen will, daß man mich für tot erkläre. Bei diesen Worten war ich tief bewegt, und Frau Jasmin hörte mich schweigend an. In ihren Augen erkannte ich Verständnis. Dafür, wie auch für ihr Schweigen, war ich ihr dankbar.

Schließlich bat ich sie zu sprechen. »Was haltet Ihr von mir?« fragte ich.

Einen Augenblick lang sah sie beiseite. Der Blick ihrer dunklen Augen wurde nachdenklich. »Darf ich offen sprechen, Faransch?« fragte sie. Ich sagte ihr, daß ich sie nie anders hatte sprechen hören. »Ich sehe Euch«, begann sie, »als einen Mann zwischen zwei Welten, der in keiner von beiden seinen Frieden findet.«

»Welche Welten wären das?« wollte ich wissen.

Sie schaute mich lange an, als überlege sie, ob sie fortfahren solle, und versuche, die Wirkung ihrer Erklärung im voraus abzuschätzen. »Die, in der Ihr lebt, und die, in der Ihr leben möchtet«, gab sie zur Antwort. »Ihr, wie Ihr seid, und Ihr, wie Ihr Euch seht. Eure Bedürfnisse und Eure Wünsche. Eure Wahrheit und *die* Wahrheit. Euer Leib und Eure Seele. Die Provence und Jerusalem.«

Dann senkte sie den Blick und wartete auf meine Antwort. Ich war außerstande, ihr eine zu geben. Es kam mir vor, als hätte mir jemand einen Schlag versetzt. Es war allerdings ein sehr sanfter Schlag, etwa so, wie ein Wundarzt einen in der Kehle eines Kindes festsitzenden Knochen zu lösen versucht, indem er ihm entschlossen und zugleich behutsam einen leichten Schlag gibt. Er war dringend nötig.

Lange sah ich sie an. Sie saß im Schneidersitz zwischen zwei brennenden Kerzen, ein Tuch auf dem Kopf, die Hände in ihren Gewändern verborgen. Mit einem Mal schien sie mir schön. Es war eine ferne, verborgene Schönheit, die hinter ihrem Gesicht lag, so, wie zuvor ihr Gesicht hinter dem Schleier gelegen hatte. Ich sehnte mich danach, sie zu berühren, fragte aber statt dessen: »Und wie könnte ich diese Welten miteinander vereinbaren?«

Ohne den Blick zu heben, sprach sie mit fast unhörbarer Stimme, als enthülle sie ein Geheimnis. »Indem Ihr versteht, daß keine von beiden existiert.«

Ich lehnte mich zurück und fuhr mir mit der Hand über den Schnurrbart, um mein Lächeln zu verbergen. »Wenn keine von beiden existiert«, sagte ich, »wie kann ich dann zwischen ihnen stehen?«

Entschlossen den Kopf schüttelnd, sagte sie – und es klang ein wenig betrübt –: »So geht das nicht, Faransch. Man kann der Sache nicht mit Vernunft beikommen. Wenn Ihr es versucht, seid Ihr in der Tat verloren.« Erneut bat ich sie zu erklären. »Das läßt sich nicht erklären«, sagte sie. »Es gehört nicht zu den Dingen, die einer Erklärung zugänglich sind.« Ich wurde ungeduldig und konterte: »Wie soll ich es denn verstehen?« Sie schüttelte den Kopf und sagte: »Faransch, Ihr seid wie jemand, der mit dem Kopf gegen die Wand der Kirche anrennt und den Zutritt fordert. Aber der Zutritt läßt sich nicht gewaltsam erzwingen.« Sie erhob sich und nahm ein Blatt Papier von einem Wandbrett. »Wenn es Euch recht ist, Faransch, ich habe ein Gedicht geschrieben.«

»Lest es«, sagte ich. »Bitte.«

Ohne den Blick vom Blatt zu heben, las sie wie immer mit ihrer Singsangstimme, wobei die Silben förmlich von ihrer Zunge hüpften. Ich lauschte der fremdartigen Musik ihrer Verse und bat sie dann, mir den Text zu übersetzen.

Sie legte das Blatt beiseite. »Es ist die Geschichte eines Fürsten, der auf der Suche nach einem Traum aus einem fernen Land kommt. Er schlägt viele Schlachten, tötet viele Männer, hurt mit vielen Weibern. Dann lernt er auf der Schwelle seines Traumes eine Frau kennen. Sie ist eine Fremde, kennt seine Art zu leben nicht, hat ein wenig Angst vor ihm, blickt aber in sein Herz. Sie weiß, daß er vor allem einsam ist und behält ihn über Nacht bei sich. Sie reden lange. Es ist, als hätten sie einander schon immer gekannt. Seine Worte sind in ihrem Mund, und ihre in seinem.«

Ich konnte meine Augen nicht von ihr wenden, während sie sprach. »Weiter«, drängte ich.

»Am nächsten Morgen geht er fort. Nah und fern sucht er nach seinem Traum, aber nie kann er die Frau aus seinen Gedanken verbannen. Zu guter Letzt kehrt er zurück und erfährt, daß sie ihm ein Kind geboren hat, eine Tochter, die sie ›Helim‹ genannt hat. Das bedeutet in unserer Sprache ›Traum‹. Er umarmt beide und bleibt bei ihnen.«

»Stimmt diese Geschichte?« fragte ich. Verzweifelt wünschte ich, sie würde sagen, es sei meine.

»Sie beschreibt das Leben meines Vaters«, gab sie zur Antwort.

Ernüchtert nickte ich.

»Was wird aus Antiochia, Faransch?« fragte sie. Ich erklärte ihr, daß ich das ebensowenig wisse wie sie, aber annehme, die Stadt werde an Bohemund fallen. »Ist das der Kleine mit den Diebsaugen?« Ich bestätigte das. »Dann wird es uns übel ergehen.« Ich teilte ihr mit, sie werde in Sicherheit sein, solange mein Lehnsherr das Palastviertel besetzt halte. Sie dachte darüber nach. »Ist Euer Herr Sandschili stark?«

»Ja.«

»Und werdet Ihr ihm folgen, wohin er geht?«

»Überallhin.«

Sie nickte. »So muß es sein. Aber, Faransch, Ihr werdet es mir doch vorher sagen, wenn Ihr fortzugehen beabsichtigt?«

»Es ist nicht meine Absicht zu gehen«, sagte ich. Es drängte mich hinzuzufügen: »Euch zu verlassen«, aber ich brachte es nicht über die Lippen.

»Aber sagen werdet Ihr es mir?«

Ich versprach es und ging.

In der Stadt war es still. Oben auf den Hängen des Silpius-Gebirges brannten Lichter in der Zitadelle. Gewiß hielt Bohemund dort Rat mit sich selbst. Unten im Palastviertel leuchteten einige Lampen in Häusern, deren Läden angesichts der über Antiochia liegenden tiefen Unsicherheit geschlossen waren. Im Haus mit der niedrigen Tür erlosch erst die eine und dann die andere Kerze, während sich Frau Jasmin in Dunkelheit hüllte. Nie hatte sich mein Herz so voll und so schwer angefühlt.

Ich kehrte in den Palast zurück, wo Mansur vor der Tür meines Gemachs auf mich wartete. »Soll ich Euch entkleiden, Effendi?« fragte er. Ich sagte ihm, daß ich das selbst tun würde. Er sah mich im Halbdunkel aufmerksam an. »Es ist sehr heiß, Effendi«, bemerkte er. »Ihr solltet euch eine Weile hinsetzen und mich Euch über die Stirn streichen lassen.«

Ich dachte über den Sinn seiner Worte nach, denn sie wirkten zugleich freundlich und sonderbar. Dann kam mir der Gedanke, er könne eifersüchtig sein wegen all der Zeit, die ich bei Frau Jasmin verbrachte und weil ich ihr gestattet hatte, sich um mich zu kümmern. Ich klopfte ihm auf die Schulter. »Du bist ein guter Diener«, sagte ich. »Ein guter Freund. Du bist unersetzlich.«

Er verneigte sich tief, dankte mir überschwenglich, wie es seine Art ist, und wünschte mir eine gute Nacht. Lange habe ich wach gelegen und an die Frau gedacht, doch immer wieder drängte sich der Gedanke an Mansur dazwischen. Fast ein Dutzend Mal hat er mir seit Nikäa das Leben gerettet, überlegte ich. Ich muß seine Gefühle mehr schonen.

Dann dachte ich über mich nach. Da lag ich und machte mir Sorgen über die Empfindungen eines Dieners, der letztlich nichts anderes als ein Bettler war, als ich ihn zu mir nahm. Welch ungewohnte Empfindsamkeit hat diese Pilgerfahrt in mir wachgerufen? Welche Sanftmut des Herzens hat sie ans Licht gefördert? Warum bin ich so erwartungsvoll und dennoch jedem Verlust gegenüber so verwundbar, als stünde ich am Rande einer großen Freude, die zugleich eine große Gefahr bedeutet?

Den elften Oktober

Wieder einmal ist mein Lehnsherr mit dem größeren Teil des Heeres aufgebrochen. Diesmal will er sich mit Herzog Gottfried zusammenschließen, um die befestigte Stadt Azaz zu erobern, welche die Straße nach Edessa beherrscht. Auf diese Weise wollen sie eine sichere Linie schaffen, auf der uns Graf Balduin auf dem Weg nach Palästina unterstützen kann. Strategisch ist das klug, politisch aber nicht, denn Bohemund sieht, daß sich zwischen Graf Raimund und Herzog Gottfried auf der einen und dem König von Edessa auf der anderen Seite ein Bündnis herausbildet. Diesmal wird er Antiochia nicht verlassen, und ich fürchte, daß sich seine Gegenwart für die Provenzalen als unerträglich erweisen könnte.

Unsere Lage hat sich erneut verschärft. In der Stadt gibt es kaum etwas zu essen, und in unserem Viertel so gut wie nichts. Der größte Teil meiner Garnison besteht aus Invaliden und Rittern ohne Pferde. Mit anderen Worten: Unter den Männern sind keine besonders willigen Krieger. Die Ritter wollen nur ungern zu Fuß kämpfen, und das Fußvolk will sich nicht von ihnen herumkommandieren lassen. Den größten Teil meiner Zeit bringe ich damit zu, Streitigkeiten zu schlichten und unbotmäßige oder ungehorsame Männer zur Zucht anzuhalten. Gewiß ist den Normannen dieser Stand der Dinge bekannt und ihren Absichten zweifellos förderlich, zumal Bohemund seinen gierigen Blick längst auf den Palast gerichtet hat.

Woraus besteht die Garnison, die ich befehlige? Vierhundert Mann Fußvolk, von denen fünfzig krank sind und nicht zur Wache aufziehen können. Achtzig Ritter, von denen die Hälfte genug Branntwein auftreibt, auch wenn sie nichts zu essen findet. Ich habe eine strenge Abfolge von Waffendienst und Kampfübungen eingeführt; Wilhelm Ermingar, ein herausragender Ritter aus der Camargue, beaufsichtigt sie. Auch wenn die Männer wegen der Tageshitze mürrisch sind, weiß er sie zu packen, und ich muß sagen, bei der Parade zeigen sie sich in durchaus brauchbarem Zustand. All das findet unter den Augen der Normannen statt, die für uns nichts als Spott und Hohn übrig haben und auf ihren Augenblick warten wie schwarze Krähen, die auf ihren Ästen hocken.

Den neunzehnten Oktober

Heute vollende ich mein dreiunddreißigstes Lebensjahr. Es ist das Alter, das unser Herr Christus zum Zeitpunkt seines Todes hatte. Zur Feier des Tages habe ich Frau Jasmin zu einer Singmesse in den Hohen Dom eingeladen. Lange wollte sie nicht mitkommen, bis ich ihr sagte, daß sie mir damit eine Ehre erweise, da es mein Geburtstag sei.

Ich auf Fatana und sie auf einem Maultier, so sind wir, von Rittern geleitet, unter den Farben derer von Lunel zum Hohen Dom geritten. Am Rande des Marktplatzes überquerten wir die Linie der Normannen. Anders kann man die Postenkette nicht nennen, mit der sie das Palastviertel umstellt haben. Sie ließen uns schweigend passieren, doch als wir sie im Rücken hatten, hörte ich einen von ihnen sagen: »Da ist der Mistkerl aus dem Süden mit seiner Hure aus dem Land hier.«

Ich machte halt und wandte mich um. »He, du da!« rief ich und wies auf einen untersetzten, bärtigen Ritter, der über dem Kettenhemd ein Lederwams trug. »Was hast du gesagt?«

Mit einem Blick heimlichen Einvernehmens zu seinen Gefährten gab er zur Antwort: »Ich sagte, der Wind weht aus dem Süden und bläst uns eine Fuhre Sand her.« Sie stimmten in sein dreckiges Lachen ein.

Ich trat zu ihm, Fatana am Zügel führend. »Das Schlimme ist, daß du nicht nur feige bist«, sagte ich, »sondern obendrein noch lügst.«

Er straffte sich und griff nach dem Schwert. Ich zog meins und schlug es ihm über den Kopf, so daß er auf die Knie stürzte. Sogleich zogen auch meine Männer blank, und hätte nicht ein normannischer Edler eingegriffen, es wäre unvermeidlich zum Kampf gekommen. Er wies seine Leute zurecht und gab mir zu verstehen, daß ich weiterreiten solle. Ich erklärte, daß ich eine Entschuldigung für die Frau erwartete.

»Für eine Türkin?« fragte er mit einem Seitenblick auf sie.

»Für meine Hausdichterin«, gab ich zur Antwort.

Mit gespielter Verzweiflung rollte er die Augen, dann gab er dem Ritter einen Tritt und befahl ihm, sich zu entschuldigen. Dieser tat, wie ihm geheißen, und wir zogen weiter.

Frau Jasmin holte mich ein. »Das hättet Ihr nicht tun sollen, Faransch«, sagte sie. »Ich bin solcher Mühsal nicht wert.«

»Ihr reitet unter den Farben meines Hauses«, erklärte ich. »Wenn ihnen keine Achtung erwiesen wird, ist niemand von uns sicher.«

Im Hohen Dom, der angefüllt war mit Kriegern und Christen aus der Stadt, schien sie sich äußerst unbehaglich zu fühlen. Sie bestand darauf, ganz hinten zu bleiben. Erst als die Musik einsetzte, kam sie nach vorn, um dem Chor näher zu sein. Wie ich es erwartet hatte, lauschte sie begeistert, während die Messe über das Kyrie, Gloria und Credo zum Sanctus ihren Fortgang nahm. Als ich durch den Mittelgang nach vorn gehen wollte, ergriff sie ängstlich meinen Arm, doch ich erklärte ihr, daß ich lediglich das Sakrament nehmen wolle. Bei meiner Rückkehr blickte sie mir aufmerksam ins Gesicht, als wolle sie erkennen, welche Veränderung die Kommunion bewirkt hatte.

Später sprachen wir miteinander über die Messe. Obwohl die Musik sie überwältigte, brachte sie der Liturgie kein Verständnis entgegen. Sie ahmte das Aufstehen und Niederknien der Gläubigen sowie die Gesten des Priesters nach. Während sie grimassierte und mit den Armen wedelte, stimmte ich unwillkürlich in ihr Gelächter ein. Je mehr ich lachte, desto lebhafter wurde sie. Dann erklärte ich, die Gebete der Türken seien keineswegs besser, kniete mich nieder, schlug mit dem Kopf auf den Boden, jammerte und stöhnte, bis auch sie lachte. Dann wurde sie mit einem Mal ernst. »Man darf über die Religion anderer nicht spotten«, sagte sie und drohte mir mit dem Finger. Doch im nächsten Augenblick begann es wieder in ihrem Gesicht zu zucken, und sie brach erneut in Gelächter aus.

Nur selten habe ich ein Mahl so sehr genossen wie das unsere an jenem Abend. Anschließend stellte sie Schachfiguren vor mich hin, die kostbarer und kunstvoller geschnitzt waren als alles, was ich zuvor gesehen hatte. Ich bin nur ein mittelmäßiger Spieler, und sie lehrte mich viele neue Züge und Kniffe. Obwohl sie mich jedesmal schlug, verlor ich nie die Lust weiterzuspielen. Zum Schluß, es war schon sehr spät, legte sie die Figuren in ihren Kasten aus kostbarem Holz zurück. Zögernd stand ich auf, um mich zu verabschieden.

»Ich danke Euch für diesen Tag, Faransch. Es ist der glücklichste, den ich in vielen Monden hatte.« Ich wollte nicht gehen und sagte ihr das. Sie sah mich auf ihre bedächtige Weise lange an. Ich trat einen Schritt auf sie zu. Sie hob die Hand. »Uns bindet die Dichtung«, sagte sie. »Damit mag es sein Bewenden haben.«

»Ihr habt gesagt, es sei töricht von Euch, allein zu sein«, gab ich zur Antwort. »Erinnert Ihr Euch?«

»Ja.«

»Das muß nicht sein«, flüsterte ich.

Ich sah, wie die Empfindungen in ihren Augen einander abwechselten. Dann sprach sie: »Es gibt Liebe, und es gibt Einsamkeit. Alles, was dazwischenliegt, ist Täuschung. Ich mache mir nichts vor, Faransch. Auch Ihr solltet das nicht tun. Wenn Ihr keine Liebe genießen könnt, lernt die Einsamkeit schätzen.«

»Schätzt Ihr sie?« fragte ich.

»Ich lerne es.«

Wie zuvor sagte ich: »Das muß nicht sein.«

»Faransch«, gab sie ruhig in ihrer Sprache zurück. »Gott sei in dieser Nacht mit Euch.«

»Und mit Euch«, sagte ich, ebenfalls in ihrer Sprache.

Ich ließ es zu, daß mich Mansur zu Bett brachte. Er tut es gern, und ich brauchte liebevolle Aufmerksamkeit. Doch während er mich entkleidete, mit dem Schwamm wusch und mir das Nachthemd über den Kopf hob, dachte ich an sie.

Als ich mich hinlegte, sagte Mansur: »Ihr wirkt so friedevoll, Effendi.« Ich bestätigte ihm seinen Eindruck. »Wie schön«, sagte er. »Aber verzeiht – betet Ihr denn heute nacht nicht?«

Ich sagte ihm, daß ich das noch tun würde. Nachdem er gegangen war und die Kerze mitgenommen hatte, flüsterte ich im Dunkeln ihren Namen. Dann schlief ich ein.

Den dreiundzwanzigsten Oktober

Meiner Gemahlin habe ich geschrieben, um ihr mitzuteilen, daß ich noch lebe. Briefe des gleichen Inhalts habe ich an den Bischof von Montpellier und nach Rom gerichtet, wohin alle Ansprüche zu melden sind, die Jehanne erhebt. Selbstverständlich ist es möglich, daß ich nicht mehr lebe, wenn die Briefe ihre Empfänger erreichen, aber zumindest bis zu ihrem Absendedatum wird Jehanne keine Ansprüche gegen mich durchsetzen können. Außerdem werden die Briefe dafür sorgen, daß man sich genau erkundigt, ob ich nun lebe oder nicht, bevor man Jehanne in meine Rechte eintreten läßt.

Mein Brief an sie war knapp und sachlich. Er umfaßte kaum mehr als einige Zeilen. Ich habe ihn mit meinem Ring gesiegelt, obwohl es entsetzlich schwierig war, Siegelwachs zu finden. Zu guter Letzt bekam ich es von Frau Jasmin, die über einen kleinen Vorrat davon verfügt. Sie pflegte damit die Briefe zu verschließen, die sie für den Emir schreiben mußte, weil sie eine sehr schöne Handschrift hat.

Obwohl ich die Schrift der Türken nicht lesen kann, sehe ich, daß die von Jasmin geschriebenen Buchstaben wohlgestaltet sind und auf vollkommen geraden Linien stehen. Dies entspricht wohl Jasmins Wesen, denn in allem, was sie tut, ist sie voll Sorgfalt und Anmut. Ganz anders als meine Gemahlin, deren Kennzeichen das Übermaß ist. Sogar in ihrem Brief, den ich manchmal gegen meinen Willen ansehe, läßt sich ein Mangel an Mäßigung erkennen. Die Buchstaben sind hoch und breit, und sie hat sich nie bemüht, gerade Linien einzuhalten. Es erscheint mir kränkend, daß sie sich mit dem einzigen Brief, den sie sich in zwei Jahren an mich abgerungen hat, erkennbar so geringe Mühe gegeben hat.

Gewiß, ich habe ihr überhaupt nicht geschrieben, aber ich war entweder ständig im Kampf oder mußte mich um meine Männer, meinen Lehnsherrn und meine militärischen Aufgaben kümmern. Ich war in Schlachten verwickelt, habe Krieger befehligt, bin ein Dutzend Mal fast ums Leben gekommen, habe Hunger, Verzweiflung und Einsamkeit erlitten, während sie zu Hause sitzt und sich von den Aufmerksamkeiten verwöhnen lassen kann, mit denen der Sohn des Barons von Arles sie bedenkt. Er ist volle zehn Jahre jünger als sie, fast noch ein Knabe! Statt sich der Wollust mit einem Jüngling hinzugeben, dem noch kaum der Bart sprießt, sollte sie an das Grab denken – ihres, nicht meines. Es widert mich an. Ich werde nichts mehr davon schreiben.

Den dritten November

Die Heerführer sind zurückgekehrt, und im Hohen Dom hat zum ersten Mal auf unserem Zug eine Beratung aller stattgefunden. Ihr Ergebnis war ungewöhnlich. Darüber will ich jetzt berichten.

Bohemund hatte die Bischofskirche mit allen Fahnen und Wimpeln des Heeres wie auch mit denen schmücken lassen, die wir von den Türken erbeutet haben. Auf dem Hochaltar prangten goldene Leuchter und lagen Decken aus gestärktem Leinen. Alle Edelleute waren in der Sakristei versammelt, jeder in den Farben seines Hauses und mit seiner Krone auf dem Haupt. Im Schiff drängten sich Ritter und einfaches Kriegsvolk, insgesamt über tausend Männer, jeder zehnte aus dem Heer. Die übrigen neuntausend standen draußen.

Wie erwartet, meldete Bohemund als erstes seinen Anspruch auf die Stadt an. Während er sprach, entstand Unruhe unter den Kriegern. Mein Lehnsherr erhob sich, um Bohemunds Forderung zurückzuweisen und alle an den dem byzantinischen Kaiser geleisteten Eid zu erinnern. Die Unruhe nahm zu. Dann sprach jeder der Edlen. Einzelne unterstützten Bohemund, andere Graf Raimund, bis das Fußvolk nach einer Weile offen zu murren begann.

Nunmehr erhob sich Bartolomé, und alle verstummten. Er ging durch den Mittelgang bis zur Tür der Sakristei, wandte sich dann der Versammlung zu und erklärte mit ausgebreiteten Armen: »Hier gibt es nur einen Herrn, und der ist Christus. Es gibt nur eine Stadt auf der Welt, und das ist Jerusalem.«

Daraufhin erbebte die Kirche von Jubelrufen. Die Türen wurden aufgestoßen, weitere Männer drängten herzu und riefen im Chor: »Jerusalem, Jerusalem!« Im nächsten Augenblick hallte das Kirchenschiff von diesem Ruf wider, und nichts, was die Edlen sagen mochten, konnte ihn zum Schweigen bringen.

Mein Lehnsherr beugte sich zu mir und sagte mir ins Ohr: »Es scheint, daß sie von uns nach Jerusalem geführt werden wollen.« Dann stimmte auch er in den Jubelruf ein, während Bohemund wutschnaubend danebenstand.

Einige der Männer, die sich zu Sprechern ihrer Gefährten aufgeworfen hatten, teilten uns mit, das Heer werde die Mauern der Stadt Antiochia niederreißen, wenn wir keinen Zeitpunkt für den Aufbruch zur Heiligen Stadt festsetzten. So wurde der Beschluß gefaßt, die Pilgerfahrt noch im Laufe des Monats wieder aufzunehmen. Bis dahin muß die Frage, was mit Antiochia geschehen soll, auf die eine oder andere Weise gelöst sein.

So ungern ich das eingestehe, weil es nahezu der Billigung von Aufruhr unter den Kriegern gleichkommt: Die Männer haben recht. Antiochia ist unserem Zug zum Fluch geworden. Ein ganzes Jahr lang haben wir träge hier herumgesessen, und das Heer hat einen hohen Preis dafür zahlen müssen. Doch Graf Raimund hat ebenfalls recht: Man darf die Stadt nicht einfach Bohemund überlassen; es ist gefährlich, denn auch andere könnten daraus Ansprüche herleiten.

Zwar trifft es zu, daß uns Kaiser Alexios kaum Hilfe geschickt hat, doch wagen wir uns nicht von ihm abzuwenden. Er allein ist imstande, uns den Rücken gegen die Angriffe freizuhalten, die früher oder später unweigerlich kommen werden.

Heute abend habe ich gemeinsam mit Peter von Roaix und Wilhelm Ermingar bei meinem Lehnsherrn zur Nacht gegessen. Er dankte uns allen für unsere Dienste und hat vor allem hervorgehoben, daß ich in seiner Abwesenheit das Palastviertel beschützt habe. Er will erneut aufbrechen; zum einen, um für die Garnison Proviant und Futter aufzutreiben, und zum anderen, um den Weg nach Jerusalem ein Stück mehr zu sichern. Er hat die Stadt Al-bara eingenommen, die ihm als Stützpunkt zur Belagerung von Ma-arat dienen soll, und dort einen lateinischen Bischof eingesetzt. Es ist der erste im Osten. Sobald wir Ma-arat in der Hand haben, wird unsere Flanke bis in die Grafschaft Tripoli sicher sein.

Wilhelm und Peter waren begeistert, ich hingegen wie vor den Kopf geschlagen. Obwohl wir den Männern zugesichert haben, noch diesen Monat nach Jerusalem aufzubrechen, will Graf Raimund Ma-arat belagern. Das wird mindestens einen Monat dauern, unter Umständen auch länger. Ich habe den Punkt nicht beim Nachtmahl angesprochen, sondern erst, als ich anschließend mit ihm allein war.

»Es kann keinen Zug nach Jerusalem geben, solange Antiochias Geschick nicht entschieden ist«, vertraute er mir an. »Die Stadt muß sich entweder in der Hand des Kaisers Alexios oder im Besitz unseres Heeres befinden.«

»Wir können sie Bohemund nicht gut entreißen«, sagte ich. »Und wenn Alexios nicht kommt ...«

Mein Lehnsherr fiel mir ins Wort. »Deshalb will ich Ma-arat. Wir brauchen eine eigene Festung in unserem Rücken. Ihr wißt, daß Bohemund keinen Nachschub von Edessa nach Palästina durchläßt. Mit Ma-arat werden wir über eine Nachschublinie nach Norden verfügen. Dann ist Antiochia für uns bedeutungslos, weil Ma-arat unser Antiochia sein wird. Ihr seht also, Roger, weit davon entfernt, den Marsch auf Jerusalem zu behindern, wird ihn die Eroberung jener Stadt erst ermöglichen.«

Ich teilte ihm meine Zweifel daran mit, daß das Heer die Verzögerung dulden würde. Er stand auf, den Becher mit Wein in der Hand, und schritt mit grimmigem Gesicht auf und ab. »Das ist das einzige, was mir wirklich Sorge macht«, sagte er. »Bohemund hat unsere Männer gegeneinander aufgehetzt und im Heer Zwietracht gesät, wie das die Türken nie könnten. Den größten Schaden richten Feinde an, die man in den eigenen Mauern hat. Denkt an den Verräter Firus.«

Gedankenverloren ließ er eine Pause eintreten. »Ich wüßte vielleicht, was man Bohemunds Einfluß entgegensetzen kann, ob er die Stadt besitzt oder nicht«, begann er. Dann lächelte er mir zu. »Aber solange Ihr hier seid, wird er Antiochia nicht bekommen.« Er forderte mich auf, mit ihm zu trinken. »Man hat mir berichtet, daß Ihr einen neuen Diener habt«, sagte er, als er unsere Becher gefüllt hatte. Ich bestätigte das. »Ein Türke?« fragte er listig.

»Es ist eine Frau«, gab ich zur Antwort. »Sie schreibt für mich Gedichte.«

Er hob eine Braue. »Fürwahr, das nenne ich Luxus.« Dann wies er mit dem Becher auf den goldenen Armreif, den ich am Handgelenk trug. »Und Geschenke macht sie Euch auch?«

»Es ist eine Gegenleistung für den Kauf von Proviant«, erklärte ich, »eine Art Bezahlung.«

Er zwinkerte mir zu. »Eine Dienerin, die Euch bezahlt. Der Osten ist wirklich voller Rätsel.« Das Gespräch war mir unbehaglich, und er merkte das. Mir eine Hand auf die Schulter legend, sagte er: »Roger, ich habe in Euer Herz geblickt und kenne Euer Leben. Aber als Euer Freund bitte ich Euch: Denkt daran, daß es auf dieser Welt nur eine Öffnung für uns gibt, das Heilige Grab. Um seinetwillen müssen wir allen anderen Wonnen und Vergnügungen entsagen.«

Ich versicherte ihm, daß ich mich der Frau gegenüber stets korrekt verhalten habe. Er nickte billigend. »Das ist gut«, sagte er, »denn unter den Kriegern herrschen Spaltung und Unzufriedenheit. Wir dürfen in ihren Augen keinen Anstoß erregen. Sie müssen zu uns aufschauen und sagen können: Der Kopf sitzt fest, wenn es schon die Beine nicht tun. Sonst bleibt Jerusalem auf immer ein Traum.«

Diese Worte beeindruckten mich, und ich mußte unwillkürlich an die Erzählung von dem Fremden und dessen Traum denken, die mir Frau Jasmin vorgetragen hatte. »Er lernte eine Frau kennen«, hatte sie gesagt. Trotz ihrer Erklärung, es handele sich um ein Ereignis aus dem Leben ihres Vaters, konnte ich nicht bestreiten, daß das Gehörte in meinem Herzen eine Saite zum Klingen gebracht hatte.

Den zehnten November

Mein Lehnsherr ist vor fünf Tagen aufgebrochen, und ich habe abermals meine Pflichten als Befehlshaber des Palastviertels übernommen. Nachdem ich die Wache inspiziert habe, bin ich heute abend zum Haus mit der niedrigen Tür gegangen, um bei Frau Jasmin zur Nacht zu essen. Zu meiner Überraschung nahm sie ihren Schleier nicht ab. Sie sprach wenig, und ich meinte sie straucheln zu sehen, als sie den Tee brachte. Sie erklärte, ihr fehle nichts, und las mir nach dem Essen vor. Ich sah sie aufmerksam an, denn ihre Augen glänzten unnatürlich. Ihr Gedicht handelte vom Winter, und sie schrieb ausführlich und einfühlsam vom Schnee, den sie nie gesehen hat. Sie stellt ihn sich als weißen Pelz oder als breite Bänder vor, die zwischen den Bäumen liegen. Als sie fertig war, forderte sie mich auf: »Jetzt sagt mir, Faransch, wie er wirklich ist.«

Ich nahm eines der fasrigen Blätter, die sie Papier nennt, und riß es in viele winzige Schnipsel, die ich auf sie herabrieseln ließ. »So«, sagte ich.

Sie sammelte sie sorgsam ein und hielt sie in den Händen. »Provenzalischer Schnee«, sagte sie lächelnd. »Wie Papier.«

»Der hier schmilzt nicht«, sagte ich.

»Dann werde ich ihn behalten«, sagte sie und legte die Stückchen sorgsam in ihren geschnitzten Kasten.

Die Normannen haben uns vollständig von der Außenwelt abgeriegelt. Inzwischen ist es gefährlich, auf den Markt zu gehen; sie haben mehrere meiner Männer verprügelt. Bohemunds Antwort, als ich mich bei ihm dagegen verwahrt habe, hat mich sprachlos gemacht. Allem Anschein nach haben die Normannen Münzen mit Bohemunds Bildnis schlagen lassen, und ausschließlich sie gelten jetzt in Antiochia als Zahlungsmittel für den Kauf von Proviant. Es bedarf keiner Erwähnung, daß wir über keine solche Münzen verfügen. Unsere geringen Nahrungsvorräte sind so gut wie erschöpft. Es ist offensichtlich, daß man uns durch Hunger aus der Stadt vertreiben will. Wenn mein Lehnsherr nicht bald mit Proviant zurückkehrt, wird unsere Lage wahrlich schwierig sein.

Den zwölften November

Als ich heute abend ins Haus mit der niedrigen Tür kam, fand ich Frau Jasmin bewußtlos. Sie lag auf den Kissen ihres Raumes und trug noch die gleichen Gewänder wie zwei Tage zuvor. Ihr Gesicht war gerötet, und ihre Stirn fühlte sich heiß an. Sogleich ließ ich Mansur kommen. Er bestätigte mir, was ich befürchtet hatte: Sie hat das Fieber. Ich war der Verzweiflung nahe.

»Ihr werdet doch um den Wundarzt schicken, Effendi?« fragte er und entledigte sich seines Umhangs. »Ich bereite sie vor.« Er nahm ihr den Schleier vom Gesicht und schob das Kopftuch zurück. Zum ersten Mal sah ich ihr Haar. Es war erstaunlich kurz geschnitten. Dann machte er sich daran, ihre Gewänder zu lösen. »Geht Ihr, Effendi?« wiederholte Mansur. Ich eilte davon.

Der Wundarzt, ein Dummkopf aus Toulouse, war natürlich zu nichts zu gebrauchen. Er ließ sie zur Ader, doch brachte sie das nicht zum Bewußtsein. Vermutlich hat es sie nur zusätzlich geschwächt. Als er erklärte, sie könne noch zwei oder drei Tage bewußtlos bleiben, gab ich zur Antwort, daß ich das ohnehin aus eigener Erfahrung wisse. Damit hatte ich ihn in seiner Berufsehre gekränkt. »Wenn sie eine Seele hätte, könntet Ihr einen Priester kommen lassen«, sagte er. Ich habe ihm die Tür gewiesen.

Ich werde Mansur tagsüber bei ihr lassen und nachts selbst bei ihr wachen. Von unserem gemeinsamen Gang zur Höhle des Apostels Petrus weiß ich, daß sie kräftig ist. Ich verlasse mich darauf, daß ihr das hilft, die Krankheit zu besiegen. Sie liegt im inneren Gemach, während ich schreibe, und ich kann ihr Gesicht erahnen. Es wirkt gefaßt, doch schiebe ich den Gedanken von mir, daß es die Gefaßtheit des Todes sein könnte.

Ich gestatte mir nicht, daran zu denken, habe aber große Angst, daß sie stirbt. Sie ist meine Freundin und Gefährtin. Sie unterweist mich und bringt mich zum Nachdenken. Ich habe Geheimnisse mit ihr geteilt und mit ihr gelacht. Sie muß weiterleben. Ich bin elternlos und habe keine Kinder – gern würde ich mein Leben gegen ihres eintauschen. Darum werde ich heute nacht beten. So es Sein Wille ist, soll Er mein Leben nehmen und sie verschonen. Zwar ist sie eine Ungläubige, doch hat sie meines Wissens nie etwas Böses getan, während sich meine Schuld zu Bergen türmt.

Den fünfzehnten November

Allmählich wird es kühler. Ich habe schon erlebt, daß Kälte das Fieber hat weichen lassen, und sehne mich daher nach dem Winter, obwohl er mich gewöhnlich bedrückt. Ich befinde mich im Haus mit der niedrigen Tür, wo Frau Jasmin nach wie vor bewußtlos liegt. Ihr Schlaf ist nicht ruhig wie zuvor, sondern von Träumen gepeinigt. Es kommt vor, daß sie unvermittelt einen Satz in ihrer Sprache hervorstößt, Wörter oder einfach Laute murmelt, die sie unaufhörlich wiederholt. Dann halte ich ihre Hand oder lege ihr die meine auf die Stirn, um sie niederzuhalten, denn es sieht so aus, als wollte sie sich aufrichten oder nach irgendeiner Erscheinung greifen.

So hatte auch ich einmal gelegen, und Bischof Adhémar hatte mir zugesehen, oder besser gesagt, mich in meinem Fieberwahn ausgehorcht. Ich nehme an, daß auch ich in ihre Seele blicken könnte, wenn ich ihre Sprache verstünde. Doch bin ich froh, daß ich das nicht kann, denn in die Seele eines anderen Menschen zu schauen ist furchterregend, vor allem dann, wenn man etwas für ihn empfindet. Daher bleiben mir ihre Geheimnisse verborgen, wie auch immer sie aussehen mögen. Wenn sie will, daß ich sie erfahre, ist es mir lieber, sie teilt sie mir in einem ruhigen Gespräch beim Nachtmahl oder in ein Gedicht gekleidet selbst mit.

Wie sehr mir ihre Gesellschaft fehlt, und wie glücklich es mich macht, daß ich mich um sie kümmern kann! Wie sonderbar: Ich, der Herr, bin froh, meine Dienerin betreuen zu können. Doch war sie das in Wahrheit nie. Zwar habe ich sie so genannt, aber nie als Dienerin angesehen. Wie aber dann? Als Freundin, wie ich nie zuvor eine besessen hatte.

Sie ist im Fieber schön, so seltsam das klingen mag. Sie kämpft dagegen an, und dabei sammelt sich ihr ganzes Wesen in ihrem Gesicht. Zwischen ihren Brauen liegen kräftige Linien, und wenn sie den Kopf auf dem Kissen hin und her wirft, erkenne ich den Trotz auf ihren Zügen. Der Kampf, den sie führt, ist heldenmütig, und ich möchte ihr mit ganzer Kraft und aus voller Seele beistehen. Sie muß ihn gewinnen – sie wird ihn gewinnen. Ich glaube an sie.

Nacht für Nacht bete ich an ihrem Bett. Ich spreche offen, nicht in den Formeln der Kirche, zu Gott. Ich sage Ihm, was diese Frau mir bedeutet, daß sie meine Seele angerührt und mir geholfen hat, ein besserer Mensch zu werden. Dann versuche ich, meine Seele mit ihrer zu verschmelzen, um ihr Kraft zu geben, und nach einer Stunde oder mehr spüre ich, daß mir das Schritt um Schritt gelingen kann.

Wenn ich mich ganz ruhig verhalte und mich sammle, wenn ich die Hände über der Brust verschränke und meinen Geist auf einen einzigen Gedanken richte, spüre ich, daß ich in mir eine Bewegung hervorrufen kann – ich wüßte nicht, wie ich das sonst sagen könnte –, bei der eine große Stille über mich kommt, als ob Wasser eindränge. Allmählich wird dann alles ruhig, man hört nur noch ihre und meine Atemzüge, die im gleichen Takt kommen und gehen. So stark ist die Verbindung zwischen uns, daß es mir in solchen Augenblicken beinahe vorkommt, als verschmölze meine Seele mit der ihren.

Sie scheint dann ein wenig ruhiger zu werden und sich zu entspannen, auch ihr Atem geht gleichmäßiger. Anfangs konnte ich diese Empfindung nur wenige Augenblicke lang herbeibeschwören, jetzt aber habe ich mehr Übung und halte es länger durch. Ich glaube, es ist das erste Mal in meinem Leben, daß ich wahrhaft bete, und das erste Mal, daß ich etwas vom Wesen des Gebetes erfasse. Wie so vieles auf dieser Pilgerfahrt widerfährt mir das im unwahrscheinlichsten Augenblick und auf die unerwartetste Weise – am Krankenbett einer Türkin, deren Landsleute zu töten und denen das Heilige Land zu entreißen wir gekommen sind. Wenn jetzt jemand von mir verlangte zu sagen, was Gott ist, würde ich sagen, Er verkörpert das Sonderbare.

Den siebzehnten November

Ich habe angeordnet, alle im Palastviertel befindlichen Vorräte in Dschagaschans großem Saal zusammenzutragen. Obwohl die Männer wissen, daß jeder, der etwas für sich behält, vor aller Augen ausgepeitscht wird, war das Ergebnis äußerst kläglich. Tatsächlich hat man einen armen Kerl erwischt, der ein halbes Dutzend gekochte Eier versteckt hatte. Er bekam die Peitsche, so sehr es mich im tiefsten Herzen schmerzte. Es mußte sein, denn das Leben aller hängt davon ab, wie gerecht wir das Wenige, das wir haben, unter uns aufteilen. Im Namen meines Lehnsherrn haben wir eine Beschwerdeschrift nach der anderen an Bohemund geschickt, doch ohne Ergebnis. Jetzt will ich ihn persönlich aufsuchen und ihn bitten, sich wie ein Christ zu verhalten.

Pro Tag empfangen meine Männer nur noch ein halbes Roggenküchlein und zwei Hände voll grob geschrotetes Getreide, dazu alles an Trockenfrüchten und Fisch, was wir entbehren können. Die Kranken, deren Zahl täglich zunimmt, bekommen die doppelte Ration, was böses Blut bei den anderen verursacht. Warum bekommen ausgerechnet die mehr, fragen sie, die wahrscheinlich ohnehin sterben? Ihnen darauf zu antworten fällt mir schwer, denn je mehr ich den Gesunden versagen muß, desto rascher erkranken sie, und desto mehr muß ich für die Kranken abzweigen. Dahinter steckt eine verquere unchristliche Logik: Gib denen, die in Not sind, und ihre Zahl wird sich vergrößern.

Mir als Edelmann steht doppelt soviel zu wie den Männern, und ich nehme es auch, obwohl ich das eigentlich nicht möchte. Ich esse, was ich brauche; alles übrige gebe ich Mansur. Er soll es für den Tag aufsparen, da Frau Jasmin gesundet. Sie ist jetzt seit fünf Tagen bewußtlos und macht einen erschreckend hageren Eindruck. Wenn sie zu sich kommt, wovon ich überzeugt bin, wird sie essen müssen.

Ein wenig lege ich für Fatana beiseite, die ebenfalls vom Fleische fällt. Auch sie will ich am Leben erhalten, und wenn meine eigene Gesundheit darunter leiden müßte. Weder bewege ich sie, noch wage ich sie hinauszuführen, denn ich fürchte, daß die Männer in ihrer Not sie schlachten könnten. Jeden Abend gehe ich zu ihr, um mit ihr zu reden und sie mit eigener Hand zu füttern. Von den sechzehn Pferden, die es im ganzen Palastviertel noch gibt, ist sie das einzige, das man noch reiten kann. Sie war immer treu und stark, und ich werde sie durchbringen; das ist meine Pflicht.

Den achtzehnten November

Als ich heute abend von meinem Besuch im Haus mit der niedrigen Tür zurückkam, stieß ich im Hof auf eine Gestalt. Ich zog mein Schwert und rief sie an. Voll Staunen sah ich, daß Bohemund ins Licht trat.

»Roger von Lunel«, sagte er mit einem sonderbaren Glitzern in seinen kleinen Augen. »Es hat den Anschein, daß Ihr mit mir sprechen wollt.«

Diesen Worten entnahm ich, daß es in meiner Umgebung Spione gibt. »Ich plane in der Tat einen Besuch«, gab ich zur Antwort.

»Nun, sprecht«, sagte er und breitete seine kurzen Arme aus. »Wir haben uns stets gut verstanden. Erinnert Ihr Euch noch, als wir in Konstantinopel bei Alexios waren? In dem Dom da, wie hieß er gleich, heilige Scheißheit? Ihr habt mit mir über das alberne Schaugepränge der Byzantiner gelacht.«

Ich teilte ihm mit, daß ich mich in der Tat erinnerte. »Aber diesmal gibt es nichts zu lachen«, fügte ich hinzu.

Er machte ein finsteres Gesicht. »Was Eure Männer durchmachen, habt Ihr Euch selbst zuzuschreiben«, erklärte er. »Und Eurer Türkin.«

Ich überhörte diese Bemerkung, obwohl sie mich bis aufs Blut reizte. »Wir sind das Heer Christi«, gab ich zurück. »Ihr hungert Christi Krieger aus. Es sind Männer, die an Eurer Seite gekämpft, gemeinsam mit Euch ihr Leben für die Sache unserer Pilgerfahrt aufs Spiel gesetzt haben.«

Bohemund trat so nahe an mich heran, daß er fast an mein Gesicht stieß. Aufmerksam sah er mich an. Er hatte sich den Schnurrbart parfümiert; es widerte mich an. »Roger, Ihr glaubt ebensowenig an diese Pilgerfahrt wie ich«, sagte er gedehnt. »Vom ersten Augenblick an habt Ihr daran gezweifelt. Bestreitet es nicht – Adhémar hat es mir gesagt, zusammen mit diesem und jenem über Euer früheres Leben. Es sieht ganz so aus, als wäret Ihr hier, um für einen bestimmten Mord Buße zu tun. Wollt Ihr den Tod Eurer Männer ebenfalls auf Euer Gewissen laden?«

Ich hätte ihn gezüchtigt, wäre er nicht der Ranghöhere gewesen. So sagte ich statt dessen: »Mein Gewissen geht Euch nichts an. Ihr seid ein Verräter an unserer Sache.«

Er lachte. »Da spricht Raimund aus Euch. Ihr müßt den Alten vergessen. Ich schlage Euch einen Handel vor, von Mann zu Mann: Gebt mir das Palastviertel, und ich öffne Euch den

Markt. Ihr bekommt alles, was Eure Männer und jene Frau brauchen. Ich schicke ihr sogar meine Ärzte. Das sind keine fränkischen Kurpfuscher, sondern Araber. Über ihre Kenntnisse würdet Ihr Euch wundern.«

Ich schwieg. Er faßte mich am Arm. »Roger, eine Handvoll Straßenzüge, ein heidnischer Türkenbau – eines Tages kriege ich das alles sowieso. Ihr könnt Raimund sagen, ich hätte es Euch abgekauft: Er mit seinem vielen Gold wird das verstehen.« Mit verengten Augen fuhr er fort: »Oder alle werden verhungern, Roger. Alle. Und Ihr müßt dafür geradestehen.«

Früher hätte ich mich hochmütig abgewandt und ihn stehenlassen. Jetzt aber hörte ich mich selbst sagen, daß ich seinen Vorschlag überdenken würde. Freundschaftlich schlug er mir mit der Faust auf die Schulter. »So ist es recht«, sagte er. »Übrigens habe ich erfahren, daß Raimund Ma-arat belagert. Versucht nicht, es zu leugnen. Auch ich werde mich dorthin aufmachen, nur damit er nicht die Oberhand bekommt. Übermorgen breche ich auf. Werde ich bis dahin Eure Antwort haben?«

Ich sagte es ihm zu.

»Gut«, sagte er. Dann fuhr er mit gesenkter Stimme fort: »Wir ziehen nach Jerusalem. Das steht fest, weil sonst die Männer meutern würden. Nur die Führerschaft muß noch geklärt werden. Ihr wißt so gut wie ich, daß sie mit der Frage verquickt ist, wem Antiochia gehört. Sofern Ihr Euch meinen Vorstellungen zugänglich erweist, werde ich Euch nicht vergessen, Roger.« Ein schiefes Lächeln trat auf seine Züge, dann verschwand er in der Dunkelheit.

Was soll ich tun? Noch nie im Leben habe ich mich gegen meinen Lehnsherrn gestellt. Doch er ist fern, und Bohemund ist hier; Frau Jasmin, meine Freundin, liegt im Sterben, und ich bin allein. Allein mit einem Gott, dessen steinernes Gesicht am Himmel nie Antwort gibt, außer um uns mit neuem Unglück zu überhäufen.

Den zwanzigsten November

Es waren zwei sehr kritische Tage. Bohemund, der in der großen Moschee im Norden der Stadt residiert, hat mich für die Zeit nach der Abendandacht zu sich befohlen. Ganz wie die Türken mit ihren Tieren unseren Hohen Dom entweiht hatten, entweiht er ihr Gotteshaus mit den seinen.

Den größten Teil des Tages habe ich bei meinen Männern verbracht und mich um die Verteilung des Proviants gekümmert. Die für die Kranken vorgesehenen Rationen wurden systematisch geplündert, und nur mit größter Mühe ist es Peter von Roaix und mir gelungen, die Diebe dingfest zu machen. Es waren zwei meiner Marseiller, ehemalige Krämer, denen ich glaubte trauen zu können. Peter wollte sie hängen lassen, aber ich habe mich entschieden, sie brandmarken und unter Bewachung mit einer Tafel um den Hals im Hof an den Pranger stellen zu lassen. Alle Vorüberkommenden spucken sie an und bedenken sie mit den übelsten Schimpfworten. Sie haben es nicht anders verdient.

Die Krieger müssen den ganzen Tag mit voller Ausrüstung Wache stehen. Das ist mehr, als manche ertragen können. Die schwächeren lasse ich auf den Mauern Posten stehen, denn einen Angriff von außen fürchte ich nicht. Die kräftigeren bewachen die Straßen und äußeren Gebäude des Viertels. Meine Leibwache besteht aus sechs Rittern, die ich Mann für Mann seit Beginn der Pilgerfahrt kenne. Sie waren auf dem Eilmarsch nach Antiochia bei mir, und ich vertraue ihnen rückhaltlos. Bisweilen rührt es mich zu Tränen, mit anzusehen, wie sie die verunreinigte winzige Ration verzehren, die sie bekommen, und die Insekten daraus entfernen. Sie leben von Speisen, die keine Ratte anrühren würde. Trotz allem halten sie mir unverbrüchlich die Treue.

Aber uns steht noch Schlimmeres bevor. Die Normannen haben uns von der Wasserversorgung abgeschnitten. Das ganze Palastviertel hat nur zwei Brunnen, und so leiden wir ab sofort auch noch Mangel an Wasser. Von den dreihundert Mann Fußvolk und dreißig Rittern, über die ich derzeit verfüge, sind an die sechzig krank, zehn davon haben Fieber, und ein Dutzend weitere sind wegen Verwundungen kampfunfähig. Kaum einer verfügt über eine brauchbare Ausrüstung, und wir haben weniger als ein Dutzend Schlachtrösser. Überdies leben über zweihundert Bürger hier im Viertel – es sind meist Frauen und Kinder –, von denen annähernd jeder dritte am Fieber leidet. Für sie alle habe ich kaum Vorräte, einen unwissenden Wundarzt und keinerlei Arzneien. Ich bin mehr der Wärter eines Gefängnislazaretts als Befehlshaber einer Garnison.

Jeden Morgen schicke ich kleine Gruppen von Männern auf die Suche nach Eßbarem. Die meisten kehren nicht zurück. Die Versuchung, diesem Ort zu entfliehen, ist auch wirklich übermächtig. Wer zurückkehrt, den umarme ich, als gehörte er zu meiner Familie. Treue, die sich bewährt, ist wundervoll. Nur Liebe vermag sie zu übertreffen. Zum Lohn für die Treue dieser armen Krieger empfinde ich Liebe für sie.

Lange und gründlich habe ich über das nachgedacht, was ich Bohemund sagen will, und mich zu einem Mittelweg entschlossen. Er mag den Palast des Emirs als Hauptquartier nutzen, soll uns aber den Rest des Viertels lassen. Auf diese Weise würde die Schranke zwischen uns und der Stadt fallen und wir könnten uns auf dem Markt mit Lebensmitteln versorgen. Natürlich wäre das ein Treubruch meinem Lehnsherrn gegenüber, aber es war das Beste, worauf ich nach reiflicher Überlegung verfiel. Derartige reifliche Überlegung habe ich ebenfalls von meinem Lehnsherrn gelernt. Sofern Bohemund nichts von meinem Mittelweg wissen wollte, was ich fast als sicher annahm, bliebe mir nichts als Kapitulation.

Als in der Garnison für die Nacht Ruhe eingekehrt war, rüstete ich mich wie zur Schlacht. Im Kettenhemd und Waffenrock verließ ich den Palast, mit Schwert und Dolch bewaffnet. Leise miteinander sprechend drängten sich etliche Krieger um Wachfeuer, die sie im Hof entzündet hatten. Ihre Lanzen waren so ordentlich zu einer Pyramide zusammengestellt, als lagerten sie in der Provence. Sie machten mir ihre Ehrenbezeigung, als ich vorüberging.

Auf der Straße kam es mir in den Sinn, beim Haus mit der niedrigen Tür vorbeizuschauen. Gérard und Bernard standen Wache und schienen überrascht, mich gewappnet zu sehen.

»Geht Ihr zu dem Normannen, edler Herr?« fragte Gérard. Ich bestätigte das. »Gebt ihm in meinem Namen einen Tritt ins Hinterteil, gnädiger Herr, und sagt ihm, das Palastviertel ist ein Stück Provence.«

Seine Unerschrockenheit berührte mich zutiefst. Während ich im Begriff stand, nachzugeben, forderten mich meine halbverhungerten Krieger auf, Widerstand zu leisten. Ich dankte ihm für seine Worte und trat ins Haus ein.

Mansur schlief auf den Teppichen des Wohnraumes. Ohne ihn zu wecken, ging ich in das innere Gemach. Die Frau lag in ihrem leinenen Nachtgewand genau so da, wie ich sie beim vorigen Mal gesehen hatte. Das kurze Haar klebte ihr naß an der Stirn.

Ich kniete mich neben ihr Lager, neigte den Kopf und betete wie schon so viele Male zuvor. Ich spürte, wie sich Gelassenheit in mir ausbreitete und meine Seele ihr entgegenstrebte. Alles ohne Worte, ohne Begriffe, ohne Bewußtsein, nichts als das stumme Angebot meiner Kraft.

Ich weiß nicht, wie lange ich so verharrte, doch mit einem Mal spürte ich unerwartet die Berührung einer Hand an meinem Hinterkopf. Es machte mir angst, und das brach den Zauber meiner Konzentration. Ich hob den Kopf und sah, wie sie auf mich herabblickte. Es war das erste Mal in sieben Tagen, daß sie die Augen aufgeschlagen hatte. »Faransch?« war das erste, was sie sagte.

Ich nahm ihre Hand. Freude überströmte mich. »Ja«, war alles, was ich herausbrachte.

»Ich bin müde«, sagte sie.

Fast hätte ich gelacht. »Ihr habt doch so lange geschlafen«, gab ich ihr zur Antwort und legte ihr eine Hand auf die Stirn. Sie fühlte sich nicht mehr so heiß an wie zuvor.

»Ich habe Durst.«

Ich eilte hinaus und rüttelte Mansur wach. »Sie ist zu sich gekommen«, flüsterte ich. »Gott sei gepriesen«, gab er zurück.

»Hol Wasser.«

Es fiel ihr schwer zu trinken. Ich hielt ihren Kopf. Von der Zitadelle herab tönte der Glockenschlag, der das Ende der Abendandacht verkündete.

»Ich muß gehen«, sagte ich ihr. »Aber ich werde bald zurück sein.«

Sie ergriff meine Hand. »Ich habe von Euch geträumt, Faransch«, sagte sie. »Ich habe gespürt, daß Ihr bei mir wart. Ich bin gefallen, und Ihr habt mich gehalten. Eure Hände hielten mich umfaßt.«

»Ja«, sagte ich.

Ein Pferdeknecht wartete mit Fatana. Unter dem Wimpel mit meinen Farben machte ich mich zur Zitadelle auf. Aus Seitengassen sahen Normannen über die im Dunkeln liegenden Plätze hinweg zu mir her. Ich achtete nicht weiter auf sie und hielt den Blick auf den erleuchteten Turm der großen Moschee gerichtet, wo mich Bohemund erwartete.

Die im Inneren des Gebäudes unter den vergoldeten Bögen angebundenen Pferde der Normannen hatten reichlich zu fressen. In den Gemächern des Obergeschosses hatten die Männer von Bohemunds Leibwache in ihren mit Menschenhaar besetzten Waffenröcken und ihren Halsketten aus Zähnen und Knochen Aufstellung genommen. Genau wie ich trugen sie das scharlachrote Kreuz auf der Schulter des Umhangs. Dennoch sind wir kein Heer, solange Antiochia zwischen uns steht.

Man führte mich vor Bohemund. Er residiert in den Räumen des moslemischen Hohenpriesters. Trotz aller Schlichtheit und ihrer niederen Decken waren sie großartig. Besonders fielen mir die kunstvoll geschnitzten Fensterrahmen auf. Tausende herrlich gebundener Bücher zogen sich auf langen Borden an den Wänden entlang. In den Teppichen, die den Boden bedeckten, versank mein Fuß.

Ein Feuer brannte im Kamin. Mit dem Rücken zu mir sprach Bohemund laut und gestenreich auf zwei Männer ein.

Beide, der ältere, bärtige, wie auch der sehr junge, trugen die strengen schwarzen Gewänder griechischer Priester. Lächelnd wandte sich Bohemund zu mir um.

»Hier ist der Mann, von dem ich Euch berichtet habe«, sagte er zu den beiden. »Graf Raimunds Lehnsmann, der Baron von Lunel.«

Ich verneigte mich vor den Priestern. »Roger«, fuhr Bohemund fort, »laßt mich Euch Iannis vorstellen, den Patriarchen der Griechen. Ihr habt ihn wohl schon gesehen, wie er in einem Käfig von der Mauer hing. Und das hier« – er wies auf den jungen Mann – »ist Christophoros, sein, nun, ich sage es ohne Umschweife, sein Beischläfer.«

Bohemund brach in Gelächter aus, und höflich stimmten die beiden ein. Es war offenkundig, daß sie kein Wort verstanden hatten. »Ich gebe Iannis seinen Thron zurück«, erläuterte Bohemund. »Es juckt ihn in den Fingern, mit den Syrern und Armeniern abzurechnen, die mit den Türken gemeinsame Sache gemacht haben. Ich habe ihm fünfzig Männer zur Verfügung gestellt, um sie aufzuspüren und aufzuhängen. Er kann es kaum erwarten.«

»Und was springt für Euch dabei heraus?« fragte ich.

»Seht nur den Zyniker«, tadelte Bohemund spöttisch. »Nun, er wird mich als Gegenleistung zum König salben. Damit alles seine Richtigkeit hat, Ihr versteht. Es ist eine reine Formsache, rückt aber die Dinge ins richtige Licht. Ich schicke die beiden weg, dann können wir reden.«

Unter vielen Verbeugungen und weit ausholenden Handbewegungen entließ er den Patriarchen und dessen Gefährten. Auch sie verneigten sich, wobei ihnen der schwarze Schleier über das Gesicht fiel. Als sie fort waren, sagte Bohemund: »Diese Griechen sind Knabenschänder, einer wie der andere. Man sollte es nicht für möglich halten. Kaum zu glauben, daß überhaupt der eine oder andere von ihnen Kinder hat. Nun, setzt Euch hier auf diese Kissen, und wir reden. Ich lege noch etwas nach.«

Er trat an die Borde und nahm zwei oder drei Bücher heraus. »Zu was anderem taugen die sowieso nicht«, sagte er.

»Seht nur«, er schlug eines auf. Die Seiten waren mit einem engen Buchstabengeflecht in einer herrlichen Handschrift bedeckt. Die ineinander verschlungenen Zeichen waren reich verziert, die Blätter von strahlendem Weiß. Bohemund warf die Bände ins Feuer. »Heidnische Lügen«, sagte er. »Sie zu verfeuern ist das Beste, was man damit tun kann.«

Erneut forderte er mich zum Sitzen auf, aber ich blieb stehen. »Wie Ihr wollt«, sagte er und nahm zwischen den Kissen Platz. »Jetzt zur Sache. Sobald mich der Patriarch gesalbt hat, kann ich nur noch aus dem Palast regieren. Da ich aber Euren Stolz kenne und weiß, welch edlem Haus Ihr entstammt und wie treu Ihr dem alten Raimund seid, und so weiter, bin ich bereit, Euch folgendes Angebot zu machen: Ihr gebt den Palast auf und behaltet alles andere. In dem Fall können wir sagen, Iannis habe das angeordnet, nicht ich, und wir wissen doch alle, wie sehr Raimund auf ein gutes Verhältnis zu den Griechen bedacht ist. Dann habt Ihr das Viertel letztlich nicht mir geräumt, sondern Alexios, und nichts anderes will Euer Herr ja.«

Mit weit ausgebreiteten Händen lächelte er mich erwartungsvoll an. Für ihn war die Sache klar. Was er mir anbot, war genau der Mittelweg, den ich mir selbst zurechtgelegt hatte, mit dem zusätzlichen Vorzug, daß der Patriarch die Lösung billigte. »Nun?« wollte Bohemund wissen.

»Nein«, sagte ich.

»Nein? Was heißt nein?« knurrte er verstimmt.

»Mit allem Respekt, es heißt nein.«

Bohemund erhob sich. »Ihr versündigt Euch. Es ist nichts als Stolz, und Stolz ist eine schreckliche Sünde. Ach was, es ist nicht einmal Stolz, sondern Starrsinn.« Er trat näher auf mich zu und richtete den Blick seiner eng beieinanderstehenden Augen auf mich. »Euer Vater war starrsinnig«, zischte er zwischen den Zähnen hervor. »Und dafür haben ihn die Bischöfe in Stücke gerissen. Ihr wollt doch diesen Weg nicht gehen, Roger. Niemand wird Euch Dank dafür wissen, und Ihr werdet auch keinen Vorteil davon haben.«

»Ich wünsche Euch eine gute Nacht«, sagte ich und verließ den Raum.

»Roger!« rief er mir nach. »Morgen breche ich auf, um Eurem Herrn Ma-arat zu entreißen. Dann steht er mit leeren Händen da, und Ihr ebenfalls. Nichts wird Euch bleiben, Roger, nichts! Weder Euer verdammtes Palastviertel noch Euer Stolz und auch nicht Eure Türkenhure!«

Auf meinem Ritt zurück zum Palastviertel fühlte ich mich freier als seit Wochen. Auch wenn es nicht ein Stück Provence ist, wie Gérard gesagt hat, so ist es doch der Ort, wo ich zu meiner Ehre stehe. Dort aber ist die Heimat eines Mannes, ganz gleich, wo er sich befindet. Hier leiden meine Landsleute um ihrer Pflicht willen, ihn zu verteidigen haben wir gelobt. Die Ehre wählt weder ihre Schlachtfelder noch ihre Schlachten. Das tut der Mensch, und seine Ehre weht über ihm wie eine Fahne. Solange ihm die Schlachten Ehre eintragen, hat er nichts zu fürchten, denn dann ist es unerheblich, ob er siegt oder unterliegt.

Mit einem Mal kam mir Antiochia verwandelt vor. Die Stadt war nicht mehr der Fluch, der auf unserem Zug lastete, sondern geradezu seine Seele; es war nicht mehr ein Ort des Elends, den ich schleunigst zu verlassen strebte, sondern ein Ort der Ehre, an dem zu sterben ich gern bereit war. Zum ersten Mal auf unserem Pilgerzug hatte ich den Eindruck, meinen heiligen Eid zu erfüllen, obwohl sich mein Handeln nicht gegen türkische, sondern gegen christliche, Ungläubige richtete. Nicht gegen Menschen mit dem falschen Glauben, sondern gegen solche, die überhaupt keinen Glauben haben.

Vor dem Haus mit der niedrigen Tür saß ich ab. Gérard machte seine Ehrenbezeigung. »Nun, Herr?« fragte er.

»Ich habe mich deinem Wunsch entsprechend verhalten«, teilte ich ihm mit.

»Gut.«

Mansur begrüßte mich im Halbdunkel des Hauses. »Sie liegt wach und wartet auf Euch«, sagte er. Dann sah er mich eine Weile schweigend an.

»Ja?« fragte ich, weil ich fürchtete, es gebe schlechte Nachrichten.

»Noch nie habe ich solche Ergebenheit gesehen«, sagte Mansur. Er schien den Tränen nahe zu sein. Rasch trat er beiseite und verneigte sich so tief, daß ich sein Gesicht nicht mehr sehen konnte.

Frau Jasmin streckte mir die Arme entgegen, als ich eintrat. »Geht es Euch gut?« fragte sie, die Stirn sorgenvoll gekraust.

Ich nahm ihre Hand. »Nicht ich war krank.«

»Euer Diener sagte mir, daß Ihr bei dem Fürsten mit den Diebsaugen wart.«

»Uns soll er nicht bestehlen!« bekräftigte ich. Sie legte sich wieder hin und schloß die Augen. »Ich bin glücklich«, sagte sie. Dann fügte sie hinzu, als falle ihr etwas Wichtiges ein: »Ihr habt mein Haar gesehen.«

Ich hob die Hand, um es zu liebkosen. »Es ist schön, wie das eines Knaben«, sagte ich.

Sie lächelte. »Ich schämte mich, es Euch zu zeigen.«

»Ihr sagtet, nur Euer Gemahl habe das Recht, es zu sehen.«

»So ist es«, gab sie zur Antwort.

Das war gestern abend. Heute bleibe ich in meinen Räumen, denn es gibt viel zu tun. Man hat unsere Brunnen vergiftet, mehrere Frauen und Kinder sind daran gestorben. Noch während ich mit Bohemund sprach, hatten sich seine Handlanger im Viertel ans Werk gemacht. Sie sind in unsere Vorratsräume eingebrochen, haben die Getreidesäcke aufgeschlitzt und auf deren Inhalt uriniert, sie haben Häuser in Brand gesetzt und ein halbes Dutzend Pferde abgeschlachtet. Ich habe Befehl gegeben, jeden festzunehmen, der sich verdächtig macht, und ihn vor mich zu bringen. Bohemund setzt seine Spione sehr geschickt ein; aber ich habe aus der Lektion gelernt, die er den Türken erteilte, als er des Emirs Abgesandte bei lebendigem Leibe briet. Sofern mir seine Männer in die Hände fallen, werden sie einen hohen Preis zahlen.

Ich habe angeordnet, jeden Tropfen Flüssigkeit im Viertel zu beschlagnahmen und in den Palast zu bringen, wo er im

Keller des Emirs aufbewahrt werden soll. Wer sich ihm ohne meinen schriftlichen Auftrag nähert, ist des Todes. Allen voran werden Kinder versorgt, dann die Kranken, nach ihnen die zum Waffendienst fähigen unter den Männern, und zum Schluß die anderen. Unseren Pferden messen wir einen Anteil zu, der in dem Maße größer wird, wie Menschen sterben.

Heute morgen hat Bohemund mit fliegenden Fahnen und unter Hörnerschall und Trommelschlag die Stadt verlassen. Mit meinen Männern habe ich das Schauspiel von der Stadtmauer aus verfolgt. Als er durch das Brückentor ritt, grüßte er zu mir herüber. Dann stellte er hundert Ritter vor das Tor, damit niemand herein oder hinaus kann.

Das ist Krieg, wie ich ihn noch nie geführt habe. Meine tapferen Worte von gestern waren gut und schön; sie geben mir möglicherweise auch Kraft, aber ich kann sie den anderen nicht anstelle von Speise und Trank auftischen.

Den fünfundzwanzigsten November

Ich muß kleiner schreiben, denn es bleiben nicht viele Blätter in meinem Buch. Als ich mit den Aufzeichnungen begann, hätte ich nicht gedacht, daß sie so lang würden, und ich habe nicht im entferntesten eine Vorstellung davon, wann und wie sie enden werden. Ich führe ein zweites Buch, in dem ich sorgfältig alle Angaben über unsere Männer, ihren Gesundheitszustand und ihre Rationen verzeichne.[64] Jeden Tag zähle ich die Kranken, die Toten und die Todgeweihten. Ich notiere, was und wieviel jeder zu essen bekommt und welche Arznei man den Männern verabreicht. Es ist eine Qual für mich, denn schon zu Hause fiel es mir schwer, meine Abrechnungen zu machen, und gern überließ ich diese Aufgabe Jehanne, die sie ordentlich ausführte. Ich vermute, daß Frauen praktischer veranlagt sind als Männer, mehr den Kleinigkeiten des Alltags zugeneigt. Uns überlassen sie unsere großen Entwürfe, wie auch immer diese aussehen mögen.

Ich nehme an, daß die Natur uns so geschaffen hat, mit Gaben, die sich ergänzen, und Bedürfnissen, die ineinandergreifen.[65] Bisweilen denke ich, daß sie die Menschheit mit all ihren Fähigkeiten und Schwächen zweigeteilt hat, so daß niemand ohne einen Gefährten vollständig zu sein vermag. Vielleicht ist das, was uns an einer Frau sonderbar oder widerspenstig erscheint, nichts anderes als das uns entfremdete zweite Ich. Wer Widerstand leistet, tut es aus Selbstsucht und Angst. Wer umarmt, tut das voll Hoffnung und Erinnerung. Sagen uns nicht die Ärzte, daß wir im Mutterleib männlich *und* weiblich waren? Muß dann nicht in unserem Fleisch eine Erinnerung an unser anderes Ich lebendig sein? Liegt nicht darin der Grund dafür, daß junge Männer, die den Weibern hinterherlaufen, albern und kindisch sind, da wir außer im zartesten Alter nie selbst waren, wonach wir streben?

Das sind müßige Gedanken, aber ich gebe mich ihnen hin. Sie sind ein Mittel gegen die Wirklichkeit, der ich mich den ganzen Tag stellen muß. Von den mir unterstellten Männern ist mittlerweile die Hälfte dienstunfähig. Ich habe gezählt: Dreihundertvierunddreißig Krieger des Fußvolkes und neununddreißig Ritter bleiben mir. Zweiundsiebzig Krieger und acht Ritter sind dahingeschieden, einhundertundfünf Krieger wie auch sechzehn Ritter sind krank. Siebzehn Männer und drei Ritter leiden an dem Fieber. Damit bleiben mir an einsatzfähigen Kämpfern hundertsiebenundfünfzig Mann Fußvolk und fünfzehn Ritter.

Mit ihnen könnten wir einem Angriff der Normannen im äußersten Fall eine Stunde lang standhalten. Daß er noch nicht erfolgt ist, dürfte daran liegen, daß Bohemund Christen nicht anzugreifen wagt, solange mein Lehnsherr noch Einfluß im Heer besitzt. Doch sollte Bohemund die Stadt Maarat erobern, würde er nicht mehr zögern. Daher erwarte ich Kunde über ihr Geschick, denn sie sind gleichbedeutend mit Nachrichten über unser eigenes.

Jeden Abend verbringe ich ein wenig Zeit mit Frau Jasmin. Es ist angenehm, nach so vielen Stunden des Schreckens sanft zu sein. Jeder Mann braucht das, um stark sein zu können. Wer auf nichts als die Stärke setzt, ist ein Narr – wir müssen sanft sein, um Männer sein zu können. Wer kämpft und nichts empfindet, gewinnt nie etwas, dessen Besitz sich lohnt. Das hat sie mich gelehrt.

Sie ist nach wie vor schwach und schwankt zwischen Wachen und Bewußtlosigkeit hin und her. Das Fieber hat sie so stark angegriffen, daß sie nicht aufstehen kann, und sie ist so abgemagert, wie ich es von mißhandelten Gefangenen kenne. Mansur kümmert sich mit großer Güte um sie und bereitet stärkende Suppen für sie zu. Wenn sie wieder zu Kräften gekommen ist, braucht sie feste Nahrung. Freilich weiß ich noch nicht, was wir für sie finden werden.

Jetzt zu dem Punkt, den ich bisher vermieden habe. Heute nachmittag kamen meine Marseiller in großer Erregung zu mir und erklärten, man habe einen Spion gefaßt, der im Vorratsraum dabei überrascht wurde, wie er die Getreidesäcke zählte. Auf nachdrückliches Befragen, dem auch mit Backpfeifen nachgeholfen wurde, habe er gestanden, die Normannen hätten ihn beauftragt, über unsere Vorräte zu berichten. Ich ließ ihn auf den Hof vor mich bringen. Es war Bernard.

Von den Männern, die ich aus Lunel mitgebracht habe, sind mir nur noch er und Gérard geblieben. Ich fragte ihn, ob die Anschuldigung den Tatsachen entspreche. Er senkte den Blick. Ich fragte ihn nach dem Grund. »Ich hatte Hunger und Angst«, gab er zur Antwort. Ich teilte ihm mit, das gelte für uns alle. Daraufhin sah er mich trotzig an. »Ihr seid ein Herr, Ihr wißt nicht, wie das ist. Ihr haltet unser Leben in Eurer Hand und spielt mit uns. Ihr sagt uns, wann wir stehen und wann wir sitzen sollen und mit wem wir schlafen dürfen. Aber Euer Magen ist nie leer, und Euer Bett ebensowenig.«

Ich spürte, wie Wut in mir aufstieg. Ich hatte erklärt, daß jeder im Palastviertel gefaßte Spion bei lebendigem Leibe gehäutet werde. Ich gab den Befehl.

Ein halbes Dutzend Ritter trat vor. Sie packten den entsetzten Burschen an Armen und Beinen und schleppten ihn zum Hoftor. Dort zogen sie ihn nackt aus und hängten ihn kopfüber auf, so daß seine Finger gerade den Erdboden berührten. Dolche blitzten auf. Er flehte um Gnade. Dann trat Gérard vor und schob sich an den Rittern vorbei. Ich sah, wie er sich neben seinen Gefährten kniete.

»Gérard«, flehte das Opfer. »Hilf mir.«

»Ich sehe dich im Himmel«, gab Gérard zur Antwort und küßte ihn.

Im nächsten Augenblick machten sich die Ritter ans Werk. Sie lösten die Haut um die Knöchel und rissen sie ihm bis zu den Lenden herunter. Dann öffneten sie seinen Unterleib und zogen dessen Haut gleichfalls herab. Gérard jammerte vor Mitgefühl, aber ich sah mit zusammengebissenen Zähnen zu. Frauen und Kinder tot, meine eigenen Männer dem Tode nahe, mein Vertrauen getäuscht. Ich löste den Blick bis zum Schluß nicht von der grausamen Szene, und als alles vorüber war, gab ich Befehl, den Verräter als abschreckendes Beispiel hängen zu lassen, wo er war. Noch einmal möchte ich das nicht tun müssen.

Du siehst, mein Tagebuch, was aus mir geworden ist. Ich unterscheide mich weder von einem Türken noch von Bohemund. Da wir alle gleich sind, wagt niemand, anders zu sein. Wenn das Rad in Bewegung gesetzt ist, muß man sich mit ihm drehen, oder man wird zermalmt.

Den dreissigsten November

Unsere Vorräte sind nahezu erschöpft. Ich habe die Normannen gebeten, den Bürgern des Palastviertels zu gestatten, daß sie zu ihren Freunden und Verwandten in anderen Stadtteilen ziehen können. Sie aber verweigern es ihnen, weil sie wissen, daß die Bewohner des Viertels an unseren Vorräten zehren und ihre Gegenwart unsere Kapitulation beschleunigt. Die Bürger leiden schlimmer als unsere Krieger, denn sie sind weniger an Entbehrungen gewöhnt als wir. Am meisten dauern mich die Kinder. Die meisten von ihnen sind inzwischen tot. Man begräbt sie rasch am Fuß der Mauer, in kleinen Musselin-Säcken, die einen ans Herz rühren. Auf jedem Grab befindet sich ein Erinnerungszeichen, sei es ein Kreuz, ein Halbmond oder der pyramidenförmige kleine Steinhaufen der koptischen Christen. Die Weiber wehklagen unaufhörlich.

Ich sorge mich immer mehr um Frau Jasmin, denn obwohl sie das Fieber überwunden hat, ist sie noch gefährlich schwach. Sie muß essen, vor allem Fleisch, das aber ist nicht zu bekommen. Mit Ausnahme unserer wenigen Pferde sind alle Tiere geschlachtet. Jetzt fangen die Ritter an, die ihnen verbliebenen eins um das andere zu verzehren.

Dabei gehen sie, die lange gemeinsam mit ihren Tieren gelitten haben, äußerst sparsam mit ihnen um und verwerten alles und jedes Teil. Das Fleisch wird sorgfältig zugeschnitten, die inneren Organe werden aufbewahrt, Därme und Sehnen in der Suppe ausgekocht. Auch die Knochen werden immer wieder gekocht, bis sie glatt sind wie Stahl. Dann spaltet man sie, löst das Mark heraus und verarbeitet es zu einer Mahlzeit. Anschließend werden die Gebeine zu Pulver zermahlen und mit Wasser zu einer Art Schleimsuppe verkocht. Ich habe Männer sich um Hufe prügeln sehen, als wären es Edelsteine, und ich habe auch gesehen, wie Umstehende solchen die Hufe fortnahmen, die zu schwach waren, um sich zu wehren.

Abends sprechen Frau Jasmin und ich miteinander. Diese Augenblicke genieße ich. Gestern hat sie mir gesagt, daß Mansur hungert, um ihr zu essen zu geben, und ich habe ihn deswegen zur Rede gestellt. Er hat mir geschworen zu gehorchen, aber ich glaube ihm nicht. Inzwischen ist er nahezu ebenso dürr wie sie.

Gott im Himmel, es ist eine entsetzliche Zeit. Womit haben wir diese Behandlung durch andere Christen verdient? Ich bin versucht, mir unseren Weg aus der Stadt freizukämpfen, doch sind wir dazu nicht kräftig genug. Mir bleibt lediglich die Hoffnung, daß mein Lehnsherr zurückkehrt, bevor wir alle den Entbehrungen erliegen. Ich ziehe seine Handlungsweise nicht in Zweifel; was er tut, ist zum Besten der Unternehmung. Wir sind das Licht, das man brennend ins Fenster gestellt hat. Doch wenn er nicht bald zurückkehrt, wird das Haus im Dunkeln liegen.

Den dritten Dezember

Ich habe mein Pferd getötet. Mansur bereitet das Fleisch zu. Ich werde meine Gemächer heute nicht verlassen.

Den siebten Dezember

Frau Jasmin geht es zusehends besser. Sie hat Fleisch und mit Innereien angereicherte Suppe gegessen, außerdem von Mansur mit großem Geschick zubereitete Pasteten. Ich rühre nichts von alldem an, aber es ist eine Freude zu sehen, wie sie zu Kräften kommt.

Den zwölften Dezember

Ich möchte jetzt nachtragen, was ich zuvor nicht zu schreiben vermochte.

Als sich am vorigen Donnerstag abzeichnete, daß sich Frau Jasmin nur erholen wird, wenn sie feste Nahrung bekommt, beschloß ich, mein Schlachtroß zu opfern. Ich betete viel und überlegte hin und her, am Ende aber war die Sache klar. Auch Fatana hätte nicht mehr lange standhalten können. Sie war entsetzlich dürr und stand oft nur noch unsicher auf den Beinen.

Nach der Komplet ging ich zu ihr. Ich nahm mein Schwert mit, das ich geschliffen und poliert hatte, als wollte ich mich einem König ergeben. Ich sagte zu ihr: »Fatana, du hast mich in jeder Schlacht getragen, gemeinsam mit mir alle Entbehrungen erlitten, mich nie im Stich gelassen und mein Vertrauen nie enttäuscht. Du bist ein so treuer Freund, wie es mir nur je ein Mensch war. Du bist eine ebenso zärtliche Gefährtin, wie es nur je eine Frau sein kann. Ich glaube, du wirst verstehen, warum ich dich jetzt töten muß. Dein Fleisch soll einen Menschen nähren, der mir lieb ist, dein Blut soll ihr Kraft geben, wie es mich gekräftigt hat. Und sofern es einen Gott gibt, dem Tiere und Menschen am Herzen liegen, werden du und ich einander im Himmel wieder begegnen, wo du nie wieder beschlagen werden mußt und ich keine Sporen tragen werde. Dann werden wir miteinander vereint in alle Ewigkeit über die Wolken dahingaloppieren.«

Ich machte ihr eine Ehrenbezeigung und durchschnitt ihr die Kehle. Einen Augenblick lang sah sie mich fragend an, dann verdrehte sie die Augen, legte die Vorderläufe unter sich und sank auf die Brust. Ich hielt sie, während das Leben ihrem erschauernden Körper entwich, und ich ließ sie erst los, als ihre Flanken kalt wurden.

Dann kam Mansur mit einem gekrümmten Messer und einer Säge. Er sah so finster drein wie noch nie zuvor. Was jetzt zu tun war, überließ ich ihm. Das letzte, was ich hörte, bevor ich mich einschloß, war das Geräusch, das beim Zersägen von Knochen entsteht.

Jetzt gehe ich zu Fuß wie ein gewöhnlicher Krieger. Meinen Sattel habe ich ebenso verbrannt wie Fatanas Schabracke. Die Asche meiner Farben, die sie getragen hat, werde ich mit mir führen. Der Rest ist Rauch.

Den neunzehnten Dezember

Ma-arat ist gefallen. Wir bereiten uns auf die Geburt des Herrn vor.

Den vierundzwanzigsten Dezember

Als ich heute zum Haus mit der niedrigen Tür ging, stand Frau Jasmin im Eingang und grüßte mich. Sie hatte sich in ihre Gewänder gehüllt, trug aber kein Tuch auf dem Kopf.

Sie tat einen Schritt und dann noch einen und stürzte mir dann in die Arme.

»Faransch«, sagte sie, »ich lebe.« Dann sah sie mich lange an und fügte hinzu: »Mein Leben gehört Euch.«

»Nein«, sagte ich, »es ist Eures.«

»Dann schenke ich es Euch zu Eurem Christfest.«

Wir hielten einander lange in den Armen. Dann half ich ihr zurück auf ihr Lager. Ich bettete sie unter ihre Decken, strich ihr das Haar glatt und wollte mich erheben. Sie faßte mich am Ärmel und hielt mich fest.

»Bleibt bitte«, sagte sie, »damit wir gemeinsam Euren heiligen Tag beim Morgengrauen begrüßen können.«

Ich sah ihr lange in die Augen. Sie hielt meinem Blick stand. »Bleib bei mir«, sagte sie schließlich.

»Das will ich tun«, antwortete ich.

Den fünfundzwanzigsten Dezember

Am Fest der Geburt Unseres Erlösers

Heute morgen haben wir im Palasthof die Messe gefeiert. Es war ein recht trübseliges Ereignis. Nur wenige Männer konnten daran teilnehmen. Viele haben aus dem Fenster ihrer Krankenstube zugesehen. Da wir keine Hostien für die Kommunion haben, hat der Priester Lorbeerblätter ausgeteilt, die wir im Mund hielten. Es gab weder Wasser noch Wein.

Unser Wasservorrat ist aufgebraucht. Mansur hat es großartig verstanden, mit Fatanas Körperflüssigkeiten hauszuhalten, so daß Jasmin keinen Durst leidet. Ich habe gesehen, wie er das Blut immer wieder durch ein Seidentuch geseiht hat, bis eine blaßrosa Flüssigkeit übrigblieb. Mit ihr bereitet er ihr Tee. Ich hätte nicht geglaubt, daß wir so lange damit auskommen.

Jetzt macht allerdings er mir Sorgen. Er ist so geschwächt, daß er kaum noch gehen kann. Obwohl er von Fatanas Fleisch essen kann, nimmt er immer mehr ab. Da ich ihn für das Christfest ein wenig aufmuntern wollte, habe ich ihm meinen alten Umhang mit dem Kreuz auf der Schulter geschenkt.

»So«, sagte ich, »jetzt bist du ein wahrer Pilger.« Er nahm den Umhang entgegen, legte das Gesicht darauf und begann zu schluchzen. »Nimm«, sagte ich, »heute ist ein Festtag.«

Zu meiner Überraschung traten Wut und Gekränktheit in seine Augen. »Ich hatte einst ein Leben!« sagte er. »Jetzt habe ich nichts. Ich werde sterben, und niemand wird sich meiner erinnern.«

Ich nahm seinen Arm. »Ich lasse nicht zu, daß du stirbst«, sagte ich.

Er wich zurück und wischte sich die Tränen ab. »Ich hätte schon vor Jahren sterben sollen. Wäret Ihr mir doch nie über den Weg gelaufen! Ich wünsche zu Gott, daß ich Euch nie kennengelernt hätte.« Damit fiel er zu Boden und zog sich den Umhang über den Kopf.

Verblüfft überließ ich ihn seinem sonderbaren und mir unbekannten Seelenschmerz. Ich habe diesen Mann stets nur in Beziehung zu mir gesehen. Von seinem eigenen Leben, der Vergangenheit, die er mit sich herumträgt, weiß ich nicht das geringste.

Den achtundzwanzigsten Dezember

Am Fest der Unschuldigen Kindlein

Ich weiß nicht, was ich sagen soll. Ich werde mich darauf beschränken, das Vorgefallene zu berichten.

Gestern morgen kam aus Ma-arat die Mitteilung, daß zwischen meinem Lehnsherrn und Bohemund offene Feindseligkeiten ausgebrochen sind. Nachdem die Stadt am elften gefallen war, haben die Krieger die gesamte Bevölkerung abgeschlachtet, ob Mann, Frau oder Kind. Da die beiden Führer miteinander haderten, konnte niemand den Männern Einhalt gebieten. Viele der Bewohner sind bei lebendigem Leibe in ihren Kirchen und Moscheen verbrannt.

Als das Gemetzel vorüber war, fielen die Krieger übereinander her. Um dem Einhalt zu gebieten, haben sich Graf Raimund und Bohemund am Ende doch geeinigt. Die Stadt wurde dem Bischof von Al-bara unterstellt, den mein Lehnsherr eingesetzt hatte. Er selbst ist nach Rugia aufgebrochen. In der Zwischenzeit ist Bohemund nach Antiochia zurückgekehrt, nachdem es ihm wiederum nicht gelungen war, Graf Raimund zur Übergabe unseres Viertels zu zwingen. Statt dessen sollen wir mit Gütern versorgt werden, bis die Zeit gekommen ist, daß wir mit meinem Lehnsherrn nach Palästina ziehen können.

Bei dieser Nachricht war ich überglücklich und teilte sie eilends meinen Männern mit. Sie nahmen sie mit Freudentränen in den Augen auf und beteten. Trotz aller Widrigkeiten haben wir die Oberhand behalten.

Ich lief rasch zum Haus mit der niedrigen Tür, um Jasmin die Nachricht zu überbringen. Ich fand sie im Vorraum, wo sie sich um Mansur kümmerte. Mit an den Leib gezogenen Knien lag er auf den Teppichen, kaum mehr als ein Skelett.

»Er stirbt, Faransch«, flüsterte sie mir zu.

»Wie ist das möglich?« fragte ich.

»Sieh!« Sie schob den Ärmel seiner Bluse zurück. Was ich sah, ließ mir den Atem stocken. Auf beiden Oberarmen waren unmittelbar über den bläulichen Adern drei oder vier parallele schmale Schnitte zu erkennen.

»Was bedeutet das?« fragte ich.

Jasmin sah mich unverwandt an. »Er hat sich das eigene Blut abgezapft«, sagte sie, »um es mir zu geben.«

Jetzt wurde mir klar, woher er die Flüssigkeit hatte und warum er so rasch abgemagert war. Ich hob ihn auf und trug ihn zum Palast, wo ich ihn auf mein eigenes Bett legte. Er bewegte sich ein wenig und schlug die Augen auf.

»Wir haben gesiegt«, teilte ich ihm mit. »Bald werden wir zu essen und zu trinken haben.«

»Effendi«, sagte Mansur. Seine Stimme war kaum mehr als ein Flüstern. »Wie lange nenne ich Euch schon so?«

»Von Anfang an«, sagte ich. »Seit Nikäa.«

Er schüttelte kaum merklich den Kopf. »Nicht von Anfang an. Nicht in der Provence.«

Ich dachte, er rede im Fieberwahn. Ich gebot ihm zu ruhen und sagte, ich würde mich so um ihn kümmern, wie er sich um Jasmin gekümmert hatte.

»Ihr liebt sie«, sagte er. »Deshalb habe ich es getan, Roger. Weil Ihr sie liebt.«

Ich fragte ihn, warum er mich Roger nenne. »So kannte ich Euch damals«, sagte er, »vor diesem Leben.«

»Was meinst du damit?« fragte ich.

Er lächelte. In seinem zahnlosen Mund sah ich das bläuliche Zahnfleisch. »Damals, auf Eurem Besitz. Und auf meinem, als ich Euch die Stirn kühlte. Beim Dorffest, als ich zu Euch hereinplatzte ...«

Ich stand auf und tat einen Schritt von ihm weg. Nur unter großer Mühe gelang es ihm, sich ein wenig aufzusetzen. Dabei hielt er den Blick starr auf mich gerichtet. In seinen Augen lag ein unnatürlicher Glanz. »Ihr habt meine Gemahlin nie geliebt«, sagte er. »Vermutet hatte ich es schon damals, aber als ich es in Eurem Buch las, war ich sicher. Diese Frau aber liebt Ihr wahrhaft. Um ihr Leben zu retten, habe ich aus Liebe zu Euch das meine gegeben.«

Ich sah ihn stieren Auges an. Das braune Gesicht war geschrumpft und voller Falten, aber allmählich erkannte ihn mein geschärfter Blick, wie das Bild in einem Spiegel, das man angehaucht hat und dessen Beschlag sich auflöst.

»Eustache«, sagte ich.

Er schloß die Augen und fiel zurück. »Ich hatte mich im Osten vergraben. Aber als ich erfuhr, daß Ihr in Nikäa wart, habe ich Euch aufgesucht. Ich konnte nicht widerstehen«, sagte er.

Verzweifelt ergriff ich ihn bei den Schultern und hob ihn auf. »Diese Pilgerfahrt sollte meine Sühne für Euren Tod sein«, sagte ich. »Warum habt Ihr mir das angetan?«

»Bei Euch zu sein und Euch zu dienen, hat mich glücklich gemacht. Für Euer Glück zu sterben ist mein Lohn.« Erneut traten ihm Tränen in die Augen. »Ich weiß, was Ihr um meinetwillen gelitten habt. Vergebt mir, Roger.«

Ich bettete ihn wieder auf die Kissen zurück. »Eustache«, sagte ich, »ich bin es, der sich an Euch versündigt hat, ich muß Euch um Vergebung bitten.«

Er legte die Hand auf die meine. Sie war so leicht wie dürres Laub. »Sie ist Euch gewährt«, sagte er. Und dann: »Bitte...«

»Ja?« fragte ich.

Er flüsterte: »Küßt mich.«

Ich beugte mich über ihn und drückte ihm die Lippen auf den Mund. Als ich den Kopf hob, lächelte er wieder. »Ich hatte gesagt, daß ich Euch besser nie kennengelernt hätte«, hauchte er. »Dennoch bin ich froh, Euch erneut begegnet zu sein. So oft hatte ich an Euch gedacht ...«

Seine Stimme schwand, und er verlor das Bewußtsein. Zwei Tage lang rang er mit dem Tode, und heute morgen ist er verschieden, ohne noch einmal zu sprechen.

Ich habe ihn außerhalb der Mauern von Antiochia auf dem unseren Edelleuten vorbehaltenen Gottesacker zur Ruhe betten und seine Farben auf den Stein setzen lassen. Heute durften wir die Stadt zum ersten Mal verlassen. Jasmin hat mich ans Grab begleitet. Es war ein schöner, heller Tag, und wir blieben lange auf dem Hügel und sogen die frische Luft ein, die vom Meer herüberwehte.

Den zweiten Januar

Im Jahr 1099 nach der Fleischwerdung unseres Erlösers

Jetzt also beginnt das dritte Jahr unserer Pilgerfahrt. Mit ihm kommt ein schrecklicher Bericht aus Ma-arat. Da die Bewohner wußten, daß unser Heer die Stadt einnehmen würde, hatten sie alle Getreidevorräte unbrauchbar gemacht und die Brunnen vergiftet, in der Hoffnung, damit unsere Krieger zu vertreiben. Diese aber haben in ihrer Verzweiflung damit begonnen, die Toten zu verzehren, die überall auf den Straßen liegen. Wir können es nicht glauben, denn nicht einmal in unserer schrecklichen Lage hier haben wir eine solche Unmenschlichkeit auch nur erwogen. Die Nachricht davon verbreitet sich überall in der Umgebung.

Unsere Lebensumstände dagegen haben sich deutlich gebessert. Nach seiner Rückkehr hat Bohemund das Graf Raimund gegebene Versprechen, daß er die Belagerung aufheben werde, gehalten, wenn auch äußerst widerwillig. Allmählich bekommen wir Lebensmittel geliefert, was viele vor dem sicheren Tode rettet; für die anderen haben wir eine Messe lesen lassen. Meiner Ansicht nach genügt das nicht. Sie hätten nicht von der Hand ihrer eigenen Gefährten sterben dürfen.

Ich habe lange und gründlich über die Sache mit Eustache nachgedacht. In meinem Leben war damit, daß er sich ertränkt hatte oder uns – besser gesagt – glauben ließ, er habe das getan, eine Wendung eingetreten. Mir war klar, daß ich nie wieder Frieden finden würde, bis sein Tod gesühnt war. Dann zu erfahren, daß er noch lebte und meine Eheschließung ungültig war, daß ich all das grundlos auf mich genommen hatte …

Mir fiel ein, was er in jener Nacht des Festes geschrien hatte: »Du hast ihn mir genommen!« Ja, er hatte mich gegen Gottes heilige Gebote geliebt, so wie ich Jehanne gegen Gottes heilige Gebote geliebt hatte. Zur Sünde verkam alles, was aus der Wollust entstanden war. Jetzt erkenne ich es – deshalb hat sie mich für tot erklären lassen, denn der Tod ist der Sünde Sold. Doch habe ich nie eine gültige Ehe mit ihr geschlossen, denn ihr Gemahl lebte ja noch.

Aufgrund der Worte, die mir Bischof Adhémar gesagt hatte, als er im Sterben zu liegen meinte, ist mir heute etwas klargeworden. Er hatte gesagt, jede von ihm gefeierte Messe, jedes von ihm empfangene Sakrament sei eine Todsünde gewesen, weil sich seine Priesterschaft auf Täuschung gründete. Auch meine Ehe war auf Täuschung gegründet, und so muß ich, um auch dies Kapitel abzuschließen, zu Frey Alfonso gehen und sie ihm als Sünde beichten. Danach kann ich mich mit ihr verbinden, zu der mich Gott und diese Pilgerfahrt geführt haben.

Den fünften Januar

Auf dem Weg durch die Stadt sehe ich, daß die Männer aufrührerisch sind. Sie wollen weiter, denn sie haben genug von Antiochia und den politischen Händeln ihrer Anführer. »Ich bin doch nicht etwa in dies Land gekommen, um in Antiochia zu krepieren«, hörte ich einen burgundischen Krieger sagen, »sondern um für Jerusalem zu töten.«

Heute war ich nicht in der Messe. Das hat seinen Grund. Gemäß meiner Absicht habe ich Frey Alfonso alles gebeichtet. Im Garten einer Moschee, in dem die Winterblumen blühen, welche die Türken »Tränen Allahs« nennen, hörte er mich an und ging anschließend gedankenverloren ein Stück weiter. »Hast du bei dieser Frau gelegen?« wollte er wissen.

Auf meine bejahende Antwort fragte er: »Und warum hast du mir das nicht gebeichtet?«

»Weil ich es nicht als Sünde ansehe.«

»Du beichtest mir deine Eheschließung als Sünde, meinst aber, deine Beziehung zu jener Frau sei keine?« grollte er. Er kam wieder zu mir zurück. Mit seinem gestärkten und gebügelten neuen Gewand sah er mehr denn je wie ein Priester aus. Sein Bart war kurz gestutzt, und seine Wangen waren glatt rasiert. Es ist offensichtlich, daß er nicht so entsetzlich hat leiden müssen wie wir anderen.

»Roger«, sagte er. »Erst warst du deiner Auffassung nach verheiratet, und jene Jehanne war deine Gemahlin. Jetzt bist du überzeugt, nie verheiratet gewesen zu sein, und sie soll nicht deine Gemahlin sein.« Er schüttelte den Kopf. »Die Ehe ist kein Zustand des Bewußtseins, sondern ein solcher der Seele.«

»Genau deshalb weiß ich ja, daß sie nicht gültig war«, sagte ich. »Wir waren im Fleisch verheiratet, aber nie in der Seele.«

»Und diese Türkin? Hat sie an deiner Seele teil?«

»Ja«, sagte ich, »wir haben Leben und Tod miteinander geteilt. Wir haben gemeinsam Hunger und Krankheit ertragen und einer die Geheimnisse seiner Seele mit dem anderen geteilt.«

»Dann hast du ihr auch von Eustache berichtet?«

»Nein«, mußte ich zugeben. »Ich werde es aber noch tun.«

»Du hast also das Geheimnis deiner Seele *nicht* mit ihr geteilt, trotzdem aber bei ihr gelegen«, folgerte er in beißendem Ton. Ich erklärte, ich sei gekommen, um zu beichten, nicht aber, um mit ihm zu streiten. »Dann beichte deinen Ehebruch, damit ich dir die Absolution erteilen kann«, gab er zur Antwort.

»Was zwischen ihr und mir geschehen ist, war kein Ehebruch«, beharrte ich.

Er sah mich finster an. »Von mir aus kannst du deinen provenzalischen Priestern sagen, was du für richtig hältst. Ich aber bin dein Freund. Wenn du zu mir gekommen bist, um zu beichten, heißt das doch wohl, daß du auf der Suche nach der Wahrheit bist. Die Wahrheit aber sieht so aus, daß du eine dir rechtmäßig angetraute Gemahlin in der Provence hast.«

»Sie hat mich für tot erklären lassen.«

Verzweifelt ruderte er mit den Händen durch die Luft. »Aber du bist ebensowenig tot, wie Eustache es war. Zugegeben, der Fall ist verwickelt, doch solange die Kirche nicht über ihn entschieden hat, ist sie deine Gemahlin.«

Ich schüttelte den Kopf. »Meine Gemahlin ist hier in Antiochia. Wenn die Ehe überhaupt einen Sinn hat, sind sie und ich verheiratet.«

»Nein, Roger, so geht das nicht«, gab er zur Antwort. »Es genügt nicht, etwas zu wünschen oder anzunehmen. Daneben gibt es auch noch das Gesetz. Eustaches Tod hat nichts aufgelöst, dich von nichts befreit. Du bist nach dem Gesetz der Kirche verheiratet.«

Ich merkte, daß ich wütend auf ihn wurde. In seinen Worten lag Wahrheit, und das gefiel mir nicht. »Habt Ihr denn nicht gesehen, was wir auf unserem Zug angerichtet haben?«

fragte ich. »Habt Ihr denn nicht die Leichen gesehen, die Verstümmelten, die Verbrannten, die Städte in Trümmern, die vergewaltigten Weiber und die ermordeten Kinder?«

»Du weißt, daß ich das alles gesehen habe«, gab er unbewegt zur Antwort.

»Entspricht das etwa dem Gesetz der Kirche?« wollte ich wissen. »Die Kirche macht Gesetze, wie es ihr paßt, und bricht sie, wie es ihr paßt – andernfalls wäre dieser heilige Zug unmöglich. Wie aber sollte das Gesetz der Kirche unser privates Leben leiten? Unsere Seele gehört uns selbst, Alfonso, und meine Seele weiß, daß die Liebe zu dieser Frau unverfälscht ist und Gott, falls Er es war, der mich hierher gebracht hat, das getan hat, damit ich sie finde und mit ihr zusammen bin.«

Er hörte mich schweigend an. Dann erwiderte er: »Ich stimme allem zu, was du gesagt hast, Roger. Mit einer Ausnahme: Unsere Seele gehört nicht uns selbst, sondern Gott. Sie *ist* Gott; der Gott in uns. Bevor du dich von Seiner Kirche löst, mußt du völlig sicher sein, daß dein Wille mit dem Seinen übereinstimmt. So unvollkommen Gottes Gesetz auf Erden scheinen mag, im Himmel ist es vollkommen. Und obwohl ich dein Freund bin, kann ich nicht sagen, daß ich von deiner Liebe den Eindruck der Vollkommenheit habe.«

»Sie ist so vollkommen, wie ich sie auf Erden zu finden hoffe«, hielt ich dagegen.

Seufzend faßte er mich am Arm. »Dann mußt du deinen Blick höher richten, mein Freund. Beichte mir deinen Ehebruch, und ich erteile dir die Absolution.«

Ich lehnte das ab und verließ ihn. Am nächsten Morgen verweigerte er mir nach der Messe das Sakrament. Heute bin ich nicht hingegangen.

Den neunten Januar

Kein Tag vergeht, ohne daß ich bei ihr bin. Spräche ich doch ihre Sprache! Wenn sie mir vorliest, klingt es wunderschön, doch würde ich auch gern den Sinn der Worte erfassen können. So vieles liegt in der Sprache eines Menschen; sie ist das Kleid, das unsere Seele trägt, der Schmuck und die Zierde unseres wahren Ich. Einen Menschen in einer fremden Sprache kennen, bedeutet, ihn durch Glas zu sehen. So bemühe ich mich, ihre Sprache zu lernen.

Sie ist sehr sonderbar. Es gibt in ihr weder Artikel noch ein Wort für das Verb »sein«, und die Schrift läuft im Gegensatz zu unserer von rechts nach links. Die Sprache scheint mir fließender und organischer zu sein, nicht so starr und mechanisch wie die unsere. Ich habe begonnen, ihr Buch zu lesen, den Koran. Vers für Vers mühe ich mich mit ihm ab, aber die Anstrengung gilt nicht den Wörtern, sondern dem Versuch, die Pforte zu Jasmins Seele zu öffnen.

Manchmal schlafen wir miteinander, dann wieder nicht. Es eilt uns nicht damit. Das Fleischliche zwischen uns ist nicht Selbstzweck, sondern die Suche nach dem Mysterium, dem dunklen, schwer greifbaren eigentlichen Leben, das hinter unserem Leben liegt. Handelte es sich ausschließlich um Wollust, es wäre Sünde. Aber es ist nicht Wollust – Selbstlosigkeit liegt darin, das Verlangen, vom Ich frei zu sein, das Streben, mehr zu sein als das Ich. Es ist wie die Liebe Gottes zu uns Menschen; die Liebe Christi zu Seiner Kirche. Gewiß ist das der Sinn unserer Pilgerfahrt: Um der Liebe willen uns selbst zu geben, das eigene Ich in ihr zu verlieren, ein anderer zu werden, nämlich das, was wir lieben, sich zu opfern, wie sich der Erlöser für jene geopfert hat, um deretwillen Er Fleisch wurde.

Den elften Januar

Ich bin sozusagen aus der Gemeinschaft der Gläubigen ausgeschlossen. Gewiß, ich könnte zu einem anderen Priester gehen, meine Sünden beichten, mir die Absolution erteilen lassen und das Sakrament nehmen. Aber das wäre Heuchelei. Was ist der Segen eines Priesters verglichen mit dem, was bereits zwischen ihr und mir existiert? Ich könnte Wilhelm

Ermingars taubem Kaplan beichten, dem alten Pater Alain, wie das alle Edelleute tun, wenn sie im Übermaß gesündigt haben. Doch auch das wäre unaufrichtig, und so mögen die Priester tun, was sie wollen.

Dennoch lastet die Angelegenheit schwer auf mir. Die Männer beginnen es zu merken. Bestimmt reden sie auch untereinander. Werden sie einem Herrn folgen, der sich von der heiligen Kirche entfernt hat? Ich weiß es nicht. Wird es sich auf meine Stellung innerhalb unserer Pilgergruppe auswirken? Bin ich bereit, um Jasmins willen unser Unternehmen aufzugeben?

Ich weiß, daß die Antwort »ja« lautet. Der Zweck der Pilgerfahrt besteht darin, daß wir Gott näherkommen, und das habe ich erreicht. Wie könnten noch mehr gemordete Türken zur Rettung meiner Seele beitragen? Was wäre mit einer weiteren Schlacht gewonnen? Ich kann beim Bischof vorstellig werden, damit er meine Ehe für ungültig erklärt. Der Gatte meiner Gemahlin war nie tot, und daher hatte unser Ehegelübde keinen Augenblick lang den Segen der Kirche. Aber auch wenn er am Grunde des Flusses gelegen hätte – auf unserer Ehe hat nie Segen geruht. Die Sache ist klar: Jehanne hatte einen Gemahl, als ich sie heiratete, es gibt keine gemeinsamen Kinder; im Sinne der Kirche waren wir nie Mann und Frau.

Die Berichte von der Massenabschlachtung in Ma-arat müssen übertrieben sein, denn in Antiochia sind mehrere hundert Frauen und Kinder eingetroffen. Sie sollen in die Sklaverei verkauft werden. Die Araber aus dem Osten nehmen sie nur allzu gern; man führt die Ärmsten in Ketten davon. Gott weiß, was aus ihnen wird.

Den dreizehnten Januar

Gestern abend habe ich Jasmin mein Herz geöffnet und ihr alles von Anfang an berichtet. Sie hat mir schweigend zugehört und nur hier und da eine Frage gestellt. Sie hat mir große Achtung erwiesen. Als ich fertig war, fragte sie: »Was willst du von mir, Faransch?«

Die Frage überraschte mich. »Nichts«, antwortete ich.

»Das ist gut«, sagte sie und senkte den Blick.

Ich wartete. Sie sagte nichts. Nach einer Weile fragte ich, ob sie nichts sagen wolle. Sie sah mich an. »Ist es für dich wichtig, das Sakrament zu nehmen?« fragte sie.

Nach einigem Zögern sagte ich: »Ja.«

»Dann mußt du beichten.«

Sie saß im Schneidersitz auf dem Boden. Ich kniete neben ihr und nahm ihre Hände. »Zwischen uns gibt es keine Sünde«, sagte ich. »Dessen bin ich aus tiefster Überzeugung gewiß.«

»Und das Sakrament?« fragte sie.

Ich sah ihr fest in die Augen. »Was wir haben, ist ein Sakrament, weit bedeutender als die Sakramente der Kirche.«

»Damit zweifelst du an deiner Kirche«, sagte sie. »Unsere Beziehung verursacht dir Zweifel.«

Auf diese Worte wußte ich nichts zu erwidern. Die rätselhaften Worte des Juden von Brindisi kamen mir nachdrücklich in Erinnerung: daß die Sünde des Zweifels im Fleisch verwurzelt sei.

»Was willst du damit sagen?« fragte ich sie.

Sie sah mich gelassen an. »Du stellst die Liebe über den Glauben, Faransch. Aber Glaube ist nötig, um zu lieben. Du kannst nicht lieben, solange du nicht weißt, was du glaubst.«

»Ich glaube an die Liebe, die ich für dich empfinde«, sagte ich.

Sie lächelte. »Nicht an die Geliebte glaubst du, sondern an das, was hinter ihr steht. Versuche mir nicht einzureden, daß du das nicht begreifst. Du liebst nicht mich, sondern das, was du in mir suchst.«

»Nein«, wendete ich ein. »Dich liebe ich. Dich allein. Alles andere kümmert mich nicht.«

Sie nahm die Hand von meiner und legte sie mir an die Wange. Bei aller Zärtlichkeit spürte ich in ihrer Berührung eine Besorgnis, die mich beunruhigte. »Ich bin nichts als ein

Spiegel«, sagte sie. »Vielleicht ungetrübter als andere, aber dennoch ein Spiegel, in dem du nach dem Ausschau hältst, was dich ruft.«

»Du hast mich gerufen«, sagte ich.

Erneut lächelte sie. »Ich bin nicht so überheblich anzunehmen, daß all das um meinetwillen geschehen sein soll: all die Gewalttätigkeit, das Leid und die Umwälzungen. Und du bist nicht so einfältig, das zu glauben. Hier herrscht ein höherer Zweck, Faransch, und du bist darin gefangen. Bliebest du bei mir, wäre ich ein Haken in deinem Rücken, an dem du zerren würdest, im Bemühen, davon loszukommen. Zum Schluß würdest du mich hassen.«

»Nie und nimmer«, sagte ich. »Auf keinen Fall. Hier gibt es keinen anderen Zweck als den, bei dir zu sein. Sofern ich dafür die Kirche verlassen muß, werde ich das tun, und falls ich die Pilgerfahrt dafür aufgeben muß, werde ich auch das tun. Nur dich werde ich nicht verlassen.«

»Der Grund liegt weder in der Kirche noch in der Pilgerfahrt, sondern in dir«, gab sie zur Antwort. »Dich aber kannst du nicht verlassen. Ich sage noch einmal: Es ist eine Frage der Wahrheit, Faransch. Ohne Wahrheit aber gibt es keine Liebe.«

»Welche Wahrheit wäre das?« wollte ich wissen.

»Das kannst nur du erkennen«, sagte sie. »Auch ist sie nicht hier. Sie erwartet dich woanders.«

»Wo?«

Abermals senkte sie den Blick. »Möglicherweise in Jerusalem«, sagte sie. »In dem, was ihr das heilige Grab nennt.«

Ich stand auf. Wider Willen zürnte ich ihr. Ich wollte nicht hören, was sie sagte, weil ich fürchtete, sie könnte recht haben. Ich hielt in der Hand, was ich wollte, und spürte, wie es mir entglitt, sich meinem Griff entzog. »Und was ist mit deinem Gedicht?« fragte ich. »Das mit dem Mann, der seinen Traum suchte und eine Frau fand?«

»Ich habe dir gesagt, daß es von meinem Vater handelt.«

»Aber handelt es nicht auch von mir? Bin ich kein Fremder, bin nicht auch ich von einem fernen Ort gekommen, habe ich nicht ebenfalls Schlachten geschlagen? Und dich gefunden?«

»Das stimmt«, sagte sie.

»Und dann?«

Sie sah sehr ernsthaft zu mir auf. »Und dann wirst du gehen, wie es im Gedicht beschrieben ist.«

»Das werde ich nicht tun«, sagte ich.

»Wir tun, was Gott will«, erwiderte sie.

Ich fragte sie, warum sie das sage. Sie stand auf, trat an das Wandbrett, auf dem sie ihren Papiervorrat aufbewahrt, und nahm eine mit Wachs gesiegelte Botschaft vom Stapel herunter. Ich erkannte auf den ersten Blick das Siegel meines Lehnsherrn.

»Dein Landsmann Ermingar hat es im Auftrag deines Herrn Sandschili gebracht«, sagte sie.

Ich erbrach das Siegel und las. Es war die Aufforderung, sogleich bei Kafar-tab zu Graf Raimund zu stoßen. Von dort aus soll das Heer nach Jerusalem vorrücken. Ich fragte sie, ob Wilhelm ihr gesagt habe, was darin steht.

Sie nickte. »Ich habe alles vorbereitet.«

»Du wußtest das, bevor ich mit dir gesprochen habe?«

»Ja«, sagte sie.

»Warum hast du es mir dann nicht gesagt?«

»Du wolltest, daß ich dir zuhörte. Bist du nicht froh, daß du es mir gesagt hast?«

»Doch«, sagte ich. »Weil du jetzt verstehst, warum ich nicht gehen werde.«

»Ich verstehe, warum du nicht gehen willst«, sagte sie, »zugleich aber verstehe ich, warum du gehen mußt. Faransch, dein Herr ruft dich. Du bist ihm durch deine Pflicht verbunden. Diese Entscheidung ist bereits getroffen, so wie die Entscheidung, daß wir einander begegnen sollten, im voraus getroffen war.«

»Ich glaube nicht an die Vorherbestimmung.«

»Du hast es getan, als es zu deinen Vorstellungen paßte. Du kannst jetzt nicht sagen, du glaubst nicht daran.« Nach kurzem Schweigen legte sie die Finger auf eine Stelle an meinem Waffenrock, wo sie einen alten Riß geflickt hatte. »Da hast du deine beiden Welten, Faransch. Glauben und Unglauben. Du bewegst dich ruckartig zwischen ihnen hin und her, weil du nicht weißt, wo die Wahrheit liegt. Sie liegt in dir.«

Ich spürte Bitterkeit in mir aufsteigen, hatte den Wunsch, sie zu verletzen oder ihr zumindest zu zeigen, daß sie unrecht hatte. »Du sagst, daß keine der beiden Welten existiert. Glauben und Unglauben – existieren sie nicht?«

»Du sprichst von Gläubigen und Ungläubigen, von Christen und Türken«, gab sie zur Antwort. »Keins von beiden existiert – außer in deiner Vorstellung. Daher suchst du in deinem Verstand Gründe zum Töten, weißt aber in deiner Seele, daß das eine Lüge ist. Suche die Wahrheit, Faransch. Wo du sie findest, wird deine Seele sein.«

Ich trat einen Schritt zurück und sah sie lange an. »Na schön«, sagte ich, »ich gehe und werde noch mehr deiner Landsmänner töten. Aber das sind nur meine Hände – es entspricht nicht meinem Wesen. Und was werde ich danach finden?«

Tränen standen ihr in den Augen. »Wenn ich das wüßte, würde ich danach trachten, es dir zu ersparen«, sagte sie.

Ich wandte mich zum Gehen. An der Tür hielt ich inne. »Du hast mir nie gesagt, ob du mich liebst«, sagte ich.

»Nein«, gab sie zur Antwort.

»Liebst du mich?«

Sie senkte kurz den Blick und sah mich dann an. »Worte sind Lügen, Faransch«, sagte sie.

Den dreissigsten Januar

In der Ebene von Buqaia

Da ich wenig Zeit und noch weniger Lust zum Schreiben hatte, will ich jetzt berichten, was geschehen ist. Gott sei Dank haben wir am fünfzehnten Antiochia verlassen und in einem Gewaltmarsch Kafar-tab erreicht. Mein Lehnsherr war überrascht zu sehen, wie gering die Zahl der uns verbliebenen Krieger war. Ich hatte nahezu die Hälfte unserer Leute in der Stadt gelassen, die jetzt ganz und gar in Bohemunds Hand ist. Auch die Zahl von Graf Raimunds Kriegern hat sich stark vermindert, teils durch die Belagerung von Ma-arat, teils durch die darauffolgende Hungersnot.

Inzwischen sind wir zu den Heeren Tankreds, Graf Roberts von der Normandie, der Spanier, der Deutschen, der Engländer und anderer Völker aus dem Norden gestoßen. Herzog Gottfried und Graf Robert von Flandern bleiben in Antiochia, und Balduin in Edessa. Unsere gesamte Streitmacht beläuft sich nur noch auf siebentausend Mann. Neunhundert von ihnen sind Ritter und Edelleute. Es ist kein großes Heer, aber zumindest ist es geeint. Auf folgende Weise ist der große Streit der Pilgerfahrt beigelegt: Bohemund besitzt Antiochia, und Graf Raimund hat die Führerschaft.

Wie ist es zu diesem Aufbruch gekommen? Durch Gewalt. Die vor Ma-arat liegenden Krieger, die des Streits zwischen Bohemund und meinem Lehnsherrn müde waren, hatten gedroht, notfalls ohne ihre Anführer nach Jerusalem zu marschieren. Daraufhin hat Graf Raimund alle Edelleute nach Rugia befohlen und jedem von ihnen einen Teil seines Schatzes angeboten, sofern jeder ihn als Führer anerkenne. Dieser Vorschlag wurde zurückgewiesen, und erneut gerieten die Dinge in Unordnung.

Nunmehr nahmen die Krieger die Angelegenheit selbst in die Hand. Da sie wußten, daß mein Lehnsherr im Begriff stand, zur Stadt Ma-arat zurückzukehren, die er zu seinem Stützpunkt erkoren hatte, zerstörten sie diese. Sie brannten alles nieder, vertrieben die Bevölkerung in alle Winde und trugen sogar die Stadtmauern Stein für Stein ab. Es war ein unübersehbares Signal. Am dreizehnten hat mein Lehnsherr das Heer barfuß und im Büßergewand von Ma-arats Ruinen fortgeführt.

Seither sind wir marschiert, ohne daß uns die Türken oder der Hunger lästig geworden wären. Alle Emire der Umgebung haben, nachdem sie von der Zerstörung Ma-arats erfuhren, Abgesandte an uns geschickt, um mit uns zu verhandeln. Sie bieten uns sicheres Geleit, Führer, Zugang zu ihren Märkten und sogar Reitpferde an. Letzteres hat sich als großer Segen für das Heer erwiesen, denn zum ersten Mal seit Nikäa sitzen alle unsere Ritter und Edelleute wieder im Sattel.

Ich habe ein herrliches Tier gefunden, eine feurige Araberstute mit glänzendem braunem Fell, schwarzer Mähne und schwarzem Schweif. Sie ist schnell und wendig und hat rasch gelernt, worauf es bei einem Schlachtroß ankommt. Sie ist nicht so kräftig wie Fatana, gleicht diesen Mangel aber durch Klugheit und Durchhaltevermögen aus. Ich bin mit ihr zufrieden. Ich nenne sie Helim.

In der vorigen Woche erreichten wir die Festung Masdschaf, in der die Hasch-haschin leben. Mein Lehnsherr hatte uns vor diesen Mördern gewarnt, und wir waren auf unserer Hut. Aber kaum waren wir in Sichtweite des Berges gelangt, auf dem gezackte Türme thronen, als uns ihr oberster Herrscher in eigener Person entgegenzog, um mit uns zu verhandeln.

Er ist sehr alt und in weiße Tücher gehüllt. Sein Kopf ist kahlgeschoren, und seine braune Haut ist faltig und voller Flecken. Er schwankte wie betrunken und schloß die Augen, als befände er sich im Halbdämmer. Man hat mir gesagt, so wirke sich eine Rauschdroge aus, die sie nehmen, um sich Mut zu machen. Was wir da sahen, war aber kein Mut, sondern Benommenheit. Nach allem, was ich über ihn und seinen Haufen erfahren habe, hätte ich ihn am liebsten an Ort und Stelle umgebracht und seine Sekte ausgelöscht. Statt dessen haben wir sein Angebot freien Durchzugs und eines Führers durch die Berge angenommen. Der Führer sog fortwährend an einer kurzen Pfeife und war so berauscht, daß er uns zwei Tage lang im Kreise führte, bevor wir ihn durchprügelten und davonjagten.

Vor drei Tagen haben wir die Zitadelle von al-Akrad[66] erreicht. Obwohl wir nicht genug Männer und Ausrüstung für eine Belagerung haben, vertrat Graf Raimund die Ansicht, daß uns keine Wahl bleibe, als den Ort einzunehmen, denn er bedeutet seiner Meinung nach eine Bedrohung für unseren Zug. Die Normannen, Engländer, Schotten und Waliser führten den Angriff. Kaum hatten sie die Mauern erreicht, als sich die Tore öffneten und Hunderte von Schafen und Ziegen herausströmten. Diese kluge List zeigte die beabsichtigte Wirkung. Die Tiere lösten die vordersten Reihen unserer Männer auf, da die Krieger ihnen die Hänge hinab nachjagten.

Erbost erklärte mein Lehnsherr, am folgenden Tag würden die Provenzalen die Vorhut übernehmen. Im Morgengrauen formierten wir uns zum Angriff. In der Festung war es sonderbar still, nicht das kleinste Geräusch drang heraus, und niemand zeigte sich auf den Wällen. Wir erklommen die felsigen Hänge vor dem Haupttor und rechneten jeden Augenblick damit, mit Pfeilen und Steinen empfangen zu werden.

Der Angriff blieb aus. Als wir die Tore erreichten, merkten wir, daß sie nicht verriegelt waren. Die Stadt war leer, die Türken hatten sich während der Nacht heimlich davongemacht. Damit war der große Angriff auf al-Akrad beendet: Die Leute aus dem Norden haben ihre Milch und ihr Hammelfleisch, und wir haben unsere Festung.

Ich muß noch sagen, daß ich Jasmin sah, als ich aus Antiochia fortritt oder besser gesagt, fortmarschierte. Sie sah mir von der Tür ihres Hauses aus nach. Ihr Gesicht war verschleiert, aber ihre Augen folgten mir, und ich glaube, sie winkte, obwohl ich mich nicht umsah. Ich ziehe weiter; mehr kann man nicht tun. Den Schmerz trägt man stets mit sich, auch wenn die Entfernung lindernd wirkt. Dennoch denke ich beständig an sie und versuche die Gedanken zu vertreiben. Das Land hier ist sehr schön, die kalkweißen Hänge sind mit Ölbäumen und Salbeibüschen gesprenkelt. Ich denke, es würde ihr gefallen.

Den neunzehnten Februar

Arqa

Nachdem wir uns drei Wochen in al-Akrad aufgehalten hatten, sind wir vor fünf Tagen hier angekommen. Nur ungern hatten die Männer von dort aufbrechen wollen, denn in der Festung gab es reichlich Vorräte. Kaum hatten wir uns eingerichtet, als obendrein Kaufleute aus dem Landesinneren kamen, die allerlei feilboten, was der Behaglichkeit dient, unter anderem auch Weiber. Hier in Arqa sind die Krieger jedoch wieder zufrieden. Die Zitadelle liegt auf einer Anhöhe über einem fruchtbaren Tal. Es gibt reichlich zu essen, die Luft ist wärmer, und die Qual, die es kostete, aus den Höllenlöchern von Antiochia und Ma-arat herauszukommen, ist vergessen. Die Männer sind wohlgenährt und träge, und unsere Belagerung zieht sich behaglich in die Länge.

Tankred macht Ärger. Er hat sich scharf gegen eine Belagerung dieser Stadt ausgesprochen. In der Tat ist es nicht unbedingt nötig, daß wir sie einnehmen. Wir hätten sie auch umgehen können, doch mein Lehnsherr plant eher politisch als taktisch. Wir befinden uns in der Grafschaft Tripoli, und es ist unerläßlich, daß wir uns der Unterstützung des außerordentlich mächtigen Emirs versichern, der den Haupthafen zwischen Antiochia und Jerusalem beherrscht. Arqa dient uns als Druckmittel; es soll ihn zwingen, uns Tribut zu zahlen.

Unterdessen wurde ein Teil des Heeres nach Norden in Marsch gesetzt. Es soll den Hafen von Tortosa erobern. Sobald wir ihn in unserem Besitz haben, werden wir, da wir al-Akrad und Arqa bereits besitzen, Tripoli auf drei Seiten einschließen. All das bringen wir mit weniger als zehntausend Leuten zustande, denn außer Bohemund sind auch Graf Robert von Flandern und Gottfried von Bouillon in Antiochia geblieben.

Ich habe meine Eintragungen noch einmal gelesen. Ich bin verblüfft. Wie jung ich war, als wir aufbrachen – nicht an Jahren, aber an Erfahrung. Ich war von meiner Ehe und meinen

Sünden besessen. Jetzt scheint all das so fern und so ausgekühlt zu sein wie ein altes Feuer. Einst war ich wie besessen, stürmte hierhin und dorthin, quälte mich, litt, tat Buße, betete um Zeichen. Jetzt bin ich geläutert, von allen Schlakken befreit; ich spüre die Narben in meinem Inneren, aber sie schmerzen nicht. Das Fleisch kann nur ein gewisses Maß an Qualen ertragen, bevor es abstumpft, der Geist ein wenig mehr, und die Seele noch mehr. Am Ende aber ist alles abgestumpft. Die Unebenheiten, an denen sich unsere Leidenschaften entzündeten, glätten sich, unsere einst stolze Haltung wirkt nur noch wie eine Pose. Das Herz ist nichts weiter als eine Pumpe.

Nie habe ich mich kampfbereiter gefühlt. Zum Kampf fähig ist der Krieger nicht in seiner Leidenschaft, sondern in seiner Leere. Eine kühle Hand tötet wirksamer als ein heißer Kopf. Ich sehe, daß mir zuvor die Notwendigkeit, Türken zu töten, Qualen bereitete; jetzt ist es nur noch eine Sache des Bedauerns, nichts weiter. Früher wunderte ich mich über die stumpfe Tödlichkeit der Kriegsmaschinen – ohne Haß oder Bedauern zu empfinden. Mittlerweile bin ich selbst zu einer geworden.

Den ersten März

Am Aschtag[67]

Vom Fall Tortosas ging eine Wirkung aus, die niemand hätte voraussagen können. Bohemund, Graf Robert von Flandern und Herzog Gottfried haben sich nach Süden aufgemacht, um zu uns zu stoßen. Mein Lehnsherr ist zugleich dankbar und sorgenvoll; unser neuer Schlachtruf lautet: »Gott gebe uns den Sieg, bevor Bohemund kommt.«

Die Verteidiger Arqas sind von außergewöhnlicher Tapferkeit und widersetzen sich uns nach wie vor. Wir haben in der Stadt Brände gelegt und unsere Gefangenen so aufgehängt, daß jeder sie sehen konnte. Danach haben wir ihnen die

Köpfe abgeschnitten und sie auf Spieße gesteckt, den moslemischen Friedhof zu unserer Abortgrube gemacht und auf diese Weise geschändet. Überdies haben wir Salz auf die brachliegenden Felder gestreut und Pestleichen über die Mauern geschleudert – dennoch geben sie ihren Widerstand nicht auf. Vielleicht empfinden sie Furcht vor dem, was wir tun könnten, wenn die Stadt schließlich an uns fällt.

Mein Zelt steht in einem Hain aus Trauerakazien. Einen schöneren Baum habe ich nie gesehen. Lange Zweige mit silbergrauen Blättern hängen anmutig bodenwärts. Wie Wasser glänzen sie unter dem Licht des Mondes und in der Brise, die vom Meer herüberweht. Hier fühle ich mich sicher, als stünden Engel Wache, die mich mit ihren Flügeln beschützen. Heute abend bin ich voll Trübsal und habe ein Gedicht verfaßt. Ich werde es niederschreiben, da es mich nahe zu jener führt, über deren Abwesenheit ich trotz meines gegenteiligen Vorsatzes tiefe Trauer empfinde.

Wie Duft der Nacht, wie Lautenklang,
Von fern im finstern Wald vernommen;
Wie Kerzenschein durch Morgendunst,
Wie Vogelsang, den Katzenpfoten dämpften,
Mehr als das und mehr als
Dämmerschlaf nach Tagesende –
Blitzartig erhellt mich
der Gedanke voller Eingebung,
Vom Herzen im Gesang und von der Seele
Im Verstehen unterwiesen:
Mir fehlen deine heiligen Hände.

Gedanken, dichter als Nebel,
Verlieren in der Abwesenheit an Wert.
Lippen können vor Trockenheit nicht sprechen,
Sehnen sich nach dem Kuß
Der in der Ferne Weilenden.
Die Arme halten nicht,
Der Rücken beugt sich nicht;

Der Geist ist verwirrt,
Das Fleisch vermißt die Liebkosung;
Die kalten Finger können
Sich nicht an die Berührung erinnern.

Könnte ich noch einmal dein Haar
Mit Duftöl salben und im gleichen Schritt
Neben dir gehen; könnte ich doch erneut
Dein Licht und Dunkel schmecken,
Das Schweigen in deinen Augen reden hören,
Meine Stirn an deine seidigen Brauen legen,
Wie Regen auf dem Zweig liegt.
Ich muß mich nicht mehr
In den Schlaf träumen und erwachen am hellichten Tag,
Muß nimmer deinen Namen sagen und
Nimmer sehen dein Gesicht.
Immer noch bist du
Fort.

Den dritten März

Durch Kundschafter haben wir erfahren, daß Herzog Gottfried und Graf Robert nach kurzer Belagerung den Hafen von Dschabala besetzt haben. Als der Statthalter des Hafens von Maraklea davon hörte, übergab er ihnen seine Stadt freiwillig. Nunmehr beherrschen wir die Küste von Latakia bis hinab nach Tripoli.

Die Mitteilung, daß Bohemund nach Antiochia zurückgekehrt ist, überrascht mich nicht. Er ist von jenem Ort förmlich besessen. Gerüchteweise hatte er gehört, Kaiser Alexios sei auf dem Weg nach Süden, und so ist er zurückgeeilt, um seine Beute zu verteidigen. Ich rechne nicht damit, ihn noch einmal in unserem Zug zu sehen.

Ich habe noch nicht erwähnt, daß ich seit neuestem wieder einen Schildknappen habe. Er ist Korse und heißt Mercure, doch nennen ihn alle wegen seiner gottlosen Ausdrucksweise *Mau-dire.*[68] Aufgewachsen ist er im Hafenbezirk von Marseille – ein undurchdringlicher und verdreckter Stadtteil voller Diebe und Schmuggler. Ich habe ihn in meinen Dienst genommen, weil er mich erheitert und man ihn zur Zucht anhalten kann. Bei zwei Gelegenheiten habe ich ihn streng gezüchtigt, einmal mit einer stählernen Kette, weil er mich bestohlen hatte. Jetzt ist er völlig zahm und zuverlässig, da er in seinem finsteren Herzen verstanden hat, was ich von ihm will.

Er ist nicht dumm, auch wenn er weder lesen noch schreiben kann. Da er unter den Marseiller Huren und Dieben aufgewachsen ist, zeichnet ihn ein außergewöhnliches Maß an Selbständigkeit aus. Auf die Pilgerfahrt ist er gegangen, um, wie er sagt, »mit Gott ins reine zu kommen«. Er gedenkt auf diese Weise seine Schulden bei Gott zu begleichen, damit er nach unserer Rückkehr in Marseille so verderbt weiterleben kann wie zuvor.

Er ist nicht unansehnlich; ganz im Gegenteil finden ihn die Weiber unwiderstehlich. Er hat ein fröhliches Lächeln und versteht es, sich einzuschmeicheln. Er ist gut gebaut, hat ein rundes Gesicht, einen gestutzten Schnurrbart und dichtes Haar. Mit diesem beschäftigt er sich viel und ölt es sogar ein. So manches Mal habe ich ihn suchen müssen, und wenn ich ihn endlich aufgespürt hatte, gesehen, daß er sich mit einem Striegel über das Haar fuhr und es so sorgfältig richtete wie ein Höfling. In solchen Fällen trete ich ihn und verlange eine Entschuldigung, die er mir bereitwillig und unter spaßigen Verbeugungen liefert. Würden ihn die Türken morgen töten, ließe mich das gleichgültig, und zweifellos steht er mir ebenso gegenüber. Aber insgesamt muntert er mich auf.

Abgesandte der Ägypter, die Jerusalem besetzt halten, sind eingetroffen, um uns einen Vorschlag zu machen. Sofern wir bereit seien, unsere Unternehmung aufzugeben, wollen sie die Heilige Stadt wieder für Pilger öffnen. Zwar wird mein Lehnsherr das Angebot selbstverständlich zurückweisen, doch hat es uns mit einer gewissen Zuversicht erfüllt, scheint doch darin ein Eingeständnis ihrer Schwäche zu liegen.

Heute abend gab es im Lager Alarm. Ein Reitertrupp kam aus dem Norden dahergeprescht und setzte seinen Weg fort, ohne auf den Anruf der Posten zu achten, tötete mehrere Wachen und stürmte geradewegs auf die Zelte der Edelleute zu. Als während unseres Nachtmahls die Trommel gerührt wurde, stürzten wir alle hinaus und sahen uns einem halben Dutzend türkischer Reiter mit nacktem Oberkörper und kahlgeschorenem Schädel gegenüber, die Kurzschwerter schwangen. Unsere Bogenschützen bildeten eine Reihe und holten sie vom Pferd. Alle hatten sich ein langes Tuch um den Kopf gewunden, auf dem das Wort »Ma-arat« stand.

Wie es scheint, hatten sie Rache für ihre Stadt nehmen wollen, indem sie Graf Raimund töteten. Zweifellos rechneten sie damit, durch diesen Überfall ihr Seelenheil zu erlangen. Ich befahl, ihnen die Hände abzuhacken und den Schweinen vorzuwerfen. Dann ließ ich sie an Haken aufhängen, so daß die Meuchelmörder zusehen konnten, bis das Leben aus ihnen entwich, wie die Schweine ihre Hände auffraßen.. Es ist das Schlimmste, das man einem Moslem antun kann, denn wie mir jene Frau erklärt hat, kann keiner von ihnen, der mit Schweinen Berührung hatte, ins Paradies gelangen. So werden sie zur Hölle fahren, und unsere Schweine werden fetter.

Die Fastenzeit beginnt. Sofern ich meine Osterpflicht erfüllen will,[69] muß ich zur Beichte gehen. Ich werde meine Verbindung mit jener Frau beichten, um das Sakrament empfangen zu können. Entsprechend dem strengen Gebot der Kirche hängt meine Hoffnung auf das Paradies davon ab. Wie auch immer man darüber denken mag, man sollte mit solchen Dingen nicht leichtfertig umgehen.

Den neunzehnten März

Herzog Gottfried und Graf Robert von der Normandie sind zu uns gestoßen, und es hat einen entsetzlichen Streit gegeben. Diesmal war Tankred die Ursache, der zu ihnen eilte, um mit ihnen zu sprechen, bevor sie meinen Lehnsherrn begrüßen konnten. Er hat ihnen mitgeteilt, Graf Raimund habe all seine gutgemeinten Ratschläge in den Wind geschlagen, Belagerungen durchgeführt, Festungen angegriffen und sich überhaupt so selbstherrlich wie ein Diktator verhalten. Damit habe er unserem Zug nach Jerusalem großen Schaden zugefügt. Nachdem die beiden zwei Monate unter Bohemunds Einfluß in Antiochia verbracht hatten, glaubten sie Tankreds Worte, ohne zu zögern, und so fiel ihre Begegnung mit meinem Lehnsherrn äußerst stürmisch aus.

»Sieh doch ein, Raimund«, sagte Herzog Gottfried, »jetzt, da Adhémar tot ist, kann kein einzelner Mann die Führerschaft des Zuges beanspruchen.«

Mein Lehnsherr war empört. »Ihr hättet nie im Leben Antiochia verlassen, wenn ich nicht nach Süden aufgebrochen wäre«, schnaubte er.

»Und du wärst nicht nach Süden aufgebrochen, wenn dir nicht deine Männer Feuer unter dem Hintern gemacht hätten«, gab Herzog Gottfried zurück.

Sogar der sonst so zurückhaltende Graf Robert von Flandern war streitsüchtig und erklärte, er habe ein ebenso großes Anrecht auf die Führung wie Graf Raimund. Schließlich drehte sich der Streit um die heilige Lanze. Mein Lehnsherr erklärte, da er sie besitze, gebühre ihm auch die Führerschaft. Daraufhin meldeten Herzog Gottfried und Graf Robert Zweifel an der Echtheit der Lanze an.

»Erinnere dich, wie der Bursche in die Grube gesprungen ist und sie heraufgeholt hat«, sagte Herzog Gottfried, »nachdem ein halbes Dutzend Ritter nichts gefunden hatten.«

»Du aber hast deinen Eid darauf geleistet«, gab Graf Raimund zur Antwort.

Mit einer ungeduldigen Handbewegung wischte Herzog Gottfried diesen Einwand beiseite. »Du weißt doch, wie das war – wir brauchten etwas, um das Heer zur Vernunft zu bringen. Die ganze Schwörerei war Bohemunds Einfall, und wie sich gezeigt hat, war er gut. Jetzt aber stehen die Dinge anders. Wir sind auf dem Weg nach Jerusalem und müssen uns, wie Bohemund sagt, den Tatsachen stellen.«

»Was für Tatsachen sollen das sein?« fragte Graf Raimund verblüfft. »Unsere Pilgerfahrt gründet sich auf Glaubensvorstellungen, nicht unbedingt auf Tatsachen.« Er wandte sich an den Grafen Robert. »Seid Ihr etwa auch der Ansicht, daß es hier um Tatsachen geht?«

Ich mußte an das Gespräch denken, das wir auf Zypern mit Graf Robert geführt hatten und in dessen Verlauf er uns vor Bohemund gewarnt hatte. Noch heute zeugen die Narben und die Augenklappe, die er trägt, von der Verräterei Bohemunds. Es schien mir unvorstellbar, daß sich Graf Robert dessen Standpunkt zu eigen machen könnte.

»Es geht nicht um die Lanze«, murmelte er. »Jetzt kommt es ganz auf Jerusalem an.«

Schweigend starrte ihn mein Lehnsherr an, und ich hatte den Eindruck, daß er dabei zusehends älter wurde. Graf Robert wich dem Blick aus, und Herzog Gottfried zuckte lediglich die Achseln, wie ein Bauer, der an einem Betrug beteiligt ist und daher nichts zu dessen Aufdeckung tut.

Dabei blieb es. Tankred ist zu Herzog Gottfried übergelaufen und hat das Gerücht in die Welt gesetzt, die Lanze sei eine Fälschung und diene lediglich Graf Raimunds Ehrgeiz. Infolgedessen hat das Murren im Heer erneut begonnen, und wie schon in Antiochia machen die Männer aus dem Norden den Provenzalen die heftigsten Vorwürfe. Hier aber besteht der Unterschied darin, daß wir eine Belagerung durchführen. Statt zusammenzuwirken, was dringend erforderlich wäre, säen die Männer Zwietracht, so daß uns das Hinzustoßen der Lothringer und Flamen schwächt, statt uns zu stärken. Zweifellos haben die türkischen Späher das bereits nach Arqa gemeldet.

Ich fragte Maudire, was er von der Lanze halte. Seine Antwort war aufschlußreich. »Solange alle daran glauben, tue ich das auch. Wahr ist, was Erfolg hat, und immerhin hat sie uns bis hierher gebracht.« Ich fragte ihn, was er tun würde, wenn das Heer nicht mehr an die Lanze glaubte. Mit breitem Grinsen strich er sich über das Haar. »Dann müßte ich ein Trottel sein, wenn ich mich anders verhielte – oder etwa nicht?« gab er zur Antwort.

Er besitzt weder das kleinste Quentchen Glauben noch Zweifel. Keine der beiden Welten existiert für ihn, auch wenn er sich beide gelegentlich zunutze macht. Er lebt nach den Regeln des Alltagsverstandes. Unsere Schwierigkeit war von Anfang an, daß wir Pilger und Krieger gleichzeitig sind. Diesen beiden Welten sind wir verhaftet. Sie müssen wir miteinander verbinden oder die Kraft aufbringen, die nötig ist, um mit dem Widerspruch zu leben, der zwischen ihnen besteht. Doch beide Welten existieren. Jene Frau hatte unrecht.

Den dritten April

Im Heer gibt es nahezu täglich Prügeleien. Die Priester der Normannen haben ein Schriftstück unterzeichnet, in dem die Lanze als Fälschung bezeichnet wird. Als Arnulf von Rohes, Kaplan Graf Roberts von der Normandie, der sich zu ihrem Sprecher gemacht hat, dies Schriftstück unter die Leute brachte, fiel ihn der Priester Raimund von Agiles an. Es war ein sehenswertes Spektakel, wie sich die beiden heiligen Männer, von den Türken auf den Wällen angefeuert, in ihren kirchlichen Gewändern im Schlamm wälzten und einander wie Weiber kratzten und bissen.

Auch vergeht kaum ein Tag, ohne daß ein Krieger oder Priester eine neue Vision hat, sei es, daß ihm Christus, Bischof Adhémar oder der heilige Markus erscheint. Mir ist aufgefallen, daß niemandem je weibliche Heilige oder die Jungfrau Maria erschienen sind. Das dürfte daran liegen, daß Huren in unser Lager kommen, so daß die Männer nicht auf Phantasien angewiesen sind. Immerhin ist die Karwoche die richtige Zeit für diese Art von Gesichten, und so muß man mit allem rechnen.

Im Mittelpunkt der Auseinandersetzung steht der schmächtige Bartolomé. Seit Antiochia genießt er im Heer eine ungewöhnliche Stellung: Er ist weder Krieger, noch Geistlicher, weder Bauer noch Mann von Stand. Viele verehren ihn, und ebenso viele schmähen ihn. Vor zwei Tagen hat er verkündet,

Christus, der Apostel Petrus und der heilige Andreas seien ihm erschienen und hätten einen sofortigen Sturm auf Arqa befohlen. Mein Lehnsherr war dazu bereit, doch haben ihm die anderen Hauptleute die Gefolgschaft verweigert. So bleiben wir vor den Wällen, weder imstande, die Stadt zu nehmen, noch an ihr vorüberzuziehen.

Heute kamen allerdings Nachrichten vom byzantinischen Kaiser. Darin heißt es, er wolle im Juni zu uns stoßen. Alexios drängt uns, bis dahin nicht weiterzuziehen, da er uns in höchsteigener Person nach Jerusalem führen wolle. Das hat die Uneinigkeit im Heer noch vergrößert, denn außer meinem Lehnsherrn hält es niemand für richtig, dieser Aufforderung Folge zu leisten. Die anderen Edelleute sehen darin ohne Ausnahme eine Art von Verrat. Bestenfalls tun sie die Botschaft des Basileus als wertlos ab.

All das hat die Haltung meines Lehnsherrn so verhärtet, daß er sich sowohl für die Lanze wie auch dafür ausspricht, auf Kaiser Alexios zu warten. Mir scheint seine Haltung nicht besonders weise, sie dürfte wohl eher auf seine Befürchtung zurückgehen, daß ihm die Führerschaft entgleitet. Hinzu kommt der Starrsinn des Alters. Je mehr die Pilgerfahrt voranschreitet, desto weniger ist er zu einer Verständigung bereit. Wenn es um Grundsatzentscheidungen geht, ist ein solches Verhalten bewundernswert, doch in Fragen der Politik und Strategie gerät Graf Raimund damit in eine Außenseiterrolle. Vermutlich erhoffen sich die anderen genau das. Es schmerzt mich zu sehen, daß er ihnen auf diese Weise in die Hände spielt.

Den siebten April

Am Donnerstag der Karwoche

Heute abend habe ich aus Frey Alfonsos Händen das Sakrament empfangen und bin zu einer kurzfristig anberaumten Zusammenkunft der Hauptleute geeilt. Man stelle sich meine Überraschung vor, als ich in der Mitte des Kreises weder Graf Raimund noch Herzog Gottfried oder Graf Robert erblickte, statt dessen aber Bartolomé. Sie nahm noch zu, als ich sein Gesicht sah.

Er war erzürnt. Seine Züge wirkten gequält, seine Stimme hob und senkte sich, während er den Edelleuten entgegenschleuderte: »Christus höchstselbst hat Euch befohlen, die Stadt anzugreifen, und Ihr habt Ihm nicht gehorcht! Ihr gestattet Euren Priestern, gegen die heilige Lanze zu sprechen und zweifelt an meinen Gesichten. Mein gnädiger Herr Roger«, rief er aus, als er mich ins Zelt treten sah, »hat nicht Bischof Adhémar durch meinen Mund zu Euer Gnaden gesprochen?«

Ich sah mich im Kreise um, unsicher, was ich sagen sollte.

»Nun?« fragte Herzog Gottfried.

»Es klang wie seine Stimme«, gab ich zur Antwort.

Mißbilligend sah mich Bartolomé an. »Auch Euer Gnaden zweifeln also an mir«, sagte er. »Nun schön. Ihr sollt mich auf die Probe stellen. Dann werdet Ihr es wissen.«

»Was für eine Probe?« erkundigte sich Herzog Gottfried.

»Die Feuerprobe«, gab Bartolomé zur Antwort. »Man soll eine Glutbahn legen, über die ich die heilige Lanze tragen werde. Überlebe ich die Probe, werdet ihr wissen, daß ich die Wahrheit gesprochen habe, und ihr werdet glauben. Sollte ich dabei umkommen, tut, wonach euch der Sinn steht, und Gott helfe euch dabei.«

Er ließ den Blick über uns gleiten. Er machte einen furchtlosen, ja sogar einen hochmütigen Eindruck. Mir ging der Gedanke durch den Kopf, er könne den Verstand verloren haben. Ein langes Schweigen trat ein, dann wurde die Sache entschieden, ohne viel darüber zu reden. Die Feuerprobe soll morgen, am Karfreitag, in der großen Lagerstraße stattfinden.

Später schickte ich Maudire aus, Bartolomé in mein Zelt zu holen. Er kehrte allein zurück. »Der kleine Scheißer will nicht«, erklärte er. »Er sagt, er läßt sich von niemandem vorschreiben, wann er kommt und geht, denn er gehört Gott. Ich nehme mir jetzt zwei oder drei Krieger, lasse ihm ordentlich das Fell gerben und schleife ihn her.« Ich teilte ihm mit, daß ich mich selbst darum kümmern würde.

Ich hüllte mich in meinen Umhang und ging zu Bartolomés Zelt. Er betete, doch umgab ihn nicht das sonderbare Licht, das ich bei Antiochia gesehen hatte. Als er geendet hatte, sprach ich ihn an. Er sah zu mir her und machte ein finsteres Gesicht. »Wenn Ihr mich von meinem Vorhaben abbringen wollt, braucht Ihr Euch keine Mühe zu geben«, sagte er.

Seine Art kränkte mich. »Das ist nicht meine Absicht«, ließ ich ihn wissen.

»Sofern Ihr mit einer Bitte von Graf Raimund gekommen seid, spart Euren Atem.«

»Bartolomé, Sohn des Schneiders aus Lunel«, sagte ich, »du vergißt, wer du bist.«

Er stand auf und kam mit geballten Fäusten auf mich zu. »Ihr vergeßt, wem Ihr dient«, knurrte er. »Ihr und die anderen. Euch hat Christus keine Botschaften übermittelt, zu Euch haben keine Heiligen gesprochen.« Er schlug sich mit den Fäusten auf die Brust. »Mich, Bartolomé, den Schneidersohn, haben sie auserwählt! Vergeßt das nicht, edler Herr.« Er war so erregt, daß ich ihn kaum wiedererkannte. Mit einer entsetzlichen Grimasse sah er mich an, seine Augen rollten wild und blickten herausfordernd.

»Darf ich eintreten?« fragte ich.

Die Frage überraschte ihn. Er trat beiseite, und ich ging gebückt in sein kleines Zelt. Es war voller Gegenstände, einige wertvoll, die meisten Tand. Neben goldenem Zierat und mit Edelsteinen besetzten Kelchen lagen die Gürtel und Waffen von Kriegern. Sogar Spielzeug, wie es die Bauern für ihre Kinder anfertigen, sah ich, Puppen aus Stroh und Lumpen, wie auch Ficelletes in einem hölzernen Rahmen.[70] Hämisch sah mich Bartolomé an.

»Es sind Geschenke«, sagte er. »Die Männer geben mir dies und jenes, damit ich für sie und ihre toten Verwandten bete. Ich kann sie nicht daran hindern. Die Krieger kennen meinen Wert, wenn ihn schon die Edelleute nicht sehen wollen.«

»Du hast es vom Flecken Lunel aus weit gebracht«, bemerkte ich.

Er lächelte. »Gott hat mich erhoben und über euch alle gesetzt.«

»Hast du von deinem Vater gehört?« fragte ich ihn.

Er sah mich von der Seite an. Schleim lief ihm aus der Nase. »Warum?«

»Er müßte erfahren, was aus seinem Sohn geworden ist«, sagte ich.

»Und was ist aus mir geworden?« fragte er gedehnt.

»Das sollst du mir sagen, Bartolomé.«

Er setzte sich in eine Ecke des Zeltes und wischte sich die Nase mit dem Ärmel. »Groß in den Augen Gottes«, sagte er. »Zu Hause war ich nichts – jetzt hören sogar Fürsten und Bischöfe auf mich, einen Bauern, der sich nicht aufs Lesen und Schreiben versteht. So etwas kann nur Gott tun.«

»In der Tat«, sagte ich. »Und was wird morgen geschehen?«

Er breitete die Arme aus. »Ich werde in die Flammen gehen, aber ich werde nicht allein sein. Ich werde durch das Feuer schreiten, und Gott wird mich bewahren. Dann werde ich unseren Zug nach Jerusalem führen, die heilige Lanze in der Hand.«

»Du?« fragte ich. »Und was ist mit dem Grafen Raimund?«

»Er wird mir folgen, und Ihr und all die anderen. Denn mich hat Gott auserwählt!« Seine Augen leuchteten. »Glaubt Ihr?«

»Was?«

»Alles. Alle die Geschichten der Bibel und von Christus. Alle die Heiligen, Bischöfe und Priester. Den Ablaß, das Heilige Grab – alles, um dessentwillen wir hergekommen sind.«

»Warum fragst du das?« fragte ich.

Verkniffen lächelte er mich an. »Wenn Ihr nicht glaubt, ist all das nichts – dann seid Ihr, Baron Roger, gleichfalls nichts. Wenn Ihr aber glaubt, dann bin ich größer als Ihr, denn Gott hat seinen Finger auf mich gelegt.« Erneut lächelte er, finsterer als zuvor. »Und sofern das stimmt – sofern ich, ein Bauer, größer bin als Ihr –, dann seid Ihr ebenfalls nichts. Denn in Eurer Welt gibt es nichts, das weniger ist als ein Bauer. Das ist die Wahrheit, oder etwa nicht?«

Ich gab ihm keine Antwort. Er neigte den Kopf und grinste mich an. »Habt Ihr von Eurem Vater gehört?« fragte er und lachte. Auf meine Frage, was er damit meine, gab er zur Antwort: »Ich habe Euch in jener Nacht in Eurem Gemach Nachrichten von ihm überbracht. Woher hätte ich die wissen sollen, Euer Gnaden? Woher wußte ich, daß er aus dem Fegefeuer befreit worden ist? Sagt mir das.«

»Ich weiß es nicht«, gab ich zu.

Schwerfällig erhob er sich und trat dicht an mich heran. »Weil Adhémar es mir gesagt hat. Ich war mit ihm im Fegefeuer, ich habe den Schwefel gerochen und seine Schweißtropfen gesehen. Er hat mir über dem Brüllen der Flammen zugerufen, ich solle Euch aufsuchen. Euch, meinen Herrn, der auf mich herabsieht und auf der Straße im Flecken Lunel nicht einmal mit mir gesprochen hätte.«

»Du hast dich häufig insgeheim mit dem Bischof unterhalten«, sagte ich. »Vielleicht hat er dir vor seinem Dahinscheiden meine Geheimnisse anvertraut.«

Rasch wandte er sich ab. »Nein, nein. Ich war in der anderen Welt und bin zurückgekehrt. Aber wenn Ihr dorthin geht, werdet Ihr nicht zurückkehren. Ihr neidet es mir, edler Herr. Warum gebt Ihr es nicht zu?«

Er sah mich herausfordernd an. Er tat mir leid. »Es ist nicht zu spät, es dir anders zu überlegen«, gab ich zu bedenken.

»Da!« sagte er. »Ich wußte, daß Ihr deswegen gekommen seid. Ihr gönnt mir meine Aussichten nicht! Ihr habt Angst vor mir!«

»Nein«, sagte ich. »Aber ich habe Angst *um* dich.«

»Nun, das braucht Ihr nicht«, spottete er. »Ich weiß, wer ich bin, ich kenne die Wahrheit. Und ich bin bereit, sie in der Feuerprobe zu beweisen. Könnt Ihr das auch von Euch sagen, Baron Roger von Lunel?«

Ich räumte ein, daß ich dazu nicht imstande sei. Er lächelte triumphierend. »Ich werde für dich beten, mein Junge«, versprach ich, während ich mich zum Gehen wandte.

Er knurrte. »Und wenn Ihr ins Feuer geht«, sagte er, »werde ich für Euch beten, mein Alter.«

Ich weiß nicht, was morgen geschehen wird, aber auf jeden Fall wird es bedeutende Auswirkungen auf die Pilgerfahrt haben. Sofern ihm Gott beisteht, ist die Echtheit der Lanze bewiesen und die Stellung meines Lehnsherrn gestärkt. Steht ihm Gott aber nicht bei, wäre das ein Schlag, von dem wir uns kaum erholen dürften. Die Führung wäre gespalten und unser Heer ein regelloser Haufen tief in türkischem Gebiet. Bartolomé hatte recht: Er wird nicht allein sein, wenn er in die Flammen geht. Wir alle werden ihn begleiten.

Den achten April

Karfreitag

Heute herrschte im Heer große Aufregung. Viele Krieger haben sich die Köpfe sowohl zu Ehren des hohen Feiertages als auch der bevorstehenden Feuerprobe kahlgeschoren. Bartolomé ist weder heute morgen noch bei der Mittagsmesse aufgetaucht. Als sie um drei Uhr endete, stürzten die Männer hinaus, um sich an der großen Lagerstraße die besten Plätze zu sichern. Ich kehrte in mein Zelt zurück, um meinen alten Waffenrock anzuziehen, und fand Maudire, der unter seinem kleinen Schutzdach kauerte, von Münzen jeder Art umgeben. »Was treibst du da?« wollte ich wissen.

Er sprang auf, wobei er das Geld um sich verstreute. »Scheiße, Euer Gnaden, ich meine, Gott zum Gruße, Euer Gnaden. Es sind Einsätze.«

»Was für Einsätze?«

»Jeder wettet auf die Probe. Die Normannen haben sich zusammengetan und zweihundert Goldbesant gesetzt. Natürlich halten die Bischöfe dagegen. Ich habe nur kleine Wetten angenommen, Euer Gnaden. Ich möchte nicht lästern, sondern mich sozusagen nur ein wenig an dem Erfolg des Propheten beteiligen ...« Ich ließ ihn wissen, daß ich nichts weiter darüber zu hören wünschte.

Als ich die Lagerstraße erreicht hatte, war das Feuer bereits entzündet. Es brannte in zwei über zehn Schritt langen Bahnen, und die knisternden Flammen schlugen mehr als mannshoch. Ich gesellte mich zu meinem Lehnsherrn, der mit gekreuzten Armen und finsterer Miene in der vordersten Reihe neben den anderen Edelleuten stand.

Der Bischof von Al-bara hatte die Leitung des Unternehmens; als seine Helfer dienten ein halbes Dutzend weiterer Bischöfe und an die zwei Dutzend Priester. Bartolomé, der lediglich ein grobes wollenes Gewand trug, stand am hinteren Ende der feurigen Bahn, die heilige Lanze in beiden Händen. Auf seinen Zügen lag ein Ausdruck der Verzückung; er schien entrückt und kaum wahrzunehmen, daß sich zu beiden Seiten der Lagerstraße eine gewaltige Menge von Kriegern drängte, die sich das Schauspiel nicht entgehen lassen wollten. Ich hob den Blick zu den Wällen von Arqa, von wo aus die Türken zusahen. Sie schienen ebenso fasziniert wie wir.

Der Bischof von Al-bara schritt jetzt voran und intonierte das *Credo* des feierlichen Hochamts. Ein Junge neben ihm schwang einen Weihrauchkessel, und die Schwaden, die davon zu den Bäumen aufstiegen, vermischten sich mit dem Rauch des Feuers. Ein anderer trug Weihwasser und Weihwedel. Als der Bischof geendet hatte, segnete er das Feuer, das aufzischte, als das geweihte Wasser darüber gesprengt wurde. Dann wandte er sich um und segnete Bartolomé. Ich sah, wie es in dessen Gesicht zuckte, als die Tropfen darauf fielen, und einen Augenblick lang runzelte er die Stirn, als sei er verärgert.

Der Bischof gebot ihm voranzugehen.

Unter allgemeinem Schweigen erreichte Bartolomé das Ende der Flammenbahn. Sein Gesicht glühte gelblich und rötlich, der Saum seines Gewandes kräuselte sich unter dem

Hauch der Flammen. Er blickte nach links und rechts, als wolle er sich vergewissern, daß wir zusahen, hob dann lächelnd die Lanze vor das Gesicht, küßte sie und setzte seine Füße auf die Glut.

Ich konnte ihn sehen, während er zwischen den Flammen dahinschritt. Sie sprangen ihn von links und rechts an wie Windböen, so daß die Lanze vor ihm schwankte. Einige der Männer schrien laut auf, andere brachten sie erzürnt zum Schweigen. Einen Augenblick lang sah es so aus, als würde Bartolomé straucheln, und ich fürchtete schon, er werde fallen, doch mit stetigem Schritt ging er weiter, während die Flammen über seinem Kopf zusammenschlugen.

»Wo ist er?« wollte mein Lehnsherr wissen.

»Da«, erwiderte ich und wies auf die Stelle.

Ich konnte Bartolomés Umriß durch die Flammenwand erkennen. Er bewegte sich weiter voran, jetzt allerdings schneller. In kurzen Abständen war er zwischen den Flammen zu sehen und verschwand dann wieder. Einmal wurde die Lanze über ihnen sichtbar, und die Männer jubelten: »Er schafft es, er schafft es.«

Jeder drängte jetzt ans Ende der Feuerbahn. Mit Mühe konnten wir Bartolomés Gestalt ausmachen, die sich uns jetzt langsamer und wankenden Schrittes näherte. »Großer Gott, er ist durchgekommen!« rief Graf Robert von der Normandie aus und stürzte auf die Knie, um zu beten.

Die Lanze vor sich haltend, kam Bartolomé auf uns zu. »Ein Wunder, ein Wunder!« riefen die Männer. Der Bischof von Al-bara trat so nahe an das Feuer heran, daß es ihn fast versengt hätte. Dann sahen wir, wie Bartolomé aus den Flammen heraustrat, einen Augenblick lang taumelte und zusammenbrach. Die Männer drängten nach vorn, um ihn und die Lanze zu berühren. Herzog Gottfried und mein Lehnsherr schoben sich an ihn heran. »Lebt er?« wollte Herzog Gottfried wissen.

Bartolomé lag auf der Seite, sein Haar schwelte, die Haut an Gesicht, Armen und Beinen war schwarz verbrannt. Zitternd und murmelnd preßte er die Lanze an die Brust. Der

Bischof versuchte, sie an sich zu nehmen, aber Bartolomé zog sie zurück.

»Was sagt er?« fragte Herzog Gottfried.

Der Bischof beugte den Kopf über ihn und lauschte. »Er verlangt nach seinem gnädigen Herrn«, sagte er. Die Blicke der Männer wandten sich mir zu. Ich trat neben Bartolomé und kniete nieder. Sein Fleisch zischte wie ein Spießbraten, und sein ganzer Körper zuckte. Der Geruch erregte Übelkeit in mir. »Er kann Euch nicht sehen«, sagte der Bischof, »seine Augäpfel sind verbrannt.«

Ich legte meine Lippen nahe an sein Ohr und sagte seinen Namen. Er nahm eine Hand von der Lanze. Dabei löste sich pechschwarz verbrannte Haut von der Handfläche und blieb am Schaft der Waffe hängen. Ich nahm Bartolomés Hand in die meine. Er drückte sie. »Ich habe ihn in den Flammen gesehen«, flüsterte er mir zu.

»Christus?« fragte ich.

»Ein Kind ...«

»Das Jesuskind?« fragte ich.

»Nein ... Euer ...«, setzte er an, doch mit einem Mal übermannte ihn der Schmerz. Sein ganzer Körper zuckte, und mit tiefem Stöhnen preßte er das Gesicht in die Erde.

»Bringt ihn fort«, rief mein Lehnsherr.

Herzog Gottfried trat nach vorn. »Ich kümmere mich um ihn«, erklärte er. »Wir müssen sehen, ob er überlebt.« Vier Ritter hoben Bartolomé auf und schafften ihn ins Lager der Lothringer. Schweigend sah ich zu, wie sie die schlaffe schwarze Gestalt davontrugen. Mein Lehnsherr befahl, daß man ihm die Lanze bringe. Auf dem Rückweg in unser Lager fragte er mich, was Bartolomé gesagt habe.

»Irgend etwas über ein Kind in den Flammen«, sagte ich.

»Er hat das Jesuskind gesehen«, vermutete er.

»Ja, das muß es wohl gewesen sein«, stimmte ich zu.

Bartolomés Feuerprobe hat die im Heer bestehenden Zweifel eher noch verstärkt, statt sie zu beseitigen. Manche sagen, seine Verbrennungen sprächen gegen die Lanze. Andere haben darauf hingewiesen, daß sein Gewand nicht verbrannt und die Lanze unversehrt geblieben ist. Noch andere behaupten, die Normannen hätten Bartolomé am Verlassen der Flammenbahn gehindert, um ihre Wette zu gewinnen. Wieder andere sagen, es sei ein Wunder, daß er überhaupt lebendig herausgekommen sei. Und alle wollen sehen, ob er stirbt oder überlebt.

Den achtzehnten April

Ich habe die Seiten meines Tagebuchs, die sich mit Eustache beschäftigen, noch einmal gelesen. Welch doppeltes Spiel er doch mit mir getrieben hat! In mein Vertrauen hat er sich geschlichen und es ausgenutzt, um mir nahe zu sein. Er hat meinen Körper berührt, meine Geheimnisse erfahren, war Zeuge meiner Schande – und für all das habe ich ihm noch gedankt! Alle hat er getäuscht, indem er uns seinen Tod vorgaukelte, so wie er mich getäuscht hat, indem er mir vorspiegelte, er wäre mein getreuer Diener.

Was ich in seiner Todesstunde für ihn empfand, vermag ich jetzt nicht zu sagen. Er hatte gegen jeden Vertrauensgrundsatz verstoßen, ob in der Ehe, der Freundschaft oder als Diener. Auf diese Pilgerfahrt war ich gegangen, um meine Schuld zu sühnen und meine Sünde abzuwaschen; dafür habe ich gelitten und anderen Leid zugefügt. Zwar ist es richtig, daß mir Eustache mehr als einmal das Leben gerettet hat, dennoch hatte er kein Recht, sich in meine Buße einzumischen.

Wie verworren das Leben ist, und wie sonderbar, daß Dinge, von denen wir glauben, daß sie hinter uns liegen, unvermittelt verwandelt und in neuer Gestalt vor uns auftauchen. Das Leben ist keine gerade Linie, sondern eine enge Spirale, in der wir uns Windung auf Windung aufwärts bewegen, wobei wir alles, was wir waren und getan haben, aus einem leicht veränderten Winkel erneut zu sehen bekommen. Gewiß schreiten wir dabei voran, aber das geschieht langsam und mit vielen wehmütigen Blicken zurück. Wie aber heißt das Ziel? Und wie können wir uns aus dieser Spirale befreien?

Die Religion bietet uns nichts als Mysterien und Aufbrüche in ein Gebiet, über das wir nichts erfahren können. Wir haben lediglich die Möglichkeit, wie Kinder die Augen zu schließen und den Sprung zu tun. »Glaube und frage nicht, warum«, sagt die Religion, und: »Setze dein Vertrauen darauf, aber versuche nicht zu verstehen«. Hat aber nicht jene Frau gesagt, daß die Wahrheit keiner Erklärung zugänglich ist? Wenn sich das jedoch so verhält, wie vermögen wir dann die Wahrheit zu erfahren? Und hatte sie nicht auch gesagt, man könne erst lieben, wenn man die Wahrheit kennt? Wie können wir dann lieben?

Eustache hat mit seinen letzten Atemzügen gesagt, er habe sein Leben für mein Glück hingegeben, weil er mich geliebt habe – und doch war alles, was er begehrte, widernatürlich. »Küßt mich«, hatte er verlangt, und ich hatte es getan. Danach war er mit einem Lächeln auf den Lippen gestorben. Doch liegt darin keine Wahrheit – es ist ein Greuel. Und trotzdem hat er jene Frau, die ich liebte, mit seinem eigenen Blut genährt, damit sie leben konnte. Ähnelt das nicht dem, was Christus tat, indem er Sein Blut für uns vergoß? Ist es denkbar, daß dies widernatürliche Geschöpf Christus ähnelte? Er hat sein Leben um des Freundes willen geopfert; er ist gestorben und hat erneut gelebt; er hat sich gedemütigt, um Diener dessen zu sein, den er liebte. Aber hatte mir nicht Jehanne sein sündiges Treiben beschrieben? Hatte sie nicht von seinem stöhnenden Lechzen nach Lust gesprochen? Darin ähnelte er Christus nicht.

Und doch liebt ihn Christus gewißlich, wie Er alle Sünder liebt. Er hat Sein Blut auch für ihn vergossen, wie für uns alle. Ich habe keine Sünde in Eustache gesehen, nur Treue und Opfer. So mag er Christus ähnlicher gewesen sein, als ich es bin. Vielleicht war es für ihn mehr eine Pilgerfahrt als für mich, hat er sich ihr doch aus nicht offen eingestandener Liebe angeschlossen statt wie ich aus nicht offen eingestandener Schuld.

Was mag aus ihm geworden sein, jetzt, da er tot ist? Hat er sich seinen Sündenablaß verdient? Ist er im Himmel? Kein Priester war an seinem Sterbelager; niemandem außer mir hat er gebeichtet. Aber er war ein Pilger: Er hat mit uns gedient und mit uns gelitten. Glaube ich wahrhaft, daß man allein mit dieser Pilgerfahrt das Paradies erringen kann? Manche sind wie ich gekommen, um ihre Sünden zu büßen, und andere wie Maudire, um zu sündigen. Die einen sterben im Zustand der Gnade, andere wieder als Halunken. Sind sie alle Pilger und gewinnen deshalb den Himmel? Und was ist mit den Türken, die wir getötet haben – den Unschuldigen, den Frauen und Kindern –, ist ihr Los zwangsläufig die Hölle?

Ein christlicher Ritter mit allen Sünden, die er auf sein Haupt geladen hat, tötet ein kleines Heidenmädchen, ein Kind, das gar nicht weiß, was Sünde ist. Er kommt ins Paradies und sie in die Hölle. Nein, das glaube ich nicht. Wenn es eine Gerechtigkeit gibt, wenn es eine Wahrheit gibt, dann gebührt die Hölle ihm, und der Himmel ihr. Gott hat das Kind in seiner Unschuld genommen und zugelassen, daß der Ritter in Sünden alt wurde. Er hat beide geschaffen, kennt beide und liebt beide. Er wird das Kind zu sich holen und sich von dem Ritter lossagen.

Das ist die Wahrheit, sofern es überhaupt Wahrheit gibt. Und kein Papst, kein Bischof und kein Ablaß vermögen etwas dawider. Nicht, was wir sind, verdammt uns, sondern was wir tun. Gerettet werden wir durch das, was wir als Wahrheit erkennen, nicht aber durch das, was andere uns zu glauben gebieten.

Den dreiundzwanzigsten April

Heute vormittag ist Bartolomé seinen Verletzungen erlegen. Sogleich hat Tankred die Lanze als Schwindel hingestellt und erklärt, die Vornehmsten unter den Edelleuten müßten die Führung zu gleichen Teilen übernehmen. Bei der Beratung, die heute abend stattfand, ist es meinem Lehnsherrn gelungen, eine endgültige Entscheidung über diesen Punkt hinauszuzögern. Er will, daß wir Provenzalen Arqa auf eigene Faust stürmen. Mit der Einnahme der Stadt hofft er seine Stellung wiederzuerlangen. Sofern ihm das aber nicht glückt, will er die anderen damit zwingen, unseren Angriff zu unterstützen. Als er uns diesen Plan nach der Beratung vorlegte, sagte niemand etwas. Doch ich bin sicher, daß alle dasselbe empfanden wie ich: Es ist eine unkluge Entscheidung, und sie stützt sich auf politische statt auf strategische Erwägungen.

Den dritten Mai

Noch lebe ich. Als erstes will ich über den Angriff auf die Stadt Arqa berichten und dann über das zweite Ereignis, das unter Umständen von weit größerer Tragweite ist.

Während der Nacht vor unserem Sturmangriff brachten wir unsere Belagerungstürme an Ort und Stelle, und die Mineure bereiteten sich mit Leitern und Seilen auf den Sturm vor. Der Angriff begann beim ersten Tageslicht. Die Türme wurden vorangeschoben, bis sie die Mauern nahezu berührten. Die Türken, die von unserem Vorhaben Wind bekommen hatten, waren bereit und empfingen uns mit Steinen und Pfeilen. Jeder, der die Mauer erklomm, wurde heruntergeschossen, und die bedauernswerten Mineure wurden mit Feuerbränden eingedeckt, sobald sie sich den Mauern auf fünf Schritt näherten. So konnte das Unternehmen keinesfalls gelingen, und nach zwei oder drei Stunden vermochte ich mich nicht länger zurückzuhalten.

Ich sammelte ein Dutzend Ritter um mich und jagte mit ihnen auf den uns zunächst stehenden Turm zu. Um uns herum hagelte es Steine und Speere. Den Mann neben mir durchbohrten zwei Pfeile. Noch bevor er zu Boden gefallen war, hatten ihn drei weitere Pfeile getroffen. Die Türken auf der Mauer fluchten uns und schrien vor wilder Wut. Es gelang mir, mit den meisten meiner Männer das Schutzdach des Belagerungsturmes zu erreichen. Von dort aus erstiegen wir ihn.

Überall im Turm lagen die Leiber der Krieger. Die einen starben gerade an ihren Wunden, andere waren ihnen schon erlegen. Als wir die obere Plattform erreichten, bereiteten zwei Krieger gerade den Mechanismus der Brücke für den Angriff vor. Der eine stürzte mit einem Aufschrei hinab, dann taumelte der andere zurück – ein Pfeil war ihm in den offenen Mund gedrungen. Deutlich konnte ich die türkischen Bogenschützen auf der Mauer sehen; sie schossen Pfeil um Pfeil ab, die man ihnen von hinten zureichte. Ich rief Wilhelm Ermingar zu, er möge mir mit der Brücke helfen. Kaum hatte er den Mechanismus berührt, als ihm ein Pfeil in den Arm und ein anderer in die Seite drang. Er wäre unfehlbar in die Tiefe gestürzt, wenn ich ihn nicht im letzten Augenblick noch hätte packen können.

Unter mir versuchten Krieger, die an die Mauer gelehnten Leitern zu erklettern, doch wurden diese teils mit langen Haken zurückgestoßen, teils in Brand gesetzt. Unaufhörlich ging der Hagel von Wurfgeschossen weiter. Bald darauf barsten unter mir im Inneren des Turmes ein halbes Dutzend Kugeln mit griechischem Feuer, so daß im nächsten Augenblick das ganze Bauwerk in Flammen stand. Mit lautem Jubel nahmen uns die Türken nunmehr verstärkt unter Beschuß. Dann geriet auch der Nachbarturm in Brand, und Männer sprangen von seinem höchsten Punkt in die Tiefe, um sich zu retten.

Ich mußte unbedingt nach unten, konnte aber Ermingar nicht zurücklassen. So schleppte ich ihn zur Leiter. Die Flammen schlugen fast bis oben an die Spitze des Turms, die Hitze war unerträglich. Mir blieb keine Wahl. Ich trug meinen Gefährten bis an den Rand der Plattform und wälzte ihn hinab, so daß er in den darunter liegenden Wassergraben stürzte. Sodann sprang auch ich. Der Graben war nicht tief, und als ich mit den Füßen auf den Boden prallte, fuhr mir der Stoß durch die Wirbelsäule bis in den Hinterkopf. Der Schmerz nahm mir den Atem, und ich schlug wild um mich, um an die Wasseroberfläche zu gelangen.

Von der Mauer heruntergeworfene Steine ließen das Wasser im Graben aufspritzen, von dem große Flächen mit griechischem Feuer loderten. Ich sah mich nach Wilhelm um. Nicht allzu fern entdeckte ich ihn, der sich darum bemühte, den Kopf über Wasser zu halten. Ich schwamm zu ihm, doch in dem Augenblick, da ich ihn erreicht hatte, schlug ein schwerer Stein genau auf seiner Brust auf. Ich hörte seine Rippen knacken, und aufstöhnend verschwand er unter der öligen Wasseroberfläche.

Ich holte Luft und tauchte. Zwar konnte ich nichts sehen, fand ihn aber mit meinen tastenden Händen. Als ich nach ihm griff, fuhr ihm meine Hand zwischen die Rippen. Ich schleppte ihn hinter mir her, sah aber, oben angekommen, daß seine Brusthöhle vollständig aufgerissen war. Ich bemühte mich, ihn zu retten, doch während meine Finger nach Halt suchten, schnitt mir sein Brustbein ins Handgelenk, so daß ich loslassen mußte. Ermingar drehte sich auf die Seite und versank. In der Hand hielt ich noch sein Herz.

Das entsetzte mich mehr als die Steine und Pfeile, die um mich herum einschlugen. Es gelang mir, mich ans Ufer zu retten. Dort zog ich mich hoch und lief zu unseren Linien, so schnell mich meine Beine trugen. Erst als ich außerhalb der Schußweite der Verteidiger der Mauer stehenblieb, bemerkte ich einen dumpfen Schmerz, der sich von der Hüfte bis zum Nacken zog.

Nach der Zerstörung der Türme durch das Feuer bliesen wir den Angriff ab. Niemand von den anderen Heeren war uns zu Hilfe geeilt. Vermutlich wollten sie abwarten, wie es weiterging. Ich kann ihnen keinen Vorwurf daraus machen. Mein Lehnsherr hat sich mit dem Ausdruck des Entsetzens von dem Schauspiel abgewandt. Er weiß, daß die Tage seiner Führerschaft gezählt sind.

Das zweite Ereignis trat am Abend nach unserem fehlgeschlagenen Sturmangriff ein. Mein Lehnsherr besuchte mich in meinem Zelt, wo ich seit der Schlacht liege, unfähig aufzustehen. Zuerst glaubte ich, mir die Wirbelsäule gebrochen zu haben, aber so schwer ist die Verletzung nicht. Der Schmerz, der mir durch den ganzen Leib zieht, macht es mir unmöglich, eine Stellung zu finden, in der ich ruhen kann, und so empfinde ich ständig peinigende Qualen, welche die Wundärzte nicht zu lindern vermögen.

Gerade als Graf Raimund gehen wollte, entstand Unruhe. Boten von Herzog Gottfried, denen dieser selbst auf dem Fuße folgte, traten in den Eingang meines Zeltes. »Sieh dir das an!« knurrte er böse und reichte meinem Lehnsherrn einen Brief. Ich sah, daß er das Siegel des Kaisers Alexios trug. Graf Raimund überflog ihn. »Da hast du es!« rief Herzog Gottfried aus. »Er hat uns also *doch* verraten. Hier ist der Beweis, in seiner eigenen verfluchten Handschrift!«

Mein Lehnsherr setzte sich an mein Lager und gab mir den Brief. Er war auf griechisch und in der Sprache der Türken abgefaßt, doch hatte jemand eine Übersetzung darunter geschrieben, vermutlich ein Priester. Er richtete sich an al-Afdal Schahinschah, den Wesir des Fatimiden-Kalifats. Der Basileus erklärte in diesem Schreiben, er habe keine Gewalt mehr über die Franken, die ihm Antiochia entrissen hätten und darauf aus seien, in Syrien ihre eigenen Reiche zu errichten. Er drückte sein Bedauern darüber aus, daß er nichts zu tun vermöge, dem mit ihm verbündeten Ägypten zu helfen. Er versprach aber, die Franken möglichst so lange hinzuhalten, bis General Iftichar Gelegenheit habe, die Garnison von Jerusalem zu verstärken.

»Er schaufelt unser Grab, du wolltest auf ihn warten«, höhnte Herzog Gottfried. »Wie stehst du jetzt zu deinem Eid?«

Mein Lehnsherr stützte den Kopf in die Hände. Nie habe ich ihn niedergeschlagener gesehen, und tatsächlich bedeuten der Tod Bartolomés, der mißlungene Sturmangriff und dieser Brief eine Last, die nicht einmal er zu tragen vermag. »Wir werden unsere Streitkräfte von Tortosa und Maraklea abberufen«, sagte er ruhig, »und weiter nach Süden ziehen.«

Herzog Gottfried nickte. »Und wer wird die Führung übernehmen?«

Graf Raimund hob den Blick zu ihm. »Wir alle, mit Gottes Hilfe.«

Herzog Gottfried legte ihm eine Hand auf die Schulter. »Es ist die einzige Möglichkeit«, sagte er. »Niemand kann die Last dieser Unternehmung allein tragen.«

Betrübt lächelte ihm Graf Raimund zu. »Es hatte ein Segen sein sollen.«

»Segen, Fluch …«, schnaubte Herzog Gottfried. »Wer kann das noch auseinanderhalten? Komm, wir gehen zu den anderen.« Graf Raimund erhob sich, um ihn zu begleiten. Herzog Gottfried nahm seinen Arm. »Versteh doch, Raimund«, sagte er, »wenn ich unter irgend jemandem dienen müßte, dann nur unter dir.«

»Ich werde wohl künftig unter dir dienen«, gab mein Lehnsherr zur Antwort.

Herzog Gottfried schüttelte den Kopf. »Wenn die anderen mir das aufzuzwingen versuchen, werde ich es nicht hinnehmen. Entweder ziehen wir als Gleichberechtigte in Jerusalem ein und besetzen die Stadt gemeinsam – oder gar nicht.«

Wir erwarten die Rückkehr unserer Vorposten von der Küste. Für mich bedeutet das eine willkommene Atempause, denn in meinem gegenwärtigen Zustand kann ich nicht reiten. Auch daß ich nicht schlafen kann, ist in gewissem Sinne eine Erleichterung, denn ich würde sicher nur von Wasser und Knochen träumen.

Den sechzehnten Mai

Wir lagern außerhalb von Tripoli in der herrlichsten Landschaft, die ich bisher im Osten gesehen habe. Alles ringsum ist mit Blumen bedeckt, die Äcker sind fruchtbar und bestens gepflegt. Für eine so reiche Stadt und einen so geschäftigen Hafen sind die Verteidigungsanlagen ziemlich erbärmlich; wir hätten Tripoli im Handstreich nehmen können. Aber das ist gar nicht nötig. Der Emir hat mit uns Frieden geschlossen und unsere Heerführer mit fünfzehntausend Goldbesant, zwanzig herrlichen Pferden sowie Vorräten und Tieren für unseren Marsch beschenkt. Kurz gesagt, er möchte, daß wir so bald wie nur möglich wieder abrücken.

Die Edelleute hat er am Abend des Tages, da unser Heer hier eintraf, in seinen Palast eingeladen. Wir haben uns nach Herzenslust betrunken, und der Emir, ein kräftiger Mann mit einem schütteren Bart, hat geschworen, er werde zum Christentum übertreten, sofern es uns gelinge, die Fatimiden aus seinem Reich zu vertreiben. Am folgenden Nachmittag erwachte ich auf einem Kissenlager in Gesellschaft dreier Weiber, von denen ich keines kannte.

Militärische Übungen hat es in unserem Lager nur wenig gegeben. Die Männer ziehen mit Blumen an ihren Kopfbedeckungen umher, nagen genüßlich Hammelknochen ab und klagen über Durchfall. An Weibern mangelt es nicht. Morgen sollen wir aufbrechen. Ob es uns freilich gelingen wird, dies Heer zum Abmarsch zu bewegen, wird sich zeigen.

Den zweiundzwanzigsten Mai

Wir befinden uns vor der Stadt Tyrus im Königreich Jerusalem. Unser Zug ist ohne Störungen verlaufen, sieht man davon ab, daß uns die Besatzung von Sidon angegriffen hat. Nicht nur haben wir sie zurückgeschlagen, wir haben auch ihre Ernte und ihre Weinberge so gründlich zerstört, daß uns künftig gewiß niemand mehr Schwierigkeiten dieser Art machen wird. Je weiter wir nach Süden ziehen, desto fruchtbarer wird das Land. Jerusalem muß ein Paradies sein, denn schon hier sind die Weinstöcke üppig und grün, das Getreide steht prächtig auf dem Halm, Ölbaum- und Obstbaumhaine sind ein einziges Blütenmeer, und der Boden läßt sich leicht bearbeiten.

Am Wege wächst Mohn mit langen, pelzigen Stengeln. Auf den Blüten spielen Schmetterlinge in allen Farben und Mustern. Ein lindes Lüftchen weht vom Meer herüber; es ist dasselbe blaue Meer, dessen Wellen ans Ufer meiner Heimat schlagen. Die Männer sind wie entrückt. Wahrlich, das ist ein gesegneter Flecken Erde. Ein noch größerer Segen ist es, daß wir nicht darum kämpfen müssen. Auf diesen heiligen, glücklichen Hängen wäre Blutvergießen eine Lästerung. Es ist wirklich ein Land für Pilger, denn hier stellen sich heilige Gedanken leicht ein, und der süße Duft der Welt der Urzeiten liegt in der Luft.

Der einzige Mißklang kommt aus der Ferne: Vor der Küste liegt die ägyptische Flotte mit ihren gestreiften Segeln und bemalten Rudern und bedroht uns. Freilich kann sie uns äußerstenfalls daran hindern, daß wir die Häfen besetzen, und die brauchen wir nicht. Uns versorgt das Land, und sein Inneres ruft uns. So begnügen wir uns damit, den Schiffen von den Höhen oberhalb der Stadt zuzuwinken. Gerade jetzt nähert sich eine der schwerfälligen Galeonen, wahrscheinlich um unsere Zahl zu erkunden. Sie sieht aus wie ein großer, auf den Meeren treibender Tausendfüßler mit borstigem Maul und Stachelschwanz, dessen tausend Beine im Takt träger Trommelschläge über das Wasser streichen.

Den dreissigsten Mai

Cäsarea

Vor unserem Aufbruch nach Tyrus ist Balduin von Edessa aus zu uns gestoßen. Seine Leute eingerechnet zählt unsere Streitmacht nunmehr an die zehntausend Mann. Er kommt mir sehr verändert vor. Er hat jetzt eine armenische Geliebte, eine Frau mit breiten Hüften und dunklem Schnurrbart. Sie scheint ihn gemästet und dafür gesorgt zu haben, daß der raubtierhafte Ausdruck aus seinem Gesicht verschwunden ist. Ich kann nicht umhin anzunehmen, daß auch der Verlust von Gemahlin und Kindern zu diesem Wandel beigetragen hat. Zwar sind seine Züge nach wie vor finster und verkniffen, und auch seine Stimme klingt rauh wie eh und je, doch tritt er nicht mehr so überheblich auf wie zu Anfang unserer

Pilgerfahrt. Er hat mehr von der Welt und ihren Leiden erfahren, und das hat seiner Bosheit die Schärfe genommen.

Unsere Etappen lassen sich leicht bewältigen. Am dreiundzwanzigsten haben wir Akkon erreicht, Haifa am sechsundzwanzigsten, und das Pfingstfest haben wir in Cäsarea gefeiert. Diese Ortsnamen rufen Erinnerungen an die Heilige Schrift wach. Der Apostel Paulus hat in Akkon gepredigt und wurde in Cäsarea vor Gericht gestellt und eingekerkert. Hier war Herodes Vierfürst zur Zeit des römischen Kaisers Augustus, unter dessen Herrschaft Christus zur Welt kam. Auch hat hier der Apostel Petrus den Jünger Cornelius getauft. Sollten wir endlich das Heilige Land erreicht haben? Und warum nur haben wir so lange gezögert, wenn es so lieblich ist und uns mit offenen Armen willkommen heißt?

Während es ins Binnenland und damit in Richtung Jerusalem geht, fällt mir im Heere ein allmählicher Wandel auf. Die Männer werden stiller und nachdenklicher, als rufe das Land selbst diese Stimmung in ihnen hervor. Das Ordinäre an ihrem Verhalten fällt von ihnen ab, die Laxheit des Lagerlebens macht einer gewissen Ernsthaftigkeit Platz. Sie spüren, daß sie sich ihrer Bestimmung nähern. Gleichsam zum ersten Mal scheinen sie zu merken, daß ihr Herr, Gefangener in Seinem Grabe, auf die Befreiung wartet, die sie Ihm bringen. So lange haben sie sich diesem Augenblick durch so viele Heimsuchungen genähert, daß es schon danach aussah, als wäre das wahre Ziel ihrer Pilgerschaft vergessen. Jetzt teilt es sich ihnen in einem unverkennbaren Wohlgeruch mit, der in der Luft liegt, aber auch im Umriß in der Ferne liegender kahler Berge. Sie bildeten den Rahmen für Christi Welt; in ihnen hallten einst Seine Schritte und Seine Worte wider.

Ich muß daran denken, was mir der arme Bartolomé mit geschwärzten Lippen und dem Atem seiner verbrannten Lunge zuflüsterte. Er habe in den Flammen ein Kind gesehen, sagte er, und dann das Wort »Euer«. Es hat mir seither keine Ruhe gelassen. Wollte er sagen »Euer Gnaden«, weil er *mich* als Kind in den Flammen erkannt hatte? Oder wollte er mehr sagen – »Euer Gnaden weiß sehr wohl, daß es das Jesuskind war«, »Euer Gnaden hätten nicht an mir zweifeln sollen« oder »Euer Gnaden müssen mir jetzt glauben«? Wahrscheinlich letzteres, denn es war ihm nicht recht, daß ich an ihm gezweifelt hatte. Doch was auch immer ich oder sonst jemand im Zusammenhang mit seinen Erscheinungen oder der Lanze glauben mag, durch das Feuer zu gehen hat Mut und große Beherztheit gekostet. Meiner Ansicht nach hat er sich gerechtfertigt, weil eine auf Seelenzweifel folgende Tapferkeit stets als Rechtfertigung dienen kann.

Wenn ich bedenke, für wie viele diese Pilgerfahrt Erlösung und Bewährung bedeutet hat! Bischof Adhémar ist aus dem langen Schatten seiner Sünden herausgetreten, Peter von Amiens hat seine Schuld getilgt, indem er allein zu Verhandlungen mit Ker-boga aufbrach, Eustache ist voll Treue und Opfersinn ins Leben zurückgekehrt. Und was ist mit mir? Soll auch ich wie jene neu geboren werden? Ich hatte gedacht, das sei mir mit der bewußten Frau widerfahren. Es war ein Irrtum. Sie selbst hat es mir gesagt. Welche Erlösung wartet hinter den kahlen Bergen Judäas auf mich, die in diesem Augenblick purpurrot im Licht der sinkenden Sonne erglänzen?

Den vierten Juni

Ramla

Alle Bewohner dieser moslemischen Kleinstadt sind geflohen. In ihrer Verzweiflung haben sie die alte Kirche des heiligen Georg niedergebrannt, die in der Nähe bei Lydda liegt. Da er der Schutzpatron der Krieger ist, haben unsere Heerführer gelobt, sie wieder aufzubauen und hier ein Bistum einzurichten. Kaum hatte man diesen Beschluß verkündet, als auch schon Streit ausbrach, welche Gruppe den Bischof stellen soll. Erst wollte man losen, doch dann wurde entschieden, dieses Verfahren sei allzu profan bei einer Bischofswahl. Zuletzt schlug Graf Robert von der Normandie eine Runde *sersten slaeg* vor, und Krieger aus allen Heeren bildeten den Kreis. Es überrascht niemanden, daß die Normannen gewonnen haben und der Bischofssitz Robert von Rouen zugesprochen wurde.

Wir befinden uns ziemlich weit im Binnenland. Allmählich ändert sich die Landschaft. Der Pflanzenwuchs, den wir an der Küste bejubelt hatten, wird spärlicher. Die Luft ist trockener, und die Straße beginnt zu steigen. Vor uns liegt die Wüste. Mit langen braunen Fingern zieht sie sich zu den Bergen hin. Bald wird die heißeste Zeit des Jahres einsetzen. Unser Weg nach Jerusalem wird nicht leicht sein. Doch immer häufiger singen die Männer fromme Lieder, und nur noch selten hört man aus ihren Reihen Klagen.

Gestern kamen wir an einem großen flachen Fels vorüber, auf dem Christus geruht haben soll, wie einige der Priester sagten. Sogleich beugte sich jeder darüber, um ihn zu küssen. Einen italienischen Ritter, der versucht hat, zu verhindern, daß seine Männer, die ebenfalls den Stein küssen wollten, dort verweilten, hat man vom Pferd gerissen und geschlagen. Natürlich war das unbesonnen von ihm, doch frage ich mich, wie sich der religiöse Eifer erst in Jerusalem entladen wird, wo jeder Stein heilig ist und jeder Pilger Waffen trägt.

Noch zwei Tagesmärsche liegen zwischen uns und der Heiligen Stadt. Wir sind jetzt seit nahezu drei Jahren von zu Hause fort.

Den sechsten Juni

Wir ziehen auf der ansteigenden Straße in die Berge von Judäa. Das hier ist wahrlich das Land Christi. Unsere Straße führt nach Emmaus, wo der auferstandene Erlöser Seinen beiden Jüngern begegnete und ihnen die Schrift auslegte. Was gäben wir nicht darum, diese Erläuterung zu hören. Es könnte den Schleier von mancher Geheimnistuerei reißen und viele Herzen erheben. Doch wir Pilger, die wir gewappnet mit all unseren Waffen marschieren, sind wie die Jünger, die Ihn fragten: »Bist du der einzige Fremde, der in Jerusalem weilt und nicht weiß, was dort geschehen ist in diesen Tagen?« Sie hielten Ihn für einen Fremden, weil sie zu verstehen glaubten. Ich kann mich des Eindrucks nicht erwehren, daß wir den beiden Narren auf der Straße nach Emmaus ähneln und ebenfalls unseren Gott nach sich selbst befragen.

Als wir uns dem Dorf Latrun näherten, wo die Begegnung stattgefunden haben soll, sprengten Abgesandte im Galopp herbei. Beim Anblick unserer Marschsäule sprangen sie von den Pferden, warfen sich auf die Knie und begannen, die Füße der vorüberziehenden Krieger zu küssen. Fulk Rechin war in der Nähe und befahl ihnen aufzustehen. »Verdammt noch mal«, fuhr er sie an, »gibt es da, wo ihr herkommt, keine Weiber?«

Die drei abgerissenen Kerle waren Christen und erklärten, sie kämen aus Bethlehem. Der Name ließ uns aufhorchen. »Bethlehem!« Wie ein Lauffeuer flog die Nachricht durch die Reihen – Bethlehem, die Stadt von Christi Geburt. Fulk Rechin führte die Kerle vor Graf Robert, der sogleich die ganze Marschsäule entlang Boten ausschickte, um einen Rat einzuberufen. »Wir sollen ihre Stadt befreien«, teilte Graf Robert den anderen mit. Es gab kein Zögern. »Wen können wir entbehren?« fragte Herzog Gottfried. Balduin trat vor und sagte: »Ich gehe.«

»Du würdest Jerusalem aufgeben?« fragte Herzog Gottfried seinen Bruder.

Mit höhnischem Lächeln gab dieser zurück: »Du bist ja noch da, wenn ich hinkomme.« Dann wandte er sich an Tankred. »Was sagst du, Sizilianer? Wollen wir die Krippe befreien?« Der Angesprochene schien zu zögern. »Komm schon«, forderte ihn Balduin auf. »Dein Onkel ist nicht hier und kann demnach auch nicht auf dich draufpissen.«

Jeder der beiden aufrührerischen Edlen soll hundert Ritter mitnehmen. Sobald sie Bethlehem gesichert haben, sollen sie in Jerusalem wieder zu uns stoßen. So sind sie, die vor langer Zeit den Zug verlassen hatten, um ihre eigenen Reiche zu gründen, noch einmal aufgebrochen, um Christi Geburtsstätte zu befreien.

Als sich die Marschsäule erneut in Bewegung setzte, zogen hinter uns dunkle Wolken auf. Es begann zu tröpfeln, ein warmer, milder Regen, der uns erquickte. Bald aber goß es in Strömen, und die Straße wurde glatt und schlammig. Kaum einer kann sich noch auf den Füßen halten, sogar die Pferde haben auf dem abschüssigen Pfad Schwierigkeiten. Ich schreibe das während einer Pause nieder, die wir eingelegt haben, um zu warten, daß der Regen nachläßt. Maudire hält mir ein Stück Zelttuch über den Kopf, wobei er flucht und von einem Fuß auf den anderen tritt. »Im Evangelium steht nichts über den Regen«, hat er mir gerade laut zugerufen, um das Strömen des Wassers zu übertönen.

»Über dich auch nicht«, gab ich zurück.

Den neunzehnten Juni

Einige wenige Blätter dieses Buches sind noch frei. Ich hatte nicht geglaubt, noch einmal darin zu schreiben. Ich werde berichten, was vorgefallen ist, und nichts weiter. Was noch geschehen soll, vermag nur Gott zu sagen, und im Augenblick bleibt Er stumm, es sei denn, Er spräche durch den Mund von Narren, denen niemand Glauben schenkt.

Nachdem der Regen aufgehört hatte, zog unsere Marschsäule weiter. Bei Einbruch der Dunkelheit kamen wir am Fuß des Berges an, von dem aus die Pilger die Stadt zum ersten Mal zu erblicken pflegen und den sie Freudenberg nennen. Auf seiner Kuppe steht eine von einer zinnenbekrönten Mauer umgebene Moschee. Unsere Kundschafter kehrten im Galopp zurück, um uns mitzuteilen, daß die Stelle verlassen sei und sie vom Gipfel aus Jerusalem gesehen hatten.

Dort für die Nacht zu lagern kam nicht in Frage. Wir zogen weiter, wobei sich die Männer anfänglich an die Marschordnung hielten. Bald aber löste sie sich auf, und jeder erstieg die felsigen Hänge nach Gutdünken. Manche gingen aufrecht, andere krochen auf Händen und Knien zum Gipfel hoch. Nach einer Weile kam der Mond heraus und färbte die Wolken purpurn. Vor unseren Augen verschwand er dann, wurde Stück für Stück verschlungen, bis nichts als eine kleine Sichel blieb. Dann war auch sie verdunkelt. »Das ist das Ende der Türken!« begannen die Männer zu rufen. Einer nach dem anderen sank in die Knie, um zu beten.

Der Priester Raimund von Agiles trat vor. »Weiter«, mahnte er. »Wollt ihr nicht die Schönste aller Frauen der Welt sehen? – Jerusalem!«

Wir alle folgten ihm auf den Gipfel des Freudenberges und drängten uns um die Mauern der Moschee. Der Mond tauchte wieder auf, und in der Ferne erblickten wir die Heilige Stadt auf einem der Kämme, die sich über Hochtälern erheben. Fackeln leuchteten von ihren scharfkantigen Mauern; die Zitadelle des Davidsturms erglänzte im Licht ihrer tausend Fenster, und auf dem höchsten Punkt schimmerte der sich breit hinlagernde Felsendom im Mondlicht.

In unserem Heer herrschte vollständige Stille. Niemand sprach, während aller Augen auf die Stadt gerichtet waren. Drei Jahre, tausend Meilen, zwanzigtausend Tote hatten uns an diesen heiligen Ort gebracht. Für manche war es zuviel; sie begannen zu weinen. Viele beteten schweigend. Niemand rührte sich.

Zuletzt spürte ich eine Hand am Ellbogen. Ich wandte mich um. Mein Lehnsherr stand neben mir, den Blick auf Jerusalem gerichtet. Tränen glänzten in seinen alten Augen. »Wir sind am Ziel, Roger«, flüsterte er. Hinter uns sagte eine Stimme: »Noch nicht ganz.« Es war Gottfried von Bouillon. Er schüttelte den Kopf. »Aber immerhin, fast haben wir's geschafft, bei Gott«, fügte er mit einem Lächeln hinzu.

In jener Nacht schlugen wir unser Lager auf der weiten Gipfelfläche jenes Berges auf. Viele von uns schliefen nicht und verbrachten die Nacht damit, müßige Gedanken auszutauschen, einander zu beglückwünschen und schließlich zuzusehen, wie die Sonne über Jerusalem aufging. Doch jeder dachte mehr oder weniger das gleiche: Gott hat uns verschont, damit wir diesen Tag erleben können; das muß etwas zu bedeuten haben.

Nach Sonnenaufgang zeigte sich, wie gewaltig die Aufgabe noch war, die vor uns lag. Jerusalem verfügt über gute natürliche wie auch von Menschenhand verfertigte Verteidigungsanlagen. Im Osten schützt das Kidrontal die Stadt, und im Süden ist der lange Steilabfall ins Tal Ge-Hinnom mit brennendem Abfall bedeckt, dessen Feuer nicht zu löschen ist. Ein drittes Tal verläuft parallel zur Westmauer. Nähern kann man sich den Zinnen ausschließlich entlang der Nordseite und im Südwesten, wo die Doppelmauer über den Zionsberg verläuft.

Ein breiter trockener Graben zieht sich zwischen der niedrigen und dicken äußeren und der inneren Mauer hin, die so hoch ist wie die von Antiochia. Beide sind im alten Stil errichtet, haben flache quadratische Türme und schmale Schießscharten. Das macht unsere Aufgabe ein wenig leichter, dennoch wird uns ein Sturm teuer zu stehen kommen. Bemannt sind die Mauern, wie wir sehen, von dunkelhäutigen Kriegern in weißen Gewändern.

Als wir unseren Marsch fortsetzen wollten, kamen Reiter mit Botschaften von der englischen und der genuesischen Flotte, die in den Hafen von Jaffa eingelaufen waren, nachdem sich die ägyptische Seestreitmacht zurückgezogen hatte. Sie brachten die gute Nachricht, daß wir das Eisen bekommen werden, das wir für den Bau unserer Belagerungsmaschinen und -türme brauchen. Außerdem brachten sie Briefe. Zu meiner Überraschung war einer davon an mich gerichtet. Mit zitternden Fingern öffnete ich das Siegel. »Faransch«, begann er, »ich habe einen Eurer Priester diesen Brief für mich schreiben lassen. Ich denke, er wird mich nicht täuschen, denn ich habe ihn gut bezahlt.« Dann folgte die Mitteilung, daß sie ein Kind erwartet.

Je öfter ich ihre Worte las, desto mehr nahm meine Verzweiflung und Verwirrung zu. Das letzte Mal, daß wir beieinander gelegen hatten, war nahe der Jahreswende gewesen, also mußte sie jetzt kurz vor der Niederkunft stehen.

Dennoch hatte sie den Brief erst vor einem Monat verfaßt. »Es geht mir gut«, schrieb sie, »und ich bin voller Freude, auch wenn ich mich fürchte, in einer solchen Zeit allein zu sein.« Ich konnte mir den Grund ihrer Furcht gut vorstellen – eine unverheiratete Türkin mit einem Kind von einem Christen in Bohemunds Antiochia. Sie hat Freunde, aber keine Verwandten, und sie ist allein. Sie muß schreckliche Angst leiden. Was steht ihr und dem Kind bevor?

Das Kind ... *Mein* Kind. Mit solcher Wucht traf mich der Gedanke, daß ich nichts mehr von Jerusalem sah. Ich muß zu ihr, durchfuhr es mich, mich um die beiden kümmern. In diesem Zustand kann ich Jasmin nicht allein lassen.

Das Heer machte sich marschfertig. Maudire brachte mir Schild und Lanze mitsamt dem Wimpel. Wir hatten Anweisung, uns möglichst auffällig zu verhalten, während wir vom Hügel nach Jerusalem hinabzogen. Die Priester begannen ihre frommen Gesänge, die Trommeln wurden geschlagen, die Trompeten erschollen. Die Provenzalen marschierten in schnurgerader Reihe wie bei der Parade. Ich saß auf, faßte den Zügel mit dem Handschuh und wartete. Singend und ihre Stöcke schwenkend zogen die Männer vorüber. Immer weiter ließ ich mich zurückfallen, bis ich mit Helim allein war. Als ich nichts mehr vom Heer sehen konnte, schleuderte ich meine Lanze zu Boden, gab der Stute die Sporen, und im nächsten Augenblick strebten wir im gestreckten Galopp den felsigen Hang hinab, zurück zur Straße nach Emmaus.

Einen genauen Plan hatte ich nicht. Auf jeden Fall wollte ich zum Hafen und dort zu Schiff nach Sankt Simeon, wo ich mit Glück fünf Tage später an Land gehen konnte. »Die Geschichte scheint *doch* von dir gehandelt zu haben«, hatte Jasmin geschrieben. »Vielleicht wollte ich zu klug sein. Vielleicht war es dir vorherbestimmt, zurückzukehren.« Während ich mein keuchendes Pferd vorantrieb, wurden die Wolken wieder dichter, und es begann erneut zu regnen. Ohne anzuhalten ritt ich, bis der Regen so dicht und der Schlamm auf der Straße so tief war, daß wir nicht weiterkamen. Allmählich wurde es dunkel, und ich suchte eine trockene Stelle, wo wir die Nacht verbringen konnten. Vor mir erhob sich das geschwärzte Skelett der Bischofskirche von Lydda. Über sumpfigen Wiesenboden ritt ich darauf zu. Dort wollte ich die Nacht verbringen und beim ersten Tageslicht weiter nach Jaffa reiten.

Die Ruine lag verlassen. Ich führte Helim ins leere Kirchenschiff. In einer Seitenkapelle, die noch ein Dach hatte, band ich das Tier an, rieb es trocken, legte ihm eine Decke auf und richtete mich hinter dem Altar für die Nacht ein. Meine Gedanken überstürzten sich. Zwar hatte ich unsere Unternehmung im Stich gelassen, doch bedrückte mich das nicht. Ich dachte an sie, deren Leib von meinem Kind gerundet war, allein in Antiochia, den Normannen auf Gedeih und Verderb ausgeliefert. Wie hatte ich sie ihrem Schicksal überlassen können? Warum hatte ich geduldet, daß sie mich von der Notwendigkeit des Aufbruchs überzeugte? Und was würde ich tun, wenn ich bei ihr war?

Ich wickelte mich in meinen Umhang und preßte mein Schwert an die Brust. Schräg fiel der Regen auf die quadratischen Bodenplatten, troff von den Heiligenfiguren und glitzerte auf den zerbrochenen Fensterscheiben. Geduldig stand Helim da und sah mich an, als wäre ich verrückt. Gleich nach der Niederkunft würde ich mit Jasmin nach Konstantinopel und von dort über das Meer zurück in die Provence reisen. Ich würde mich von Jehanne scheiden lassen, sie aus dem Haus jagen und mit Jasmin und dem Kind darin leben. Ich stellte sie mir in meinem Herrenhaus vor, in dem ich so manches Jahr mit meiner Gemahlin gelebt hatte, sah vor meinem inneren Auge, wie sie durch die Räume und den Garten ging. Ich konnte mir vorstellen, wie sehr der Anblick dieser kleinen Türkin Bauern und Priester erstaunen würde, wenn sie im Flecken Lunel auf dem Weg zum Markt den Platz überquerte. Bei diesem Gedanken mußte ich laut lachen. Mit einem Lächeln auf den Lippen schlief ich ein. Nach so langer Pilgerschaft glaubte ich endlich meinen Weg deutlich vor mir zu sehen.

Eine Stimme weckte mich. »Roger!«

Ich sprang auf. Noch immer regnete es, allerdings nicht mehr so stark. Eine Gestalt in einem purpurroten Umhang näherte sich durch das tropfnasse Kirchenschiff. Ihr Gesicht war von einer Kapuze verdeckt. »Wer da?« rief ich sie an.

»Raimund von Saint-Gilles«, kam die Antwort.

Mein Lehnsherr trat in die Kapelle und warf die Kapuze zurück. Er war die ganze Nacht geritten; sein Umhang troff vor Nässe, und sein Gesicht war schlammbespritzt. Er faßte mich eine Weile finster ins Auge, wobei seine silbrigen Brauen eine Linie quer über die Stirn bildeten. Von seinem eisgrauen Bart fielen Wassertropfen. Es begann zu tagen, aber es war bitter kalt, und wegen des Regenhimmels wich die Dunkelheit nur zögernd.

»Was wollt Ihr?« fragte ich. Meine Stimme zitterte, denn ich fror und war beunruhigt. In all den Stunden voll fieberhafter Aufregung, seit ich Jasmins Brief bekommen hatte, hatte ich an nichts gedacht als nur an sie. Mit einem Mal meinem Lehnsherrn gegenüberzustehen, stürzte mich in tiefste Verwirrung.

Er sah mich durchdringend an. In seinem Blick lag weder Vorwurf noch Schärfe. »Eure Erklärung«, sagte er.

Ich gab zur Antwort: »Ich bin ein Feigling.«

Mein Lehnsherr sah mich aufmerksam an. »Ich kenne Euch, Roger. Ein Feigling seid Ihr nicht.«

Ich spürte, wie sich die Dinge meinem Einfluß entzogen. »Ich habe die Frau, die ich liebe, verlassen. Jetzt erfahre ich, daß sie ein Kind bekommt.«

Er nickte bedächtig. »Und jetzt wollt Ihr zu ihr zurückkehren?« Ich erklärte ihm, daß das meine Pflicht sei. Er tat einen Schritt näher auf mich zu, doch ich wich zurück. Das schien ihn zu überraschen, und er blieb stehen. Zwischen uns stand der Altar; er legte eine Hand darauf. »Roger«, sagte er, »das Heer braucht Euch ...«

Ich schnitt ihm das Wort ab. »Sie braucht mich.«

»... ich brauche Euch ebenfalls.«

Ich faßte meinen Schwertknauf, um nicht zu taumeln. Der Regen hatte fast vollständig aufgehört, und die Tropfen, die von den Dachbalken fielen, hallten in der leeren Kirche. »Erinnert Ihr Euch an Bartolomés Worte?« fragte ich. »*Mein* Kind hat er in den Flammen gesehen.«

»Und was ist mit Jerusalem?« fragte er.

Ich stieß hervor: »Jerusalem soll verdammt sein! Das hier ist das Leben, kein Traum! Ich werde ein Kind haben!«

Mein Lehnsherr zog den Umhang fest um sich. »Auch ich habe Kinder«, sagte er. »Kinder, die ich zu Hause gelassen habe, als ich zu dieser Fahrt aufbrach. Ich hoffe sie eines Tages wiederzusehen, nachdem ich meinen vor Gottes Angesicht geleisteten heiligen Eid erfüllt habe.«

Lange sah ich ihm in die Augen. Dann schüttelte ich den Kopf. »Mich könnt Ihr nicht überzeugen«, sagte ich. »Ich habe gesehen, wie Eide geschworen und gebrochen wurden. Ich habe gehört, wie Bischöfe gelogen haben. Ich habe mit offenen Augen Alpträume erlebt. Hier aber ist mir ein Wunder widerfahren. Darin liegt der Sinn meiner Pilgerfahrt.«

»Roger«, sagte er, »ich kann nicht zulassen, daß Ihr Euer Gott gegebenes heiliges Versprechen brecht ...«

Wieder brüllte ich ihn an. »Gott ruft mich nach Antiochia! Ihr könnt mich nicht aufhalten.«

Er kam um den Altar herum. Ohne nachzudenken, hob ich das Schwert wider ihn. Er blieb stehen, starrte erst auf die Klinge, dann auf mich. Meine Hand zitterte, während ich ihm die Spitze der Waffe in Armeslänge vor die Brust hielt. »Ich töte Euch, wenn es nötig ist«, sagte ich.

Er nickte. »Das glaube ich.«

Lange standen wir einander gegenüber. Aus der Ecke der Kapelle schnaubte Helim ungeduldig. Endlich trat mein Lehnsherr beiseite und streckte die Arme aus. »Nun gut«, sagte er, »ich will Euch nicht hindern. Ihr habt Eure Bestimmung, und ich die meine. Ich hatte angenommen, es sei die gleiche.«

»Es gab nie eine Bestimmung«, sagte ich.

»Ich meine das Heilige Grab«, gab er zur Antwort. In seiner Stimme lag eine Trauer, die mich sogar in meiner Seelenqual anrührte. »Erinnert Euch – als ich im Fieber lag, habe ich

Euch mit der Vollstreckung meines Letzten Willens betraut. Er lautete: diese Pilgerfahrt zu Ende zu führen, um deretwillen so viele gelitten haben und so viele gestorben sind. Nicht nur Christen, Roger, auch Juden und Türken, Armenier und Syrer. Aber ja doch, sie zähle ich ebenfalls. Hier gibt es keine Feinde, sondern nur Finger an der Hand Gottes. Und Ihr wollt jetzt das Weite suchen, da wir uns in Seiner Hand befinden.«

Mein Schwert zitterte heftiger, während ich ihn anhörte. Ich nahm es in beide Hände, konnte es aber trotzdem nicht ruhig halten.

»Ich habe Euch all die Zeit beobachtet«, fuhr er fort, ohne den Blick von mir zu lösen. »Während wir einen heiligen Krieg führten, habt Ihr deren zwei geführt – einen gegen die Türken und den anderen gegen Euch selbst. Warum seid Ihr mitgekommen? Um eine geheime Sünde zu büßen? Das war bei jedem von uns der Grund. Ja, Roger, wir alle sind gekommen, um eine verschwiegene Sünde zu sühnen. Nehmt beispielsweise mich. Ihr wißt, daß ich weder um des Papstes noch um Bischof Adhémars willen auf die Pilgerfahrt gegangen bin, und auch nicht, um Reichtümer anzuhäufen oder ein Königreich zu erringen. Warum also glaubt Ihr, daß ich aufgebrochen bin?« Ich sagte, daß ich das nicht wisse. »Aus Angst«, sagte er.

»Ihr?« fragte ich verblüfft.

»Ja«, gab er zur Antwort. »Ich fürchte den Tod mehr, als ich Gott liebe. Diese Furcht hatte ich mit meiner Pilgerfahrt zu überwinden gehofft. Es ist mir nicht gelungen. Ich möchte nicht sterben, Roger. Ich habe darüber nachgedacht. Es ist meiner Ansicht nach nicht recht, daß wir sterben müssen. Wir leben, wir lernen, wir bauen etwas auf. Wozu? Damit der Tod alles fordern, uns alles nehmen kann. Und was bleibt uns? Ein Paar Flügel und ein seliges Lächeln?« Er schüttelte den Kopf. »Nein. Unser Leichnam verfault in der Erde, und unser Grab sucht nur auf, wer unser an heiligen Tagen gedenkt. Roger, in Wahrheit hasse ich Gott, weil er den Tod geschaffen hat und der alles ist, was mir bleiben wird.«

Ich konnte es nicht glauben. Dieser Mann, dem ich gefolgt war, den ich verehrt hatte, betrachtete sich als Sklave des Todes, lebte in Furcht davor und haßte Gott deswegen. »Warum bleibt Ihr dann dabei?« fragte ich ihn.

»Was könnte ich sonst tun?« gab er zur Antwort. »Daheim bleiben und sterben oder das Heilige Grab befreien und sterben: Womit verdiene ich eher eine Belohnung? Erinnert Ihr Euch noch – wir sind Gottes Huren. Ich tue Seinen Willen, nicht meinen, weil ich hoffe, daß Er mich nicht verläßt, wenn meine Stunde gekommen ist. Weil ich hoffe, daß es Ihn gibt.«

»Ihr glaubt nicht?« fragte ich.

»Ich hoffe«, sagte er mit einem Lächeln. »Ich hoffe, und ich diene. Alles was darüber hinausgeht, ist unmöglich.«

Ich steckte mein Schwert ein. »Ich muß fort«, sagte ich und trat auf mein Pferd zu.

»Roger von Lunel«, rief er. »Ihr seid ein Vater!«

Bei diesen Worten verhielt ich den Schritt. Niemand hatte das je zu mir gesagt. Ich, der ich nur einen Vater im Himmel hatte, war jetzt ein Vater auf Erden. »Ja«, sagte ich und griff nach Helims Zügel.

»Ihr seid auch ein Sohn«, fuhr er fort.

Ich wandte mich zu ihm. Er stand neben dem Altar. Durch ein zerbrochenes Fenster, über dessen Mittelsteg schräg ein herabgefallener Tragstein hing, wurden über dem silbrigen Haar Raimunds die ersten Strahlen des Taggestirns sichtbar. »Und so, wie Ihr eine Vaterpflicht habt, habt Ihr auch eine Sohnespflicht.«

»Was wollt Ihr damit sagen?« fragte ich.

Er trat zu mir und faßte mich am Arm. »Wenn Ihr diese Pilgerfahrt aufgebt«, sagte er ohne besondere Betonung, »enterbe ich Euch.«

Ihn ansehend fragte ich verblüfft: »Ihr enterbt mich?«

Er nickte. »Jerusalem, das Heilige Grab. Das, wofür Ihr geboren wurdet. Das, was von Geburt an Euer Erbteil ist. Ihr wart mir ein Sohn, Roger. Kehrt der Kirche den Rücken, kehrt Christus den Rücken, wenn Ihr wollt, aber kehrt nicht mir den Rücken. Niemand kann in Wahrheit Vater sein, der nicht Sohn gewesen ist.«

Allmählich wurde die Sonne durch die nassen schwarzen Balken und die vom Wasser gepeitschten Fenster sichtbar. Hoch über uns stieg der Morgendunst zum Himmel. Ich konnte weder atmen noch denken. Mein Herz schwoll vor Sehnsucht und Reue. Ich ließ den Zügel los und setzte mich auf den nassen Boden; mein Lehnsherr kniete sich neben mich. Ich legte den Kopf an seine Schulter und begann zu weinen, Tränen der Bitterkeit und Tränen des Verzichts.

Seither berennen wir die Mauern Jerusalems – wir Provenzalen im Südwesten vor dem Zionsberg, Herzog Gottfried, Tankred sowie die Flamen und die Normannen im Norden. Auf Drängen eines auf dem Ölberg lebenden Einsiedlers, dem Christus erschienen war, haben wir vor vier Tagen einen Sturmangriff unternommen. Es war ein verheerender Fehlschlag, denn wir verloren sechshundert Männer, unter ihnen den Bauern Gérard, den letzten meines Gefolges. Dahergelaufenen Leuten, die Erscheinungen haben, werden wir künftig mit Argwohn begegnen. Fürs erste jedenfalls bauen wir unsere Belagerungstürme und -maschinen auf.

Ich habe Maudire mit einem Brief und fünf Goldbesant auf den Weg geschickt. Er soll mit der Genueser Flotte nach Antiochia fahren, dort die Frau aufsuchen, ihr den Brief geben und mit ihrer Antwort zurückkommen. Ich habe ihm klargemacht, daß ich ihn durchprügeln werde, wenn er den Auftrag nicht rasch und zuverlässig ausführt.

Wir lagern an der Stelle, die als Davidsstadt bekannt ist, neben der Gihon-Quelle, von wo der Tunnel des Königs Hiskia zum Teich Siloah führt. Diesen Teich, in dem sich der Blinde, den Jesus heilte, die Augen wusch, sehe ich von meinem Zelt aus. Er ist nicht mehr als eine schmale Vertiefung, die von den Kindern Israels in den Fels gehauen wurde, als die Assyrer sie belagerten. Sein Wasser sieht klar und ungetrübt aus, doch die Ägypter haben es vergiftet, und mehrere unserer Männer liegen tot darin. Es ist eine Schande, daß uns eine solche altehrwürdige Quelle nicht zugänglich sein soll.

Den neunundzwanzigsten Juni

Die Dinge stehen nicht gut für uns. Ein heißer Sandsturm aus der Wüste erstickt alles. Wenn wir die Tiere im Freien lassen, fallen sie nach wenigen Stunden tot um, die Augäpfel vom Sand stumpf geschliffen, die Mäuler mit Sand verstopft. Wir leiden entsetzlich unter Durst. Mittlerweile wird Jordanwasser in ledernen Schläuchen mittels Kamelen herbeigeschafft. Für einen der Schläuche geben die Männer alles, was sie haben.

Unterdessen geht die Arbeit am Bau der Belagerungstürme und -maschinen weiter. Das Lager sieht aus wie ein riesiger offener Schiffsausrüsterladen, in dem alles von einer dicken Staubschicht bedeckt ist. Männer arbeiten mit Hammer und Bohrer, bis sie keine Luft mehr bekommen und abgelöst werden müssen. Auch ich habe meinen Anteil geleistet und von Sonnenaufgang bis zum Einbruch der Nacht geschwitzt wie ein gewöhnlicher Fronknecht. Ich beschwere mich nicht darüber, denn es lenkt meine Gedanken ab und verbraucht meine Energie. So kann ich nachts schlafen.

An unserem Mauerabschnitt errichten wir einen gewaltigen Turm auf Rädern, den nasse Felle vor den Brandpfeilen der Ägypter und Türken schützen sollen. Jedes Tier, das wir nicht unbedingt brauchen, wird geschlachtet und sofort gehäutet. Das Blut sammeln wir erst in Erdlöchern und füllen es dann in Tontöpfe, die wir versiegeln. Diese schleudern wir mit Hilfe unserer Katapulte in die Stadt. Um den Verteidigern den Mut zu nehmen, besprengen wir ganz Jerusalem mit Blut und beschießen es mit den abgeschnittenen Köpfen von Tieren. Die Verteidiger wiederum verhöhnen uns von den Wällen herab, indem sie Kruzifixe über die Brustwehr hängen und darauf ihr Wasser abschlagen. Auch Standbilder von Heiligen und Andachtsbilder aus den Kirchen entweihen sie vor unseren Augen. Es ist eine sonderbare Kriegführung, die auf die Seelen abzielt.

Der Sandsturm tobt nun schon seit zehn Tagen. Wir sind nicht daran gewöhnt und denken uns Möglichkeiten aus, uns davor zu schützen. Gegenwärtig vermag niemand den Unterschied zwischen uns und den Türken zu erkennen, denn wir tragen Turbane und wickeln uns Tücher um das Gesicht. Dennoch findet der Staub seinen Weg überallhin: in unsere Kleidung und unsere Nahrung, in Augen, Ohren, Nase und Mund und sogar an die verborgensten Stellen unseres Leibes. In manchen Nächten kann ich nicht ohne Schmerzen Wasser lassen, weil an meinem Glied überall nahezu unsichtbare Staubteilchen kleben, die scharf wie Glassplitter sind. Nur wenn es wirklich nicht anders geht, rühren sich Mensch und Tier im Lager, und wer sich von einer Stelle zur anderen bewegt, ähnelt einem Gespenst, das sich gegen den Wind stemmt.

An der Nordmauer haben Herzog Gottfrieds Männer einen Rammbock konstruiert. Dazu haben sie einen an Ketten aufgehängten Baumstamm mit einer eisernen Spitze versehen und an der Außenmauer in Stellung gebracht. Er wird unaufhörlich in Gang gehalten; jeweils sechzig Männer schwingen ihn im Gleichtakt hin und her. Mit einem dumpfen Wumm-Wumm-Wumm, das man bis in unser Lager hören kann, donnert er Tag und Nacht ununterbrochen gegen die Mauer.

Dies vom herbeigewehten Sand kaum gedämpfte fortwährende Wumm-Wumm-Wumm, das die Stunden des Tages mißt und in unseren Träumen weiterhämmert, ist eine Art unablässige Folter, und es hat mehr als einen der jungen Krieger zum Wahnsinn getrieben. Ich höre es auch jetzt, während ich schreibe: Wumm-Wumm-Wumm. Der Sturm peitscht die Planen meines Zeltes, gelber Staub dringt durch die Nähte, sammelt sich zwischen den Blättern dieses Buches und nimmt der Kerze die Luft, die sie zum Brennen braucht.

Unausgesetzt erdröhnt bei alldem die Mauer unter dem Wumm-Wumm-Wumm; es klingt, als schlüge ein Wundarzt an den freigelegten Knochen eines abgetrennten Beines.

Den fünften Juli

Heute hat uns die Nachricht erreicht, daß ein ägyptisches Heer von Süden heranzieht. Zwar ist das nur ein Gerücht, doch beruht es wahrscheinlich auf Tatsachen. Bevor wir eintrafen, haben Jerusalems Verteidiger ihre Herden zerstreut, statt sie in die Stadt zu holen, was darauf schließen läßt, daß sie von Anfang an nicht mit einer langen Belagerung rechneten.

Unser Turm ist nahezu vollendet, und unsere Belagerungsmaschinen sind bereits in Stellung gebracht. Es ist uns gelungen, die Türken von den Mauern zu vertreiben, so daß sich unsere Mineure ans Werk machen können, die äußere Mauer zu zerstören. Dabei hat sich zwischen uns und den Belagerten ein fester Rhythmus eingespielt: Ihre Bogenschützen springen auf, um auf unsere Männer zu schießen, was wir mit Geschossen aus unseren Steinschleudern erwidern. Danach können unsere Mineure eine Weile an der Mauer arbeiten, bis die Türken erneut aufspringen. So geht es den ganzen Tag, und jedem dieser Schußwechsel fällt ein Dutzend Männer zum Opfer, die getötet oder verwundet werden.

Heute nachmittag hätte ich beinahe zu den Toten gehört. Der Belagerungsturm ist mittlerweile höher als die innere Mauer und wiegt bestimmt mehrere tausend Pfund. Er ist im Grunde nichts anderes als eine riesige, in alle Richtungen von Schräg- und Querbalken durchzogene und mit Fellen eingehüllte, aufrecht stehende Kiste. Die Luft in seinem Inneren ist zum Ersticken, und niemand hält es länger als eine oder zwei Stunden darin aus. Ich half dicht unter der Spitze den griechischen Kriegsbaumeistern bei der Anbringung der Seile für den Brückenmechanismus, als eins davon zu meinen Füßen zerriß. Der Schlag, der mich traf, war so heftig, daß er mich zu Boden schleuderte. Das Seil zog mich an den Rand der Plattform, so daß ich im Nu halb bewußtlos über ihren Rand hing. Unfehlbar wäre ich in die Tiefe gestürzt, hätten mich nicht geistesgegenwärtig einer, dann ein zweiter und schließlich ein dritter der Griechen gepackt, so daß sich blitzschnell eine Menschenkette von der Brücke quer über die ganze Plattform erstreckte.

Der ganze Mechanismus aus Riemenscheiben und Gegengewichten hatte sich losgerissen, und nur mein über den Rand hängender Leib verhinderte, daß er seitwärts abstürzte. Den Griechen schien mehr an der Rettung des Mechanismus als an mir zu liegen, und als sie mich endlich befreiten, hatte sich das Seil schon so tief in mein Bein gegraben, daß man es aus dem Fleisch herausschneiden mußte. Ich mußte erdulden, daß man mich unwürdigerweise in einem Korb vom Turm hinabließ, und zur Zeit kann ich ausschließlich mit Hilfe einer Krücke gehen.

Peter von Roaix war so liebenswürdig, mir einen seiner Schildknappen auszuborgen, einen gewissen Guibert. Ich hatte niemanden haben wollen, da ich lieber allein bin und mich gern um mich selbst kümmere. Jetzt aber tauge ich zu nichts Rechtem, und der Bursche hält meist den Mund. Ich möchte nicht müßig herumsitzen und zwinge mich, mein Zelt zu verlassen, denn jetzt, da der Sturm endlich aufgehört hat, muß man sich um vieles kümmern.

Den neunten Juli

Wir hatten viel Ärger. Ein normannischer Priester namens Desiderius, der für seine Visionen bekannt ist, will Bischof Adhémar gesehen haben, von dem er sagt, er schmore nach wie vor im Feuer der Hölle. Der Bischof, sagte er, habe uns geboten zu fasten und eine Prozession rings um die Stadt herum zu unternehmen. Die Hauptleute haben darüber beraten und nach nüchterner Abwägung der Worte des Priesters beschlossen, daß es nicht schaden könne, die Aufforderung zu befolgen. So kam es, daß wir den Türken ein erstaunliches Schauspiel geboten haben.

Gestern hat sich das ganze Heer unter Anführung der Geistlichen vor dem Stephanstor zum Umgang versammelt. Alle trugen schlichte Gewänder, waren barhäuptig und gingen barfuß. Letzteres war mir sehr recht, da mein Knöchel nach wie vor angeschwollen ist. Nur wenige waren bewaffnet. Zum Klang von Trommeln und Trompeten zogen wir, fromme Lieder singend und betend, unter den hohen Türmen der Nordmauer entlang, an den Steinschleudern der Normannen vorüber, am Jaffator vorbei zu unseren eigenen Linien.

Auf dem Ölberg verkündete Peter von Amiens mit Tränen in den Augen, Papst Urban sei schwer krank und liege im Sterben. Diese Nachricht traf viele wie ein Blitz aus heiterem Himmel. Er erklärte, der Heilige Vater erwarte nichts sehnlicher als die Nachricht von unserem Sieg, den wir keineswegs hinauszögern dürften. Dann erklärte der dicke Desiderius, dem beim Reden der Speichel aus dem Mund trieft, Bischof Adhémar habe dem Papst das Versprechen gegeben, daß wir Jerusalem binnen neun Tagen besetzen würden.

Da der Ölberg heilig ist, hat man die Bäume darauf nicht gefällt, und so legte ich mich in den Schatten eines von ihnen. Während die Predigten endlos weitergingen, sah ich zu, wie ein Falke in weiten Schleifen seinen Weg nach Norden nahm. Bis der Gottesdienst vorüber war und wir wieder unserer Wege gingen, befand er sich wohl schon über Antiochia. Mein Herz folgte ihm dorthin.

Den dreizehnten Juli

Heute nacht soll der Sturmangriff beginnen. Ich mache mich gerade bereit. Guibert und der Wundarzt haben für mein Bein eine Art Geschirr angefertigt, damit ich gehen kann. Reiten werde ich wohl nicht müssen.

Maudire ist mit den Seeleuten zurückgekehrt; sie haben aus Antiochia den abgetrennten Arm Sankt Georgs mitgebracht. Diese Reliquie soll uns im Kampf begleiten.

Bohemund ist entschlossen, alle Türken aus seiner Stadt zu vertreiben und Christen dort anzusiedeln. Daher hat man die Frau in die Sklaverei verkauft. Diese Nachricht habe ich nicht gut aufgenommen und Maudire mit Faustschlägen traktiert, wobei ich ihn immer wieder aufforderte, mir zu sagen, wohin man sie verschleppt hat. Es ist unmöglich festzustellen, wo sie sich aufhält – sie kann ebensogut in Syrien wie in Ägypten oder Europa sein.

Mehr gibt es nicht zu sagen. Ich habe meine Gattin und mein Kind verloren. Irgendwo auf dieser Welt wird ein Teil von mir leben, den ich nie kennenlernen werde. Und was bleibt mir hier? Nichts als Maudire, der in einer Ecke hockt, aus einer aufgeplatzten Lippe blutet und sich den gebrochenen Arm hält. Für den Fall, daß ich den Angriff nicht überlebe, soll er, so habe ich ihm befohlen, dafür sorgen, daß man meine Besitztümer verbrennt und mein Pferd Helim schlachtet. Das Fleisch soll unter die Gefangenen unseres Heeres verteilt werden.

Den vierzehnten Juli

Alle um mich herum sind tot, von Felsbrocken zermalmt oder von Pfeilen durchbohrt. Umgeben von Leichen liege ich im Graben zwischen den beiden Mauern. Als gestern nacht die Trompeten von beiden Seiten der Stadt ertönten, eilten die Mineure voran, um den Graben mit dem Geröll der Außenmauer zu füllen. Alle wurden von Geschossen getroffen. Mein Lehnsherr stellte sich auf die Mauerreste und lockte mit Händen voll Gold jeden, der bereit war, die Stelle der Gefallenen einzunehmen. Er warf die Goldstücke auf die Steinhaufen, und Dutzende von Kriegern stürzten sich darauf.

Hinter ihnen standen wir mit dem Turm bereit. Die Türken deckten uns mit griechischem Feuer ein, und ihre Bogenschützen versuchten den Turm in Brand zu setzen. Doch unsere Männer kletterten an den Außenseiten empor und rissen die Brandpfeile mit bloßen Händen heraus. Unsere Bogenschützen und Katapulte hielten dagegen, so daß die Luft voller Geschosse war. Im Graben stürzten erst hundert, dann zweihundert Männer tot oder verwundet zu Boden. Sogleich wurden Felsbrocken auf sie gewälzt, um für den Turm eine Fahrbahn zu schaffen.

Schließlich gab mein Lehnsherr das Signal, und wir führten den Turm heran. Vorn legten sich Maultiergespanne in die Seile, und hinten schoben fünfzig Männer. Mit lauten Rufen feuerte ich sie an, schwang mein Schwert, fluchte und brüllte wie ein Berserker. Schwankend setzte sich das Ungeheuer in Bewegung und kroch dann über die Bahn aus Gesteinsbrocken den leichten Hang zum Graben hinab.

Von der gegenüberliegenden Mauer hallte Kampfeslärm zu uns herüber. Die vereinigten Heere Herzog Gottfrieds, der beiden Grafen Robert und der Männer aus dem Norden, denen es gelungen war, die Außenmauer mit ihrem Rammbock zu durchbrechen, schoben ihre Türme an die innere Mauer. Aus der Stadt begann Rauch aufzusteigen, und schon bald quollen allenthalben schwarze Wolken himmelwärts.

Unten im Graben wurde unsere Aufgabe schwieriger. Schwankend neigte sich der Turm bei jeder Radumdrehung auf den Felsbrocken. Unsere Gefallenen wurden unter den Rädern zermalmt. Wenn ein von Steinwürfen benommenes oder von zwei, drei oder zehn Pfeilen durchbohrtes Maultier stürzte, wurde es sogleich aus dem Geschirr geschnitten und in den Graben gewälzt.

Die Ägypter und Türken auf den Mauern kämpften wie rasend. Sie ließen ihre Katapulte stehen und begannen mit bloßen Händen Steine zu werfen. Die Dunkelheit war hereingebrochen, und Fackeln sowie die Flugbahnen der Brandpfeile und die in der Stadt lodernden Brände beleuchteten das Schlachtfeld. Als unser Turm die innere Umfassungsmauer erreichte, lebte kein einziges Maultier mehr, legten sich jetzt hundert Männer in die Seile. Die Türken gossen griechisches Feuer herab, das brennend auf der Haut klebenblieb und die Luft mit dem Gestank von Schwefel und schmorendem Fleisch erfüllte. Leitern wurden gebracht. Unter Jubelrufen legten unsere Männer sie an die Mauern und begannen sie zu ersteigen. Doch empfing sie ein so dichter Steinhagel, daß kein einziger von ihnen bis auf die Zinnen gelangte.

Unterdessen hatten die Ägypter Seile über die Spitze unseres Turmes geworfen und versuchten ihn damit umzureißen. Auf meinen Befehl eilte Peter von Roaix mit einem Trupp Ritter nach oben auf die Plattform. Sie hieben die Seile mit ihren Schwertern durch. Immer mehr Seile wurden herübergeworfen, und alle wurden durchtrennt. Gerade als Peter höhnisch den Türken etwas zurief, traf ihn ein Stein am Kopf. Er taumelte an den Rand der Plattform und griff nach den Seilen. Ich rief ihm zu, er solle sich zu Boden werfen, aber im selben Augenblick traf ihn ein Armbrustbolzen mitten ins Gesicht. Die Arme in die Luft werfend, stürzte er vom Turm und landete ganz in meiner Nähe auf den Felsbrocken.

Ich eilte zu ihm. Er lag auf dem Rücken. Ein Arm war unter seinem Rücken verdreht. Der Bolzen war unter dem einen Auge eingedrungen und hinter einem Ohr ausgetreten. Ich sah nur das Weiße seiner Augäpfel. Als ich seinen Kopf hob, sah er mich an. »Das Heilige Grab …«, sagte er. Ich rief Krieger herbei, die ihn forttragen sollten, doch schon, als sie ihn aufhoben, war sein Leben entflohen.

Der Kampf tobte bis weit in die Nacht und endete erst, als beide Seiten erschöpft waren. Jetzt sitzen wir nahe der Mauer in der Falle und drängen uns um den Turm, der uns ein wenig Schutz gewährt. Von Zeit zu Zeit stürzen die Türken Steinbrocken herab. Es klingt dumpf, wenn sie auf einen der Toten fallen, und ein schriller Schrei ertönt, wenn sie einen Lebenden treffen.

Gerade hat mir Maudire etwas zu essen gebracht. Ich werde ihm das Buch mitgeben, denn das dürfte unser letzter Angriff sein. Entweder haben wir morgen die Mauer überwunden, oder aber keiner von uns wird diesen Ort lebend verlassen. Ich will Maudire wegen der Prügel, die ich ihm gestern verabreichte, um Verzeihung bitten. Er hat sich nichts zuschulden kommen lassen. Alle Schuld liegt – ohne Ausnahme – bei mir.

Den ersten August

Jerusalem

Morgen soll unter der Führung meines Lehnsherrn ein Trupp dem ägyptischen Heer entgegenziehen. Ich aber ziehe nicht mit aus. Er hat mir die Hand geschüttelt und alles Gute gewünscht. Ich werde Jerusalem verlassen.

Was ist geschehen? Folgendes …

Die Nacht haben wir im Graben am Fuße der Mauer verbracht und den Angriff am nächsten Morgen wieder aufgenommen. Da es mir nicht möglich war, den Turm zu ersteigen, führte ich eine halbe Hundertschaft Ritter durch den Graben zum Zionstor. Dort warteten wir, unter unsere Schilde geduckt, bis die Mauer erstürmt wäre und man uns das Tor öffnen würde. Während der Nacht hatten die Türken ihren Vorrat an Wurfgeschossen ergänzt; offenbar hatten sie in der Stadt alles zusammengerafft, was sich irgendwie schleudern ließ. Wir mußten mit ansehen, wie Steine und Metallstücke auf unsere Männer herabregneten, und umgekehrt schleuderten unsere Katapulte Steinbrocken auf Steinbrocken in die Stadt zurück.

Ein Sturmtrupp erstieg den Turm. Als die Griechen die Enterbrücke herabließen, machten die offenbar darauf vorbereiteten Türken den Versuch dadurch zunichte, daß sie schwere Balken dagegenstemmten und eine Unzahl von Pfeilen in die Öffnung des Turmes schossen. Katapulte, die unsere Seite in Stellung brachte, um die Balken beiseite zu schaffen, wurden auf der Stelle mit griechischem Feuer in Brand gesetzt. Türken und Christen schmähten einander über die Lücke hinweg, die nicht breiter war als ein Ochsenfuhrwerk. Der Kampf dauerte eine, zwei und am Ende volle drei Stunden.

Dann sandte der Feind entlang der Mauer Männer aus, uns aus unserer Stellung zu vertreiben. Ich aber ließ Katapulte kommen, mit denen wir sie zerstreuten. Für den Augenblick waren wir unter dem Überhang der Brücke in Sicherheit. Dann hörten wir von der anderen Seite der Stadt markerschütterndes Gebrüll. Es wurde immer lauter und kam immer näher. Herzog Gottfried war der Durchbruch gelungen, und seine Männer strömten durch die Bresche in die Stadt. Binnen einer Stunde hatte der ägyptische General Iftichar Abgesandte an meinen Lehnsherrn geschickt, die um Gnade für ihn und seine Krieger baten. Graf Raimund nahm die Kapitulation sogleich an, die Brücke des Belagerungsturms wurde herabgelassen, und unsere Männer ergossen sich auf die Mauer. Es dauerte nicht lange, und das Zionstor öffnete sich.

Während die Ritter an mir vorüber in die Stadt stürmten, trat ich auf die Brücke. Das Gehen fiel mir schwer. Ich sah, wie die Verteidiger der Stadt zum Davidsturm flohen, wo ihnen mein Lehnsherr eine sichere Zuflucht zugesagt hat. Der Kampf war vorüber, nicht aber das Morden.

Unsere Männer tobten sich auf Jerusalems Straßen aus und töteten alles, was sich regte, ob Mann, Frau, Kind oder Tier. Während ich wie im Traum über die breite Straße auf die Stadtmitte zuging, empfand ich nichts. Ich war abgekämpft, ausgelaugt, leer. Ich nahm Helm und Kettenhaube ab und ließ die Spitze meines Schwertes über den Boden schleifen. Ich drang immer tiefer in die gemordete Stadt vor, ohne zu wissen, wohin mich mein Weg führte.

Schließlich kam ich an eine niedrige Mauer. Ihr hölzernes Eingangstor war weggerissen. Sie umgab einen großen Hof, dessen geharkter Boden sich zu einer Felswand neigte. Am Fuße der Felswand knieten mehrere im Gebet versunkene Ritter. Einer von ihnen sagte, das sei die Kreuzigungsstätte Golgatha. Gegen das vom Rauch verdunkelte Licht der Sonne spähte ich einen Augenblick nach oben, entfernte mich dann aber und trat auf ein grob zugehauenes und halb im Boden versunkenes Steingewölbe zu. Nach dem Gemetzel in der Stadt wirkte dieser Ort geradezu unnatürlich friedvoll. Mit Tränen in den Augen knieten einige Krieger davor. Verblüfft sah ich sie an. Niemand wagte hineinzugehen, und einer von ihnen hielt mich am Waffenrock fest, als ich näher herantrat. »Das Heilige Grab«, flüsterte er voll Ehrfurcht.

Ich blieb stehen und betrachtete es aus der Nähe. Es gab keine Tür, eine schmale Spalte im Felsen diente als Eingang. Im Inneren war keinerlei Licht zu sehen. Ich löste meinen Waffenrock aus dem Griff des Kriegers und ging darauf zu. Drei grob behauene Stufen führten hinab. Ich zog den Kopf ein und trat ins Innere. Es roch nach Kalk, und tatsächlich waren die Wände weiß. Der Raum war kaum hoch genug zum Stehen. Sein Boden bestand aus feuchter, dunkler Erde. Ich war allein.

Mein Bein schmerzte an der Stelle, wo das Seil eingeschnitten hatte, auch spürte ich meine Verletzung am Rücken wieder, die ich bei Arqa empfangen hatte. Ich ließ mich auf dem Boden nieder, streckte das Bein von mir, setzte mich schwerfällig zurecht und lehnte mich an die Wand. Einen Augenblick lang herrschte vollkommene Stille. Die Augen schließend atmete ich tief ein. Ich hatte gar nicht gemerkt, wie erschöpft ich war.

Nach einer Weile öffnete ich die Augen wieder und sah mich um. Außer der Dunkelheit, der feuchten Erde und dem dumpfen Kalkgeruch gab es nichts. Sollte das hier das Heilige Grab sein, um dessentwillen ich all das auf mich genommen hatte? Fast hätte ich gelacht. Hier war nichts, und ich befand mich in der Mitte dieses Nichts. Hier also war meine Wahrheit – eine schmale Grabkammer. Mit einem Lächeln legte mich auf die Seite, rollte mich über mein Schwert gekauert zusammen und schlief ein.

Am nächsten Morgen weckten mich Priester, die wissen wollten, wer ich sei. Ich sagte ihnen, ich hätte es vergessen. Sie rissen mich unsanft hoch und führten mich hinaus.

Jenseits der niedrigen Mauer ging das Morden noch immer weiter. Überall lagen Tote dort, wo man sie dahingeschlachtet hatte: im eigenen Haus, in den Läden, auf öffentlichen Straßen und Plätzen. Allenthalben sah man Arme, Beine und Köpfe liegen. Mordend und plündernd zogen Krieger von einem Haus zum nächsten. Ganz gleich, ob die Bewohner Christen, Moslems oder Juden waren: niemand blieb verschont.

Auf der Zinne des Davidsturms sah ich den Wimpel meines Lehnsherrn flattern und machte mich dorthin auf. Es ist eine mächtige Zitadelle mit zahlreichen Zinnen und starken Türmen. Jeder Zoll Boden im Inneren der Festung war mit lebenden oder aber toten Männern bedeckt. Weil Herzog Gottfried die Festung im eigenen Namen besetzen wollte, hatten sich seine Männer daran gemacht, die Ägypter niederzumetzeln, denen mein Lehnsherr eine Freistatt zugesagt hatte. Daraufhin hatten sich unsere Leute Gottfrieds Mannen entgegengeworfen, und so war es zum Kampf zwischen seinen Truppen und denen meines Lehnsherrn gekommen.

Endlich kam Graf Raimund selbst, um den Befehl zu übernehmen. Mit lauter Stimme gebot er dem Morden Einhalt. Dann fiel sein Blick auf mich, und er stieg vom Pferd. »Roger, seid Ihr verwundet?« erkundigte er sich besorgt, während er auf mich zutrat. Ich schüttelte den Kopf. Mit grimmigem Lächeln sagte er: »Der Sieg ist unser.«

»Der Sieg?« fragte ich zurück.

»Ja, Gott sei dafür gepriesen. Habt Ihr das Heilige Grab gesehen?« Ich bejahte die Frage. »Wie ...«, setzte er mit vor Ergriffenheit bebender Stimme an, »wie ist es?«

»Leer«, gab ich zur Antwort.

Fünfzigtausend Menschen sollen unter unseren Händen ihr Leben verloren haben. Die Scheiterhaufen, auf denen die Leichen verbrannt werden, lodern Tag und Nacht, und nach wie vor hindern Berge von Leichen auf den Straßen jeden am Vorankommen. Zwischen ihnen bewegen sich die Priester, welche über die heiligen Stätten wachen, und überall knien Ritter, die entweder beten, Steine küssen oder an Orten weinen, an denen Unser Erlöser gestanden, gesessen oder ein Wunder gewirkt hat. Alle Moscheen und Synagogen hat man niedergebrannt.

Die Stadt wird aller Reliquien förmlich beraubt. Heute haben die Bischöfe auf dem Markt die Folter der griechischen Mönche geleitet, die sich bisher um das Heilige Grab kümmerten. Wie es heißt, wissen allein sie, wo sich der Balken des wahren Kreuzes befindet. Da sie nicht bereit waren, die Stelle zu nennen, wurden ihnen, nachdem man sie vollständig entkleidet hatte, weißglühende Eisen in den Darmausgang gestoßen. Doch nicht einmal, nachdem man ihnen die Augenlider abgeschnitten und die Brustwarzen herausgerissen hatte, waren sie bereit gewesen zu reden. Zum Schluß trat Arnulf von Rohes, der sich einst gegen die Echtheit der Lanze ausgesprochen hatte, auf einen jungen Novizen zu. Mit seinem edelsteinbesetzten Handschuh erfaßte er dessen Glied und setzte einen Dolch daran. Die anderen Mönche, alles betagte Männer, flehten den Jüngling an, Schweigen zu bewahren, doch jener verriet die geheime Nische im Inneren der Kapelle des Heiligen Grabes, in welcher der Balken verborgen war. Man hat ihn dort gefunden, und unser Heer führt die Reliquie auf dem Feldzug gegen die Ägypter mit sich.

Auch der Hafen von Jaffa befindet sich in unserer Hand. Morgen breche ich nach Antiochia auf. Gott allein weiß, wie es von dort aus mit mir weitergehen wird. Ich beende dies Buch jetzt, ohne zu wissen, ob ich später darin weiterschreiben werde.[71]

August 1099

Antiochia

Das Gehen fällt mir schwer. Meine Bein- und Rückenwunde wie auch die alte Pfeilwunde haben mich nahezu zum Krüppel gemacht. Ich bin zum Haus mit der niedrigen Tür zurückgekehrt. Eine Familie sizilianischer Christen wohnt darin. Keiner von ihnen wußte etwas von der Frau. Ich habe die Sklavenhändler auf dem Markt befragt, und einer von ihnen, ein Moslem namens Salah, konnte sich an eine hochschwangere Türkin erinnern. Seiner Ansicht nach hat man sie zusammen mit anderen arbeitsunfähigen Sklaven an einen Emir in Bagdad verkauft. Ich will versuchen, dort hinzugelangen, obwohl er mir gesagt hat, man werde sie gleich nach der Niederkunft aufs neue verkaufen, da das Kind ihren Wert steigert.

Dezember 1099

Bagdad

Das Fest der Geburt Unseres Erlösers naht, doch niemand in dieser Stadt feiert es. Ich habe viel von den Moslems erlitten. Zweimal hat man mich eingekerkert, erst in Damaskus und dann hier in Bagdad. Mittlerweile kenne ich die Sprache gut genug, um mich verständlich machen zu können. Von einem Arzt habe ich erfahren, daß das Kind im September oder Oktober im Hause eines Emirs namens al-Mustansir zur Welt gekommen ist. Als ich diesen darauf ansprach, ließ er mich ins Gefängnis werfen. Von dort habe ich ihn in mehreren Bittschriften um nähere Angaben angefleht.

Schließlich hat er meine Freilassung angeordnet und mich vor sich führen lassen. Sein Palast ist prachtvoll. Er hat mir mitgeteilt, das Kind sei ein Knabe und man habe es mitsamt der Mutter, sobald sie von der Niederkunft genesen war, einem Kaufmann aus Basra übergeben.

Den Neunzehnten März 1100

Basra

Heute ist das Fest des heiligen Joseph, des Schutzpatrons der Väter, Vater unseres Erlösers. Ich habe diesen Ort unter großen Mühen erreicht. Meine Gesundheit hat ebenso einen

Tiefpunkt erreicht wie mein Mut. Ich bin weit ins Land der Moslems gereist, und von hier, wo ich unter einem Orangenbaum Rast halte, fällt mein Blick auf das Persische Meer, auf dem lange Schilfboote und trapezförmige Segel zu erkennen sind.

Mutter und Kind sind fort. Ich habe den Kaufmann gefunden, der sie gekauft hatte. Er heißt Hassan. Er scheint seine Bücher ordentlich zu führen und hat mir sein Hauptbuch gezeigt, in dem er sie eingetragen hatte. Am einundzwanzigsten Januar hat ein Sklavenhändler beide mitgenommen, um sie auf einem Markt in Indien zu verkaufen. Ihnen zu folgen ist unmöglich, jedenfalls für mich.

In den letzten Monaten habe ich wie ein Bettler gelebt, mir meinen kärglichen Lebensunterhalt damit verdient, daß ich den Menschen auf der Straße von unserer Unternehmung berichtete. Manche haben mir zugehört und mir Münzen zugeworfen, andere mich angespien. Jetzt will ich mich auf den Weg zurück in die Provence machen, denn ich weiß nicht, wohin ich mich sonst wenden sollte.

Herbst 1100

Hiermit wird mein Buch enden. Über Brindisi und Marseille habe ich mich auf den Weg nach Lunel gemacht und bin am Festtag der Aufnahme Mariä in den Himmel, genau vier Jahre nach meinem Aufbruch, wieder hier eingetroffen. Ganz wie ich vermutet hatte, war ich längst für tot erklärt worden, und so rief es große Unruhe hervor, als ich in meinem Hause auftauchte. Die Bauern hielten mich für ein Gespenst und wichen vor mir zurück. Jehanne ist bei meinem Anblick in Ohnmacht gefallen.

Lange war sie nicht bereit, mich als den anzuerkennen, der ich bin. Auch sie hat sich verändert. Sie ist nicht mehr so füllig und achtet mehr als früher auf ihr Äußeres, sitzt doch ihr Gemahl, der Baron von Arles, im Rat des Königs von Frankreich. Als ich eintraf, hielt er sich in Paris auf, und sie selbst stand im Begriff, dorthin zu reisen, denn Graf Hugo von Vermandois soll an die Spitze einer neuen Pilgerfahrt treten. Aufgerufen dazu hatte Gottfried von Bouillon, der zum Herrscher der Heiligen Stadt ausersehen war, aber unterdessen das Zeitliche gesegnet hat. Nun ist Balduin König von Jerusalem. Mein Lehnsherr soll bei diesem Zug als Berater dienen. Zweck des Unternehmens ist es, Bohemund aus den Händen der Türken zu befreien, die ihn gefangengenommen haben. Stellvertretender Führer des Zuges wird der Baron von Arles sein. Ursprünglich wollte Jehanne ihren Eheherrn bis Antiochia begleiten, doch meine Ankunft hat ihre Pläne durchkreuzt.

Ich habe ihre neue Ehe nicht angefochten. Ich bin krank und mittellos, denn all meine Rechte sind auf ihren gegenwärtigen Eheherrn übergegangen. Mich drängt es nicht danach, darum zu kämpfen. Ich habe keinen anderen Wunsch, als auf meinem eigenen Grund und Boden leben zu dürfen und in Frieden hier sterben zu können.

Mit Billigung des Barons bewohne ich auf meinen früheren Ländereien das Häuschen, in dem einst der Bauer Gérard lebte, eben jener, der sich um meine Zisternen kümmerte und vor Jerusalem gefallen ist. Es war ziemlich heruntergekommen, aber ich habe es mit eigenen Händen instand gesetzt. Ich verrichte auf dem Besitz alle Arbeiten, zu denen ich fähig bin, und bemühe mich, meiner Familie aus dem Weg zu gehen. Dennoch verspotten mich Jehannes Kinder, nennen mich »Krüppel« und ahmen mein Hinken nach. Ich achte nicht auf sie. Ich habe von Kindern mehr verdient als das und denke, daß es meiner Seele nur guttut.

An die Zukunft verschwende ich keinen Gedanken, denke aber unaufhörlich über die Vergangenheit nach. Das Grab war ebenso leer wie ich. Dort war nichts, und auch hier ist nichts. Ich habe einen großen Sturm abgeritten; jetzt bin ich auf den Grund des Meeres gesunken, wo alles ruhig ist. Bisweilen dringen Erinnerungen wie Sonnenlicht zu mir hinab – ein Ort, ein Gedicht, ein Augenpaar. Alles Gewalttätige ist vergessen; was bleibt, ist Stille.

Ich schreibe das im Schein eines fast niedergebrannten Talglichts unter dem Fenster meiner Schlafkammer. Auf den Hügeln gegenüber verfärben sich die Blätter vor meinen Augen. Das Leben entströmt ihnen und kehrt in die Erde zurück, von wo es im Frühling erneut aufsteigen wird.

Jetzt werde ich aufhören zu schreiben und mich zur Ruhe legen. Wie jeden Abend vor dem Schlafengehen werde ich auch heute nicht beten, wohl aber meine Hand nach den beiden ausstrecken. Ich werde Jasmins Finger ergreifen und das Gesicht des Jungen küssen, das ich nie gesehen habe, das mir aber stets gegenwärtig ist.

Nachwort

Nachdem ich die Arbeit an Rogers Buch abgeschlossen hatte, kehrte ich im vorigen Sommer in die Provence zurück. Mit Hilfe des Priesters Charles, der mir die Aufzeichnungen meines Vorfahren zugänglich gemacht hatte, suchte ich die Stelle auf, wo das Herrenhaus an den Hängen des Vorgebirges unmittelbar nördlich der heutigen Kleinstadt Lunel gestanden hatte. Mit ein wenig Phantasie kann man es sich gut vorstellen. Es war auf einer leichten Anhöhe über einem Bachlauf als U-förmiger Bau errichtet und muß ziemlich groß und behaglich gewesen sein.

Ich aber wollte Rogers Grab finden und des Mannes gedenken, den ich inzwischen so gut kannte. Es war nicht möglich. Wäre er auf seine einstigen Besitzungen als Herr über Lunel zurückgekehrt, hätte man ihn in der Kirche beigesetzt, wo Jehanne ihre letzte Ruhestätte gefunden hat, ebenso wie ihr dritter Gemahl, der Baron von Arles. So müssen wir annehmen, daß Roger wie ein einfacher Mann des Volkes in einem schlichten Grab beigesetzt wurde und bald in Vergessenheit geriet.

In diesem Bewußtsein suchte ich den kleinen uralten Gottesacker von Lunel auf, der oberhalb des Städtchens zwischen den Hügeln liegt. Dort fand ich, von hohen Steinmauern umgeben, Grabsteine aus dem 14. bis 17. Jahrhundert, doch keinen aus Rogers Zeit.

Ich hatte einen kleinen Strauß mitgebracht – Islandmohn, Narzissen, die Roger »Rose von Scharon« genannt hatte, sowie Hyazinthen, die bei den Türken als Allahs Tränen bekannt sind. Ein blauweißes Band mit drei goldenen Sternen hielt ihn zusammen. Als ich den Friedhof verließ, kam ich an einer namenlosen Grabstätte unter den Ästen einer Traurakazie vorbei, deren Äste über die hintere Mauer hingen. Ich blieb stehen und sah lange darauf. Im Lager bei Arqa hatte er viel über einen solchen Ort geschrieben und erklärt, es sei dort, als beschützten ihn die Engel mit ihren Flügeln.

Ich kniete nieder, legte meine Blumen auf das Grab, sprach ein stummes Gebet und ging. Es war eine Geste, nichts weiter. Vielleicht liegt er dort, vielleicht auch nicht. Niemand außer Gott weiß das.

Anmerkungen

1 Vergleichen läßt es sich meines Wissens lediglich mit Fulcher von Chartres' *Eine Geschichte des Zuges nach Jerusalem.* Wohl ist dieses Werk bedeutend, doch ist sein Verfasser ein Priester, der Balduin von Boulogne begleitete und von Oktober 1097 bis zum Jahre 1100 keinerlei Kontakt zum Haupttrupp des Kreuzzugs hatte. Rogers Tagebuch hingegen behandelt den gesamten Kreuzzug und enthält Berichte aus erster Hand über alle bedeutenden Schlachten.

Rogers Bericht scheint mir auch den berühmten *Gesta Francorum et Aliorum Hierosolimitanorum* eines anonymen Verfassers überlegen zu sein, in denen viele die Hauptquelle für den Ersten Kreuzzug sehen. Auf die Erlebnisse der Kreuzritter aus der Provence bezieht sich auch die Chronik des Priesters Raimund von Agiles, den Roger, wie wir sehen werden, unterwegs kennenlernte. Sie trägt den Titel *Historia Francorum qui ceperunt Jerusalem* und ist bei aller Unzuverlässigkeit sehr beachtenswert.

2 Ein Hinweis zu den Zeitangaben und zur Datierung der Einträge: Die Einführung des heute üblichen Kalenders ging darauf zurück, daß die römisch-katholische Kirche eine Möglichkeit brauchte, den Zeitpunkt des beweglichen Festes Ostern genau zu bestimmen. Zu Rogers Lebzeiten bediente man sich noch des alten römischen und des Mondkalenders; auch gab es andere Methoden zur Berechnung von Daten. So zählte man beispielsweise die Tage zwischen wichtigen kirchlichen Festen. Bei der Datierung seiner Einträge geht Roger in keiner Weise konsequent vor – er verwendet einmal diesen und dann wieder einen anderen Kalender, gelegentlich aber auch die bei den Römern übliche Einteilung nach Kalenden, Nonen und Iden sowie weitere veraltete Formen. All diese Angaben habe ich in das heute übliche System umgerechnet.

Man bedenke außerdem, daß die Berechnung der Tagesstunden zu Rogers Zeit nur ungenau möglich war. Da jeder Christ angehalten war, mehrfach täglich sein Gebet zu verrichten, wurden die Stunden in bezug auf diese Gebete ausgedrückt und als »Matutin«, »Prim«, »Terz«, »Sext«, »Non«, »Laudes« und »Complet« bezeichnet. Anhand dieser Hinweise habe ich die von Roger jeweils gemeinte Tageszeit annähernd in unserem System ausgedrückt.

[3] Vermutlich handelte es sich dabei um eine durch verunreinigtes Trinkwasser hervorgerufene Ruhr. Diese meist tödlich verlaufende Krankheit trat im Europa des Mittelalters auch unter den Familien des Landadels keineswegs selten auf.

[4] Robert Guiscard, ein berühmter normannischer Adliger, gehörte im späten 11. Jahrhundert zu den Führern der Bewegung, welche die Mauren aus Südwesteuropa vertreiben wollten.

Die Stadt Santiago de Compostela im Nordwesten Spaniens war im Mittelalter Ziel einer außerordentlich beliebten Wallfahrt. Ihre Route, der »Jakobsweg«, führte im Süden Frankreichs mit verschiedenen Verzweigungen zu den Pyrenäen.

[5] Der Gottesfriede des Mittelalters war ein kirchliches Friedensgebot. Es schränkte das Fehderecht für bestimmte kirchlich geheiligte Tage und Zeiten ein, wie auch mit Bezug auf bestimmte Personen und Sachen. Geahndet werden konnten Verstöße gegen den Gottesfrieden mit der Exkommunikation, was die Betreffenden von den Sakramenten ausschloß und damit dem damaligen Glauben nach ihre Seele zur ewigen Verdammnis verurteilte.

[6] Damit ist Papst Urban II. gemeint, der am 27. November 1095 bei dem von ihm einberufenen außerordentlichen Konzil von Clermont zum Kreuzzug aufrief. Daß Roger selbst das Wort »Kreuzzug« nie verwendet, liegt daran, daß der Begriff zu seiner Zeit noch nicht geprägt war. Für seine Zeitgenossen war der Erste Kreuzzug eine bewaffnete Pilgerfahrt oder eine militärische Unternehmung zur Befreiung des Heiligen Grabes. Erst im 13. Jahrhundert kam der Begriff »Kreuzzug« auf, und allgemein üblich wurde er erst im 17. Jahrhundert. Er geht darauf zurück, daß die Teilnehmer an dieser Unternehmung ein auf die rechte Schulter ihres Umhangs genähtes Stoffkreuz trugen.

[7] Ein Knappe pflegte vor der Tür seines Herrn zu schlafen, wenn dieser in einem Gasthaus logierte.

[8] Im 11. Jahrhundert trugen die Ritter noch nicht den Plattenpanzer, den wir gewöhnlich als »Rüstung« bezeichnen, sondern zu einem knielangen Kettenhemd (Kettenpanzer) und Panzerstrümpfen (Beinlinge) unter dem Helm eine Kettenhaube aus einem dichten Geflecht miteinander verbundener Metallringe. Sie wurden von Hand angefertigt, ein äußerst mühsamer und aufwendiger Vorgang.

[9] Um die Glieder der Bestandteile des Kettenpanzers miteinander zu verbinden, wurden einzelne Eisenringe über einen Metalldorn gebogen, auf der einen Seite geöffnet, in weitere Ringe eingehakt und dann zugenietet oder zugeschweißt. Man kann sich gut vorstellen,

daß ein Schmied diese langwierige und zeitraubende Arbeit einem eigens dafür angestellten Mitarbeiter übertrug.

[10] Zur verwickelten Frage des den Kreuzfahrern zugesicherten Sündenablasses ist eine kurze Erklärung vonnöten, da der Ablaß für die meisten Kreuzfahrer zu den Hauptgründen zählte, sich an diesem Unternehmen zu beteiligen.

Offenkundig wollte Urban II. den Kriegern Christi einen geistlichen Anreiz bieten. Worin dieser genau bestehen sollte, ist nach wie vor umstritten. Der Papst besaß die ihm von Christus verliehene Macht, Sünden zu vergeben und Gläubige von deren Folgen nach dem Tod zu entbinden. Zweierlei solche Folgen kamen in Frage: das zeitlich begrenzte Fegefeuer oder ewiges Leiden in der Hölle.

Urban scheint den Kreuzfahrern einen Sünden*ablaß* versprochen zu haben. Unklar ist, ob damit eine Vergebung bereits begangener Sünden oder eine vollständige Befreiung von der Strafe für alle früheren und künftigen Sünden gemeint war. Die Kreuzfahrer waren wohl der Ansicht, Urban habe ihnen letzteres zugesagt. Das hätte in der Tat eine unwiderstehliche Verlockung zur Teilnahme am Kreuzzug bedeutet.

[11] Diese Anspielung bezieht sich auf den sogenannten Investiturstreit. Guibert, ein vom deutschen Kaiser Heinrich IV. unterstützter zweiter Papst, bestritt die Legitimität Urbans II, dessen Anhänger wiederum Guibert als »Gegenpapst« bezeichneten.

[12] Zu jener Zeit existierten weder Frankreich noch Italien als Nationalstaaten. Auf dem Gebiet beider Länder gab es lose Zusammenschlüsse mehr oder weniger unabhängiger Provinzen bzw. Reiche. Alle Ritter, die am Ersten Kreuzzug teilnahmen, wurden als Franken bezeichnet, weil sie in ihrer überwiegenden Mehrheit aus Ländern kamen, die auf dem Gebiet des heutigen Frankreich lagen.

[13] Zur Zeit Rogers wurden auf dem Gebiet des heutigen Frankreich zwei neulateinische Hauptsprachen gesprochen. Im Süden war das die auch als Provenzalisch bekannte »*langue d'oc*« und im Norden, insbesondere auf dem Gebiet der Île de France, die »*langue d'oïl*«. Aus letzterer entwickelte sich später das Neufranzösische, dessen »*oui*« auf »*oïl*« zurückgeht (»oc« und »oïl« bedeuteten jeweils »ja«).

[14] Die Übersetzung von Rogers Gedichten war der anspruchsvollste Teil meiner Arbeit. Sie wirken im Provenzalischen sehr lyrisch und nehmen die Troubadourdichtung vorweg. Wie jeder Lyrikübersetzer hatte ich die Wahl zwischen zwei Möglichkeiten: die Verse so textgetreu wie möglich wiederzugeben und dabei Rhythmus und Reim beizubehalten oder eine dichterische Entsprechung zu finden, die

den Geist des Originals atmet. Zwar bin ich kein Lyriker, dennoch habe ich mich für die zweite Möglichkeit entschieden.

15 Üblicherweise war ein solches Herrenhaus U-förmig um einen Hof herum angelegt. Die Familie pflegte einen Flügel zu bewohnen, die Dienstboten einen anderen und die für die Familie arbeitenden Bauern den dritten. Daß Roger den ungewöhnlichen Schritt tat, seine Frau in den üblicherweise dem Gesinde vorbehaltenen Flügel zu verbannen, zeigt, wie sehr ihn die Umstände seiner Eheschließung bedrückt haben müssen.

16 Professor Akehurst weist darauf hin, daß die »ferne Liebe« später in der Troubadourdichtung zu einem geflügelten Begriff wurde. Sonderbar an der Beziehung zwischen Roger und seiner Frau ist, daß er bewußt die Ferne von ihr sucht.

17 Hier haben wir die Erklärung für Rogers zwei Namen. »L'Escrivel« bedeutet wörtlich »der Kritzler«. Die beiden letzten Silben sind offensichtlich der Ursprung meines Nachnamens. Es erklärt auch die Überraschung der Männer im Rathaus von Lunel, als ich ihnen mitteilte, daß ich Schriftsteller sei.

18 Der Name bedeutet soviel wie »unausweichliches Schicksal«.

19 Soweit mir bekannt ist, wird dieses merkwürdige Spiel hier zum ersten Mal in der neueren Literatur beschrieben. Ich stelle es mir als eine Art von Völkerball vor, bei der man aber dem Ball nicht auszuweichen versucht.

20 Nach Aussage von Dr. Marya Bradley von der Abteilung Europäische Altertumskunde der Yale University handelte es sich dabei um kleine pyramidenförmige Steinchen oder Holzstücke.

21 Roger spricht hier von der als *organum purum* bezeichneten jüngsten Entwicklung der damaligen Musik, die auf die Mönche des Klosters Saint Martial in Limoges zurückging. Dabei wurde dem alten gregorianischen Gesang die Rolle eines *continuo* zugewiesen, oberhalb dessen die höheren Stimmen frei improvisierten, wie es Roger beschreibt.

22 Aus dem Original geht nicht hervor, ob Roger hier Gottvater oder seinen eigenen Vater, Richard von Burgund, meint. Der Text legt den Gedanken nahe, daß er bisweilen von den beiden spricht, als wären sie austauschbar.

23 *Ostaz la peira*. Diese Worte finden sich nach wie vor unter dem aus drei goldenen Sternen auf einem azurblauen Feld bestehenden Wappen meiner Familie.

24 Auch Fulcher von Chartres beschreibt diese Szene in seiner *Historia:* »Als wir in die Basilika des Heiligen Petrus einzogen, fanden wir

Guiberts Männer ... vor dem Altar. Mit dem Schwert in der Hand rissen sie in ruchloser Weise die dort befindlichen Opfergaben herab. Andere liefen über die Deckenbalken ... und bewarfen uns mit Steinen, während wir anbetend auf dem Boden lagen. Sobald sie jemanden erblickten, der Urban treu war, wollten sie ihn sogleich töten.«

25 Hier muß ich raten, da mir Rogers Aussageabsicht unklar ist. Mit Sicherheit enthält das von ihm verwendete Bild eine sexuelle Anspielung, doch ob er sagen möchte, daß er die Geschichte voll ausschöpft oder daß diese unerschöpflich sei, vermag ich nicht zu sagen. Möglicherweise will er auch etwas gänzlich anderes ausdrücken.

26 Mit Floreo dürfte das Vlore (oder Valona) im Süden des heutigen Albanien gemeint sein.

27 Gemeint ist der sogenannte Volks- oder Bauernkreuzzug. Entflammt vom Aufruf des Papstes zur Befreiung Jerusalems unternahmen unbewaffnete Pilger unter der Anführung des Mönchs Peter von Amiens (auch der Eremit oder der Einsiedler genannt) und des früheren Ritters Walter Habenichts (Gautier Senzavehor) eine Wallfahrt. Dieses auf einfältige Gläubigkeit gestützte Unternehmen war äußerst schlecht vorbereitet und nahm daher, wie wir sehen werden, ein entsetzliches Ende.

28 Auch andere Zeugen, unter ihnen Fulcher, bestätigen diese Szene, doch finden sich ausschließlich bei Roger Hinweise darauf, daß man die Pilger zu retten versucht hat.

29 In diesen mittelalterlichen Vereinigungen muß man den Ursprung des modernen Versicherungswesens sehen.

30 Wahrscheinlich bezieht sich Roger hier auf das Pogrom des Jahres 1088, bei dem in Marseille Hunderte von Juden abgeschlachtet wurden. Ihr Eigentum wurde beschlagnahmt und der Kirche übergeben.

31 Ich muß hier eine Anmerkung über Rogers mutmaßlichen Geisteszustand einflechten. Offensichtlich fühlte er sich für Eustaches Tod verantwortlich und mag daher angenommen haben, seine Eheschließung sei vor Gott ungültig gewesen. Das hätte ihn in seiner Ansicht bestärkt, daß er verbotene sexuelle Beziehungen zu seiner Frau unterhielt, was seine Schuld noch vergrößert hätte. Doch ist auch klar, daß er seine Frau liebte oder zumindest große Leidenschaft für sie empfand. Daher dürften seine Seitensprünge auf dem Marsch sein Schuldgefühl noch gesteigert haben.

In Rogers Tagebuch vermischt sich spirituelles und sexuelles Erleben immer stärker, bis sich Gott und Sünde, Geschlechtliches und Vergebung fast nicht mehr voneinander trennen lassen. In dem dabei entstandenen Gewebe verlaufen die Fäden kreuz und quer und bilden ein größeres Muster, dessen sich der Autor selbst keineswegs immer bewußt gewesen sein muß.

32 Johannes Komnenos war Bruder des Autokrators über das byzantinische Reich, Alexios Komnenos, nach allem, was man hört, ein kluger und erfolgreicher Herrscher. Den Kreuzrittern gegenüber indes verhielt sich Alexios, wie wir sehen werden, in schwer durchschaubarer und sogar verwirrender Weise. Man muß allerdings bedenken, daß auf seinem Gebiet plötzlich statt einiger hundert Ritter, die er sich vom Papst zur Unterstützung erhofft hatte, Zehntausende bewaffnete Angehörige der römischen Kirche auftauchten. So darf es nicht sonderlich verwundern, daß er dem Kreuzzug mit gemischten Gefühlen gegenübertrat.

33 *Chevauche*: wörtlich: Überschneidung. Mit Hilfe einer Chevauche überquerte man Flüsse, indem man unterhalb der für den Übergang vorgesehenen Stelle eine Kette aus Berittenen postierte, die jene retten konnten, die vom Wasser mitgerissen wurden.

34 Am Marmarameer, das heutige Tekirdag.

35 Hier spielt Raimund darauf an, daß zu beiden Seiten des byzantinischen Kaiserpalastes Kolossalstatuen eines Stiers und eines Löwen standen. Aus diesem Grunde nannte man ihn auch den »Bukoleonischen« Palast.

36 Emicho (oder Emerich) von Flonheim: Er findet sich auch als »Emicho von Leisingen«.

37 Der Aventail war eine aus Kettengliedern bestehende Verlängerung der Kettenhaube (auch Panzerkapuze), die sich hochziehen ließ, um den unteren Teil des Gesichts zu schützen. Rogers Hinweis entnehmen wir, daß es sich dabei um eine ganz neue Entwicklung der Ritterrüstung handelte.

38 Seife

39 Die Seldschuken nannten ihr auf Ikonion gestütztes Reich »Rum«, das arabische Wort für »Rom«, weil man in den Byzantinern die Erben Roms sah.

Nikäa, die Hauptstadt Westanatoliens, war die Konstantinopel am nächsten gelegene größere Stadt.

40 Kilidsch Arslan war ein Sohn des Seldschukensultans Soliman, der das Heilige Land erobert hatte. Da es ihm mit noch nicht siebzehn Jahren gelungen war, den regellosen Haufen des Peter von Amiens zu schlagen, nahm er den Kreuzzug wohl nicht besonders ernst. Zu jener Zeit kämpfte er im Osten gegen Danischmend, einen muslimischen Rivalen. Seine schwangere Gemahlin allerdings hatte er in seiner Hauptstadt Nikäa zurückgelassen.

[41] Dr. Coppola vermutet, daß Roger an Typhus litt. Diese Krankheit suchte später die gesamte Streitmacht mit verheerenden Folgen heim.

[42] Die Schlacht von Doryläon, 1. Juli 1097.

[43] Es handelte sich wahrscheinlich um die Reiterei des Emirs Danischmend, mit dem Kilidsch Arslan ein Bündnis gegen die Franken geschlossen hatte.

[44] Portaize: eine zwischen zwei Pferden befestigte überdachte Tragevorrichtung.

[45] Tankred erreichte die Stadt Tarsus als erster, konnte sie jedoch nicht einnehmen. So kam es, daß Balduin sie mit seiner größeren Streitmacht besetzte. Die beiden gerieten in Streit miteinander, und Tankred bat seinen Onkel um eine Truppenverstärkung. Schon bald trafen dreihundert normannische Ritter ein, doch verweigerte ihnen Balduin den Zutritt zu Tarsus und zwang sie, vor den Mauern zu lagern. Dort wurden sie von den Türken angegriffen und bis auf den letzten Mann abgeschlachtet. Daraufhin zog Tankred von Tarsus ab und machte sich auf eigene Faust daran, die Städte Adana und Mamistra zu erobern.

Unterdessen setzte Balduin in Tarsus eine Garnison ein und zog nach Osten, um die wichtige Handelsmetropole Edessa zu erobern. Ihrem Herrscher, Prinz Thoros, sagte er seinen persönlichen Schutz zu, und dieser nahm Balduin an Sohnes Statt an. Schon bald aber ließ Balduin seinen Adoptivvater ermorden und rief sich selbst zum Grafen von Edessa aus. Mit dieser Eroberung war er weiter nach Asien vorgedrungen als je ein Mensch aus dem Westen seit Alexander dem Großen.

[46] Jaghi Sijan (Dschagaschan), der türkische Statthalter von Antiochia. Er war selbst kein Emir, sondern Vasall seines Schwiegervaters, des Emirs Ridwan von Aleppo.

[47] Vermutlich hatte er damit recht. Zu jener Zeit hatte Jaghi Sijan die Stadt noch nicht verteidigungsbereit gemacht und war unsicher, ob sie sich gegen das Heer der Christen halten ließe. Es ist durchaus möglich, daß es den Kreuzrittern mit einem sofortigen Angriff gelungen wäre, seinen Willen zu brechen und sich in der Stadt festzusetzen.

[48] Ein Jahr zuvor hatte Jaghi Sijan eine Verschwörung mit Duqaq, dem Emir von Damaskus, angezettelt, um Ridwan die Stadt Aleppo zu entreißen. Der Plan schlug fehl, und Ridwan hat seinem Schwiegersohn nie verziehen.

[49] Guynemer von Boulogne war eigentlich ein Gefolgsmann Herzog Gottfrieds. Zu einem frühen Zeitpunkt des Kreuzzugs hatte er eine

Flotte von Freibeuterschiffen zusammengebracht, weil er aus dem Unternehmen Gewinn zu schlagen hoffte. Schließlich trat er nach dem Zwischenfall bei Tarsus, wo die Türken Tankreds Ritter abgeschlachtet hatten, in Verbindung mit Balduin. Seine Unterstützung ermöglichte es diesem, die Herrschaft über die Stadt zu behalten.

50 Offensichtlich ist er verlorengegangen.

51 Über dieses Erdbeben und die darauf folgende *Aurora borealis* haben alle zeitgenössischen Chronisten berichtet.

52 Eine lebhafte Tanzmelodie.

53 Karbuqa oder Ker-bogah war Atabey von Mossul und einer der mächtigsten und einflußreichsten Führer der islamischen Welt. Der einstige Sklave war zum offiziellen »Vater des Prinzen« in Mossul aufgestiegen, der Hauptstadt Mesopotamiens auf dem Gebiet des heutigen Irak.

54 Der Jäger: der Orion. Nach seiner Stellung am Himmel ließ sich die ungefähre Stunde abschätzen.

55 Schams ad-Daula. Man hatte ihn zu Ridwan von Aleppo, Duqaq von Damaskus und Karbuqa geschickt, damit er dort Hilfe für seinen Vater erbete. Trotz seiner Einwände entband ihn Karbuqa vom Befehl über die Zitadelle.

Ein Hinweis zum türkischen Heer: Obwohl man es zur Dschihad (Heiliger Krieg) aufgerufen hatte, war es politisch und in seinen Treuebeziehungen unversöhnlich gespalten. Das sollte bei seinen späteren Operationen Auswirkungen zeigen.

56 In Wahrheit waren es drei Adlige: Wilhelm und Aubrey von Grant-Mesnil sowie Lambert von Clermont. Sie erreichten den Hafen von Saint Simeon, von wo sie der Seeräuber Guynemer nach Tarsus brachte. Von dort machte sich Wilhelm mit Stephan von Blois zu Kaiser Alexios auf.

57 Diesen Kometen erwähnen alle Chroniken; auch islamische Historiker berichten darüber. Er scheint zu den Vorboten einer Zeit starker Sonnenaktivität gehört zu haben, die als »kleines Klima-Optimum des Mittelalters« bekannt ist und um das Jahr 1120 begann.

58 Ein *pilum* war der kürzere und schwerere der beiden von römischen Legionären mitgeführten Speere. Gewöhnlich maß er etwa einen knappen Meter und hatte eine Klinge von fünfzehn Zentimetern Länge. Er wurde weniger zum Werfen, sondern primär als Stichwaffe verwendet.

59 Im islamischen Heer herrschte Uneinigkeit, und es ist gut möglich, daß Duqaq von Damaskus größere Furcht vor Karbuqa als vor den

Kreuzrittern hatte. Manche muslimischen Historiker äußern die Vermutung, Duqaq habe sich dem Heer mit dem Ziel angeschlossen, dessen Tun zu sabotieren und zu verhindern, daß Karbuqa die Herrschaft über Syrien gewann.

60 Es handelte sich um eine Typhusepidemie. Da Roger bereits einen Anfall der Krankheit überlebt hatte, wäre es vorstellbar, daß er ihr gegenüber immun war, wie er selbst sagt.

61 Der hier verwendete Ausdruck *de quals mans la vida l'a dolada e limada* entstammt der Sprache der Töpfer. Tatsächlich vergleicht Roger die Unbekannte mit einem auf der Töpferscheibe von Hand geformten Gefäß. Es ist ein unerwartetes Bild; das erste von vielen, die er bei ihrer Beschreibung noch verwendet.

62 Latakia: Den am südlichsten gelegenen Hafen des byzantinischen Reiches hielt der Seeräuber Guynemer besetzt. Er wurde ihm aber von der englischen Flotte entrissen, die versucht hatte, Antiochia mit Nachschub zu versorgen. Robert von der Normandie betrachtete die Stadt ausschließlich als Geldquelle und legte ihren Bewohnern so schwere Steuern auf, daß sie ihn zum Abzug zwangen. Danach fiel sie ans byzantinische Reich zurück.

63 Hasch-haschin oder auch Assassinen: eine ketzerische islamische Sekte, der politischer Mord als Terrorwerkzeug diente. Angeführt wurde sie von Scheich Sinan, der als »der Alte vom Berge« bekannt war. Ihr Hauptquartier hatten sie in der Festung Masdschaf. Der Name geht darauf zurück, daß sie angeblich unter dem Einfluß von Haschisch standen, wenn sie ihre Morde begingen. Diese Angaben verdanke ich Prof. J. R. Hougan von der Universität Wisconsin, Madison. Nähere Einzelheiten finden sich in Hougans ausgezeichneter Untersuchung *The Butcher's Opera: The Assassin in History* (Malcolm Bell and Sons, 1989).

64 Dieses Buch ist unglücklicherweise verlorengegangen.

65 Der hier verwendete Ausdruck lautet *ab bezonhas entrebescadas*. Dabei handelt es sich um einen Begriff aus der Tischlerei, den man als »Nut und Feder« wiedergeben könnte. Das Wörterbuch des Okzitanischen führt *bezonha* unter anderem mit der Bedeutung »Kopulation« an.

66 Hosn al-Aqrad, oder das Schloß der Kurden, war eine auf einer Anhöhe errichtete Festung, die den Zugang nach Palästina beherrschte. Nachdem sie an die Christen gefallen war, wurde sie unter dem Namen Krak des Chevaliers bekannt und sollte zwei Jahrhunderte lang eine Festung der Kreuzritter bleiben.

67 Im Mittelalter das Wort für Aschermittwoch.

68 Maudire: fluchen.

[69] Die römisch-katholische Kirche verlangt, daß jeder Gläubige mindestens einmal im Jahr zur Kommunion geht, nämlich auf jeden Fall zur Osterzeit. Wer das unterläßt, kann nicht in geweihter Erde bestattet werden und damit nicht in die Ewigkeit eingehen.

[70] Wohl in etwa vergleichbar unserem Fadenspiel »Schweinchen auf der Leiter« oder »Eine Tasse Tee«.

[71] Anmerkung des Herausgebers: Hier findet sich eine Lücke von mehreren Seiten. Die folgenden Eintragungen scheinen ohne Datumsangabe und feste Regeln niedergeschrieben worden zu sein. Wo der Inhalt es ermöglichte, Rückschlüsse auf Datum und Ort zu ziehen, habe ich das getan.